JE REVIENDRAI À GÖTTINGEN

Joseph Joffo est né en 1931 à Paris, dans le XVIIIe arrondissement, où son père exploitait un salon de coiffure. Lui-même devient coiffeur, comme son père et ses frères, après avoir fréquenté l'école communale et obtenu en 1945 le certificat d'études – son seul diplôme, dit-il avec fierté et malice, car chacun sait que l'accumulation des « peaux d'âne » n'a jamais donné de talent à qui n'en a pas.
Celui qu'il possède, Joseph Joffo le découvre en 1971 lorsque, immobilisé par un accident de ski, il s'amuse à mettre sur le papier ses souvenirs d'enfance : ce sera *Un sac de billes* paru en 1973, tout de suite best-seller traduit en dix-huit langues, dont des extraits figurent dans plusieurs manuels scolaires et dont un film s'inspirera.
Suivront *Anna et son orchestre* (1975), qui reçoit le premier Prix RTL Grand Public ; *Baby-foot* (1977) ; *La Vieille Dame de Djerba* (1979) ; *Tendre Eté* (1981) ; *Simon et l'enfant* (1985) ; *Le Cavalier de la Terre promise* ; *Abraham Lévy, curé de campagne* (1988) ; *La Jeune Fille au pair* (1993) et deux contes pour enfants : *Le Fruit aux mille saveurs* et *La Carpe.*

Paru dans Le Livre de Poche :

UN SAC DE BILLES

ANNA ET SON ORCHESTRE

BABY-FOOT

LA VIEILLE DAME DE DJERBA

TENDRE ÉTÉ

SIMON ET L'ENFANT

ABRAHAM LÉVY, CURÉ DE CAMPAGNE

LE CAVALIER DE LA TERRE PROMISE

LA JEUNE FILLE AU PAIR

JOSEPH JOFFO

Je reviendrai à Göttingen

ROMAN

J.-C. LATTÈS

Bien qu'inspiré de faits réels, ce récit reste une fiction. Je ne suis pas historien et je ne prétends pas à l'exactitude. Je suis romancier. Ce sont les couleurs de l'histoire, les situations et les caractères extraordinaires, le sens qu'ils portent en eux que je souhaite restituer. J'espère y être parvenu. A vous de juger.

PREMIÈRE PARTIE

Il faisait froid, ce matin-là, à Göttingen. Le procureur Alphonse Wormus se rendait comme chaque jour à son bureau. Il savait pourtant que le monde était en train de basculer, que tout allait changer. Pour lui, pour sa famille, plus rien ne serait comme avant. C'était le 30 janvier 1933 et il avait lu *Mein Kampf*. Et pourtant... Non, ce n'était pas possible. Les Allemands, se disait-il, sont un peuple civilisé, cultivé, qui a donné de grands écrivains, de grands musiciens et qui ne va tout de même pas, d'un seul coup, renier toute son histoire ! Il avait écouté les informations à la radio et avait cru rêver. Il avait mis le son plus fort, il avait changé de station et il lui avait fallu admettre l'inexplicable : « Adolf Hitler vient de prendre le titre de chancelier du Reich ! » L'agitateur délirant qui avait si clairement annoncé son programme se trouvait maintenant chef du gouvernement de l'Allemagne. Avec ses idées réactionnaires, racistes. Avec le soutien de l'armée et des grands propriétaires terriens.

Judith, son épouse, lui avait dit, très calmement : « Alphonse, je crains que cela ne soit pas bon pour nous. » Il avait hoché la tête sans rien dire et avait regardé son fils, Roman, qui venait d'avoir quinze ans. Puis il avait répondu : « Pour nous, et pour les autres ! Je ne comprends pas ce qui a bien pu se passer dans la tête de nos compatriotes et je me demande si le vieux maréchal a toute sa raison. » Car c'était bien le maréchal Hindenburg, le héros devenu président de la République, qui avait appelé Hitler à former le gouvernement. Et le procureur avait ajouté : « Dieu seul sait où cela va nous conduire. » Roman, avec toute la légèreté de l'adolescence, avait enchaîné : « Moi au lycée et toi au bureau. Allons, ne te fais pas de souci, il sera toujours temps de s'inquiéter. » Le père avait souri, mais cet humour n'avait pas altéré son inquiétude. Ce fils, qui lui était venu tard, était un don du ciel. Toujours de bonne humeur, plein d'optimisme, sous-estimant les problèmes à tel point qu'il donnait souvent l'impression que rien ne pouvait l'atteindre. Judith, doucement, s'était assise près d'Alphonse. Elle avait versé encore un peu de café à son mari et à son fils, silencieusement. Il y a des silences éloquents.

Alphonse n'avait pas voulu insister. Bien sûr, il était évident que ce 30 janvier n'était pas une journée comme les autres. Il était évident que l'Allemagne entrait dans une nouvelle ère où il fallait craindre le pire. Il était évident que cette arrivée au pouvoir d'Adolf Hitler était dramatique. Mais à quoi bon faire partager à Judith et Roman ses sombres pressentiments ? Alors le procureur Alphonse Wormus s'était levé. Il avait enfilé son manteau et il avait pris le chemin de son bureau. Comme les autres jours. Comme si ce jour était un jour ordinaire.

Dans la rue, il avait pensé que, certes, il n'y avait pas de quoi se réjouir du tour que prenait la vie politique, mais que sa première réaction avait peut-être été un peu trop vive et que Roman n'avait pas tout à fait tort : il ne fallait pas non plus dramatiser. L'Allemagne n'était tout de même pas complètement folle, les Allemands n'étaient pas totalement inconscients et Hitler ne pourrait pas faire n'importe quoi. D'ailleurs rien ne prouvait qu'il se maintiendrait longtemps à un poste où l'on verrait vite qu'il avait été absurde de le faire venir...

Les Wormus étaient installés en Allemagne depuis quatre générations et Alphonse se sentait un Allemand comme les autres. Son père avait fait la guerre de 1870, cette guerre que l'Allemagne avait gagnée contre la France. Il en avait même rapporté la croix de fer de première classe. Sa mère avait alors ironisé : « Une croix pour un juif... On aura tout vu ! » Quand il pensait à cette étrange façon que sa mère avait eue de féliciter son père, cela le faisait encore sourire. Il est vrai que chez les Wormus on était plutôt pacifiste. Et lui, un peu plus tard, il avait fait la guerre suivante, celle de 1914. Sans bien savoir pourquoi, d'ailleurs. Peut-être simplement parce que son père avait fait la précédente. Quand il lui avait demandé pourquoi il s'était engagé, il lui avait répondu : « Ecoute, Alphonse, maintenant nous sommes allemands. Mon père s'est installé en Allemagne et nous avons un pays. Nous faisons mentir la légende du Juif errant. Nous sommes allemands et, si les Allemands font la guerre, nous faisons la guerre. La question ne se pose pas. C'est ainsi, et c'est bien ainsi. Nous sommes des Allemands comme les autres. Nous sommes des hommes comme les autres. » Alphonse, lui aussi, avait fait la guerre, comme les autres, peut-être même un peu mieux que les autres. Parce qu'il était juif et qu'il ne voulait surtout pas qu'on puisse dire qu'un juif avait manqué de courage. Il voulait aussi que ses parents soient fiers de lui. Il avait toujours voulu qu'ils soient fiers de lui et il avait été bon élève, toujours dans les dix premiers, puis un étudiant brillant. Après son droit, il avait choisi la magistrature plutôt que le barreau, la fonction publique plutôt que les aléas d'un métier libéral. Il était allemand et fonctionnaire. Ses parents, vraiment, pouvaient être fiers de lui. Lui-même était heureux d'avoir accompli leur rêve, d'avoir aussi accompli son propre rêve. Et il n'était pas n'importe qui, puisqu'il était procureur à Göttingen.

Il n'y avait pas un long chemin de sa maison à son

bureau et, d'ordinaire, il lui suffisait de quelques minutes, sans se presser, pour le parcourir. Mais ce jour-là n'était vraiment pas un jour comme les autres. Il y avait foule dans la rue et même, à certains endroits, c'était une atmosphère d'émeute, de guerre civile. Les S.A., dans leur uniforme kaki, avec leur brassard à croix gammée, cherchaient à en découdre avec ceux qui ne partageaient pas leur joie de voir Hitler chef du gouvernement. « Dehors les juifs ! » « Dehors les communistes ! » C'étaient les slogans de ces bandes qui cassaient tout sur leur passage tandis que la police restait sans réagir. Göttingen, pourtant, n'était pas habituée à une telle flambée de violence, elle qui était réputée pour être une ville tranquille. Mais ces rues jonchées de détritus, ces hommes courant dans tous les sens, frappant ceux qui leur tombaient sous la main... Décidément, c'était un véritable cataclysme qui s'abattait sur l'Allemagne. Le procureur Wormus était stupéfait par tant de haine. Il ne comprenait pas ce qui se passait. Il se souvenait de ce que lui avait raconté sa grand-mère, les pogroms dans la Russie tsariste, les juifs battus, pillés, assassinés. Et maintenant, là, à Göttingen, en Allemagne, dans cette jolie petite ville dont il était procureur, voilà que se passait la même chose. Ne fallait-il pas se jeter dans la bagarre, montrer qu'on était prêt à se défendre ? Mais non, il ne pouvait pas, lui le procureur, faire le coup de poing avec les voyous ! Si au moins il avait vu des policiers, il aurait pu intervenir auprès d'eux, avec toute son autorité, leur dire de séparer les combattants... Mais la police brillait par son absence. Ou bien elle ne voulait pas rétablir l'ordre, ou bien elle ne le pouvait pas. Ce qui, d'ailleurs, revenait au même. En passant devant la boutique de Yankel, la plus belle épicerie de la ville, il avait vu les S.A. tout dévaster, vider les barils de cornichons sur le trottoir sans que personne n'intervienne. Oui, il aurait voulu faire quelque chose, mais que pouvait-il faire ?

Au fond, pensa-t-il après un moment de réflexion, il

avait peur, tout simplement peur. Il savait qu'il y avait de quoi, car il était évident que ces hommes qui cassaient les vitrines en hurlant leurs slogans de haine, en criant à la mort des juifs, étaient bien capables de tuer. Il s'en fallait de peu. Rien ne semblait pouvoir les retenir. Cela risquait bien de n'être qu'un début. Il se souvenait de ce qui était écrit dans *Mein Kampf* : « Il faut défendre les forts contre les inférieurs. » Et, pour Hitler, les « inférieurs », c'étaient les juifs. Il avait lu ce livre, il avait voulu savoir. D'abord, il n'avait pas accordé beaucoup d'importance à ce délire. A vrai dire, les propos antisémites, on y était habitué et les journaux les rabâchaient depuis pas mal de temps. Alphonse Wormus avait toujours pensé que l'Allemagne était un pays civilisé, de grande culture où cela ne reflétait que l'opinion d'une minorité. Mais les nazis arrivaient au pouvoir et ils s'empressaient de montrer que les actes suivaient les paroles.

C'était le jour de son anniversaire. Il avait soixante ans et il pensait à ses parents avec beaucoup d'émotion. S'ils avaient été encore en vie, comment auraient-ils pu comprendre que cela recommençait ? Comment auraient-ils pu croire que, dans cette Allemagne où ils pensaient avoir trouvé leur place, se passait maintenant la même chose que ce qui avait chassé leurs propres parents de Russie ? « Ce n'est pas possible ! » auraient-ils dit. Mais si, bien sûr, c'était possible ! Il en avait maintenant la certitude. Ce qu'il venait de voir, d'entendre, dans les rues de Göttingen, en allant à son bureau, était suffisant pour s'en convaincre. Il se souvenait de cet émigré qui avait fui la Pologne et dont le pessimisme faisait rire. Il disait que les pogroms n'appartenaient pas qu'à la Russie et à la Pologne. Il disait que la barbarie, la violence qui se déchaîne sur fond de racisme, cela a toujours existé, et cela risque d'exister encore. L'homme disait que le racisme, l'antisémitisme, ce n'est jamais qu'un prétexte pour ceux qui ont besoin d'exprimer leur haine, de trouver des raisons à leurs inquiétudes, des responsables à leurs difficultés. Il disait qu'il leur faut un bouc émissaire et que, malheureusement, le bouc émissaire, c'est presque toujours le juif. Il disait que « des prétextes, ils en inventeront toujours, des prétextes économiques, biologiques, psychologiques... pour nous prendre ce que nous avons. Ils essayeront de faire de nous leurs esclaves. Ils n'hésiteront pas à nous tuer... » Ce Polonais faisait rire. On ne voyait en lui qu'un mauvais prophète, quelqu'un qui ressassait des malheurs anciens, qui ne voulait pas voir que le monde s'avançait sur la voie d'un progrès constant, vers plus de justice, de liberté, de vérité. Le procureur, lui, l'avait écouté avec attention, avait essayé de comprendre pourquoi il ne pouvait pas se défaire de ses idées noires. Il lui avait demandé : « Pourquoi cherchez-vous à effrayer ces pauvres gens qui vivent ici en paix ? Pourquoi croyez-vous que cela va changer ? » Mais l'autre avait haussé les épaules et, sans doute las d'être incompris, avait tourné les talons en murmurant : « C'est toujours comme ça, depuis la destruction du Temple... Il n'y a pas de raisons que cela change ! »

« *Az Scwer sczein a Ydd !* » Pour la première fois Roman Wormus prenait conscience de la vérité contenue dans ce proverbe yiddish : « Il est difficile d'être juif ! »(ou « Il est dur d'être juif ! ») Il était juif, bien sûr, mais cela, jusqu'alors, ne l'avait jamais préoccupé. Et le judaïsme n'avait été pour lui que quelques traditions respectées sans passion par ses parents, la célébration de quelques fêtes, Yom Kippour, Roch ha-Schana... Le repos du shabbat, qui n'était pas observé très régulièrement car son père, le procureur, avait toujours quelques dossiers à étudier. Juifs, les Wormus l'étaient par tradition plus que par conviction. D'abord ils étaient allemands. Aussi, en arrivant au lycée, Roman fut-il stupéfait par l'accueil qu'il y reçut. Les hauts murs du bâtiment ne défendaient pas l'établissement contre l'agitation qui s'était emparée de la ville, contre la violence qui, tout d'un coup, éclatait à Göttingen. « Les juifs, vous allez voir, ça va changer pour vous ! »« On va vous foutre dehors ! » « Le procureur, c'est lui qu'on va mettre en prison ! » Les insultes fusaient. Les coups volaient et, prudents, sinon même complices, les professeurs n'osaient pas s'interposer. Même de vieux copains ne lui adressaient plus la parole. Lui qui, quelques minutes auparavant, avait trouvé que son père exagérait, qu'il avait tort de s'inquiéter autant sous prétexte que Hitler devenait chancelier : comme si cela pouvait faire basculer tout un pays ! Il y eut même une véritable bataille rangée entre jeunes démocrates et pronazis, et Roman s'en mêla avec sa fougue et son courage. Il n'était pas de ceux qui se laissent faire et, surtout, il ne supportait pas qu'on insulte son père. C'était moins une question d'orgueil qu'une question d'honneur. Son père, tout le monde le savait à Göttingen, était un homme juste, sincère, honnête, qui avait toujours fait son métier dans la plus parfaite objectivité et qui avait la réputation d'être parfaitement incorruptible. Il avait fait la guerre, Verdun, la bataille de la Marne, comme les autres Allemands, comme les pères de ces garçons qui maintenant l'insultaient, le traitaient d'étranger, lui lançaient à la figure le mot *juif* comme si cela désignait une tare. Roman avait même pensé que son père était trop nationaliste, revanchard, quand il lui avait longuement expliqué les conséquences du traité de Versailles qui avait mis fin à la guerre en humiliant l'Allemagne, quand il avait exprimé l'amertume qu'il en avait éprouvée comme tous ses compatriotes. Cette victoire de la France, cela avait été une honte, une tache sur l'Allemagne dont il fallait prendre conscience et qu'il faudrait bien laver, un jour ou l'autre, d'une façon ou d'une autre.

Roman chercha refuge dans la bibliothèque du lycée, cet endroit privilégié, calme, où il aimait se plonger dans des livres qui lui donnaient l'impression de partager un peu du trésor de l'humanité, de ce que d'autres hommes avaient apporté par leur travail, leur réflexion, leur imagination. Il avait soif de savoir, soif de comprendre. Le temps, d'ordinaire, quand il était assis là, en pleine lecture, ne comptait plus, mais ce jour-là il était incapable de se concentrer. Il avait beau prendre un ouvrage d'un de ses auteurs préférés, Cervantès, Jack London, Heinrich Heine dont il aimait particulièrement les poèmes, il ne parvenait pas à fixer son attention. Son esprit était encombré par les événements de cette journée folle et par mille pensées qui, tantôt optimistes tantôt pessimistes, s'efforçaient d'en tirer des conclusions, d'en supputer des prévisions. Il se leva pour aller aux toilettes et se regarda dans une glace. Il fut surpris de constater qu'il avait pris un coup sur la pommette gauche et qu'il avait un œil à moitié fermé. C'était curieux, il n'avait rien senti. Il s'en voulut de ne pas s'être assez protégé le visage. C'est qu'il y tenait à sa jolie petite gueule ! Il pensa à sa mère, à ce qu'elle dirait en le voyant revenir dans cet état. Il était sûr qu'elle ne comprendrait pas. Lui, si peu bagarreur, qui n'était jamais rentré à la maison avec la moindre égratignure... Il était bon élève et plutôt sage, raisonnable. Il avait toujours suivi le conseil de son père : « Roman, puisque tes parents t'ont fait grand et fort, sois intelligent et n'en profite pas. Au contraire, défends les plus faibles. » Aujourd'hui, plus que jamais, il avait été digne de cette morale que lui avait enseignée son père. Il se consolait d'avoir pris des coups parce qu'il les avait bien rendus, et avec les intérêts ! Pourtant il se sentait mal. Il y avait maintenant quelque chose qui n'allait pas, dans sa tête, dans son cœur, dans son âme. Un étrange malaise. Il sentait en lui quelque chose de nouveau, une drôle de sensation : il était juif, et cela, ainsi que le disait le proverbe yiddish, n'était pas facile. Ce n'était pas simplement une étiquette qui lui venait de ses ancêtres, c'était quelque chose qui faisait qu'on pouvait le traiter comme moins que rien. Des garçons de son âge, des camarades de classe venaient de lui faire comprendre qu'il n'était pas un Allemand comme les autres, que ce pays n'était pas vraiment le sien.

Sur le chemin du retour, Roman retrouva, comme presque tous les jours, Ingrid, sa jolie voisine. L'atmosphère s'était heureusement un peu calmée et l'on pouvait circuler sans trop de crainte. C'était tant mieux parce que Roman était tellement furieux que si quelqu'un l'avait pris à partie il aurait plutôt recherché le combat que la fuite et aurait risqué de se mettre dans une fâcheuse situation. Ou bien, s'il avait dû se trouver témoin de quelque exaction de S.A., il aurait tenu à se conduire de manière chevaleresque. Mais qu'aurait-il pu faire contre deux ou trois de ces individus déchaînés ? Quand Ingrid l'aperçut, elle ne put retenir l'exclamation qui témoignait de son vif étonnement :

« Mais qu'est-ce qui t'est arrivé ? Laisse-moi te soigner. »

Gentiment, elle tendait déjà vers lui son mouchoir, quoiqu'il n'y eût pas grand-chose à faire pour l'instant contre ces blessures.

« Ne bouge pas, ce n'est rien. Et si on te voit en train de soigner un juif...

— Tu t'es battu, Roman ! Mais tu sais, il ne faut pas leur en vouloir, ils sont tellement heureux d'avoir un nouveau chancelier qui leur redonne un peu de fierté et d'espérance. Il faut comprendre...

— Qu'est-ce que tu veux que je comprenne ? Qu'est-ce qu'il y a à comprendre quand une bande de sauvages met la ville à feu et à sang ? Je dois les comprendre quand ils m'insultent ? Et je dois me laisser insulter parce que Hitler est chancelier ? Dis-moi que je rêve, que j'ai mal entendu. Je ne te reconnais pas, Ingrid. Ecoute-moi bien, aujourd'hui c'est une journée de cauchemar et je ne veux plus jamais revoir ça ! Parce que si c'est cela l'Allemagne, eh bien je préfère m'en aller, partir, comme mes grands-parents sont partis de Russie.

— Calme-toi, Roman. Laisse-moi te soigner. »

Il n'y avait pas grand-chose à faire pour l'ecchymose et l'œil au beurre noir, mais Ingrid avait de la tendresse pour Roman. Leurs parents étaient de vieux amis et ils avaient grandi ensemble. Ils avaient joué ensemble, tout petits. Ils étaient ensemble sortis de l'enfance. Depuis quelque temps, c'était aussi autre chose. Ingrid était jolie et elle le savait. Elle avait de grands yeux bleus qui pouvaient exprimer toutes ses émotions, tous ses sentiments, qui pouvaient passer en un instant de la joie à la tristesse, ou l'inverse. Elle avait aussi un joli sourire, de ravissants cheveux blonds, un corps de petite femme, dont elle était assez fière, une poitrine pas mal du tout et des jambes qui lui donnaient envie de porter des talons hauts. Elle pouvait se rendre compte que les garçons de Göttingen n'avaient d'yeux que pour elle. Pourtant elle n'était pas orgueilleuse. Pas aguicheuse non plus. Non, c'était Roman qui lui plaisait. C'était Roman qu'elle aimait. C'était Roman qu'elle voulait. Roman, et pas un autre. Cela tombait bien puisque c'était réciproque, puisque Roman se sentait, de plus en plus, irrésistiblement attiré par elle. Mais, à quinze ans, il y a des distances qui paraissent infranchissables.

Ingrid, pourtant, ce jour-là, avait du mal à reconnaître le garçon charmant, sensible, délicat, si bien élevé, qui était son ami. Lui qui ne s'emportait jamais, qui mesurait ses paroles, qui était toujours prêt à tout excuser, il avait soudain quelque chose de dur dans le regard. Comme une résolution très ferme, une ardeur qu'elle ne lui connaissait pas, une fierté, une gravité qui le vieillissaient. Il faut dire que les traces de coups qu'il avait reçus ne contribuaient pas à adoucir son visage. Mais Ingrid comprit vite que Roman avait raison, que ce n'était pas parce que l'Allemagne changeait de gouvernement qu'un garçon de quinze ans, qui n'avait jamais fait de mal à personne, devait se faire insulter et se faire physiquement agresser.

« Calme-toi, Roman, calme-toi, tu ne peux pas rentrer chez toi dans cet état, lui dit-elle le plus tendrement possible en lui tamponnant le visage avec son mouchoir.

— Je me fous de mon état ! Ce qui compte, c'est ce qu'ils ont dit sur mon père.

— Ce sont de jeunes fous. Ils ne feront rien de ce qu'ils disent.

— Les vitrines brisées... Je suis passé, ce matin, près de la synagogue. Je les ai vus pourchasser, frapper des hommes, presque des vieillards. J'ai essayé d'intervenir, je leur ai demandé pourquoi. Tu sais ce qu'ils m'ont répondu ? "Ce sont des juifs ! Qu'ils crèvent !" Alors je n'ai pu que garder en moi toute ma fureur, parce que c'est moi qu'ils auraient tué si j'avais réagi. Tu vois, il ne faut pas chercher à les comprendre, il ne faut pas les excuser. Tu dis toi-même : "Ce sont de jeunes fous." Eh bien, non, la jeunesse n'est pas une excuse ! »

Elle savait qu'il avait raison. Elle s'en voulait maintenant d'avoir été maladroite, de ne pas avoir su exprimer le fond de sa pensée. Alors, elle eut un geste spontané de jeune fille amoureuse, un geste qu'elle n'avait jamais eu, un geste qu'elle n'aurait jamais cru possible. Elle posa sur les lèvres du garçon blessé le plus doux des baisers. Il fut transporté loin, très loin, de cette journée affreuse. Il en oublia les insultes, les coups, l'inquiétude. Il était au septième ciel. Ingrid l'avait embrassé ! Il attendait ce moment depuis si longtemps. Oui, c'était le plus beau jour de sa vie et, puisqu'elle l'aimait, plus rien de mauvais ne pouvait lui arriver. Elle le regardait tendrement, heureuse de voir qu'il avait retrouvé le sourire, que la dureté qu'elle avait vue tout à l'heure sur son visage s'était effacée. C'était un de ces moments qu'on voudrait faire durer toujours, où le rêve semble devenir réalité.

La nuit tombait sur Göttingen et le calme était

revenu. Il restait bien çà et là des preuves de ce que cette journée n'avait pas été ordinaire : le verre brisé des vitrines, le contenu des épiceries répandu sur le trottoir et qui dégageait une odeur aigre, écœurante, des chaussures provenant d'une cordonnerie dévastée et que personne n'avait osé ramasser. Mais ce calme même n'était pas normal. Cette ville qui, à cette heure de fin d'après-midi, d'ordinaire grouillait de monde, semblait s'être vidée. Ingrid et Roman étaient seuls dans la rue et ils ne sentaient pas le temps passer. Ils restaient là tous les deux, en silence. Puis Ingrid, avec un air très sérieux, dit au garçon :

« Je veux que tu le saches, Roman, je t'aime. »

Il ne sut pas que répondre. Il ne savait pas dire « Je t'aime. » Il pensait que seules les filles pouvaient dire ces choses-là. Il était timide. Il était heureux, mais il était inquiet aussi. Même, il était inquiet parce qu'il était heureux. Oui, que dirait sa mère quand il lui confierait qu'il était amoureux d'Ingrid, amoureux d'une *goy* ? Bien sûr, elle n'avait rien contre les *goys*, mais dans la famille Wormus, depuis toujours on se mariait entre juifs. Les juifs épousaient des juives et les juives épousaient des juifs. « Allons, se dit-il, ce n'est pas sérieux, tu n'as que quinze ans et c'est un peu tôt pour faire des projets d'avenir... » Ils étaient maintenant tout près de chez eux et ils ne parvenaient pas à se séparer. La nuit était noire. Ils sentirent de nouveau peser sur eux le poids de cette journée.

« Tu sais, Roman, je ne plaisantais pas tout à l'heure, dit-elle.

— Moi aussi, Ingrid, je t'aime. Mais tu te rends compte de la vie qui t'attend, avec un juif ? Crois-tu que, dans quelques années, ce sera possible qu'un juif épouse une chrétienne ? Mais ne réponds pas. Tu dirais n'importe quoi pour me faire plaisir, je te connais. Tu vois, moi, je ne cherche pas à te faire plaisir, je cherche à comprendre ce qui nous attend, je cherche à savoir comment tout cela va tourner. Un jour, j'ai demandé à ma mère pourquoi dans sa famille, pourquoi dans la famille Wormus, pourquoi dans la plupart des familles juives que nous connaissons, on ne s'est jamais marié qu'avec des juifs. Tu ne devineras pas ce qu'elle m'a répondu.

— C'est vrai, les juifs se marient toujours entre eux. Et qu'est-ce qu'elle t'a répondu ?

— Elle m'a dit qu'il y avait des tas de bonnes raisons, mais qu'il y en avait surtout une, la plus importante à ses yeux. Elle m'a dit que si j'épousais une juive jamais elle ne pourrait, au cours d'une dispute, me traiter de "sale juif !".

— Mais nous ne nous disputerons pas, répliqua Ingrid qui avait les larmes aux yeux. Et même si cela devait arriver, crois-tu que je pourrais te traiter comme ça ?

— Tu as raison, nous n'en sommes pas là, dit-il très calmement en essayant de la consoler, en la prenant doucement dans ses bras. Je sais bien que tu ne pourrais pas dire des choses pareilles. »

Cette fois, ce fut lui qui posa ses lèvres sur les siennes. Ils oubliaient qu'ils étaient devant chez eux et qu'on pouvait les voir.

L'affaire était apparemment limpide. Le procureur avait eu entre les mains un dossier bien bouclé, qui ne laissait en suspens aucune question. Le commissaire avait rondement mené l'enquête. Une prostituée venait d'être assassinée et, vraiment, il n'avait pas été difficile de trouver le coupable. Du moins, le présumé coupable. Il paraissait certain que c'était cet homme dont on savait qu'il lui était un client régulier et qui avait quelques difficultés financières. Il avait mal mené son affaire, un élevage de poulets, et il était endetté jusqu'au cou. La concierge avait témoigné sans hésitation : c'était bien cet homme qui avait été le dernier client, le 28 janvier à dix-huit heures, de la fille et c'était elle qui avait découvert le corps alors que, comme d'habitude, elle venait faire le ménage.

Le motif, c'était le vol, c'était certain. L'appartement avait été fouillé, mis sens dessus dessous et tout l'argent de la fille avait disparu (la concierge connaissait la cachette, on ne fait pas si longtemps le ménage chez quelqu'un sans tout savoir...). L'assassin avait laissé sur le lieu de son crime une écharpe et, surtout, un bouton de manchette qui portait ses initiales R.K., *c'était Richard Knochen.* On avait retrouvé son nom dans le carnet de la fille. L'homme n'avait pas nié qu'il fréquentait la fille, mais il avait affirmé n'être qu'un client parmi d'autres, un client distrait qui pouvait oublier ses affaires, mais qui n'avait pas assassiné une fille chez qui il avait ses habitudes. L'enquête n'en avait pas moins été plus poussée et elle avait montré que, curieusement, celui qu'on soupçonnait avait, le lendemain du meurtre, payé une partie de ses dettes. Et il n'avait pu donner aucune explication sur la provenance de cet argent.

Alphonse Wormus connaissait Richard Knochen. Tout le monde, à Göttingen, connaissait Richard Knochen. Knochen n'avait pas continué très longtemps ses études et, très vite, il s'était lancé dans les affaires. A vrai dire, sans grand succès, mais il avait toujours su rebondir. Il avait été beau garçon et on lui avait prêté de nombreuses conquêtes, des deux sexes d'ailleurs. Ce n'était certes pas un citoyen modèle, mais de là à en faire un assassin... Il n'empêche que c'était tout de même le suspect n° 1. Il eut hâte de le rencontrer, d'entendre ses explications. Avec toutes les charges qu'il y avait contre lui, bien sûr, il avait été mis en garde à vue. Encore que cela n'apparaissait pas dans le dossier.

Le procureur appela le commissaire qui avait mené l'enquête afin de lui dire ce qu'il pensait du dossier. Oui, en effet, cela paraissait clair comme de l'eau de roche, aussi aimerait-il entendre Knochen sans perdre de temps.

« Si vous voulez bien le faire amener à mon bureau... »

Le commissaire eut l'air gêné. Il ne répondit pas tout de suite, se tortillant sur sa chaise puis, comme il voyait que le procureur allait insister, il prit enfin la parole :

« Ah ! rien n'est simple, de nos jours... Il y a des choses, voyez-vous, que je n'ai pas pu mettre dans mon rapport et qui compliquent quelque peu la situation. Il se trouve que ce Knochen fait partie de ceux qui, dans quelque temps, dirigeront notre pays. »

Le procureur, parce qu'il n'avait pas l'habitude de se faire une opinion sur quelqu'un, surtout en matière de justice, en fonction des idées politiques de cette personne, avait oublié ce que tout le monde savait à Göttingen : Richard Knochen était un personnage important chez les nazis. Le commissaire ne lui laissa pas le temps de dire que cela n'avait rien à voir avec l'affaire qu'ils avaient à traiter :

« Et, pour vous dire la vérité, je n'ai pas l'intention de voir ma carrière brisée parce qu'une pute juive a été assassinée.

— Qui vous parle de votre carrière ? Ce n'est pas elle qui est en question. Vous avez mené rondement une enquête sur un crime sordide, vous avez trouvé l'assassin, eh bien, vous devez continuer à faire votre métier, c'est-à-dire arrêter le coupable. Il semble, si je vous comprends bien, que vous ne tenez pas à donner suite à cette affaire. Mais ce serait vous faire complice d'un acte criminel ! Avec, bien sûr, toutes les conséquences que cela impliquerait. Ne comptez pas sur moi pour vous suivre !

— Ecoutez-moi bien, procureur, tout ça c'est du blablabla. Vous savez très bien que j'ai toujours fait mon devoir, même souvent plus. Nous avons toujours coopéré très efficacement. Mais aujourd'hui tout est différent. Vous avez vu ce qui s'est passé dans les rues de notre ville. Où était la loi ? Qui faisait la loi ? C'était les S.A., vous le savez aussi bien que moi. Alors, comment pouvez-vous imaginer que je débarque chez Richard Knochen et que je lui dise que nous l'accusons du meurtre de Sarah Veremblum et que, donc, il doit me suivre. Premièrement il ne me suivra pas. Deuxièmement il me rira au nez et je serai ridicule. Bon, j'ai fait mon métier, vous avez le dossier et si, vous, vous avez envie de prendre ce genre de risques, prenez-les. J'ai une famille. Et vous aussi vous avez une famille. »

Visiblement, le commissaire n'était pas à l'aise. Il savait bien où était son devoir, comme il l'avait toujours su. Il savait aussi quels risques il n'avait pas envie de prendre. C'est qu'il était tout de même bien placé pour les connaître, les nazis. Mais il aimait bien le procureur et, au fil des ans, ils étaient devenus presque des amis. Il ne voulait pas que cet homme pour qui il avait toujours eu beaucoup de considération ait de lui une mauvaise opinion. Il savait bien qu'il n'avait pas raison aux yeux de la justice. Il savait aussi qu'il n'avait pas tort en fonction de la réalité.

« Vous comprenez, n'est-ce pas ? »

Le procureur restait de marbre, bien loin de lui donner le moindre signe d'acquiescement. Strumpfer reposa la question et obtint une réponse qui le soulagea :

« Oui, oui... je comprends.

— Ah ! Je savais bien que vous aussi vous seriez raisonnable. Vous avez compris : nous ne pouvons rien faire. Enfin, pas pour le moment. Il faut attendre, voir venir. Peut-être, plus tard...

— Non, commissaire, nous ne parlons pas le même langage. Je comprends, oui, les raisons pour lesquelles vous avez peur de faire votre devoir. Mais n'allez surtout pas imaginer que je vais en faire autant. Si je ne vous connaissais pas depuis vingt ans, je ne vous aurais pas compris. Je n'aurais même pas essayé de savoir quelles sont vos raisons. Vous voyez, pour moi la seule chose qui importe, c'est qu'une fille a été assassinée, que nous connaissons son assassin et que nous sommes en train, au lieu de l'arrêter, de discuter des raisons qu'on aurait de ne pas faire ce qui doit être fait. Ecoutez-moi bien, commissaire, tant que je serai procureur à Göttingen, et c'est encore le cas, nous ferons ce que nous devons faire. Dès demain, à la première heure, je veux entendre Richard Knochen. Faites en sorte qu'il soit dans mon bureau. D'ici là j'aurai tout le temps d'étudier plus à fond le dossier. »

Le commissaire voulut encore dire quelque chose, reprendre ses arguments, regagner un peu de sympathie de la part du procureur. Celui-ci ne lui en laissa pas le temps :

« Ne vous faites pas trop de soucis. Après tout, votre rapport n'est peut-être pas suffisamment étayé et Knochen n'est peut-être pas coupable. Quoique... N'ajoutez rien, commissaire, vous me l'avez dit tout à l'heure et je vous ai très bien compris, vous ne voulez pas briser votre carrière pour une “pute juive”. Il est vrai que, n'ayant jamais fréquenté ce genre de femmes, je suis bien incapable de faire la différence entre une prostituée juive et une prostituée chrétienne. Peut-être que Knochen pourra m'éclairer. Je vais l'écouter avec beaucoup d'attention... Allez, commissaire, faites votre devoir, je compte sur vous. »

Alphonse Wormus, pour bien montrer que l'entretien était clos, se replongea aussitôt dans le dossier du meurtre de Sarah Veremblum. Plus il en étudiait le détail, plus la culpabilité du suspect lui paraissait certaine. Tout concordait : les visites à la fille, le flou dans l'emploi du temps, le remboursement des dettes. Vraiment, le commissaire, à son habitude, avait fait du bon travail. L'enquête avait été bien menée, le dossier bien ficelé.

Il faisait nuit quand il rentra chez lui. La ville avait retrouvé, au moins en apparence, son calme. Il pensait à ses parents, il s'interrogeait : s'ils n'étaient pas morts avant de voir ce pays qu'ils s'étaient choisi glisser vers la barbarie, comment auraient-ils jugé ce qui se passait maintenant en Allemagne ? Sans doute auraient-ils été énormément déçus, eux qui avaient quitté la Russie pour aller vivre dans un pays « civilisé », eux qui disaient qu'il ne fallait jamais rester dans un pays antisémite. Il entendait encore la voix de sa mère quand elle lui avait dit, plus d'une fois : « Alphonse, si ça recommence, n'hésite pas, prends ton baluchon et va-t'en. » Bien sûr, cette inquiétude lui avait paru absurde, à lui qui était né en Allemagne et qui avait toujours eu conscience d'être un Allemand comme les autres. Mais, ce soir, en rentrant chez lui, il se demandait si elle n'avait pas eu raison de le mettre en garde, comme sans doute sa mère à elle l'avait fait et comme elle aussi avait dû avoir du mal, sur le moment, à le comprendre. Oui, peut-être, il fallait savoir partir. Facile à dire... Avec une femme, un enfant... Et pour aller où ?

Judith et Roman attendaient Alphonse, impatients de connaître ses réactions après une telle journée. Il essaya de faire un exposé précis, sérieux, sans dramatiser la situation. A dire vrai, la réalité n'avait aucunement besoin d'être exagérée. Chacun avait pu voir, entendre, ce qui s'était passé à Göttingen et la radio, qu'ils avaient écoutée avec beaucoup d'attention, racontait et commentait des événements qui avaient secoué toute l'Allemagne. Aucune ville n'avait été épargnée par des incidents dont le speaker rendait responsable « l'arrogance des juifs qui avaient fomenté des troubles avec la complicité des étudiants socialo-communistes », tout en se félicitant de ce que « de jeunes Allemands de race pure aient su leur donner une bonne leçon et rétablir l'ordre ». C'était insensé ! Roman s'était levé rageusement pour éteindre le poste, en s'exclamant :

« Mais comment peut-il mentir à ce point ? C'est nous qui les avons provoqués ? C'est vraiment trop fort ! Moi, je les ai vus, près de la synagogue, frapper des vieillards, et je n'ai rien pu faire ! Si ça continue, il va falloir que nous sortions armés. Moi, je n'ai pas l'intention de me laisser faire !

— Te défendre ? lui répondit son père, comment comptes-tu te défendre ? Crois-moi, ils ont l'avantage du nombre et de la force. Je pense que, malheureusement, il va falloir nous habituer à vivre des moments difficiles. Et peut-être devrons-nous décider de partir.

— Pour aller où ? demanda Judith, désemparée. Et si cela doit durer, je vais mourir d'inquiétude. Roman, promets-moi de faire attention, de ne pas te bagarrer.

— Pour la première fois, reprit Alphonse, j'ai eu des difficultés au bureau. A propos d'une affaire pourtant très simple. Le commissaire qui a fait l'enquête n'a aucune envie d'arrêter le coupable, sous prétexte que c'est un des responsables du parti nazi. Vous vous rendez compte ? Comme si ces gens-là étaient au-dessus des lois ! Et le commissaire m'a dit qu'après tout il ne s'agissait que d'une prostituée juive. Il a même dit "une pute juive". Juive ou chrétienne, qu'est-ce que ça change, hein ? Eh bien, il paraît que maintenant ça change tout ! Alors, si on peut assassiner les gens avec la bénédiction de la police, pour peu qu'ils soient juifs... C'est la porte ouverte à tous les abus, à toutes les folies. Et, sans être pessimiste, je crains que nous n'en fassions rapidement les frais. »

Judith et Roman l'avaient écouté avec étonnement car il n'avait pas l'habitude de leur parler de son travail. Il fallait qu'il soit vraiment perturbé pour se laisser ainsi aller à des confidences sur des affaires qu'il avait à traiter ! Aussi même Roman l'avait-il écouté sans l'interrompre, malgré toute la fureur qu'il sentait monter en lui. Quand son père se tut, il intervint avec véhémence :

« J'espère que tu ne vas pas en rester là ! Tu es toujours procureur, non ?

— Oui, oui, mais pour combien de temps ?

— Ne me dis pas que tu as peur ! Tu ne peux pas laisser passer ça !

— Justement, c'est parce que je n'ai pas l'intention d'abdiquer que je m'inquiète. J'ai ordonné au commissaire de m'amener le suspect demain matin à mon bureau. Mais je prends des risques. Je peux perdre mon poste, et peut-être plus. C'est pour toi et pour Roman, dit-il ensuite en se tournant vers sa femme, que je me fais du souci. Nous le savons, nous l'avons bien vu aujourd'hui, ces hommes sont des sauvages. Jusqu'où iront-ils si on les laisse faire ? Le plus triste, c'est que je travaille depuis plus de vingt ans avec le commissaire Strumpfer. Je croyais bien le connaître et je me rends compte avec stupéfaction qu'il a peur, peur que cette affaire soit préjudiciable à sa carrière. Et je ne suis pas sûr qu'il m'obéisse.

— Je prends le pari, répliqua Roman, que tu ne verras jamais le coupable dans ton bureau. Ton commissaire a la trouille et il ne lèvera pas le petit doigt. Je vais te dire ce que je pense de ce pays : il est fichu pour nous, les juifs. Et, crois-moi, ça me fait autant de peine qu'à toi. J'aime cette ville, c'est ici que j'ai mes amis, c'est ici que je pensais avoir mon avenir. Mais je ne veux pas m'obstiner à n'importe quel prix. Grand-père, je me souviens, lui aussi aimait ce pays, mais ça ne l'empêchait pas de dire qu'on ne doit pas rester dans un pays antisémite. C'est à cause des pogroms que ses parents ont quitté la Russie, et maintenant c'est en Allemagne que sont les pogroms. »

Pour un garçon plutôt calme, qui parlait toujours de façon pondérée, c'était une longue tirade. Ses parents étaient étonnés de sentir en lui tant de violence, de l'entendre parler d'une voix excitée par la colère et dans laquelle on sentait aussi l'amertume. Judith, avec cet entrain qu'elle savait avoir même dans les pires moments, détendit l'atmosphère :

« Le temps passe et nous ne devons pas oublier que nous avons, ce soir, un anniversaire à fêter. Si vous voulez me faire plaisir, oubliez donc les nazis. Alphonse, je t'ai réservé une surprise. J'ai invité quelques amis qui ne vont sans doute plus tarder. Aide-moi, Roman, mettons le couvert, la belle vaisselle et l'argenterie. Et les chandeliers d'argent. »

Ce fut un drôle d'anniversaire. Ils étaient venus, tous, les Lerner, les Kohl, le rabbin et sa femme, et aussi les parents d'Ingrid, les Franck, deux vieux amis, chrétiens, qui étaient de toutes les fêtes de la famille Wormus. Tous étaient venus malgré les événements et l'envie qu'on pouvait avoir de rester chez soi après une telle journée. Ils avaient eu envie de fêter leur ami, bien sûr, mais aussi ils avaient eu le désir de se retrouver pour échanger leurs impressions, leurs commentaires, leurs prévisions, leurs inquiétudes... Les Franck semblaient être les plus déprimés par l'arrivée de Hitler au pouvoir et il était évident qu'ils voulaient montrer à leurs amis que, en ce moment où les juifs paraissaient menacés, ils pouvaient compter sur eux. Ils savaient aussi que, après les juifs et les communistes, les libéraux seraient les prochaines cibles des nazis.

« Pour moi, la liberté de penser, dit Alphonse, compte plus que le pain et l'eau.

— Même si vous étiez dans le désert, sans eau ni pain ? » demanda le professeur Franck.

Judith essayait bien de les ramener à un peu plus de légèreté :

« Je vous en prie, n'oublions pas que c'est l'anniversaire d'Alphonse. Si nous parlions de choses plus drôles... »

Le rabbin, au cours de la discussion, eut cette phrase qui tirait un amer constat de cette journée et qui était d'une grande justesse :

« Quelque chose me console, d'un côté, et me fait de la peine, de l'autre. C'est que dans cette foule qui hurlait, qui voulait tout saccager, je n'ai pas vu l'ombre d'un être humain.

— Même en cherchant bien ? demanda Alphonse. L'homme pourtant, vous le savez, n'est pas une chose rare. Allons, Rebbé, il ne faut pas désespérer, ce n'est pas le moment. Regardez ce que Judith nous a préparé. »

C'était le moment du gâteau d'anniversaire, un imposant *strudle* surmonté de six bougies, une pour chaque dizaine de l'âge d'Alphonse. Au moment où le procureur les soufflait on entendit, dans la rue, retentir l'hymne nazi entonné par un groupe de jeunes qui passait devant la maison. Etait-ce un hasard s'ils chantaient justement devant celle d'Alphonse Wormus ? Ou bien était-ce une provocation ? Personne, autour de la table, ne fit de remarque et ils s'efforcèrent, au contraire, de ne plus parler de l'actualité.

Quand ses amis furent partis, malgré l'heure tardive, le procureur rouvrit le dossier Sarah Verembum. Sa première opinion se confirma : l'affaire paraissait vraiment simple et, si le commissaire faisait son métier, Richard Knochen se retrouverait en prison, et y resterait sans doute longtemps. Bien sûr, rien n'était joué, Strumpfer était réticent et le climat politique pouvait faire craindre le pire. Mais Alphonse Wormus ne voulait pas croire, pas encore, au pire. Tout de même, la partie allait être difficile à jouer et mieux valait prendre quelques précautions, c'est-à-dire faire un double du dossier.

Le lendemain matin, il était dès huit heures à son bureau, le premier comme d'habitude. Rien d'étonnant à cela. En revanche, ses traits tirés, son air soucieux, sa mine de nuit blanche n'étaient pas ordinaires. Il appela Strumpfer qui, lui, paraissait d'excellente humeur et, sans perdre de temps, il lui demanda s'il avait interpellé Knochen.

« C'est que... il y a des faits nouveaux. La concierge s'est rétractée. Elle ne se souvient plus exactement de l'heure à laquelle elle a vu Knochen. Et il y a une dizaine de jeunes gens, des S.A., qui affirment que Knochen était avec eux à l'heure du crime. Alors, vous comprenez, sans autre preuve et avec un tel alibi, je ne peux pas l'arrêter. Ce n'est pas le moment de commettre une erreur judiciaire. Vous imaginez comment cela serait pris par la future administration de notre pays, vous comprenez, n'est-ce pas ? »

Ça, pour comprendre, il comprenait ! Ainsi ce qu'il avait préféré ne pas prévoir était arrivé ! Il avait du mal à contenir sa rage devant cet homme qui, le sourire aux lèvres, lui donnait des explications auxquelles lui-même ne croyait pas. C'était vraiment cousu de fil blanc ! La concierge avait dû recevoir de la visite et les nouveaux témoins avaient beau être dix, il était évident que c'étaient des menteurs. Strumpfer avait donc choisi son camp. Il était bien allé voir Knochen, mais pas pour l'arrêter, non, simplement pour lui faire part de la détermination du procureur et lui dire de préparer sa défense. Ce qui avait été rondement mené par un homme d'autant plus serein qu'il s'attendait, dans les prochains jours, à être nommé à un poste important où il serait intouchable. Knochen n'avait pas eu de mal à faire comprendre au commissaire qu'entre un responsable nazi et un magistrat juif qui serait bientôt révoqué le choix était simple. Quant au petit service qui lui était ainsi rendu, bien sûr, il saurait s'en souvenir : « Il y a encore tant de choses à faire dans notre beau et grand pays. C'est une chance pour des hommes comme nous. Allons, ne vous faites pas de souci, Strumpfer, j'irai moi-même demain matin voir le procureur pour le calmer. »

Alphonse Wormus se retenait. Il avait eu du mal à ne pas jeter à la figure de son interlocuteur tout ce qu'il y avait sur son bureau. Il avait aussi envie de lui dire ce qu'il pensait de sa manière d'agir et, ensuite, de le jeter dehors. Mais faire un scandale ne servirait à rien. Il fallait réfléchir. Et certainement ne pas heurter de front ce Knochen qui était assez dangereux pour avoir fait si facilement plier Strumpfer. Celui-ci, d'ailleurs, reprenait la parole :

« Vous verrez, Knochen est de bonne foi. Il m'a promis qu'il passerait vous voir, de son plein gré, dans la matinée. Cela ne prouve-t-il pas qu'il n'a rien à craindre ?

— Qu'il n'a rien à craindre, sans doute. Mais cela ne prouve pas qu'il n'est pas coupable... Nous verrons. En tout cas, j'ai bien étudié le dossier que vous m'avez remis et il y a largement dedans de quoi le faire condamner. Il est vrai que, lorsque vous avez fait votre enquête, les nazis n'étaient pas encore au pouvoir. Ne croyez pas que je sois dupe, Strumpfer. Et vous me décevez. Je croyais vous connaître, je croyais que vous étiez, comme moi, au service de la justice. Je me suis trompé. Bien sûr, je vous comprends : en vingt-quatre heures, le vent a singulièrement tourné, n'est-ce pas ? Mais une chose m'étonne. Pourquoi avez-vous attendu si longtemps pour en arriver là ? Ce n'est tout de même pas la première fois qu'on tente de vous acheter ? Nous avons tous, un jour ou l'autre, eu à faire face à une tentative de corruption et, que je sache, vous n'avez jamais marché dans les combines. Alors, je vous le demande, pour la première et dernière fois, parce que je ne suis certainement pas pour longtemps à ce poste, dites-moi ce qui vous fait agir ainsi, faites-moi la grâce de m'expliquer votre attitude. »

Il était content d'être arrivé à parler si calmement, sans haine, sans montrer ce qu'il ressentait de fureur, avec juste un peu plus d'émotion que d'habitude, une légère tension dans la voix. La réponse, il la connaissait, mais il voulait l'entendre de la bouche de Strumpfer. Comme quand, après une longue instruction, il attendait que le coupable avoue. Il fallait que Strumpfer lui fasse le plaisir de cet aveu. Le commissaire, lui, n'était vraiment pas à l'aise. Il se balançait d'une jambe sur l'autre, il s'épongeait le front alors qu'il ne faisait pas si chaud, l'hiver, dans les bureaux... Si, au moins, Wormus avait perdu son calme... S'il l'avait insulté, ou même supplié de revenir sur sa décision, il aurait pu lui répondre vertement, lui dire qu'il ne comprenait rien à rien, qu'on vivait un moment historique important, qu'il fallait savoir ne pas laisser passer un tel tournant, qu'on avait vraiment autre chose à faire maintenant que de se tracasser pour une pute juive qui n'avait eu que ce qu'elle méritait, ou pour la vertu d'un procureur, juif aussi, qui se prenait pour la justice elle-même ! Mais, voilà, ce diable d'homme ne s'était pas départi de son calme. Il avait même gardé à son égard un ton relativement amical. Alors, ce n'était pas facile de lui répondre. Parce qu'il l'aimait bien, le procureur. C'était vrai qu'ils avaient travaillé ensemble pendant vingt ans et qu'ils s'étaient toujours bien entendus. Mais lui, Strumpfer, il en avait tout de même assez de n'être que le second, de devoir obéir à M. le Procureur, un homme juste et aimable, c'était vrai, mais un juif. Il y avait là une place qui pouvait être la sienne, qui serait bientôt la sienne. C'était ainsi, c'était cela, le grand changement qui survenait en Allemagne. Knochen avait raison : c'était une chance pour un homme comme lui, qui avait toujours été un bon flic. Il répondit enfin :

« Je n'ai pas à me justifier, monsieur le Procureur. J'ai fait ce que j'avais à faire, j'ai fait l'enquête, j'ai rédigé le dossier. Maintenant, le seul témoin s'est rétracté et celui qui était le seul suspect a un alibi que nous serions bien en peine de contredire. D'ailleurs, Knochen va venir et vous pourrez en parler directement avec lui. Vous verrez que nous ne pouvons rien contre lui. Tentez tout ce que vous voulez, vous n'arriverez à rien. Ces gens-là tiennent le pouvoir et ils sont prêts à tout. Moi, j'ai quarante-trois ans, et la moitié de ma carrière est encore devant moi. J'ai une famille, une femme, des enfants que je ne veux pas décevoir... »

Il commençait à le savoir que Strumpfer avait une famille ! Mais ce n'était pas le seul :

« Croyez-vous qu'ils ne seront pas déçus s'ils apprennent, un jour, que vous avez protégé un assassin ?

— Cessez de me tourmenter. Je vous ai dit tout ce que je pouvais vous dire, maintenant faites ce que vous voulez, débrouillez-vous avec Knochen, ce n'est plus mon affaire. Tout est clair, je n'ai pas à me justifier.

— De toute façon, à mes yeux vous n'y parviendrez pas. Vous êtes indéfendable, Strumpfer.

— Ce n'est peut-être pas moi qui aurai le plus besoin de me défendre. Vous avez tort de ne pas vouloir comprendre. Nous verrons bien qui a tort et qui a raison. L'avenir nous le dira. Et l'on verra bien ce que vous trouverez à dire à Knochen quand il sera devant vous. D'autant plus qu'il va venir avec ses témoins. Au moins vous ne pourrez pas dire que je ne vous ai pas prévenu. »

Sur ces dernières paroles, Strumpfer tourna les talons et regagna son bureau. Le procureur, lui, réfléchissait. C'était une menace que venait de lui transmettre le commissaire : au lieu d'une audition de Knochen, c'était une descente de S.A. dans son bureau qui l'attendait. Il n'était plus question d'exercer sereinement la justice dans de telles conditions. Mais au moins il ne fallait pas perdre la face. Il avait bien fait de passer la nuit à recopier le dossier dont il allait certainement être obligé de se dessaisir ! Il pourrait toujours mettre le double en lieu sûr en attendant de pouvoir le ressortir, car il était bien décidé à ne pas abandonner la partie. Il était tenace, il avait toujours été tenace et il haïssait les voyous. Le vol pour se nourrir ou le crime passionnel, il pouvait comprendre cela, être indulgent, mais le crime crapuleux, tuer quelqu'un pour de l'argent, ça le révoltait, c'était inadmissible et ça devait être sévèrement puni. Pour que Strumpfer, pour une fois, ferme les yeux, il fallait vraiment que la situation soit grave. Pauvre Allemagne ! Elle était tombée bien bas !

Il n'eut pas beaucoup à attendre. Il y eut un bruit de bottes, des voix fortes et des rires, dans l'escalier, puis dans le couloir qui conduisait à son bureau. On ne frappa pas à la porte et, soudain, ils furent là, devant lui, une dizaine de S.A. en culotte de cheval et chemise brune. Et pas un garde ne les avait accompagnés, pas une secrétaire ne les avait fait patienter. D'ailleurs, sa secrétaire, elle, était malade, curieusement, aujourd'hui. Le bâtiment entier semblait avoir été déserté. Ou bien ceux qui étaient là se terraient et n'avaient aucune intention de se mêler de ce qui se passait. En d'autres temps, en des temps normaux, il aurait pu les faire jeter dehors, sans discuter. Mais, en d'autres temps, ils ne seraient pas ainsi venus dans son bureau. Mais, en d'autres temps, Knochen aurait déjà été sous les verrous. D'un geste autoritaire, celui-ci, qui était visiblement le chef, fit taire ses hommes et regarda Alphonse d'un regard d'une terrible dureté. Le procureur se sentait petit devant cette troupe, mais il était trop conscient de l'importance de sa fonction, de ce qu'il représentait pour se laisser trop impressionner. Ou, du moins, pour le montrer. Il affronta le regard du S.A. qui le toisait. Il fut le premier à parler, d'une voix bien contrôlée :

« Vous êtes Richard Knochen, je vous attendais. Veuillez dire à ces personnes qui vous accompagnent de sortir. Je les ferai entrer s'il me semble que l'instruction dont j'ai la charge le nécessite. »

Sans même attendre que Knochen intervienne, il s'adressa d'un ton calme mais ferme aux garçons qui accompagnaient son visiteur : « Sortez, messieurs, je vous en prie. Veuillez attendre dans le couloir. » Ils hésitèrent, semblèrent sur le point de réagir, regardèrent leur chef et, comme celui-ci leur faisait comprendre, d'un léger mouvement de tête, qu'ils pouvaient obéir, ils sortirent. Knochen savait qu'il n'avait pas besoin d'eux pour traiter son affaire. Leur présence avait déjà suffi à montrer sa force et sa résolution. Il pouvait maintenant jouer sur un autre ton, se montrer plus affable. Quelques jours plus tôt, il aurait été moins fier, mais que pouvait ce petit procureur juif contre lui, contre un membre important du parti nazi ? Il n'était plus question, maintenant que Hitler était au pouvoir, que les vrais Allemands laissent les juifs leur dire ce qu'ils avaient à faire. Et ce n'était pas le procureur Wormus qui allait faire la loi à Göttingen ! D'ailleurs, Knochen n'était pas mécontent de ce qu'il était arrivé à faire en vingt-quatre heures : plus de témoin de l'accusation et un bon et bel alibi. Ça n'avait pas été très difficile, mais Knochen avait montré son pouvoir. Il avait bien dû bousculer un peu la concierge de Sarah Veremblum et lui faire comprendre que de sa compréhension pouvait dépendre sa vie, mais c'était là une chose que lui-même et les S.A. savaient faire sans état d'âme, même en s'amusant. Il n'y avait là rien à redire puisque sa sauvegarde à lui, Richard Knochen, c'était déjà presque de la raison d'Etat. Quant à Strumpfer, il n'avait pas été non plus trop difficile à convaincre et il était sûr qu'à l'avenir on pourrait compter sur lui. Il suffisait de lui rappeler qu'il avait une femme et des enfants à nourrir pour emporter sa conviction... Alors il ne restait plus qu'à se débarrasser de ce petit procureur. Cela ne devrait pas non plus être bien difficile : n'avait-il pas lui aussi une femme et un fils ? Il s'assit confortablement face au procureur, croisa les jambes, sortit lentement une cigarette d'un porte-cigarettes en argent, l'alluma, inhala la fumée, la recracha en un nuage abondant et, presque mondain, prit la parole :

« Alors, monsieur le Procureur, vous vouliez me voir ? Eh bien, me voici. En chair et en os. Richard Knochen lui-même. Mais comment se fait-il que vous n'ayez pas de secrétaire pour prendre ma déposition ? Sans doute est-elle malade. Ah ! ces jeunes femmes sont bien fragiles, n'est-ce pas ? A moins qu'elle n'ait trop fêté, hier, le succès de notre cher Adolf Hitler...

— Richard Knochen, répliqua Alphonse Wormus qui ne voulait pas entrer dans son jeu, vous êtes accusé du meurtre de Sarah Veremblum. Je dispose d'un dossier établi par le commissaire Strumpfer et qui ne laisse guère de doute sur votre culpabilité...

— Allons, interrompit Knochen, je sais ce qu'il y a dans ce dossier. Ce n'est que du vent. Je vous ai apporté une nouvelle déposition de la concierge, signée en bonne et due forme et qu'elle ne manquera pas de vous confirmer si vous l'interrogez. Vous pourrez y lire qu'elle se plaint d'avoir dû, la première fois, témoigner sous la pression de la police. Est-ce que ce sont là des méthodes dignes de notre police ? Décidément, il était temps que nous prenions les choses en main dans ce pays ! D'autre part, derrière cette porte, dans le couloir où vous les faites attendre, il y a dix témoins, des garçons tout à fait dignes de foi, qui sont prêts à jurer sur l'honneur... (mais savez-vous, vous autres juifs, ce que c'est que l'honneur ?) que j'étais avec eux à l'heure du crime. »

Le procureur blêmit sous l'insulte, mais il était bien décidé à garder son calme. Il savait que rien ne serait pire que de le perdre. Il répliqua sans élever la voix :

« Je n'ai pas de leçon à recevoir de vous, Knochen, en ce qui concerne l'honneur. Je n'ai jamais eu à me disculper d'un crime crapuleux, moi. Et si vous pensez que je suis prêt à avaler vos histoires... Vous pensez bien que je devine comment vous avez arraché son témoignage à la concierge et que je n'ai aucune raison de croire vos témoins. Vous voyez ce dossier ? Ce qu'il y a dedans me permet de me faire une opinion assez claire de cette affaire et le commissaire Strumpfer, que je sache, n'a pas pris lui-même votre déposition et n'a rien contresigné de ce que vous affirmez. Alors j'ai l'intention de continuer cet interrogatoire et, croyez-moi, j'ai tout le temps d'entendre vos témoins.

— A votre place, monsieur le Procureur, je n'en ferais rien. Ce ne serait vraiment pas raisonnable. Mais, je me le demande, êtes-vous un homme raisonnable ? Oui, êtes-vous un homme raisonnable ? Il m'est agréable, poursuivit-il sans attendre la réponse à cette question, de penser que vous êtes un homme raisonnable. Nous pouvons parler en confiance. Et je sais que vous avez une femme et un fils. Vous les aimez certainement. Je suis sûr que le garçon est brillant, qu'il pourra faire une belle carrière, toutefois si l'entêtement de son père n'est pas un obstacle. Vous voyez la tournure que prennent les événements, vous ne resterez certainement pas longtemps à votre poste et je vous plains de tout mon cœur, mais l'Allemagne de demain n'a pas besoin de gens comme vous. C'est ainsi. Aussi vous auriez tort de compliquer votre situation. Nos garçons sont un peu nerveux en ce moment, excités par cette grande espérance qui soulève notre pays, et je ne voudrais pas que, eux, qui ne sont pas aussi raisonnables que nous, prennent ombrage du différend qui pourrait nous opposer. Pourrais-je les retenir s'ils voulaient... Mais je ne sais pas pourquoi je vous dis tout cela, peut-être parce que j'ai mes faiblesses, moi aussi. Et Strumpfer m'a dit tellement de bien de vous ! C'est quelqu'un de bien Strumpfer, qui ira loin. Je ne voudrais pas qu'il vous arrive quelque chose de fâcheux. Permettez-moi de vous faire une offre généreuse qui vous prouvera mes bonnes dispositions. »

Garder son calme était de moins en moins facile pour Alphonse Wormus, mais il savait que la menace était sérieuse. L'homme qu'il avait devant lui était prêt à tout, c'était évident. Pour lui, il aurait pu prendre des risques, mais pour Judith et Roman, c'était autre chose. L'autre le tenait, il ne pouvait que l'écouter. Il ne pourrait que s'en tenir à ce qu'il allait lui dire. Du moins pour le moment. De toute façon, il en était sûr maintenant, dans l'Allemagne de Hitler, il n'avait plus aucun avenir. Des phrases, très vite, lui revenaient : « Les juifs sont une race inférieure. Les juifs sont les poux du monde. » Et Hitler ne proposait rien moins que de les écraser. Il l'avait dit, il l'avait écrit, il était clair maintenant que pour cela on pouvait lui faire confiance. Alors le procureur doutait. Il se demandait s'il avait eu raison de faire venir dans son bureau Richard Knochen, s'il n'aurait pas mieux valu laisser tomber cette affaire, puisque de toute façon... Le combat était au-dessus de ses forces. Il avait cru en la justice. Il avait cru que la justice pouvait encore triompher. Non, il était trop tard. En quelques mots Knochen lui avait montré que de telles idées n'avaient déjà plus cours, que le droit était comme toujours du côté de ceux qui avaient le pouvoir.

Le silence pesait. Knochen fumait tranquillement sa cigarette, sûr de lui, sans impatience, regardant le procureur. Celui-ci avait du mal à ne pas montrer qu'il était troublé. Son cœur battait un peu trop fort. Il prit tout de même sur lui pour répondre dignement :

« Sachez, Knochen, que je ne m'avoue pas vaincu. J'ai ma conscience pour moi et vos menaces ne me font pas peur. Il y a de braves gens en Allemagne et le droit finit toujours par triompher.

— Ne me faites pas rire. Je sais très bien que vous ne pensez pas un mot de ce que vous dites. Vous en avez eu la preuve, ce matin même. Regardez autour de vous. Strumpfer n'est pas là. De toute cette histoire il se lave les mains. Même votre secrétaire, pourtant si dévouée, est absente. Il ne faut pas leur en vouloir, ce sont des êtres humains, ils tiennent à leur situation, ils n'ont plus envie de se compromettre avec un procureur juif. Je vais même vous faire une confidence : à leur place j'en ferais tout autant. »

Knochen éclata de rire avant de poursuivre :

« Vous comprenez, aujourd'hui ce n'est plus hier. L'Allemagne change, l'Allemagne a déjà changé. Je suis sûr que vous m'avez bien compris, que vous allez accepter ma proposition. Vous allez clore ce dossier, conclure à un suicide, de façon à ce que cette jeune fille puisse être enterrée dans la dignité, selon votre religion. Il ne serait bon pour personne que cela fasse des vagues. Une enquête serait malvenue. Une autopsie ne mènerait à rien de plus. Ecoutez-moi bien, écoutez-moi encore plus attentivement : vous devez comprendre que vous n'avez plus aucun avenir dans ce pays. Ni vous ni votre famille. Nous ne vous laisserons aucune chance. C'est pour cela que ma proposition est généreuse. Mais j'ai plaisir à faire une fleur à un homme aussi compréhensif, n'est-ce pas ? Rien ne m'empêche de prendre ce dossier sur votre bureau et de demander à mes amis, qui m'attendent dehors, de régler votre compte. Vous pourrez crier, hurler autant que vous le voudrez, personne n'interviendra, soyez-en sûr. Je vous garantis que vous n'avez de secours à attendre de personne. »

Il avait l'air content de lui, Knochen. Il se trouvait assez brillant devant ce magistrat qui, visiblement, en menait moins large qu'il ne le laissait paraître. C'est fou ce qu'un homme est sensible quand on lui parle de sa femme et de ses enfants. Au moins, de ce côté-là, lui, Knochen, était bien tranquille...

Alphonse Wormus s'étonnait d'avoir devant lui un être aussi peu humain. Il sentait monter en lui un sentiment nouveau, qu'il n'avait encore jamais ressenti et cela l'étonnait. La haine prenait la place de la peur. Comment était-il possible qu'un homme puisse tenir de tels propos, bafouer ainsi la justice ? Il n'avait pas eu le moindre mot de regret pour Sarah Verembium. Pas la moindre excuse pour son geste. Il aurait pu dire, par exemple, qu'il ne l'avait pas voulu, que c'était un accident, qu'il voulait simplement lui prendre son argent, pas la tuer... Il n'avait pas dans les yeux la moindre lueur d'humanité. C'était un monstre, un monstre froid et sûr de lui. Comme c'était humiliant de devoir rester là, à écouter cet homme qui lui dictait ses conditions ! Alphonse sentait soudain en lui une grande lassitude. C'était comme si le monde, en quelques minutes, s'était écroulé. Ce monde qu'il avait tant aimé. Cette Allemagne qu'il avait tant aimée. Tout ce à quoi il avait cru, une vie consacrée à la justice, était effacé d'un coup. Il avait suffi de quelques mots de Richard Knochen. Une seule conclusion s'imposait : puisqu'il n'avait plus de place dans ce pays, il fallait partir. Il fallait quitter l'Allemagne comme ses grands-parents avaient quitté la Russie. Comme les parents de Judith avaient fui la Pologne. Il aurait dû le prévoir. Il s'en voulait de ne pas l'avoir prévu, de s'être ainsi laissé surprendre. Il avait envie de se lever, de quitter ce bureau pour ne jamais y revenir. Mais quelque chose le retenait. Pas la peur, non. Quelque chose d'autre, une sensation étrange qui l'immobilisait, un formidable dégoût qui le tenait là, figé, devant cette chose immonde, ce répugnant Richard Knochen. Celui-ci, toujours d'un calme diabolique, reprit la parole :

« C'est bien, vous n'avez rien dit. J'en conclus que vous acceptez ma proposition. Vous allez voir que je sais aussi me conduire. Vous allez me remettre ce dossier auquel vous teniez tant. Nous allons nous assurer que Strumpfer n'en a pas gardé de double. Oui, on ne se méfie jamais assez, même de ses amis, vous en savez quelque chose. Moi, en échange de ce petit service, je vais faire quelque chose pour vous. Je vais vous fournir trois passeports, pour vous, votre femme et votre fils, parce que vous n'êtes pas sans savoir que les nôtres, aujourd'hui, ne vous permettraient plus de sortir de ce pays. Vous aurez quarante-huit heures pour quitter ce beau pays dans lequel vous n'avez plus rien à faire. Il est évident que si vous n'acceptiez pas cette aimable proposition, personne ne pourrait, dans cette ville, assurer votre sécurité, ni celle de votre famille. Vous m'avez compris, monsieur le Procureur ? »

Il était difficile de ne pas comprendre Knochen. Le dossier si simple de l'affaire Sarah Veremblum était en fait un dossier explosif qui pouvait coûter la vie aux deux êtres qu'il aimait par-dessus tout au monde. Inculper Knochen était désormais hors de question. Cela ne servirait à rien, à rien d'autre qu'à courir un danger inutile. Alphonse Wormus n'était pas suicidaire. Sa décision fut prise, très vite. Il pensa que ses grands-parents avaient à tort cru que l'Allemagne était, pour eux et leurs descendants, la fin du voyage. Il comprenait que l'histoire du Juif errant n'était pas qu'une légende : lui aussi avait dû rencontrer un Knochen qui lui avait échangé un passeport...

« Bon... Je n'ai pas le choix. Et puis... pour vous dire

le fond de ma pensée, je ne tiens pas à vivre dans un pays où la justice n'existe plus, où tous les abus risquent d'être permis. Alors, je crois que je vais accepter votre proposition. Votre dossier, non, vraiment, il ne m'intéresse plus. Je vais donc le remettre à votre ami Strumpfer. Je présume que vous avez autant confiance en lui que moi. Vous lui donnerez les trois passeports. Je ne pense pas qu'il en ait conservé un double.

— C'est facile de le savoir. Nous allons le faire venir. Vous avez raison, nous pouvons lui faire confiance. »

Richard Knochen se leva, ouvrit la porte et ordonna à l'un des S.A. d'aller chercher le commissaire. Quelques instants plus tard, essoufflé d'avoir monté l'escalier trop vite, celui-ci entrait dans le bureau du procureur. « Jamais il n'est venu aussi vite », remarqua Alphonse Wormus en son for intérieur. Strumpfer était tout sourire :

« Bon... Je vois que tout ne va pas trop mal entre vous, messieurs. J'étais sûr que vous sauriez vous entendre. La raison triomphe toujours, n'est-ce pas, monsieur le Procureur ? Puis-je faire quelque chose d'autre pour vous ?

— Oui, répondit Knochen, je pense que vous pouvez vous rendre utile. Le procureur voudrait savoir si vous avez conservé un double du dossier qui m'intéresse.

— Bien sûr, je conserve toujours, ainsi que je dois le faire, un double des documents que je vous fais parvenir.

— C'est très bien, dit Alphonse Wormus. Pour une fois, votre conscience professionnelle ne servira à rien. Vous allez remettre à votre ami Knochen ce fameux dossier. Il est évident que celui-ci ne peut être coupable. Il y a dans le couloir une dizaine de jeunes gens qui sont prêts à jurer qu'il était en leur compagnie à l'heure où la victime a été assassinée. Vous comprendrez qu'il est inutile de les soumettre à une telle formalité. Sarah Veremblum a dû, certainement, se suicider. »

Knochen jubilait. Pour un peu il aurait demandé au procureur de répéter les paroles qu'il venait de prononcer. Non seulement elles l'assuraient de son impunité, mais en plus elles prouvaient son pouvoir. C'était une jolie victoire qu'il venait de remporter. A vrai dire, cela avait été plus facile qu'il ne l'avait pensé en montant l'escalier qui conduisait à ce bureau. Il avait mené l'affaire avec une remarquable dextérité. Il en était presque déçu : si au moins ce petit procureur juif lui avait opposé quelque résistance... Quant à Strumpfer, il était allé lui-même au-devant de ses exigences. Quand il fut en possession des deux dossiers, Knochen assura Alphonse que, le lendemain, Strumpfer serait chargé de lui remettre trois passeports en bonne et due forme. Puis il salua le procureur et le commissaire avec quelque excès, claqua des talons et sortit. Aussitôt, la petite bande partit en exclamations et éclats de rire et dévala l'escalier dans un brouhaha qui en disait long sur sa joie. Strumpfer, lui, crut bon de féliciter celui qui venait de connaître une cinglante défaite :

« Vous avez bien fait. A votre place, j'aurais fait la même chose.

— Oui, mais vous n'êtes pas à ma place et je ne vous souhaite pas de vous y trouver un jour. »

Ils se quittèrent sans se serrer la main. Strumpfer ne se doutait pas qu'il ne reverrait jamais le procureur Alphonse Wormus dont il avait été, pendant vingt ans, le fidèle collaborateur.

Après avoir quitté son bureau sans faire d'adieux à personne, le procureur ne rentra pas directement chez lui. Il marcha pendant plus d'un quart d'heure dans une tout autre direction et finit par atteindre un pavillon qui paraissait abandonné. Il en poussa la grille grinçante et se fraya non sans mal un passage dans un jardin laissé à lui-même depuis sans doute pas mal d'années. La maison n'était pas en meilleur état et la sonnette était apparemment hors d'usage. Il valait mieux frapper, insister et patienter jusqu'à ce qu'enfin une voix se fasse entendre, annonçant l'arrivée d'un homme qui ne devait pas souvent recevoir de visites. Dans son visage buriné, surmonté d'une belle chevelure blanche, des yeux bleu-gris s'illuminèrent à la vue de celui qui attendait sur le seuil.

« Monsieur le Procureur, ce n'est pas possible ! Vous n'auriez pas dû... C'est trop d'honneur... Si vous aviez besoin de moi, il suffisait de me demander de venir vous voir. Je serais venu aussitôt.

— Ah ! Tu parles toujours autant, répondit le procureur d'un ton qui prouvait qu'il avait de la sympathie pour cet homme dont tout montrait pourtant qu'il n'était pas du même monde. Je t'ai toujours dit que tu parles trop. Laisse-moi plutôt entrer.

— Oui, oui, c'est cela, entrez donc. Faites comme chez vous. D'ailleurs, aujourd'hui, je ne crains rien, vous le savez bien. Je me suis retiré des affaires et je n'ai plus rien à cacher.

— Arrête, Carsten, je ne suis pas venu ici pour troubler ta tranquillité. Mais j'ai besoin d'un petit service et tu es la seule personne qui puisse me le rendre.

— Ce n'est pas possible ! Vous, un service ? Qu'est-ce que je pourrais bien faire pour vous ? Enfin... demandez, si c'est dans mes cordes, ce sera avec plaisir. »

Ils étaient entrés tous les deux plus avant dans la maison, jusqu'à une pièce où régnait un désordre étonnant. Sur ce qui avait dû être un bureau, s'empilaient de vieux journaux qui côtoyaient des assiettes sales et divers objets assez couverts de poussière pour qu'on soit sûr qu'ils n'avaient pas servi depuis longtemps. Carsten était gêné d'accueillir le procureur dans une telle pièce, où il n'y avait pas un endroit propre où s'asseoir :

« Vous voyez, je ne vous ai pas menti. Je ne reçois jamais personne. D'ailleurs, vous êtes bien le seul à vous rappeler que j'existe. Et je me demande bien pourquoi.

— Tu vas le savoir. Si toutefois tu me laisses parler. Tu te souviens que j'ai eu l'occasion moi-même, il y a déjà pas mal de temps, de te rendre un petit service.

— Je sais. J'en aurais pris pour au moins cinq ans. Mais c'était un péché de jeunesse. Il est vrai que j'étais assez habile pour fabriquer des faux papiers et que j'avais assez bonne réputation pour m'assurer une solide clientèle.

— C'est bien ce qui t'a perdu, la célébrité... Il n'y a pas de quoi te vanter. Tu as eu de la chance, Carsten. Nos grands-parents sont arrivés ensemble à Göttingen et ta mère était une amie de la mienne. Je pensais qu'on pouvait te faire confiance et que la prison ne t'aiderait pas à t'en sortir. Il semble que je n'ai pas eu tort.

— La preuve, c'est que vous n'avez plus entendu parler de moi.

— Je ne suis pas vraiment sûr que ce soit une preuve.

— Vous voyez comment je vis. Si ça n'est pas une preuve...

— En tout cas, tu m'as dit que si, un jour, tu pouvais me rendre service ce serait volontiers. Eh bien, ce jour est venu. Et j'espère bien que tu n'as pas perdu la main.

— Oh ! Oh ! Qu'est-ce qui m'arrive ? C'est vous, le procureur Wormus, qui me demandez de me remettre au travail ?

— Oui, Carsten. J'ai besoin de trois passeports. Et qu'ils soient parfaits !

— Je vous avais promis... Mais ça me gêne. Je ne suis pas sûr d'être aussi habile qu'autrefois. Le manque de pratique.

— Allons, ne me prends pas pour un naïf. Depuis ce temps-là, tu as bien dû quelquefois faire un peu d'exercice ? Je me trompe ? »

Carsten rougit et sourit en même temps. Il savait

bien qu'on ne trompait pas le procureur et il avait pour lui une réelle affection. Aussi cette nouvelle complicité lui faisait-elle plaisir. Et il était homme d'honneur ! Il payait toujours ses dettes.

« Il me faut les photos des individus.

— Tu les auras dans la soirée. Il s'agit de ma femme, de mon fils et de moi-même. Je dois quitter ce pays, très vite. Tu n'es peut-être pas au courant, un certain Adolf Hitler est devenu chancelier. Notre pays risque de connaître quelques changements auxquels je crains de ne pas savoir m'adapter.

— Ne m'en dites pas plus. Dans ces affaires, moins on en sait, mieux cela vaut pour tout le monde. Vous savez que vous pouvez compter sur moi. Donnez-moi vingt-quatre heures.

— Non, pas vingt-quatre heures. Quatre heures tout au plus, Carsten, seulement quatre heures. C'est très urgent. Il faut qu'à dix-sept heures j'aie les passeports. Je suis sûr que tu as gardé un peu de matériel, au cas où...

— Oui, c'est vrai, répondit Carsten, tout de même un peu penaud. J'ai ce qu'il faut. Je me disais qu'on ne sait jamais... Un service à rendre à un ami, par exemple.

— Tu as bien fait, tu vois. Et je t'assure que, cette fois, c'est pour une bonne cause et que tu n'auras pas à en rougir. Mais assez bavardé ! Nous sommes pressés tous les deux. Tu peux commencer par moi. Voici mes papiers. Mon fils te portera les siens et ceux de ma femme dès que je serai rentré à la maison. »

Cette fois, le procureur rentra chez lui sans tarder. C'était juste l'heure du déjeuner et, quand il fut à table avec Judith et Roman, il leur annonça la décision qu'il venait de prendre : ils allaient quitter l'Allemagne. Tout de suite. Avec le strict minimum. Et avec des faux papiers, pour être sûrs qu'on ne les arrête pas à la frontière. Il leur raconta sa matinée. Il leur expliqua quel danger ils couraient, tous les trois, parce que, lui, il en savait trop. Il n'allait tout de même pas faire confiance à Strumpfer, maintenant. Et encore moins à Knochen. Il avait toutes les raisons de penser que les trois passeports que lui avait promis l'assassin de Sarah Veremblum ne lui seraient jamais livrés. Sa femme et son fils l'écoutaient en silence, à vrai dire pas très étonnés. Ils allaient partir en voiture jusqu'à Francfort. Là, ils prendraient le train pour la France, puis un bateau pour l'Angleterre où ils pouvaient compter sur leurs cousins. Personne, bien sûr, ne devait être mis au courant. Vraiment personne. Mais, pour l'instant, il fallait que Roman porte les papiers nécessaires à Carsten. Pendant ce temps Alphonse irait à la banque, afin de retirer tout ce qu'il pourrait.

Trois personnes nommées Arsène, Elka et Gherard Werner quittèrent, le soir même, la ville de Göttingen et se rendirent en France sans être aucunement inquiétées à la frontière. Carsten avait fait du bon travail. Les Wormus devenus Werner ne savaient pas pour combien de temps ils partaient. Ils n'étaient même pas vraiment sûrs de revenir un jour. Pourtant ils voulaient croire que cela ne serait qu'une parenthèse, qu'ils retrouveraient leur ville, leur maison, leur vie, leurs amis, leurs habitudes. Roman écrivit à Ingrid pour lui dire non pas adieu mais au revoir, pour lui dire qu'il l'aimait, qu'il ne l'oublierait pas, qu'il reviendrait. Il ne pouvait pas tout lui expliquer, bien sûr, mais il était sûr qu'elle comprendrait que ce départ précipité était nécessaire. Alphonse pensait à cette ville où il était né, où il avait vécu, où il avait fondé une famille, où il avait fait carrière. Il voyait tous ses efforts anéantis. Il voyait sombrer dans la barbarie un pays qu'il aimait. Il voyait toute une vie derrière lui, et une autre à reconstruire ailleurs. Mais il savait qu'il avait pris la décision qui s'imposait. Ils partaient tous les trois à l'aventure, mais au moins ils allaient vers l'espoir. Et Alphonse voulait croire qu'un jour il reviendrait. La justice venait de subir une défaite, mais elle n'avait pas dit, il l'espérait, son dernier mot. Il emportait avec lui le dossier de l'assassinat de Sarah Veremblum. Il avait bien fait de passer une nuit à le recopier...

Ils franchirent la frontière près de Strasbourg, tard dans la nuit. Les papiers étaient faux mais n'en avaient pas l'air et les douaniers laissèrent sortir d'Allemagne sans sourciller cette famille allemande apparemment respectable. Ils restèrent deux jours dans la capitale alsacienne où ils vendirent la voiture et où Alphonse téléphona à son cousin John pour lui expliquer la situation, pour lui annoncer leur arrivée. Pas de problème : ils seraient attendus chaleureusement à Londres. Oui, le père d'Alphonse avait eu la bonne idée de ne pas s'arrêter en Allemagne et de pousser le voyage jusqu'en Angleterre... Et il se demandait bien ce qui lui avait fait faire ce choix. En tout cas, grâce à lui, il avait pu, dans sa jeunesse, faire de nombreux séjours à Londres (de telle sorte qu'il parlait encore assez bien l'anglais) et, maintenant qu'il devait s'exiler, il savait où aller. Roman, qui était allé lui aussi déjà en Angleterre, ne serait pas trop dépaysé pour poursuivre ses études.

John et Deborah Wormus vivaient confortablement à Londres avec leurs deux enfants Harry et Rose. Ils eurent à cœur d'accueillir chaleureusement les exilés et de rendre le plus simple possible leur installation à Londres. Ils habitaient une grande et jolie maison dans un quartier agréable, non loin de Hyde Park, et le magasin fondé par John, un des premiers *drugstores,* était une grande réussite. C'était une véritable caverne d'Ali Baba dans laquelle on trouvait de tout, aussi bien un bouton de porte que des dessous féminins, et où il était possible de se faire tailler un costume sur mesure en quarante-huit heures, ce qui était les coulisses de l'exploit pour l'époque. L'enseigne même de l'établissement, *John & son,* traduisait l'ambition du propriétaire : en faire une affaire familiale dont son fils continuerait l'expansion. Il pouvait être fier, l'oncle John, mais le succès ne lui était pas monté à la tête et sa générosité naturelle lui permettait d'en faire profiter sa famille, ses amis et ses employés. Il avait travaillé dur, commençant au bas de l'échelle et ne rechignant à aucune tâche et il avait eu la chance de tomber amoureux d'une jolie jeune fille qui le lui avait bien rendu et dont le père avait fait fortune en vendant de la bijouterie fantaisie. Harry, pour l'instant, avait choisi de faire ses premières armes en dehors de l'entreprise familiale et Rose, elle, ne savait pas encore où ses études la conduiraient. « De toute façon, disait sa mère, ma fille est belle, je ne me fais pas de souci, elle trouvera un mari. » Et John, qui avait un sens de l'humour très britannique, lui répondait : « Tu as raison, ma chérie, toi tu en as bien trouvé un... » La jeune fille venait tout juste de fêter ses quinze ans, le même âge que son cousin Roman, et elle n'avait pas du tout l'intention d'être une femme au foyer. Elle voulait vivre sa vie, elle voulait avoir un métier qui assurerait son indépendance et dans lequel elle pourrait mettre une bonne part de son énergie et de ses rêves.

John Wormus avait d'excellentes relations qui facilitèrent l'attribution à son cousin Alphonse du statut de réfugié politique qui lui était nécessaire pour pouvoir prendre un emploi en Angleterre. Emploi que John n'hésita pas à créer, dans son entreprise, pour ce cousin qu'Adolf Hitler lui envoyait. Bien sûr, cela n'avait rien à voir avec la magistrature et le droit britannique n'était pas assez proche du droit allemand pour qu'Alphonse puisse facilement trouver du travail dans sa partie. Mais il avait assez le sens des dossiers, de l'organisation et de la responsabilité pour s'adapter facilement à des tâches administratives. Il tenait à être à la hauteur du geste que son cousin avait eu à son égard et il fit en sorte de mériter un salaire qui avait été d'emblée assez important. « Les chiffres, disait-il, qu'ils soient anglais ou allemands, ce sont toujours des chiffres et seuls, peut-être, les nazis trouveraient le moyen d'y voir une différence. » C'était une boutade amusante, mais pas tout à fait juste puisqu'il lui fallait tout de même apprendre à raisonner avec les mesures britanniques qui ne respectaient pas le système décimal en vigueur dans le reste de l'Europe.

La petite famille de Göttingen s'installa dans un appartement de trois pièces, agréable et assez central que Judith sut rapidement transformer en un foyer chaleureux. Aucun d'eux n'avait osé espérer que l'exil serait aussi simple et s'ils avaient la nostalgie de la ville et de la vie qu'ils avaient laissées en Allemagne, ils étaient conscients de la chance qu'ils avaient et ils étaient bien décidés à profiter au mieux de leur séjour à Londres.

Roman surmonta au mieux les difficultés qu'il lui fallait affronter pour s'adapter à un esprit et à des méthodes d'enseignement bien différents de ceux qu'il avait connus. Il s'acharna à maîtriser le plus vite possible la langue et à faire en sorte que son accent ne fasse plus rire ses nouveaux camarades. Aussi ne lui fallut-il que quelques mois pour se trouver parfaitement intégré au collège. Il faut dire que ses cousins furent particulièrement attentifs à lui faciliter les choses et que sa cousine Rose qui avait toujours eu pour lui beaucoup d'affection n'hésita pas à prendre du temps sur ses loisirs pour lui donner des leçons particulières. Et c'est sans prendre de retard qu'à vingt-deux ans il fêtait son diplôme d'avocat. Il avait suivi l'exemple de son père en partie pour compenser le fait qu'Alphonse avait dû interrompre la carrière pour laquelle il avait eu une vocation sans faille. Il avait aussi toujours pensé à ce dossier d'une affaire non résolue, d'un crime crapuleux commis à Göttingen par celui qui les avait chassés d'Allemagne : ce serait peut-être, un jour, à lui de continuer l'instruction.

Pendant ce temps Hitler renforçait son pouvoir sur une Allemagne étouffée. Il persécutait sans relâche les juifs et tous ceux qui s'opposaient à son régime. Il annexait l'Autriche. Roman, depuis son départ de Göttingen, malgré son jeune âge, avait suivi de près tous ces événements qui, hélas, avaient très vite donné raison à son père, avaient justifié leur exil. La Nuit de Cristal avait prouvé la détermination antisémite des nazis et le martyre des juifs n'avait fait, depuis, que s'intensifier. Les témoignages ne manquaient pas et le monde entier aurait dû savoir, les grandes puissances auraient dû comprendre qu'il fallait intervenir pour freiner la folie destructrice d'un homme qui appliquait un programme qu'il avait depuis longtemps défini dans *Mein Kampf*, mais qu'on n'avait pas voulu prendre au sérieux. La Société des Nations était restée assoupie, impuissante, même la France et l'Angleterre avaient baissé les bras à Munich et rien n'avait arrêté Hitler. Que d'inconscience ! Maintenant l'Europe était envahie, blessée, et bientôt elle serait dévastée, asservie, si la guerre qui éclatait tournait mal. Comme tous les jeunes hommes de son âge, mais avec une passion particulièrement forte, Roman devait remettre à plus tard son entrée dans une carrière qui s'annonçait brillante, à en juger par ses succès universitaires.

Même John Wormus avait été sceptique. Quand son cousin était arrivé, il l'avait accueilli les bras ouverts, n'avait fait aucune remarque, mais il n'en avait pas moins pensé que le tableau qu'on lui faisait de la situation en Allemagne était exagéré. Jusqu'à ce soir de shabbat où la famille était réunie comme chaque semaine et où John avait avoué : « Tu vois, Alphonse, quand vous êtes arrivés, j'ai pensé que tu étais excessivement pessimiste et encore aujourd'hui j'ai du mal à croire que tout cela peut être vrai. Si Roman ne constituait pas aussi bien ses dossiers... » Car le jeune garçon avait soif de convaincre. Il avait, comme son père, la passion de la vérité et de la justice et il menait, à sa manière, un combat quotidien contre les nazis. Alphonse lui-même pensait que, s'il n'avait pas assisté au pogrom de Göttingen, s'il n'avait pas été précisément menacé, il aurait eu du mal à croire que cela était possible. Les gens sont ainsi, n'est-ce pas ? Il leur faut voir pour croire. Et même les juifs, pourtant si souvent exposés, refusent de croire, tant qu'ils ne l'ont pas sous les yeux, que le pire est toujours possible. Mais n'était-ce pas cet incroyable optimisme qui leur avait permis, malgré tout, de traverser les siècles ? Toujours battu mais jamais vaincu.

Roman, ce jour-là, dit à son oncle : « Il y a une chose qui est certaine en ce qui concerne mes parents et moi, c'est que si nous avions eu le choix, nous ne serions pas là aujourd'hui. Et ceux qui débarquent aujourd'hui, si nous devons les écouter c'est parce qu'ils ne témoignent pas pour se faire plaindre, mais pour nous prévenir des dangers qui ici même nous guettent, du danger qui menace le monde entier. Ils veulent nous faire comprendre qu'on ne peut pas rester les bras croisés à attendre que ça se passe. Cette gangrène qu'est le nazisme risque de gagner l'Europe tout entière si nous ne faisons rien pour nous défendre, et la défendre. Alors réveillons-nous, faisons quelque chose. Je sais, mon oncle, tu donnes de l'argent pour les réfugiés, Maman et tante Deborah font ce qu'elles peuvent dans les associations qui leur viennent en aide, mais ce n'est pas suffisant. Ce fou de Hitler ne va pas s'arrêter là. Après les Balkans, l'Autriche, la Sarre, ce sera le tour de la Pologne, puis celui de la France et peut-être même, pourquoi pas ? le nôtre, ici, en Angleterre. J'aimerais me tromper, avoir tort... Mais quelque chose crie en moi que j'ai raison.

— Tu t'alarmes, tu t'alarmes, avait répondu John. Mais pourquoi es-tu si pessimiste ? Prends exemple sur nos hommes d'Etat. Tu crois vraiment qu'ils ne savent pas ce qu'ils font ? Si Chamberlain et Daladier nous ont assuré qu'ils avaient pratiquement tout arrangé à Munich, comment peux-tu croire qu'ils nous racontent des histoires ? Hitler n'est tout de même pas fou au point de s'en prendre à l'Europe entière ! Et crois bien que s'il fait encore un pas de travers, nous saurons l'arrêter.

— Comme j'aimerais partager ton optimisme ! Mais non, Chamberlain et Daladier n'ont rien compris ! Comment peut-on faire confiance à Hitler ? Le seul qui ne se laisse pas avoir, qui voit clair, c'est Churchill. Il a compris que nous n'éviterons pas la guerre et, comme il le dit si bien, nous aurons en plus la honte d'avoir accepté les accords de Munich. »

Alors John, à court d'arguments, préféra changer de sujet : « Allons, tu es trop sérieux pour ton âge, Roman. Tu ferais mieux de penser aux filles ! » Ainsi, toujours, quand il ne maîtrisait pas le sujet, quand il était évident qu'il n'aurait pas le dernier mot, il s'en tirait par une pirouette.

Roman rougit parce que sa jolie cousine le regardait. C'était pour lui une amie, presque une sœur, quelqu'un dont il aimait la compagnie, avec qui il aimait échanger des idées, discuter de tout et de rien, mais certainement pas une fille qu'il pouvait regarder comme un garçon regarde une fille, que ce soit pour la bagatelle ou pour un engagement plus sérieux. Il lui était bien arrivé, depuis qu'il était à Londres, d'être attiré par l'une ou l'autre, mais quelque chose toujours le retenait. Parce qu'une jeune fille lui avait dit, à Göttingen, qu'elle l'aimait et que cela avait fait dans son cœur une lumière qui ne s'éteignait pas. Il revoyait Ingrid. Il imaginait comment elle avait dû changer pendant toutes ces années. Il se demandait si elle ne l'avait pas oublié. Non, ce n'était pas possible... Quand elle l'avait soigné de sa blessure, il avait vu dans ses yeux (c'était du moins le souvenir qu'il en avait) toute la souffrance du monde. Et tout l'espoir. L'amour, pour lui, était indissociable de ce regard. Il se disait bien qu'il n'était pas raisonnable de s'en tenir à ce souvenir de jeunesse et qu'il lui fallait vivre sa vie, comme sans doute elle vivait la sienne. Mais, dès qu'il s'intéressait à une jeune fille un peu plus qu'à une autre, quelque chose aussitôt le retenait : deux grands yeux qui semblaient tout attendre de lui. Maintenant, il en était sûr, la guerre allait éclater. Reverrait-il Ingrid ?

Comme il ne répondait pas, l'oncle John, qui s'amusait de la gêne qu'il avait provoquée, insista :

« Maintenant que tu vas avoir fini tes études, il va falloir penser à te marier. Oh ! pas tout de suite, mais, tu sais, il vaut mieux s'y prendre tôt parce que l'oiseau rare, ça ne se trouve pas toujours facilement.

— J'ai le temps, mon oncle. Quand il le faudra, je suis sûr que je trouverai. Et si je le trouvais maintenant, je serais impatient et malheureux de devoir attendre. Il faut d'abord que je gagne ma vie. Je ne veux pas faire comme ce garçon très religieux qui, le premier soir où il fut reçu chez sa fiancée, fut interrogé par sa future belle-mère. Celle-ci lui demanda s'il gagnait sa vie. Dieu y pourvoira, répondit-il. Mais s'il avait des enfants, comment ferait-il pour les nourrir ? Il répondit encore à la mère de la jeune fille, avec la même assurance, que Dieu y pourvoirait. Mais il faudrait peut-être que le couple trouve un logement... Ce à quoi il fut encore répondu que Dieu y pourvoirait. Alors, la femme, excédée par l'inconscience de celui qui voulait épouser sa fille, se tourna vers son mari, quelque peu énervée, et lui reprocha de ne rien dire. Alors, le père, qui ne manquait pas d'humour, lui répondit : "Pour une fois qu'on me prend pour Dieu... je suis plutôt flatté." »

Toute la famille rit de cette histoire et l'oncle John, qui était beau joueur, ne fut pas en reste. Ce qui fit dire à Alphonse qu'il ferait mieux de ne pas en rire parce qu'une telle mésaventure pourrait, un jour, lui arriver... « Certainement pas ! » s'exclama Rose qui assura qu'elle avait bien l'intention de gagner sa vie. C'était un des derniers shabbats avant la guerre et Roman garda pour lui la pensée qui l'empêchait, en fait, de penser à un avenir : s'il partait combattre, cela pourrait durer longtemps et il ne serait pas sûr d'en revenir.

Septembre 1939. L'Allemagne envahissait la Pologne. Roman pensa, sans se tromper, que ce n'était qu'un début.

« Tu avais donc raison, lui dit l'oncle John. Si tu veux être un bon prophète, prédis des catastrophes, tu seras sûr de ne pas te tromper.

— Je donnerais cher pour avoir tort », répondit Roman.

Il eut une longue conversation avec son père. Depuis leur départ en exil, ils n'avaient jamais évoqué les raisons de ce départ précipité et Alphonse avait toujours détourné la conversation quand son fils avait essayé d'évoquer le dernier jour qu'ils avaient passé à Göttingen. L'ancien procureur avait une voix grave :

« Jusqu'à présent, je n'ai pas voulu t'ennuyer avec mes états d'âme. Tu faisais tes études, tu devenais anglais, je ne voulais pas te perturber. Mais... Tu te souviens du dossier que j'ai emporté dans mes bagages ? Il faut que je te l'explique dans les moindres détails. Aujourd'hui, j'ai le besoin d'en parler. Nous ne savons pas ce qui va se passer et je veux que tu sois parfaitement au courant. Je suis vieux, tu sais, et je ne sais pas si je retournerai un jour à Göttingen. Et toi, maintenant, tu es avocat, alors, qui sait ? Peut-être... Oui, je l'espère profondément, tu pourras accomplir ce que, moi, j'ai dû abandonner. A moins que... tu vas me dire, j'ai besoin de ton avis... A moins qu'il vaille mieux ne pas y penser.

— Je me souviens très bien de la dernière conversation que nous avons eue à Göttingen, avant notre départ, répondit Roman, et j'y ai souvent pensé. J'ai souvent eu envie d'étudier ce dossier et je n'ai pas osé te le demander pour ne pas remuer le fer dans la plaie. La guerre, maintenant, c'est sûr, va éclater et, tu as raison, nous ne savons pas ce qui va se passer. J'irai me battre. Je ne reviendrai peut-être pas. Alors, maintenant, je veux tout savoir. Et si, comme nous l'espérons tous, l'Allemagne est vaincue, nous reviendrons à Göttingen.

— En d'autres temps, en d'autres circonstances, cela aurait pu être une affaire banale, comme tous les magistrats en rencontrent souvent. Mais ce jour-là, c'était un jour maudit. D'abord, le matin, quand j'ai écouté la radio, le speaker annonçait l'arrivée d'Adolf Hitler au pouvoir. Ensuite, en arrivant à mon bureau, j'ai trouvé ce dossier qui m'attendait, un dossier en apparence très simple et dont je n'ai su que le lendemain qu'il était empoisonné. Pour un anniversaire, ce fut un joyeux anniversaire, n'est-ce pas ? Ce furent, pour moi, deux journées bien plus tristes que ce que tu peux imaginer. Parce que, pour la première fois, j'ai eu l'impression de ne pas être à la hauteur de la situation. Je ne dirai pas que j'ai fait preuve de lâcheté, mais... Enfin... je n'avais pas le choix. Je ne me cherche pas d'excuses, mais j'essaye de comprendre. Il y a des mots qui me reviennent constamment en mémoire. Par exemple, quand Strumpfer m'a répondu, avec sa délicatesse très particulière : “Je ne veux pas perdre ma place pour une putain juive !” J'entends encore exactement le ton de sa voix. Et ce n'était pas un mauvais bougre, Strumpfer. C'est pour cela que je voudrais qu'un jour justice soit faite. Pour une pauvre fille qui, quoi que fût sa vie, ne méritait pas d'être ainsi tenue pour rien. »

Après un instant de silence pendant lequel le père et le fils échangèrent un regard dans lequel chacun mettait tout l'amour et toute la confiance qu'il avait pour l'autre, Alphonse, soulagé, ajouta :

« C'est une part, sans doute la plus lourde de ton héritage.

— Ne t'inquiète pas, répondit le fils. C'est un peu tôt pour prendre ta succession, mais je l'accepte en ce qui concerne ce dossier. Disons que c'est ma première affaire. »

Il faisait beau, à Londres, quand l'Angleterre entra dans la guerre. Tous les journaux prédisaient une victoire des forces alliées dans les soixante jours. La mobilisation générale se faisait dans une certaine inconscience et les jeunes gens qui s'apprêtaient à combattre ne se rendaient pas compte de l'enfer qu'ils allaient affronter. Pour Roman, il n'y avait aucun doute : il avait beau ne pas être encore anglais, attendre sa naturalisation, il voulait tout de suite, comme son cousin Harry, comme tous ses amis, prendre les armes. Avec, même, un empressement que tous ne partageaient pas, parce que, lui, il avait un compte très personnel à régler avec Hitler et les nazis qui avaient humilié son père et l'avaient chassé d'Allemagne. Mais ce n'était pas si simple. Roman était toujours allemand et l'on craignait les espions, ce qu'on appelait « la cinquième colonne ». Il se présenta au bureau de recrutement le plus proche de son domicile afin de s'engager dans l'armée de Sa Gracieuse Majesté. Un sous-officier examina ses papiers et lui demanda sans ménagement : « Dites-moi, vous êtes bien allemand ? Et vous êtes sûr de vouloir vous battre contre votre pays ? » Roman ne fut pas étonné. Il s'était attendu à une réflexion de ce genre. Il répondit avec une grande fermeté : « Bien sûr, cela peut surprendre. Mais regardez bien mes papiers. Je suis en Angleterre depuis plus de six ans. J'y suis arrivé avec mes parents au lendemain de l'arrivée au pouvoir de Hitler. Vous voulez savoir pourquoi ? Simplement parce que je suis juif. Nous avons été parmi les premiers réfugiés politiques. C'est peut-être une raison suffisante pour penser que j'ai un compte à régler avec les nazis. »

Le sous-officier, dont le flegme n'était guère atteint par cette déclaration passionnée, le regarda attentivement avant de remarquer :

« C'est drôle, vous n'en avez pas l'air. Ça fait le troisième, aujourd'hui. J'aurais dû m'y attendre. Mais ça ne vous donne pas tous les droits et vous n'êtes pas sujet britannique. Il faut que vous voyiez mon chef. Je vais le prévenir, il va vous recevoir. »

Le capitaine avait tout l'air d'une caricature d'officier britannique. Sec et droit dans son uniforme bien ajusté, l'œil clair et la moustache soigneusement retroussée. Roman dut lui expliquer son affaire, lui raconter sa vie, lui dire ce qu'il pensait de l'Allemagne, de l'Angleterre, de la guerre... Son interlocuteur se contentait, de temps à autre, de marmonner : « *Yes... Yes...* Je comprends... » Si bien que Roman finit par lui dire :

« Puisque vous comprenez, il n'y a plus de problème. Alors, je suis engagé ?

— Ce n'est pas si simple, répondit l'officier. Nous devons faire une enquête. Nous devons vérifier ce que vous m'avez dit. S'il n'y a pas d'obstacle, vous serez convoqué dans une quinzaine de jours.

— Quinze jours ! s'exclama Roman qui avait du mal à retenir son impatience devant un homme qui avait l'air de ne pas accorder une bien grande importance au cas qui lui était soumis. Quinze jours... Mais, dites-moi, capitaine, pourquoi attendre ? Votre enquête, ça ne vous empêchera pas de la faire. Si ce que j'affirme est faux, vous pourrez toujours me renvoyer, me mettre en prison si vous le voulez, et même me fusiller si je suis un espion. Au moins, vous m'aurez sous la main. Oui, pourquoi attendre ? La guerre, elle, n'attend pas, vous le savez bien. »

La plaidoirie fut réussie et l'officier déclara qu'il pouvait faire une exception, quoique cela ne soit pas très réglementaire. Dans quelques jours, donc, Roman serait soldat. Il irait faire la guerre en France. Le plus dur fut de le dire à sa mère. Judith, en authentique « yiddishe mamé », pleura, cria, se frappa la poitrine en disant qu'elle n'avait pas mis un fils au monde pour qu'il aille se faire tuer à la guerre. Ce qui ne l'empêcha pas d'embrasser tendrement ce fils dont elle savait bien qu'il faisait ce qu'il avait à faire. Alphonse, qui était plus habitué à garder pour lui ses sentiments, dit simplement à Roman, d'un air très grave, qu'il était fier de lui, qu'il faisait son devoir comme lui-même l'avait fait quand il était parti, en 1914, se battre contre les Français. L'histoire, depuis, avait tourné et maintenant c'était avec la France et contre l'Allemagne qu'il fallait se battre. C'était ainsi, et si lui-même avait été plus jeune...

Roman était sportif et motivé, il fut vite un bon soldat, orienté sans tarder vers le peloton d'élèves-officiers et galonné avec les félicitations de ses supérieurs. Il n'en eut aucune fierté particulière, n'ayant pas d'autre ambition militaire que celle de défendre la liberté. Il avait plus le sens des responsabilités que le goût de l'autorité et n'avait aucune attirance particulière pour l'exercice du pouvoir. Sa générosité, l'attention qu'il avait toujours pour les autres firent de lui un chef proche de ses soldats. La plupart étaient, comme lui, des étrangers, des hommes qui avaient dû fuir leur pays pour sauver leur vie et qui étaient maintenant prêts à la sacrifier. Il y avait parmi eux un jeune sergent d'origine autrichienne, Heinrich Kühn, dont les parents avaient été membres du parti socialiste et un séminariste polonais, Vallia Karsofsky, qui avait assisté impuissant à la débâcle de la cavalerie devant les blindés de Guderian. Il s'était juré de revenir en vainqueur à Varsovie et il déclarait à Roman, avec un sourire malin :

« Tu verras, lieutenant, nous finirons par leur faire croire en Dieu, même si ce n'est pas facile.

— Tu crois ça ? intervenait Heinrich, qui était un athée fermement convaincu. Tu n'as que ce mot à la bouche ! Dis-moi plutôt où il est le Bon Dieu. Qu'est-ce qu'il fait pour nous ? Te rends-tu compte que la moitié de l'Europe est aujourd'hui dans les bras du diable allemand ? Où est-il, le dieu des Polonais, des Autrichiens, des Français, des Juifs ? Tu vois, mes parents, ils n'ont jamais pu se faire à un pays où les hommes ne sont pas libres de penser comme ils veulent, selon leur conscience. Mais je ne veux pas te faire de peine, curé de mon cœur ! Au moins, nous, nous savons pourquoi nous nous battons.

— Oui, reprenait Vallia, nous nous battons pour leur apprendre à croire en Dieu.

— Non, nous nous battons, toi et moi, et le lieutenant qui n'a pas le même dieu que toi, nous nous battons pour la liberté et pour la justice. Et, pour l'instant, ce n'est pas à Rome ou à Jérusalem que nous allons, mais à Berlin.

— Dieu t'entende !

— Il faut toujours qu'il remette ça, avec son Dieu ! Quand comprendras-tu que c'est l'heure de la guerre, pas celle du catéchisme ? »

Et Heinrich donnait une franche bourrade dans le dos de son camarade. Car ces deux-là, qui n'en finissaient pas de se bagarrer en paroles, étaient inséparables. Roman, qui les avait laissés discuter, finissait par intervenir :

« Ce n'est pas vraiment un problème. Le vrai problème est ailleurs. Quand nous aurons gagné cette putain de guerre, parce que nous la gagnerons, tout sera à reconstruire. Il faudra convaincre nos ennemis d'aujourd'hui qu'ils se sont trompés. Il faudra les éduquer, eux et leurs enfants. Il faudra les aider à se défaire de toutes les idées fausses qu'on leur a mises dans la tête.

— Vous êtes trop sensible, mon lieutenant, ce ne sont pas des hommes que nous avons en face de nous, mais des bêtes sauvages. Le seul moyen de leur faire comprendre quelque chose, c'est de les dompter. Et peut-être qu'avec beaucoup de patience, nous parviendrons à les apprivoiser. »

Roman aimait bien Heinrich qui faisait toujours preuve d'un étonnant franc-parler. Ce beau gosse, grand et blond, était un optimiste dont on se demandait ce qui pourrait bien lui gâter le moral. A vingt-cinq ans, il n'avait en fait qu'une passion : le football. Aussi en voulait-il à Hitler de l'avoir empêché de faire une brillante carrière d'international dans l'équipe d'Autriche. Un jour, alors qu'ils étaient en patrouille, il ne put se retenir de taper du pied dans une boîte de conserve, ce qui n'est pas recommandé quand il est conseillé de progresser en silence. Roman, un peu sèchement, lui en avait fait la remarque et l'ex-avant-centre lui avait répondu, avec ce sourire qui lui attirait toujours l'indulgence : « Je sais, mon lieutenant, vous avez raison, mais ce coup de pied, c'était comme si je le donnais dans la gueule de cette ordure de Hitler ! Ça fait du bien de se défouler de temps en temps. »

Depuis trois mois ils se trouvaient en France. Et rien ne se passait. Ils piaffaient d'impatience. Ils avaient envie de se battre. Ils avaient besoin de se battre. Ils étaient venus pour cela, non ? Mais ils attendaient. L'armée britannique attendait. L'armée française attendait. C'était « la drôle de guerre ». Jusqu'au jour où, tout d'un coup, cela alla beaucoup trop vite. Ils avaient depuis quelque temps pris position sur une colline qui surplombait l'Escaut. La rivière, avec ce qu'il y avait là d'artillerie, était infranchissable. Que les Allemands viennent, ils allaient voir ce qu'ils allaient voir ! Roman n'était pas aussi optimiste que ses chefs et ses camarades. Les nouvelles du front n'étaient pas du tout rassurantes : la Hollande et la Belgique avaient rapidement plié et il ne lui paraissait pas sûr que la France soit plus solide que ces deux pays dont le courage n'avait pas été une arme suffisante. C'était le 12 mai 1940. Il eut l'occasion d'une longue et franche discussion avec le capitaine Mac Govern qui partageait la folle assurance de l'état-major :

« Ne vous inquiétez pas, mon lieutenant, ce n'est pas parce que la Hollande et la Belgique tombent qu'il faut désespérer. L'essentiel est que, nous, nous tenions. Et nous tiendrons, parce que nous disposons d'un bouclier naturel : la forêt des Ardennes et la ligne Maginot. Et c'est en nous appuyant sur elles que nous percerons les lignes ennemies et les Allemands se trouveront encerclés dans les pays qu'ils s'imaginent avoir conquis. Vous comprenez ? »

Roman comprenait surtout que son capitaine lui demandait d'être d'accord avec lui. Il ne tenait pas à atteindre sa certitude, mais il ne pouvait pas ne pas exprimer sa conviction :

« Vous avez certainement raison, mon capitaine. Et je n'ai ni votre expérience. Mais peut-être pourrez-vous m'expliquer comment une armée en déroute peut prétendre à la victoire ? C'est tout de même bien le cas des armées belge et hollandaise. Nous avons recueilli certains de leurs hommes en pleine débâcle. Ils faisaient peine à voir, avec leurs vêtements en lambeaux, leur regard triste, leur démarche harassée, leur allure de vieillards fatigués. C'était à croire qu'en quelques heures tous les malheurs du monde leur étaient tombés dessus. Ils trouvaient miraculeux d'avoir pu rejoindre nos positions. Ils nous ont raconté comment ils avaient été surpris par l'aviation ennemie à laquelle rien ne s'opposait, comment ils s'étaient trouvés pris, sans avoir le temps de se rendre compte de ce qui se passait, sous un déluge de fer et de feu. Les avions sont descendus en piqué et ont lâché leurs bombes et leurs rafales de mitrailleuses sur des troupes complètement débordées. Les seuls qui n'étaient pas morts ou qui n'avaient pas été faits prisonniers, c'étaient ceux qui avaient pris aussitôt la fuite. »

Le capitaine l'écoutait avec attention, mais ne montrait aucune surprise. Il finit simplement par dire, sans plus se soucier de la hiérarchie : « Roman, Roman... » Puis, après un instant de silence pendant lequel il parut absorbé dans la contemplation de son verre de whisky, il poursuivit : « Vous ne m'apprenez rien. Nous sommes dans une sale situation, mais ce n'est pas une raison pour dramatiser. N'oublions pas que nous sommes des soldats de l'armée de Sa Majesté. Je vous assure que cette armée en a vu bien d'autres. Avant tout, gardons le moral. Et, surtout, faisons en sorte que nos soldats gardent le leur. Laissons les nazis faire seuls le travail de démoralisation.

— Reçu cinq sur cinq, mon capitaine. Ils sont très forts pour cela. Et qui sait si les soldats dont je vous parlais n'ont pas exagéré ? Qui sait s'ils n'ont pas été manipulés ?

— Je vois que vous m'avez bien compris, Wormus, dit-il en reprenant ses distances hiérarchiques, mais avec un sourire qui prouvait qu'il n'était pas dupe. Et n'oubliez pas, et dites-le bien à vos hommes, que nous avons la meilleure marine du monde et, si nous sommes en difficulté, elle ne laissera pas aux mains des boches une armée de quatre cent mille hommes. Allons, ne vous inquiétez pas, enfin pas trop, et prenez donc un whisky avec moi. »

Roman, peu porté sur la boisson, ne parut pas emballé par la proposition de son supérieur et le laissa voir. Le capitaine Mac Govern sourit et lui dit encore : « Laissez-vous faire pour une fois. Cela aussi c'est bon pour le moral. Et portons un toast à Sa Gracieuse Majesté ! »

En ce mois de mai la campagne était belle. Les arbres fruitiers étaient en fleurs. Des filles quelquefois passaient sur la route, au bas de la colline et elles étaient charmantes. On ne devrait jamais faire la guerre au printemps, pensa Roman, en apercevant, au loin, au bord de la rivière, un pêcheur qui n'avait pas l'air de s'en soucier. Il semblait bien, en effet, qu'elle ne parviendrait jamais jusqu'ici, qu'une telle tranquillité qui avait toutes les apparences du bonheur ne pouvait pas être bousculée. Oui, la campagne était belle. Oui, les filles étaient belles. Oui, la vie était belle. Il partit rejoindre sa section en sifflotant l'air d'une chanson yiddishe qui lui était venu naturellement aux lèvres. Ce qui le fit penser à Göttingen et à Ingrid qui était toujours présente dans son cœur. Il y avait longtemps qu'il n'avait pas reçu de ses nouvelles, mais il savait combien il était difficile de communiquer entre les deux pays. Il n'était pas bon que les citoyens allemands écrivent à ceux qui étaient partis en exil à l'étranger. La censure les avait séparés avant même que la guerre n'interrompe le courrier et les derniers messages lui étaient parvenus par des personnes qui, elles aussi, avaient quitté l'Allemagne. Il leva la tête pour contempler le beau ciel de mai et trois points noirs attirèrent son attention. Il prit ses jumelles et le danger lui apparut : aucun doute, c'étaient bien des stukas. Fini de rêvasser ! Il partit en courant vers ses hommes. Les avions ennemis, dont le nombre s'était vite multiplié, s'approchaient dans un vrombissement infernal. Avec un peu de chance le camouflage était assez réussi et les aviateurs ne remarqueraient rien. Et puis des avions alliés allaient sans doute intervenir... En fait, le colonel de la base aérienne de Lille qui avait reçu un ardent appel à l'aide n'avait pu que s'exclamer : « Mais où voulez-vous que je trouve une douzaine d'avions ? Ils sont tous en vol. C'est que vous n'êtes pas les seuls à avoir besoin de nous ! J'ai tout de même deux spitfires que je vous envoie. Si tout va bien, ils seront chez vous dans dix minutes. » « Dix minutes, c'est bien long, pensa Roman, serons-nous encore en vie ? » Les avions ennemis furent bientôt juste au-dessus de la colline. On les voyait évoluer tels de gros frelons, descendre et remonter, virevolter comme à une exhibition de meeting. Roman aimait les avions et admirait les aviateurs, mais ceux-là, il savait bien qu'ils venaient en avant-garde de l'armée allemande. L'un d'eux descendit soudain en piqué et le jeune lieutenant eut l'intuition que, ça y était, il avait découvert quelque chose. Puis ce fut le vacarme des mitrailleuses et de la D.C.A. et les avions lâchèrent les bombes de plus haut pour éviter de se faire descendre. Aucun d'entre eux n'avait encore été touché par la D.C.A. et quand Roman les vit de nouveau perdre de l'altitude, il comprit que la D.C.A. avait été neutralisée. Il n'était pas question pour les soldats de sortir de leur casemate dont la porte avait explosé. Ils étaient réduits à l'impuissance dans leur abri qui avait déjà pas mal souffert. Les photos de pin-up étaient criblées d'éclats, mais personne n'avait été blessé. Enfin, au fond du ciel, apparurent les deux chasseurs britanniques et un grand cri de joie embrasa la colline. Les avions allemands furent surpris par la vivacité de leurs ennemis. Ils durent abandonner le largage des bombes. L'espoir pouvait revenir. Deux stukas tombèrent en vrille, traînant derrière eux comme une écharpe un panache de fumée. Les Allemands se replièrent. Quand ce fut plus calme, Roman se souvint de deux soldats qu'il avait vus surpris par l'attaque et qui n'avaient alors pu que se coucher dans l'herbe. Avec ce qui était tombé, il y avait peu de chances qu'ils soient encore en vie, mais il fallait aller voir : on en avait vu se tirer de cas plus désespérés. Il demanda à Heinrich de l'accompagner. Ils étaient à peine dehors qu'un des stukas les prenait pour cible, mais aussitôt pris en chasse par un spitfire, il dut les laisser progresser à découvert. Pour l'un des deux soldats la guerre était finie. Pour l'autre... Il semblait mal en point, il gisait face contre terre, mais son corps était secoué de sanglots. Il pleurait en appelant sa mère : « Au secours, Maman, sauve-moi, ne m'abandonne pas. » Il avait été profondément choqué. Il faut dire qu'il y avait de quoi, mais cela avait quelque chose de tellement burlesque que Roman éclata de rire, libérant ainsi toute la tension qu'il avait accumulée pendant l'attaque ennemie. Il dit au pauvre garçon, un tout jeune caporal : « Ne t'inquiète pas, tu la reverras, ta mère ! » Ce n'était pas très original, mais c'était la seule repartie qui lui était venue à l'esprit.

Ensuite le calme revint. Les Allemands se firent oublier, alors qu'on avait cru que cette première visite serait suivie par d'autres. Soudain, sans qu'on sache pourquoi, la retraite avait été ordonnée. Le capitaine, citant visiblement les instructions qu'il avait reçues et sans avoir l'air de trop y croire, déclara à ses chefs de section : « Repli stratégique. Nous avons intérêt à battre en retraite quand il est encore temps. Les

Ardennes que les Français nous ont assurées infranchissables se sont effondrées comme un château de cartes. L'armée française est en complète déroute et les chars de Guderian avancent comme sur un boulevard. Ils foncent sur Paris et vers la côte pour tenter de couper toutes les relations avec l'Angleterre. Nous devons tout faire pour éviter d'être pris au piège, d'être encerclés. Il nous faut absolument parvenir à Dunkerque ou à Nieuport avant eux. Là, nous embarquerons pour rentrer au pays. Si les Allemands parviennent à la mer avant nous, nous serons coincés. Nous n'avons donc pas de temps à perdre. »

Roman pensa qu'au lieu de faire son droit, il aurait mieux fait de s'entraîner à la course à pied. Voilà qui aurait été plus utile, en un temps où le droit ne servait pas à grand-chose. Vallia, que sa religion n'avait pas complètement privé d'ironie, fit remarquer :

« Ce n'est pas une guerre, c'est une course-poursuite. L'important, ce ne sont pas les armes, ce sont les chaussures.

— Vous voyez, les gars, renchérit Heinrich, la guerre, c'est comme le football, pour marquer un but il faut d'abord courir plus vite que l'adversaire. »

Roman, lui, n'avait aucunement envie de rire. Il comprenait que, pour l'instant, la partie était jouée et tout ce qu'il y avait à faire, c'était d'essayer de sauver sa peau, de trouver un bateau à Dunkerque et de retourner en Angleterre. Il lui faudrait encore longtemps avant de revenir à Göttingen. Et, dans l'heure qui suivit, la 38e section du 22e régiment de dragons de Sa Majesté quittait sa position sur l'Escaut dans les quelques camions qui avaient eu le bonheur d'échapper à la rage destructrice des stukas.

Les routes étaient déjà défoncées par les bombardements et les conducteurs devaient faire preuve de trésors d'habileté pour éviter de se retrouver sur le bas-côté, de casser un essieu ou de percuter l'arrière du véhicule précédent si celui-ci était contraint de freiner brusquement. Il s'agissait de rouler en colonne serrée et de s'arrêter le moins possible, en relayant les chauffeurs pour éviter que la fatigue n'émousse leurs réflexes ou, même, qu'ils ne s'endorment au volant. Il fallait rouler la nuit sans allumer les phares, pour éviter d'attirer l'attention de l'aviation ennemie et l'allure s'en ressentait. Mais Lille fut atteinte sans difficulté, et traversée dans l'obscurité du couvre-feu. Près d'Armentières, le convoi des *tommies* en retraite rencontra une colonne de camions et de blindés français qui venaient de la région d'Arras. Il n'y avait pas besoin d'observer longtemps ces hommes pour voir qu'ils s'étaient battus durement. Ils avaient l'air grave, épuisé et nombreux étaient les blessés. Devant les soldats anglais qui, eux, avaient été relativement épargnés, ils n'avaient aucunement l'intention de laisser le passage et les chefs durent longtemps discuter. Le commandant français ne manquait pas d'arguments :

« Nous rallions la côte. Une poche de résistance s'y est formée que je veux rejoindre. Je n'ai pas l'intention de laisser mes hommes et mon matériel aux mains des boches. Avec un peu de chance, nous embarquerons tout ça pour l'Angleterre. »

Son homologue britannique lui répondit qu'il comprenait son impatience, mais qu'il avait exactement la même raison de se presser sur le même chemin. Avec un autre argument en faveur des soldats anglais : les bateaux qui assureraient le transport seraient britanniques et, donc, prendraient à leur bord en priorité les troupes de Sa Majesté. Hélas, les Français devraient attendre leur tour. Il ne leur servirait donc à rien d'arriver les premiers. L'officier français se mit quelque peu en colère et affirma, non sans raison, que c'était là une curieuse façon de pratiquer l'alliance militaire. D'ailleurs, s'il n'avait pas opposé une résistance farouche aux boches, cette route aurait été déjà coupée par les blindés ennemis. En conséquence, il semblait décidé à ne pas livrer le passage aux Anglais. Lesquels n'avaient pas non plus l'intention de céder.

Chacun, en fait, en faisait une question d'honneur. Roman, qui était dans une voiture de tête, proposa à ses supérieurs une solution diplomatique : pourquoi ne formerait-on pas un seul convoi dans lequel se mêleraient les véhicules des deux armées ? Cette solution fut adoptée par les deux parties.

Le voyage ne fut pas simple pour autant. Il y avait aussi des civils sur la route, qui tentaient de fuir avant l'arrivée des Allemands. Et sans cesse des troupes françaises ou belges rejoignaient le convoi, s'incrustaient entre les voitures dans un formidable embouteillage où il suffisait qu'un véhicule ait un ennui mécanique pour que tout derrière lui soit bloqué. D'heure en heure le moral des hommes déclinait. Même Heinrich gardait le silence. Et Vallia priait. Roman était furieux : ils avaient tous été victimes d'un vaste mensonge de la part des états-majors et des hommes politiques. On leur avait dit qu'ils étaient les plus forts, que cette guerre serait rapide et tournerait vite à leur avantage, que les Allemands ne passeraient jamais et préféreraient se retirer. Ils étaient partis le sourire aux lèvres, en croyant qu'ils allaient, ainsi que le disait une chanson à succès, faire sécher leur linge sur la ligne Siegfried. D'ailleurs, où était-elle cette fameuse ligne Siegfried qu'ils ne verraient sans doute pas avant longtemps ? Cette fuite peu glorieuse rappelait à Roman une histoire que lui avait racontée sa grand-mère, celle d'un oiseau qui volait à reculons pour ne pas oublier d'où il venait. Drôle d'oiseau, en vérité, qui savait peut-être d'où il venait, mais qui ne risquait pas de savoir où il allait.

Ils s'arrêtèrent un moment dans une forêt et, là, Roman s'étonna de voir à quel point des soldats qui s'étaient déjà pas mal battus gardaient un moral d'acier. Un groupe de Français était descendu d'un camion proche du sien et les soldats des deux pays avaient chaleureusement fraternisé. Il fut quelque peu surpris de voir qu'ils avaient installé un fusil-mitrailleur en pleine nuit, sous les arbres, et il fit part, dans le français approximatif qui était le sien, de son étonnement à l'homme qui était assis devant l'engin. Celui-ci lui répondit avec un bel accent de titi parisien et une assurance que rien ne devait pouvoir démonter : « On ne sait jamais. Vous voyez, s'ils nous attaquent en rase-mottes, moi je les attends et, avec un peu de chance, je m'en paye un. J'en ai bien descendu un, près d'Arras. » Un de ses compagnons intervint aussitôt : « Tu parles, il était suicidaire ! Il faisait du sur-place, ton Messerschmitt ! Et moi je vais te dire, si tu t'en payes un autre dans ces conditions, c'est que tu es cocu ! Je crois qu'il vaut mieux qu'ils ne viennent pas nous voir, parce que ça pourrait faire du vilain. » Un des hommes, qui était professeur d'anglais dans le civil, dit alors à Roman que ce n'était pas la peine qu'il fasse l'effort de parler dans son français maladroit mais que, s'il voulait venir l'améliorer à Paris, après la guerre, il serait le bienvenu. Pourtant il était vraisemblable, vu la tournure des événements, qu'il irait lui-même à Londres avant que Roman ne revienne en France.

« On ne peut jamais jurer de rien, avait répondu Roman, votre Président... Reynaud... a dit, je crois, qu'un miracle pouvait sauver la France. S'il a dit cela, c'est qu'il a quelques raisons, non ? Il y a des moments où il faut croire aux miracles.

— Si vous croyez, avait répliqué vertement le professeur, qu'il n'arrive jamais qu'un homme politique dise n'importe quoi ! Vous vous souvenez : "Nous vaincrons parce que nous sommes les plus forts." Tu parles ! Les plus forts ! Alors que nous sommes en train de prendre une bonne ratatouille. »

En effet, pensa Roman, il avait bien besoin d'améliorer son français et d'augmenter le fonds de son vocabulaire... « Ne soyez pas naïf, mon lieutenant, le seul miracle ce serait maintenant d'arriver à Dunkerque et de passer en Angleterre. »

Ils atteignirent enfin la côte, près de Nieuport. Là, la colonne se scinda en deux. Les Français continuaient plus vers Dunkerque tandis que les Anglais s'arrêtaient dans les dunes qui constituaient d'excellents abris naturels. Le désordre régnait et la discipline militaire n'était plus ce qu'elle devait être. Certains, quelque peu inconscients, dressaient des tentes sur la plage comme si c'étaient les vacances et sans se rendre compte qu'ils s'exposaient au premier avion qui surviendrait. Les véhicules avaient été abandonnés sur la route qui longeait la plage parce que leurs chauffeurs n'avaient pas eu envie de rester à l'arrière tandis que les autres s'embarqueraient. Ainsi ce matériel en bon état, des camions, des automitrailleuses, des tonnes de munitions tomberaient certainement aux mains des Allemands qui avaient pourtant déjà fait preuve de leur supériorité technique. Roman était écœuré. Il semblait vraiment que tout le monde se fichait de tout, que même le commandement baissait les bras. Il eut une idée, dont il décida aussitôt de faire part à ses supérieurs. Son capitaine était installé dans une agréable villa qui n'avait pas encore souffert des bombardements et où l'on imaginait qu'une famille heureuse avait l'habitude de venir profiter de la mer. Les rosiers étaient généreux et le gazon bien vert. Un soldat montait la garde, qui laissa passer le visiteur en le saluant mais, à l'intérieur, un sergent s'enquit du but de sa visite. Roman prit un ton sec pour affirmer :

« J'ai à communiquer au capitaine Mac Govern des renseignements de la plus haute importance. Dépêchez-vous, sergent, il en va de notre sécurité à tous.

— Bien, bien, répondit le sous-officier, je vais prévenir le capitaine. Mais il vous faudra sans doute attendre un moment parce qu'il est en train de prendre le thé avec le commandant.

— Eh bien, dépêchez-vous », insista Roman.

Le capitaine l'aimait bien et le fit entrer rapidement. Au lieutenant qui était encore figé dans un garde-à-vous impeccable, il dit avec un grand sourire :

« Que vous arrive-t-il, Wormus, pour venir ainsi nous déranger à l'heure du thé ? Vous avez enfin trouvé le moyen de gagner la guerre ? Je vous écoute. »

Il en fallait plus pour démonter Roman :

« Non, mon capitaine, je n'ai pas trouvé le moyen de gagner la guerre. De toute façon, je pense qu'il est un peu tard pour que l'état-major me demande mon avis.

— Voici un lieutenant qui n'a pas sa langue dans sa poche, intervint le commandant. Ça me plaît. Offrez-lui donc une tasse de thé.

— Pardonnez-moi de vous déranger, mon commandant, mais...

— Ce n'est rien, lieutenant. Asseyez-vous et dites-nous ce que nous pouvons faire pour vous.

— C'est très simple. Une grande quantité de matériel est actuellement abandonnée aux abords de la plage. Nous pourrions, je pense, ne pas le laisser tomber intact aux mains de l'ennemi. J'ai avec moi un excellent artificier. Je vous propose de piéger tous ces camions avant notre départ. Ainsi nous laisserons aux Allemands un bon souvenir des *tommies*. Nous avons assez de dynamite pour faire sauter tous ces véhicules, et même la ville avec.

— C'est ce qui m'inquiète. Quoique votre idée soit judicieuse. Ne faites pas sauter la ville. Les Français y tiennent peut-être et, après tout, ce sont nos alliés. Quant à laisser derrière nous des véhicules piégés, ce serait une bonne idée si nous étions sûrs qu'ils tombent dans les mains des Allemands. Mais imaginez que des civils ou des soldats français s'en emparent avant eux... En revanche, pourquoi ne pas les faire sauter en rase campagne ? Chargez-vous de l'opération, vous avez carte blanche... De toute façon, mieux vaut ne pas emporter d'explosifs sur des bateaux qui risquent d'avoir affaire aux stukas. Ce n'est peut-être pas le moment d'organiser un feu d'artifice sur la Manche. Maintenant, vous n'avez pas de temps à perdre, nous embarquons demain. Du moins si tout va bien, si nos petits camarades arrivent jusqu'ici. »

Depuis quelques heures, le secteur était calme. Les avions ennemis n'étaient pas passés depuis quelque temps, avec leur fâcheuse manie de mitrailler tout ce qui était sous leurs ailes. Roman trouva ses hommes en train de jouer au foot sur la plage.

« C'est bien, les gars, leur dit-il, au moins vous restez en forme. Mais j'ai une autre distraction pour vous. Nous allons faire une belle fête pour saluer ce pays avant de retourner chez nous. J'ai reçu l'ordre de rassembler et de faire sauter tous les véhicules abandonnés devant la plage. »

Un cri de joie salua cette déclaration.

« Nous allons réunir, avec les sections voisines, le maximum de chauffeurs pour organiser le convoi. Si nous ne pouvons pas tout emmener, nous ferons sauter sur place là où ce sera possible. Ou bien nous détériorerons le matériel par d'autres moyens. »

La nuit est belle en ce printemps 1940. Claire, et le ciel bien étoilé. Le convoi fait un vacarme impressionnant. Les hommes sont joyeux, comme si tout cela n'était qu'un jeu. Ils arrivent dans un pré et stoppent les véhicules serrés les uns contre les autres. Les artificiers disposent les charges de dynamite et les relient les unes aux autres. Un seul détonateur suffira. Quand tous se sont repliés bien à l'abri, Roman donne l'ordre à Heinrich de faire le geste qui va détruire tout ce matériel qui leur a permis de ne pas se faire dominer par les Allemands. Il a le cœur serré d'être le responsable d'une telle destruction, lui qui n'a jamais été de ces enfants qui prennent plaisir à casser leurs jouets. Et pourtant, il ne peut pas se cacher qu'il partage le plaisir des soldats. Décidément, pense-t-il, sans faire part à personne de cette réflexion, il y a en l'homme une incroyable force de destruction. Heinrich appuie fortement sur la manette du détonateur et... rien ne se passe. Aucun bruit, rien. Rien que le formidable juron du soldat autrichien. Puis il dit à Roman :

« Il y a un os, mon lieutenant. Mais peut-être que cela vient de cette boîte de merde. Surtout que personne ne bouge, je vais encore essayer. »

Il relève la manette, la rabaisse encore une fois. Et jure de plus belle.

« Rien à faire, il faut aller voir sur place, mon lieutenant.

— Non, Heinrich, c'est à moi d'y aller.

— Vous rigolez, non ? Vous n'y connaissez rien ! »

C'est vrai. Roman ne connaît pas grand-chose en explosifs. Seul Heinrich peut essayer de résoudre le problème. Mais c'est prendre un risque fou.

« Laissez-moi y aller, intervient Vallia. Moi, je m'y connais assez pour voir si tout est bien connecté. Et, moi, j'ai un avantage sur vous, j'ai le Bon Dieu avec moi. »

C'est un de ces moments où l'esprit doit fonctionner à toute allure, où le chef doit prendre très vite une décision, où le chef doit prendre la meilleure décision. Roman, une seconde, se sent désemparé. Mais Heinrich, déjà, part en rampant. Roman le retient par une jambe au moment où une fusée éclairante éclate dans le ciel. Le feu d'artifice commence, mais ce n'est pas celui qui avait été prévu. Ils reconnaissent le ronflement des stukas et se tapissent au plus près du sol. Il n'y a rien d'autre à faire qu'attendre. Encore une fois, ils sont impuissants devant l'ennemi.

« Faut que j'y aille, mon lieutenant, dit Heinrich à Roman.

— Pas question, répond l'officier. Laisse-les faire. Tu vas voir, ils vont faire le boulot pour nous.

— Le Bon Dieu nous a entendus ! dit Vallia.

— Tu parles d'un Bon Dieu ! » lui répond Heinrich.

Ils sont assez loin des véhicules pour se sentir en sécurité. Ou presque. D'autres fusées illuminent le ciel, éclairent parfaitement les véhicules si bien rassemblés dans un pré. « Au moins, nous sommes aux premières loges », dit encore l'Autrichien. Les stukas sont maintenant tout proches. La première bombe tombe à côté de l'objectif mais, heureusement, de l'autre côté de celui où ils se sont repliés. La deuxième fait exploser un camion, mais n'entraîne aucune réaction en chaîne. Ils espèrent tous que la troisième ne leur tombera pas dessus. Roman sent en même temps la brise légère qui vient de la mer et la sueur qui perle sur son front. Il comprend que, tout simplement, il a peur. C'est la première fois qu'il a une telle peur. Mais la troisième bombe est la bonne. Les charges de dynamite explosent les unes après les autres, dans un fracas qui secoue la nuit pendant quelques minutes interminables. Là-haut, les avions doivent être pas mal secoués. Ils reprennent de la hauteur et, quand le bruit cesse, quand tous les débris sont retombés sur la campagne, chacun peut constater qu'ils sont partis. Les hommes bondissent en hurlant, en poussant des cris qui n'expriment pas que de la joie. Ils manifestent enfin toute l'inquiétude accumulée depuis quelque temps, toute la déception qu'ils ont de devoir se retirer du champ de bataille en ayant à peine combattu, toute leur peur de mourir sur cette plage d'où il ne serait pas facile de partir par la mer.

Ils n'eurent que quelques heures pour se reposer avant de descendre prendre position sur la plage où se formaient d'interminables colonnes de soldats attendant les bateaux qui devaient les arracher à ce guêpier. Le plus étonnant c'est que, pour une fois, l'intendance avait suivi et que les cuisines roulantes étaient à l'heure pour servir le thé au petit matin. A travers la plage et la foule des soldats, on avait réservé un couloir par où des ambulances venaient déposer des blessés qui seraient prioritaires pour l'évacuation et qu'on installait sous une vaste tente pompeusement dénommée « hôpital de campagne ». Roman, dont la section avait pris position non loin de là et auquel pesait l'inactivité, malgré la fatigue, décida d'aller y faire un tour pour voir s'il ne pourrait pas être de quelque utilité. Heinrich, en cas de besoin, saurait où le trouver. Le spectacle qu'il dut affronter l'impressionna terriblement : tant d'hommes couverts de bandages, gémissant sur des brancards ou faisant quelques pas sur des béquilles ! Et cette odeur de chair abîmée et de médicaments ! Ils avaient, pour la plupart, le regard vide de ceux qui ont vu la mort en face, qui sont au-delà du désespoir. Son premier réflexe fut de sortir, de retourner au grand air et à la lumière de la plage. Il fit en vain l'effort de rester, de regarder, de se maîtriser afin d'aller parler avec quelques-uns, les réconforter comme il pourrait. Mais non, ce n'était vraiment pas possible. Il allait sortir quand il entendit qu'on l'appelait. Il chercha parmi les blessés d'où pouvait venir cette voix fragile qu'il ne reconnaissait pas et, après quelques instants d'attention, il crut reconnaître son cousin Harry, le visage maigre et couvert d'une barbe de plusieurs jours, en partie dissimulé par un gros pansement que le sang avait traversé. Harry ? Lui, si britannique, toujours si élégant, si soigné... Mais, après un instant d'hésitation, il lui fallut bien admettre que ce jeune homme apparemment mal en point était bien le fils de l'oncle John, le frère de Rose. Le blessé parvint à sourire, un peu difficilement :

« Salut, Roman ! C'est gentil de venir voir ton vieux cousin. Malheureusement, je n'ai rien à t'offrir à boire. Mais ne fais pas cette tête, tu vois, je suis vivant ! Je suis tombé sur un obus antisémite. Plutôt c'est lui qui m'est tombé dessus, ou presque. Il m'a laissé quelques souvenirs, mais il ne m'a pas eu. »

Roman avait la gorge sèche. Il voulait savoir quelle était la gravité des blessures de son cousin. Il cherchait des yeux un médecin. Il fallait qu'il en trouve un, ou un infirmier, qu'il lui demande... Harry, lui, au moins, gardait le moral. Ou faisait semblant :

« Je suis en vie, mon vieux, c'est l'essentiel. Et c'est une chance d'être blessé, tu sais. Parce que nous allons embarquer les premiers.

— Tu as raison, répondit Roman. Tu as de la chance. D'ailleurs, on a toujours de la chance dans la famille ! »

Ils ne purent pas parler plus longtemps. Il y eut soudain, sous la tente de « l'hôpital », une formidable agitation. L'information ne mit pas longtemps à parvenir jusqu'à eux : il fallait se tenir prêts, on annonçait les premiers bateaux. Roman devait sortir et rejoindre ses hommes.

« Bonne chance, cousin, je serai avant toi à la maison, dit Harry. Ne traîne pas trop en route ! Je suis sûr que Rose est impatiente de te revoir.

— Je ne serai pas long, tu peux m'annoncer. En attendant, nous allons veiller à ce que vous embarquiez sans problème.

— Ça me rassure. Et tu peux en descendre quelques-uns de ma part ! »

Le spectacle sur la mer était étonnant. On avait rarement dû voir autant de bateaux aux abords de la plage. Des vaisseaux de la Navy, mais aussi toute une armada de bateaux de pêche et de plaisance qui sortait de l'horizon dans le soleil de juin. C'était un spectacle magnifique. Dommage que ce spectacle ne fût donné que parce que la guerre avait mal tourné. Quant à ce qui se passait sur la plage c'était aussi extraordinaire : elle était noire de monde et on sentait parmi ces milliers d'hommes vibrer l'impatience. Tous piaffaient, pris entre l'espoir de se tirer de là et la peur d'une dernière attaque de l'aviation allemande à laquelle ils seraient tous singulièrement exposés. La plupart n'avaient même plus l'air de soldats, avec des uniformes en loques, sales. Les capotes déboutonnées pendaient lamentablement, les pantalons étaient déchirés, les chemises étaient ouvertes, les souliers n'étaient plus que d'informes choses de cuir sale. Certains n'avaient même plus de casque ni d'armes parce qu'ils les avaient perdus ou abandonnés dans la précipitation de la retraite. Pourtant, on entendait encore de temps à autre un trait d'humour :

« Nous pourrons raconter à nos enfants que le roi nous a offert une croisière ! »

C'est alors que Roman reçut l'ordre d'emmener ses hommes sur la dune pour rejoindre ceux qui déjà avaient pris position afin de couvrir l'opération. Ils partiraient les derniers. Les premières barques, maintenant, arrivaient sur la plage. Les premiers rangs de *tommies* quittaient le sol de France, par petits groupes et c'était un miracle d'organisation. « Décidément, pensait amèrement Roman, nous savons mieux faire la retraite que la guerre... » Heinrich, soudain, lui donna un coup de coude :

« Dites-moi, mon lieutenant, vous ne trouvez pas que ça manque un peu de gros bateaux ? Pourquoi ne nous ont-ils pas envoyé un peu plus de ces beaux navires qui font l'orgueil de la Navy ?

— Les lois de la guerre sont comme celles de Dieu, répondit Roman en faisant un clin d'œil à l'intention de Vallia, elles sont impénétrables. »

Il gardait pour lui la réponse qu'il avait sur le bout des lèvres : Parce qu'ils n'ont pas eu envie de prendre le risque de les perdre pour nous sauver.

« J'espère au moins qu'ils ont prévu les gilets de sauvetage, reprit Heinrich en riant.

— Déconne pas, Heinrich, répliqua Vallia, parce que moi, je ne sais pas nager.

— T'en fais pas, mon vieux, j'ai été maître nageur. »

Roman était content de constater que ses hommes gardaient le moral. En même temps, leur bavardage l'agaçait. C'était comme s'ils n'avaient pas conscience de la gravité de ce qui était en train de se jouer et de leur responsabilité. Lui, il était tendu. Il ne quittait pas ses jumelles, scrutant le ciel, dans l'attente des stukas dont il était sûr qu'ils ne manqueraient pas de leur rendre visite. Ils ne pouvaient pas ne pas être au courant de ce qui se passait sur cette plage. L'occasion était tout de même trop belle pour eux et ils avaient montré qu'ils n'avaient aucune pitié à l'égard de troupes qui ne cherchaient même plus le combat. Il n'eut pas longtemps à attendre pour voir les premiers avions mais, heureusement, c'étaient des chasseurs britanniques qui venaient enfin protéger les navires. Leur apparition déclencha un vacarme de hourras parmi ceux qui attendaient l'embarquement.

« Maintenant, tout ira bien, mon lieutenant », dit Heinrich.

Roman, pourtant, n'était pas aussi optimiste que le sergent. Il y avait quelque chose en lui, très profond, qui lui disait que la partie n'était pas encore jouée. Il continuait de scruter le ciel vers le nord et l'est et il vit, au loin, apparaître quelques points noirs qui grossissaient. Les spitfires ne les avaient pas encore vus. Il aurait voulu pouvoir les avertir du danger, leur crier de se retourner, de se préparer au combat, mais une fois encore il était impuissant. Il n'y avait qu'un moyen de les avertir, du moins s'ils comprenaient le message. Il donna l'ordre à Heinrich, qui servait la mitrailleuse, de faire feu vers les avions ennemis. Le sergent s'étonna parce qu'il n'avait aucune chance, pour l'instant, de les atteindre. « Vite ! Vite ! » cria Roman et Heinrich obéit sans comprendre. Les spitfires, eux, semblaient avoir compris. Ils s'élevaient dans le ciel, précisaient leur formation et se dirigeaient droit vers les stukas. Sur la plage, pendant ce temps, l'embarquement continuait. Les têtes étaient levées vers le ciel. A part le bruit des avions, le silence était lourd. Il semblait que chacun retenait son souffle. Si les spitfires ne parvenaient pas à couper la route aux Allemands, il y aurait un carnage parmi ces milliers d'hommes qui ne pourraient pas se protéger, qui pourraient seulement se coucher à terre et espérer que les bombes ou les balles auraient le bon goût de choisir d'autres cibles. Les stukas se séparèrent les uns des autres tandis que les spitfires qui avaient eu le temps de gagner assez de hauteur redescendaient sur eux en faisant crépiter leurs mitrailleuses. Roman comprit vite que les avions allemands cherchaient à éviter le combat aérien. Pourtant ils ne s'enfuyaient pas. Il semblait bien qu'ils étaient venus pour une autre mission. Ceux qui pouvaient se dégager de l'acharnement des pilotes de la R.A.F. obliquaient vers la mer, descendaient, bombardaient et mitraillaient. Les balles faisaient jaillir de l'écume. Des bateaux coulaient. Des corps flottaient sur lesquels revenaient les avions et les mitrailleuses. La mer, par endroits, se teintait de sang. A la frange des vagues, là où la mer et le sable se confondent, gisaient de nombreux corps. C'étaient des soldats qui mouraient à la dernière limite de la terre de France.

Un cargo, déjà bien avancé en mer, venait d'être sérieusement touché. Un nuage de fumée sombre s'élevait au-dessus de lui. C'était un des premiers navires à avoir pris son lot de soldats. Sans doute, donc, était-il chargé de blessés. Harry... Oui, si Harry était à bord... Pauvre Harry, déjà si blessé ! Il ne s'en tirerait jamais ! Les quelques troupes qui avaient été placées en couverture l'avaient été pour défendre la plage, pas la mer. Çà et là, des fusils-mitrailleurs avaient pris position qui limitaient les dégâts là où les hommes continuaient d'embarquer. Car il n'y avait rien d'autre à faire que de continuer. Il fallait sauver le maximum d'hommes, les emmener loin de cette côte maudite. Enfin, un stuka, touché par un spitfire, perdant apparemment le contrôle de sa direction, glissait vers les dunes. Heinrich était étendu derrière la D.C.A., prêt à intervenir s'il approchait assez :

« Vous allez voir, l'enfant de salaud, si je vais le descendre ! »

Il ne mit pas longtemps à tenir parole. L'avion, cette fois, ne tiendrait pas longtemps. Mais il semblait que le pilote parvenait encore à le maintenir jusqu'à être au-dessus de la batterie sur laquelle il lâcha ses dernières bombes. Et maintenant il tombait en vrille, droit sur la position que la section de Roman venait d'abandonner. Le lieutenant avait, heureusement, su donner à temps l'ordre d'évacuer (certains, à vrai dire, l'avaient devancé). Le pilote s'éjecta au dernier moment et tomba inanimé sur le sable des dunes tandis que son appareil s'écrasait sur la D.C.A. abandonnée. Les hommes se regardaient en silence : ils l'avaient échappé belle ! Heinrich retrouva vite son sourire :

« Eh bien, mon lieutenant, je commence à comprendre pourquoi Vallia croit en Dieu ! »

Mais Heinrich avait bondi vers le pilote allemand qu'il tenait en joue :

« Mon lieutenant, cette ordure n'est même pas crevée ! Qu'est-ce que je fais ? Je l'achève ? Pour lui éviter de souffrir... »

L'aviateur en avait assez compris pour faire un effort et essayer de se lever, levant les bras pour se constituer prisonnier. Roman le désarma et lui dit, dans sa langue maternelle :

« Vous êtes tombé de haut mais vous n'irez pas plus bas. Vous voici aux mains d'un officier anglais pas tout à fait comme les autres. Je suis juif et allemand. Lieutenant Roman Wormus. »

Heinrich, qui contenait mal la fureur qui était en lui, bougonna :

« Eh bien ! Ce sont de drôles d'anges qui tombent du ciel, aujourd'hui ! »

Le soldat était blanc, visiblement en proie à la panique. Il supplia :

« Dites, vous n'allez pas me tuer. Moi, je suis un soldat, je n'ai rien fait aux juifs. Je fais la guerre, c'est tout. Vous me devez la protection qu'on doit à tout prisonnier de guerre. »

Ses camarades, maintenant, étaient repartis.

Il y eut d'autres attaques, d'autres bombardements, d'autres morts, d'autres blessés, d'autres bateaux coulés. Mais pas d'autre prisonnier. La journée fut longue et quand le soleil enfin, d'un rouge splendide qui faisait flamboyer le ciel, glissa vers l'horizon, Roman et ses hommes, épuisés, reçurent l'ordre de quitter leur position et de descendre vers le lieu de leur embarquement. Ils furent parmi les derniers à quitter la France. Çà et là, des cadavres jonchaient la plage, et pourtant l'on pouvait dire que l'opération avait réussi.

Tenant fermement le bastingage du bateau surchargé qui semblait prêt à s'enfoncer dans l'eau, Roman regardait s'éloigner la côte du continent où l'Allemagne triomphait. Il se jura d'y revenir, de ne pas manquer le jour où, enfin, les Anglais pourraient reprendre leur revanche. Il pensait à Ingrid dont il s'éloignait pour la seconde fois. Vallia se glissa près de lui :

« Dites-moi, mon lieutenant, est-ce que vous êtes croyant ? »

Que pouvait-il répondre à une telle question, lui qui n'avait jamais été très religieux, après ce qu'il avait vécu, ce qu'il avait vu, ce qu'il savait du tour que prenait l'histoire. Vallia reposa sa question :

« Vous ne voulez pas me répondre, mon lieutenant ? Je ne dis pas catholique, comme moi, mais simplement croyant.

— Tout ce que je peux te dire, c'est que je crois... à ma façon. Je crois que l'amour qu'un homme peut avoir pour sa mère, pour sa femme, pour ses enfants le rend immortel. Oui, Vallia, je crois qu'un homme amoureux ne meurt jamais et qu'ainsi il est à l'image de Dieu.

DEUXIÈME PARTIE

7 juin 1940. Margate est un petit port de pêche d'ordinaire tranquille. Le désastre que les armées alliées viennent de subir sur le continent l'a transformé en centre d'une incroyable activité. Durant toute la nuit, en effet, des bateaux de toutes sortes, chalutiers, cargos, yachts, navires de guerre, ont débarqué les soldats rescapés de Dunkerque. Roman Wormus est de ceux qui ont eu la chance d'échapper aux bombardements et aux mitraillages qui ont rendu si difficile l'opération. Nombreux sont les morts laissés sur le terrain. Nombreux aussi les navires qui n'ont pas accompli la traversée du retour.

En posant le pied sur la terre d'Angleterre, Roman connut un sentiment étrange : l'impression de rentrer chez lui. Lui qui avait été si déçu de voir s'éloigner l'espoir d'un retour à Göttingen, devait bien reconnaître que les sept années d'exil passées en Angleterre l'avaient attaché à ce pays. Et c'était là maintenant qu'après une si dure épreuve, il allait retrouver les siens. Il savait que ce n'était que partie remise. Il espérait qu'il n'aurait pas trop longtemps à attendre pour reprendre le combat, pour accomplir ce qui lui paraissait être simplement son devoir. Mais, pour l'instant, il n'avait qu'une envie : revoir ses parents, serrer sa mère dans ses bras, respirer l'air de Londres. Il y aurait sans doute un énorme *strudle* pour fêter son retour !

Au moins, il avait la fierté d'avoir été à la hauteur de la tâche, d'avoir bien accompli toutes les missions qui lui avaient été confiées. Non, jamais il ne se résignerait à l'horreur. Toujours il lutterait contre la barbarie, pour la liberté. Oui, toute sa vie, s'il le fallait, il lutterait.

Sur le navire, il avait retrouvé le capitaine Mac Govern. Celui-ci l'avait chaudement félicité. Les circonstances lui avaient enlevé de la raideur et la fraternité l'avait emporté sur la discipline.

« L'armée a besoin d'officiers comme vous, avait-il dit. Pensez-y après la guerre. Vous pourriez faire une belle carrière, lieutenant Wormus. Je suis sûr que vous ne mettrez pas longtemps à conquérir vos galons. En tout cas, vous pourrez toujours compter sur moi. Non seulement comme supérieur prêt à vous guider, mais plus simplement comme un ami. »

Au loin, à ce moment, la côte de France n'était plus qu'une ligne dorée. Roman répondit non sans émotion :

« Je n'ai rien fait d'extraordinaire, je vous assure, mon capitaine. J'ai écouté mon instinct. J'ai tellement de rage contre les nazis, vous savez, que je n'ai pas beaucoup de questions à me poser. Ce n'est pas vraiment du courage. »

Le capitaine, en accordant un dernier regard rêveur à ce continent dont l'Angleterre, pensait-il, n'avait vraiment rien de bon à attendre, reprit :

« Nous reviendrons en France, Wormus. Nous n'avons pas le choix. L'Angleterre s'est engagée et l'Angleterre tient toujours ses engagements. Trop de gens comptent sur nous et nous ne pouvons pas laisser l'Europe sous la botte nazie. D'ailleurs, Hitler a montré qu'il n'acceptait aucune limite. Si nous ne faisons rien pour l'arrêter, c'est dans notre île bien-aimée qu'il enverra ses sauvages. Nous reviendrons et j'espère que nous serons ensemble, Wormus. Vous formez une équipe formidable avec vos hommes et je ferai tout pour la garder. »

Au port, des cars attendaient les rescapés pour les cantonner dans les casernes les plus proches. Les officiers, plus favorisés, furent installés dans des hôtels ou chez l'habitant. Mais tous n'avaient qu'une idée en tête : joindre leur famille, la rassurer, entendre la voix de ceux qu'ils aimaient. Les lignes, bien sûr, étaient encombrées et il fallait de la patience d'abord pour trouver un téléphone libre, ensuite pour obtenir une communication. Enfin, Roman put parler à sa mère. Judith aussitôt laissa déborder en paroles toute l'inquiétude qu'elle avait accumulée depuis quelque temps :

« Roman, mon chéri, je rêve, ce n'est pas possible ! Tu es à Londres ? Non ? Où c'est ça, Margate ? Quand est-ce que tu viens nous voir ? Dépêche-toi, j'ai tant de choses à te dire. Tu es en bonne santé ? Tu n'es pas blessé ? Tu as assez mangé ? Tu sais, ta cousine s'est engagée dans l'armée comme chauffeur d'un général... »

Judith était tellement excitée qu'elle ne laissait pas son fils lui répondre. Elle était incroyable, sa mère ! Le monde était à feu et à sang et elle s'inquiétait de savoir s'il avait bien mangé ! Roman eut du mal à ne pas montrer son agacement, mais il avait pour elle une telle affection qu'il lui pardonnait tout très vite. Au fond, elle le faisait sourire.

« J'ai hâte de manger un bon *strudle* », arriva-t-il à glisser en souriant avant que la communication ne soit interrompue. Il savait les mots qui lui faisaient plaisir... Le soir, il parvint de nouveau à joindre ses parents. Il voulait parler à son père, à son retour du magasin de l'oncle John. La conversation fut plus calme et plus sérieuse. Alphonse n'avait jamais été très expansif, mais il ne manqua pas d'exprimer tout le bonheur qu'il avait de savoir son fils sain et sauf. « Je suis heureux, mon garçon, mais nous ne pourrons pas trop nous réjouir tant que nous n'aurons pas eu aussi des nouvelles de ton cousin Harry. » Harry... Non, Roman ne pouvait pas dire dans quel état il l'avait vu avant l'embarquement. Il pouvait encore moins dire qu'il avait vu sombrer un navire sur lequel sans doute le blessé avait été transporté. Si, dans les quarante-huit heures, on n'avait pas de ses nouvelles... En revanche, Alphonse apprit que Rose devait être à Margate et qu'elle pourrait peut-être faciliter son retour à Londres. Ça, ce serait une aubaine ! Il avait devant lui quarante-huit heures de permission qu'il n'avait pas envie de passer à Margate. Il espéra que Rose pourrait, en effet, lui trouver un moyen d'aller embrasser ses parents et il courut à l'état-major où une rapide enquête auprès des conducteurs de quelques véhicules lui apprit que Rose Wormus était en effet dans les parages, en tant que « volontaire féminine ». Un planton, qui semblait sous le charme de la jolie jeune fille, se dérida quand il apprit que le lieutenant qui la cherchait était son cousin et non son fiancé. Il lui indiqua l'hôtel où le général chargé de la reprise en mains des troupes débarquées à Margate avait installé ses quartiers. On n'entre pas facilement en temps de guerre dans un quartier général opérationnel. Le soldat qui montait la garde refusa de laisser passer Roman et n'accorda aucun intérêt à cette histoire de cousine. Tant que le lieutenant ne pourrait pas lui présenter un ordre de mission en bonne et due forme, il ne pourrait que battre la semelle sur le trottoir et guetter les volontaires féminines parmi lesquelles, il est vrai, « avec tout le respect que je vous dois mon lieutenant, certaines sont bien jolies ».

Roman, qui avait une envie folle d'aller à Londres, encore plus que de voir sa cousine, insista et s'énerva quelque peu devant la résistance que la logique militaire lui opposait. C'est ce qui attira l'attention d'un officier qui sortait de l'hôtel et qui crut, un instant, que le lieutenant qui élevait la voix était éméché. Roman saisit la perche avant que le soldat ne donne une version des faits qui risquait de ne pas lui être favorable :

« C'est très simple, mon commandant, j'ai débarqué il y a quelques heures à peine et je viens d'apprendre que ma cousine est ici comme volontaire féminine, en tant que chauffeur d'un général. J'aimerais la voir afin qu'elle puisse me donner des nouvelles de mes parents.

— Et comment s'appelle votre cousine ? Si c'est bien votre cousine...

— Wormus. Rose Wormus.

— En effet, Rose Wormus a été affectée ici comme chauffeur du général Butler. C'est un des mystères de la guerre : de jeunes civiles conduisent les voitures des officiers supérieurs. Il est vrai qu'elles sont plus charmantes que les soldats auxquels nous sommes habitués en temps de paix. La guerre, voyez-vous, n'a pas que des mauvais côtés... Rose Wormus est la chouchoute du général. Il ne veut plus être conduit que par elle. Mais qu'est-ce qui me prouve que c'est votre cousine ? Puis-je vous demander, mon lieutenant, de bien vouloir me montrer vos papiers ? J'espère que c'est une cousine du côté de votre père. En ce cas elle porte le même nom que vous.

— En effet, je suis le lieutenant Roman Wormus, ainsi que le prouve cette carte.

— Eh bien, vous avez de la chance, mon lieutenant, d'être tombé sur moi. Je vais m'occuper de vous. Je peux bien faire cela pour un officier qui revient du front. Je travaille moi-même auprès du général et je connais votre cousine. Venez avec moi. »

Le soldat de garde avait l'air furieux. Roman lui fit un sourire malicieux et pénétra dans le quartier général en suivant son guide. Celui-ci l'emmena sans hésiter au bar des officiers où régnait une atmosphère de club très britannique, avec cette exception due à la guerre que les femmes y étaient admises, pour peu qu'elles servent dans l'armée. La lumière était agréablement tamisée, les fauteuils de cuir étaient confortables, les voix restaient feutrées, les verres étaient emplis de whisky ou de bière. Ici, visiblement, on était entre gens du monde. Roman fut stupéfait du spectacle, si étrange pour quelqu'un qui sortait de l'enfer. La guerre, semblait-il, n'avait pas traversé la Manche et une telle preuve de flegme britannique était aussi amusante qu'agaçante : ces officiers portaient-ils le masque de leur éducation ou bien ne se rendaient-ils pas compte de ce qui se passait dans le monde, du drame qui venait de se passer à Dunkerque ?

« Installez-vous, mon lieutenant, lui dit son compagnon, vous n'aurez pas longtemps à attendre. Je vais chercher votre cousine Rose. Permettez-moi de vous offrir le premier verre. »

Elle jaillit peu de temps après avec une telle vivacité que toutes les têtes se tournèrent vers elle. Elle se jeta dans les bras de son cousin qui s'était levé, bien sûr, pour l'accueillir. Leur joie faisait plaisir à voir.

« Roman, Roman, c'est vraiment toi ! C'est formidable ! J'ai eu du mal à croire le commandant quand il m'a annoncé que tu m'attendais ici. Tu sais, nous avons été tellement inquiets ! Pour toi et pour Harry... Je suis si heureuse que tu sois là ! Et encore si inquiète pour Harry ! Personne n'a encore reçu de ses nouvelles. » Puis, se dégageant et se campant fièrement devant son cousin : « Dis-moi, comment tu me trouves en uniforme ? Je te plais ? »

Rose était si excitée, si bavarde ! Roman n'arrivait pas à placer un mot pendant qu'elle lui donnait des nouvelles de toute la famille et lui racontait comment elle s'était engagée dans l'armée pour ne pas laisser les hommes faire la guerre tout seuls. Il comprit vite que cette excitation tenait autant du plaisir qu'elle avait de le revoir que de l'inquiétude que lui donnait le sort de son frère. Mais non, même à elle, surtout à elle, il ne pouvait dire ce qu'il savait, ce qu'il avait vu. Il la regardait avec curiosité et affection, si jeune et si fragile et, en même temps, fière et résolue. Comme elle avait changé en quelques mois ! Maintenant, c'était une jeune femme. Il sentit monter en lui une grande tendresse. Mais voici que, toujours campée devant lui, elle se faisait agressive :

« Eh bien, Roman ! ce n'est pas sérieux ! Tu sais depuis combien de temps nous ne nous sommes pas vus ? Tu t'en fiches, bien sûr ! Cela fait quatre mois. Oui, quatre mois ! Et c'est tout ce que tu trouves à me dire ? C'est comme ça que tu montres le plaisir que tu as à me revoir ! Tu restes planté là, comme une batte de cricket. Tu me regardes avec un air de héros blasé, en fumant une cigarette, comme si nous avions dîné hier soir en famille pour fêter le shabbat ! Au moins, tu bois du whisky maintenant ! Voilà qui me rassure... Si le vertueux Roman n'a plus peur de l'alcool... Mais dis quelque chose, bon sang ! »

Il éclata de rire. C'était bien elle ! Et c'était bien une Wormus ! Elle parlait, elle parlait, ne vous laissait pas placer une phrase et vous reprochait de ne rien dire... Là, elle s'interrompit et regarda son cousin avec une évidente perplexité. Il put enfin parler, calmement :

« J'ai beaucoup de choses à te dire, petite cousine...

— Ne m'appelle pas "petite cousine" !

— O.K., mademoiselle Wormus. Je reprends. J'ai beaucoup de choses à vous dire, à vous raconter. Mais pas tout de suite. J'ai pas mal vieilli moi aussi pendant ces quatre mois...

— Toi aussi ? Qu'est-ce que ça veut dire "moi aussi" ? Tu te rends enfin compte que je ne suis plus une petite fille ? Il est temps que tu t'en aperçoives. Moi aussi, Roman, j'ai tellement de choses à te dire !

— Ecoute, Rose... pour l'instant, le plus important, c'est que je t'ai trouvée. C'est comme si tu étais là pour m'attendre à mon retour de France et ça me fait très plaisir. En plus, tu es chauffeur de général ! Alors, tu peux peut-être faire quelque chose pour moi.

— Je pense que je peux faire beaucoup de choses pour toi, lui répondit-elle en lui lançant un regard de vamp qui le stupéfia. J'espère que là-bas, au moins, tu as eu le temps de t'entraîner au *French kiss*... »

Roman ne se laissa pas entraîner au badinage :

« Tu peux peut-être me trouver un moyen d'aller à Londres.

— Peut-être, mais il faut en payer le prix. »

Et Rose, de nouveau, se jeta vers son cousin qui ne put que tendre les bras pour la recevoir. Elle lui plaqua sur les lèvres un baiser rapide.

« Rose ! dit-il, d'un ton dans lequel se mêlaient la surprise et le reproche.

— Je sais, ce n'est pas ça, le *French kiss*. Tu as raison, moi aussi j'ai vieilli. Si nous n'étions pas au club des officiers du quartier général, je pourrais te montrer, cher cousin, ce que j'ai appris. »

L'embarras de Roman se voyait sur son visage qui avait pris une certaine couleur rouge bien connue des timides. Rose triomphait :

« Tu veux aller à Londres, bien sûr. Parce que le petit lieutenant a une permission et qu'il veut vite aller voir sa maman, au lieu de rester ici à faire la fête avec sa cousine. Tu sais, j'ai tout de même du temps libre...

— Oui, je veux voir mes parents et rien ne me semble plus normal.

— Cela peut s'arranger, je pense. »

Roman se rendit compte à ce moment-là que Rose regardait derrière lui et, apparemment, souriait à quelqu'un. Il se retourna et vit un fringant capitaine, accoudé au bar, qui les observait avec un amusement qu'il ne cherchait aucunement à dissimuler. L'officier le salua en levant son verre vers lui.

« Il est beau, n'est-ce pas ? lui dit Rose. Et lui, c'est un vrai gentleman. Il faut que je te le présente. »

Aussitôt elle fit un signe au capitaine qui répondit d'une mimique qui voulait dire qu'il ne voulait pas les déranger. Elle insista et il vint les rejoindre.

« Mon capitaine... commença la jeune fille.

— Je vous ai déjà dit, chère Rose, que vous pouviez, en dehors du service, m'appeler Ronald. Car figurez-vous que j'ai beaucoup de mal à vous considérer comme un soldat. »

Puis il se tourna vers Roman :

« Capitaine Ronald Harrison, officier détaché à la

B.B.C. Vous êtes le fameux cousin, n'est-ce pas ? Roman... Rose n'arrête pas de parler de vous. Roman par-ci, Roman par-là... Je suis content de voir enfin à quoi vous ressemblez. Bienvenue parmi nous. Vous savez que vous êtes un fameux chaperon pour votre cousine ? Dès qu'un homme l'approche, elle lui parle de Roman. A tel point que certains s'interrogent sur sa conception de la famille. »

Rose rit de bon cœur. Roman avait l'air à peu près aussi à l'aise qu'un pingouin au bal des débutantes.

« Vous en revenez, n'est-ce pas ? reprit le capitaine. Ça a dû être terrible ! Eh bien, portons un toast à nos courageux soldats et à la victoire future. Mais je ne voudrais pas importuner cette émouvante scène de retrouvailles. J'ai l'impression que vous n'avez pas envie de partager votre cousine, aujourd'hui, et je vous comprends.

— J'ai surtout envie, mon capitaine, d'aller à Londres. J'ai deux jours de permission et j'aimerais embrasser mes parents.

— Je pensais, l'interrompit Rose, que vous pourriez peut-être, cher Ronald, aider cet affreux cousin, qui veut déjà me quitter, à aller goûter aux douceurs de la vie de famille. »

Roman était furieux contre sa cousine. Une paire de claques, voilà ce qu'elle méritait. Une paire de claques, et non un *French kiss*. Il se contraignit à ne pas lui répondre et dit au capitaine :

« Je vous prie d'excuser Rose, mon capitaine. La voici jalouse d'une vieille dame qui, en plus, est sa tante.

— Je préfère ne pas prendre parti dans vos histoires de famille. Vous l'avez compris, Wormus, j'ai beaucoup de sympathie pour votre cousine et si je peux lui rendre service... Ce n'est pas innocemment, croyez-le, qu'elle me demande de vous aider. Elle a beau servir de chauffeur au général qui ne jure que par elle, elle n'a pas la disposition de sa voiture et ne peut pas grand-chose pour vous faire aller à Londres.

Moi, j'ai une voiture, je vais à Londres, ce soir, et je peux emmener qui je veux avec moi. Alors, si cela vous dit... »

Rose envoya à Roman un regard triomphant. Il fut gêné. Gêné devant elle qui avait su faire preuve d'une belle efficacité. Et gêné devant cet officier dont il se demandait bien quelle était exactement la teneur de l'intérêt qu'il portait à Rose. Mais, en fait, lui, Roman, n'était-il pas jaloux de ce capitaine sûr de lui auquel Rose faisait les yeux doux ? Jaloux ? Non, il n'avait aucune raison d'être jaloux. C'était sa cousine, pas sa petite amie, et elle était bien assez grande pour faire toutes les bêtises qu'elle voulait. Enfin... ce n'était pas si simple. Il n'aimait pas la voir ainsi jouer de sa séduction. Il s'inquiétait de la voir si écervelée dans ce monde d'hommes. Il voulait la protéger contre elle-même.

« Alors, je vous emmène, lieutenant ? De toute façon, rien ne vous servirait de rester ici, ce soir, puisque le général doit lui aussi aller à Londres et que je crois savoir quel chauffeur est chargé de l'y conduire...

— Volontiers, mon capitaine. Je ne sais comment vous remercier.

— C'est Rose qu'il faut remercier.

— Tu vas à Londres, toi aussi ? demanda Roman à sa cousine. Alors, si j'étais resté ce soir à Margate, je ne t'aurais même pas vue ! Et tu ne me disais rien !

— Ce que femme veut... répondit la jolie cousine avec un air énigmatique.

— J'oubliais, reprit le capitaine Harrison, de vous donner mes conditions. Vous pensez bien qu'un tel voyage ne se fait pas sans contrepartie.

— Je serais étonné, mon capitaine, que vos conditions ne soient pas les miennes.

— Je suis heureux de vous l'entendre dire. Nous serons assez tôt à Londres pour que vous puissiez voir vos parents, mais j'aimerais vous enlever à eux pour le dîner. Non, ne protestez pas, sinon je serai obligé de passer par la voie hiérarchique pour vous obliger à m'obéir. Vous aurez toute la journée de demain à leur consacrer. Mais, rassurez-vous, nous ne dînerons pas tout seuls, nous ne dînerons pas en célibataires. »

Ronald garda le silence un instant pour ménager son effet. Roman paraissait un peu inquiet et Rose se demandait si elle avait bien entendu. Le capitaine, content de voir que ses auditeurs étaient suspendus à ses lèvres, reprit :

« Oui, Rose, j'aimerais que vous soyez des nôtres et je serais heureux que vous acceptiez tous les deux d'être mes invités.

— C'est vraiment gentil de votre part, Ronald. J'espère que tante Judith donnera la permission de minuit à son fils...

— Et moi, j'espère que le général ne te mettra pas aux arrêts de rigueur, répliqua Roman d'un ton un peu pincé qui prouvait qu'il n'avait pas beaucoup apprécié la plaisanterie.

— Je ne serai peut-être pas là très tôt, Ronald, mais je suis sûre que le général profitera de sa présence à Londres pour se rendre à son club. Une fois que je l'y aurai déposé, il n'aura plus besoin de chauffeur. Même, il préférera que je ne voie pas l'état dans lequel il en sortira !

— Nous dînerons au Savoy, cela vous convient ? Rose, vous connaissez l'adresse et, si vous avez le moindre problème, vous avez mon numéro à la B.B.C.

— Bien sûr, je sais où est le Savoy puisque nous y avons déjà dîné ensemble ! Et j'ai votre numéro, vous le savez bien ! A ce soir, certainement, mon capitaine. »

Elle se figea dans un garde-à-vous impeccable qu'elle accompagna d'un sourire d'une charmante insolence.

« Pardonnez-moi, messieurs, mais je suis encore en service. Roman, je ne t'embrasse pas, puisque tu n'as pas l'air d'apprécier. »

Et elle sortit du bar comme une truite s'échappe des mains qui essayent de la saisir.

« Charmante cousine, dit Ronald Harrison, en posant amicalement sa main sur le bras de Roman. Mais quel caractère ! Vous me paraissez plus posé, mon lieutenant.

— Rose dit toujours que je suis trop sérieux pour mon âge. Je crois avoir quelques circonstances atténuantes. Mais faites-moi la grâce de croire que je ne suis pas un sinistre compagnon.

— Et vous, Roman... Vous permettez que je vous appelle Roman ? Faites-moi la grâce de croire que je n'aurais eu aucune envie de dîner avec vous si j'avais cru cela. »

Ronald Harrison n'avait qu'un goût modéré pour l'étiquette militaire. Le grade de capitaine, il ne l'avait obtenu qu'au titre d'officier de réserve et ce journaliste de la B.B.C. faisait la guerre presque dans le bureau où, civil, il préparait ses émissions. Ce qui lui convenait parfaitement, parce qu'il était plus à l'aise dans l'échange des idées que dans le maniement des armes. Sa compétence professionnelle unanimement reconnue, les excellents rapports qu'il entretenait avec tout un chacun, l'habileté avec laquelle il discernait les talents et savait faire donner à chacun le meilleur de lui-même avaient été autant d'arguments pour le renvoyer à ses micros après une période d'entraînement militaire. Pendant le voyage, il fit longuement parler Roman de son expérience de la guerre, de ce qu'il avait vécu, de ce qu'il avait ressenti. Il paraissait tellement attentif, curieux de ce que chacun pensait, éprouvait, qu'il était difficile de ne pas très vite se sentir à l'aise avec lui. Le jeune lieutenant Wormus se sentait en confiance et livrait le fond de son cœur à cet aîné si naturellement amical. En revanche, Ronald parlait peu de lui. Il avait pris depuis longtemps l'habitude de la discrétion, cet art du journaliste qui sait que son opinion et sa personnalité sont moins importantes que ce qu'il peut apprendre de tout un chacun.

A quelques kilomètres de Ramsgate, ils furent obligés de s'arrêter. La route n'était pas encombrée par un de ces simples embouteillages qu'on connaît aux abords des grandes villes, mais par la manœuvre compliquée à laquelle se livraient des hommes en civil qu'un brassard permettait d'identifier comme des responsables de la défense civile. Ils s'appliquaient à mettre en travers de la chaussée quelques vieilles voitures, des autobus depuis longtemps réformés et des guimbardes qu'on venait, semblait-il, tout juste d'extraire de la poussière. Cela commençait à composer un barrage à l'allure désuète et dérisoire qui déchaîna l'hilarité de Ronald alors que Roman laissait s'exprimer sa mauvaise humeur devant ce qui apparaissait comme un obstacle entre lui et Londres. Sans même demander à Ronald ce qu'il comptait faire et sans lui laisser le temps d'intervenir, il bondit hors de la voiture et se précipita vers celui qui paraissait être le chef :

« Eh bien quoi ! On ne peut même plus circuler librement sur les routes d'Angleterre ? Ce n'est vraiment pas la peine d'avoir failli laisser sa peau à Dunkerque pour se trouver bloqué ici par une barricade de carnaval !

— Excusez-moi, mon lieutenant. Croyez bien que nous ne faisons pas cela pour nous amuser ! Nous avons reçu des ordres, nous les exécutons.

— Très bien, mais il faut que nous passions.

— Par ici, ce sera difficile, comme vous pouvez le voir nous avons déjà pas mal bloqué la route. »

Il était furieux. Dans la voiture, sourire aux lèvres, Ronald, qui venait d'allumer une cigarette, le regardait avec un calme que rien ne semblait pouvoir atteindre. Roman, lui, s'énervait de plus belle :

« Si c'est pour stopper les panzers, je vous assure que ce ne sera pas suffisant. Si vous les aviez vus traverser la Belgique... Mais nous sommes en Angleterre, ici, et je vous assure que Hitler n'a pas encore débarqué.

— Ecoutez, nous sommes en guerre et nous avons reçu des ordres. Si l'on nous a demandé de faire un barrage, c'est qu'il y a des raisons. D'abord, si vous devez absolument aller à Londres, vous devez avoir un laissez-passer. »

Furieux, Roman revint à la voiture dont Ronald n'avait toujours pas bougé.

« Alors ? Le prestige de l'uniforme n'a pas suffi ? Vous voyez, mon cher Roman, tous les Anglais veulent faire la guerre. Même sans ennemi à leur disposition. »

Nonchalamment le capitaine s'étira hors du véhicule et s'avança vers le barrage. Il ne lui fallut pas longtemps pour convaincre son interlocuteur de la nécessité qu'il y avait à ouvrir une brèche pour laisser passer un officier qui disposait d'un laissez-passer valable en tous lieux. Une fois qu'ils furent repartis, Roman continua de pester, de trouver stupide, irresponsable, qu'on laisse les civils aussi mal informés de la réalité du conflit. Une mauvaise appréciation des faits, disait-il, n'est jamais une force et l'entretien d'une panique sans fondement n'est pas le meilleur moyen qu'une population a de se défendre. Ronald était d'accord avec lui, mais il lui fit remarquer que l'information en temps de guerre n'est pas chose facile, que l'opinion publique est rarement raisonnable et que les militaires ont trop de mépris à l'égard des civils pour les considérer comme des adultes :

« Vous voyez, Roman, c'est là tout l'intérêt et toute la difficulté de mon métier, que ce soit en temps de paix ou en temps de guerre. C'est bien sûr plus aigu en temps de guerre, mais c'est toujours le même problème : on ne peut pas dire la vérité n'importe quand ni n'importe comment. Encore faut-il s'assurer qu'elle est bien entendue. Et l'opinion, trop souvent, a de bonnes raisons de ne pas l'entendre. »

Roman avait trop peu dormi les jours précédents

pour ne pas sombrer dans le sommeil et Ronald dut le réveiller quand ils furent entrés dans Londres. Il se sentit gêné d'avoir ainsi fait preuve de ce qui lui paraissait être une faiblesse et il s'excusa de n'avoir pas été un meilleur compagnon de voyage. Le capitaine l'interrompit aussitôt :

« Heureusement, vous n'êtes pas un surhomme et vous avez dû singulièrement manquer de sommeil ces derniers jours. Mais, j'y pense, je vous ai forcé à sortir ce soir, alors que vous auriez peut-être préféré vous reposer. Ce qui me paraîtrait tout à fait normal. Si vous le voulez, nous pouvons remettre cela à une autre fois. »

Roman sentait qu'il aurait bien fait de se coucher tôt pour une fois et de reprendre des forces. Mais il avait très envie de dîner avec cet homme si amical, de faire mieux sa connaissance et de découvrir le Savoy. Et, si maintenant il se rétractait, il laisserait Rose seule pour dîner avec le bel officier... Cette idée ne lui plaisait pas du tout. De toute façon, sa mère ne le laisserait certainement pas dormir très tôt...

« Non, non, je serai là, et avec joie, mon capitaine.

— Et surtout n'oubliez pas de m'appeler Ronald. Je compte aussi sur vous pour que votre capricieuse cousine ne change pas d'idée au dernier moment. »

Londres ! Enfin, Londres ! Roman en inspirait l'air avec délectation. C'était la ville et c'était la paix. Parce que c'était la ville d'avant la guerre, la ville d'une partie de sa jeunesse, de cette jeunesse qu'il savait maintenant à jamais derrière lui. Lui qui sortait d'un univers en pleine explosion, il avait l'impression ici de se retrouver enfin sur un terrain solide, où rien, semblait-il, n'avait changé depuis des siècles. La force de la ville était dans ses pierres, dans la présence de l'histoire qui les avait patinées, dans le cours inaltérable de la Tamise. Comme c'était réconfortant ! Le taxi qui le conduisait chez lui passa devant Buckingham Palace et le spectacle des gardes dans leur uniforme traditionnel le fit sourire. Ah ! le monde pouvait bien vaciller, la couronne d'Angleterre tenait bon, l'Angleterre restait imperturbable ! Et l'Angleterre, qui avait su se faire démocratique sans bain de sang et en gardant son roi, s'était assez bien identifiée avec la liberté et, aujourd'hui, se battre pour ce pays qu'il avait fait sien et se battre pour la liberté c'était la même chose. Il bondit dans l'escalier et tira violemment la sonnette, plusieurs fois.

Judith éclata en sanglots. Des sanglots de joie auxquels elle semblait prendre plaisir et qu'elle entretenait avec complaisance. Elle avait toujours pleuré dans les grandes occasions. Alphonse, un peu à l'écart, accoudé à la cheminée, attendait son tour, mais son visage s'éclairait déjà du bonheur qu'il avait de revoir son fils. Dès que sa femme avait appris l'arrivée prochaine de Roman, elle l'avait appelé et il avait demandé à John de le laisser quitter le bureau. Son cousin, quoiqu'un peu triste de n'avoir toujours pas reçu de nouvelles de son propre fils, lui avait conseillé de prendre aussi la journée du lendemain.

« Ne pleure pas, Maman, ne pleure pas, disait Roman en cajolant sa mère et en lançant à son père des regards complices. Tu vois, je suis en pleine forme, je ne suis pas mort de faim ! »

Elle le regardait, elle le palpait comme si elle voulait s'assurer qu'elle ne rêvait pas, que c'était bien son fils. Elle s'arrêta de pleurer, prit l'air grave et s'adressa à son mari :

« Alphonse, tu ne trouves pas qu'il a maigri ? Tu n'aurais jamais dû le laisser partir ! C'est ta faute ! Regarde-le ton fils ! Regarde comme il est maigre ! »

Le procureur connaissait assez le caractère excessif de sa femme pour accorder beaucoup d'importance à cette accusation. Il savait bien que dès que quelque chose n'allait pas dans le monde, elle le lui reprochait. Mais il savait que c'était là un jeu et qu'elle n'en pensait rien.

« Oui, dit-il, c'est vrai, Roman a un peu maigri, mais je trouve que ça lui va plutôt bien. Je crois que tu l'avais un peu trop gavé avant son départ. Je pense que maintenant il sera d'autant mieux d'attaque pour apprécier ta bonne cuisine. Mais j'aimerais bien, moi aussi, pouvoir embrasser mon fils ! »

Judith laissa enfin Roman, dont elle avait copieusement mouillé les joues, aller vers son père qui lui donna une chaleureuse accolade. Il maîtrisait son émotion qui était plus grande qu'il ne le laissait voir. Au moins, pour cette fois, Roman était revenu. Mais Alphonse savait que la guerre n'était pas finie et qu'il faudrait qu'un jour il reparte. Il préféra parler d'autre chose :

« Ta mère n'a pas quitté la cuisine depuis ton coup de fil et, toi qui as survécu à Dunkerque, je ne suis pas sûr que tu survives après un tel déjeuner. »

L'après-midi était avancé et il avait bien dit à sa mère, quoique sans illusions, de ne rien faire pour déjeuner. En route, il avait pris un sandwich et un verre de bière dans un pub, avec Ronald Harrison et s'il avait bien encore un peu faim, ce n'était pas au point de dévorer tout ce qu'elle avait préparé : le foie haché, les harengs, les falafels et, bien sûr, ainsi que c'était la règle pour chaque fête, un énorme *strudle*. Mais Roman était un fils qui avait le sens du devoir et qui, pour rien au monde, ne voulait prendre le risque de décevoir sa mère. Qu'il hésite un instant devant un plat et aussitôt elle conclurait qu'il était atteint d'une maladie incurable. Ou bien, pire encore, qu'il n'aimait plus sa mère, puisqu'il n'aimait plus sa cuisine. Donc il fit honneur à la nourriture maternelle et il en fut récompensé par les regards tendres dont elle le couvait. Alphonse, lui, paraissait obsédé par la guerre, terriblement déçu, bien sûr, par la tournure qu'avaient prise les événements et inquiet du temps qu'il faudrait pour parvenir à un dénouement heureux. Car il ne voulait pas croire que la partie pouvait être perdue. Le premier jeu, peut-être, mais pas la partie. Le procureur pensait à Göttingen et à l'affaire que son départ avait laissée en suspens. Il pensait à cette Sarah Veremblum qu'il n'avait pas connue et qui n'était qu'une petite prostituée de rien du tout, mais qui était devenue pour lui une victime symbolique de la barbarie raciste. Alphonse dit à son fils :

« Coûte que coûte, il faudra bien l'arrêter, Hitler ! N'est-ce pas, Roman, ce n'est pas possible qu'il triomphe ? S'il triomphe, c'est que Dieu n'existe pas. Non, ce n'est pas possible !

— Dieu, je ne sais pas... Moi, je peux douter de lui et pourtant continuer de me battre. Parce que ce n'est pas Dieu qui fait la guerre aux nazis. Certainement pas. Même s'il existe, nous ne devons pas compter sur lui dans cette affaire. Parce que, s'il existe (ce dont, moi, je ne suis pas sûr), nous devons prendre Hitler comme une épreuve qui nous a été envoyée. Une épreuve que nous ne pourrons surmonter que par nous-mêmes, par notre volonté et notre courage. Avec Dieu ou sans Dieu, nous devons être inflexibles. Et nous serons inflexibles. »

A l'écoute des propos de son fils, Judith faisait mine de s'arracher les cheveux. Elle lui reprocha avec grandiloquence ses propos impies.

« Pardonne-moi, Maman, mais ce que j'ai vu en si peu de temps... »

Roman ne termina pas sa phrase. Il savait que c'était inutile d'argumenter. Mieux valait encore changer de sujet. C'est ce que fit Alphonse qui comprenait l'embarras de son fils :

« Tu as vu ta cousine à Margate ? Comment l'as-tu trouvée ? Elle est de plus en plus belle, n'est-ce pas ? Elle t'aime beaucoup, tu sais, Roman.

— Je sais, Papa, mais c'est ma cousine. Et, pour l'instant, j'ai d'autres préoccupations.

— Sache simplement que si, un jour, toi et ta cousine... Enfin, tu me comprends, sache simplement que ni ta mère ni moi, nous n'y verrions d'inconvénient. Ton oncle John et ta tante Deborah non plus. »

Roman eut froid dans le dos. Il était évident que les parents des deux côtés avaient parlé de l'avenir des enfants et fait quelques projets. Mais il ne voulait pas croire que Rose pouvait y être pour quelque chose. Non, c'était vraiment là des manières d'un autre âge, du temps de ces mariages qu'on arrangeait sans trop de soucis des enfants. Ils ne comprenaient pas comme le monde avait changé ! Maintenant, les enfants se choisissaient et c'est ensuite qu'ils demandaient l'avis de leurs parents. Oui, Rose était ravissante. Oui, il semblait bien qu'elle appréciait son cousin. Et lui-même devait bien reconnaître qu'il avait aujourd'hui ressenti autre chose que l'affection que se doivent des cousins. Mais... Mais il y avait la guerre. Et, là-bas, au loin, à Göttingen, il y avait une certaine Ingrid qu'il n'oubliait pas, dont il se demandait ce qu'elle pouvait devenir, dont il voulait croire qu'elle non plus ne l'oubliait pas. Alors il dit à ses parents :

« Nous reviendrons à Göttingen, je vous le promets.

— Nous, ce n'est pas sûr, répondit son père. Je crains qu'il ne faille quelque temps pour que l'Allemagne retrouve la raison et je ne suis pas sûr de vivre assez longtemps pour voir ce jour béni. Mais toi, oui, ça je veux le croire. Tu reviendras à Göttingen !

— Il faudra du temps, c'est vrai. Quelques années, peut-être. Mais tu n'as que soixante-sept ans, Papa et je suis sûr que nous retournerons ensemble, tous les trois, à Göttingen.

— De ta bouche dans l'oreille du Bon Dieu, mon fils ! soupira Alphonse en reprenant une vieille expression qu'il aimait bien.

— Le vent tournera. La guerre ne fait que commencer. Ni l'Amérique ni l'Union soviétique ne laisseront bien longtemps le champ libre aux nazis. Parce qu'elles n'y ont pas intérêt. Parce que Hitler a lui-même assez montré qu'il les considérait comme ses ennemies.

— Tu oublies que Staline a passé un pacte avec Hitler et que le régime communiste ne vaut guère mieux que le régime national-socialiste.

— Je suis prêt à parier ma part de *strudle* que Staline et Hitler se retourneront bientôt l'un contre l'autre. Et je parierais deux parts de *strudle* que les Etats-Unis n'abandonneront pas l'Europe. Ils interviendront comme ils sont intervenus pendant la dernière guerre.

— Mais combien de temps devrons-nous attendre ? Combien de temps Londres devra-t-elle subir les bombardements de la Luftwaffe ?

— Et si les nazis débarquent en Angleterre ? demanda Judith, très angoissée à la perspective qu'il faudrait peut-être, un jour, fuir encore, passer de l'autre côté de l'Atlantique.

— Ce sera moins facile pour eux que d'envahir la Pologne ou la France. N'oublie pas que l'Angleterre a un avantage. C'est une île et elle peut défendre ses côtes. »

Ensuite vint le moment le plus dur. Roman dut dire à sa mère qu'il ne serait pas là pour dîner, qu'il devait absolument se rendre à l'invitation que lui avait faite un officier. Quand elle sut que c'était au Savoy, Judith fut impressionnée. Quand elle sut que Rose serait de la partie, elle se dit que ce n'était pas mauvais pour son plan, mais elle fit promettre à Roman de passer avec elle le reste de sa permission. Le lendemain soir, on pourrait se réunir en famille, avec John, Deborah et Rose. Mais Rose, sans doute, serait retournée à Margate avec son général, fit remarquer Roman. Est-ce qu'il ne pourrait pas rester un peu plus longtemps ? demanda-t-elle encore, montrant ainsi une totale ignorance de ce qu'est la discipline militaire. Puis elle essaya autre chose : est-ce que l'officier qui l'invitait à dîner ne pourrait pas faire en sorte qu'il reste à Londres et ne retourne jamais se battre en France ? Il essaya de lui expliquer que le meilleur moyen de ne pas laisser les Allemands gagner la guerre, c'était de se battre contre eux et qu'il fallait que tous les hommes un peu solides aillent au combat. Elle l'écouta en hochant la tête et il ne fut pas sûr qu'elle comprenait vraiment ses arguments. Il savait combien sa mère ne supportait pas l'idée qu'il pourrait ne pas revenir, ou revenir blessé, infirme, comme tant de soldats.

Vers vingt heures, une heure avant le rendez-vous qu'il avait au Savoy, il téléphona chez l'oncle John pour savoir si Rose était là, si elle avait donné de ses nouvelles, si elle avait annoncé son arrivée à Londres pour ce soir.

« Tu sais, mon garçon, Rose a beaucoup changé depuis ton départ. Maintenant que les femmes sont comme les hommes et font aussi leur service militaire, leurs parents n'ont plus beaucoup d'autorité sur elles. Et tu sais bien qu'à l'armée on ne fait pas ce qu'on veut. Alors Rose peut venir ou ne pas venir. Elle peut aussi bien débarquer au milieu de la nuit, en fonction des caprices de son général. »

Il fallait qu'elle vienne ! Après tout, c'était pour la voir qu'il allait dîner au Savoy avec un officier qu'il connaissait à peine ! Elle viendrait, il en était sûr, elle ne pouvait pas ne pas venir. Mais aussitôt qu'il avait pensé cela il se disait que le général pouvait avoir changé d'avis et être resté à Margate. Ou bien il la retiendrait. Ou bien elle-même pourrait très bien décider de ne pas venir. Rien que pour le faire marcher, parce qu'il s'était montré trop distant, ce matin. Mais non, elle allait venir pour voir le beau capitaine avec lequel elle avait déjà dîné au Savoy... Aussi Roman était-il quelque peu énervé en entrant dans ce restaurant prestigieux. Ce n'était vraiment pas le genre de lieux qu'il avait l'habitude de fréquenter... Il arriva en avance et s'installa au bar où, pour se donner du courage et montrer qu'il avait des manières, il commanda un whisky. Non, décidément, il n'en aimait pas le goût, mais cette sensation de brûlure qui descendait dans la gorge avait quelque chose de réconfortant. Il regardait le spectacle de ces gens élégants qui, encore plus qu'au club des officiers de Margate, semblaient loin de toute guerre. Comme tout cela paraissait irréel ! Près de lui, un homme pérorait pour éblouir sa compagne :

« Londres n'est plus Londres, ma chère, et je n'ose plus sortir ma Rolls de peur qu'elle ne prenne une bombe. Moi, je veux bien courir des risques et vous savez qu'en Afrique j'ai tué plus d'un lion, mais je ne veux pas que ce Hitler touche à ma Rolls ! »

La femme le regardait pleine d'admiration. Elle était jeune et ne manquait pas de charme. L'homme, lui, avait sans doute plus d'argent que de beauté. Tant de suffisance était odieuse et Roman s'efforçait de ne pas entendre ce qu'il disait parce qu'il avait envie de lui clouer le bec. Le vieux beau continuait :

« Et vous savez le pire ? On a encore réduit les heures d'ouverture des pubs ! Non, l'Angleterre n'est plus un pays libre et je me demande si Hitler n'a pas déjà gagné la guerre. »

Roman n'y tint plus. Il essaya de se contenir, de garder son calme. Il but une rasade de whisky et se tourna vers l'homme :

« La liberté, monsieur, ce n'est pas dans les pubs qu'il faut la défendre, mais sur le front. J'en reviens et je vous assure que je n'y ai pas vu une seule Rolls. »

Il était plutôt content de son intervention qui laissait bouche bée ce crétin prétentieux. La femme lui adressa, discrètement, un sourire qui montrait qu'elle n'était pas fâchée de voir son compagnon se faire moucher. Avec une audace qui le surprit lui-même, il leva son verre vers elle, comme il avait vu Ronald Harrison le faire, à Margate. Il eut l'impression, un instant, que l'homme allait se lever, mais celui-ci n'en fit rien. Roman, alors, se détourna vers l'entrée du bar en espérant qu'une cousine ou un capitaine viendrait bientôt le tirer de là. Son regard tomba sur Rose qui restait figée à le fixer et qui paraissait d'une humeur exécrable. Il voulut aller vers elle, mais il se sentit comme plombé, incapable de faire un mouvement. Qu'attendait-elle donc pour venir vers lui ? Enfin, elle avança très lentement, comme le font les actrices, au cinéma, quand elles entrent dans un bar. Et elle était ravissante. Roman eut peur. Il eut l'impression qu'il allait encore subir le feu ennemi et il s'accrocha fermement à son verre. Quand elle fut devant lui, elle le toisa :

« Dis-moi, Roman, ça fait dix minutes que je suis là et que j'attends que tu veuilles bien prendre conscience de mon existence. Tu ne vois plus clair ou tu as trop bu ?

— Jamais, chère cousine, je ne prendrais le risque de trop boire quand j'ai rendez-vous avec toi. J'aurais trop peur de te voir en double. »

Encore une repartie dont il était fier. Ce breuvage écossais qui, au fond, n'était pas si mauvais que cela, avait d'excellents effets.

« En fait, je crois que tu t'es laissé distraire par une autre personne. Non, ne dis rien, je t'ai vu. Tu me déçois, Roman. Si n'importe quelle poule de bar te paraît plus intéressante que moi... »

Il trouvait qu'elle parlait un peu fort et, pour la faire taire, il trouva enfin la force de se lever pour l'embrasser. Mais elle se détourna.

« Trop tard ! tu as raté ton tour. »

Ronald Harrison faisait son entrée et elle alla l'accueillir. Le capitaine, après s'être excusé d'un léger retard qui l'avait retenu à la B.B.C., les invita à se rendre dans la salle de restaurant. A peine étaient-ils assis qu'il dit à Rose :

« Savez-vous, ma chère, que vous me paraissez encore plus jolie que ce matin ? En robe, vous semblez moins être un petit soldat et j'avoue que je préfère cela. La nuit vous va bien, quel est votre secret ?

— Ne vous fatiguez pas, capitaine. Je n'en suis pas moins un petit soldat, comme vous dites. Alors inutile de me faire ce numéro. On me l'a déjà fait. Il est vrai que vous le faites avec un certain talent, mais faites-moi l'honneur de croire que je ne suis pas de celles qui se laissent attraper avec quelques compliments. »

Ronald ne se laissa pas démonter et c'est avec le même sourire calme qu'il reprit :

« Eh bien, pour gagner du temps, dites-moi quel numéro on ne vous a pas encore fait. A vrai dire, je commence à douter qu'on puisse vous attraper.

— Mon cher Ronald, vous avez trouvé vous-même le moyen de gagner beaucoup de temps », lui répondit-elle avec le plus charmant des sourires.

Roman se sentait un peu exclu, mais le capitaine Harrison était un hôte parfait et il se tourna vers lui :

« Heureux de retrouver Londres, n'est-ce pas ? Trouvez-vous que notre capitale a changé ?

— Je ne sais pas si c'est elle qui a changé ou si c'est moi qui ai changé... répondit Roman avec une certaine hésitation.

— On dit qu'un homme qui a connu le baptême du feu n'est plus le même. Je suis navré, mais c'est une expérience que je ne peux pas partager avec vous. J'ai de la chance, je le sais. J'essaye au moins de servir mon pays le mieux possible, au poste qui m'a été confié. Mais oublions tout cela pendant quelques instants. »

Le maître d'hôtel venait à eux. Il n'y avait encore aucune restriction à la cuisine du Savoy et le dîner fut succulent.

Les deux cousins se détendirent peu à peu, pris dans l'ambiance amicale que Ronald savait remarquablement ménager. Le capitaine, fidèle à son habitude, parlait peu de lui-même et de ses activités. Il posait, à tour de rôle, des questions à Roman et à Rose pour mieux les connaître, les comprendre et chacun d'eux se laissait prendre à confier ses goûts, ses désirs, ses inquiétudes à cet aîné attentif. Chacun en profitait aussi pour s'adresser indirectement à l'autre. Rose était soucieuse de montrer à Roman qu'elle se considérait maintenant comme une femme indépendante, qui savait ce qu'elle voulait et à laquelle il ferait bien de s'intéresser d'un peu plus près. Roman, lui, exagérait son côté sérieux pour donner de lui-même l'image d'un homme raisonnable, responsable, courageux, prêt à consacrer sa vie à la défense de la justice et de la liberté. On arrivait à la fin du repas quand Ronald Harrison lui posa, très aimablement afin de bien montrer qu'il n'avait aucune arrière-pensée, cette question :

« Dites-moi, Roman, ce léger accent vous vient de votre père ou de votre mère ?

— Des deux, mon capitaine. Je constate que Rose ne vous a pas tout dit de moi. Je suis allemand. Oui, je suis encore allemand, toujours en attente de naturalisation. »

Ronald ne parut pas surpris. Rose observait les deux hommes avec attention. Après un instant, Roman poursuivit :

« Allemand et juif. Ou bien juif et allemand. J'avais quinze ans quand Hitler a pris le pouvoir. Mon père, qui était procureur à Göttingen, a eu l'excellent réflexe de nous faire aussitôt quitter l'Allemagne. Il avait un cousin à Londres, le père de Rose ici présente, et c'est ainsi que je suis venu faire mes études en Angleterre.

— Son accent... dit Rose, si vous l'aviez entendu quand il est arrivé ! Il me faisait rire chaque fois qu'il ouvrait la bouche.

— Mais vous-même, mon capitaine, reprit Roman, vous ne m'avez pas beaucoup parlé de ce que vous faites à la B.B.C. Je ne voudrais pas être indiscret mais, si ce n'est pas un secret militaire...

— Je n'ai rien à cacher. Je suis responsable des émissions de l'armée à destination des pays étrangers. Mon travail consiste essentiellement à redonner, avec des mots justes et forts, de l'espoir à ceux qui ont bien des raisons de l'avoir perdu.

— Quelle jolie façon de parler de la propagande ! interrompit Rose, avec ce sourire charmeur qu'elle savait avoir pour faire passer son insolence.

— Certains, en effet, appellent cela de la propagande. Pour moi, c'est autre chose. Tout dépend du côté où l'on se place. Dans une certaine mesure seulement, parce que, voyez-vous, tout dépend de la cause que l'on sert et des idées que l'on défend. Tout dépend aussi de la part de la vérité et du mensonge. Non, je ne nous mets pas sur le même plan que Hitler et Goebbels qui sont des maîtres en la matière. Sans aucun état d'âme. Personnellement, je ne crois pas qu'on réponde à l'intoxication par l'intoxication. Quelles que soient les personnes auxquelles on s'adresse, il faut les considérer comme des adultes, des êtres capables de réflexion et de jugement. Notre combat, ne l'oublions jamais, doit être celui de la liberté, de la vérité, du respect de la personne humaine.

— Ce n'est pas une petite part du combat, intervint Roman. Les bombes, certainement, ne sont rien, sans l'information.

— Oui, c'est cela, l'information... C'est mon métier en temps de paix et c'est mon métier en temps de guerre. Mais le plus difficile n'est pas de dire la vérité, c'est de la faire entendre. Il est beaucoup plus simple, croyez-moi, d'appeler à la haine.

— Vous leur parlez d'amour, c'est cela ? demanda Rose, ironiquement. Je doute que ce soit efficace.

— Si j'étais pessimiste, je ne resterais pas à ce poste.

— Oh ! Je ne crois pas que nous vaincrons l'Allemagne en l'inondant de *jelly*.

— Contrairement à ce que vous semblez penser, chère Rose, je ne suis pas un chanteur de charme. Je dois même vous avouer que je chante faux. »

Roman commençait à ressentir toute la fatigue accumulée depuis quelques jours et l'alcool qu'il avait bu, lui d'ordinaire si sobre, après l'avoir un peu excité, renforçait maintenant son glissement vers le sommeil. Il était temps d'interrompre là cette conversation.

« Je vous prie de m'excuser, mon capitaine...

— Je constate amèrement que vous ne parviendrez

jamais à m'appeler par mon prénom. Je suis trop vieux sans doute... »

Rose pouffa de rire.

« Pardonnez-moi, il se fait tard et nous devons rentrer. Je vous remercie, mon cap..., je vous remercie, Ronald, pour cette excellente soirée. Je crains que la guerre ne nous laisse pas beaucoup d'occasions de nous rencontrer de nouveau, mais j'espère, de tout cœur, que nous nous reverrons. Je saurai toujours où vous chercher, même la paix revenue.

— C'est vrai, il est tard, et moi aussi je suis fatigué. Demain je dois aller tôt au bureau. Mais permettez-moi, Roman, de vous demander encore quelque chose. Je sais que vous avez promis la journée de demain à vos parents, mais j'aimerais beaucoup que nous puissions, sans tarder, continuer cette conversation. J'ai une idée dont j'aimerais vous parler. Disons à seize heures. Voici ma carte. Je compte sur vous. C'est important. »

Roman s'était levé pour prendre congé. Rose n'avait pas bougé. Il n'avait pas pensé une seconde qu'il pourrait partir sans elle.

« Rose ! dit-il d'un ton un peu autoritaire.

— Pardonne-moi, mon cousin, mais je crois que Ronald et moi nous avons encore des choses à nous dire. Si toutefois il peut encore, lui, lutter contre le sommeil. Moi, je me sens en pleine forme et j'ai gardé la voiture du général. »

Roman devint blanc et se retira sans saluer sa cousine. Il était furieux. Le taxi n'avait encore fait que peu de chemin quand on entendit la première bombe. Elle n'avait pas dû tomber bien loin. Elle fut suivie par quelques autres qui rappelèrent fâcheusement à Roman l'ambiance de Dunkerque. Le chauffeur ne paraissait pas trop impressionné et roulait aussi vite que le lui permettait une voiture qu'il fallait faire slalomer tous feux éteints. Roman se pencha à la vitre qui l'isolait à l'arrière de la voiture et dit :

« Vite ! Vite ! Je vous en prie, je veux rentrer chez moi ! Mes parents sont seuls.

— Les miens aussi, répondit calmement le chauffeur qui freinait pour s'arrêter.

— Mais que faites-vous ? interrogea Roman qui ne comprenait pas le pourquoi de cette manœuvre.

— Vous ne voyez pas que le feu est rouge ? répondit l'homme, d'une voix qui n'attendait pas de réponse.

— Je vous en prie, brûlez-le ! supplia néanmoins le passager impatient. Nous ne risquons rien, les rues sont vides.

— Si vous le dites... Il suffit d'aller plus vite que les bombes. »

Et il démarra sur les chapeaux de roues tandis que çà et là des bombes tombaient encore. Roman, en fait, n'en menait pas large et il fut heureux quand il fut devant sa porte. Il monta quatre à quatre les étages. Son père, très calme, écoutait la radio dans le noir. Alphonse prit la parole le premier :

« Tu vois, Roman, les Anglais sont les plus forts aujourd'hui. La D.C.A. et la chasse font un travail formidable. Elles ont descendu déjà deux cents avions ennemis. Si cela continue, ces salauds n'auront plus un avion ni un pilote pour venir nous bombarder et nous pourrons enfin dormir tranquilles.

— Ce n'est pas le cas pour l'instant et tu devrais être descendu dans l'abri ! Maman y est ? Pourquoi ne l'as-tu pas accompagnée ?

— Parce que j'en ai assez de fuir. Si c'est mon destin, tant pis. Que je meure un peu plus tôt ou un peu plus tard...

— Non ! N'oublie pas que tu as encore un dossier à régler et qu'il n'y a pas de raison que ce soit moi qui m'en charge. »

Cette réponse lui était venue spontanément, sans trop y réfléchir et il eut la joie de voir qu'elle faisait mouche. Son père sortait de cette attitude résignée si agaçante et se préparait à descendre.

« Allons vite retrouver Maman. Elle doit être follement inquiète. »

Ils eurent quelques difficultés à trouver l'entrée de l'abri. Il n'était pas loin de leur maison, mais dans la nuit sans lumière où ne brillaient que quelques lueurs rouges il n'était pas facile de trouver son chemin. Ils descendirent par un escalier étroit et parvinrent dans une salle voûtée où une cinquantaine de personnes s'étaient installées pour passer le reste de la nuit. Couchées, assises, accroupies, elles dormaient ou bavardaient par petits groupes. Ou bien jouaient aux cartes. Et même certaines prenaient dignement le thé. Une lampe pâlotte ne dissipait que partiellement l'obscurité. Un garde civil, vêtu d'un ciré et coiffé d'un casque noir, veillait sur cette curieuse assemblée de campeurs souterrains. Judith les aperçut tandis qu'ils la cherchaient :

« Oh ! Roman, comme c'est gentil d'être venu me rejoindre ! Et je vois que tu n'es pas avocat pour rien ! Tu as réussi à convaincre ton père de descendre... Moi, il n'a pas voulu m'écouter. Asseyez-vous, il faut que je vous présente à mes amis. »

Elle était ainsi, Judith : capable de se faire des amis n'importe où en quelques minutes. Et plutôt fière de son fils, dont il fallut que chacun apprenne qu'il avait fait de brillantes études de droit, qu'il était sous-lieutenant, qu'il arrivait de Dunkerque... L'atmosphère de mondanité qui régnait dans cette cave grossièrement aménagée avait de quoi étonner. Au fond, ici, non seulement on était à l'abri des bombes dont on entendait le bruit sourd et qui faisaient trembler le sol, mais on se soutenait le moral mutuellement. A certains moments où le bombardement se faisait plus intense, un dialogue s'instaurait d'un bout à l'autre de la salle. Quelques pessimistes ne manquaient pas d'annoncer l'écroulement de l'abri, la ruine de Londres, le débarquement des Allemands, la fin du monde. Les optimistes (ou ceux qui faisaient plus ou moins semblant de l'être) leur répondaient en invoquant l'invincible Angleterre, l'audace des militaires, le courage des civils.

« Tiens... c'est la D.C.A. !

— En voici une qui n'est pas tombée loin ! Mais au moins elle n'était pas pour nous.

— Ne vous réjouissez pas trop vite. Notre tour viendra. Attendons la prochaine.

— Vous ne pouvez pas la fermer au lieu de dire des conneries ! »

Roman eut envie de rire. Il retint difficilement un fou rire qu'il sentait monter du plus profond de lui-même. Il venait de penser qu'il était là comme dans un théâtre, lui-même figurant d'une pièce dont le texte n'était pas très bon mais qui ne manquait pas d'émotion. La situation lui paraissait tellement irréelle ! Il semblait que chacun jouait un rôle et débitait quelques clichés qui permettaient de typer son personnage. Oui, c'était cela qui était curieux : une cinquantaine de personnages livrés à eux-mêmes sans qu'un auteur ne les aide d'un texte solide. Et Roman ne put plus se retenir. Le rire jaillit de lui, stupéfiant ses compagnons qui, eux, se figèrent dans le silence. Pas longtemps, tout au plus une ou deux secondes. Parce qu'un autre rire, venu d'une gorge féminine, lui répondit et qu'un troisième éclata et que la contagion s'empara de bon nombre de ces réfugiés d'une nuit. Quand cela s'arrêta, ce fut un calme imposant qui s'installa. Chacun était étonné de ce qui venait de se passer et reprenait peu à peu conscience de la situation. Puis quelqu'un demanda à Roman pourquoi il avait ri. Il hésita une seconde, puis raconta l'histoire du soldat français, sur la route de Dunkerque, auquel il avait essayé de parler sa propre langue et qui lui avait répondu dans un anglais impeccable. Judith en profita pour vanter encore les mérites de son fils qui se vit obligé de raconter sa campagne de France, la longue attente, l'humiliation de la retraite, les bombardements, le mitraillage par les avions ennemis...

« Raconte, raconte comment tu en as descendu un. »

Judith avait déjà transformé l'histoire. Roman expliqua que ce n'était pas lui qui l'avait descendu, que c'était un de ses hommes. Tous l'écoutaient avec attention. C'était pour eux une bonne distraction qui leur permettait d'oublier le moment présent. C'était aussi de l'espoir qui leur venait, à l'évocation de l'héroïsme des *tommies*. Il leur parla de Vallia et de Heinrich, et du capitaine Mac Govern. Il exagéra un peu pour plaire à son auditoire. Il remporta un grand succès. Judith buvait du petit-lait. A la fin de l'alerte, chacun rentra chez soi. Sauf quelques-uns dont l'inquiétude était bien excessive. Roman sombra aussitôt dans le sommeil, avec juste quelques images dans les yeux, quelques voix dans les oreilles, Rose et Ronald, le club des officiers de Margate et le Savoy.

Quand il se réveilla tard dans la matinée, Roman eut l'impression d'être encore dans un rêve. Il lui fallut quelques instants pour réaliser qu'il était bien chez lui, dans sa chambre, à Londres. Il y avait des bruits qui lui étaient familiers, le pas de sa mère, le son de la vaisselle qu'on heurte et une odeur de pain grillé bien faite pour le réjouir. Il aimait les toasts bien couverts de miel et il avait envie de parler à Rose. Il se demandait comment elle avait fini la soirée. Il n'aimait pas, il n'aimait vraiment pas la manière séductrice qu'elle avait eue pour s'imposer auprès du capitaine qui venait pourtant d'annoncer son intention de se retirer. Que pouvait-elle bien avoir à lui dire ? Mais peut-être n'avait-elle que voulu faire marcher son cousin ? Il avait peur de se faire rembarrer, de l'entendre dire qu'elle n'avait de comptes à rendre à personne, surtout pas à lui, qu'elle est majeure et qu'elle n'a pas besoin de chaperon. Et de quoi aurait-il l'air, après la façon dont elle l'avait traité ? Non, il valait mieux faire l'indifférent. Attendre qu'elle lui fasse signe. Attendre de voir Ronald, puisqu'il devait lui rendre visite à la B.B.C.

Roman fut impressionné quand il se trouva devant l'immeuble de la radio britannique, le Broadcasting House. C'était donc de là que partaient toutes les bonnes et mauvaises nouvelles qui nourrissaient l'opinion publique et qui, en ce temps de guerre, faisaient l'espoir et l'inquiétude. La plupart des gens vivaient accrochés à leur poste de radio et Alphonse Wormus lui-même, quand il était chez lui, passait des heures et des heures, assis à proximité du poste, à ne rien faire d'autre que tendre l'oreille. Tout de suite, en pénétrant dans le hall, il fut frappé par l'agitation. Tous ces gens qui passaient à vive allure, entraient, sortaient, se précipitaient dans les escaliers, le front plissé par on ne savait quelles préoccupations... C'était comme un formidable ballet d'automates et Roman, qui était d'un caractère plutôt calme, se demanda comment on pouvait travailler, réfléchir dans de telles conditions. Mais Ronald Harrison, pourtant, n'avait pas l'air, lui, d'un agité.

Deux hôtesses étaient assises derrière une grande table sur laquelle un petit panneau annonçait qu'elles étaient là pour renseigner les visiteurs. Il essaya de prendre l'air le plus décontracté possible et de faire le plus charmant des sourires en leur demandant de lui indiquer le bureau d'un capitaine qui avait vivement exprimé le désir de le voir. Elles lui répondirent avec un ensemble parfait qu'il fallait d'abord qu'il remplisse l'imprimé qu'il avait sous les yeux et qu'il justifie son identité. Elles le regardaient d'un regard neutre et il eut la très désagréable impression de ne pas exister à leurs yeux. Puis, pendant de très longues minutes, elles semblèrent se désintéresser totalement de son sort. Enfin, l'une d'elles lui dit de suivre l'homme qui venait le chercher et qui allait le conduire au bureau du capitaine Harrison. En fait, il ne fut amené qu'à une sorte de grand placard où une secrétaire qui semblait n'avoir ni âge ni sexe torturait une machine à écrire. C'est elle qui l'introduisit dans une pièce grande, claire et bien rangée, dont celui qui l'occupait devait être un personnage chargé de responsabilités importantes. Ronald avait son éternel sourire aux lèvres, l'air frais et dispos de quelqu'un qui a fait la grasse matinée et l'humeur enjouée d'un homme heureux de retrouver un ami auquel il peut consacrer tout son temps. Il avait l'art de mettre à l'aise ses visiteurs et Roman se sentit aussitôt en confiance : non, ce n'était certainement pas un vil séducteur de cousines et si Rose avait un faible pour lui, ce devait être un gentleman. Ronald le salua cordialement et s'adressa à la secrétaire :

« Jenny, voici le jeune sous-lieutenant dont je vous ai parlé, ce matin. »

La femme le regarda des pieds à la tête comme s'il arrivait en direct de la planète Mars et il se sentit horriblement mal à l'aise. Cette petite scène lui rappelait la visite médicale qu'il avait subie au moment de son engagement dans l'armée. Ronald, lui, avait l'air de beaucoup s'amuser. Roman fit un effort qui lui parut surhumain pour rompre le silence avec un trait d'humour :

« Eh bien, je vous plais ? »

La femme hocha la tête et se dirigea vers la porte. Quand elle fut sortie, Ronald s'adressa à Roman qui était encore loin d'avoir retrouvé son aisance :

« Vous avez réussi le premier test et, croyez-moi, ce n'est pas le plus facile. Mais je fais une confiance absolue à Jenny et si quelqu'un ne lui plaît pas je me garde bien de passer outre son avis.

— Un test ? Un test pour quoi ?

— Pour vous engager dans mon service. Vous n'aviez pas deviné que c'est de cela qu'il s'agit ? Vraiment ? Décidément, vous me plaisez, Roman. Votre expérience, vos études, votre caractère m'assurent que vous pouvez nous être très utile. Vous aimez la radio ?

— Je l'écoute. Je n'ai jamais pensé que c'était quelque chose qu'il fallait aimer.

— Eh bien ! Voici une réponse de bon sens. Je vais

vous poser la question différemment, plus directement : Cela vous amuserait de faire de la radio ?

— C'est quelque chose que je ne connais pas. Et je ne crois pas que l'important, en ce moment, ce soit de m'amuser. Et vous, cela vous amuse ?

— Oui, je dois vous dire que cela m'amuse. Ce qui n'enlève rien, absolument rien, à la gravité de mon travail. Mais, oui, je m'amuse. Et je crois que vous pourriez, vous aussi, vous amuser.

— Il m'est difficile d'avoir un avis sur quelque chose que je ne connais pas. Je n'ai aucune idée de ce que c'est, "faire de la radio".

— Vous êtes avocat, plutôt brillant, semble-t-il. Vous défendez ardemment vos convictions. Vous parlez bien. Ce sont des atouts essentiels. Le reste, c'est de la technique, et de l'habitude. Cela s'apprend très vite.

— Jusqu'à maintenant je me suis plutôt fait à l'idée de me battre sur le terrain. »

A mesure qu'il argumentait, le jeune anglais devenait de plus en plus sympathique à Roman. Pourtant, ce dernier ne pouvait s'empêcher d'évoquer le souvenir de Rose qui se dressait entre eux.

« Je n'ai pas eu de nouvelles de Rose, ce matin. J'espère que vous ne l'avez pas abandonnée sous les bombes.

— Rassurez-vous, elle est partie peu de temps après vous et je l'ai moi-même raccompagnée parce qu'elle a dû m'avouer qu'elle n'avait pas gardé la voiture du général. C'est un petit mensonge qu'elle vous a fait, je pense, uniquement pour se donner l'air d'une femme indépendante. Et je vous prie de croire que cette comédie était jouée à votre intention plus qu'à la mienne.

« Vous êtes certainement un homme courageux, Roman, je n'en doute pas. Votre devoir est de faire la guerre, vous avez raison. Bien sûr, ici, vous ne courrez pas les mêmes risques que sur le front. Vous aurez moins de chances de perdre la vie, ou quelque morceau de vous-même. Vous aurez aussi moins de chances de gagner des médailles et d'avoir de belles histoires à raconter à vos enfants. Mais les bons soldats ne manquent pas. L'Angleterre a des milliers et des milliers de jeunes officiers courageux prêts à sacrifier leur vie, mais elle n'a que très peu de bons avocats qui soient juifs et qui aient dû quitter l'Allemagne. C'est justement ce dont nous avons besoin ici. Venez travailler avec moi, Roman. Faites le sacrifice de votre héroïsme. Renoncez à la gloire des armes pour l'humilité d'un bureau. Vous verrez, le micro vous donnera d'autres joies. Vous ne résisterez pas à l'ivresse de savoir que des milliers de personnes vous écoutent, s'habituent à votre voix, attendent avec impatience le moment où vous prenez la parole. »

Roman voulut intervenir. Il voulait dire à son interlocuteur que la confiance que celui-ci mettait en lui paraissait bien soudaine. Il n'était vraiment pas sûr d'être capable de se transformer du jour au lendemain en homme de radio. Il avait montré qu'il pouvait bien faire la guerre, mais il ne s'était encore donné que très peu de preuves de ses capacités d'avocat. Il savait bien qu'entre les études et l'exercice d'une profession il y avait un fossé.

« Non, ne dites rien. Laissez-moi tout vous déballer d'un coup. Ensuite, la parole sera à la défense. Si toutefois l'accusé croit qu'il lui est encore nécessaire de plaider... Vous êtes avocat, vous êtes juif et vous êtes allemand. Même si votre naturalisation ne fait aucun doute. J'ai besoin d'un avocat, pour plaider la cause de la liberté, de la paix, de la vérité. Pour détruire les arguments de la propagande ennemie et pour convaincre de la justesse de nos idées et de notre engagement. J'ai besoin d'un Allemand, parce que c'est aux Allemands que nous devons d'abord nous adresser et qu'il faut leur montrer que certains d'entre eux se battent déjà pour la liberté de leur pays. La B.B.C. émet sur le continent et elle y émettra de plus en plus. Nous sommes sûrs que, sous la botte nazie, nombreux sont ceux qui attendent de nous des paroles d'espoir. Nous ne devons pas les décevoir et nous devons tout faire pour accroître leur nombre. Vous êtes juif, et dans cette affaire ce n'est pas un mince atout. Vous êtes particulièrement touché par la sauvagerie nazie dont vous avez été, avec vos parents, une des premières victimes. Une victime privilégiée, certes, puisque vous avez pu trouver asile ailleurs, mais une victime tout de même. Voici, Roman, pourquoi j'ai besoin de vous. Nous avons, bien sûr, déjà des émissions en langue allemande, mais nous avons encore beaucoup à faire. Permettez-moi d'ajouter que vous avez une voix qui passera très bien à l'antenne. »

Roman était séduit et inquiet. Il était séduit par la franchise et la cordialité de Ronald dont il sentait que l'intelligence était vive et claire et qui paraissait, au travail, moins désinvolte qu'il n'en avait l'air dans un bar ou un restaurant. Il était inquiet d'avoir, pour la première fois de son existence, à prendre une décision qui engageait sa vie. Jusqu'alors il n'avait jamais eu à choisir, à vraiment choisir. Le droit, la profession d'avocat, cela avait été une évidence, la rencontre entre une fidélité à l'égard de son père et un goût profond que lui-même avait. La guerre, cela non plus n'avait pas prêté à discussion : il s'était engagé parce qu'il ne pouvait pas penser un seul instant qu'il ne le ferait pas. Il se sentait soudain terriblement intimidé. Il s'imaginait en train de parler à la radio, sa voix lancée par-dessus la mer, par-dessus les frontières... Non, il ne serait jamais capable de trouver les mots nécessaires, ni le ton juste. En même temps, la confiance que lui faisait Ronald et la gageure qui se présentait à lui l'excitaient. Il avait l'impression d'avoir devant lui un grand frère qui l'invitait à partager sa passion, qui l'invitait à se dépasser. Une autre idée lui traversa l'esprit :

« De toute façon j'appartiens à une unité de combat. Je vais la rejoindre à la fin de ma permission et je ne sais pas où je vais être envoyé. La guerre, un jour ou l'autre, va reprendre sur le continent. Elle va aussi se poursuivre en Orient.

— Comment n'y aurais-je pas pensé ? C'est là un argument qui ne tient pas pour la bonne raison que je suis sûr de pouvoir obtenir rapidement pour vous un changement d'affectation.

— Dois-je vous donner ma réponse tout de suite ?

— Non, mais presque. Nous n'avons pas de temps à perdre car la guerre n'attend pas. Et il faudra agir vite auprès de l'administration militaire. Je vous donne vingt-quatre heures. Passez-moi un coup de fil avant de quitter Londres pour Margate. Maintenant la balle est dans votre camp et je ne veux pas vous forcer la main. »

En redescendant l'escalier, Roman était un peu sonné. Tout allait trop vite. Depuis quelques mois, sa vie de jeune homme tranquille ne lui appartenait plus. La guerre l'avait emporté dans un tourbillon où il n'était plus possible de faire de prévisions, où il fallait chaque jour tout remettre en jeu. En arrivant dans le hall, il aperçut, devant le bureau des hôtesses, une jeune femme en uniforme qu'il connaissait bien. Elle accompagnait un général. D'instinct, il fit demi-tour, sans plus penser à rien. Il remonta l'escalier en courant et ouvrit, sans même frapper, la porte du bureau du capitaine Harrison. Celui-ci sursauta sur son fauteuil.

« C'est oui, mon capitaine.

— Eh bien, la réflexion va vite, chez vous ! Bienvenue parmi nous, lieutenant Wormus ! Nous allons pouvoir tout de suite faire un essai. Oh ! ce n'est qu'une formalité. J'ai assez d'oreille pour repérer très vite une voix radiophonique. »

Ronald appela sa secrétaire. Il lui demanda de trouver un studio libre et un technicien disponible afin que le lieutenant Wormus qui, désormais, serait des leurs, puisse sans tarder recevoir son baptême du micro.

Roman se sentit désespérément seul quand il fut installé derrière la vitre du studio. De l'autre côté, de part et d'autre du technicien, Ronald et Jenny le regardaient. Il n'avait pu lire qu'une seule fois la dépêche d'une quinzaine de lignes que le capitaine avait ramassée dans une corbeille à papiers sans même la regarder et lui avait tendue en lui disant simplement :

« Naturel, Roman... le plus naturel possible. »

Au signe que lui fit le technicien, il se lança. Il avait les mains moites. Sa voix, un peu rauque, accrocha sur les premières syllabes. Il leva la tête et aperçut le sourire confiant de Ronald. Alors, sa voix lui échappa. Il sembla qu'elle parlait toute seule, hors de son contrôle et il en avait du plaisir. Il sentit comme une onde de chaleur monter le long de sa colonne vertébrale. Ses épaules, sa nuque se détendirent. Mais c'était déjà la dernière ligne, le point final. Et le silence, ensuite, terrible comme un grand trou dans lequel il sombrait. Il regrettait que cela n'ait pas duré plus longtemps.

« O.K., vous êtes engagé, lieutenant Wormus ! »

Jenny hochait la tête pour donner son approbation. Roman passa du côté de la technique et Ronald lui donna une accolade fraternelle.

« Je câble tout de suite à l'état-major. Ce sera, je pense, inutile de retourner à Margate. Je me charge de récupérer votre paquetage. Votre cousine Rose fait assez souvent la navette pour vous l'apporter. »

Rose... Il lui avait tourné le dos, là, dans le hall, deux étages plus bas. Il ne la retrouverait pas à Margate. Elle était là, dans le Broadcasting House, et il pourrait la voir tout de suite, peut-être, pour lui annoncer sa nouvelle affectation.

« Rose... Justement, mon capitaine. Je l'ai aperçue dans le hall, tout à l'heure, en descendant. Elle était avec son général. Ne serait-il pas possible de savoir où elle est ?

— Rien de plus simple. Si le général vient à cette heure-ci à la B.B.C., c'est pour un direct. Jenny, pré-venez les hôtesses que si le général sort, il faut qu'elles le retiennent parce que j'ai absolument besoin de le voir cinq minutes. Nous, nous courons au studio n° 1. Mais je suis étonné, généralement Rose me fait signe quand elle vient à la B.B.C. »

Le général était déjà au micro, interviewé par un journaliste qui lui demandait d'expliquer ce qu'allaient faire maintenant les troupes revenues de France. Mais il n'y avait aucune trace de Rose. Elle avait dû se rendre directement au bureau de Ronald. Il n'y avait qu'un étage à monter. Elle les attendait.

« Rose, lui dit le capitaine, vous aviez raison, votre cousin est formidable. Avant de le connaître, je trouvais que vous en faisiez un peu trop. Maintenant, je vous comprends. Il a accepté.

— C'est vrai, tu es d'accord, Roman ? Vous voyez, Ronald, moi aussi je sais ce que c'est, une voix radiophonique. Pardonnez-moi, je ne peux pas faire attendre le général. Il va bientôt avoir fini. Mais j'ai une bonne nouvelle à vous communiquer : je reste à Londres aujourd'hui et, si vous le voulez, nous dînerons ensemble.

— Figure-toi que je suis invité, ce soir, chez un de mes oncles. Tu n'es pas invitée, toi ? C'est étrange...

— J'ai pris les devants. Le dîner est annulé. J'ai fait savoir de ta part que ta permission avait été raccourcie et que, ce soir, tu serais en mission. Oui, en mission à l'Ecu de France, chez Herbodeau, un restaurant français où l'on mange très bien. Vous êtes toujours d'accord, Ronald ?

— Bien sûr. Ce que femme veut... »

Il était évident que Rose ne venait pas pour la première fois dans cet établissement plutôt chic qui était au cœur de Londres une citadelle de la gastronomie française. Avec qui est-elle déjà venue ici ? se demandait Roman. Aurait-elle un *boy-friend* français ? Depuis qu'il était revenu de France, sa cousine ne cessait de le surprendre. Comme elle avait changé en quatre mois ! Ou bien, déjà, auparavant, avait-elle une vie qu'il ignorait ? En tout cas, ce n'était pas avec le capitaine Ronald Harrison qu'elle avait dîné ici car celui-ci y venait pour la première fois. Et cela aussi, c'était une bonne nouvelle.

« Vous voyez, Ronald, j'aime beaucoup l'Angleterre, mais je trouve que sa cuisine laisse un peu à désirer. Dès que cette maudite guerre sera terminée, je me jure bien d'aller sur place goûter la cuisine française.

— Moi, je reviens de France, dit Roman, mais je n'ai pas goûté grand-chose d'autre que nos rations militaires.

— Je t'assure qu'ici tu peux combler cette lacune. Puisque nous avons quelque chose à fêter aujourd'hui, je vous propose, messieurs, de commencer par une bouteille de champagne. »

Ronald n'accepta cette proposition qu'à la condition de pouvoir offrir cette boisson de fête. Rose avait insisté pour inviter les deux hommes, mais le capitaine fit valoir qu'il devait bien, aujourd'hui même, lui aussi faire un geste pour célébrer le nouvel employé de la B.B.C. Roman, lui, était gêné. Il comprenait mal de la part de sa cousine une générosité qui lui paraissait excessive. Bien sûr, la fille de John Wormus était riche. Mais lui ne l'était pas. Son père n'avait jamais eu, à Göttingen puis à Londres, que son salaire pour faire vivre sa famille et Roman avait appris à compter son argent de poche. Ce n'était pas maintenant sa solde de sous-lieutenant qui lui permettrait d'inviter ses amis dans des endroits aussi élégants que le Savoy ou l'Ecu de France. Jamais il ne pourrait rendre la pareille à Ronald et à Rose. Comme il n'aimait pas devoir quelque chose à quelqu'un, il était troublé.

« Détends-toi, Roman, lui dit sa cousine pendant que le maître d'hôtel faisait délicatement glisser le bouchon hors du goulot sans que la moindre goutte ne s'échappe. Je comprends que tu sois un peu éberlué par ce qui t'arrive. Ce n'est pas parce que nous vivons une époque dramatique que nous devons faire des têtes d'enterrement. Au contraire, nous devons tout faire pour garder le moral. Nous risquons d'en avoir besoin.

— Pardonne-moi, Rose. Je suis de ton avis mais, il y a à peine quarante-huit heures, j'étais sur la plage de Dunkerque avec des stukas qui nous mitraillaient. Ça m'a peut-être rendu un peu mélancolique et j'ai du mal à être joyeux, même un jour comme aujourd'hui.

— Vite, buvons une première coupe. Rien de tel pour effacer le spleen.

— Savez-vous, intervint Rose, qu'il y a, en France, un vin, un bordeaux, qui se nomme "Chasse-spleen" ?

— L'Angleterre, ne l'oublions pas, a régné sur le Bordelais, précisa Roman qui avait tenu à bien apprendre l'histoire du pays qui l'avait accueilli.

— Eh bien, portons un toast à notre roi et au retour des Anglais en France. Pas pour la dominer, bien sûr, mais pour la libérer. »

Leur voisin était un officier solitaire. Un commandant de la Légion étrangère en uniforme, qui les regardait avec sympathie. Ronald s'en aperçut et l'invita à se joindre à eux pour ce toast. Il ne se fit pas prier. Il attendait des amis, dit-il, pour dîner, il était en avance et acceptait bien volontiers de se joindre à eux un instant. Le commandant Le Couarnec avait une belle tête de baroudeur et le goût de raconter ses campagnes, mais il pestait contre le mauvais coup du sort qui lui avait fait manquer la guerre contre les boches auxquels il aurait aimé, disait-il, montrer comment on se bat dans la Légion. Il avait été nommé ici, à l'ambassade de France, peu avant le début du conflit. Il avait fait des pieds et des mains pour participer aux combats, mais il avait dû rester confiné dans les bureaux de la diplomatie et les réunions d'état-major. Maintenant que la France demandait l'armistice, il avait bien l'intention de rester à Londres et de ne pas accepter la défaite.

« Tout cela, dit-il, après avoir commandé une seconde bouteille de ce champagne qu'il buvait coupe après coupe, parce que j'ai eu le malheur, chers amis, de parler assez bien votre langue. »

Il éclata de rire et poursuivit :

« Figurez-vous que je l'ai apprise grâce à un fils de lord qui s'était engagé dans la Légion parce que, disait-il, l'aristocratie britannique lui était insupportable. A vrai dire, je crois qu'il avait fait quelques bêtises. C'était un bien curieux garçon. Solide et courageux, mais anglais jusqu'au bout des ongles. Il eut bien du mal à se défaire de ses préjugés et à admettre qu'à la Légion seules comptent les qualités personnelles de chacun. Peu importent l'origine, la couleur, l'éducation, du moment qu'on s'engage de tout cœur. Pour lui, tous les autres étaient des étrangers.

— Ce qui est drôle, dit Roman, c'est cet orgueil que les hommes ont pour une nationalité que, généralement, ils n'ont pas choisie. Et ce mépris qu'ils ont les uns pour les autres. C'est à désespérer de l'humanité.

— Il n'y a pas de quoi désespérer. Les hommes ont, en fait, une formidable capacité d'adaptation. Ils s'habituent. Ils comprennent vite que, chez nous, il ne peut y avoir aucune discrimination.

— Dommage que toutes les armées du monde ne soient pas ainsi composées d'étrangers, intervint Ronald. Ça deviendrait difficile de faire la guerre... »

Les amis du commandant français arrivaient. Il regagna sa table.

« Il est donc bien difficile d'oublier cette guerre, remarqua Rose quand ils furent de nouveau tous les trois. Et moi qui espérais que nous pourrions faire simplement la fête ! »

Elle tint à composer elle-même le menu. Les deux hommes qui étaient peu compétents en ce qui concernait la cuisine française furent ravis de se laisser choyer. La salade tiède d'écrevisses au vinaigre de cidre les enchanta et le petit gigot qui leur fut présenté entier et dont la peau était superbement dorée leur fit découvrir avec joie la manière française de rôtir les viandes. Quand vint le moment du dessert, Rose dit à l'intention de Roman :

« Non, ce soir, pas de *strudle*. Mais, puisque nous sommes en Angleterre et que l'Angleterre est une île qui ne sombre pas dans la tourmente, permettez-moi de vous faire goûter une spécialité que les Français appellent "île flottante". L'amusant est que la crème sur laquelle flotte cette île est, disent encore les Français, de la "crème anglaise". »

Puis il fut l'heure de se séparer.

« Je suis heureuse, leur dit-elle, d'avoir pu passer cette soirée avec vous deux. Avec Roman, qui est mon cousin préféré et avec Ronald que je considère comme un grand frère. J'espère que vous serez, puisque vous allez travailler ensemble, deux bons amis. Quant à moi, je voulais vous annoncer, ce soir, et c'est pour cela que je tenais à ce dîner, que je suis nommée à Londres où, désormais, le général Butler installe son quartier général. »

La nomination de Rose fit bondir les deux hommes. Mais, quand ils s'aperçurent que leurs cris avaient fait sursauter quelques dîneurs, ils se turent, un peu gênés. Rose profita de leur silence pour prendre la main de Roman et lui dire, avec un large sourire dans lequel se mêlaient la tendresse et l'ironie :

« Tu vois, Roman, plus rien maintenant ne peut nous séparer. Ronald en est témoin.

— Moi qui n'ai aucun sens de la famille, intervint le capitaine, vous êtes en train de me faire changer d'avis. Je crois que je vais faire une enquête pour voir si je n'ai pas, moi aussi, une charmante cousine.

— Il est tard, conclut Rose. Roman, s'il te plaît, ramène-moi à la maison. Toi, tu ne travailles pas demain. »

Elle n'habitait pas loin de l'Ecu de France. Ils firent le chemin à pied. La nuit était claire et calme. Les stukas n'étaient pas de service. Ils marchèrent quelque temps en silence. Soudain, Roman posa à sa cousine la question qui lui brûlait les lèvres :

« Dis-moi... hier soir... Ronald et toi... vous êtes restés longtemps... ?

— Tu veux vraiment savoir ? lui répondit-elle avec cet air mutin qui désarmait son cousin.

— Oui, répondit-il, en s'attendant au pire.

— Même si cela te fait de la peine ? Tu me pardonneras ? »

Il serra les poings. Comment osait-elle lui parler de pardon avant même de lui répondre ? Ou bien sa cousine était inconsciente, ou bien elle était complètement cinglée. Il respira profondément pour essayer de calmer la tension qu'il sentait monter en lui :

« Bon... je t'écoute.

— Tu ne m'as pas répondu. Tu me pardonneras ?

— Te pardonner ? Tout dépend... »

Il avait répondu un peu trop vivement. Il ne parvenait pas à garder son calme. Rose avait l'art de jouer sur ses nerfs.

« Si je comprends bien, c'est une scène de ménage, répondit-elle, avec une expression qui laissait entendre que cela ne lui déplaisait pas. Serais-tu jaloux ? »

Elle ne le faisait pas marcher, elle le faisait courir. Sa cousine n'était-elle donc qu'une petite garce ? Il ne savait vraiment pas quoi lui répondre et le silence se faisait pesant. Il parvint à susurrer :

« Tu es stupide. Je suis curieux, c'est tout.

— Eh bien, je trouve ta curiosité plutôt malsaine, reprit-elle d'un ton qui ne cherchait pas à cacher son agacement. Ce n'est pas parce que je suis ta cousine que tu as le droit de te mêler de ma vie privée. De nos jours, une fille de vingt ans fait ce qu'elle veut, quand elle veut, avec qui elle veut. »

C'était curieux, mais il avait envie de pleurer. Trop de fatigue et d'énervement, ces derniers jours, pensa-t-il. Rose sentit à quel point il était désarçonné. Elle craignit d'avoir poussé un peu trop loin l'avantage. Elle se rapprocha de lui et lui prit le bras. Ils arrivaient près de chez elle. D'une voix qui se faisait tendre, elle lui dit :

« Mon pauvre Roman, tu ne comprends vraiment rien aux femmes ! »

Elle lui prit la main et la posa sur son cœur, c'est-à-dire sur son sein, ce qui émut Roman.

« Tu sens comme j'ai le cœur qui bat ? Et tu ne te rends pas compte que c'est pour toi qu'il bat ? C'est cela que je voulais dire à Ronald. Lui, c'est un ami, un véritable ami, un grand frère, comme je l'ai dit tout à l'heure. J'avais besoin de parler à quelqu'un. De parler de toi. Et je savais qu'il pouvait t'aider, que tu pourrais travailler avec lui. Alors, j'ai fait ton éloge. J'avais tellement envie que tu restes à Londres, Roman ! Que tu ne repartes pas faire la guerre. Tu ne sais pas comme j'ai été inquiète tant que tu étais en France. »

Elle parlait très calmement. Seul un léger frémissement faisait vibrer sa voix. Eh bien, Roman en savait maintenant bien plus qu'il ne s'y attendait. Il était heureux de ce que Rose lui avait dit à propos de Ronald. Mais l'aveu de son amour l'embarrassait. Il avait envie de lui répondre sur le même ton, de la prendre dans ses bras, pourtant quelque chose l'en empêchait. Et c'est sans se rendre compte de ce qu'il faisait qu'il posa la main sur son épaule, la serra contre lui, mit l'autre bras autour de sa taille et ouvrit les lèvres quand elle-même approcha les siennes de son visage. Ce fut un baiser très doux, très tendre. Il oubliait tout. Ou presque. Il avait envie de tout oublier, la guerre, Ronald, Margate, Dunkerque, la B.B.C... Il sentait que Rose s'abandonnait dans ses bras, qu'elle était toute confiance, qu'elle avait perdu son insolence, son ironie. Il eut peur parce qu'il comprenait qu'elle attendait tout de lui. Il eut peur parce qu'il avait envie d'elle et que c'était sa cousine. Il se détacha d'elle. Il rouvrit les yeux. Il vit la lune briller sur Londres. Il la vit trembler dans le ciel. Il crut qu'il allait perdre connaissance. L'émotion, la fatigue, le champagne...

« Ça ne va pas, Roman chéri ? dit-elle, inquiète.

— Si, si. Ce n'est rien. Je suis épuisé. Demain... Appelle-moi demain, je serai à la maison toute la matinée.

— Je t'aime, Roman », dit-elle en courant vers la maison.

Il essaya de lui dire qu'il l'aimait, lui aussi, mais il n'y parvint pas. Il voyait, dans cette splendide nuit de juin, le visage d'Ingrid comme un reproche. Ingrid, aussi, un jour, à Göttingen, lui avait dit qu'elle l'aimait.

Mille pensées s'agitaient dans sa tête qui l'empêchaient de s'endormir. Il sentait encore sur ses lèvres la douceur de celles de Rose et il avait encore en lui le désir qu'il avait si fortement éprouvé quand elle s'était serrée contre lui. Cela le rendait heureux et lui donnait envie de la revoir vite, très vite, et de recommencer. Mais il en avait aussi un peu honte parce que cette jeune femme (mais oui, Rose maintenant était une jeune femme) qui avait si habilement manœuvré pour le séduire était sa cousine et que, si elle lui plaisait, il avait bien l'impression qu'il n'était pas vraiment amoureux d'elle. Il savait aussi tout ce qui les séparait : la désinvolture de Rose, la légèreté de Rose, la fortune de Rose et cette obsession qu'il avait, lui, de revenir, un jour, à Göttingen. Et le sourire d'Ingrid. Non, décidément, ce baiser, avec Rose, cela n'avait été qu'un moment de folie, juste un flirt, une histoire dans laquelle il valait mieux ne pas s'embarquer. Alors il pouvait dormir tranquillement, fermer la parenthèse. Il saurait lui expliquer cela. D'ailleurs elle-même ne pourrait être que de son avis. Mais le sommeil ne venait toujours pas. Après tout, il était jeune, on était en guerre, personne ne pouvait être sûr de vivre longtemps. Il partirait peut-être bientôt, de nouveau, pour se battre. Il avait tout de même bien le droit de profiter de la vie, non ? Il avait bien le droit de prendre la vie comme elle venait, de ne pas laisser passer les plaisirs qu'elle lui offrait. Il devait bien en prendre les dangers... Mais non ! S'il partait encore affronter les nazis, c'était pour reconquérir le droit de vivre à Göttingen, avec Ingrid, et il fallait être digne d'elle. Oui, mais Ingrid l'avait-elle attendu pendant ces sept années qui les avaient séparés ?

Il finit par s'endormir et il rêva de Göttingen. Dans une nuit très claire, il en voyait toutes les fenêtres illuminées par des chandeliers à sept branches qui avaient été posés sur leurs rebords. Dans les rues se mêlaient des odeurs de vin chaud, de cannelle et de saucisses grillées. C'était décembre, ce serait bientôt Noël et il marchait avec Ingrid, au clair de lune. Ingrid avait de très longs cheveux blonds qui flottaient dans la nuit. Ingrid avait de très grands yeux verts qui brillaient dans la nuit. Ingrid lui disait : « Roman, je t'aime. » Il répondait : « Ingrid, je t'aime. » Et ils échangeaient un long baiser, chargé de tout leur amour tandis que s'élevait du fond de la nuit de Göttingen un chant dans lequel se mêlaient le lyrisme joyeux des cantiques de Noël et la vieille mélancolie yiddishe. Puis ce fut l'image d'un bar tout de cuir et de bois de teck où, dans la demi-pénombre, se tenaient silencieuses, dans les profonds fauteuils ou bien perchées sur les hauts tabourets, au moins deux douzaines de jolies jeunes femmes qui portaient toutes l'uniforme de l'armée britannique et qui avaient toutes le visage de Rose.

Tout avait bien changé à Göttingen depuis le départ de la famille Wormus. Bien sûr, Alphonse, Judith et Roman n'étaient pas les seuls à s'être enfuis. Très vite, d'autres, en grand nombre, avaient aussi pris le chemin de l'exil. Le rabbin, lui-même, en novembre 1938, avait estimé qu'il ne lui était plus possible de rester et il avait quitté le pays, accompagné de quelques fidèles. Une centaine de juifs étaient tout de même restés, ne sachant où aller. C'est qu'ils avaient assisté impuissants à l'incendie de la synagogue. Celui-ci avait été organisé comme un grand spectacle et c'est en foule que les habitants de Göttingen étaient venus participer à cette « œuvre de purification ». Les S.A. chantaient haut et fort, brandissant des portraits du Führer. Bien sûr, personne ne s'était interposé. Les rares personnes qui pouvaient en avoir envie savaient à quel point ce serait inutile et dangereux. Les nazis auraient été trop contents de les ajouter à la liste de leurs victimes. Un professeur de l'Université avait tout de même tenté une manœuvre diplomatique en faisant remarquer que l'incendie risquait de se propager aux maisons voisines, mais personne n'avait prêté attention à cet argument et, d'ailleurs, cela ne s'était pas produit. Une épaisse fumée noircissait le ciel. Un cordon de S.A. entourait la synagogue pour tenir à distance les curieux, tandis que d'autres arrosaient méthodiquement d'essence ce qui pouvait encore brûler. Ils riaient. Ils disaient aussi : « Nous brûlons leur synagogue, bientôt ce sera leur tour ! » Ingrid était venue elle aussi. Ce n'était pas par curiosité malsaine, mais par solidarité avec ceux qu'on privait ainsi de leur lieu de culte et qui, chaque jour, étaient un peu plus humiliés. C'était aussi pour elle une façon de rester fidèle à Roman. Elle ne cessait de penser à lui, depuis son départ. D'abord, elle n'avait pas très bien compris pourquoi le procureur avait pris une décision si rapide. La lettre dans laquelle Roman la lui avait annoncée, sans même avoir le temps de lui faire ses adieux de vive voix, l'avait bouleversée. Son bonheur tout neuf était brisé, mais les quelques mots par lesquels il avait conclu lui avaient fait chaud au cœur : « Il ne faut pas désespérer de notre pays. Nos compatriotes finiront par prendre conscience du mal qu'ils font. Ce jour-là, je serai de retour pour te dire que je t'aime et je pourrai de nouveau te prendre dans mes bras et te serrer très fort. »

Elle lui avait répondu. Elle lui avait dit aussi son amour. Il lui avait encore écrit pour lui dire ce qu'il faisait à Londres et elle avait été un peu jalouse parce qu'il avait l'air de se faire assez bien à sa nouvelle vie. Aussi craignait-elle qu'il n'ait plus envie de revenir dans ce pays d'où il avait été chassé et où il semblait qu'il faudrait longtemps pour retrouver des conditions de vie normales. Elle, elle préférait ne pas lui parler de Göttingen parce qu'elle avait honte pour sa ville et pour ses concitoyens. Elle avait honte pour ce qu'on faisait subir aux juifs, pour toute cette haine, toute cette horreur. Elle avait honte de cette peur dans laquelle tous, désormais, devaient vivre et qui la tenaillait tout au long des journées. La nuit, elle en avait même des cauchemars. Elle ne pouvait tout de même pas lui écrire qu'elle devait, comme toutes les jeunes filles de son âge, faire partie des Jeunesses hitlériennes ! Quant au reste... A quoi bon lui raconter que l'Albaniplatz était devenue Adolf Hitlerplatz ? Pourquoi lui dire que les S.A., ce jour-là, pour fêter l'événement, avaient fait un grand feu avec les livres de la bibliothèque ? De toute façon, elle savait bien que la censure surveillait tout le courrier, surtout quand il était adressé à l'étranger, ou quand il en venait. Alors, peu à peu, le contact avait été perdu. Pourtant elle gardait confiance, elle sentait au plus profond d'elle-même que son amour avait raison, que Roman lui serait fidèle comme, elle, elle lui était fidèle.

Un jour, son père était rentré très tard de l'Université. Il avait été convoqué par la police parce qu'il s'était déclaré solidaire de ses collègues juifs, parce qu'il avait affirmé qu'il trouvait inacceptable que des professeurs auxquels rien n'était à reprocher sur le plan professionnel soient écartés de leurs postes simplement parce qu'ils étaient juifs. C'est ce qu'il avait expliqué à sa femme et à sa fille. Ils avaient alors compris tous les trois qu'eux aussi étaient en danger, comme tous ceux qui ne hurlaient pas avec les loups nazis. A vrai dire, ce n'était un secret pour personne : le professeur était un homme de dialogue, de progrès et de générosité, qui respectait les idées d'autrui tant qu'autrui respectait les siennes. Cette sorte d'hommes avait de bonnes raisons de ne pas aimer Hitler.

Un soir, un peu plus tard, le professeur ne rentra pas chez lui. Il n'avait pas tiré la leçon de l'avertissement qu'il avait reçu et avait continué, à l'Université, à défendre les idées libérales et à refuser l'allégeance au nouveau régime. Il n'avait pas compris, il n'avait pas voulu comprendre que le combat était inégal.

Ingrid et sa mère furent inquiètes, et à peine rassurées, le lendemain, quand des hommes de la Gestapo vinrent leur annoncer qu'il avait été incarcéré. Au moins, il était vivant... Mais elles savaient ce qu'on endurait dans les geôles nazies. Elles firent le tour des professeurs de l'Université pour leur demander de signer une pétition demandant la libération d'un collègue injustement mis en prison. La récolte fut maigre. Ils avaient été nombreux à se dérober, les uns avouant sans fausse honte qu'être un ami des juifs n'était pas une chose raisonnable en ces temps difficiles, les autres s'emberlificotant dans des explications confuses où il était question de leur propre sécurité et d'une stratégie à avoir face aux nazis. D'autres signaient, mais du bout du stylo, insistant sur les risques qu'ils prenaient. Il est vrai que, de toute façon, ce n'était pas une pétition qui pouvait faire fléchir la Gestapo... Helmut, le frère d'Ingrid, lui, avait eu la bonne idée d'aller terminer ses études au Canada. Il évitait de rentrer dans son pays et les deux femmes étaient heureuses de le voir, lui au moins, échapper à tout cela.

Sur la place de la synagogue, alors que les dernières ruines se consumaient, au milieu de la foule en liesse, Ingrid pleurait. Elle qui s'était tant efforcée, depuis de longs mois, de serrer les poings, craquait. Elle se sentait épuisée, découragée. Elle s'apprêtait à rentrer chez elle pour retrouver sa mère. Un jeune homme qui portait la sinistre chemise brune s'approcha d'elle et, à haute voix, l'interpella :

« Eh bien, Ingrid, que se passe-t-il ? Tu ne trouves pas le spectacle à ton goût ? »

Elle connaissait cet étudiant qui ne manquait jamais de s'illustrer dans les mauvais coups du régime. Il n'avait jamais manqué de faire preuve d'un antisémitisme virulent. Il avait même créé, de sa propre initiative, ce qu'il appelait pompeusement un « service de renseignements et de statistiques raciales ». Plutôt beau garçon et se croyant irrésistible, il avait alors proposé à Ingrid de venir travailler avec lui « pour éliminer la vermine juive de notre beau pays », mais elle l'avait sèchement rembarré. Il en avait gardé à son égard une vive amertume. Elle lui avait expliqué qu'elle n'avait rien contre les juifs et elle lui avait fait remarquer qu'il ne l'intéressait aucunement. Il lui avait alors dit, avec un sourire pervers, qu'il savait bien qu'elle avait une faiblesse pour les juifs, qu'il l'avait vue embrasser Roman Wormus, la veille du jour où celui-ci, le lâche, avait disparu. Justement, il lui donnait une chance de faire oublier cette erreur et, si elle ne savait pas la saisir, ce serait tant pis pour elle. Depuis, elle avait toujours tout fait pour l'éviter et lui-même ne s'était pas occupé d'elle. Mais, ce soir, au pire moment, c'était lui, Heinz, ce garçon qui se croyait issu de la race des seigneurs, qui la voyait pleurer devant la synagogue détruite et qui la harcelait de son ironie. En plus il n'était pas seul. Il avait deux acolytes : Hans, le fils du ferblantier et Peter, un garçon d'ordinaire gentil et bien élevé, mais qui s'était laissé tourner la tête par Heinz. Une fille vint aussitôt les rejoindre et dès qu'elle fut avec eux, c'est elle qui mena le jeu :

« Oui, oui, dit-elle à Heinz, tu as raison, c'est une amie des juifs et ça ne lui plaît pas de voir brûler la synagogue.

— Je l'ai même vue, un jour, embrasser un juif », répondit Heinz.

Ingrid restait médusée, incapable de réagir. L'angoisse montait en elle, la submergeait. Elle était cernée. Seule face à quatre individus ignobles, tellement seule ! Elle rassembla toutes ses forces pour essayer de discuter, de leur faire entendre raison :

« Ecoutez, je ne sais pas où vous voulez en venir. La synagogue, maintenant, n'est qu'un tas de cendres et vous devez être heureux. Alors, laissez-moi, laissez-moi rentrer chez moi.

— Je n'ai rien contre, répliqua la fille, mais à une condition : tu ne vas pas refuser à tes amis les faveurs que tu as accordées à un juif. Puisque Heinz t'a vue embrasser un juif, tu vas embrasser Heinz. Juste un baiser sur la bouche pour nous prouver à tous que tu regrettes tes erreurs. »

Les garçons, bien sûr, ravis de l'idée que venait d'avoir la fille, abondèrent dans son sens et celle-ci reprit :

« Puisqu'il semble que ça ne les dégoûte pas de passer après un juif, tu vas les embrasser tous les trois. Après, nous serons quittes. »

Déjà Heinz, sûr de lui, s'approchait d'Ingrid qui était totalement paralysée. Elle sentit la terre se dérober sous ses pieds. Elle poussa un cri, un hurlement terrible qui la traversa en la surprenant elle-même. Elle entendit alors la voix d'un homme :

« Que se passe-t-il ? Ces jeunes gens vous veulent du mal, Ingrid ? »

Elle reprit espoir. Elle reconnut le pasteur Benfey, un homme connu pour sa bonté et qui tenait bon au sein de sa communauté pour faire entendre cette parole du Christ qui pour lui était totalement opposée aux idées nazies. « Sauvez-moi ! Ils sont devenus fous ! »

Le pasteur, très calme, mais avec beaucoup d'autorité, s'adressa aux quatre qui importunaient Ingrid :

« Allez, jeunes gens, pour ce soir, la fête est finie. »

Puis il se tourna vers Ingrid et lui dit d'une voix très douce :

« Donnez-moi la main, je vais vous raccompagner. »

Sidérés, les autres ne dirent plus rien et ne firent aucun geste pour les empêcher de s'en aller.

Ingrid était rassérénée. Elle retrouva le calme et le sourire. Rien donc n'était tout à fait désespéré. Il suffisait qu'un homme ne se laisse pas intimider pour que les petits « surhommes » perdent leur audace. Le pasteur marchait à ses côtés et ni l'un ni l'autre ne disait quoi que ce soit. Il y avait entre eux un silence apaisant. Enfin, quand elle fut à proximité de chez elle, elle prit la parole pour dire au pasteur combien elle lui était reconnaissante de l'avoir tirée de la fâcheuse situation dans laquelle il l'avait trouvée. Elle avait soudain besoin de parler, de se confier, de se détendre. Elle ne savait pas par où commencer. Elle s'embrouillait, parlant, pleurant et riant tout à la fois :

« Vous savez, vous êtes arrivé à temps. J'ai tenté de leur faire entendre raison. Mais ils ne voulaient rien savoir. Dieu seul sait ce qu'ils auraient été capables de faire... Mais vous étiez là... C'est un miracle !

— Non, rien qu'une chance. »

Si le pasteur s'était trouvé, ce soir-là, sur la place de la synagogue, ce n'était pas, on s'en doute, pour partager la fièvre du spectacle. Il avait simplement voulu être témoin. Il savait qu'il faut toujours des témoins, plus tard, pour dire la vérité, pour ne pas laisser l'oubli ou la légende s'instaurer. Le pasteur Benfey se sentait particulièrement concerné par le drame parce que du sang juif coulait dans ses veines. Il poursuivit :

« Seigneur, pardonnez-leur, parce qu'ils ne savent pas ce qu'ils font. Oui, il faudrait pouvoir pardonner, mais je ne le peux pas. Nous ne le pouvons pas, n'est-ce pas, Ingrid ? Un jour peut-être, quand tout sera fini... »

Il pouvait maintenant laisser la jeune fille. Elle rentra chez elle et ne dit rien de ce qui s'était passé à sa mère. Elle avait juste rencontré quelques amis avec lesquels elle avait bavardé.

Le lendemain, le journal *Göttingen Zeitung* annonçait en toute impudeur que, bientôt, la ville serait libérée des juifs : *Judenfrei.*

Le dimanche qui suivit l'incendie de la synagogue, Ingrid se rendit au temple où elle pensait rencontrer le pasteur Benfey. Elle ne l'avait pas revu depuis ce bien triste soir, d'autant plus qu'elle avait décidé de sortir désormais le moins possible. En effet, elle se disait que, si elle rencontrait de nouveau Heinz et ses comparses, il n'y aurait peut-être pas encore quelqu'un pour la défendre. Quand elle approcha du temple, elle sentit vite qu'il y avait quelque chose d'anormal. Il y avait des petits groupes de gens apparemment absorbés dans la lecture de papiers apposés sur les murs ou plongés dans de vives conversations. Elle pressa le pas et découvrit les affichettes :

« Ce temple n'est pas le vôtre ! Ici le pasteur est un juif ! Qu'il reste juif ! Le juif Benfey doit disparaître ! »

Ceux qui étaient là, qui étaient venus pour assister à l'office du dimanche étaient, pour la plupart, moins consternés qu'elle ne l'aurait cru. Mais, elle, elle fut atterrée par ce qu'elle entendit :

« Saviez-vous que le pasteur était juif ?

— C'est à peine croyable.

— Qui l'aurait cru ?

— C'est qu'il n'en avait pas l'air.

— Il cachait bien son jeu. C'est vrai qu'il n'en avait pas l'air. C'est justement de ceux-là qu'il faut le plus se méfier. »

Ingrid était abasourdie. Comment cela était-il possible ? Comment ces gens pouvaient-ils dire aujourd'hui cela de leur pasteur alors que, la veille, ils ne tarissaient pas d'éloges à son sujet ? Cela, simplement parce qu'on disait qu'il était juif ? Cette fois, c'était vraiment à désespérer de l'Allemagne et des Allemands. L'homme qui l'avait sauvée, le seul qui était sorti de la foule pour venir à son secours, c'était lui maintenant qui était victime des nazis. Et si c'était justement parce qu'il lui était venu en aide ? Cette pensée la rendait malheureuse. Il fallait qu'elle fasse quelque chose, qu'elle dise quelque chose. Elle éclata :

« Dites-moi, vous tous, de quoi donc avait l'air Jésus ? »

Son intervention provoqua un silence lourd. Dans la gêne qui s'installait, personne ne prenait le risque de répondre. Mais tous regardaient durement celle qui apparaissait comme une provocatrice. Alors elle enchaîna :

« Je vais vous le dire puisque vous semblez ne pas le savoir, puisque vous faites semblant de ne pas le savoir. Eh bien, Jésus était tout simplement un homme, un homme d'un petit village de Palestine, dont le père, Joseph, et la mère, Marie, étaient tous deux juifs. Et le pasteur Benfey n'est pas plus juif que Jésus. »

Une vieille dame, vêtue de noir, avec des cheveux bien blancs et un regard très vif, rayonnante de bonté, s'approcha d'elle et lui prit la main :

« Le pasteur Benfey ne manquait jamais l'occasion de nous rappeler ces paroles de Jésus, au moment de son sacrifice : "Pardonnez-leur parce qu'ils ne savent pas ce qu'ils font." Il disait que la tolérance est toujours une vertu nécessaire et que la tolérance, c'est d'essayer de comprendre l'intolérance. Il faut pardonner. Il faut prier. Venez, nous allons prier. Peut-être Dieu nous entendra-t-il.

— Oui, c'est cela, nous allons prier », répondit Ingrid en la suivant vers le temple et la plupart de ceux qui étaient là et qui, un instant auparavant, flanchaient les accompagnèrent. Les portes étaient fermées et c'est pour cela que tous étaient restés dehors, mais certains frappèrent du poing sur les battants et, enfin, on entendit le bruit d'une clef. C'était une femme qui assurait le ménage et qui paraissait tout apeurée. Elle essaya de dire quelque chose aux premiers qui entrèrent, mais ils étaient pressés et ne l'écoutèrent pas. Ils découvrirent alors que le temple avait été ravagé comme par un ouragan. Les chaises avaient été renversées, la croix du Christ était recouverte d'un grand drapeau marqué de la croix gammée, les murs étaient couverts d'inscriptions injurieuses. Quelqu'un dit :

« Croyez-vous qu'il soit encore possible de prier dans ce temple ? »

La vieille dame qui les avait entraînés répondit en souriant :

« Tout cela est sans importance. La maison de Dieu est la maison de Dieu. Et Dieu, rappelez-vous, est toujours avec ceux qui prient. Le pasteur Benfey lui aussi est ici avec nous, aujourd'hui. Prions avec lui et pour lui. »

Alors tous se mirent à genoux et prièrent. Quand cela fut fini, Ingrid chercha partout la vieille dame pour la remercier de leur avoir redonné du courage et la force de la foi, mais elle avait disparu. Le pasteur Benfey, lui, était parti pour Buchenwald.

Rose était assez fine pour comprendre qu'elle ne devait pas elle-même faire signe à Roman. Et elle avait assez de caractère pour garder le silence. Elle savait que l'absence est souvent bonne conseillère. Puisque son cousin semblait hésiter à son égard entre l'attirance et la retenue, elle préférait le laisser seul à gamberger. Elle était sûre qu'il ne faudrait pas longtemps pour qu'il vienne à elle. Elle saurait, elle, ne pas être impatiente. Roman, de son côté, était en proie à un trouble dont rien ne pouvait le faire sortir et il choisit un peu lâchement de laisser faire le temps. La vue d'un téléphone lui donnait envie d'appeler Rose, de lui laisser un message chez ses parents, de lui faire savoir qu'il pensait à elle et qu'il voulait la voir. Mais il n'en faisait rien. Car, s'il la voyait, serait-ce pour lui dire qu'il l'aimait, pour la prendre dans ses bras, pour l'embrasser, ou bien serait-ce pour lui dire qu'il leur fallait revenir à la raison ? Sans doute ne faudrait-il pas longtemps pour qu'ils se voient, pour que l'un ou l'autre fasse le premier geste, ou pour qu'ils se retrouvent en famille, mais alors que ferait-il, qu'éprouverait-il ? Seuls décideraient les battements de son cœur et c'est cela qui lui faisait peur. Il sut, incidemment, par sa tante Deborah, que Rose avait très peu de temps libre et devait, le plus souvent, dormir dans une caserne de banlieue où étaient regroupées de nombreuses volontaires féminines. Et lui-même n'eut qu'un jour de repos avant de prendre ses fonctions à la B.B.C.

Ronald et Jenny se relayèrent pour lui faire découvrir tous les mystères du Broadcasting House. On vivait ici dans une urgence permanente qui était, lui expliqua Ronald, tout à fait naturelle. La guerre, bien sûr, faisait peser un poids particulier, mais le service de l'information était ainsi, même en temps de paix : toujours aux aguets d'une actualité à laquelle il fallait réagir le plus rapidement possible. C'était le perpétuel va-et-vient dans les couloirs, les battements de portes qui ne restaient jamais longtemps ouvertes ou fermées, le crépitement des téléscripteurs, les téléphones qui n'arrêtaient pas de sonner, les journalistes qui discutaient âprement pour confronter leurs opinions et leurs prévisions, les techniciens qui couraient pour résoudre quelque problème inattendu, les coups de gueule qui résonnaient... Et ceci dans une ambiance de tour de Babel, à l'étage où étaient regroupées les émissions à destination de l'étranger.

C'était amusant de voir à quel point différaient les ambiances respectives de l'équipe française et de l'équipe allemande. D'un côté régnait une joyeuse décontraction, une ambiance de collège que ne contrôlent plus les surveillants, une pagaille sympathique au premier abord, mais dont il se demanda comment elle pouvait être compatible avec l'efficacité nécessaire à la mission qu'il fallait remplir. Du côté allemand, au contraire, tout de suite s'imposait une impression d'ordre et de discipline où il semblait que jamais n'était fait un geste inutile, ni prononcé un mot inutile. Etait-il donc possible que deux peuples soient aussi différents l'un de l'autre et que cela se voie si clairement dans des échantillons transplantés sur un autre terrain ? Dès qu'il fut parmi ses compatriotes, il eut l'impression de se trouver dans un petit coin d'Allemagne et cela lui fit plaisir. Il fut d'emblée accueilli avec une grande cordialité par ces hommes et ces femmes qui partageaient un même engagement contre le nazisme et une même expérience de l'exil, mais dont on constatait vite qu'ils étaient d'origines et d'opinions très diverses. Il y avait là des hommes politiques expérimentés et des syndicalistes, des libéraux et des socialistes, des aristocrates et des fils d'ouvriers, auxquels il arrivait de s'opposer vivement quand ils parlaient du passé ou de l'avenir, mais qui partageaient un même amour de leur pays, un même désir d'y revenir au plus vite.

On lui dégagea un coin de bureau déjà encombré de papiers. On lui expliqua la fonction de chacun. On lui fit lire les dépêches du jour et il se demanda comment on pouvait, à partir de toutes ces informations parcellaires, avoir une vue d'ensemble de la situation. On lui expliqua le rôle de chacun. Pour ce qui était des bulletins d'information, qu'il se rassure : il y avait là assez de journalistes chevronnés pour s'en charger, assez de spécialistes de toutes les questions pour y voir un peu clair. Lui, il ferait partie des éditorialistes, de ceux qui peuvent s'écarter du compte rendu de l'actualité pour la commenter. Il aurait ainsi l'avantage d'une certaine souplesse, mais il ne lui suffirait pas, en bon journaliste, de dire la vérité, il lui faudrait être original, convaincant et brillant.

« Ne vous en faites pas, lui dit Ronald, en lui demandant de préparer, le plus spontanément possible en fonction des nouvelles du jour, un court papier qui devrait permettre de s'adresser pendant deux minutes à des Allemands pour lesquels il serait la voix de l'espoir de la liberté.

— Merci de m'avoir fait confiance, répondit-il à celui qui était à la fois son ami et son supérieur. Je vais faire de mon mieux.

— Soyez, en avocat, le défenseur du droit et de la justice. Et mettez-y toute votre passion d'Allemand qui veut libérer son pays de la barbarie nazie. Tout ira bien, j'en suis sûr, si vous dites simplement ce que vous avez sur le cœur. Venez me voir dès que vous aurez quelque chose à me montrer. »

Roman démarra vite et n'alla pas très loin. Ce n'étaient pas les idées qui lui manquaient, bien au contraire. Il y en avait tant qui se bousculaient ! Il avait tellement de choses à dire ! Ce qu'il avait sur le cœur ? Cela paraissait simple, mais il y en avait tellement que ça ne pouvait pas tenir en deux minutes ! Le problème, c'était de choisir une idée, une seule et de s'y tenir en étant percutant. Le problème, c'était que les idées avaient une curieuse façon de disparaître au moment où il voulait en faire des phrases. Alors il y eut plusieurs débuts et pas mal de feuilles froissées et jetées dans la corbeille à papiers. Il pourrait, par exemple, exprimer toute la nostalgie qu'il avait de Göttingen, mais ça ne donnait que quelques phrases molles et plates. Il pourrait écrire une lettre à Ingrid, une lettre d'amour d'un Allemand exilé à sa fiancée, mais le sujet était trop personnel, lui paraissait impudique et il ne parvenait qu'à enfiler des lieux communs. Une lettre à ses anciens camarades de lycées devenus nazis pour leur démontrer leur erreur ? Mais il était mal à l'aise pour avancer tous ses arguments moraux, politiques, économiques sur une seule page et c'étaient des sujets que d'autres, plus compétents que lui, ne manquaient pas d'aborder à longueur de journée. Il commençait à désespérer. Il se disait que c'était plus facile de faire la guerre que de parler à la radio, qu'il n'était vraiment pas fait pour cela, que Ronald s'était trompé et que lui-même avait eu tort de se laisser bercer d'illusions. Il ferait mieux d'aller le voir tout de suite, de tout arrêter et de repartir pour Margate où il retrouverait Heinrich et Vallia.

« Je peux vous aider, mon lieutenant ? lui demanda un homme en civil, nettement plus âgé que lui et dont il avait apprécié le sourire franc et la poignée de main cordiale quand ils avaient fait connaissance. C'est toujours un peu difficile au début, mais quand vous aurez trouvé le truc ça ira tout seul. Quand ça bloque, le mieux c'est de s'arrêter. Je vous emmène prendre un café et bavarder un peu. Faites-moi confiance. »

Au point où il en était, il pouvait bien s'arrêter quelques minutes et suivre le sympathique Werner. Celui-ci avait été journaliste à Düsseldorf, dans un journal de gauche où il était chroniqueur sportif. Il dit en riant : « J'espère bien que ce match-là, nous le gagnerons. » Ils parlèrent de choses et d'autres, de leur pays, de Londres, de cinéma et de musique... Et c'est détendu que Roman reprit place à son bureau. Werner avait fait allusion à sa mère qui était morte quand il était encore jeune. Elle lui avait toujours dit qu'elle ne l'avait pas mis au monde pour qu'il meure à la guerre et qu'il devrait toujours se battre pour la paix. Roman songeait à ce qu'aurait été la désillusion de cette femme si elle avait assisté à la prise du pouvoir par Hitler et à la guerre. Il pensa à ce qu'aurait souffert sa propre mère s'ils étaient restés en Allemagne et s'il avait dû, comme tant d'autres qui n'en demandaient pas tant, aller se battre, risquer sa vie pour le drapeau à croix gammée. Alors tout fut simple. Les phrases s'écrivirent comme d'elles-mêmes et, en deux petits quarts d'heure, il avait bouclé son premier papier. C'était une lettre aux mères allemandes, à celles qui avaient des fils qui mourraient pour une cause injuste ou qui reviendraient de la guerre à jamais estropiés, et à celles dont les filles ne trouveraient pas de mari parce que trop de jeunes hommes auraient perdu la vie. C'était simple, très simple. Trop simple ? Peut-être. Mais au moins il s'adressait au cœur de ces auditeurs lointains que la B.B.C. devait toucher. Il se relut, fit quelques corrections. Oui, il semblait bien qu'il avait su trouver un ton juste. Il demanda à Werner de lire le papier, de lui donner son avis. Il écouta quelques suggestions, en tint compte et, tout de même un peu tremblant, alla voir Ronald. Celui-ci ne mit pas longtemps à sourire et Roman comprit qu'il était reçu à l'examen. Le capitaine ne dit rien avant d'avoir tout lu une fois, puis de l'avoir relu. Enfin il donna ses impressions :

« C'est bien. C'est même très bien. Je suis étonné parce que je ne m'attendais pas du tout à un tel papier de votre part. Je pensais que vous seriez plus sérieux, plus juridique. Mais c'est vous qui avez raison. Vous parlez naturellement avec votre cœur, Roman, et c'est exactement ce qu'il nous faut. Vous avez mon feu vert pour ce papier. Vous n'avez plus qu'à le traduire en allemand. Werner s'occupera de vous pour l'enregistrement. C'est un vrai professionnel. Il saura vous aider pour le dire au micro. Vous allez vous consacrer à cela pendant quelque temps. Vous ferez un papier par jour. Le reste du temps, vous en profiterez pour vous familiariser avec l'équipe et pour étudier quelques dossiers. Ne vous occupez pas, au moins pour l'instant, des grandes idées, ni du tour que prend la guerre. Consacrez-vous à la vie quotidienne, à la vie des Allemands dans l'Allemagne nazie. Je suis sûr que, pour la plupart, ce n'est pas du tout la vie qu'ils avaient envie d'avoir. Notre documentation est bien faite, vous y trouverez tout ce qu'il vous faudra. Et continuez sur votre lancée. Quand vous serez rodé, vous ferez du direct. Vous verrez, c'est toujours plus vrai. Vous aurez à chaque fois un petit pincement de cœur, le trac, parce que vous ne pourrez pas revenir en arrière pour vous corriger. Mais ce sera un autre challenge. »

Avec beaucoup de patience, Werner lui servit d'instructeur. Il lui fit dire plusieurs fois son texte, l'aida à trouver le rythme et le ton. Il fallait lire sans donner l'impression qu'il lisait, comme s'il inventait son texte au fur et à mesure qu'il le disait. « Naturel », il fallait être « naturel ». C'était le mot qui revenait tout le temps à la radio. Comme si c'était naturel de parler à des gens qu'on ne voyait pas, qu'on ne connaissait pas !

« Tu vois le micro, lui dit Werner, tu l'imagines avec de jolis cheveux, de grands yeux, des lèvres fines, une silhouette bien galbée... C'est une jolie femme à qui tu racontes une histoire et qui ne demande qu'à te croire.

— Tu as déjà emmené le micro dîner dehors ? lui répliqua Roman en riant, avant de reprendre, d'une traite, parfaitement, son texte.

— Ça y est, c'est dans la boîte. On va le passer au moins cinq ou six fois d'ici ce soir. Et demain, on recommence ! Ce sera, chaque jour, "le billet de Roman Wormus". Il va y avoir, à Göttingen, des gens qui vont se dire : "Tiens, ce bon vieux Roman est donc à Londres, maintenant ? C'est gentil de sa part de ne pas nous oublier." »

Roman pensa qu'Ingrid peut-être l'entendrait. Si elle le pouvait, elle écoutait sûrement la radio britannique pour entendre un autre son de cloche que celui de la propagande nazie. En effet, ce soir-là, Ingrid eut les larmes aux yeux quand elle entendit la voix de Roman. Et elle sut que Roman n'avait pas oublié Göttingen.

En France maintenant, le maréchal Pétain demandait aux Français non seulement d'accepter une défaite contre laquelle ils n'avaient rien pu faire, mais en plus de « collaborer » avec un ennemi qui occupait le pays et qu'on semblait considérer comme un nouvel allié. C'était à n'y rien comprendre ! Pour les nazis, le succès dépassait de beaucoup celui d'une victoire militaire. C'était, dans une certaine mesure, celui de leurs idées. De jour en jour, Roman prenait de l'aisance au micro et parmi ses camarades de travail.

Son sérieux, sa modestie, sa bonne humeur l'avaient tout de suite fait accepter et le parrainage de Werner l'avait aidé à vite s'intégrer. Il participait pleinement aux conférences de rédaction. Il s'était si bien tenu au courant de la politique allemande durant ces dernières années qu'il pouvait faire bonne figure dans les discussions. Une excellente mémoire et un remarquable esprit de synthèse l'aidaient particulièrement dans son travail et il avait un peu l'impression de reprendre ses études. Cela le passionnait. Il voulait comprendre pourquoi les nazis avaient pu prendre le pouvoir et comment ils pouvaient le garder sans qu'aucune opposition soit possible. Bien sûr, les méthodes qu'ils employaient rendaient difficile la parade, mais si l'on voulait, un jour, retourner la situation, il fallait bien trouver une riposte. Et pour cela, il fallait comprendre, analyser, réfléchir, expliquer... Il fallait faire l'inventaire des forces prêtes à combattre encore. Il fallait apprécier chaque situation le plus justement possible. Son esprit était comme un moteur qui n'arrêtait jamais de tourner, brassant des idées, affinant une analyse, laissant courir son imagination, à tel point qu'il amusait ses camarades par sa volonté d'aller toujours plus loin, de sans cesse tout remettre en question, de faire des propositions plus ou moins raisonnables, quelquefois carrément incongrues, souvent très judicieuses. Le 18 juin 1940, il était bien placé pour entendre sur les ondes de la B.B.C. (l'équipe française avait donné l'alerte dans tous les services) un général, dont il n'avait jamais entendu parler, proclamer fièrement que la France avait perdu une bataille mais pas la guerre. Voilà le genre de phrase simple et d'idée forte dont on avait bien besoin. L'important, plus que tout, était le moral. A long terme, c'est avec le moral qu'on gagne la guerre, se disait-il. Et tant qu'on garde le moral, rien n'est perdu. On peut aussi tenter de saper le moral de l'adversaire. Il avait bien vu cela dans les matches de cricket, ce drôle de sport auquel il avait voulu se mettre pour montrer sa volonté d'intégration en Angleterre : souvent, ce n'était pas l'équipe apparemment la plus forte qui gagnait. C'est ce qui lui donna l'idée, dont il parla longuement avec Ronald, de jouer sur un nouveau ton, d'inventer un nouveau type d'émissions qui jouerait avec ironie le jeu de la propagande et de la contre-propagande. Ils mirent au point ensemble un premier texte et quand celui-ci leur parut convaincant, le capitaine dit à Roman :

« Je crois que nous pouvons y aller. Nous allons pour plus de sûreté, et pour mettre dans le coup votre équipe, faire un test avec Werner. Permettez-moi de faire une petite mise en scène pour bien juger de ses réactions. Vous allez lire votre texte au micro comme d'habitude, en sa présence. »

C'est ce qui se passa. Mais Ronald avait une idée derrière la tête. Il donna l'ordre au technicien d'enregistrer Roman et, quand celui-ci eut fini et que Werner eut éclaté de rire, il put annoncer à son protégé :

« O.K. ! C'est bon. Vous pouvez considérer cela comme bon à diffuser. Et maintenant, vous êtes au point pour le direct. Votre voix y gagne en émotion, en vérité. »

Werner, qui paraissait ravi, passa de la cabine technique à la cellule du speaker et donna l'accolade à Roman :

« Bravo ! Rien de tel qu'un peu de sang nouveau chez les vieux crocodiles ! Ce n'est pas parce que nous sommes en guerre que nous n'avons plus le droit de rire ! Il y a là une mine à creuser et je vous assure que ça va avoir un sacré impact. Nous sommes tous devant nos micros comme des curés en plein sermon... Pardonnez-moi, Roman, comme des curés, comme des pasteurs, ou comme des rabbins... Ou, pire, comme de vieux politiciens qui se battent pour leur énième réélection. »

Ce qui provoquait cette réaction d'enthousiasme était un étonnant discours dans lequel Roman avait fait l'éloge du Führer, oui l'éloge du Führer qui avait conduit ses panzers et ses stukas à une victoire éclatante, qui avait déjà conquis les deux tiers de l'Europe, qui ne manquerait pas bientôt d'envahir l'Union soviétique malgré le pacte de non-agression qu'il avait passé avec Staline, qui mettrait toute l'Europe à feu et à sang, en réduirait les différents peuples en esclavage et purgerait le monde des hordes judéo-bolcheviques... D'abord on était sidéré, on se demandait où voulait en venir ce curieux commentateur. Puis l'on comprenait qu'il disait simplement ce qui était au fond de la doctrine et de la stratégie nazies, sous une forme parodique qui tenait plus de l'art des chansonniers que de la discipline des journalistes. Si cela paraissait un peu exagéré c'était, bien sûr, pour les besoins de la satire, de la polémique, pensait-on, parce qu'on ne pouvait pas deviner ce que, en fait, de tels propos avaient de prophétique. Et Roman de conclure :

« Vous rendez-vous compte, mes chers amis, que ces drôles de Français ont mis à leur tête un vieillard qui ne dispose plus de tous ses moyens intellectuels et qu'ils ont envoyé à Londres un général qui n'est pas du tout d'accord avec lui et qui déclare que la France va continuer à se battre auprès de l'Angleterre, qu'elle va même reconstituer une armée sur le sol britannique ? »

Après une pause, il avait terminé son intervention en laissant passer dans sa voix un zeste d'ironie :

« Ici Franz Muller, en direct de Radio Siegfried. »

Le lendemain matin, Ronald le convoqua dans son bureau. Les premières réactions étaient excellentes. La hiérarchie militaire, d'abord un peu étonnée, s'était assez vite laissé convaincre de l'intérêt de cette nouvelle voie qui s'ouvrait à la B.B.C. Dans l'entourage même du Premier ministre, les responsables de l'Information étaient très excités et poussaient à ce qu'on étudie au plus vite une extension de ce programme fantaisiste mais apparemment efficace. En effet, la radio allemande n'avait pas manqué de prendre la balle au bond et de stigmatiser « les mensonges de la clique judéo-britannique qui parlait masquée ».

« Vous nous avez donné une idée formidable, avec ce premier papier, Roman. Mais demain vous ne continuerez pas. »

Roman fut consterné en entendant ce verdict. Il essaya de dire quelque chose, mais de ses lèvres aucun son ne sortit. Ronald le regardait avec ce sourire si britannique qu'il savait avoir quand il s'amusait de voir son interlocuteur embarrassé. Le capitaine ne le laissa pas longtemps dans son désarroi :

« Comprenez-moi. Il ne s'agit pas de revenir en arrière. Simplement nous avons maintenant un projet d'une toute autre envergure. Pour qu'il réussisse, il faut ménager l'effet de surprise. Si vous continuez tous les jours, sur notre chaîne, à jouer les Franz Muller, vous serez moins crédible quand vous vous ferez entendre sur la longueur d'ondes d'une radio pirate. Car c'est cela que vous allez m'aider à mettre sur pied : une fausse radio allemande. Nous avons un mois pour être opérationnels. Et nous allons faire la même chose en langue française. Inutile de vous dire que cela pose quelques problèmes techniques... Cela, c'est mon affaire. Quant à vous, réfléchissez vite, très vite. Demain, nous établirons notre plan de bataille. »

Ronald parut hésiter un instant. Il regarda Roman en silence et celui-ci sentit que, maintenant, ce n'était plus l'officier qui lui parlait mais l'ami :

« Et, si vous voyez votre cousine, mon cher Roman, faites-lui mes amitiés. Je n'ai pas eu de ses nouvelles depuis cet excellent dîner à l'Ecu de France. Depuis qu'elle est à Londres, nous ne la voyons plus. Je n'aimerais pas que son général me l'enlève. »

Ces derniers mots avaient été prononcés avec un humour évident. Pourtant, en les entendant, Roman sentit qu'une pointe pernicieuse lui piquait le cœur. Lui non plus, il n'avait pas vu Rose depuis ce dîner. Depuis plus d'une semaine. Elle ne lui avait pas fait un signe. Il ne lui avait pas fait signe, il s'était forcé à garder ses distances. Mais, secrètement, il avait espéré qu'elle ferait le premier pas. Il avait bien, un soir, dîné avec ses parents chez l'oncle John, mais Rose n'était pas venue, pour cause de service. L'oncle avait plaisanté :

« Eh bien, Roman, j'ai l'impression que depuis quelque temps Rose et toi vous êtes en froid... Voilà qui est bon signe. Tu sais, quand une femme prend à ce point l'air indifférent, c'est qu'elle vient de se rendre compte qu'elle a mordu à l'hameçon. Ça la gêne un peu. Mais il ne faut pas longtemps pour qu'elle accepte l'idée qu'à l'autre bout de la ligne il y a le pêcheur qu'elle aime. »

Roman avait bafouillé quelques mots incompréhensibles. Alphonse, prenant conscience de l'embarras de son fils, avait détourné la conversation. Le lendemain, Roman quittait Londres pour Woburn. C'était un petit village non loin de la ville où l'on avait décidé de regrouper les *black radios*, ces radios pirates qui devaient engager une nouvelle guerre des ondes. Il y avait tout à faire et il était débordé. Il fallait former les équipes nationales de journalistes et de techniciens et les coordonner. Il fallait mettre sur pied un système qui permettait à chaque groupe de fonctionner le plus efficacement possible, avec tous les problèmes d'intendance et de sécurité que cela impliquait. Ronald, très pris à Londres, entre la B.B.C., l'état-major et les services de Winston Churchill, était obligé de beaucoup déléguer. Il avait fait de Roman son homme de confiance. Il savait que c'était le meilleur moyen pour que son protégé apprenne au plus vite tout ce qu'il devait savoir de la bonne marche d'une radio. Tout avançait très vite et Radio Siegfried, le poste dont Roman avait précisément la responsabilité, était assez rodé pour être prêt à émettre. On n'attendait plus que le feu vert qui était retenu par les dernières mises au point techniques et l'impatience était à son comble.

Venant à Woburn pour une dernière inspection et

pour prodiguer les encouragements nécessaires, le capitaine Ronald Harrison se présenta dans la villa de Radio Siegfried accompagné de Rose Wormus. Elle était rayonnante, réjouie de la surprise qu'elle faisait à son cousin. Celui-ci devint blanc quand il l'aperçut et ne fut pas très à l'aise pour faire faire le tour de la maison à ses deux visiteurs. Rose, très détendue, se comportait sans aucune gêne, comme si rien de trouble ne s'était passé entre eux. Elle se montrait admirative du travail fait par son cousin, le saoulait de questions, souriait à tout un chacun, plaisantait avec Ronald qui, visiblement, s'était installé dans cette position d'observateur qu'il affectionnait. Elle avait vingt-quatre heures de permission. Elle avait décidé de les passer à Woburn, avec Roman. Il n'avait pas à protester. Elle se ferait très discrète, ne l'empêcherait pas de travailler et elle pourrait ainsi faire un rapport au général Butler qui était très curieux de l'opération. Ronald, lui, devait aussitôt retourner à Londres.

Ils dînèrent ensemble. Roman, peu à peu, se montra un peu plus à l'aise. Il retrouvait la complicité qu'il avait avec cette cousine dont il se disait qu'il l'aimait comme une sœur. Tout aurait été si simple si Rose n'avait pas été aussi une séduisante jeune femme dont il se fichait bien qu'elle soit sa cousine, vers laquelle il avait envie de se précipiter mais dont un secret signal d'alarme l'avertissait de se méfier.

Ni l'un ni l'autre n'évoqua la dernière soirée qu'ils avaient passée ensemble. Ils bavardèrent comme de vieux amis, deux vieux cousins qui évoquent la famille, les souvenirs, les activités de chacun. Roman, un peu lâchement, espérait pouvoir éviter une explication qui, d'avance, le mettait mal à l'aise. Rose, elle, avait la malice du chat qui guette la souris dont il sait qu'elle ne lui échappera pas. Elle attendit l'heure du dessert pour remarquer, du ton de quelqu'un qui parle d'une chose sans importance :

« Drôle de soirée, Roman... Nous ne nous sommes pas vus depuis un bail, la dernière fois, nous avons été comme deux amoureux et, ce soir, nous bavardons comme s'il ne s'était rien passé. Je t'aime, tu le sais, et toi tu ne dis rien... Qu'est-ce qui te gêne ? »

Et voilà ! Le moment qu'il avait craint était arrivé. Il ne pouvait plus fuir. Rose, toujours aussi directe, passait à l'attaque. Et lui, bien embarrassé, ne savait que dire, que faire. Il sentait plus que jamais toute l'agitation qui le faisait avoir à la fois envie de se jeter dans ses bras et de partir en courant. Il se perdit dans des explications plutôt vaseuses :

« La guerre n'est pas finie. Elle est loin d'être finie. Alors, ce n'est vraiment pas le moment de faire des projets. En plus, toi tu es une riche héritière et moi je n'ai pas le sou... »

Elle l'interrompit. Elle paraissait furieuse :

« C'est bien toi, cela ! Je te parle d'amour et tu me parles d'argent ! En fait, tu me racontes des histoires. Si tu m'aimais vraiment, tu te laisserais aller et tu réfléchirais ensuite. C'est justement parce que c'est la guerre qu'il n'y a pas un moment à perdre. Quant à ma prétendue fortune, qui n'est tout de même pas si phénoménale, je ne vois pas en quoi elle pourrait être un obstacle. Il y a longtemps, tu le sais bien, que mon père te considère comme son fils et que Harry te considère comme son frère. Je ne vois vraiment pas le problème. »

Harry... Elle ne savait pas que, sans doute, elle ne le reverrait plus. Il était le seul à savoir... C'était une raison de plus pour se tenir à l'écart.

« Si tu ne m'aimes pas vraiment, Roman, tu peux me le dire. Cela vaudra mieux. Je suis une grande fille, tu sais, je peux tout entendre. Et je ne te demande pas de m'épouser tout de suite ! Il est vrai que les charmantes personnes ne manquent pas à Radio Siegfried... Tout ce que je te demande, c'est un peu de franchise. »

Il était paralysé. Il se sentait coupable. Elle était plus charmante qu'elle ne l'avait jamais été. Séduisante, vraiment séduisante. C'était une femme et, soudain, devant elle, il se sentait comme un gamin.

« C'est fou, vous les hommes, ce que vous pouvez être lâches ! »

Elle avait pris l'initiative et elle avait bien l'intention de la garder. D'instinct elle savait qu'il faut parfois forcer la main d'un homme qu'on aime. C'est ce qu'elle fit. Elle avait trop envie de vivre la vie à fond. Elle avait trop peur que la guerre ne lui en laisse pas le temps. Roman ne résista pas. Il était bien trop content de se laisser faire, de céder, de lui laisser toute la responsabilité de ce qui allait se passer. N'était-ce pas merveilleux de se laisser ainsi aimer ? Elle avait pris une chambre à l'hôtel de Woburn et elle y entraîna Roman. Au petit matin, alors qu'il lui fallait regagner Londres, elle lui dit simplement :

« Tu sais la guerre ne va pas durer éternellement. Nous avons la vie devant nous. Rassure-toi, je ne vais pas alerter toute la famille. Nous avons encore beaucoup à apprendre l'un de l'autre. Je ne te demande aucun serment, maintenant. Rien que la franchise, Roman. Tu as mon amour et je te le donne, à toi de savoir ce que, toi, tu as à me donner. »

Il ne voulait plus qu'elle parte. Il voulait toujours rester avec elle. Il se fichait bien de la guerre ! Il se fichait bien de Radio Siegfried ! Tout ce qu'il voulait, c'était passer des jours et des nuits avec Rose. Alors il sentit que ses lèvres bougeaient et il entendit sa propre voix qui disait ces mots étonnants :

« Je t'aime. »

Quelques jours plus tard, Rose profita d'un passage du général Butler devant quelque micro de la B.B.C. pour aller saluer Ronald. Le capitaine était heureux de la revoir et il lui reprocha amicalement de l'avoir laissé tomber :

« Vous êtes bien infidèle avec ce vieux capitaine qui est votre ami ! J'espère que vous ne l'êtes pas ainsi avec de plus jeunes officiers. J'en connais un, à Woburn, qui me paraît bien morose.

— Ne vous en faites pas pour lui, Ronald. Je l'ai vu moi aussi et je vous assure qu'il allait très bien, répondit-elle avec un sourire qui en disait long.

— Au moins, à Woburn, on risque moins de recevoir une bombe qu'ici. On dirait que les stukas n'aiment pas la campagne...

— Churchill m'a bien fait rire quand il a déclaré qu'ici nous attendons l'invasion promise et qu'il a ajouté : "les poissons aussi". »

Ronald avait une ou deux choses urgentes à faire. Il la pria d'aller l'attendre au bar. Il n'en aurait pas pour longtemps. Elle y entendrait certainement quelque disque de Glenn Miller.

« Vous savez, dit-il, en riant pourquoi les Allemands vont perdre la guerre ? Eh bien, tout simplement parce qu'ils n'aiment pas le jazz ! »

A toute heure du jour il y avait du monde. La bière et le whisky coulaient d'abondance et la fumée des cigarettes épaississait l'atmosphère. On discutait ferme. La tension des bureaux et des studios n'était pas entièrement restée de l'autre côté de la porte. Rose trouva tout de même une table. Elle s'enfonça dans le fauteuil. Ronald avait eu raison : la musique de *Stardust* volait dans les airs et, en fermant les yeux, elle pouvait s'imaginer dansant dans les bras de Roman. Roman que, ce soir, elle retrouverait à Woburn. Décidément, la vie était belle ! Qu'il était bon d'aimer et d'être aimée ! Elle portait sa tasse de thé à ses lèvres quand elle se sentit prise dans un véritable tremblement de terre.

Oui, la terre tremblait dans un vacarme effrayant. Le plafond s'écroulait. Des hurlements retentissaient. Elle comprit qu'une bombe était tombée sur la B.B.C. et qu'il y avait autour d'elle des victimes. Elle pensa, curieusement, qu'elle avait eu de la chance de ne pas être brûlée par le liquide qui s'était renversé. En fait, elle venait d'échapper à la mort. Mais elle était bloquée au fond de la pièce, dans les gravats. Elle entendit les premiers sauveteurs. Elle cria aussi pour faire savoir qu'elle était vivante, pour qu'on la tire de là. Elle ne voulait pas mourir ! Non, pas maintenant ! Elle cria sa soif de vivre. Elle parvint à se dégager un peu, à gagner quelques centimètres, à repousser quelques morceaux de plâtre et les débris de la table. Elle parvint même à se lever dans la fumée qui l'empêchait de voir quoi que ce soit et qui lui donnait déjà la sensation d'étouffer. Elle devait pouvoir passer, aller vers la porte, vers cette lumière qui brillait, qui devait être tout près même si elle paraissait si loin. Il fallait qu'elle tienne ! Ne pas tomber dans les pommes. Avancer encore, malgré l'étouffement qui la prenait dans sa poigne terrible. Mais elle n'en pouvait plus, le chemin était interminable, elle ne pouvait plus respirer, il y avait trop d'obstacles sur son passage. Elle vacilla.

La nouvelle arriva vite à Woburn : l'immeuble de la B.B.C. avait été dévasté. Roman pensa à l'homme auquel il devait tant, à cet ami qui lui avait changé la vie. Mais impossible, bien sûr, d'obtenir la moindre communication. Aussi, quand on lui dit que le capitaine Harrison le demandait au téléphone, il fut heureux.

« J'ai eu peur pour vous, Ronald. »

Il avait toujours beaucoup de mal à l'appeler par son prénom, surtout quand il était en service, mais cette fois-ci l'amitié prenait le dessus et cela, après la peur qu'il avait eue, lui fut naturel.

« Rose... Oui, Roman, Rose était à la B.B.C., avec son général.

— Rose ! cria Roman dans le mouvement de panique qui s'emparait de lui.

— Il vous faut beaucoup de courage, Roman.

— J'arrive. »

Seul ce dernier mot avait encore pu franchir ses lèvres. Il raccrocha aussitôt. Et il éclata en sanglots. Il sauta dans une voiture de service et, les yeux encore brouillés par les larmes, fonça vers Londres. Il ne voulait pas croire que... Non, ce n'était pas possible. Il aimait Rose. Il l'aimerait toujours. Il aurait dû mieux le lui dire, mieux le lui faire sentir. Non, vraiment, ce n'était pas possible et, s'il y avait un dieu, jamais il ne ferait une chose pareille ! Pourtant, Ronald lui avait bien dit que Rose était morte. Et il vit Rose, allongée sur une grande table dans une chapelle ardente improvisée, dans l'immeuble qui jouxtait celui de la B.B.C. Il y avait encore de la poussière sur son uniforme, mais on l'avait au mieux nettoyé et elle paraissait calmement se reposer, ainsi allongée sur le dos. Ronald l'avait attendu. Ils ne dirent rien. Il n'y avait plus rien à dire. Roman n'osait pas regarder Ronald. Il avait peur de fondre en larmes. Il sentit une main sur son épaule. Il se retourna vers son ami et il vit que le capitaine Ronald Harrison avait, lui aussi, l'œil humide. Une idée, une drôle d'idée, lui traversa l'esprit à cet instant. Ou plutôt, c'était un souvenir. La voix de Rose qui lui disait, un soir où la lune brillait sur Londres : « Roman, tu ne comprendras jamais rien aux femmes. » Et il eut envie de rire. Et il eut envie de pleurer. Et il eut des sanglots entrecoupés d'éclats de rire. Comme elle avait raison ! C'était bien vrai, il ne comprenait rien, il ne comprenait rien aux femmes, il ne comprenait rien au monde, il ne comprenait rien à la vie que les hommes devaient vivre dans ce monde. Puis il se raidit, reprit un air très digne et dit à Ronald, d'une voix métallique :

« Pardonnez-moi, mon capitaine, mais j'ai à faire à Woburn. »

Déjà, prenant congé, il saluait réglementairement son supérieur, avec toute la raideur qu'il pouvait mettre dans un garde-à-vous. Comprenant bien quelle douleur se cachait derrière cette attitude un peu trop fière, Ronald lui répondit avec juste ce qu'il fallait de chaleur pour l'assurer de son amitié sans toutefois réveiller trop d'émotion :

« Attention, mon lieutenant, ne soyez tout de même pas trop britannique ! Nous n'oublierons pas Rose. Ni vous ni moi. Et nous devons maintenant prévenir sa famille. C'est, hélas, une tâche qui vous incombe.

— Vous avez raison. Puis-je vous demander de m'accompagner ? J'ai peur de ne pas savoir trouver les mots qu'il faut.

— Je ne crois pas être très doué, moi non plus, mais si ma présence peut vous être utile...

— Je vous en prie. »

Dans la voiture qui les emmenait auprès de John et Deborah Wormus, ils gardèrent le silence. Chacun pensait à cette mort qui, un jour, pourrait être la leur. Chacun pensait à cette jeune fille qui avait tellement envie de vivre. Roman se sentit très vieux. Très vieux et très loin. Quelque chose en lui s'était à jamais brisé, sans doute le dernier lien qui le tenait à sa jeunesse.

« Je savais déjà pourquoi j'avais à me battre contre Hitler, mon capitaine.

— Ronald. Je m'appelle Ronald.

— J'avais assez de raison pour donner ma vie à ce combat, mais je vous assure que, maintenant, je ressens une fureur qui ne se calmera que le jour où je pourrai revenir à Göttingen. »

TROISIÈME PARTIE

L'ordre régnait à Göttingen. L'ordre y régnait comme dans toute l'Allemagne. Il y avait maintenant trois ans que le professeur Franck était interné dans un camp. D'autres, après lui, avaient subi le même sort. Quelques-uns, qui avaient préféré cacher leurs sentiments, vivaient encore dans une ville où la grande majorité de la population faisait preuve d'une foi inébranlable dans le Führer. Prise dans le délire nazi, elle s'était laissé convaincre du bien-fondé de la guerre et ne doutait aucunement d'une future victoire. L'ivresse d'une apparente supériorité l'aveuglait et lui faisait endurer plutôt sereinement la détérioration de ses conditions de vie et la bonne conscience générale abandonnait à leur sort les victimes de la répression. Le père d'Ingrid croupissait donc dans le camp d'Esslingen où avaient été rassemblés des « ennemis du Reich » et les efforts déployés par sa femme et sa fille avaient été sans effet. Elles avaient pu, quelquefois, lui rendre visite et avaient constaté tristement comment le régime de détention ruinait sa santé. La dernière fois qu'elles l'avaient vu, elles avaient trouvé que son état s'était nettement aggravé, mais il avait tenu à bien leur montrer que son moral, lui, restait intact :

« Ne vous inquiétez pas pour moi, ma vieille carcasse en a vu d'autres. Je vais tenir le coup. L'important, c'est qu'ils ne pourront jamais, je vous l'assure, détruire mes idées. Ils voudraient nous interdire de penser, mais ils n'y parviendront pas. »

Plus d'une fois, elles l'avaient invité à plus de souplesse. Elles avaient en vain essayé de lui faire comprendre qu'il ne gagnerait rien à tenir tête à ses geôliers. A vrai dire, il avait bien essayé de paraître plus docile pour se protéger un peu, mais il n'avait pas été capable de tenir longtemps. Curieusement, c'est bien malgré lui qu'une solution s'offrit pour obtenir sa libération.

Un soir, une voiture qui leur parut de mauvais augure s'arrêta devant leur domicile et trois hommes en descendirent. Les deux premiers, dans leur manteau de cuir noir et le chapeau baissé sur les yeux, étaient visiblement des sbires de la Gestapo. Le troisième, normalement vêtu, elles le connaissaient. Il s'agissait du professeur Gnade qui s'était fait depuis longtemps remarquer à l'Université pour son engagement pro-nazi. En fait, il était de ceux qui, à défaut d'avoir des convictions profondes, ne manquent jamais de faire preuve d'opportunisme et s'arrangent pour être toujours du côté du manche où se grappillent les avantages. Elles se préparèrent au pire. Venait-on maintenant les chercher elles aussi ? Elles s'embrassèrent avec plus d'amour qu'elles n'en avaient jamais eu en se jurant d'être courageuses. Très mondain, le professeur Gnade chercha tout de suite à les rassurer :

« Ma visite n'a rien d'officiel et ces messieurs de la Gestapo ne m'accompagnent que pour prendre note de ce que nous pouvons décider ensemble. Vous le savez, j'ai toujours eu la plus vive admiration pour le professeur Franck. Certes, il n'a pas fait le bon choix. Il s'est trompé, malheureusement, et il a fait preuve d'un entêtement qui lui a valu quelques désagréments. Mais, après tout, tout le monde a le droit à l'erreur. A condition toutefois de ne pas s'enferrer. Enfin... le professeur est têtu... C'est toutefois par égard pour ses qualités d'homme et d'enseignant que je suis en mesure de vous faire une proposition.

— Mon mari est dans un camp, intervint sèchement la mère d'Ingrid, et que lui reproche-t-on ? Simplement d'avoir dit un peu trop haut la vérité. Il a pris la défense d'un collègue juif injustement chassé de l'Université et il n'a fait, depuis, que sans cesse rappeler quelques règles de droit. Vous pouvez être sûr qu'il serait intervenu de même pour n'importe lequel de ses collègues, dans la même situation. Même pour vous, professeur.

— Je sais, je sais... C'est justement pour cela que je suis ici et que je tiens à vous aider pour le sortir du camp. Car cela est possible. Puisque lui-même ne veut pas faire un geste, son sort est entre vos mains.

— Je ne vous comprends pas.

— C'est très simple. Comme vous le savez, l'Allemagne est en guerre et elle a besoin de tous ses enfants. »

Le professeur Gnade ne se pressait pas. Visiblement, il voulait paraître aimable et ne pas choquer. Il faisait le diplomate, mais les deux femmes connaissaient trop le régime qui sévissait dans leur pays pour être dupes. Sur le même ton de persuasion patiente, il poursuivit :

« De nos jours, nous avons particulièrement besoin les uns des autres. Notre Führer a de grands projets pour le Reich et nous devons mobiliser tous nos enfants. Alors, vous comprenez, ce n'est pas bien que certains mènent la belle vie à l'étranger sans rien faire pour le pays. »

C'était donc là qu'il voulait en venir. Gnade parlait de faire sortir le père du camp où il était interné, et en fait c'était le fils qui l'intéressait. Elles comprirent qu'elles étaient coincées. Le prisonnier était un otage. Elles aussi étaient des otages. Fièrement, la mère réagit :

« Mon mari n'a rien fait qui puisse nuire aux intérêts de notre pays. Bien au contraire. Il n'en a pas moins enduré déjà trois ans d'internement dans des conditions inhumaines qui l'ont rendu gravement malade. La simple justice voudrait que vous le relâchiez avant qu'il ne soit trop tard. Je vous assure que nous saurons vous exprimer notre gratitude. »

Ingrid avait écouté sa mère sans bouger. Elle savait bien qu'elles ne pouvaient exprimer le fond de leur pensée et qu'il ne fallait rien dire qui puisse aggraver le sort de son père. Un des deux hommes de la Gestapo intervint sans chercher à dissimuler son impatience :

« Je vous l'avais bien dit, professeur, ces gens-là se croient au-dessus des lois. Ils ne savent que demander, demander, alors qu'ils doivent tout au Reich ! La politesse ne sert à rien avec eux. Laissez-moi expliquer à ces dames où est leur intérêt. Moi, je suis sûr de me faire comprendre sans perdre de temps. C'est que nous avons autre chose à faire aujourd'hui.

— Je vous en prie, Hans ! Vous savez qu'il m'appartient de régler ce problème et, puisque nous avons affaire à des femmes raisonnables, nous n'avons aucune raison de ne pas nous conduire comme des hommes civilisés.

— Comme vous voudrez, mais si vous échouez, ce sera à nous de prendre la relève. »

Ce que cet échange laissait voir de menaces donnait des frissons à Ingrid. Elle savait bien que l'amabilité du professeur n'était que du bluff. Mais elle savait aussi qu'elle n'avait aucun intérêt à tomber dans les mains des deux autres.

« C'est vrai, messieurs, nous ne comprenons pas très bien où vous voulez en venir. Que pouvons-nous faire ? Ma mère et moi-même, nous ferons tout ce que nous pourrons pour que mon père retrouve la liberté.

— Ah, si votre père n'était pas aussi entêté ! Quelques mots auraient suffi à lui faire retrouver cette liberté à laquelle nous sommes tous tellement attachés. Mais, voilà, c'est un homme orgueilleux. L'administration ne peut pas perdre la face en le libérant sans un petit effort de sa part. C'est bien normal. Vous vous rendez compte quel mauvais exemple ce serait ! Mais elle est tout de même prête à faire un geste en sa faveur. A condition de... Vous comprenez bien qu'il faut donner quelque chose en échange. Vous avez, madame, dit-il en se tournant vers Mme Franck, un fils. Helmut, je crois. Un garçon brillant, à ce qu'on m'a dit. Il termine ses études à Montréal, au Canada. C'est bien cela, n'est-ce pas ? »

Il garda un instant le silence en regardant fixement cette femme qui sentait une sueur froide glisser sur sa peau parce que son mari était prisonnier et parce que son fils maintenant était lui-même menacé. Gnade reprit en haussant le ton :

« Votre fils est allemand, madame, il ne doit pas se dérober à son devoir. Sinon nous devrons le considérer comme traître à son pays et il ne pourra jamais y revenir. Il n'est pas bon, par les temps qui courent, d'être la mère ou la sœur d'un traître ! Il faut que Helmut Franck revienne parmi les siens. Il est encore temps. Ce sera pour nous la preuve de votre bonne foi et de votre engagement. S'il ne fait pas cela pour le Reich, qu'il le fasse au moins pour son père ! »

Le professeur qui s'était acoquiné avec la police semblait content de lui. Lui qui avait enseigné l'économie avec une compétence indiscutée n'était plus qu'un odieux maître chanteur ! Et elles n'avaient pas le choix. Il fallait que Helmut revienne pour sauver son père, mais s'il revenait il partirait pour le front et c'est lui qui, alors, serait en danger en devant se battre pour une cause qui était contraire à toutes ses opinions. Ingrid devinait le désarroi de sa mère quoique celle-ci le contrôlât assez bien. Elle comprit que c'était à elle d'intervenir :

« En fait, vous nous proposez d'échanger mon père contre mon frère. Mais, si mon frère revient, si nous le lui demandons et s'il nous écoute, rien ne prouve que vous tiendrez parole.

— Mademoiselle... répliqua le professeur, avec un large sourire.

— Vous n'avez pas le choix, dit l'homme de la Gestapo. Si vous ne voulez pas recevoir votre père dans une boîte en bois, vous envoyez une gentille petite lettre à votre frère et vous lui dites de faire rapidement sa valise, parce que nous avons ici un bel uniforme qui l'attend. Je suis sûr que c'est un bon fils, qui sera heureux de la libération de son père. Vous ne semblez pas comprendre que c'est là une faveur que nous vous faisons. Vous pouvez en remercier le professeur Gnade. Sans son intervention...

— C'est bon, fit Mme Franck, mon fils reviendra. Si je le lui demande, il reviendra. Quand mon mari sera-t-il libéré ?

— N'allons pas trop vite, tout de même. Dès que votre fils sera de retour parmi nous, vous retrouverez votre mari. En attendant, il aura un régime de faveur. Rassurez-vous, il ne va pas si mal et il peut tenir encore quelque temps. Faites donc confiance à la Gestapo ! »

Autant faire confiance au diable !

Deux jours après leur entrevue avec Gnade et les hommes de la Gestapo, Ingrid et sa mère qui avaient longuement pesé le pour et le contre, décidèrent de demander à Helmut de revenir en Allemagne. Elles lui exposèrent clairement le problème et il fut lui aussi convaincu que c'était la seule chance qu'ils avaient de revoir, un jour, son père. Tous les trois n'en étaient pas moins horriblement inquiets et ils furent soulagés de voir que, pour une fois, la Gestapo tenait parole. Le professeur Franck rentra chez lui. Malade, épuisé, mais vivant. Gnade était passé pour annoncer cette libération. Il tenait à bien montrer qu'elle avait eu lieu grâce à lui.

« Vous voyez, avait-il dit, la Gestapo n'est pas si terrible que cela. Elle tient ses promesses. Il suffit de savoir la prendre. »

En fait, l'état de santé de son collègue était tel que la

Gestapo avait préféré qu'il ne meure pas en détention, ce qui aurait fait mauvais effet à Göttingen où il était très populaire. Il était inutile d'en faire un martyr. Au moins il pourrait maintenant être examiné et soigné par un médecin sérieux. Quant à Helmut, il fut vite envoyé sur le front. C'était à un moment où régnait encore un certain optimisme. La Pologne était vaincue, la France était en passe de l'être. La guerre serait bientôt finie. Personne ne pouvait contenir les glorieuses armées du Troisième Reich, disait Gnade qui passait de temps à autre et se donnait mielleusement l'air d'être le protecteur de la famille Franck. On n'osait pas le mettre dehors parce qu'on se méfiait de lui.

« Ne vous inquiétez pas, disait-il, votre fils reviendra bientôt. Et rien ne l'empêchera de poursuivre ses études en Allemagne. Pourquoi nos jeunes iraient-ils en Amérique quand nous avons tant besoin d'eux ? Nous vivrons tous bientôt en paix à Göttingen. Vous voyez bien qu'il fallait être raisonnable. Je suis content que vous m'ayez écouté. N'est-ce pas mieux ainsi ?

— Herr Gnade, répondait le professeur Franck qui savait maintenant à quoi s'en tenir sur son collègue, je ne sais pas si je dois vraiment vous être reconnaissant. L'avenir nous le dira. Mais je crois sincèrement que nous sommes tous des victimes. Ces guerres contre la Pologne et la France ont déjà fait trop de morts, n'est-ce pas ? Alors, comment pourrions-nous nous réjouir quand tant d'hommes sont malheureux ?

— Il ne faut pas parler comme cela, professeur. L'Allemagne a besoin d'espace vital. Ces hommes ne meurent pas pour rien. Grâce à eux nous ferons de notre pays le fer de lance de la nouvelle Europe. Vous verrez, ce n'est qu'un début, le Führer ne va pas s'arrêter là. Il y a encore d'immenses territoires à conquérir, à l'est.

— A quel prix ? Vous m'avez dit que la guerre allait

finir très vite. Vous êtes en pleine contradiction. Si nos armées s'engagent encore à l'est, l'aventure risque de durer un moment. Non, je ne crois pas que l'Allemagne ira ainsi vers la paix. Nous n'évoluons pas dans le bon sens.

— Ne soyez pas défaitiste. Ce ne sera qu'une promenade. Ce sont les démocraties décadentes qui n'évoluent pas dans le bon sens. Nous, nous sommes sur la bonne voie, nous sommes sur la voie royale. Faites confiance au Führer. »

Décidément, Gnade était intraitable. Nazi jusqu'à la moelle. Le professeur Franck savait qu'il était inutile de discuter. Il suffisait de garder ses distances en montrant son scepticisme. Ingrid, elle, supportait mal cette arrogance protectrice et, puisque son père lui avait demandé de ne pas intervenir, elle s'enfermait dans sa chambre dès que le professeur nazi entrait dans la maison. Son père, avec une certaine lassitude, remarquait :

« Il est inutile de parler à quelqu'un qui ne veut pas entendre. Le pire, c'est que Gnade est sincère. Contrairement à d'autres qui, cyniquement, ne voient que leur intérêt, il croit vraiment que Hitler ne veut que le bien du monde. Tu vois, Ingrid, quand un intellectuel se trompe il se trompe deux fois plus qu'un autre. Parce que, lui, il devrait réfléchir deux fois plus et toujours être prêt à remettre en question ses certitudes. Il faut toujours se méfier d'un homme qui ne connaît pas le doute. »

Gnade triomphait en cette fin 1940. Il est vrai que les faits semblaient lui donner raison. Le ministre des Affaires étrangères de l'Union des Républiques socialistes soviétiques se rendait à Berlin où il rencontrait Ribbentrop, son homologue allemand. Celui-ci, fin diplomate, faisait croire aux Soviétiques que le Reich et l'U.R.S.S. pouvaient vivre en bonne intelligence et obtenait que Staline laisse l'Allemagne intervenir en Lituanie, Lettonie, Finlande et Bulgarie. En échange de cette neutralité, l'Allemagne offrait à l'U.R.S.S. de partager avec elle l'Empire britannique qui serait bientôt bon à prendre. L'Angleterre ne serait-elle pas bientôt obligée de reconnaître sa défaite ?

Helmut avait de la chance. Ou bien la protection de Gnade était réelle. Il avait été affecté à Varsovie, dans les services des transmissions. Il n'était donc pas particulièrement exposé. Il observait avec consternation les méfaits de l'occupation et il écrivait à ses parents ce qu'il voyait. Il leur disait les atrocités auxquelles se livraient les S.S. qui cherchaient à liquider systématiquement les opposants à l'occupation. Communistes et juifs étaient, bien sûr, particulièrement visés. Il semblait donc que les accords passés avec l'U.R.S.S. n'étaient qu'un leurre. Ce ne pouvait être qu'une ruse du Führer qui avait bien l'intention de ne pas s'arrêter à la frontière orientale de la Pologne. Cela ne faisait que confirmer l'analyse que faisait, à Göttingen, le professeur Franck. En revanche, ce qui paraissait incompréhensible, c'était que Staline soit dupe. Sans doute le chef soviétique fourbissait-il ses armes, prêt à se défendre. Mais allez donc comprendre ce qui se passe dans la tête des dictateurs... Il est vrai que c'était pure folie de la part de Hitler et de ses généraux de vouloir attaquer l'U.R.S.S. Même Napoléon et sa grande Armée s'étaient laissé prendre au piège de l'hiver russe et des grands espaces et à la résistance opiniâtre d'un pays fier et courageux. Le déclin de l'Empire français avait commencé à Moscou. L'histoire était-elle donc un éternel recommencement ?

Helmut n'était pas prudent. Il écrivait sans prendre assez de précautions, parce qu'il avait encore du mal à s'habituer au régime de surveillance et de délation. Au début de ses lettres il faisait attention, il essayait de parler à mots couverts, mais peu à peu il se laissait entraîner. La censure était vigilante et la Gestapo qui gardait bien sûr la famille Franck sur sa liste noire serait intervenue si Gnade ne s'était porté garant pour son collègue. Helmut comprit quelle menace faisait peser son imprudence sur sa famille et il prit conscience du danger que lui-même courait à exprimer aussi clairement ses opinions. Désormais il prit garde.

Gnade put se réjouir de cette nouvelle occasion qui lui avait été donnée de montrer au professeur que son influence pouvait être bénéfique. Il est vrai qu'il n'était pas mauvais homme et qu'il avait une réelle affection pour un collègue qu'il admirait et dont il regrettait seulement qu'il fût si loin de partager ses idées. D'ailleurs, il était le bourgmestre de son village, un bourg paisible de cinq mille habitants, et ses concitoyens en étaient très contents. Il alliait une amabilité naturelle et de bonnes relations avec les autorités nazies, ce qui lui permettait de dénouer bien des affaires. Il avait aussi un constant besoin de se rendre utile, sans doute parce qu'il se sentait un peu coupable d'avoir été réformé au moment de la mobilisation générale parce qu'il avait été assez gravement blessé au cours de la guerre précédente.

Ronald obligea Roman à prendre quelques jours de permission afin qu'il puisse soutenir les parents de Rose dans leur épreuve, alors qu'ils n'avaient toujours pas de nouvelles de leur fils. Il eut à s'occuper de toutes les formalités et il resta encore avec eux, et avec ses parents, après qu'elle fut mise en terre. Mais cette ambiance de deuil était tellement lourde qu'il avait hâte de retrouver son équipe de Radio Siegfried, de se lancer à corps perdu dans cette grande aventure. Il voulait ne plus avoir le temps de penser à autre chose que son travail. Ronald, pendant son absence, s'était installé à Woburn et il l'accueillit très fraternellement :

« Vous m'étonnez, Roman. J'ai pu apprécier ce que vous avez fait en si peu de temps. Je ne pensais pas que votre équipe était déjà aussi bien soudée, et prête pour le grand jour qui, maintenant, ne saurait tarder. Je pensais qu'il vous faudrait plus de temps pour devenir un professionnel de la radio. Quand je pense à certains qui traînent à la B.B.C. depuis des années et qui n'ont toujours pas très bien compris de quoi il s'agissait... Enfin, c'est là un mystère dans toutes les grandes maisons où l'on trouve plus d'incompétents qu'on ne le devrait... Les autres équipes ne sont pas aussi avancées et elles devront attendre encore un peu avant de pouvoir émettre régulièrement. Radio Siegfried sera la première des *black radios* à donner signe de vie sur le continent. Je vous en félicite. Mais dites-moi, que ferez-vous après la guerre ? Vous tenez toujours à vous inscrire au barreau ?

— Mais bien sûr ! Je suis avocat et j'ai assez voulu l'être pour ne pas changer d'orientation. La radio est sans doute une chose passionnante mais, après la guerre, je me contenterai de l'écouter. Pour tout vous avouer, quand les combats reprendront vraiment, quand il sera de nouveau temps de débarquer en France, j'espère bien en être.

— Je ne vous retiendrai pas contre votre gré, rassurez-vous. Mais vous devez savoir que, pendant la guerre comme après la guerre, vous aurez toujours une place près de moi. Et je vous le répète : vous êtes un homme de radio !

— Laissons donc la guerre se terminer. Dieu seul sait si nous en verrons la fin. Si c'est le cas (et dans pas trop longtemps, j'espère) je retournerai en Allemagne. Je retournerai à Göttingen. Vous paraissez surpris, Ronald... Je suis allemand, comme mon père et comme mon grand-père. Cela fait trois générations de Wormus qui ont fait la guerre pour leur pays, car c'est pour l'Allemagne que je fais la guerre. L'Allemagne est mon pays, j'y ai laissé ma jeunesse et c'est elle que j'irai retrouver là-bas, à Göttingen. Oh ! je sais bien ce que l'Angleterre m'a donné et ce que je lui devrai toujours. Je resterai donc un peu anglais. Vous savez, Ronald, la guerre ne sera qu'une première étape. Nous aurons un autre combat à mener et ce ne sera pas simple. L'Allemagne a très peu connu la démocratie et le peu qu'elle a appris, elle l'a bien oublié. Nous aurons un long et difficile chemin à faire pour instaurer dans notre pays un régime démocratique. Le plus dur, c'est qu'il nous faudra apprendre à vivre ensemble. Il y aura des criminels à châtier. Mais les lâches ? Que ferons-nous de ceux qui sont simplement inconscients ou lâches ? Voici ce qui m'attend après la guerre, dans un pays qui aura bien besoin d'avocats soucieux du droit et des libertés.

— Je vous envie d'avoir de si fortes convictions. Et vous avez de la chance ! Parce que vous êtes un homme passionné et parce que vous avez le talent de votre passion. Vous savez convaincre, vous nous l'avez déjà bien montré et vous avez une énergie à en revendre ! Je suis heureux d'avoir pu vous permettre de mettre ces qualités au service de la radio. Car il ne nous suffit pas de disposer d'excellents professionnels. Dans le combat qui se mène sur les ondes et dont je suis sûr qu'il va prendre de plus en plus d'envergure, notre adversaire est très fort. Il ment, mais il ment souvent avec du génie. Un génie diabolique, certes, mais qu'on ne peut pas vaincre uniquement avec des bons sentiments et le respect de la vérité.

— Je comprends bien maintenant ce que vous vouliez dire quand vous m'avez offert de travailler avec vous. C'est vrai, la radio est une arme redoutable que les nazis savent très bien utiliser.

— Et que vous-même vous avez très vite appris à utiliser. La guerre, aujourd'hui, ne se joue plus uniquement sur les champs de bataille. Elle se joue partout, sur l'arrière et sur les ondes, avec toutes les armes que chacun peut trouver. Le nazisme est une maladie, et c'est une maladie contagieuse qui se répand par une propagande des plus efficaces. Nous devons sans cesse inventer des contrepoisons.

— Je dois aussi vous avouer que, dans ma décision de vous suivre à la B.B.C., il y avait surtout l'envie de rester à Londres, de ne pas trop m'éloigner de Rose. Je n'ai plus maintenant les mêmes raisons, mais je sais que je mène ici, avec vous, le même combat que sur le front, un combat pour vivre dans un monde où la loi du plus fort n'est pas la meilleure.

— Vous avez raison. C'est à cela, dès maintenant, que nous devons travailler, en pensant à tous ceux qui ne sont ni des salauds ni des fous ni des lâches mais qui ne peuvent rien faire contre le rouleau compresseur du nazisme. Il ne faut jamais désespérer de l'homme, Roman, et je suis sûr qu'en Allemagne subsistent, dans la nuit et le silence, des hommes libres à partir desquels tout pourra se reconstruire. Je ne sais plus qui a dit qu'il ne suffisait pas de gagner la guerre, qu'il fallait aussi gagner la paix. Radio Siegfried doit servir à porter cet espoir et à tisser des liens entre ceux qui gardent, envers et contre tout, l'esprit d'une autre Allemagne.

— Et ce n'est pas seulement l'Allemagne qui est en jeu. »

Juin 1943. Les Alliés venaient de débarquer en Sicile. Après leurs succès en Afrique du Nord et au Moyen-Orient, ils commençaient ainsi la reconquête des territoires occupés en Europe par l'armée allemande. Le mois précédent, après une bataille monstrueuse, l'armée soviétique avait infligé une lourde défaite à l'armée allemande. Enfin le sort des armes tournait. L'incroyable arrogance d'Hitler avait de moins en moins de raison d'être et le Reich qui devait régner sur le monde pour mille ans commençait à avoir du plomb dans l'aile. Roman était toujours à Woburn où les *black radios* s'étaient solidement installées, désormais bien acceptées par tous ceux qui, au début, avaient été sceptiques devant une aventure peu conforme aux règles traditionnelles de la propagande politique et de la stratégie militaire. Il s'était volontairement laissé absorber par un travail qui le passionnait et qui faisait peser sur ses épaules encore bien jeunes une lourde responsabilité. L'amitié bienveillante et rassurante de Ronald Harrison le soutenait et il s'était fait une famille de sa petite équipe d'Allemands exilés. Aussi n'allait-il que rarement à Londres, pour embrasser rapidement ses parents et soutenir de son affection son oncle et sa tante.

Avec l'intensification des opérations militaires, il avait adopté peu à peu une démarche originale et audacieuse qui consistait à renchérir sur les rigueurs de l'information en allant au-devant des événements. Avec pas mal de réflexion et une bonne intuition, il anticipait sur les décisions de l'état-major et annonçait ainsi de temps à autre des opérations qui auraient dû rester secrètes. Ronald n'avait pas manqué de lui faire part de la fureur de certains officiers supérieurs qui s'interrogeaient sur ce qu'ils croyaient être des fuites. Roman fut embarrassé : s'il ne pouvait, dans ce jeu ambigu d'information et de désinformation qui était la marque de Radio Siegfried, plus rien dire sans l'aval préalable de l'état-major, on pouvait tout de suite mettre fin à l'expérience et s'en tenir aux bulletins de la B.B.C. officielle.

« Vous comprenez bien, lui dit Ronald, que c'est un peu gênant pour ces messieurs de savoir que vous avez annoncé le débarquement en Sicile avec deux jours d'avance. J'ai beau leur expliquer que vous aviez trouvé cela tout seul, ils se demandent s'il n'y a pas parmi eux quelqu'un qui, pour une raison ou une autre, ne respecte pas le "secret défense". Et ils se méfient maintenant des journalistes comme de la peste. Ne vous étonnez pas d'être bientôt convoqué pour vous faire remonter les bretelles. A vous d'être votre propre avocat. Mais, rassurez-vous, je ne vous lâche pas. »

Ils se retrouvèrent en effet tous les deux devant une brochette d'officiers qui avaient des mines d'inquisiteurs et qui n'appréciaient nullement la liberté laissée aux *black radios :* depuis quand la guerre devait-elle être faite par des journalistes ? Le général qui présidait cette réunion entama le débat avec un tact tout militaire :

« Depuis quelque temps, nous nous sommes aperçus que vous diffusez sur votre antenne des informations qui devraient rester confidentielles. Je vous prie de me faire connaître quelles sont vos sources d'information.

— Je ne dispose que des informations qui sont mises à la disposition de tous mes confrères : les dépêches d'agence, les bulletins de la B.B.C., les ordres du jour que vous publiez et les journaux du matin. Mon arme secrète, mon général, car j'en ai une, dit-il en souriant à l'intention de Ronald, c'est un peu de bon sens. S'il m'arrive de révéler ce qui ne devrait pas l'être, ce n'est pas grâce à quelque espion. Ce n'est pas non plus parce que je serais doué de quelque don de prophétie. Si j'ai la chance parfois de deviner quelques points de la stratégie élaborée au plus haut niveau, il n'y a là aucun procès à me faire. Parce que, si moi, je le devine, dites-vous bien que d'autres peuvent en faire autant. En Allemagne par exemple, et avec de moins bonnes intentions que moi. Tout ce que je cherche à faire, c'est à saper le moral des auditeurs que sont nos ennemis et à remonter le moral de ceux qui attendent de nous la délivrance. Le débarquement en Sicile était une chose possible, même probable. En en parlant un peu trop tôt à votre goût je ne pense pas avoir incité les Allemands à une défense particulière. Au contraire, peut-être, parce que je ne crois pas que les autorités nazies prennent mes informations très au sérieux. Au fond, je me demande même si le meilleur moyen de protéger vos informations, ce ne serait pas de les propager. »

Le général l'avait écouté en silence, sans l'interrompre et sans le quitter des yeux. Le regard de cet homme dont il paraissait évident que la souplesse n'était pas la plus grande qualité était intimidant. Il vous scrutait au scalpel, attentif à la moindre faille. Et il ne laissait rien voir de ses impressions ou de ses réflexions. Roman, à la fin de son intervention, ne pensait pas l'avoir convaincu. Le général regarda les quatre officiers qui l'entouraient et qui, par mimétisme, étaient aussi impassibles que lui. Puis il posa sur Ronald un regard sans expression et, enfin, posa de nouveau les yeux sur Roman qui n'en menait pas large :

« Le capitaine Harrison m'a dit que, dans le civil, vous êtes avocat. Eh bien, si après la guerre j'ai un problème avec les fermiers de ma propriété d'Ecosse, ou bien si je décide de demander le divorce, je vous promets que c'est à vous, lieutenant Wormus, que je ferai appel pour m'épauler. »

Le général éclata de rire et les autres officiers l'imitèrent avec un ensemble parfait. Il continua :

« J'accepte vos explications. Vous m'avez d'autant mieux convaincu que votre dossier militaire ne donne que des raisons de vous faire confiance. Je me dois tout de même de vous inciter à la plus extrême prudence. N'oubliez jamais que tout ce que vous pouvez dire peut avoir des conséquences difficiles à apprécier sur le moment. Non, ne dites rien, je suis sûr que cela a toujours été votre souci. N'est-ce pas cela que vous vouliez me dire ? Vous voyez, trente ans d'armée ne m'ont pas complètement abruti. La guerre prend un tour nouveau, les événements s'accélèrent, l'heure de la victoire se rapproche très vite. C'est pour cela qu'il faut être particulièrement vigilant. L'art du journaliste est peut-être, en ces temps difficiles, de savoir dire les choses sans vraiment les dire, ou de les dire sans avoir l'air de les dire. A vous de voir. Vous pouvez continuer vos émissions dans le style que vous leur avez donné depuis trois ans, mais sachez que nous vous écouterons avec encore plus d'attention. Moi-même je n'en raterai aucune.

— Mon général, intervint Ronald, si je vous comprends bien, vous dites accepter les explications que vient de vous donner le lieutenant Wormus. En fait, vous lui demandez de continuer de la même façon et de ne pas faire la même chose. C'est le mettre dans une situation difficile et, puisque je suis, à titre militaire et à titre journalistique, son supérieur hiérarchique, permettez-moi de remarquer que je vois mal comment il pourrait trouver une solution. Ou nous pouvons clairement fixer des limites dans lesquelles il devra se tenir, ou bien nous le laissons seul juge de ses informations. En l'incitant à une constante autocensure, je crains que vous ne lui coupiez les ailes. A Radio Siegfried et dans les autres *black radios* il n'y a pas de demi-mesure. C'est sur ce principe que reposent ces radios extraordinaires. Ou bien nous les conservons, ou bien nous les supprimons.

— C'est vous qui m'avez mal compris, capitaine Harrison ! reprit le général, un peu vivement. Que voulez-vous que je vous dise ? Que vos hommes peuvent dire n'importe quoi n'importe comment ? Je pense vous avoir exprimé assez précisément ma position et, puisque vous êtes tous les deux si forts pour tout deviner, vous auriez pu comprendre que les réserves que j'ai faites sont de pure forme. Elles vont de soi, mais il est de mon devoir de vous les rappeler, même si cela est inutile. Faut-il donc que je vous signe un ordre de mission pour vous dire la confiance que j'ai en vous ? Faut-il que je vous décore pour vous obliger à réfléchir à ce qu'est un secret militaire ? Pardonnez-moi, messieurs, mais votre victoire est assez éclatante pour que vous ayez le triomphe modeste et pour que vous ne nous obligiez pas à faire amende honorable. Mais, à propos de victoire, n'oublions pas que nous avons une guerre à faire et que le temps presse. Et vous, lieutenant Wormus, quand vous ouvrirez votre cabinet d'avocat, faites-moi parvenir vos coordonnées, on ne sait jamais... »

Le procureur passait ses journées rivé à son poste de radio. Il venait de fêter ses soixante-dix ans. Sa santé n'était pas excellente et il avait dû se retirer peu à peu du bureau qu'il occupait dans le grand magasin de son cousin John. Les nouvelles du front le réjouissaient et il voyait avec plaisir venir la fin de son humiliation. Chaque avance des armées alliées était pour lui une victoire personnelle. Il n'avait jamais beaucoup aimé Staline et les Soviétiques qui étaient pour lui les héritiers des Cosaques faiseurs de pogroms, mais quand il apprit que Stalingrad était enfin tombée aux mains de l'armée Rouge, il fut tellement heureux qu'il aurait embrassé le « petit père des peuples » sur les deux joues si celui-ci avait été dans les parages. Dès qu'il en eut l'occasion il fêta cette bonne nouvelle avec Roman. Il lui dit :

« Tu vois, c'est enfin pour les nazis le commencement de la fin. Hitler commence à connaître le goût amer de la défaite. Bientôt nous reviendrons à Göttingen. L'an prochain à Göttingen, c'est cela mon plus grand espoir.

— L'an prochain... répliqua Roman, d'un ton un peu sceptique. Nous n'y sommes pas encore. *It's a long way to Göttingen,* papa. Le chemin sera encore long.

— J'espère, en tout cas, tenir jusque-là. Je veux croire que Dieu me donnera la force d'attendre ce moment heureux. Je veux revoir cette ville dans laquelle j'ai passé toute ma vie et c'est là, chez moi, que je voudrais mourir. Et je n'oublie pas que je suis parti sans pouvoir boucler ma dernière affaire. »

Roman souriait quand il sentait chez son père ces ardeurs de jeune homme. Il savait à quel point le meurtre de Sarah Veremblum hantait le vieil homme qui s'était juré de ne pas laisser ce crime impuni. Souvent il y revenait, reprenait tous les éléments, les exposait à son fils, lui demandait son avis. Où serait Knochen après la guerre ? Peut-être aurait-il été emporté par la tourmente. Mais il avait l'intuition que cet homme retors saurait s'en tirer. De toute façon, il n'y avait chez lui aucun désir de vengeance à l'égard d'un homme pour lequel il ne pouvait avoir que du mépris. L'important, c'était que justice soit faite, que justice soit rendue pour une pauvre fille des rues, pour une « pute juive » ainsi qu'un commissaire trop lâche l'avait appelée. Et Alphonse Wormus voulait lui-même accomplir cette tâche. Roman lui avait bien promis de prendre la relève si cela était nécessaire, mais il ne voulait pas que le jeune garçon se sente, à cause de lui, obligé de rentrer en Allemagne alors qu'il lui était maintenant possible de faire carrière en Angleterre.

« Ne te fais pas de soucis, lui dit Roman, je te l'ai promis. Et tu sais que je tiens toujours mes promesses. Le salaud, s'il est encore vivant, n'aura aucune chance de s'en sortir. Les nazis sont fichus. Ce n'est plus qu'une question de temps. Quoi qu'il arrive je partage ce dossier avec toi. J'ai toujours considéré que c'était ma première affaire et nous la réglerons ensemble.

— Je revois ce Knochen, arrogant, plein de morgue, sûr de lui, accompagné d'une dizaine de voyous de son espèce que tout cela faisait rire et qu'un faux témoignage ne dérangeait pas. J'ai été, ce jour-là, terriblement humilié. Et, ce qui est plus grave, la justice a été terriblement humiliée. Tu comprends, Roman, c'est comme si toute ma vie n'avait servi à rien. »

La famille était triste. Alphonse et Judith Wormus voyaient de plus en plus se préciser la possibilité de revenir à Göttingen. Et cela leur faisait peur parce que, depuis une dizaine d'années, ils s'étaient habitués à une autre vie, à un autre monde. Ils s'étaient fait d'autres amis. Ils s'étaient profondément attachés à ces cousins qui les avaient si bien aidés et dont ils partageaient la douleur. Parce que leur vie avait été brisée par la mort de Rose. Deborah restait enfermée chez elle, discrète, silencieuse, regardant à longueur de journées les photos de ses enfants. Heureusement, elle avait reçu, par la Croix-Rouge, des nouvelles de Harry qui avait été miraculeusement rescapé du naufrage du navire sur lequel on l'avait embarqué et qui attendait la fin de la guerre dans un camp de prisonniers. Au moins, lui, il était vivant. « Que Dieu le protège et nous le rende bientôt ! » soupirait-elle en permanence. Quant à John, il mettait sa fierté à ne jamais se plaindre et à ne pas supporter qu'on s'apitoie sur son sort. Il travaillait plus que jamais, se donnait un mal fou pour que son magasin soit le mieux approvisionné de Londres, malgré toutes les restrictions. Il voulait que son fils trouve, à son retour, une affaire florissante. Alphonse et John Wormus partageaient ce même trait de caractère : rien ne pouvait les faire désespérer. Roman avait de qui tenir. Il admirait le courage de ces deux hommes âgés et il sentait en lui-même la même énergie, la même volonté de ne jamais refuser le combat.

Les combats, justement, s'intensifiaient sur tous les fronts. Roman, de plus en plus, sentait monter en lui une certaine impatience. Malgré tout ce que pouvait lui dire Ronald, il avait l'impression d'être « planqué ». Oui, il faisait du bon boulot à Radio Siegfried, mais maintenant l'équipe fonctionnait parfaitement, tandis que, lui, il avait de plus en plus l'impression de trahir ses anciens compagnons d'armes. Il finit par décider de rejoindre, dès que possible, les unités combattantes. Il prévint Ronald qui comprit vite qu'il ne pouvait pas faire grand-chose pour le retenir. Bien sûr, il suffisait de ne pas appuyer sa demande et Roman serait obligé de rester à Woburn. Toutefois, le capitaine Harrison savait qu'un homme qui a perdu sa motivation travaille bien en dessous de ses capacités. Il savait aussi qu'on n'empêche pas quelqu'un d'aussi déterminé que le lieutenant Wormus d'aller vers son destin. Il enviait le courage, l'abnégation du jeune homme.

« Que vous parliez dans un micro ou que vous vous battiez sur le front, ce n'est pas ce qui changera quelque chose au dénouement de cette guerre. Dites-vous bien, mon cher Roman, qu'il ne vous appartient pas de sauver le monde. Je vous l'ai déjà dit, il me semble que vous êtes plus utile à Radio Siegfried qu'ailleurs, mais vous êtes seul juge de ce que vous avez à faire. Vous me permettez simplement de m'inquiéter pour vous. La vie est un bien précieux, ne le gâchez pas par trop d'imprudence.

— J'ai bien réfléchi. Je n'agis pas sur un coup de tête, je vous l'assure. Je veux être au cœur de l'action. Je veux voir les nazis perdre la guerre. Je veux voir ces soldats trop fiers courir devant les armées de la liberté. Je veux être là pour leur montrer qu'il y a encore des juifs sur cette terre, et des juifs qui se battent contre eux. Ce n'est qu'à ce prix, Ronald, que j'aurai l'impression de ne pas avoir volé ma part de victoire. »

Officiellement, Roman appartenait toujours à un bataillon de la Deuxième Armée britannique qui se préparait activement à un débarquement sur les côtes françaises. Il n'y avait aucun obstacle à ce qu'il le rejoigne. Le capitaine fut ravi de le retrouver. Vallia et Heinrich le fêtèrent joyeusement. Ils avaient pris de l'avance sur lui parce qu'ils avaient fait partie, en 1942, des troupes qui avaient tenté de débarquer à Dieppe et qui avaient été à demi massacrées par les Allemands. Ces soldats qui piaffaient d'impatience en attendant d'aller de nouveau en découdre avaient une formidable soif de revanche. Une revanche à prendre contre l'ennemi, et contre la bureaucratie militaire qui les avait envoyés au casse-pipe rien que pour voir si l'ennemi était en position défensive ou offensive. Pour voir, ils avaient vu ! Mais la prochaine fois qu'ils débarqueraient, ce ne serait certes pas pour faire demi-tour. Ce serait Berlin ou rien !

Roman fut heureux de retrouver la fraternité chaleureuse des troupes d'élite et il ne lui fallut pas longtemps pour se trouver au diapason. Il dut pourtant mettre les bouchées doubles en s'astreignant à un entraînement physique particulièrement poussé afin de retrouver la forme nécessaire. Très vite, il eut l'impression que Woburn était loin, très loin derrière lui, dans un autre temps. Lui qui avait tant réfléchi ces dernières années pouvait, ici, d'une certaine façon, se reposer. Il n'avait plus le temps ni la force d'avoir beaucoup d'états d'âme. Son corps et son esprit étaient unis dans une même tension, dans l'instance d'un combat pour lequel chaque jour il fallait être prêt.

Ce fut enfin le 6 juin 1944. Depuis quelque temps il comptait les jours. Cela faisait mille sept cent trente-neuf jours, très précisément, qu'il attendait ce moment historique de la libération de l'Europe. Le jour se levait sur la côte normande et il avait les pieds dans l'eau. Il touchait le sol de ce pays qu'il avait dû quitter cinq ans auparavant dans des conditions effroyables. Il avait l'impression que la même scène se jouait à l'envers. La flotte venue d'Angleterre était autrement impressionnante et elle débarquait, par vagues successives, des milliers et des milliers d'hommes bien entraînés et fièrement déterminés, avec aussi des tonnes et des tonnes de matériel, d'armes, de véhicules blindés... Le ciel était plein du vrombissement des forteresses volantes qui allaient bientôt lâcher leur cargaison de bombes sur les positions ennemies. L'aviation alliée avait la parfaite maîtrise de l'espace et la Luftwaffe, heureusement, brillait par son absence. Heinrich, qui n'avait rien perdu de son humour caustique, bougonnait :

« Ce n'est tout de même pas une heure pour prendre un bain...

— Ce n'est pas non plus une heure pour un feu d'artifice », répliqua Vallia qui avait appris en quelques années à donner la réplique à son camarade.

En effet, des fusées éclairantes éclataient un peu partout, dans les premières lueurs de l'aube, afin d'illuminer la scène où se déroulaient les premiers combats. Une nouvelle fois, le déluge de feu et d'acier. Les Allemands se défendaient âprement. Comment pouvaient-ils encore faire preuve d'un tel acharnement alors que, raisonnablement, la partie semblait perdue pour eux depuis quelque temps ? Roman était sidéré par cette violence désespérée qui dépassait tout ce qu'il avait pu prévoir. Ils avaient toujours su que le débarquement ne serait pas une partie de plaisir, mais de là à imaginer une pareille empoignade...

La dune qu'il fallait prendre d'assaut lui paraissait loin, si loin ! Et l'aviation n'avait pas encore réduit l'artillerie ennemie. Il sentait au plus profond de lui cette peur terrible, incommensurable qui paraissait prête à vous paralyser, avec ce réflexe stupide qui vous fait rentrer la tête dans les épaules. Mais, en même temps, une énergie extraordinaire lui faisait presser le pas pour entraîner ses hommes hors de l'eau qui les freinait. Enfin, il n'y eut plus que le sable et ils purent courir, foncer dans la fusillade, droit devant eux. Le plus vite possible. Moins cela durerait, plus ils auraient de chance de s'en sortir. Hélas, des corps, nombreux déjà, flottaient sur la mer ou restaient immobiles sur la plage. Il n'y avait rien à faire pour eux. Pas maintenant. Pour l'instant, il fallait foncer droit devant, faire sauter la défense ennemie. Plus tard... C'est fou tout ce qui peut passer dans la tête en quelques secondes... Mais ça y était ! Ils avaient atteint un petit monticule derrière lequel ils pouvaient se mettre à l'abri. Enfin, façon de parler, parce que comme abri il y avait mieux. Mais bon, ça permettait de souffler un peu et, surtout, d'installer une mitrailleuse qui allait pouvoir les couvrir pour l'étape suivante. Ils n'étaient plus maintenant totalement exposés à l'ennemi. Ils pouvaient riposter. Ils avaient gagné la première manche.

« C'est bien ici, il faudra revenir avec des filles pour prendre des bains de soleil », dit Heinrich entre deux rafales de cette mitrailleuse qui était, depuis des mois, sa compagne la plus fidèle et qu'il avait si bien appris à bichonner.

Roman avait repéré, à une centaine de mètres, derrière quelques roseaux, un blockhaus d'où partaient des tirs qui faisaient sur la plage un véritable carnage. Il fallait absolument le neutraliser.

Un coup d'œil à Vallia et les voici tous deux qui rampent en direction de la construction de béton tandis que Heinrich, à la mitrailleuse, les couvre de son mieux. Ils rampent dans le sable. Plus ils avancent, plus ils sont protégés par l'angle de tir. Les balles sifflent au-dessus de leur tête. Heureusement, ils ne pensent plus à ce qui pourrait leur arriver. Ils sont maintenant animés de cette fureur froide que l'on appelle courage et qui n'est, peut-être, que la forme d'inconscience qu'atteignent les soldats aguerris. Ensemble, ils dégoupillent leur grenade et la jettent vers une des ouvertures du blockhaus d'où les armes ennemies sèment la mort. Le geste est précis. Une double explosion retentit et, tandis que sort une fumée noirâtre, ils doublent la mise. Heinrich, une deuxième fois, met dans le mille. Roman, lui, rate l'ouverture. Peu importe : c'est assez. Ils attendent quelques longues secondes. On ne sait jamais... L'homme est un animal coriace, capable de réactions imprévues. Mais non, ce n'est pas de là que, maintenant, peut surgir le danger. Ils se ruent vers le blockhaus, et sont rejoints par quelques camarades, ils font sauter la porte et découvrent l'horrible spectacle de cinq corps enchevêtrés, brûlés, mutilés. Vallia se signe. Roman a la nausée. Même quand il s'agit d'ennemis le spectacle de la mort est toujours horrible. Cinq soldats allemands, mais cinq hommes, et des hommes peut-être ni meilleurs ni pires que d'autres.

Ils furent de ceux qui libérèrent la ville de Caen. Devant Falaise, ils contribuèrent à l'anéantissement des blindés allemands venus en renfort pour stopper l'avance alliée. A Saint-Lô, ils payèrent cher pour voir que tout n'était pas joué d'avance et que les Allemands n'étaient pas prêts à se replier sans combattre jusqu'à l'extrême limite de leurs forces. Et Paris était bien loin ! Et Berlin était sacrément loin ! Avranches, ce fut un peu moins dur et les villes normandes tombèrent les unes après les autres.

Les Alliés avancèrent vers l'est. Le 30 septembre 1944, le lieutenant Roman Wormus et les sous-officiers Vallia Karsofsky et Heinrich Kühn retrouvaient Dunkerque. Ils avaient perdu bon nombre de leurs compagnons, mais ils avaient eu de la chance. Bientôt, en pleine forme malgré la fatigue et avec un moral d'acier, ils entreraient en Belgique. Roman était en route pour Göttingen. Il se demandait ce qu'était devenue Ingrid.

En France, à chaque étape, l'accueil était chaleureux. L'enthousiasme de la population devant ces troupes qu'elle saluait en héros était bien la meilleure raison qu'ils avaient d'aller de l'avant. Les cloches sonnaient, les filles souriaient, les vieux trouvaient toujours une bouteille de « rouge » pour « arroser ça ». Roman améliorait sa connaissance du vocabulaire français... Ils rencontraient aussi des Résistants, des rescapés de la lutte clandestine, des hommes sortis de l'ombre pour participer à la lutte finale. Roman admirait ces drôles de soldats qui avaient reconstruit tant bien que mal une armée, faite de bric et de broc, qui savait montrer son courage et son efficacité. Il se demandait si l'accueil en Allemagne serait aussi bon, si les Alliés seraient reçus en libérateurs par la population civile. Il voulait le croire, mais il n'en était pas sûr. Les services de renseignements, on le savait, disaient que les Allemands avaient, pour la plupart, hâte de voir la guerre prendre fin et de retrouver des conditions moins dures que celles dans lesquelles ils étaient astreints à vivre par un régime qui leur avait promis mille ans de prospérité. Trouveraient-ils aussi en Allemagne des résistants qui faciliteraient leur avance à l'intérieur du pays ? Ou bien, dans un réflexe nationaliste, la population garderait-elle une certaine neutralité entre un régime dont elle souhaitait la chute et des armées qui lui imposaient une défaite ? Il comprenait bien quel dilemme ce pouvait être pour le plus grand nombre. Il supposait aussi que tous ceux qui s'étaient un peu trop compromis avec les nazis, par opportunité souvent plus que par conviction, pouvaient craindre d'avoir des comptes à rendre et n'avaient en tout cas pas envie de les rendre à des puissances étrangères. Le nazisme s'effondrait enfin et l'Allemagne avait à en payer le prix. Il lui fallait renaître de ses cendres, s'inventer un avenir. Et lui, un Allemand qui avait combattu contre son propre pays, comment allait-il y être reçu ? Quelle place pourrait-il y reprendre ?

L'armée anglaise s'apprêtait à franchir le Rhin quand Roman reçut de mauvaises nouvelles de son père. Ronald Harrison avait pu le joindre pour l'avertir : Alphonse Wormus venait d'avoir une crise cardiaque dont il ne se remettait pas et ses jours étaient en danger. Ainsi, au moment où il s'apprêtait à être un des premiers à fouler le sol allemand, Roman dut profiter d'un avion de la R.A.F. pour faire un rapide aller-retour à Londres afin d'y revoir son père, sans doute pour la dernière fois. Le câble envoyé par la B.B.C. facilita l'octroi d'une courte permission. Il avait à peine mis le pied sur le sol britannique qu'il voyait s'avancer vers lui le capitaine Harrison. Autrement dit : son vieil ami Ronald.

« Ça alors ! s'exclama-t-il, c'est incroyable ! Vous êtes vraiment toujours là quand il faut. Comment faites-vous ?

— N'oubliez pas, répondit le capitaine, que je suis journaliste avant d'être militaire et que l'information est mon métier. Et ce n'est pas parce que vous ne m'avez pas donné de vos nouvelles que je ne me suis pas débrouillé pour en avoir. Il m'a suffi de téléphoner de temps en temps à vos parents et de me tenir au courant des activités de votre bataillon. Je suis tout de même assez bien placé pour cela.

— Mon père ? Comment va-t-il ? Pour que vous m'ayez fait venir...

— En effet. Votre père ne verra certainement pas la victoire. Il est peu probable qu'il retourne à Göttingen.

— Il n'avait que cette idée en tête. Il voulait rentrer chez lui, il voulait mourir dans son pays. Il avait encore quelque chose d'important à y faire.

— Je vous emmène, Roman. »

En apprenant que les nazis reprenaient l'offensive dans les Ardennes, Alphonse Wormus avait eu une attaque. Il avait plus que jamais l'oreille collée à son poste de radio et le monde pour lui s'était écroulé. Le coup n'avait pas été trop grave, les Alliés avaient repoussé ce sursaut de l'armée allemande et l'ex-procureur de Göttingen s'était à peu près rétabli. Il avait fait jurer à Judith de n'en rien dire à Roman dont ils suivaient l'avance sur le continent. Mais le cœur avait encore lâché et il avait compris que, cette fois, il approchait de la fin. Il avait eu envie de voir Roman. Il n'avait pas voulu mourir sans le serrer une dernière fois dans ses bras. Le fidèle Ronald Harrison, qui était devenu un ami de la famille après la mort de Rose, avait su trouver le moyen de prévenir le lieutenant (Roman avait gagné son deuxième galon) et de le faire venir en Angleterre.

La mort, Roman commençait à savoir ce que c'était.

Il avait vu tomber près de lui assez de ses camarades pour s'endurcir. Il avait vu le corps de Rose dans une chapelle ardente. Il voyait maintenant son père, amaigri, paralysé, près de la mort. Mais on ne s'habitue pas à la mort. Et c'était son père ! Un père dont il était si proche ! Il se rendait compte qu'il n'avait jamais vraiment pensé que son père pouvait mourir. Il avait pensé plus d'une fois que lui-même pouvait mourir, que les soldats étaient toujours à deux doigts de la mort. Il avait eu peur de mourir et c'est ainsi qu'il connaissait la mort.

Judith qui, toute sa vie, avait eu l'air si fragile faisait preuve d'un grand courage. Elle était blanche, fatiguée, amaigrie elle aussi, mais très digne. Elle était aux petits soins d'Alphonse pour qui elle avait de merveilleux gestes d'amoureuse. Roman eut l'impression de la connaître sous un nouveau jour, de la voir révéler la vraie nature qu'elle avait toujours cachée sous trop de discrétion. Quand il était arrivé, elle l'avait pris très tendrement dans ses bras et elle lui avait dit simplement :

« C'est bien que tu sois là. Tu arrives juste à temps. Ça n'a pas dû être facile. »

Il avait essayé de sourire en lui répondant :

« Tu penses bien que je serais venu même à la nage ! »

Elle avait repris, d'une voix très faible : « Le médecin pense... » Mais elle s'était arrêtée au milieu de la phrase, sentant bien qu'il était inutile d'en dire plus. Il avait vu qu'une larme affleurait à sa paupière, mais qu'elle la retenait. Elle s'était écartée de lui et lui avait dit très doucement : « Viens voir ton père. » Il l'avait vu, blême, immobile, les yeux perdus dans le lointain. L'effet des médicaments, sans doute, pour lutter contre la douleur. Il s'était senti lui-même très vieux devant la vieillesse de son père. Mais, en même temps il avait eu l'impression de n'être qu'un enfant que son père abandonnait et il eut envie de pleurer. Alphonse avait difficilement tourné la tête vers lui, avait esquissé un sourire. Le fils avait alors pris la main de son père :

« Ne dis rien, papa. Ne te fatigue pas. Je suis là. Tout va bien. Ce n'est vraiment pas le moment de flancher, tu sais. Parce que maintenant c'est sûr, nous allons la gagner cette guerre. Nous reviendrons à Göttingen. Ce sera comme avant.

— Ne me raconte pas d'histoires, Roman, répondit Alphonse qui devait faire un très gros effort pour parler. Il ne faut surtout pas que ce soit comme avant. L'avenir est dans les mains des garçons de ta génération. C'est à vous de faire en sorte que ça change. Et il ne faut laisser aucune chance à tous ceux qui ont prêché le racisme, qui ont laissé l'antisémitisme se banaliser et qui ont ainsi préparé le terrain au nazisme. Ce sont des lâches. Tu vas les voir, après la guerre, comme des agneaux. Ils seront prêts à venir manger dans ta main. Ils diront qu'ils n'y sont pour rien, qu'ils n'y pouvaient rien. Ils reprendront leurs places et peu à peu leurs vieilles idées referont surface. Les pires se feront tout petits pendant quelque temps, et puis ils recommenceront à faire du bruit. C'est toujours comme ça, depuis que le monde existe. N'aie pas d'illusions. Il faudra toujours se battre. Et pas qu'en Allemagne. L'antisémitisme est un vieux monstre, bien plus vieux que l'Allemagne. Il peut apparaître ici ou là, quand un pays est en crise, quand il est commode de faire croire à tous ceux que cela arrange que tous leurs malheurs viennent des juifs. »

Parler le fatiguait, mais il allait mieux depuis que son fils était là. Il sentait sur la sienne la main chaude de Roman et c'était comme un peu de vie que son fils lui donnait. Pour gagner un peu de temps. Il pensait que c'était la dernière fois qu'ils se voyaient. Ils restèrent longtemps ainsi, parlant ou ne disant rien. Roman évoquait des souvenirs qu'ils avaient en commun, des images de son enfance et de Göttingen qu'Alphonse écoutait avec plaisir, détendu. De temps à autre, le père semblait s'assoupir. Il fermait les yeux, mais il ne dormait pas. Il faisait signe à son fils de se taire. Il se repliait en lui-même pour reprendre des forces, parce que même l'écouter lui prenait de l'énergie. Alors Roman restait là, sans bouger, toujours tenant sa main, scrutant le visage pâle, usé, ridé de cet homme dont il savait qu'il allait mourir et qui était son père. Il voulait l'accompagner jusqu'au bout. Le soir tombait. Judith, qui avait voulu laisser seuls les deux hommes pendant quelque temps, porta un peu de bouillon dont son mari but quelques gorgées. Elle voulut faire dîner son fils, mais il n'avait pas faim et ne voulait pas risquer de n'être pas là au moment où...

Judith s'assit à côté de Roman et ils restèrent ainsi tous les trois pendant une bonne partie de la nuit. Alphonse, de temps en temps, parlait à l'un ou à l'autre. C'étaient des bribes plus que des phrases. Des pensées décousues. Des images qui semblaient venir en désordre de sa conscience. Sa voix était faible et semblait venir de très loin. Elle remontait du fond de sa mémoire. C'était un long monologue dont la mère et le fils sentaient qu'il ne fallait pas l'interrompre. Il y eut encore un long silence et ils crurent que c'était la fin. Mais il eut encore la force d'un sursaut. Il fit signe à Roman de s'approcher encore plus près parce qu'il lui était de plus en plus difficile de parler.

« Tu sais, lui dit-il, les hommes confondent trop souvent la loi et la justice. Il ne faut plus... C'est à cause de cela que nous avons dû quitter l'Allemagne. La loi s'est détournée de la justice. Strumpfer a choisi la loi du plus fort. Le dossier Knochen... N'oublie pas, Roman. Il ne faut pas oublier. Pas la vengeance, non, le principe, la justice... Tu es avocat maintenant. Quand tu reviendras à Göttingen, bats-toi pour que la loi soit au service de la justice... Tu retrouveras Strumpfer. Il sera toujours là, tu verras. Sans scrupule, toujours prêt à servir ceux qui ont le pouvoir. La police a besoin de ce genre d'individus. Il sera le meilleur des informateurs. N'oublie pas, Roman, Strumpfer... »

Il avait du mal à reprendre son souffle. De grosses gouttes de sueur coulaient sur son front. Judith lui essuyait doucement le visage. Il reprit :

« Je te confie ce dossier, Roman. Je sais, tu m'as promis... Promets-moi encore que tu iras jusqu'au bout... Ma dernière affaire... J'ai besoin d'en être sûr. »

Alors Alphonse Wormus, ayant dit tout ce qu'il avait à dire, s'endormit pour l'éternité. Roman passa la main sur ses paupières pour les fermer. Puis il prit dans ses bras sa mère qui était en état de choc et qui ne pleurait pas parce qu'elle était au-delà des larmes. Il la laissa un instant pour téléphoner à John et à Deborah qui vinrent veiller avec eux l'ancien procureur de Göttingen.

Le lieutenant Wormus regagna son unité alors que la Deuxième Armée, après Liège, fonçait sur Cologne. La Wehrmacht résistait encore, mais avec moins de conviction. L'offensive dans les Ardennes avait été son dernier sursaut et maintenant plus personne ne doutait de la prochaine victoire des Alliés. Le régime nazi allait donc bientôt s'effondrer. Roman et sa section occupaient une position délicate à un carrefour qui commandait les voies d'accès pour les chars. Il fallait la tenir et il enrageait de ne pouvoir aller en avant parce que des tireurs embusqués, qui n'avaient pas encore compris que leur combat n'avait plus aucun sens, tiraient sur tout ce qui bougeait. Roman aurait pu décider d'attaquer ces quelques irréductibles et de les obliger à se retirer ou à faire face, mais il ne voulait pas prendre le risque de voir un de ses gars tomber alors qu'on approchait de la fin de la guerre. Il eut alors l'idée d'utiliser son expérience de la B.B.C. et de prendre la parole plutôt que les armes. Le radio lui bricola un haut-parleur un peu grésillant mais capable de porter la voix assez loin et il s'adressa à ces quelques soldats ennemis qui ne voulaient pas décrocher :

« Soldats de la Wehrmacht, c'est un des vôtres qui vous parle. Nous n'avons plus de chances de gagner la guerre. L'offensive des Ardennes a échoué. Aujourd'hui, nos ennemis d'hier nous offrent de pouvoir retourner très vite dans nos foyers où nos mères, nos femmes, nos fiancées nous attendent. Nous avons perdu la guerre. L'heure de la paix approche. Ce serait idiot de mourir maintenant. Réfléchissez. Rendez-vous. Avancez vers nous les mains en l'air. Prisonniers, vous bénéficierez de toutes les garanties de la Convention de Genève. »

Cela marchait ! Cela permettait d'épargner des vies humaines, des deux côtés. Chaque fois que cela était possible, Roman recommençait l'expérience. La première fois qu'il eut à interroger un de ces soldats souvent très jeunes qui avaient compris l'inutilité de la lutte, il fut troublé. C'étaient tout de même ses compatriotes ! Il était officier britannique et il faisait la guerre contre eux. Il ne pouvait pas les considérer totalement comme des ennemis. C'étaient plutôt des enfants perdus, trompés, qui avaient peut-être pendant quelque temps cru les mensonges nazis, mais qui avaient perdu leurs illusions depuis belle lurette et qui avaient continué de se battre parce qu'ils ne pouvaient plus faire autrement, parce qu'ils étaient soldats de l'armée allemande et que l'Allemagne était en guerre. La plupart se battaient encore, risquaient leur vie, non par conviction idéologique mais tout simplement parce qu'ils étaient pris dans cette machine de guerre dont il était si difficile de sortir. Certains, cependant, étaient encore crispés sur un réflexe nationaliste : ils pouvaient souhaiter la chute du nazisme tout en ne pouvant accepter l'idée d'une défaite allemande.

Roman, un jour, interrogeait un officier qui venait d'être fait prisonnier. Heinrich, depuis un moment, le regardait faire. Il finit par lui demander, avec ce sourire malin dont il accompagnait ses plaisanteries :

« Dites-moi, mon lieutenant, entre compatriotes, vous devriez trinquer. Pourquoi est-ce que vous ne lui offrez pas un schnaps ?

— Non, Heinrich, plutôt une tasse de thé. C'est mon côté *british*... »

L'officier allemand, qui croyait simplement avoir affaire à un officier britannique parlant bien sa langue, s'étonna :

« C'est étonnant ! Je ne savais pas que des Allemands pouvaient se battre contre leur pays.

— Vous n'y êtes pas, lui répondit vivement Roman. C'est moi qui me bats pour mon pays en luttant contre le nazisme. Et en plus je suis juif, ajouta-t-il en regardant durement, droit dans les yeux, son interlocuteur. Et un juif en colère est capable de tout. Même de faire la guerre aux surhommes. »

L'éclat de rire de Heinrich interrompit cet échange. De toute façon, Roman n'avait pas envie de se lancer dans une polémique inutile. Il n'était pas encore temps de démontrer leurs erreurs aux vaincus.

C'est l'Allemand qui reprit la parole. Il avait, lui, besoin de se justifier :

« Vous savez... Je suis un soldat de la Wehrmacht. Je ne suis pas responsable de ce que les S.S. ont fait aux juifs. Prisonnier de guerre, je suis sous la protection de la Convention de Genève.

— Ne vous affolez pas, rétorqua Roman, nous ne sommes pas des sauvages. Nous n'avons pas, nous, l'habitude d'assassiner nos ennemis. Surtout s'ils se montrent coopératifs. Je vous demande seulement de bien vouloir me dire tout ce que vous savez sur les forces qui nous font face. En échange de quoi je vous donne ma parole de juif, et même de juif allemand, qu'il ne sera pas touché à un cheveu de votre tête. »

Il demanda alors à Heinrich de lui passer la carte afin que l'officier s'en serve pour lui montrer où étaient les différentes positions adverses. A la suite de quoi, Heinrich, admiratif, lui dit :

« C'est tout de même fantastique ! Dès qu'ils savent que vous êtes juif, ça les encourage à parler. C'est psychologique, ça leur délie la langue. J'ai l'impression que ça leur fait peur.

— Et toi, Heinrich, qu'est-ce que tu en penses ? Ils ont raison ou tort d'avoir peur ?

— Tout ce que je peux vous dire, c'est que si, moi, j'étais à votre place, ils auraient raison d'avoir peur. Vous, mon lieutenant, quand on vous connaît, on ne vous imagine pas en tortionnaire. Pourtant, quand je vous observe, il y a des moments où j'ai l'impression qu'il ne faudrait pas grand-chose pour vous faire perdre votre self-control, et alors...

— Quand je pense à ce qu'ils ont fait, en Allemagne, en France, dans tous les pays qu'ils ont occupés. Tulle, Oradour, ça te dit quelque chose, Heinrich ? Combien de civils massacrés dans toute l'Europe ? Je crois que, eux, ils savent bien pourquoi ils ont peur. »

Des envies de meurtre, il en avait eu plus d'une fois depuis qu'il savait l'horreur des camps, depuis qu'il recueillait, à chaque étape de son parcours de libérateur, les témoignages des survivants. Il traversait des pays en ruines où il faudrait longtemps pour que la population réapprenne à rire.

Ils entrèrent dans Cologne. C'était une ville-fantôme, ravagée par la guerre, où les civils se terraient en attendant le verdict des armes, heureux de sentir qu'une page sinistre était en train de se tourner, mais inquiets devant un avenir qui allait dépendre d'abord d'une armée d'occupation. Quelques-uns pourtant s'empressaient de montrer leur sympathie à ces soldats britanniques qui chassaient les nazis et faisaient ce qu'ils pouvaient pour les aider. C'est ainsi qu'ils furent informés de la présence de soldats postés en embuscade près de la gare, en petit nombre vraisemblablement, mais tenant le passage sous leurs armes. Ainsi prévenu, Roman put les prendre à revers et donner l'assaut avec ses hommes. L'effet de surprise fut réussi. La riposte fut vaillante, mais brève. Ils n'étaient que deux, mais ils se défendirent avec un acharnement incroyable. Tout fut fait pour les capturer, mais ils refusèrent de répondre aux sommations, continuant de tirer sur ceux qui tentaient de s'approcher. Puis leurs armes se turent. Roman fit signe à ses hommes de ne pas bouger. Peut-être, enfin, devenaient-ils raisonnables. Ou bien ils préparaient un mauvais coup. Dans le silence, on entendit un double cri : « Pour le Reich ! Pour le Führer ! » et aussitôt retentit une double détonation. Roman comprit vite que ces deux coups de feu n'avaient pas été tirés en direction des assaillants. Il devina que les soldats ennemis avaient préféré se donner la mort. En effet, il trouva deux corps, les corps de deux gamins à peine âgés de plus de seize ans et qui avaient voulu mourir en héros. Sans doute étaient-ce de jeunes nazis qui avaient été si bien endoctrinés qu'ils n'avaient eu aucun doute sur le bien-fondé de leur combat et la nécessité du sacrifice de leur vie, pour la grandeur de l'Allemagne. Ils avaient dû être tirés de l'école pour prendre les armes. Ils avaient été la dernière chance d'un Grand Reich qui avait mobilisé tout ce qu'il avait pu. Comment des hommes, des chefs politiques et militaires, avaient-ils pu aveugler à ce point la jeunesse de leur pays ? Ces pauvres gosses avaient été victimes de tous les mensonges qu'on leur avait fait avaler depuis leur enfance. C'était cela qu'il fallait comprendre, se disait Roman. Et c'était à ceux qui leur avaient bourré le crâne qu'il fallait s'en prendre. Mais qui leur avait ordonné de défendre une ville en ruine qui, de toute façon, était perdue pour les nazis ? Qui les avait envoyés à la mort ? Des milliers et des milliers d'autres jeunes garçons et filles ainsi endoctrinés resteraient en vie, heureusement, après la guerre et il leur faudrait retrouver la raison, apprendre d'autres valeurs, d'autres comportements. Roman, soudain, voyait l'ampleur de la tâche qui attendait ceux qui, comme lui, avaient l'intention de prendre en mains leur pays pour en faire une Allemagne nouvelle, libre, où la haine ne serait plus la règle. Le soir, il en parla avec Heinrich :

« Le pire, c'est que j'ai l'impression que ces deux gamins, en fait, étaient déjà morts. Ils avaient été tués par la folie nazie. Leur âme leur avait été enlevée dès leur plus jeune âge. Je me demande ce qu'ils auraient fait après la guerre. Comment auraient-ils pu vivre une vie normale ?

— Ils étaient courageux, savaient manier les armes, répondit Heinrich. Ils auraient pu faire de bons gangsters.

— Ou de bons bourgeois, avec une femme et des enfants, un boulot bien tranquille, reprit Roman qui pensait que l'homme n'est pas un animal très simple.

— Je vais vous dire, mon lieutenant, le tort de ces deux gosses, c'est d'avoir chaussé des bottes trop grandes pour eux. Mais à la guerre, il faut s'y faire, rien n'est taillé sur mesure. Je ne pense pas qu'ils auraient pu s'habituer à une vie normale. Ne vous faites pas d'illusions, les perdants ont toujours des idées de revanche.

— C'est toute une éducation à refaire, Heinrich. Mais ce n'est pas impossible.

— Vous avez peut-être raison pour les gamins. Mais pour les autres... Le mal est profond, nous ne pourrons pas d'un coup de baguette magique effacer treize ans de propagande nazie.

— Sans doute, mais nous n'avons pas le choix. Il faudra essayer de leur faire comprendre leurs erreurs. Nous réunirons tous les hommes qui ont souffert de ce régime et cela aussi fera du monde. Nous organiserons des conférences et nous montrerons à tous ceux qui ont cru au nazisme où cela les a conduits. Je crois qu'ils finiront par comprendre. Sinon c'est à désespérer de l'homme, et cela ce n'est pas possible. Ils n'auront qu'à ouvrir les yeux, à regarder autour d'eux ce qui reste de nos villes... Toutes ces ruines, Heinrich... Il n'y a pas une famille qui ne compte au moins un fils mort, à l'est ou à l'ouest. Et il y aura combien d'infirmes ? Le bilan sera vite fait. Ils redescendront sur terre.

— Vous êtes optimiste, mon lieutenant, dit Vallia qui s'était jusque-là tenu à l'écart. Vous verrez qu'il y a pas mal d'incurables. Le nazisme, peut-être que ça peut se soigner chez certains. Mais ceux qui ont exterminé les juifs de Varsovie ? Mais tous ces S.S. qui ont mille et un crimes sur la conscience ? Dites-moi, qu'en ferons-nous ?

— Ne t'inquiète pas, Vallia, ceux-là vont payer. Il n'y a pas de justice sans châtiment exemplaire. »

Quand Roman et ses hommes ouvrirent les portes de la prison de Cologne, ils eurent un choc. A l'intérieur de la forteresse, le spectacle était particulièrement effrayant. D'abord, ce fut l'odeur qui les saisit. Une odeur de mort qui les fit suffoquer. Dans les cellules ils ne trouvèrent que quelques hommes qui n'avaient plus l'apparence d'êtres humains. Des hommes décharnés, affamés, qui n'avaient pas reçu de soins depuis longtemps, qui pour la plupart avaient à peu près perdu conscience, ne tenaient pas debout, ne pouvaient pas parler. Roman avait entendu parler des découvertes faites à plusieurs endroits par les troupes de libération. Il savait quelle horreur avait régné dans les prisons et les camps nazis. Il avait rencontré des officiers français qui lui avaient raconté ce qu'ils avaient vu en Alsace, dans le camp de Struthof. Mais à se trouver là, lui-même, devant l'horreur, en étant obligé de lui faire face, il crut qu'il ne tiendrait pas le coup. Mais il le fallait. Il fallait venir en aide à ces misérables survivants, les réconforter, veiller à leur donner les premiers soins. Il fallait surmonter le dégoût devant la crasse, l'odeur pestilentielle, la vermine, pour leur montrer qu'on les considérait de nouveau, enfin, comme des êtres humains. Ce n'était pas facile. Il y avait trois jours que les Allemands avaient quitté la place, laissant derrière eux des cellules qu'ils n'avaient pas ouvertes et dans lesquelles, sans doute, ils pensaient que les Anglais ne trouveraient que des cadavres. Parmi ces hommes que leur arrivée sauvait à la dernière extrémité, Roman recueillit le témoignage d'un prêtre qui avait été l'aumônier de la prison et qui avait essayé, dans la faible mesure de ses moyens, d'apporter encore un peu d'humanité à ces victimes qui avaient toutes les raisons de plonger dans le désespoir. Cet homme rayonnait de bonté et son regard était resté lumineux malgré ce qu'il avait vu et enduré. Il parlait avec une grande douceur. Il disait que Dieu avait entendu ses prières, puisque les

Alliés étaient arrivés à temps pour que tous les prisonniers ne meurent pas dans la prison de Cologne.

« Vous croyez en Dieu, mon lieutenant ? demanda-t-il à l'officier qui l'avait libéré.

— Oui... répondit Roman en hésitant parce qu'il ne savait plus très bien où il en était sur ce chapitre. Oui, j'essaye d'y croire, bien qu'il ne m'y aide pas. »

Le prêtre avait été jeté dans une cellule par des S.S. qui avaient dû tolérer sa présence puisque chaque prison devait avoir son aumônier, mais qui n'avaient jamais apprécié sa manière d'exercer son sacerdoce. Quand ils avaient senti que le temps était venu de se retirer, ils lui avaient dit :

« Tu vois, curé, tu ne vaux pas mieux que tes protégés. Et puisque tu les aimes tant, tu vas partager leur sort. Comme ça au moins, maintenant, tu sauras vraiment de quoi tu parles. »

Au sous-sol, ils découvrirent une grande salle où divers instruments de torture donnaient l'impression qu'on était au Moyen Age. Mais ce n'étaient pas des restes d'une histoire lointaine. Ils avaient servi récemment, c'était évident. Et là, au milieu de la pièce, gisaient, dans une mare de sang qui n'était pas encore coagulé, deux corps de femmes qui avaient été décapitées. Roman réprima de justesse le haut-le-cœur qui le saisissait. Il regarda Heinrich et Vallia qui étaient blancs. Il pensa que son visage était empreint sans doute de la même blancheur. Ils restèrent ainsi figés pendant quelques instants. Il n'y avait plus rien à dire. Ils sortirent de la pièce en silence, très lentement, mais il y avait en chacun d'eux une rage terrible. Un soldat allemand leur serait alors tombé sous la main, ils ne l'auraient certainement pas traité selon les règles édictées par la Convention de Genève.

Ils se reprirent peu à peu et parvinrent à se comporter comme ils le devaient avec ceux de leurs prisonniers qui portaient l'uniforme de la Wehrmacht. Mais quand ils avaient affaire à un S.S., ce n'était plus la même chose. A chaque fois la vision de ces corps de femmes suppliciées les aveuglait. La haine prenait le dessus, une haine qu'ils nommaient justice. Il est vrai qu'alors les deux, pour eux, se confondaient. Ils tuèrent ainsi froidement quelques hommes dont l'uniforme noir signalait qu'ils appartenaient aux troupes spécialisées dans la terreur, la torture et l'assassinat. Bien sûr, dans le rapport qu'ils devaient faire chaque jour, l'exécution sommaire était justifiée par une tentative d'évasion. Jusqu'au moment où Roman sentit qu'il était en train de s'habituer au crime, de devenir un assassin professionnel. Il eut honte de lui-même et il donna l'ordre à Vallia et à Heinrich de ne plus interroger de prisonnier hors de sa présence et de faire en sorte que tous ceux qu'ils prendraient soient remis normalement aux autorités militaires chargées de leur rassemblement et de leur détention.

Roman avait l'impression de découvrir chaque jour un peu plus d'un monde infernal dont l'horreur dépassait tout ce qu'il avait pu imaginer. Il n'avait certes jamais eu d'illusions sur le régime imposé par Hitler à l'Allemagne, mais il était sidéré de constater l'état de son pays après douze années de pouvoir nazi. Il avait aussi toujours su que la guerre n'était pas un jeu de gentlemen et, à Dunkerque, il en avait fait l'expérience, mais il avançait maintenant dans un champ de ruines où erraient des vieillards, des femmes, des enfants qui n'avaient plus de toit, qui avaient à peine de quoi se nourrir et qui semblaient ne rien comprendre à ce qui leur arrivait. En ce début d'année 1945, les Alliés, un peu surpris par la résistance qu'ils rencontraient dans leur avancée en Allemagne, avaient bombardé Dresde. La ville avait été totalement ravagée. En quarante minutes, un millier de forteresses volantes avaient rasé une des plus belles cités du pays. Quarante mille morts étaient restés dans les décombres et le reste des habitants avait fui dans les alentours.

Ils encadraient une colonne de prisonniers qui marchaient en silence, tête baissée, épuisés par la guerre qu'ils avaient menée, écrasés par le poids du désastre qui s'était abattu sur eux, étonnés d'être encore en vie. C'étaient des soldats de la Wehrmacht, de tous âges, de ces hommes que la guerre avait arrachés à leurs foyers pour les sacrifier et qui n'avaient jamais demandé de devenir des héros. Le Führer leur avait ordonné de se battre jusqu'à la mort et ils avaient préféré se rendre et rester en vie. Ils inspiraient plus de pitié que de colère.

Roman fut plus d'une fois étonné par le comportement de certains civils qu'ils croisaient sur la route. C'étaient de ces gens qui avaient plus ou moins bien tiré leur épingle du jeu et avaient moins souffert de la dictature que de la guerre, quand celle-ci était venue chez eux. Ils s'approchaient des prisonniers pour les insulter, pour leur reprocher de ne pas avoir mieux défendu leur pays. Des lâches dont la désillusion se faisait colère et s'exprimait en hargne à l'encontre d'autres qui ne pouvaient réagir. Il y avait aussi de nombreuses femmes qui étaient accompagnées de jeunes enfants et qui mendiaient un peu de nourriture auprès des soldats. Ceux-ci devaient les repousser parce qu'ils n'avaient pas de provisions suffisantes pour nourrir tant de monde, et la pression était telle qu'ils le faisaient sans ménagement.

Roman entendit une étonnante conversation entre un homme et une femme qui semblaient prêts à en venir aux mains.

« Vous ne devez pas les insulter, disait la femme. Mon fils pourrait être parmi eux. Et je préfère le voir prisonnier plutôt que mort.

— Moi, j'ai fait la guerre de 1914, répliquait l'homme, et je peux vous dire que, si nous avons dû cesser de nous battre, c'est parce que nous avons été trahis par les juifs et les politiciens. Le Führer, lui, au moins, ne nous a pas trahis. Il se bat toujours à Berlin. Et si j'avais un fils je préférerais qu'il soit mort plutôt que lâche. »

La femme n'avait plus rien dit. En effet, que

pouvait-elle dire à un homme qui ne comprenait pas ce que c'était que d'avoir un fils ? Elle avait marché pendant quelque temps à côté de la colonne, non loin de Roman auquel elle lançait des regards de bête désespérée. Il lui fit signe de s'approcher :

« Je vous ai entendue. Vous avez raison. La guerre est atroce et la paix se fera avec des vivants, pas avec des morts. »

Elle ne répondit rien. Elle ne le quittait plus des yeux et, maintenant, c'était une supplication terrible qu'il lisait dans son regard. Il lui dit :

« Vous retrouverez votre fils. Ayez confiance. »

Roman avait dit cela pour la réconforter, mais la femme était restée sans réaction, et, tout à coup, il s'était senti gêné par la présence de cet être si faible, par ses yeux pleins d'une tristesse infinie. Enfin, elle balbutia :

« Vous avez quelque chose à manger, s'il vous plaît ? »

Il lui donna une boîte de ration militaire et une plaque de chocolat. Elle le remercia en lui baisant la main et elle s'éloigna. L'homme avec lequel elle parlait quelques instants plus tôt avait observé la scène. Il dit à Roman :

« Ne donnez rien à ces femmes. Ce sont des mendiantes. Elles n'ont aucune fierté pour se conduire ainsi devant nos soldats. J'ai honte... j'ai honte d'être allemand.

— Justement, ces femmes qui pleurent et qui mendient me paraissent plus humaines que ceux qui insultent des soldats prisonniers. Moi, si je peux avoir honte d'être allemand, car figurez-vous que je suis allemand, c'est à cause de gens comme vous qui ont soutenu Hitler et qui, même maintenant, n'arrivent pas à comprendre qu'ils se sont odieusement trompés.

— Je ne comprends pas, reprit l'homme, c'est vrai, je ne comprends pas : vous êtes allemand ?

— Oui, je suis allemand et je suis triste de voir où

nous ont conduits les nazis. Dites-moi combien de morts ils vous faudra encore pour comprendre que tous les hommes ont le même droit de vivre. Ces femmes... parmi elles il y en a sans doute pas mal qui n'étaient pas nazies et qui payent pour des crimes qu'elles n'ont pas commis. Mais que vous importe qu'une souffrance imméritée soit plus difficile à supporter que celle qu'on a méritée ? Treize ans de nazisme vous ont rendu incapable de faire la différence entre le bien et le mal. Vous reprochez à ces prisonniers d'être encore en vie, mais comprendrez-vous, un jour, que les morts, eux, sont toujours vaincus ? »

C'était pour Roman une lourde désillusion que de constater à quel point, le plus souvent, on les regardait plus comme des occupants que comme des libérateurs. A dire vrai, ils étaient l'un et l'autre. Libérateurs, bien sûr, dans un premier temps, mais occupants ensuite, dès qu'il fallait remédier à l'éclatement de toutes les structures existantes dans un pays complètement désorganisé. Pour que l'Allemagne retrouve un minimum d'ordre, il fallait d'abord que les armées alliées se transforment en forces de police. Un jour, Roman, qui était en patrouille avec Vallia et Heinrich, aperçut quelques gamins qui se battaient autour d'un sac de pommes de terre. C'était en ces temps de disette un royal butin, sans doute jeté là d'un camion assurant le ravitaillement. Ces enfants faisaient preuve d'une telle violence que Roman fut convaincu qu'ils allaient s'entre-tuer si on ne les séparait pas. Ils s'avancèrent donc tous les trois pour les séparer et Roman expliqua aux petits diables qu'aucun d'entre eux n'avait sur ces pommes de terre plus de droits que les autres et qu'il n'y avait aucune raison pour que les plus forts privent les plus faibles de nourriture. Il leur fallait partager leur trésor.

Le plus grand des gamins, qui ne manquait pas d'aisance, intervint :

« A l'école, on nous apprenait qu'il faut toujours

être les plus forts, qu'il n'y a pas de place en Allemagne pour les faibles.

— Le résultat, répondit Roman, c'est que l'Allemagne, qui s'est crue plus forte qu'elle n'était, est maintenant la plus faible. Méfie-toi, on trouve toujours quelqu'un d'un peu plus fort. Tu vois, si nous n'avions pas été là, tu aurais peut-être emporté le sac de pommes de terre. Tu étais sans doute le plus fort, mais devant nous tu es très faible.

— Mon père dit que notre seul tort, c'est d'avoir perdu la guerre.

— Non, le tort de l'Allemagne, ce n'est pas d'avoir perdu la guerre, c'est de l'avoir commencée. Si elle ne l'avait pas commencée, elle ne l'aurait pas perdue. Vous avez commencé la bagarre pour ce sac de pommes de terre et nous l'avons interrompue. Ainsi personne n'a gagné et personne n'a perdu. Chacun a sa part. C'est cela la justice. Pourquoi vouloir à tout prix s'inventer des ennemis ? »

Les gosses l'écoutaient, perplexes, comme s'il parlait une langue étrangère. Il était évident qu'ils n'avaient jamais entendu de tels propos et qu'ils avaient à apprendre ce qu'est le respect d'autrui, sans quoi il n'y a pas de réelle liberté. Tandis que chacun s'éloignait, tenant comme il pouvait son lot de pommes de terre, Roman se sentit plein d'affection pour ces enfants perdus du Troisième Reich qui n'avaient actuellement pour horizon que d'essayer de survivre dans la rue. Il aurait voulu mieux les aider, rester avec eux pour leur apprendre ce que personne n'avait encore pris la peine de leur enseigner. Un petit se retourna et lui demanda :

« Dis, tu reviendras demain ? »

L'Allemagne nazie était vaincue, mais elle ne voulait pas reconnaître sa défaite. Les troupes se débandaient au fur et à mesure de l'avancée des Alliés alors que les plus fidèles se repliaient vers l'est, comme s'ils attendaient quelque dernier miracle de la part du Führer. La Deuxième Armée britannique ne rencontrait plus guère d'obstacles, mais elle n'en finissait pas de découvrir l'horreur laissée derrière eux par les nazis. Roman rendait grâces chaque jour à son père d'avoir su lui épargner cet enfer. Combien de chances aurait-il eues de rester en vie s'ils n'avaient pas quitté Göttingen en 1933 ? Et dans quel état serait-il maintenant s'il avait survécu ? Il se disait aussi qu'il avait eu de la chance de ne pas être fait prisonnier comme tant d'autres, au moment de la débâcle de 1940 : ceux qui avaient dû se rendre avaient été internés dans des conditions telles qu'ils avaient été nombreux à y laisser la vie, ou au moins la santé. Il était vivant, bien vivant, dans la force de sa jeunesse, avec une énergie qui le précipitait en avant, qui le rendait impatient d'œuvrer au renouveau de son pays. Mais ces hommes épuisés, malades, qu'il libérait des camps, des prisons, comment pourraient-ils entrer dans l'avenir ? Et ces soldats blessés par une guerre qu'ils avaient faite malgré eux, ou qui avaient vite perdu leurs illusions du début, où trouveraient-ils la force de mener le difficile combat de la paix ? Il lui arrivait de douter. Il lui semblait parfois que c'était une montagne à soulever. Mais il voulait croire que la vie prendrait le dessus, qu'un nouvel espoir pourrait entraîner l'Allemagne, aidée par les Alliés, à prendre un nouveau départ.

Dans un stalag qui venait d'être libéré, Roman eut une bonne surprise. Il procédait au recensement des prisonniers, assis derrière une table devant laquelle se présentaient à tour de rôle des hommes maigres, aux joues creuses, vêtus de haillons. Soudain il eut l'impression de voir Harry. Oui, son cousin Harry. Le frère de Rose. Celui qu'il avait cru mort à Dunkerque et dont on avait appris plus tard qu'il avait pu être sauvé. Cet homme lui ressemblait, mais ce ne pouvait pas être lui, non ce n'était pas son expression et il paraissait beaucoup plus âgé. Roman attendit qu'il s'avance vers lui pour mieux le voir, qu'il tourne la tête vers lui, qu'il le regarde. Son cœur battait un peu plus fort. Il avait envie de se lever, de savoir tout de suite. Mais il avait peur de se tromper. Enfin, de grands yeux un peu vides se posèrent sur lui. Deux regards se croisèrent et se reconnurent. C'était Harry ! Ils ne bougèrent ni l'un ni l'autre, ne se précipitèrent pas l'un vers l'autre. Ils se regardaient. Il leur fallut un peu de temps pour réaliser ce qui se passait. Roman vit qu'aucune main ne sortait de la manche droite de la veste de Harry. Il se leva, faillit renverser la table, se jeta vers son cousin. Harry fut le premier à parler. Il maîtrisait son émotion avec une belle fierté :

« Surtout, ne me dis pas que j'ai mauvaise mine. Tu vois, il ne faut jamais désespérer. C'est vrai, je t'attendais un peu plus tôt. Mais l'essentiel, c'est que tu sois là, et en pleine forme. »

Roman pensait à Rose. Il allait devoir annoncer sa mort à son frère.

« Tu vas en avoir des choses à me raconter, reprenait Harry.

— Je vais m'arranger pour que nous ayons un peu de temps à passer ensemble, ce soir. Pour l'instant, il faut que nous nous occupions un peu de vous. Je t'avoue que j'ai eu un peu de mal à te reconnaître. Tu m'avais habitué à plus d'élégance...

— Tu n'as jamais été très physionomiste ! Mais, dis donc, tu aurais quand même pu m'apporter un de ces fameux *strudles* dont ta mère a le secret ! »

Ils éclatèrent de rire. Roman avait beaucoup à faire et Harry, de son côté, devait trouver des vêtements pour paraître enfin présentable. Ils se retrouvèrent quelques heures plus tard. Harry était dans un état d'excitation tel qu'il en oubliait à quel point il manquait de force à la suite de ces quatre années de privations et d'humiliations. Il parlait, parlait, posait des questions à Roman et lui laissait à peine le temps d'y répondre. Il avait reçu, par la Croix-Rouge, quelques lettres qui lui avaient donné des nouvelles de sa famille, mais ses parents avaient préféré ne pas lui annoncer la mort de Rose. Quand il l'apprit de la bouche de son cousin, il s'effondra. Toute l'émotion de la journée explosa en larmes.

« Ma petite sœur... Tu sais, Roman, j'ai tellement pensé à elle. Chaque fois que je sentais venir le désespoir je m'accrochais à elle, je me disais qu'elle m'attendait et que je ne devais pas la décevoir, que je devais revenir. Je fermais les yeux et je l'entendais rire, et j'oubliais le stalag. »

Roman lui raconta comme ils avaient été proches peu avant sa mort, comment elle s'était courageusement engagée parmi les volontaires féminines. Ils allaient se fiancer. Elle n'avait pas eu de chance. John et Deborah avaient été très courageux.

C'était le soir du shabbat et une dizaine de soldats juifs, ex-prisonniers et libérateurs, se réunirent pour en faire, comme il se doit, une vraie soirée de fête.

Les soldats de la Deuxième Armée britannique n'avaient pas encore connu le pire. Le dimanche 15 avril 1945, ils entrèrent dans le camp de concentration de Bergen-Belsen. Ils ne savaient pas très bien ce qu'ils allaient y trouver. Ils n'avaient encore aucune idée de ce qu'avait été réellement la politique d'extermination des juifs mise en œuvre par les nazis. Les S.S. ne s'étaient pas enfuis. Quand les blindés étaient arrivés à proximité du camp, ils n'avaient pas aussitôt répliqué et les Anglais, bien qu'espérant qu'ils se rendraient, se préparaient à l'assaut. Un officier S.S. sortit pour parlementer :

« Je suis envoyé par le Hauptsturmführer Kramer, le commandant du camp, pour vous dire qu'il est prêt à se rendre et à vous livrer le camp sans combat. Tous les S.S. porteront des brassards blancs et devront être bien traités avec toutes les garanties précisées par la Convention de Genève. Cinquante mille personnes sont internées dans ce camp. Si vous n'acceptez pas ces conditions, vous prendrez une lourde responsabilité. »

L'officier qui écoutait cette requête comprit la menace : les prisonniers gardés par les S.S. étaient des otages. Aussitôt il donna l'ordre aux chars d'encercler le camp afin de ne laisser aucune chance aux S.S. de s'échapper et il répondit au messager :

« L'attitude que nous aurons à votre égard dépendra de ce que nous trouverons. C'est tout ce à quoi je peux m'engager. »

A quinze heures, Roman fut un des premiers à pénétrer dans le camp de Bergen-Belsen. Un char venait d'enfoncer la porte. Un S.S. s'avança aussitôt vers sa voiture et monta sur le marchepied :

« Je suis le commandant Kramer. J'ai fait en sorte que nos accords soient respectés. Vous ne trouverez ici aucune résistance. »

Roman ne l'écoutait pas, ne le voyait pas. Parce que devant lui s'étendait le spectacle le plus effroyable qu'il ait jamais vu, un spectacle qu'il n'aurait jamais cru possible. Dans la rue centrale de ce camp grand comme une petite ville, gisaient d'innombrables cadavres, à même le sol, grossièrement entassés ou laissés simplement à l'endroit où ils avaient dû tomber. Et ces cadavres étaient à peine plus que des squelettes. Des S.S. sortaient de quelques baraques, les bras en l'air, avec leur brassard blanc, mais aucun prisonnier ne s'avançait vers les libérateurs. Roman fit arrêter la voiture. Il descendit. Il désarma Kramer. Il se retint de justesse de lui tirer une balle dans la tête. Il ne dit rien. Il le confia à la garde de Vallia. Derrière eux, des soldats entrèrent et neutralisèrent les S.S. « Vous êtes libres ! Vous êtes libres ! » clamaient des haut-parleurs installés sur les véhicules et peu à peu des silhouettes fragiles, qui tenaient à peine debout, sortirent lentement des nombreuses baraques et s'avancèrent vers les soldats qui restaient figés devant l'apparition de ces morts-vivants. Ces fantômes étaient bien des hommes et des femmes dont on se demandait comment ils étaient encore vivants. Ils disaient qu'ils avaient soif, qu'ils avaient faim, qu'ils voudraient se laver. Ils demandaient si c'était bien la fin de la guerre. Ils disaient aussi que dans les baraques il y avait de nombreux morts et d'autres qui étaient au bord de la mort, qu'il fallait vite secourir. Ils riaient et ils pleuraient à la fois. S'ils tendaient les mains vers ces soldats qui leur apportaient la liberté, ce n'était pas pour les supplier, pour leur réclamer quoi que ce fût, c'était pour les toucher, pour s'assurer qu'ils étaient bien réels, que cela n'était pas un rêve.

C'était le printemps et c'était un beau dimanche. Roman avait envie de pleurer. Il aurait voulu pleurer, mais il ne pouvait pas pleurer. Ce n'était pas parce qu'un soldat, un lieutenant, ne pleure pas. C'était qu'il se sentait au-delà des larmes. Immensément heureux de pouvoir apporter un peu de réconfort et d'espoir à tous ces malheureux. Infiniment triste aussi de son impuissance devant leur misère. Terriblement furieux aussi contre les hommes qui sont capables d'une telle horreur et contre Dieu qui les laisse faire. Mais, se demandait-il, comment de tels camps ont-ils pu fonctionner pendant plusieurs années à côté de grandes villes ? Comment pouvait-on ne pas connaître leur existence ? Et comment pouvait-on l'accepter ? Ces questions revenaient sans cesse à son esprit et il ne pouvait pas y donner de réponse. Certains répondaient : « Nous ne savions pas, nous ne pouvions pas savoir. » Pourtant, ils habitaient à proximité du camp. Ils ne pouvaient pas ne pas en avoir entendu parler. Ou bien ils avaient fermé les yeux pour ne pas voir, ils s'étaient bouché les oreilles pour ne pas entendre. Plus tard, peut-être, on comprendrait mieux pourquoi de telles choses avaient été possibles. Pour l'instant il y avait plus urgent. Il fallait ramener à la vie ces ombres qu'on avait systématiquement cherché à déshumaniser. Il fallait leur donner les soins médicaux nécessaires, leur permettre de reprendre peu à peu une alimentation normale, les habiller, les loger décemment et les renvoyer chez eux où Dieu seul savait qui ils retrouveraient. Il fallait les aider à reprendre confiance, à trouver en eux-mêmes la force de vivre avec leur douleur et leurs souvenirs. La liberté, hélas, n'était pas suffisante pour sauver de la mort tous ces rescapés qui avaient déjà un pied dans la tombe. Ils étaient nombreux à ne plus pouvoir faire marche arrière et ils mouraient du typhus, de la dysenterie, ou d'épuisement. Ils furent ainsi treize mille qui moururent libres mais dans le camp, parce que l'ampleur du désastre était telle qu'on ne pouvait y remédier d'un seul coup. Certains furent même tués par la nourriture. Parce que, trop affamés, ils ne respectaient pas la nécessité de ne revenir que très progressivement à une nourriture normalement abondante. Parce que, aussi, il était difficile de leur donner une alimentation compatible avec leur état. La soupe aux choux était contre-indiquée, mais on ne disposait pas de grand-chose d'autre.

La dysenterie, qui était une maladie chronique dont la plupart souffraient, devint foudroyante. Elle emporta les plus faibles de ceux qui avaient échappé à l'extermination. Ces pauvres êtres, si longtemps sous-alimentés, avaient besoin de nourriture fraîche, de viande surtout, riche en protéines. Malheureusement l'intendant de la compagnie n'avait à leur offrir que des boîtes de corned-beef. Roman suggéra alors au colonel commandant son régiment d'envoyer une expédition dans la campagne afin d'y réquisitionner les bêtes. Malheureusement, malgré son insistance, sa véhémence, il ne parvint pas à convaincre ses supérieurs. Ceux-ci lui objectaient des règlements, des ordres venus d'en haut. En bon soldat obéissant et discipliné, Roman aurait pu en rester là, déplorer le refus de son chef et se plier aux directives. Mais il n'était pas homme à regarder mourir des hommes et des femmes sans tenter de les aider. Ils n'avaient pas lutté avec tant d'énergie et de hargne pour abandonner, au dernier moment, des civils innocents que les nazis avaient enfermés par haine raciale. Et, alors qu'il arpentait le campement à la recherche d'une solution, lui revinrent à l'esprit ses combats d'adolescent, sa fierté d'alors, quand seul, sous le préau de son lycée, il faisait le coup de poing contre les antisémites de sa classe. Il se revit, rebelle à l'ordre nouveau en train de s'instaurer, rebelle surtout au silence et à l'inaction des responsables qui avaient laissé s'installer la terreur. S'il avait été ainsi à quinze ans, ce n'était pas aujourd'hui, après avoir traversé les affres de la guerre, avoir enduré la souffrance, après avoir perdu ses compagnons lors d'assauts héroïques, et surtout après avoir découvert l'horreur dissimulée derrière les murs du camp de Bergen-Belsen, non, ce n'était pas aujourd'hui qu'il allait renoncer. Or, il avait un ami, un jeune juif comme lui à qui il avait rendu quelques services, un caporal dont la débrouillardise était devenue légendaire parmi la troupe : il avait la réputation de vous obtenir tout ce que vous désiriez. Sans hésiter, il héla une jeep qui passait près de lui et se fit conduire au cantonnement où il savait pouvoir trouver ce caporal. Il ruminait son projet. Puisque les autorités reconnues lui refusaient ce geste humanitaire, il se passerait d'elles. Il ferait tout par lui-même. Il se procurerait, par l'intermédiaire de ce caporal, les tampons officiels du Q.G. et établirait lui-même de faux ordres de mission.

Les choses alors se passèrent très vite, comme si les événements s'étaient tout à coup trouvés soumis à la volonté déterminée de Roman. Le caporal ne fit aucune difficulté pour se procurer les tampons. Et, tandis que ce dernier s'affairait à les récupérer, Roman, de son côté, rassembla une quinzaine de gars décidés pour l'aider dans son expédition. Au petit matin, dans la brume de l'aube qui se levait, c'est une escouade apparemment parfaitement en règle qui franchit les portes du cantonnement, avec pour mission de réquisitionner le bétail des fermes alentour afin de nourrir les rescapés de l'extermination. Ainsi, Roman partit-il avec sa section, pour le plus singulier des safaris. Il lui fallut courir, pendant toute la journée, après des animaux récalcitrants qui n'avaient aucune intention de quitter leur étable, leur pré ou leur cour de ferme. Les fermiers étaient furieux, mais ils ne pouvaient qu'assister impuissants à cette véritable razzia. Si certains poussaient trop loin leurs plaintes, quand ils en appelaient au respect de la propriété privée, Roman ne se privait pas de leur faire remarquer qu'ils avaient laissé faire bien pire à côté de leurs fermes, et que c'était, d'ailleurs, pour cela qu'il était obligé d'intervenir. Parce qu'ils s'étaient tus hier, on devait aujourd'hui leur forcer la main afin de les faire participer à une entreprise dont le seul but était de porter secours à des personnes en danger de mort. Roman et ses hommes apparurent le soir, épuisés et crottés, mais à la tête d'un troupeau de quarante vaches, soixante veaux, trente cochons et trois cents volailles. Ils pénétrèrent dans le camp sous les acclamations des ex-détenus. C'était la première fois que ceux-ci voyaient entrer dans le camp des bêtes qui n'étaient pas des hommes, accompagnées par des hommes qui n'étaient pas des bêtes.

Il fallut, et cela n'était pas une mince urgence pour des raisons morales autant que pour l'hygiène, enterrer décemment les vingt-trois mille cadavres de Bergen-Belsen. Les S.S., au moins, pouvaient servir à cela. Ils en apprécieraient peut-être d'autant mieux l'ampleur de leurs responsabilités. Et pour qu'ils voient ce qu'ils n'avaient pas voulu voir, pour qu'ils comprennent ce qu'avait été le « bonheur nazi », on les obligea à visiter le camp, on les invita à méditer devant les charniers. Ainsi commençait la nécessaire rééducation d'une Allemagne qui devait apprendre à voir ce sur quoi elle avait préféré fermer les yeux, d'une Allemagne qui devait assumer ses responsabilités. Roman était toujours volontaire pour ces visites du camp qui ennuyaient la plupart des officiers, peu intéressés à jouer ainsi les guides devant des groupes réticents. Cela lui permettait d'approcher ces Allemands ordinaires qui avaient laissé faire, ces notables qui souvent avaient été complices et qui semblaient ne pas s'être rendu compte de l'exacte réalité du monde dans lequel ils venaient de passer quelques années. Il les interrogeait, il les écoutait, il essayait de comprendre ces êtres qui lui paraissaient totalement étrangers. Inlassablement, il leur expliquait l'organisation et le fonctionnement du camp, l'ampleur du système concentrationnaire, la précision du plan nazi d'extermination des juifs. Certains l'écoutaient à peine, embêtés par cette corvée que leur imposait l'armée d'occupation. Ils avaient une fois pour toutes décidé que cette histoire ne les concernait pas. D'autres s'avançaient lentement, le dos courbé, le regard saisi par l'intensité du spectacle, demandant parfois des précisions, faisant répéter Roman parce qu'ils avaient du mal à croire ce qu'ils voyaient, ce qu'ils entendaient. D'autres, enfin, s'effondraient, pleuraient, imploraient un pardon dont l'officier qui les accompagnait disait invariablement qu'il ne lui appartenait pas de le donner, que seules pourraient le donner les victimes elles-mêmes.

Peu à peu le camp se vidait de ceux qui avaient été prisonniers. Les rapatrier prenait du temps parce que les transports n'étaient pas faciles dans un pays dévasté où la guerre n'était pas terminée. Enfin, la victoire fut définitive le 8 mai 1945. L'armée allemande avait capitulé. Hitler était mort dans son blockhaus de Berlin. Le Troisième Reich s'était écroulé. Les nazis n'étaient plus que des criminels en fuite. Roman, comme tous ceux qui avaient combattu, comme tous ceux qui avaient attendu la fin du cauchemar, était heureux, bien sûr. Mais à la joie de la victoire se mêlait une profonde tristesse. Il savait que le monde serait à jamais marqué par l'expérience qu'il venait de vivre. Il savait que lui-même n'oublierait jamais. Qui pourrait jamais oublier tant de morts, de blessés, d'infirmes, de suppliciés ? Il pensait à son cousin Harry, amputé d'une main. Il pensait à sa cousine Rose, à toute cette jeunesse sacrifiée. Il se disait qu'une guerre n'est jamais vraiment gagnée parce qu'on ne peut pas l'effacer. Il avait bien du mal à ne pas désespérer d'une humanité qui avait été capable d'une telle horreur. Fallait-il que l'homme soit un animal stupide et méchant ! Plutôt que de se laisser entraîner par ces pensées sombres, il fit ce que firent, ce soir-là, la plupart des soldats alliés alors disséminés dans toute l'Europe : il prit une cuite mémorable. Le lendemain, le premier jour de la paix s'accompagnait d'une solide migraine. Il n'était pas facile de se remettre sur pied. Heinrich, qui entretenait avec l'alcool des rapports plus complices, était déjà levé, et d'une humeur joyeuse :

« Vous vous rendez compte, mon lieutenant, aujourd'hui ce n'est pas un jour ordinaire ; ce sera le premier jour sans mort.

— Je crois plutôt que ce sont les cinq années que nous venons de vivre qui n'étaient pas ordinaires. Mais, dis-moi, ce sont les cloches de Lunebourg qu'on entend, ou est-ce que j'ai la gueule de bois ?

— Les deux, mon lieutenant. Les cloches sonnent pour fêter la paix et, si vous me disiez que vous n'avez pas la gueule de bois, je ne vous croirais pas ! »

Une douzaine de jours plus tard, le colonel britannique qui était responsable du camp de Bergen-Belsen prit la décision de le raser. Les baraques dans lesquelles tant d'hommes et de femmes avaient souffert le martyre partirent en fumée. L'officier déclara :

« Il ne faut surtout pas laisser de traces de ce qu'ils ont fait. C'est une honte pour l'humanité tout entière. Pourra-t-elle jamais oublier ?

— Je souhaite qu'elle n'oublie jamais, avait répondu Roman. Nous n'oublierons jamais. Par respect pour ceux qui sont morts. »

QUATRIÈME PARTIE

C'est dans le courant du mois de juin 1945 que Roman Wormus revint à Göttingen. Douze ans après avoir quitté la ville. Il portait toujours l'uniforme britannique. La guerre était finie, mais les Alliés ne pouvaient pas aussitôt retirer d'Allemagne toutes leurs troupes. Ils devaient maintenir d'importantes forces d'occupation qui avaient pour tâche de maintenir l'ordre et d'administrer le pays en attendant que puisse y être instauré un régime démocratique. Du moins, il portait cet uniforme pour les grandes occasions. Le reste du temps, il était en civil. Le colonel qui lui avait communiqué sa nouvelle affectation lui avait dit :

« Vous êtes né à Göttingen, je connais vos états de service. Je sais que nous pouvons vous faire confiance. J'ai une mission de grande importance à vous confier.

— Je vous écoute, mon colonel.

— C'est très simple. Vous le savez, vos compatriotes ont perdu le sens des vraies valeurs. Il faut tout simplement les rééduquer, leur apprendre les règles du jeu démocratique. Il faut, dirons-nous, les "dénazifier". »

Le terme fit sourire Roman.

« Ne souriez pas, le mal est plus profond que vous le pensez. Il faudra vous y employer avec tact. Non pas pour imposer mais pour convaincre. Vous êtes d'origine allemande, ce sera votre principal atout. Vous serez mieux écouté qu'un natif de Liverpool ou de Glasgow. Nous avons déjà commencé à mettre sur pied des tribunaux chargés d'instruire les crimes du nazisme, mais ce n'est pas suffisant et c'est sur un tout autre plan que vous aurez à agir. Göttingen est une ville qui a été nazie avant les autres et c'est pourquoi nous accordons beaucoup d'importance à cette expérience qui devra être exemplaire. Ce ne sera pas facile. Vous risquez d'y retrouver des amis d'enfance qui auront plus ou moins mal tournés et qui ne vous regarderont pas forcément d'un œil amical, mais certains seront certainement ravis de vous aider. Ce sera sans doute autant par opportunisme que par conviction, mais peu importe.

— Mon père était procureur à Göttingen. Je lui ai promis d'y revenir. C'est la ville de mon enfance et j'accepte avec joie cette mission. Devrai-je porter l'uniforme ?

— Je ne comprends pas le sens de votre question.

— Je pense qu'il serait malhabile que j'aie l'air de revenir en triomphateur, vêtu d'un uniforme étranger. Si je vous comprends bien, je devrai faire davantage preuve de diplomatie que d'autorité et l'on fera plus facilement confiance à un civil qu'à un militaire. Mieux vaut ne pas heurter les susceptibilités dès le premier jour.

— O.K., répondit le colonel. Nous avons réquisitionné une maison qui vous servira de Q.G. Vu le caractère particulier de votre mission, je vous laisse vous-même composer votre équipe. Prenez des hommes que vous connaissez bien et dont vous êtes sûr parce que, une fois sur place, vous n'aurez pas de temps à perdre. »

C'est ainsi que le lieutenant Wormus, accompagné de Heinrich et Wallia, s'installa par une belle soirée d'été à Göttingen, dans une maison ancienne qui avait une histoire peu ordinaire. Elle avait été construite juste avant l'arrivée des nazis au pouvoir par un mécène suisse qui en avait fait un lieu de rencontre pour des pacifistes venus du monde entier. Maintenant, après avoir été pendant douze ans aux mains des chemises brunes, elle retrouvait une fonction plus conforme aux vœux qui avaient présidé à sa construction : être le foyer du renouveau de la démocratie.

En apparence, rien n'avait changé à Göttingen. Ce premier soir, dès que ses premières tâches lui en laissèrent le loisir, Roman entraîna ses deux amis dans une visite qui, pour lui, était bien émouvante. Il était trop tard pour se présenter chez les Franck. Habitaient-ils toujours la même maison ? Qu'était devenue Ingrid ? Il avait aussi un peu peur de la minute de vérité qu'il allait bientôt devoir affronter. Demain... En attendant, la présence de ses deux compagnons l'empêchait de sombrer dans la nostalgie des temps anciens et dans l'inquiétude du temps présent. Il avait hâte de la revoir. Pour lui, elle était toujours aussi présente. Il avait l'impression de l'avoir quittée et d'avoir quitté Göttingen, depuis très peu de temps. C'était hier, à la sortie du lycée... Il était blessé, elle l'avait soigné. Ils étaient restés longtemps dans la rue, ils s'étaient embrassés, ils s'étaient confié leur amour... A dire vrai, depuis qu'il était dans la région, il aurait très bien pu venir à Göttingen et chercher à la revoir. Mais quelque chose l'en avait retenu. De lui-même, il n'était pas arrivé à prendre la décision de revenir dans sa ville et de se mettre en quête de celle qu'il avait longtemps considérée comme sa fiancée. Il y avait aussi le souvenir de Rose avec laquelle il avait trahi Ingrid, de Rose qu'il ne voulait pas trahir à son tour.

La Wender Strasse, qui était en quelque sorte les Champs-Elysées de Göttingen, était certes moins animée qu'avant la guerre. Les étudiants d'hier y étaient remplacés par les soldats des forces d'occupation qui goûtaient la douceur de cette belle soirée et tentaient leur chance auprès de quelques jolies filles auxquelles leur présence ne semblait pas déplaire. Roman humait l'air avec un grand bonheur. Il était heureux de constater à quel point il se sentait naturellement chez lui dans une ville qu'il avait pourtant quittée depuis longtemps, et dans des conditions qui ne lui laissaient pas un souvenir très sympathique. Il était tout excité. Il conduisait la jeep de rue en rue, intarissable en commentaires et en souvenirs sur chaque artère, sur chaque place, sur chaque monument. Il revit son lycée. Il passa devant la maison qu'il avait habitée avec ses parents et s'étonna de voir briller une lumière à la fenêtre de ce qui avait été sa chambre. Il passa devant la maison des Franck, sans rien dire à ses compagnons et remarqua qu'il n'y avait pas de lumière à la fenêtre de la chambre d'Ingrid. Il y avait si longtemps qu'il attendait ! Il pouvait bien attendre encore. Mieux valait faire, d'abord, une enquête, puisqu'il était bien placé pour cela.

Ils allèrent boire de la bière chez Rathskeller, la vieille brasserie que fréquentait naguère le tout-Göttingen. C'était une véritable institution qui datait d'un autre siècle, avec son décor de cuir et de cuivre et ses fresques kitsch représentant des jeunes filles en costume régional. Un M.P., un soldat de la police militaire, en gardait l'entrée. Il fit remarquer aux trois amis qui étaient en civil que le lieu était réservé aux troupes d'occupation et qu'ils devaient prouver qu'eux aussi en faisaient partie pour pouvoir pénétrer dans ce lieu qui était curieusement interdit aux habitants de la ville s'ils n'accompagnaient pas quelque militaire étranger. Evidemment, l'ambiance avait bien changé. Où étaient tous ces hommes qui y passaient des heures et des heures sans quitter un seul instant leur chapeau de feutre vert garni de poils de blaireau, qui engloutissaient des pintes de bière et dévoraient des saucisses ? Il n'y avait plus que des uniformes anglais et américains, des *tommies* et des G.I. qui regardèrent avec circonspection ces trois civils tant qu'ils ne s'étaient pas assurés qu'ils étaient des leurs. Le whisky faisait une concurrence déloyale à la bière et, au son d'une musique signée Glenn Miller, quelques couples se déchaînaient sur une piste de danse improvisée après qu'on eut retiré quelques tables.

Roman paraissait songeur. Heinrich et Wallia avaient bien compris quel drôle de moment il vivait et ils s'étaient faits discrets depuis le début de la soirée. Wallia finit par intervenir :

« Vous êtes bien silencieux, mon lieutenant. Vous êtes heureux d'être de retour chez vous ? Moi, je ne crois pas avoir envie de revoir la Pologne. Je suis un individualiste forcené et une Pologne soviétique après une Pologne nazie... Très peu pour moi ! Et toi, Heinrich, que vas-tu faire ?

— Attendre et voir venir. Je ne suis pas tout à fait d'accord avec toi. Ce n'est peut-être pas si mal, un monde où tous les hommes sont égaux et ont les mêmes chances. Il faut voir si les Russes sont sincères.

— Oui, répliqua enfin Roman, il faut voir et je trouve que ce que je vois, ce soir, ce n'est pas mal du tout. Regardez, ces femmes blanches, des Allemandes, qui dansent joue contre joue avec des soldats noirs, qui aurait imaginé cela possible à Göttingen il y a seulement quelques mois ? Au fond, tout évolue très vite et peut-être que ce pays est en train de se réveiller. »

Sur cette lancée ils refirent le monde et trinquèrent plus d'une fois avec quelques autres militaires. Il était très tard quand ils rentrèrent et Roman n'avait pas envie de dormir. La lune brillait dans le ciel de Göttingen et il y vit un signe favorable.

Dès le lendemain, Roman prenait les choses en main... Il convoqua à son bureau les fonctionnaires qui avaient gardé des responsabilités à Göttingen. Il était logique de commencer par la police pour obtenir le maximum d'informations. Le commissaire Strumpfer eut un choc quand il se trouva devant le lieutenant Wormus. En entendant le nom de l'officier qui se présentait à lui et qui lui expliquait quel était le sens de sa mission à Göttingen, il devint pâle. Et comme Roman ressemblait trait pour trait à son père, il n'eut aucun doute : l'homme qui se tenait devant lui était bien le fils d'un certain procureur qui pouvait avoir gardé à son égard une certaine rancune. Il préféra prendre les devants et lui dire combien il était heureux de pouvoir l'accueillir à son retour dans cette bonne ville dont son père avait été un brillant magistrat. Roman sourit en s'efforçant de paraître le plus charmant possible. La situation l'amusait et l'embarras de ce policier dont il avait si souvent entendu parler lui procurait un plaisir qu'il ne voulait pas faire cesser trop vite. Décidément, Alphonse avait tout prévu. Strumpfer s'était bien tiré de la guerre. Il avait passé deux années dans la Feldgendarmerie, puis avait trouvé le moyen de prendre une retraite anticipée en évitant d'avoir trop de rapports avec les nazis, surtout à partir du moment où il lui sembla que le régime hitlérien avait du plomb dans l'aile. Aussi avait-il gardé de bonnes relations avec la plupart de ses concitoyens et le bourgmestre l'avait appelé à l'hôtel de ville pour servir de tampon entre la municipalité et les nazis du parti. Sa connaissance des dossiers de police et ses talents de négociateur l'avaient rendu indispensable et il avait su éviter toutes les embûches, assurant les uns et les autres de sa fidélité. Les mêmes raisons lui avaient fait gagner la confiance des autorités d'occupation qu'il avait tenu à accueillir en compagnie du bourgmestre et de quelques notables libéraux depuis plus ou moins longtemps... Il avait été aussitôt confirmé dans sa fonction de commissaire de police.

« Votre père, dit Strumpfer à Roman, a bien fait de quitter l'Allemagne après cette pénible affaire dont il vous a peut-être parlé. Nous n'y pouvions rien ni lui ni moi. En janvier 1933, la justice ne nous appartenait déjà plus. Mais je parle, je parle... et je ne vous ai pas encore demandé de nouvelles du procureur Wormus. »

Roman éluda la question. Il n'avait aucune envie de jouer ce jeu de mondanité, il était temps de faire cesser la comédie.

« Commissaire, mon père m'a longuement parlé de vous. Je suis parfaitement au courant de cette "pénible affaire", comme vous dites. Je connais par cœur le dossier du meurtre de Sarah Veremblum qui n'était, n'est-ce pas ?, qu'une putain juive. Mon père m'a confié ce dossier et j'ai bien l'intention de faire en sorte que justice soit faite. Nous savons, vous et moi, le nom de l'assassin.

— Eh oui ! En temps normal, cela aurait été une affaire très simple, banale même. Mais, vous savez, à cette époque, rien n'était simple, rien n'était banal. Quant à ressortir le dossier, permettez-moi de vous faire part de mon scepticisme. Tous les documents ont dû être détruits par celui que votre père suspectait, mais qui n'était encore que le principal témoin. Ce Knochen a fait carrière dans la Gestapo. Il a quitté Göttingen dès 1940 et il est allé, je crois, exercer ses talents en France. Sans doute, comme la plupart des grands nazis, a-t-il réussi à se cacher au moment de notre défaite et, sous une fausse identité, il doit attendre quelque part des jours meilleurs. A l'étranger, peut-être.

— Vous allez vous débrouiller, afin de me prouver votre bonne volonté, pour me fournir dans les plus brefs délais un rapport détaillé sur ce sinistre individu. Mon père m'a dit que vous faisiez cela très bien. Je compte sur vous. Vous me communiquerez tout ce que vous pourrez apprendre sur ce Knochen.

— Votre père était tenace, je vois que le fils n'est pas moins résolu que son père.

— Vous avez raison, j'ai de qui tenir. Sachez que mon père est mort, mort en Angleterre, lui qui aurait tant voulu revenir à Göttingen. Je lui ai juré de boucler ce dossier qu'il n'a pas pu refermer lui-même.

Soyez sûr que je ferai en sorte d'y parvenir. Je viens de Londres pour cela, en passant par Dunkerque, par Caen, par Cologne, par Bergen-Belsen et rien n'a encore pu m'arrêter.

— Je comprends, je comprends... Je ferai mon possible pour vous aider.

— Vous avez certainement quelques mauvaises actions à racheter, commissaire. Vous ne me ferez pas croire que, pendant toute cette période, vous avez gardé tout à fait les mains propres. Voici qui vous permettra de faire oublier ces erreurs. Et, rassurez-vous, vous n'aurez pas à refaire toute l'enquête. Oui, j'ai une bonne nouvelle pour vous : le dossier, dont mon père avait sagement gardé une copie, est dans mes bagages. Je serai ravi de vous le communiquer, d'autant plus que j'en ai moi-même exécuté, depuis, une autre copie qui est en lieu sûr, à Londres... On n'est jamais trop prudent, n'est-ce pas ? »

Dès lors, Strumpfer tint à se montrer coopératif et à tenir à la disposition de Roman les fiches de police concernant les principales personnalités de Göttingen. Le régime nazi avait au moins eu cette qualité de tenir bien ses archives. Grâce à cela, le lieutenant chargé de la rééducation idéologique de ses ex-concitoyens ne perdait pas de temps quand il avait affaire à un nouvel individu. Quand il se trouva devant le professeur Gnade qui l'intéressait au plus haut point parce qu'il était maire d'une bourgade proche dans laquelle un calme étonnant avait régné malgré les vicissitudes du pays et qui paraissait unanimement estimé, il n'eut qu'à consulter le dossier pour apprendre que cet « honorable » universitaire avait habilement ménagé la chèvre et le chou, à la fois servi les nazis et défendu certaines de leurs victimes. Membre du parti national-socialiste dès 1933, il pouvait produire des certificats de personnalités libérales qui affirmaient avoir reçu son aide. Parmi de tels documents, Roman en découvrit un qui attira particulièrement son attention. En effet, il était signé du professeur Franck.

Le 7 avril 1945, alors que les troupes américaines s'apprêtaient à entrer dans Göttingen qui avait été désertée depuis quelques jours par la Wehrmacht, le professeur Gnade s'était rendu en hâte chez son collègue Franck. Il lui avait tenu ce discours :

« Mon cher professeur, j'ai besoin de votre témoignage. Je vous ai fait sortir du camp, n'est-ce pas, et sans cela... Vous savez aussi que je suis intervenu avec efficacité quand votre fils, par trop imprudent, a attiré de nouveau sur vous l'attention de la Gestapo. D'autre part, après votre libération, vous n'avez pas cessé de vous opposer au régime nazi et vous avez écrit des articles qui ont circulé clandestinement dans la ville. Or, si la Gestapo n'est pas intervenue, c'est que, là encore, j'ai fait en sorte que vous ne soyez pas inquiété. Maintenant, c'est moi qui ai besoin de vous et qui vous demande d'intervenir en ma faveur.

— Il est dommage, avait répondu le professeur Franck, que vous n'ayez pas jugé bon d'intervenir quand les juifs de notre ville ont été massivement déportés. C'était, si ma mémoire est bonne, en février et en juillet 1942. Vous n'avez pas alors fait le moindre signe qui ait montré votre désaccord avec cet acte de barbarie. En vous taisant, vous avez été complice. Sans doute m'avez-vous sauvé la vie. Je vous en sais gré. Mais, pour le reste, il m'est difficile de dire que vous êtes quelqu'un de très recommandable.

— Vous êtes injuste, professeur, personne ne pouvait rien pour ces pauvres juifs. J'ai fait ce que j'ai pu, quand je l'ai pu. Les juifs, c'était une autre affaire qui appartenait aux S.S. et à la Gestapo. Non, vraiment, personne n'y pouvait rien.

— Vous étiez nazi, c'est assez pour que je vous considère comme complice.

— Ecoutez-moi bien, professeur, et permettez-moi de vous rappeler quelque chose. Vous vous souvenez sans doute que, avant cela, je me suis prononcé moi aussi contre l'épuration des professeurs juifs de l'Université. A ce moment-là, vous avez essayé de protester. Cela n'a servi à rien, personne ne vous a écouté et vous vous êtes retrouvé dans un camp d'où, heureusement, j'ai pu vous faire sortir. J'ai certainement été plus utile à mes compatriotes en me comportant comme je l'ai fait que si je m'étais comme tant d'autres retranché dans un silence orgueilleux. Vous savez, des certificats, je peux en avoir et mes administrés me soutiendront, mais votre témoignage me serait particulièrement cher parce que vous êtes vraiment quelqu'un au-dessus de tout soupçon et parce que j'ai toujours eu beaucoup d'estime, même d'admiration, pour vous. J'ai une femme et un garçon que je ne suis même pas sûr de revoir un jour. Je n'en ai plus de nouvelles depuis quelque temps. S'il revient, je ne veux pas qu'il trouve son père en prison, accusé de crimes qu'il n'a pas commis. Vous comprenez, professeur ? »

Le ton s'était fait larmoyant. Gnade avait perdu toute sa superbe. Il avait montré qu'il n'était plus qu'un homme en proie à la peur, qui craignait d'avoir à rendre des comptes. Il avait supplié. Il avait supplié Mme Franck, il avait supplié Ingrid d'intervenir en sa faveur, de faire plier ce collègue un peu trop têtu :

« Dites-lui, Ingrid, qu'il a une dette à mon égard, qu'il ne peut pas me laisser ainsi, qu'il doit faire quelque chose. Vous savez bien quel ami j'ai été pour vous trois pendant ces années difficiles. Et je pensais que le professeur Franck avait aussi de l'amitié pour moi. Comment ai-je pu me tromper à ce point ? »

Ingrid avait été perplexe. Depuis longtemps cet homme ne lui inspirait que du dégoût, elle ne lui serrait la main qu'avec réticence, ses visites lui étaient insupportables. C'était un hypocrite, un lâche. Pourtant, elle se souvenait du retour de son père. Il est vrai que sans l'intervention de Gnade, il serait certainement mort dans un camp. Maintenant il geignait, il sanglotait, il suppliait de plus belle. Ingrid, agacée, n'avait plus eu qu'une envie : que cela finisse. Elle avait dit à son père :

« Fais ce qu'il te demande. Il ne faut rien devoir à ce genre d'individu. Il est vrai que tu as une dette à son égard. Donne-lui son certificat et qu'il disparaisse, qu'il ne remette plus jamais les pieds dans cette maison. »

Alors le professeur Franck avait pris son stylo et avait inscrit sur une feuille de papier qu'il était reconnaissant à son collège Gnade de l'aide qu'il lui avait apportée pendant les années noires.

Gnade ne raconta pas tout cela à Roman. Rien que le nécessaire. Mais c'était assez pour que Roman ait envie de lui demander comment se portaient le professeur Franck, ainsi que Mme Franck et leur fille qui était son amie jadis.

« Bien, bien, répondit Gnade. Le professeur a beaucoup souffert de son incarcération, mais il s'en est peu à peu remis et il a retrouvé tout son dynamisme d'avant-guerre. Il a été très aidé par ces deux femmes merveilleuses, si courageuses ! Ingrid Franck s'est donnée sans compter pour soigner les blessés du front de l'Est. Bien sûr, tous trois sont inquiets, comme bien des familles allemandes, tant que leur fils n'est pas rentré à la maison. Moi aussi, voyez-vous, j'ai un fils dont je n'ai pas de nouvelles. Enfin, cette maudite guerre est finie...

— Cette "maudite guerre", comme vous dites, n'aurait pas eu lieu si les nazis ne l'avaient pas voulue. Et, si je ne me trompe, vous avez adhéré au parti en 1933.

— J'étais jeune. Tout le monde peut se tromper. C'est pour cela qu'ensuite j'ai fait tout ce que j'ai pu pour améliorer le sort de mes concitoyens... Savez-vous, mon lieutenant, qu'en 1932, le parti national-socialiste a remporté aux élections plus de 51 % des suffrages ?

— Je sais. Je vous rappelle qu'à cette époque j'étais moi-même à Göttingen. Il est vrai que je n'avais pas encore le droit de vote.

— Ce qui compte, me semble-t-il, ce sont les services que j'ai rendus par la suite. J'ai fait sortir le professeur Franck du camp où il avait été interné et je vous assure que je n'y serais jamais parvenu si je n'avais pas été membre du parti. Et j'ai pris position contre l'exclusion des professeurs juifs de l'Université. Tous pourront vous en apporter le témoignage.

— Du moins ceux qui sont encore vivants...

— Vous savez, je ne demande qu'à vous prouver ma bonne foi. Je veux faire ce que j'ai toujours fait : servir mon pays. Vous êtes allemand, alors vous devez me comprendre, n'est-ce pas ? Les Anglais ont bien fait de vous confier cette mission. Au moins, avec vous, on peut parler, on peut s'entendre.

— Allemand ? Oui, je suis allemand. Et juif aussi. Je suis le fils du procureur Wormus.

— Ah ! Votre père... Quel homme admirable, intègre ! Je l'ai bien connu autrefois. Vous pouvez lui parler de moi, je suis certain de ne pas lui avoir laissé un mauvais souvenir.

— Malheureusement c'est un peu tard. Mon père est mort à Londres.

— Mes condoléances. Je crois que vous êtes parti tout au début, n'est-ce pas ? Vous avez bien fait. Votre père a été clairvoyant. Vous avez évité le pire. J'aurais dû faire pareil. Enfin, on ne refait pas le passé. Mais maintenant la guerre est finie et nous devons tous ensemble reconstruire notre pays. Il faut oublier. Il faut voir l'avenir. »

Roman était perplexe. Cet homme ne doutait vraiment de rien. Après le martyre de six millions de juifs, il proposait avec insouciance à l'un des survivants de tirer un trait sur la plus incroyable tentative d'extermination d'un peuple que l'histoire ait jamais connue. La réponse fut cinglante :

« Monsieur Gnade, nous n'avons pas l'intention

d'oublier quoi que ce soit. Oublier, ce serait trahir les cinquante millions d'hommes, de femmes, d'enfants qui ont été victimes de cette guerre. Néanmoins, nous allons essayer de vivre ensemble et d'aider notre pays à aller de l'avant, dans la paix et le respect les uns des autres. Figurez-vous que j'ai besoin de vous. Vous allez m'aider à faire comprendre à nos compatriotes, qui ont l'air d'avoir du mal à ouvrir les yeux, les conséquences de cette erreur que vous avez été nombreux à commettre et que vous mettez sur le compte de la jeunesse. La jeunesse... Tout de même, certains jeunes n'ont pas hésité à faire le bon choix et, la plupart du temps, cela leur a coûté assez cher ! Nous allons organiser des réunions. Nous obligerons les jeunes, et pas que les jeunes d'ailleurs, à y assister. Et vous, oui, je dis bien vous, vous leur expliquerez ce qu'était le nazisme. Vous confesserez vos erreurs, vous expliquerez où elles ont conduit l'Allemagne. Vous êtes un ancien du parti, on vous écoutera.

— Si je vous comprends bien, c'est à une guerre contre nous-mêmes que vous nous invitez.

— Ça ne vous fera pas de mal, professeur Gnade. L'homme est un drôle d'animal, capable du meilleur comme du pire et qui ne réfléchit jamais assez sur lui-même et sur le sens de ses actions. Si les Allemands l'avaient fait plus tôt, ils n'en seraient pas là aujourd'hui.

— Pour vous, tout est si simple ! Le blanc et le noir. Le bien d'un côté, le mal de l'autre. N'oubliez pas que s'opposer à Hitler était impossible. Un complot a même échoué et tous ceux qui étaient impliqués ont été exécutés. Nous étions tout de même quelques-uns à vouloir rétablir une vraie démocratie dans notre pays, mais nous ne voulions pas le faire en temps de guerre. Après la victoire, cela aurait été plus facile... »

Les bonnes intentions rétrospectives du professeur Gnade firent sourire Roman qui répliqua par une question :

« A partir de quand avez-vous compris que la guerre était perdue ?

— Ce n'est pas facile à dire. Je crois que la plupart d'entre nous se sont imaginé que nous pourrions conclure une paix séparée avec les Américains et les Anglais. Et peut-être même un renversement d'alliances aux dépens des Soviétiques. Quand les fusées V1 et V2 sont entrées en action, le haut commandement a parlé d'arme absolue. Ici, tout le monde y a cru. C'est vrai, nous nous sommes beaucoup trompés.

— L'essentiel, maintenant, est de le reconnaître. Il va falloir rééduquer nos compatriotes, monsieur Gnade. C'est le plus grand service que nous pouvons leur rendre. C'est à ce prix que nous aurons une chance de ne pas revoir ce que nous avons vécu. »

Roman se rendit enfin chez le professeur Franck. Il aurait dû convoquer cet authentique résistant au nazisme dans son bureau pour un entretien qui était nécessaire à sa mission. Il préféra, par égard pour cet homme qu'il avait bien connu, se déranger. Il saurait ainsi tout de suite si Ingrid ne l'avait pas oublié. Il devait bien lui-même s'avouer qu'il pensait à elle avec de plus en plus d'insistance et chaque heure nouvelle qu'il passait à Göttingen renforçait l'envie qu'il avait de la revoir et de renouer ce que l'histoire avait dénoué. Mme Franck l'accueillit chaleureusement et lui dit que, hélas, Ingrid n'était pas là, mais qu'elle reviendrait sans doute, d'un moment à l'autre, de l'hôpital où elle allait encore, tous les jours, soigner les blessés. Il sentit, en entendant cela, une grande détente l'envahir et il sut que, depuis douze ans, il avait vécu dans l'attente de ce moment. Il allait donc la revoir et, apparemment, il comptait toujours pour elle ! « D'un moment à l'autre », avait dit Mme Franck. Elle appela son mari dont la joie fut aussi évidente et qui eut l'humour d'accueillir Roman avec quelques mots d'anglais approximatifs. Roman expliqua que sa visite n'était pas que de courtoisie, qu'il serait heureux de revoir Ingrid, qu'il reviendrait, qu'ils auraient tout le temps de se retrouver. Pour l'instant, il avait besoin de s'entretenir avec le professeur de la situation à Göttingen.

« Dites-moi, professeur, j'ai appris que vous aviez été interné dans un camp. J'ai vu Bergen-Belsen et je sais ce que vous avez enduré. Vous êtes un miraculé.

— Non, le camp dans lequel j'étais n'avait rien à voir avec un tel enfer. C'est vrai, ce n'était pas une colonie de vacances. Mais j'ai la chance d'être là, et pas en si mauvaise forme... Je peux encore servir à quelque chose. Ne serait-ce que pour prouver que tous les Allemands n'étaient pas nazis. Mais parlez-moi de vous, Roman. Je vous suis reconnaissant d'avoir combattu pour nous, pour la liberté. Comment avez-vous été accueilli dans votre pays ?

— Pour être franc, j'ai du mal à comprendre nos compatriotes. Je m'attendais à une autre attitude de leur part et je suis étonné de constater à quel point ils sont encore nombreux à n'avoir rien compris. Figurez-vous que vous êtes un des seuls à ne pas me regarder comme un étranger, à considérer que j'ai combattu dans le bon camp. Les autres pensent, pour la plupart, que je suis un traître et que j'ai peut-être tué leur fils, leur frère ou leur mari. »

Il exposa au professeur ce qu'il comptait faire pour inciter la population de Göttingen à un exercice bien nécessaire d'autocritique. Ils en parlèrent longuement, étudiant toutes les implications morales et pratiques d'un tel projet. Ils étaient si absorbés par leur discussion qu'ils n'entendirent pas Ingrid quand elle vint les surprendre. Prévenue par sa mère de la présence de Roman, elle avait choisi de se glisser sans bruit dans le bureau du professeur afin de le voir avant de lui parler. Elle restait immobile sur le seuil, contemplant cet homme qui avait fière allure, mais dont elle sut immédiatement qu'il était toujours pour elle ce garçon idéaliste auquel elle avait promis, douze années plus tôt, son amour. Elle n'avait jamais douté, elle avait toujours su qu'ils se retrouveraient. Elle avait bien pensé qu'un tel espoir n'était pas raisonnable, mais qu'est-ce que la raison avait à voir avec cette évidence ? D'autres garçons lui avaient plu pendant tout ce temps, elle était devenue une jeune femme, mais elle avait toujours su qu'elle ne pourrait pas aimer un autre homme tant qu'elle n'aurait pas revu Roman.

Il sentit soudain qu'elle était là. Il leva la tête et il la vit, devant lui, dans la lumière, les cheveux toujours aussi blonds, les yeux toujours aussi clairs, et la silhouette si séduisante dans une jupe et une blouse légères ! Le professeur ne comprit pas tout de suite ce qui se passait, puis il vit Ingrid qui regardait Roman, et il vit Roman qui regardait Ingrid. Il comprit. Il garda le silence, lui aussi. Quelques secondes s'étirèrent comme une éternité. Aucun d'eux ne faisait un geste, comme s'ils avaient peur de briser la magie d'un tel moment. Ce fut la mère d'Ingrid, inconsciente de ce qui était en train de se passer, qui rompit le charme. Elle portait un plateau avec des verres et une bouteille pour fêter ce moment de retrouvailles. Ingrid s'avança lentement vers Roman qui s'était levé mais qui restait figé :

« Ce n'est pas vrai ! Tu es là et je ne rêve pas ! Roman... Depuis si longtemps... »

Il avait la gorge sèche et le cœur qui s'affolait. Il avait eu envie de la revoir, mais il n'avait pas pensé que ce serait aussi bouleversant. Ils étaient encore des enfants quand ils s'étaient quittés. Ils étaient maintenant un homme et une femme. Une guerre était passée entre eux, le monde avait basculé dans le plus effrayant des cataclysmes et ils se retrouvaient. Non, pas tels qu'ils étaient douze ans plus tôt, mais avec la force et la maturité qu'ils avaient, l'un et l'autre, acquises au travers des épreuves. Le professeur, avec un sourire plein de tendresse, montra qu'il ne manquait pas d'humour :

« Tu te souviens de Roman, Ingrid ? »

Troublé, Roman prit la question pour lui et répondit :

« Bien sûr, je me souviens d'Ingrid. Comment aurais-je pu oublier l'amie qui m'a si gentiment soigné après les premières émeutes, la veille du jour où j'ai quitté l'Allemagne ? Et, si vous le permettez, professeur, j'aimerais lui prouver que je n'ai rien oublié. »

Ingrid souriait en silence, heureuse et amusée de l'embarras de Roman. Le professeur reprit :

« Les permissions, ce n'est plus moi qui les donne. C'est à Ingrid elle-même qu'il faut t'adresser, mon garçon. »

Ils n'eurent pas besoin de paroles. Ils étaient déjà dans les bras l'un de l'autre. Depuis le temps qu'ils attendaient ce jour ! Mais comme ils auraient aimé être seuls pour pouvoir se laisser aller, pour pouvoir se dire tout ce qu'ils avaient à se dire. Non, plus rien ne pourrait jamais les séparer, pensait Ingrid. Oui, sa vie serait à jamais à Göttingen, avec Ingrid, pensait Roman. Les parents Franck regardaient la scène en silence, sans bien comprendre ce qui se passait. C'étaient plus que deux amis d'enfance qui se retrouvaient, mais jamais ils n'avaient pensé qu'il y avait quelque chose de plus fort entre Ingrid et Roman. Il est vrai que leur fille n'avait révélé son secret à personne.

C'était la fin de l'après-midi. Les Franck demandèrent à Roman de rester dîner avec eux. Il n'y avait pas grand-chose à partager et il aurait mieux dîné au mess des officiers, mais il était heureux. Il avait l'impression de se retrouver en famille, d'être enfin en dehors de la guerre. La vie reprenait son cours dans cette ville où il avait passé son enfance. C'était vendredi soir et Roman demanda à Ingrid d'allumer les bougies du shabbat en mémoire de son père.

« Il est bon qu'aujourd'hui, dit le professeur Franck, un juif puisse partager, à Göttingen, un shabbat de paix avec une famille chrétienne. »

Le lendemain, Roman qui, pour la première fois depuis bien longtemps, avait dormi d'un sommeil paisible, consacra sa journée à étudier le fonctionnement des tribunaux de dénazification. Le bourgmestre, un des rares Allemands qu'on ne pouvait pas suspecter d'avoir jamais eu la moindre faiblesse à l'égard des nazis, l'attendait à l'hôtel de ville pour lui en parler. C'était un rescapé de Buchenwald qui était encore loin de s'être rétabli après ce qu'il avait enduré, mais qui avait tenu, dès son retour à Göttingen, à participer à la reconstruction morale du pays. C'est ainsi qu'il avait été le principal artisan de l'organisation des tribunaux mis en place pour juger les crimes du nazisme. Il portait un regard sans complaisance sur ses compatriotes.

« Vous savez, dit-il à Roman, les choses ne sont pas faciles. Ici, pour la plupart des gens, ne plus être nazi, c'est simplement ne plus dire bonjour en hurlant *Heil Hitler !* Ils sont incapables d'affronter la réalité, la vérité. Pour eux, il faut tourner la page, oublier, faire comme si rien ne s'était passé. Des complices de la Gestapo et des S.S., ces honnêtes bourgeois, ces bons chrétiens ? Allez donc leur expliquer cela ! Ils disent tous qu'ils ne savaient rien des atrocités commises. Sauf un. J'en ai entendu un seul dire qu'il savait, mais qu'il ne pouvait rien faire. Il obéissait. Au moins celui-là pleurait, montrait qu'il avait des remords. Etait-il vraiment sincère ? Je n'en sais rien. Peut-être avait-il peur simplement du prix à payer. Vous verrez, ces procès sont très instructifs pour qui veut comprendre l'Allemagne d'aujourd'hui.

— Je ne m'étonne plus de rien, malheureusement. En fait, ces gens sont des malades qui ont besoin d'être soignés.

— Nous aurons besoin de nombreux médecins. En espérant que ce n'est pas une maladie incurable. »

Ce même jour, Roman et Ingrid se retrouvèrent

pour une soirée en tête à tête. Il l'emmena chez Rathskeller. Il avait pu réserver une table dans la salle du fond où, à l'écart de l'agitation des danseurs, ils étaient tranquilles pour parler. C'était la première fois qu'elle venait dans cette brasserie depuis plusieurs années parce qu'elle avait pris l'habitude de sortir le moins possible dans une ville dont l'atmosphère était devenue irrespirable. Dans cette brasserie alors réservée aux forces d'occupation, elle était heureuse, dit-elle, de venir avec lui. Il y avait bien longtemps qu'elle n'avait pas eu une telle occasion de « faire la fête », de dîner dans un restaurant avec un chevalier servant. Elle riait. Ils avaient retrouvé sans difficulté leur complicité d'autrefois. Ils s'en étaient aperçus la veille déjà, pendant le dîner, malgré la présence des parents. L'excitation la faisait parler sans cesse, les mots se bousculaient sur ses lèvres, elle avait tant de choses à lui raconter ! Il fallait qu'il sache tout ce qui s'était passé à Göttingen pendant son absence, tout ce qu'elle avait fait (ou presque), tout ce qu'elle avait pensé. Lui aussi, il avait beaucoup à dire, mais comme ils ne pouvaient pas parler tous les deux à la fois, il lui laissait la priorité. Il aurait le temps, plus tard. Ils se rendaient à peine compte de ce qu'ils mangeaient et le temps passait sans qu'ils s'en aperçoivent. Ils se découvraient de nouveaux goûts, de nouvelles habitudes. Il s'étonnait de la voir fumer. Elle s'étonnait de le voir boire cul sec son verre de schnaps. Ils riaient encore de ces petites découvertes. Ils s'étaient vite confiés l'un à l'autre. Ils avaient attendu avec impatience et espoir ce moment et personne n'avait pris trop de place dans leur vie. Ils dansèrent.

« Cela fait si longtemps que je n'ai pas dansé, dit Ingrid, je vais te marcher sur les pieds.

— Je prends le risque, avait-il répondu. La guerre m'a habitué au danger. »

Naturellement ils se laissèrent aller dans les bras l'un de l'autre, se rapprochèrent, joue contre joue, desserrant à peine leur étreinte quand la musique cessait entre deux danses. Ils ne parlaient plus. Juste quelques mots de temps à autre, simplement pour se montrer qu'ils pensaient l'un à l'autre, qu'ils étaient bien ensemble. Leur silence était plus riche que tous les dialogues qu'ils auraient pu avoir. Quand ils regagnèrent leur table ils étaient tout émus. Ils reprenaient la vie là où ils l'avaient laissée douze ans auparavant, sur leur premier baiser. Roman pensait à celui qu'ils se donneraient bientôt sans doute, ce soir même, mais il ne voulait rien brusquer. Il était intimidé.

« Tu ne dis rien, Roman, intervint Ingrid qui le regardait avec une vive attention depuis quelques instants et le trouvait perdu dans ses rêves. Tu te souviens de notre dernière conversation avant ton départ ? »

Comment aurait-il oublié ce moment où une fille, pour la première fois, lui avait dit : « Je t'aime. »

« Oui, répondit-il, je m'en souviens parfaitement. Je me rappelle aussi quelle journée de drame c'était pour l'Allemagne et particulièrement pour Göttingen. Pourtant je m'en souviens comme de l'une des plus belles de ma vie.

— Tu sais, Roman, c'était la première fois que j'embrassais un garçon.

— Rassure-toi, je n'étais pas beaucoup plus expérimenté. Mais il faut un début à tout, n'est-ce pas ? Tu sais, j'ai souvent revu, comme si c'étaient les images d'un film, ces derniers instants que nous avons passés ensemble et, chaque fois, j'entendais ta voix qui me disait que tu m'aimais.

— Je suis contente que tu t'en souviennes. Et moi je me souviens de ta réponse : "Moi aussi, Ingrid, je t'aime pour de bon." Puis tu as ajouté : "Te rends-tu compte de la vie qui t'attend avec un petit juif ?" Eh bien, tu vois, aujourd'hui, je crois que l'avenir avec un petit juif est envisageable. Mais à une condition...

— Tes conditions sont les miennes. Je capitule sans même les connaître.

— Ce que je veux, Roman... c'est que tu ne me fasses plus attendre. Depuis le temps, tu dois tout de même avoir appris à dire *je t'aime* à une femme qui n'attend que ça. Je ne veux pas mourir d'impatience.

— Mieux vaut mourir d'amour.

— Non, Roman, pas mourir. Mais vivre. Vivre d'amour. »

Ce soir-là, ils ne se quittèrent pas. Le bonheur, enfin, était à leur portée.

Ingrid s'impliqua entièrement, auprès de Roman, dans ce grand examen de conscience collectif auquel les Alliés et les opposants au nazisme essayaient de donner de l'élan. Ils partageaient les mêmes idées sur l'avenir de l'Allemagne et ils savaient que cet avenir serait le leur, ensemble. L'amour les unissait dans la même détermination et le même espoir. Comme elle revenait d'assister à un procès auquel il n'avait pas pu se rendre, elle lui raconta la séance :

« Tu aurais dû voir ça ! Ces procès sont vraiment grotesques. Même Charlie Chaplin n'aurait pas osé imaginer une telle scène. Les juges étaient en majorité d'anciens fonctionnaires passés sans aucune mauvaise conscience d'un régime à l'autre et ils reprochaient sans sourire aux accusés d'avoir montré trop de sympathie pour les nazis ! Il y avait de quoi rire ! D'ailleurs, les gens viennent à ces procès comme au spectacle. Et en plus c'est gratuit ! Je crois qu'il est temps de trouver autre chose.

— Tu sais que j'ai quelques idées là-dessus. Nous allons bientôt pouvoir les concrétiser. Il y a un autre procès qui commence demain. Il s'agit de deux types qui ont gagné pas mal d'argent avec les nazis. Ils fournissaient le blé à la Wehrmacht et ils ont enchaîné avec les Alliés. Ils ont dû oublier de payer les commissions d'usage et leur bonne fortune n'a pas duré. Voilà ce que c'est que de ne pas vouloir partager. Bien sûr, ce n'est pas le pire des crimes que nous ayons à juger mais, tout de même, cette façon de s'en mettre plein les poches et de faire des bénéfices de tous les côtés quand les autres ont à peine de quoi se nourrir, c'est un peu obscène.

— Si je comprends bien, ils n'ont rien fait d'illégal. Rien que du commerce.

— Oui, ce sont des malins qui ont fait la guerre dans un bureau et qui ont su en tirer profit. Leur carte du parti ne leur a, semble-t-il, servi à rien d'autre. Ça m'intéresse d'écouter leurs explications. Ça risque aussi d'être assez drôle. Je les imagine déjà en train d'expliquer qu'ils n'ont fait ça que pour appauvrir les nazis ! »

Ils y allèrent ensemble. La salle était comble. Les deux accusés étaient bien connus et leur réussite avait fait quelques envieux à un moment où se multipliaient les règlements de comptes, où il arrivait que l'on dénonce son voisin pour des raisons pas toujours honorables. C'était Strumpfer qui avait bouclé le dossier et Gnade était appelé à témoigner pour l'accusation. Il forçait tout de même un peu la note comme si noircir les autres pouvait aider à le blanchir :

« Monsieur le président, je connais bien les accusés et j'ai eu souvent affaire à eux. Pendant la guerre, en tant que bourgmestre, j'étais chargé par l'administration de contresigner les ordres d'achat à la coopérative de mon village. Le blé que j'ai ainsi fourni était, je vous l'assure, d'excellente qualité et fort mal payé. Curieusement, c'était du blé avarié qui était fourni à la Wehrmacht. Entre-temps il y avait eu substitution et notre blé a dû être vendu au marché noir. Ils ont dû bénéficier de complicités assez bien placées pour que cette affaire n'ait pas alors de conséquences. Leur tort est d'avoir fait de même avec les troupes d'occupation. »

Emporté dans son élan, l'accusateur n'hésita pas à ajouter : « Même un juif n'en aurait pas fait autant. » Le président toussa. Les deux assesseurs plongèrent le nez dans leurs dossiers. Il y eut quelques ricanements dans la salle. Roman paraissait songeur. Ingrid lui dit :

« Tu vois, je ne t'ai pas menti. On prend les mêmes et on recommence. Ces hommes ne sont pas là pour faire justice, mais pour sauvegarder leurs minables intérêts. Gnade fait ce qu'il a toujours fait : dénoncer est pour lui un devoir civique, quel que soit le régime... En agissant ainsi, il va pouvoir rester maire de son village et c'est ce qui lui importe. Quant aux juges, tout ce qu'ils demandent, c'est de rester à leur place. Ils sont prêts à toutes les bassesses pour gommer ces douze ans de nazisme qui leur collent à la peau. Dans cette affaire, ce sont bien les deux accusés qui me sont le moins antipathiques. »

Roman en avait assez vu et assez entendu. Il savait maintenant quelle était la portée éducative de tels procès. Il était temps de passer à autre chose. Heureusement, avec le bourgmestre de Göttingen, ils étaient parvenus à mettre au point une autre sorte d'action, plus positive : des réunions de réflexion sur l'avenir de l'Allemagne qui devaient permettre une analyse plus sérieuse de la situation. Le premier colloque eut lieu quelques jours plus tard dans la grande salle de l'hôtel de ville. Roman avait eu l'œil sur les moindres détails car il fallait absolument que ce premier coup soit une réussite. Tous les lycéens, leurs professeurs et leurs parents étaient tenus d'assister à cette première grande réunion démocratique. Des tracts avaient aussi été distribués dans la ville. La salle fut vite comble et tous ne purent y assister. Il est vrai que les habitudes d'obéissance prises sous les nazis n'étaient pas perdues...

Gnade prit le premier la parole pour prononcer un discours qu'il avait mis au point avec Roman. Il était brillant et cet aveu d'un retournement de veste prestement exécuté fut bien enlevé :

« Quand je suis entré au parti, le Führer nous promettait une Allemagne forte. Nous l'avons cru. Il nous a aussi promis que l'Europe serait à nous. Nous l'avons cru. Il nous a dit encore que la guerre serait une promenade de santé. Nous l'avons cru. Oui, nous avons été naïfs, nous avons été bernés. Je sais de quoi je parle et je reconnais que j'ai eu tort de ne pas croire aux vraies valeurs. Oh ! je ne veux pas me poser aujourd'hui en donneur de leçons. Je veux simplement vous dire que je me suis trompé, que nous nous sommes trompés. »

Une salve d'applaudissements retentit. L'orateur parut heureux de son succès. Il enchaîna :

« Je passe maintenant la parole à Roman Wormus, le fils du procureur Wormus qui va vous expliquer mieux que je ne saurais le faire les conséquences de douze ans de dictature nazie. »

Roman prit place sur l'estrade et, sans aucune note, il commença :

« Il n'est pas dans mes intentions de vous faire un long discours. Le professeur Gnade vous a donné les raisons qui l'ont fait, comme tant d'autres, adhérer au parti national-socialiste. Moi, j'ai une question à vous poser. Et, vous le savez, une question ne doit jamais rester sans réponse : aujourd'hui, qu'en est-il de ces promesses ? Chacun peut admirer le résultat de ces longues années de dictature. Nous vivons dans un pays en ruine que la guerre a transformé en un vaste cimetière. Cela doit nous faire réfléchir. Il est temps de prendre conscience de ce qui s'est passé, afin que jamais l'on ne puisse revoir ce genre de choses. Alors je vous demande simplement que nous en parlions, lucidement, que nous essayions de comprendre ce passé, que nous parlions aussi de notre avenir. Il ne faut pas fermer les yeux. Il faut parler, discuter entre nous, retrouver la confiance entre nous. Ce problème nazi est une affaire allemande que nous devons régler entre nous. »

Le bourgmestre prit ensuite la parole. Il raconta, avec précision mais non sans pudeur, ce qu'avait été sa captivité à Buchenwald. Le silence se fit pesant. Puis, après quelques instants, les questions fusèrent de toutes parts. C'étaient les plus jeunes, des enfants qui n'avaient pas quinze ans, qui intervenaient le plus, et le plus vivement. Ils demandaient :

« Pourquoi n'avez-vous rien fait pour renverser Hitler ? »

Mais que pouvaient répondre les parents qui, eux-mêmes, ne comprenaient pas comment ils avaient pu être réduits à une telle impuissance ? Alors ils étaient un peu agacés par ces gosses qui leur demandaient des comptes. Ils soupiraient, ne disant rien, ne pouvant expliquer ce qu'ils ne parvenaient pas encore à comprendre.

Mais les jeunes avaient besoin de réponses à leurs questions. Eux, ils voulaient savoir. Alors ils interrogèrent Roman et le bourgmestre qui, eux, avaient tout de même l'air d'en savoir un peu plus que leurs parents et qui étaient les preuves vivantes qu'il avait été possible de dire non au nazisme. Ils leur demandèrent de leur expliquer ce qui s'était passé dans leur pays. Roman leur répondit que rien n'était simple, qu'il ne suffisait pas de quelques phrases pour tout expliquer, pour tout comprendre, qu'il ne fallait pas juger trop vite ceux qui n'avaient péché que par soumission. Il leur dit qu'il fallait qu'ils réfléchissent eux-mêmes, qu'ils ne cessent de poser des questions aux uns et aux autres, qu'il y aurait d'autres réunions, que peu à peu leurs parents leur répondraient, quand eux-mêmes y verraient plus clair. Quant à lui, pour l'instant, il voulait surtout leur parler de ce qu'il avait vu en traversant l'Allemagne, des prisons, des camps, des charniers, des hommes et des femmes qui n'étaient pas plus que des morts-vivants, de ceux qui erraient sur les routes, des enfants affamés, des prisonniers de Cologne, des rescapés de Bergen-Belsen. La conclusion fut donnée par le bourgmestre :

« Ce que je souhaite pour les générations futures, c'est que s'instaure à jamais dans notre pays un climat de tolérance. Je souhaite qu'on n'assassine plus, qu'on ne martyrise plus, qu'on n'emprisonne plus, qu'on n'humilie plus jamais quelqu'un parce qu'il est juif, parce qu'il est tzigane ou simplement parce qu'il ne partage pas les mêmes idées ou les mêmes croyances. Les crimes du nazisme sont une honte pour notre pays et il faudra des générations et des générations pour le laver. Nous avons du mal à comprendre ce qui s'est passé, mais nous pouvons être sûrs que nous avons beaucoup à réparer. Et nous avons à préparer l'avenir, à faire en sorte que nos enfants vivent dans un monde meilleur. »

Roman avait, semble-t-il, gagné son pari. Un peu partout dans la région, les réunions dites « de réflexion » s'organisaient. Il décida alors de prendre quelques jours de repos. Il voulait revoir sa mère. Il voulait revoir Londres. Il était redevenu en quelques jours un citoyen de Göttingen, mais il avait laissé toute une part de lui-même à Londres et il avait besoin de faire le point. Il avait aussi beaucoup de choses à dire à Judith. Il avait hâte de discuter avec elle d'un éventuel retour à Göttingen. Maintenant qu'elle était veuve, voudrait-elle rentrer en Allemagne et vivre près de son fils ou bien préférerait-elle rester dans ce pays où elle s'était fait peu à peu une autre vie, d'autres amis ? Il méritait bien une permission que, d'ailleurs, il aurait pu prendre un peu plus tôt s'il ne s'était pas laissé absorber par sa mission.

Il s'apprêtait à quitter Göttingen pour quelques jours quand le commissaire Strumpfer lui apporta quelques bonnes nouvelles. Il était parvenu à suivre la trace de Knochen, l'assassin de Sarah Veremblum, durant le régime nazi. Roman, une fois encore, sourit en pensant à son père qui avait prévu que le commissaire ne ménagerait pas son ardeur et prouverait son efficacité. Knochen avait accompagné la Gestapo à Paris dès le début de l'Occupation et il y avait participé à bon nombre d'actions criminelles. Au moment du Débarquement, il s'était replié à Vittel où il avait tenté d'organiser en vain des commandos constitués de Français pro-nazis qui auraient eu pour mission de rester dans le pays après la retraite allemande afin d'y entraver au maximum la Libération. Fin août 1944, on le retrouvait à Berlin auprès de Himmler. De là, il était passé en Tchécoslovaquie dans un camp d'instruction où les nazis tentaient d'aguerrir de nouvelles troupes. Il semblait qu'il n'avait pas alors, contrairement à toute logique, rejoint une unité combattante, mais qu'il était retourné à Berlin. A partir de là, c'était le brouillard. Ce qui ne troublait guère Strumpfer, lequel dit à Roman :

« J'ai de bonnes raisons de croire qu'il est dans les parages. Il a toujours vécu ici avant la guerre. Il y a gardé des amis. Les nazis disposent encore dans le pays de solides complicités. Nous avons diffusé son signalement. Je ne pense pas qu'il ait pu franchir la frontière. Himmler a bien été arrêté à Lunebourg. Vous connaissez ce dicton : l'assassin revient toujours sur le lieu de son crime. Cela dit, je ne crois pas que vous pourrez le faire juger pour l'affaire qui vous tient à cœur. La concierge n'est plus de ce monde et les pièces à conviction ont disparu. Il ne reste que la copie du dossier que vous possédez. C'est un peu maigre.

— Comprenez-moi bien, Strumpfer, ce qui m'importe c'est de le retrouver et de ne pas le laisser courir dans la nature. Nous avons, semble-t-il, bien d'autres motifs de le faire comparaître devant un tribunal.

— Très bien. De toute façon, je continue. Sa sœur qui habite la région est sous surveillance, ainsi que ses principaux amis. Nous verrons bien. J'espère que j'aurai du nouveau à votre retour de Londres. »

A Londres, Roman fut accueilli en héros. Judith pleura, bien sûr, en le retrouvant. Elle avait passé seule tous ces longs mois dans un appartement où elle cherchait en vain Alphonse, ce mari qui était le seul homme qu'elle ait jamais aimé. Jusqu'au dernier jour de la guerre elle avait craint que son fils, lui aussi, comme tant d'autres jeunes gens, ne disparaisse dans la tourmente. Puis, rassurée mais impatiente de le revoir, elle avait attendu chaque jour la lettre qui lui annoncerait son retour. Le premier soir, la fête fut organisée chez l'oncle John qui s'efforçait plus que jamais de faire preuve de bonne humeur et d'entraîner Deborah dans le tourbillon qu'était sa vie. Afin qu'elle ne reste pas seule à la maison à feuilleter l'album dans lequel elle avait soigneusement collé toutes les photos de Rose, il l'avait entraînée au magasin où elle n'avait pas travaillé depuis une vingtaine d'années. Il l'avait nommée responsable de la décoration des étalages et des vitrines. Comme Harry, qui s'habituait tant bien que mal à sa main artificielle, avait lui-même pris des responsabilités importantes dans l'affaire afin d'y développer un réseau de succursales, ils formaient tous les trois la plus unie des petites familles et, malgré le deuil, donnaient toutes les apparences d'un certain bonheur. D'autre part, Harry venait de se fiancer avec un flirt d'avant-guerre qui n'avait pas tiqué sur son handicap. D'ici quelques années, de nouveaux petits Wormus donneraient à la famille une nouvelle jeunesse.

Au moment du dessert, un splendide gâteau que Judith avait absolument voulu faire pour fêter le retour de son fils. John prit un ton un peu cérémonieux et s'adressa à Roman tout en prenant les autres à témoin : « Tu sais, Roman, je te considère comme mon fils. Je n'ai malheureusement plus de fille à marier, mais je peux t'offrir une situation. La maison John & son prend de plus en plus d'importance et, quand je ne serai plus là, Harry aura besoin d'être bien entouré. Inutile de te dire qu'une telle affaire a toujours du travail pour un bon avocat. Alors autant en avoir un à demeure plutôt que de faire appel à un cabinet extérieur. Si tu veux, quand tu seras démobilisé...

— Je vous remercie, mon oncle et je n'oublierai jamais ce que vous avez fait pour nous, depuis notre arrivée en Angleterre. Mais j'ai d'autres projets. Je ne crois pas que je resterai à Londres. J'ai toujours pensé que je reviendrais à Göttingen. J'en ai souvent parlé avec mon père et Maman le sait bien. Mais, tant que je n'avais pas revu l'Allemagne, tant que je n'avais pas remis les pieds à Göttingen, je n'étais pas vraiment sûr de pouvoir, de vouloir, y vivre de nouveau. Maintenant je le sais. A Göttingen je suis chez moi et c'est à Göttingen que je veux vivre.

— Tu m'étonneras toujours, répliqua Harry. Tu as le choix entre, d'une part, Londres et un avenir assuré dans un pays qui a montré son attachement à la liberté, et d'autre part une petite ville de province dans un pays nazi et antisémite, et qu'est-ce que tu choisis ? Göttingen ! Eh bien, les filles de Göttingen doivent être splendides ! Il faudra que j'aille juger sur pièces. »

La boutade fit rire. Harry était comme son père, toujours de bonne humeur, même quand il avait mal à sa main absente. Roman rougit, mais personne ne s'en aperçut. John reprit :

« Comme tu voudras, mon garçon. Je sais que tu n'es pas homme à prendre tes décisions à la légère et cette fidélité au pays de ton enfance t'honore. Mais si tu crois que tu vas le changer simplement avec tes bonnes idées, je crains que tu ne te fasses des illusions.

— Mais si tous les hommes libres se désintéressent de l'Allemagne, alors c'est sûr, elle est perdue !

— Sans doute, sans doute, reprit l'oncle qui savait que son scepticisme, même son pessimisme, sur cette question ne changerait rien à la volonté d'un neveu qu'il savait têtu.

— Et qu'est-ce que tu en penses, Judith ? demanda Deborah à sa cousine.

— Ne croyez pas que c'est pour ne plus me voir que Roman veut quitter Londres. Il sait très bien que s'il retourne à Göttingen, je vais avec lui. »

A dire vrai, il n'en était pas sûr jusqu'à cet instant parce qu'ils n'avaient pas eu encore l'occasion d'en parler, parce qu'il n'avait pas osé aborder ce sujet juste au moment de son arrivée. Il était assis à côté d'elle et il l'embrassa tendrement avant de lui dire :

« Je ne voulais pas encore t'en parler, mais, bon, puisque nous avons abordé le sujet... J'ai bon espoir de récupérer notre maison. »

Cette maison où elle avait été si heureuse avec Alphonse, où elle avait élevé Roman, dans cette ville dont elle avait gardé la nostalgie, malgré la façon dont ils en avaient été chassés et tout ce qui, depuis, s'y était passé, elle n'avait jamais pensé qu'elle pourrait y retourner. Elle n'avait pas de plus cher désir que d'y finir ses jours. Et puisque Roman voulait revenir à Göttingen, ils y seraient ensemble. Il se marierait. Elle serait grand-mère. Elle ne quitterait plus cette maison. Elle mourrait à Göttingen. Elle y ferait même venir, si c'était possible, le corps d'Alphonse pour qu'ils soient enterrés côte à côte.

« Tu y crois vraiment, Roman ? Nous allons récupérer la maison ?

— Le bourgmestre, qui est quelqu'un de très bien, s'en occupe. Il m'a promis qu'il n'y avait pas d'obstacle. Nous devrions bientôt pouvoir nous y installer. Il faudra d'abord faire quelques travaux, mais dès qu'elle sera prête tu viendras. Et vous viendrez nous voir tous les trois, pardon Harry, tous les quatre, parce que tu pourras amener ta fiancée, qui sera d'ailleurs peut-être ta femme à ce moment-là.

— L'Allemagne, dit John, ce sera dur. Ce sera dur pour toi d'y vivre. Ce sera dur, en tout cas, pour moi d'y aller. Mais, enfin, si toi tu y es et si elle nous donne quelques gages de son retour à la raison... »

Il savait bien que son oncle et son cousin n'avaient pas tort. Il savait bien que sa décision n'était pas

« raisonnable ». Mais il n'avait pas envie d'être raisonnable. Il avait envie de relever le défi que lui faisait l'Allemagne. Il voulait croire qu'elle pouvait se réhabiliter, que la vie était encore possible à Göttingen. Et puis, si un jour il fallait partir, eh bien il partirait ! Ce qui était sûr, c'était que pour l'instant il resterait à Göttingen. Il était amoureux d'une fille de Göttingen. Il serait bientôt démobilisé, il se marierait et il ouvrirait un cabinet d'avocat. Il préférait ne pas tout leur dire, ne pas leur parler d'Ingrid, ne pas leur avouer qu'il était déjà décidé à épouser une Allemande, une *goy*, une chrétienne qu'il avait aimée avant de connaître Rose, bien avant d'aimer Rose, si toutefois il avait vraiment aimé Rose, ce dont il n'était plus si sûr.

« En tout cas, reprit-il, j'ai encore à faire à Göttingen. Vous vous souvenez, mon oncle, de cette affaire dont mon père parlait souvent ? Eh bien, je m'en occupe. Je suis même déjà sur une piste. En tout cas, tant que je ne l'aurai pas réglée, je resterai à Göttingen. Après... Après nous verrons si j'ai vraiment récupéré la maison. Disons que, pour l'instant, aucune décision ne sera définitive.

— De toute façon, Roman, dit John, sache que tu auras toujours une place parmi nous. Demain, dans un mois, dans un an ou dans dix ans.

— Oui, renchérit Harry, comme mon père a accueilli le tien, je t'accueillerai si tu en as besoin. Mais qui sait ? C'est peut-être toi qui, un jour, m'accueilleras à Göttingen. Nous venons d'apprendre que nous sommes toujours menacés, que nous devons toujours penser que l'exil peut être nécessaire. Cela fait des millénaires que cela dure et nous l'avions oublié, nous qui vivons dans des pays démocratiques. Nous devons toujours être prêts à faire nos valises.

— Te voici soudain bien sombre, mon fils, reprit John.

— Tu vois, père, avant la guerre, je pensais que j'étais anglais, tout simplement. J'étais anglais d'abord et je voulais être un Anglais, comme les autres. Je voulais être un mangeur de porridge, pas un croqueur de falafels. Mais un certain Hitler m'a rappelé que j'étais juif. Je pense aux jeunes Allemands, aux jeunes Polonais, aux jeunes Français qui avaient mon âge et qui ne se souciaient pas plus que moi d'être juifs, et qui sont morts dans des chambres à gaz.

— Vous ne mangez rien. Vous n'aimez pas mon *strudle* ? »demanda Judith qui trouvait que la conversation devenait trop grave et qu'il était temps de détendre l'atmosphère.

Roman fut très ému de revoir l'immeuble de la B.B.C. où Rose avait perdu la vie. Il tenait à revoir son ami Ronald qui avait toujours les mêmes responsabilités et qui l'accueillit comme un frère. Par pudeur, ni l'un ni l'autre ne parla de la jeune fille qui les avait fait se rencontrer. Ronald dit simplement :

« Nous irons dîner au Savoy, bien sûr.

— Bien sûr, répondit Roman. Nous y avons l'un et l'autre quelques souvenirs. »

Toute leur complicité passa dans un échange de regards. Ronald ajouta :

« La guerre a fait tellement de morts parmi nos amis que Londres me paraît hantée de fantômes comme un château d'Ecosse. Mais, chut, ne dites rien, ils n'aiment pas qu'on parle d'eux. Pas plus qu'ils n'aiment qu'on les oublie. »

Ils furent un peu songeurs pendant quelques instants puis, en bons gentlemen, parlèrent d'autre chose. De la guerre qu'avait faite Roman. De l'Allemagne qu'il avait retrouvée. Des derniers jours des *black radios*. De la vie à Londres. Ronald avait quitté l'uniforme sans regrets :

« Les journalistes ne font pas de bons militaires, parce qu'ils aiment plus la vérité que la stratégie. Remarquez que les militaires font rarement de bons journalistes parce qu'ils sont trop habitués à obéir aux ordres. Sur le plan professionnel, je dois avouer que la guerre m'a permis de faire quelques expériences passionnantes, en particulier, grâce à vous, celle des *black radios*. Vous vous souvenez, Roman, de ce que je vous ai dit quand vous nous avez quittés. Je vous ai dit qu'après la guerre, j'aurais toujours une place pour vous, avec moi, à la B.B.C. Or, après la guerre, nous y sommes. Maintenant que vous avez conquis l'Allemagne, il est temps de penser à des choses sérieuses.

— La B.B.C... Non, mon cher Ronald. Je vous ai toujours dit que je préférais le barreau au micro. Je n'ai pas changé d'avis. Et ce ne sera pas le barreau de Londres. Je suis revenu à Göttingen et je vais y rester.

— Dommage, Roman, vous allez me manquer. Mais réfléchissez bien avant de prendre une décision irréversible. Vous verrez, Londres vous manquera.

— Je le sais. Göttingen est une ville de province, dans un pays où tout est à reconstruire et où il faudra du temps pour effacer le nazisme. Mais c'est mon pays, Ronald. Je veux aider à l'édification d'une nouvelle Allemagne.

— C'est bien là votre principal défaut. Vous pensez toujours que vous allez sauver le monde. Le pire, c'est que vous n'êtes pas loin d'y arriver. Vous, quand vous voulez quelque chose... Mais je vous connais bien et j'ai l'impression que vous ne me dites pas tout. »

Roman s'étonnait toujours de l'intuition de son ami. Mais il n'avait aucune raison de lui cacher ce qui occupait son cœur et son esprit bien plus que l'avenir de l'Allemagne :

« Je vais vivre à Göttingen. Je vais me marier avec une Allemande. Une amie d'enfance. Je n'en ai rien dit à ma famille. C'est un peu tôt encore. Ingrid est allemande. Elle n'est pas juive, elle est chrétienne. Ses parents étaient des amis des miens et je pense que ma mère ne sera pas trop choquée. Le reste de ma famille, en revanche, risque de mal comprendre. Il faudra un peu de temps.

— Eh bien, mon cher Roman, voici une excellente raison de porter un toast. Vous avez bien raison. Il faut maintenant regarder en avant et j'envie votre confiance dans la vie. Moi, si je suis un célibataire entêté, c'est parce que je suis un incurable pessimiste. Mais puis-je vous demander une faveur ?

— La question ne se pose même pas.

— J'aimerais être votre témoin à la mairie de Göttingen. Vous savez, Roman, j'ai toujours rêvé de voir Göttingen. »

Et, levant son verre, Ronald éclata de rire.

Janvier 1946. Judith Wormus venait d'arriver à Göttingen. Elle retrouvait la maison dans laquelle elle avait vécu pendant longtemps et qu'elle avait dû quitter précipitamment. Roman, avec l'aide d'Ingrid, avait pu en faire de nouveau une demeure agréable et, quand, en arrivant de la gare, ils furent devant la porte, Judith ne parvint à retenir la larme qui lui venait au coin de l'œil. Elle restait là, plantée, à regarder cette maison comme si elle venait brusquement d'apparaître devant ses yeux et comme si elle n'y croyait pas. Roman ouvrit la porte et saisit prestement sa mère, qui n'était pas bien grosse, pour lui faire passer le seuil dans ses bras, comme une jeune mariée.

« Roman, Roman, comme je suis heureuse ! Ton père serait si content s'il nous voyait !

— Mais il nous voit, Maman ! »

Tout avait été repeint à neuf. De jolis rideaux pendaient aux fenêtres. Heureusement, la plupart des meubles, miraculeusement, étaient restés en place et elle était émue de les retrouver. Il y avait un grand silence dans cette maison retrouvée. Puis, tout d'un coup, une porte s'ouvrit et trois personnes firent irruption en souhaitant la bienvenue à celle qui revenait à Göttingen après treize ans d'exil. La famille Franck avait tenu à être complice de Roman pour faire de cet instant une fête. La famille Franck, sauf

Helmut qui avait été fait prisonnier et qui attendait encore d'être libéré d'un hôpital militaire où il recevait des soins à la suite d'une blessure dont il serait, heureusement, bientôt remis.

Prudente, Judith n'avait pas liquidé toutes ses affaires à Londres. Elle avait dit à Roman qu'elle voulait voir d'abord, qu'elle n'était plus toute jeune, qu'il lui serait peut-être difficile de retrouver Göttingen sans Alphonse. Mais, dès qu'elle fut de nouveau dans cette maison, qu'elle retrouva ses vieux amis et qu'elle vit quelle jolie jeune femme était devenue Ingrid, sa future belle-fille, elle sut qu'elle resterait à Göttingen. Elle n'était là que pour une semaine au terme de laquelle elle retournerait à Londres. Dans quelque temps, Roman viendrait s'occuper du déménagement. Ensuite, ils s'installeraient tous les trois dans cette maison qui était assez grande pour qu'elle n'ait pas l'impression de gêner le jeune couple, puisque Ingrid avait bien l'intention de ne pas être une femme au foyer, elle pourrait s'occuper des enfants...

Pendant ces quelques jours, les Franck l'entourèrent de leur amitié et Ingrid ne manqua aucune occasion de lui prouver son affection. Elle lui demanda même de lui apprendre à faire le *strudle* et, à ce moment, Judith fut définitivement conquise. Roman, lui, regrettait de n'avoir pas beaucoup de temps à consacrer à sa mère, mais celle-ci avait été assez habituée à voir son mari travailler sans compter les heures qu'elle n'en était pas étonnée. Il lui avait dit que le règlement du dossier que lui avait laissé Alphonse était en bonne voie et elle se réjouissait de cette fidélité dont il faisait preuve. Quand elle repartit pour Londres, elle avait rajeuni de dix ans.

Il est vrai que Strumper, en fin limier, resserrait peu à peu les mailles du filet autour de Knochen dont la présence lui avait été signalée dans la région de Göttingen. Le criminel se dissimulait derrière une barbe épaisse, mais il avait été reconnu par un de ses anciens amis qui n'avait pas apprécié de le voir basculer dans le cynisme nazi :

« Il y a dans ses yeux une expression froide et métallique que je n'ai vue nulle part ailleurs. J'ai hésité, mais je me suis dit que c'était bien lui. Je me suis approché en disant : "Richard, c'est bien toi ?" Il a paru surpris, il n'a pas répondu, j'ai même eu l'impression qu'il avait peur. Il a tourné les talons et il a disparu dans la foule avant que j'aie pu esquisser un geste. »

Roman avait dit à Strumpfer :

« Redoublez de vigilance. Ne le laissez à aucun prix sortir de la ville. Si vous avez besoin d'hommes, j'en mettrai à votre disposition.

— Ne vous inquiétez pas. Je fais tout ce qu'il faut. Je ne pense pas qu'il puisse nous échapper. Il doit se terrer quelque part, dans une cave peut-être, mais, maintenant qu'il a été reconnu, il va rester sur ses gardes.

— Et vous, redoubler de vigilance. Ça fera une bonne moyenne. Je le veux, Strumpfer !

— Mort ou vif ?

— Vivant. Je le veux vivant. Si je l'avais voulu mort, ce n'est pas à vous que j'aurais confié cette mission. J'ai d'autres spécialistes. Et ne lui laissez pas le temps d'avaler une capsule de cyanure comme l'a fait son maître Himmler. »

En effet, Knochen devait faire preuve de toute la prudence possible et disposer de bonnes complicités car on n'eut plus de nouvelles de lui pendant quelque temps. Des perquisitions chez sa sœur et chez ceux qui pouvaient être soupçonnés de lui venir en aide furent sans résultat. Rien n'indiquait qu'il avait pu passer par là ni que ces personnes pouvaient savoir quelque chose. Toutefois, Heinrich et Vallia, qui étaient toujours auprès de Roman et qu'il avait adjoints à Strumpfer pour renforcer l'étau autour de Knochen, eurent plus de chance (ou moins d'indulgence ?) que les policiers et finirent par trouver quelques indices chez un certain Kempfer qu'ils étaient allés voir à tout hasard parce qu'il avait compté jadis parmi les amis de celui qu'ils recherchaient. Il y eut d'abord — et c'est ce qui leur mit la puce à l'oreille — toute une série de coupures de presse qui permettaient de suivre ce qu'avait été l'ascension de Knochen au sein de la Gestapo. En passant la maison au peigne fin, ils finirent par remarquer une chemise brodée des initiales R.K. Ils firent semblant de ne rien voir et quittèrent l'homme avec beaucoup d'amabilité et en s'excusant de l'avoir inutilement dérangé. Aussitôt ils prévinrent Roman qui leur ordonna de lui amener ce Kempfer. Ils firent donc de nouveau irruption chez lui alors que, sans méfiance, il allait avaler la première bouchée de son déjeuner.

« Ce n'est pas encore l'heure de te mettre à table, lui dit Heinrich. Viens, nous t'emmenons au restaurant. »

Ils l'embarquèrent sans ménagement et l'amenèrent dans une pièce où les attendaient Roman et Strumpfer. Kempfer faisait le fier :

« Je vais me plaindre. Même la Gestapo n'aurait jamais osé agir de la sorte !

— Taisez-vous, Kempfer ! répliqua Roman. Ne m'agacez pas, ou bien je laisse faire mes hommes. Ils connaissent parfaitement les méthodes de la Gestapo et cela fait longtemps qu'ils ont envie de les appliquer. L'un est autrichien, l'autre polonais et ils n'aiment pas les nazis. Vous me comprenez ? Je vous donne une chance. Dites-nous où est Knochen. »

Il jura bien sûr qu'il n'en savait rien, qu'il y avait des années qu'il ne l'avait pas vu, qu'il était un homme honnête... Roman prit l'air de quelqu'un qui s'ennuie et fit signe à Strumpfer. Celui-ci, qui brûlait de prouver qu'il n'était pas qu'un simple comparse, se fit un plaisir d'administrer une gifle formidable à Kempfer qui en chancela. Le commissaire se crut obligé de faire ce commentaire :

« Vous voyez, mon lieutenant, dans la police on

aime agir d'abord et discuter ensuite. Vous allez voir comment ce genre d'individus est réceptif à mes arguments.

— Oh, Strumpfer, répondit Roman, d'un air faussement scandalisé. Ce bon M. Kempfer va nous dire ensuite qu'il a avoué sous la torture. »

Puis il regarda l'homme dont il était évident qu'il commençait à manquer d'assurance. Il lui parla de la chemise et l'autre se démonta. Strumpfer paraissait prêt à intervenir de nouveau. Kempfer préféra manger le morceau :

« Je l'ai hébergé, une nuit. Que voulez-vous ? C'était un ancien ami et un homme traqué. Je lui ai dit que je ne pouvais pas le garder plus longtemps. Il m'a raconté que, de toute façon, il avait été reconnu en ville et qu'il devait trouver une cachette plus sûre. Je ne sais pas où il est. Vous pensez bien qu'il n'allait pas me laisser sa nouvelle adresse. Mais je sais qu'il a des amis à Kronach. Il en parlait souvent. Tout ce que je sais c'est qu'il a pris un train, ce matin, vers dix heures. Il n'y a pas tellement de trains qui partent de Göttingen.... »

Il ne fallut pas longtemps pour vérifier que le seul train que Knochen avait pu prendre allait à Kronach. Un coup de téléphone suffit pour lui organiser un comité d'accueil. Roman prit aussitôt une voiture pour se rendre lui-même à Kronach où on lui avait promis de l'attendre pour procéder au premier interrogatoire. Se retrouver ainsi devant un homme dont il avait tant entendu parler par son père l'impressionnait. Il savait qu'il n'avait pas affaire à un petit truand, mais à un individu qui, depuis son premier crime, avait montré des dispositions hors du commun. Il se disait qu'il devait rester calme, qu'il ne devait pas chercher à venger son père, qu'il ne devait pas avoir de hargne, simplement le désir de la justice. Il parvint à dire très calmement :

« J'ai à vous transmettre les salutations du procureur Alphonse Wormus. »

La surprise se lut immédiatement sur le visage de Knochen qui garda le silence. Ensuite, il ne nia pas son identité. Il regarda les photos de lui en uniforme qu'on lui présentait et qui témoignaient de son appartenance à la Gestapo. Il écouta, toujours en silence, l'exposé bien étayé que Roman fit de ses actes pendant la guerre et il répondit par ces quelques mots qui ne surprirent personne parce qu'ils étaient répétés par tous les nazis qui se laissaient prendre :

« Je suis un soldat. J'ai défendu mon pays. J'ai obéi aux ordres. »

Après cinq heures d'interrogatoire au cours desquelles Knochen ne s'était pas démonté, Roman changea de sujet :

« Sarah Veremblum, ça vous dit quelque chose ?

— Vous savez, répondit l'accusé qui avait tout de même perdu un peu de sa superbe, vous pouvez bien me mettre sur le dos tous les crimes que vous voulez. Ça ne changera rien, ou pas grand-chose. Alors, cette vieille histoire... Elle n'a pu être jugée faute de preuves et la justice allemande n'a retenu aucune charge contre moi.

— La justice... répliqua Roman, ce mot dans votre bouche ! Vous ne manquez pas de culot ! Sarah Veremblum, évidemment, pour vous, ce n'est rien, un petit crime de rien du tout. Vous avez fait tellement mieux depuis. C'est pourtant grâce à cette vieille affaire que vous avez été retrouvé. Grâce à l'acharnement d'un ancien procureur de Göttingen qui, hélas, est mort et ne saura jamais que vous avez été coincé. Je connais le dossier par cœur, figurez-vous. Vous avez raison, toutes les preuves ont été détruites. Mais, devant vos juges, c'est un petit plus qui risque de ne pas faire très bonne impression. Peu importe si vous ne pouvez pas être inquiété pour le meurtre de cette pauvre fille. De toute façon, nous avons suffisamment d'autres choses à vous faire payer. Pour moi, le dossier est clos, je vous laisse à vos juges. Ah ! j'oubliais de vous dire, je suis le fils du procureur Wormus. »

En revenant à Göttingen, seul dans la voiture qui le ramenait, Roman eut l'impression d'un grand vide. Il ressentit une grande fatigue. Il avait enfin rencontré Knochen, l'homme par qui tout avait commencé, l'ignoble individu qui avait humilié son père. Et, en plus, c'était un criminel de guerre. C'était étrange de se trouver face à face avec un assassin. Il avait, au cours de ses études, appris bien des choses. Il avait appris à jongler avec la législation et à faire de beaux discours. Il avait appris qu'un bon avocat pouvait, selon celui qui en faisait la demande, intervenir aussi bien, dans une même affaire, pour la défense ou l'accusation. Il se disait qu'il aurait peut-être un jour à défendre quelqu'un d'aussi peu recommandable que Knochen. Oui, que ferait-il, par exemple, si on lui demandait de défendre un Knochen ? Tout accusé n'avait-il pas le droit à être bien défendu ? Mais, heureusement, un avocat n'était pas obligé d'accepter n'importe quelle affaire. Il eut aussi une autre pensée, très troublante. Si Knochen n'avait pas tué Sarah Veremblum et n'avait pas, pour se protéger, obligé Alphonse Wormus à quitter l'Allemagne dès janvier 1933, qui sait ce qu'ils seraient devenus ? A un autre moment, cela n'aurait peut-être pas été aussi facile de partir. Puis il sentit un grand vide. Il réalisa que la pensée de Knochen l'avait accompagné pendant treize ans, qu'il avait vécu pendant tout ce temps avec ce but que son père lui avait fait partager : rendre justice à une pauvre petite « putain juive » en neutralisant son meurtrier. Et maintenant c'était pour lui comme s'il n'y avait plus de Knochen, comme si Knochen n'avait jamais existé. Strumpfer, qui avait plus d'expérience que lui, devina ce qu'il pouvait ressentir :

« Vous verrez, entre nous et eux, c'est toujours une drôle d'histoire. Ils nous obsèdent tellement que, quand on les attrape, on a toujours un peu de mélancolie. C'est un peu comme s'ils nous plaquaient, comme s'ils ne voulaient plus jouer avec nous. Pour un peu, j'aimerais qu'il s'échappe, afin d'être obligé de lui courir après encore.

— Rassurez-vous, commissaire, ce ne sont pas les salauds qui manquent. Vous avez encore à mettre la main sur pas mal de brutes nazies avant d'avoir du vague à l'âme. »

Knochen fut interné pendant quelque temps à Dachau où les nazis en attente d'un jugement prenaient la place qu'ils avaient réservée naguère aux déportés. C'était une bonne façon de leur faire voir la réalité de l'autre côté. Puis la France le réclama comme criminel de guerre. Il y fut jugé le 9 octobre 1954. Il fit l'objet d'une condamnation à mort qui ne fut jamais appliquée et qui fut officiellement commuée, le 10 avril 1958, par un décret du président de la République, en travaux forcés à perpétuité. La peine fut ramenée à vingt ans par un autre décret, le 31 décembre 1959. En échange de cette indulgence, Knochen avait témoigné à Nuremberg contre ses ex-employeurs, les sinistres Kaltenbrunner et Ribbentrop. Ce qui lui valut finalement d'être libéré le 28 novembre 1962.

Ce jour-là, en apprenant cette nouvelle, Roman Wormus eut un haut-le-cœur. Il préféra ne rien dire à sa mère qui était une vieille femme. Il ne dit rien non plus à sa femme. Il pensa à son père. Il pensa à l'étrange commissaire Strumpfer qui était mort l'année précédente. Il regarda ses trois enfants, deux garçons et une fille, qui venaient de s'endormir, et il se dit que les hommes libres, s'ils voulaient le rester, s'ils voulaient protéger leurs enfants, devraient toujours être vigilants. La tête du serpent avait été coupée, mais le serpent n'était peut-être pas tout à fait mort. S'il avait cru en Dieu, il aurait prié pour que jamais l'horreur ne se reproduise et pour que les hommes apprennent à vivre ensemble sur cette terre. Ses enfants, peut-être, plus tard, choisiraient une religion, celle qu'avait eue leur mère, ou bien celle qui avait été celle de leur père. Car Roman et Ingrid s'étaient entendus pour observer une parfaite neutralité.

Lorsque Roman reçut une convocation émanant du bourgmestre de Göttingen, il n'en fut guère surpris. Il le connaissait bien, maintenant. Il l'avait rencontré régulièrement ces derniers temps, l'avait conseillé dans des affaires délicates et avait noué, avec lui, des relations amicales. Pourtant, cette fois, l'invitation à se rendre à l'hôtel de ville était officielle.

Quand il fut introduit dans le vaste bureau de son ami, il constata que celui-ci n'était pas seul. La majorité du conseil de la ville y était rassemblée. Les visages étaient accueillants. Ce fut le bourgmestre qui prit la parole, pour tous les présents :

« Monsieur Wormus, en 1933 votre père était procureur de la ville. Tous ceux qui l'ont connu ont pu apprécier ses qualités de probité et d'efficacité. Nous avons pensé qu'eu égard au travail que vous avez accompli dans cette ville, au vu du dévouement dont vous avez fait preuve, sa place vous revenait. Comme vous le savez, cependant, une telle décision n'est pas de notre ressort mais du ministère de la Justice. Néanmoins et si vous acceptez cette proposition, sachez que nous ferons tout ce qui est en notre pouvoir pour vous y voir nommé. »

...Il le fut.

Le procureur Roman Wormus se retira dans son bureau. Il s'assit à la table à laquelle son père s'était assis avant lui. Il y avait un point obscur dans le dossier d'un meurtre sordide qu'il voulait éclaircir avant d'aller se coucher. De toute façon ce soir il aurait du mal à s'endormir. Demain comme tous les jours, il irait au Palais de Justice où il occuperait le bureau qu'avait occupé, avant lui, le procureur Alphonse Wormus.

Du même auteur :

Un sac de billes, Lattès, 1973. Prix Broquette-Gonin de l'Académie française.

Anna et son orchestre, Lattès, 1975. 1er Grand Prix RTL.

Baby-foot, Lattès, 1977.

La Vieille Dame de Djerba, Lattès, 1979.

Tendre Eté, Lattès, 1981.

Le Cavalier de la Terre Promise, Ramsay, 1983.

Simon et l'enfant, Editions n° 1, Lattès, 1985.

Abraham Lévy, curé de campagne, M. Lafon, 1988.

Album pour enfant, La Carpe.

Le Fruit aux mille saveurs, Garnier.

La Jeune Fille au pair, Lattès, 1993.

Composition réalisée par JOUVE

IMPRIMÉ EN FRANCE PAR BRODARD ET TAUPIN
Usine de La Flèche (Sarthe).
LIBRAIRIE GÉNÉRALE FRANÇAISE - 43, quai de Grenelle - 75015 Paris.
ISBN : 2 - 253 - 14078 - 3

31/4078/7

Absorption costing

	$	$
Sales		240,000
Opening inventory: (2,000 × $10)	20,000	
Production cost: (16,000 × $10)	160,000	
	180,000	
Less: closing inventory: (2,000 × $10)	(20,000)	
		160,000
		80,000
Overhead absorbed (16,000 × $4)	64,000	
Overhead incurred	77,000	
Under-absorbed overhead		(13,000)
Profit		67,000

Profit is the same whichever costing method is used because there is no difference between opening and closing inventory values.

ACTIVITY 1

A company produces a single unit of product for which the variable production cost is $6 per unit. Fixed production overhead is $10,000 per month and the budgeted production and sales volume is 5,000 units each month. The selling price is $10 per unit. Suppose that, in a particular month, production was in fact 6,000 units with 4,800 units sold and 1,200 units left in closing inventory.

Assume all costs were as budgeted.

(a) Prepare the profit statement for the month under absorption costing.

(b) Prepare the profit statement for the month under marginal costing.

(c) Prepare a statement to reconcile the two reported profit figures.

For a suggested answer, see the 'Answers' section at the end of the book.

4 ADVANTAGES OF MARGINAL COSTING

Preparation of routine operating statements using marginal costing is considered more informative for the following reasons.

- Marginal costing emphasises variable costs per unit and treats fixed costs in total as period costs, whereas absorption costing includes all production costs in unit costs, including a share of fixed production costs. Marginal costing therefore reflects the behaviour of costs in relation to activity. Since most decision-making problems involve changes to activity, **marginal costing information is more relevant and appropriate for short-run decision-making** than absorption costing.

- Profit per unit with absorption costing can be a misleading figure. This is because profitability might be distorted by increases or decreases in inventory levels in the period, which has no relevance for sales.

- Comparison between products using absorption costing can be misleading because of the effect of the arbitrary apportionment of fixed costs. Where two or more products are manufactured in a factory and share all production facilities, the fixed overhead can only be apportioned on an arbitrary basis

Example

This example illustrates the misleading effect on profit which absorption costing can have.

A company sells a product for $10, and incurs $4 of variable costs in its manufacture. The fixed costs are $900 per year and are absorbed on the basis of the normal production volume of 250 units per year. The results for the last four years were as follows:

Item	*1st year units*	*2nd year units*	*3rd year units*	*4th year units*	*Total*
Opening inventory	–	200	300	300	–
Production	300	250	200	200	950
	300	450	500	500	950
Closing inventory	200	300	300	200	200
Sales	100	150	200	300	750

Prepare a profit statement under absorption and marginal costing.

Solution

The profit statement under absorption costing would be as follows:

	1st year	*2nd year*	*3rd year*	*4th year*	*Total*
	$	$	$	$	$
Sales value	1,000	1,500	2,000	3,000	7,500
Opening inventory at $7.60	–	1,520	2,280	2,280	–
Variable costs of production at $4	1,200	1,000	800	800	3,800
Fixed costs at 900/250 = $3.60	1,080	900	720	720	3,420
	2,280	3,420	3,800	3,800	7,220
Closing inventory at $7.60	1,520	2,280	2,280	1,520	1,520
Cost of sales	(760)	(1,140)	(1,520)	(2,280)	(5,700)
(Under-)/over-absorption (W)	180	Nil	(180)	(180)	(180)
Gross profit	420	360	300	540	1,620

***Working*: Calculation of over-/(under)-absorption**

Year	*1*	*2*	*3*	*4*	*Total*
	$	$	$	$	$
Absorbed	1,080	900	720	720	3,420
Incurred	900	900	900	900	3,600
	180	0	(180)	(180)	(180)

If marginal costing had been used, the results would have been shown as follows:

Item	*1st year*	*2nd year*	*3rd year*	*4th year*	*Total*
	$	$	$	$	$
Sales	1,000	1,500	2,000	3,000	7,500
Variable cost of sales (at $4)	400	600	800	1,200	3,000
Contribution	600	900	1,200	1,800	4,500
Fixed costs	900	900	900	900	3,600
Gross profit/(loss)	(300)	–	300	900	900

If it is assumed that there are no non-production costs, the marginal costing profit statement indicates clearly that the business must sell at least 150 units per year to break even. At a sales volume of 150 units each unit earns $6 in contribution which covers the total fixed cost of $900. Using absorption costing, it might appear that even at 100 units it was making a healthy profit.

The total profit for the four years is less with marginal costing than with absorption costing because there has been an increase in inventory levels over the four-year period. The closing inventory at the end of the fourth year is valued at $800 ($4 × 200) with marginal costing and $1,520 with absorption costing. With absorption costing, fixed costs of $720 are being carried forward in the closing inventory value, whereas with marginal costing, they have all been charged against profit.

The profit figures shown may be reconciled as follows:

	Year 1	*Year 2*	*Year 3*	*Year 4*	*Total*
Inventory increase/(decrease)	200 units	100 units	0	(100 units)	200 units
	$	$	$	$	$
Profit/(loss) under marginal costing	(300)	Nil	300	900	900
Fixed costs in inventory increase/ (decrease) at $3.60 per unit	720	360	0	(360)	720
Profit with absorption costing	420	360	300	540	1,620

Example

The next two examples illustrate the importance of marginal costing as an aid to decision making.

A factory manufactures three components – X, Y and Z – and the budgeted production for the year is 1,000 units, 1,500 units and 2,000 units respectively. Fixed overhead amounts to $6,750 and has been apportioned on the basis of budgeted units: $1,500 to X, $2,250 to Y and $3,000 to Z. Sales and variable costs are as follows:

	Component X	*Component Y*	*Component Z*
Selling price	$4	$6	$5
Variable cost	$1	$4	$4

Solution

The budgeted income statement based on the above is as follows:

		Component X		*Component Y*		*Component Z*		*Total*
Sales units		1,000		1,500		2,000		4,500
	$	$	$	$	$	$	$	$
Sales value		4,000		9,000		10,000		23,000
Variable cost	1,000		6,000		8,000		15,000	
Fixed overhead	1,500		2,250		3,000		6,750	
		2,500		8,250		11,000		21,750
Net profit/(loss)		1,500		750		(1,000)		1,250

There is little information value in comparing products in this way. If the fixed overhead is common to all three products, there is no information value in apportioning it, and the apportionment can be misleading. A better presentation is as follows:

	Component X	*Component Y*	*Component Z*	*Total*
Sales units	1,000	1,500	2,000	4,500
	$	$	$	$
Sales value	4,000	9,000	10,000	23,000
Variable cost	1,000	6,000	8,000	15,000
Contribution	3,000	3,000	2,000	8,000
Fixed overhead				6,750
Net profit				1,250

Analysis may show, however, that certain fixed costs may be associated with a specific product and the statement can be amended to **differentiate specific fixed costs** (under products) **from general fixed costs** (under total).

Example

A company that manufactures one product has calculated its cost on a quarterly production budget of 10,000 units. The selling price was $5 per unit. Sales in the four successive quarters of the last year were as follows:

Quarter 1	10,000 units
Quarter 2	9,000 units
Quarter 3	7,000 units
Quarter 4	5,500 units

The level of inventory at the beginning of the year was 1,000 units and the company maintained its inventory of finished products at the same level at the end of each of the four quarters.

Based on its quarterly production budget, the cost per unit was as follows:

Cost per unit

	$
Prime cost	3.50
Production overhead	0.75
Total	4.25

Selling and administration overheads were $3,000 in each quarter.

Fixed production overhead, which has been taken into account in calculating the above figures, was $5,000 per quarter. Selling and administration overhead was treated as fixed, and was charged against sales in the period in which it was incurred.

You are required to present a tabular statement to bring out the effect on net profit of the declining volume of sales over the four quarters given, assuming in respect of fixed production overhead that the company:

(a) absorbs it at the budgeted rate per unit

(b) does not absorb it into the product cost, but charges it against sales in each quarter (i.e. the company uses marginal costing).

Solution

(a) **Net profit statement (fixed overhead absorbed)**

	1st quarter	*2nd quarter*	*3rd quarter*	*4th quarter*
Sales units	10,000	9,000	7,000	5,500
	$	$	$	$
Sales value ($5 per unit)	50,000	45,000	35,000	27,500
Cost of sales:				
Prime costs ($3.50 per unit)	35,000	31,500	24,500	19,250
Production overhead absorbed ($0.75 per unit)	7,500	6,750	5,250	4,125
Under-absorbed production overhead (Working)	–	500	1,500	2,250
	42,500	38,750	31,250	25,625
Gross profit	7,500	6,250	3,750	1,875
Less: Selling and admin overhead	3,000	3,000	3,000	3,000
Net profit/(loss)	4,500	3,250	750	(1,125)

Working

Fixed production overhead absorption rate =

$$\frac{\text{Fixed production overhead}}{\text{Budgeted production}} = \frac{\$5{,}000}{10{,}000 \text{ units}} = \$0.50 \text{ per unit}$$

The production overhead cost per unit therefore consists of $0.50 of fixed cost and $0.25 of variable cost.

As finished inventory is maintained at 1,000 units, fixed overhead under absorbed in each quarter = $5,000 – (Sales units × $0.50).

	1st quarter	*2nd quarter*	*3rd quarter*	*4th quarter*
	$	$	$	$
Incurred				
Variable	2,500	2,250	1,750	1,375
Fixed	5,000	5,000	5,000	5,000
	7,500	7,250	6,750	6,375
Absorbed (at $0.75)	7,500	6,750	5,250	4,125
Under-absorbed overhead	0	(500)	(1,500)	(2,250)

(b) **Net profit statement (fixed overhead charged against period sales)**

	1st quarter	*2nd quarter*	*3rd quarter*	*4th quarter*
Sales units	10,000	9,000	7,000	5,500
	$	$	$	$
Sales value	50,000	45,000	35,000	27,500
Less:				
Variable cost of sales				
Prime cost ($3.50 per unit)	35,000	31,500	24,500	19,250
Variable production overhead ($0.25)	2,500	2,250	1,750	1,375
Contribution	12,500	11,250	8,750	6,875
Less:				
Fixed production, selling and admin overhead	8,000	8,000	8,000	8,000
Net profit/(loss)	4,500	3,250	750	(1,125)

5 ADVANTAGES OF ABSORPTION COSTING

In spite of its weaknesses as a system for providing information to management, absorption costing is widely used.

The only difference between using absorption costing and marginal costing as the basis of inventory valuation is the treatment of fixed production costs.

The arguments used in favour of absorption costing are as follows:

- Fixed costs are incurred within the production function, and without those facilities production would not be possible. Consequently such costs can be related to production and should be included in inventory valuation.

- Absorption costing follows the matching concept by carrying forward a proportion of the production cost in the inventory valuation to be matched against the sales value when the items are sold.
- It is necessary to include fixed overhead in inventory values for financial statements; routine cost accounting using absorption costing produces inventory values which include a share of fixed overhead.
- Overhead allotment is the only practicable way of obtaining job costs for estimating prices and profit analysis.
- Analysis of under-/over-absorbed overhead is useful to identify inefficient utilisation of production resources.
- It is quite common to price jobs or contracts by adding a profit margin to the estimated fully-absorbed cost of the work.

The main weaknesses of absorption costing were explained earlier. Absorption costing can provide misleading information to management whenever a decision has to be made.

Marginal costing is consistent with the concept of relevant costs for management decision-making. It is also useful for forward planning, for example in forecasting and budgeting. These applications of marginal costing will be explained more fully in later chapters.

CONCLUSION

This chapter has explained how to prepare profit statements using absorption and marginal costing and how to reconcile any differences in resulting profits. You should also now understand for what purposes an organisation may use absorption costing and marginal costing.

KEY TERMS

Absorption costing – a costing technique that values production and inventory at full production cost.

Marginal costing – a costing technique that values production and inventory at variable production cost. All variable costs are deducted from sales to arrive at contribution and fixed costs are treated as period costs in arriving at profit.

Contribution – sales revenue less variable costs.

SELF TEST QUESTIONS

		Paragraph
1	What is marginal costing?	1
2	What is marginal cost?	1
3	What is the difference between marginal costing and absorption costing?	1
4	What is contribution?	2
5	What is the reason for the difference in profit between marginal costing and absorption costing?	3.1
6	What are the advantages of marginal costing?	4
7	What are the advantages of absorption costing?	5

EXAM-STYLE QUESTIONS

1 In a period closing inventory was 1,400 units, opening inventory was 2,000 units, and the actual production was 11,200 units at a total cost of $4.50 per unit compared to a target cost of $5.00 per unit. When comparing the profits reported using marginal costing with those reported using absorption costing, which of the following statements is correct?

A Absorption costing reports profits $2,700 higher

B Absorption costing reports profits $2,700 lower

C Absorption costing reports profits $3,000 higher

D There is insufficient data to calculate the difference between the reported profits

2 When comparing the profits reported under marginal and absorption costing during a period when the level of inventory has increased:

A absorption costing profits will be higher and closing inventory valuations lower than those under marginal costing

B absorption costing profits will be higher and closing inventory valuations higher than those under marginal costing

C marginal costing profits will be higher and closing inventory valuations lower than those under absorption costing

D marginal costing profits will be lower and closing inventory valuations higher than those under absorption costing

3 Contribution is:

A sales – total costs

B sales – variable costs

C variable costs of production less labour costs

D none of the above

For the answers to these questions, see the 'Answers' section at the end of the book.

Chapter 10

JOB AND BATCH COSTING

In a manufacturing organisation, the cost unit might be a batch of output or a specific job carried out for a customer. In such cases, the appropriate costing system would be a batch costing system or a job costing system respectively. These costing systems are usually associated with absorption costing methodology, and the costs calculated for each batch or each job produced are normally a fully absorbed production cost.

This chapter looks at the characteristics of both batch costing and job costing, which are essentially straightforward applications of absorption costing. This chapter covers syllabus area C3.

CONTENTS

LEARNING OUTCOMES

At the end of this chapter you should be able to:

- identify situations where the use of job or batch costing is appropriate
- discuss the control of costs in job and batch costing
- apply cost plus pricing in job costing.

---

1 SPECIFIC ORDER COSTING

The purpose of costing is to calculate the cost of each cost unit of an organisation's products. In order to do this the costs of each unit should be gathered together and recorded in the costing system. This is the overall aim, but the methods and system used will differ from organisation to organisation as the type of products and production methods differ between organisations.

There are two main types of costing system:

- **Specific order costing,** where the costs of distinct products or services are collected. Individual cost units are different according to individual customer's requirements. The main examples of specific order costing are job costing, batch costing and contract costing (which is outside the scope of your syllabus).

- **Continuous costing,** where a series of similar products or services are produced. Costs are collected and averaged over the number of products or services produced to arrive at a cost per unit. The main examples of continuous costing are process costing and service costing which are considered in later chapters.

1.1 COST UNITS

The cost units of different organisations will be of different types and this will tend to necessitate different costing systems. The main types of cost unit are as follows:

- Individual products designed and produced for individual customers. Each individual product is a cost unit. Job costing is used.

- Groups of different products possibly in different styles, sizes or colours produced to be held in inventory until sold. Each of the batches of whatever style, size or colour is a cost unit. Batch costing is used.

- Many units of identical products produced from a single production process. These units will be held in inventory until sold. Each batch from the process is a cost unit. Process costing is used.

2 JOB COSTING

2.1 JOBS

Definition A **job** is an individual product designed and produced as a single order for an individual customer

A job will normally be requested by a customer and that customer's individual requirements and specifications considered. Each individual job is a cost unit. The organisation will then estimate the costs of such a job, add on their required profit margin and quote their price to the customer. If the customer accepts that quote then the job will proceed according to the timetable agreed between customer and supplier.

Each job will tend to be a specific individual order and as such will normally differ in some respects from other jobs that the organisation performs. The costs for each individual job must therefore be determined.

You might be able to think of organisations that perform jobbing work, and charge customers for the jobs they do. Well-known examples include small building and building repair work, car maintenance and repair work, printing, painting and decorating.

2.2 JOB COST CARD

All of the actual costs incurred in a job are eventually recorded on a job cost card. A job cost card can take many forms but is likely at least to include the following information:

JOB COST CARD

Job number	Customer name:
Estimate ref:	Quoted estimate:
Start date:	Delivery date:
Invoice number:	Invoice amount:

COSTS:

Materials					**Labour**				
Date	Code	Qty	Price	$	Date	Grade	Hours	Rate	$
Expenses					**Production overheads**				
Date	Code	Description		$	Hours		OAR		$
				____					____
				____					____

Cost summary:
Direct materials
Direct labour
Direct expenses
Production overheads
Administrative overheads
Selling and distribution overheads
Total cost
Invoice price

The job cost card may travel with the particular job as it moves around the factory. However it is more likely in practice that the job cost cards will be held centrally by the accounts department and all relevant cost information for that job forwarded to the accounts department.

2.3 DIRECT MATERIALS FOR JOBS

When materials are requisitioned for a job then the issue of the materials will be recorded in the inventory ledger account. They will also be recorded, at their issue price, on the job cost card as they are used as input into that particular job. Materials may be issued at different dates to a particular job but each issue must be recorded on the job cost card.

Example

The materials requisitions and issues for Job number 3867 for customer OT Ltd at their issue prices are as follows:

1 June 40 kg Material code T73 at $60 per kg

5 June 60 kg Material code R80 at $5 per kg

9 June 280 metres Material code B45 at $8 per metre

Record these on a job cost card for this job which is due to be delivered on 17 June.

Solution

JOB COST CARD

Job number: 3867					Customer name: OT Ltd				
Estimate ref:					Quoted estimate:				
Start date: 1 June					Delivery date: 17 June				
Invoice number:					Invoice amount:				
COSTS:									
Materials					**Labour**				
Date	Code	Qty	Price	$	Date	Grade	Hours	Rate	$
1 June	T73	40 kg	$60	2,400					
5 June	R80	60 kg	$5	300					
9 June	B45	280m	$8	2,240					
				4,940					
Expenses					**Production overheads**				
Date	Code	Description		$	Hours		OAR		$
Cost summary:									
									$
Direct materials									
Direct labour									
Direct expenses									
Production overheads									
Administration overheads									
Selling and distribution overheads									
Total cost									
Invoice price									
Profit/loss									

2.4 DIRECT LABOUR COST FOR JOBS

In an earlier chapter dealing with labour costs the system of recording hours worked in a job costing system was considered.

In summary a job card travels with each individual job and the hours worked by each grade of labour are logged onto this card. The card is then sent to the accounts department and the hours are transferred to the job cost card. The relevant hourly labour rate is then applied to each grade of labour to give a cost for each grade and a total cost for the job.

ACTIVITY 1

The labour records show that the hours worked on Job 3867 were as follows:

1 June	Grade II	43 hours
2 June	Grade II	12 hours
	Grade IV	15 hours
5 June	Grade I	25 hours
	Grade IV	13 hours
9 June	Grade I	15 hours

The hourly rates for each grade of labour are as follows:

	$
Grade I	4.70
Grade II	5.80
Grade III	6.40
Grade IV	7.50

Record the labour costs for Job 3867 on the job cost card.

For a suggested answer, see the 'Answers' section at the end of the book.

2.5 DIRECT EXPENSES

The third category of direct costs are any expenses that can be directly attributed to that particular job. Such expenses will be recorded by the cost accountant when incurred and coded in such a way that it is clear to which job or jobs they relate.

ACTIVITY 2

A specialised piece of machinery has been hired at a cost of $1,200. It is used on job numbers 3859, 3867 and 3874 and has spent approximately the same amount of time being used on each of those jobs. The account code for machine hire is 85.

Record any cost relevant to Job 3867 on the job cost card.

For a suggested answer, see the 'Answers' section at the end of the book.

2.6 PRODUCTION OVERHEADS AND JOB COSTS

In an earlier chapter the apportionment of overheads to cost units was considered and it was determined that the most common method of allocating overheads to specific cost units was on the basis of either the labour hours worked or machine hours worked on that particular cost unit.

This is exactly the same for jobs and so the production overhead will be absorbed into jobs on the basis of the pre-determined overhead absorption rate.

2.7 OTHER OVERHEADS AND JOB COSTS

In order to arrive at the total cost for a particular job any administration, selling and distribution overheads must also be included in the job's cost. Therefore when the job is completed an appropriate proportion of the total administration, selling and distribution overheads will also be included on the job cost card.

ACTIVITY 3

The production overhead absorption rate for this period is $4 per labour hour. The administration overhead to be charged to Job 3867 totals $156 and the selling and distribution overhead for the job is $78.

The job was completed by the due date and the customer was invoiced the agreed price of $7,800 on 17 June (invoice number 26457).

Using this information complete the job cost card for Job 3867.

For a suggested answer, see the 'Answers' section at the end of the book.

2.8 ACCOUNTING FOR JOB COSTS

As well as recording the job costs on the job cost card they must also be recorded in the cost ledger accounts. Each job will have its own job ledger account to which the costs incurred are all debited.

In order to keep track of all of the individual job ledger accounts there will also be a job in progress control account. All of the costs incurred on a job must also be debited to this control account. The job in progress control account fulfils the same role as the work-in-progress control account studied in the previous chapter.

The balance on the job in progress control account at the end of each accounting period should be equal to the total of all of the balances on the individual job ledger accounts.

2.9 JOB PRICING

Since each job is different, there will be no set price for each job. A customer often wants to be quoted a price for the job before the work begins, in which case the supplier might:

- estimate a fully-absorbed cost for the job; and
- add a profit mark-up to the cost, to arrive at a price to charge for the work.

In such cases, the organisation has to start by estimating the cost for the job and must decide what the size of the profit mark-up should be. Typically, the profit added on is a standard percentage of the total cost (a profit mark-up) or a standard percentage of sales price (a profit margin).

This form of pricing is known as **cost-plus pricing**.

Example

A company carries out small building work for domestic customers. A customer has asked the company to quote a price for building an extension at the back of his house. The company's estimator has come up with the following estimated costs:

Direct materials	$2,500
Direct labour	$4,000
Direct expenses	$500
Production overhead	100% of labour cost
Other overheads	20% of total production cost
Profit mark-up	25% of total cost

Required:

(a) Calculate the price to quote for the job.

(b) What would be the price if the profit margin is 20% of sales price?

Solution

(a)

	$
Direct materials	2,500
Direct labour	4,000
Direct expenses	500
Production overhead	4,000
Full production cost	11,000
Other overheads	2,200
Total cost	13,200
Profit mark-up (25%)	3,300
Job price	16,500

(b)

Since total cost + Profit mark-up = Sales price, total cost must be 80% of sales price.

$$\text{So sales price} = \frac{\text{total cost}}{0.8} = \frac{\$13{,}200}{0.8} = \$16{,}500$$

A profit mark-up of 25% on total cost is the same as a profit margin of 20% of sales price.

Note that there is a difference between a gross profit margin and a net profit margin.

Example

A job has production costs of $500. Administration and selling overhead is added at 20% of production cost.

Calculate the selling price of the job if:

(a) the gross profit margin is 30%

(b) the net profit margin is 16%.

Solution

(a) If the gross profit margin is 30%, this means that production costs are 70% of the sales price.

Sales price = Production cost/0.7 = $500/0.7 = $714.29

(b) If the net profit margin is 16%, this means that total costs are 84% of the sales price.

Total cost = $500 + ($500 × 0.2) = $600

Sales price = Total cost/0.84 = 600/0.84 = $714.29

The gross profit margin is higher than the net profit margin to cover non-production overheads.

ACTIVITY 4

A job has production costs of $785. Administration and selling overhead is added at 25% of production cost. Calculate the selling price if:

(a) the profit mark-up is 20%

(b) the gross profit margin is 30%

(c) the net profit margin is 15%.

For a suggested answer, see the 'Answers' section at the end of the book.

3 BATCH COSTING

The second type of costing system that must be examined is a batch costing system. A batch costing system is likely to be very similar to a job costing system and indeed a batch is in all respects a job.

3.1 BATCH

Definition A **batch** is a group of identical but separately identifiable products that are all made together.

A batch is for example a group of 100 identical products made in a particular production run. For example, a baker may produce loaves of bread in batches.

3.2 BATCH COSTING

Each batch is very similar to a job and in exactly the same way as in job costing the costs of that batch are gathered together on some sort of a batch cost card. These costs will be the materials input into the batch, the labour worked on the batch, any direct expenses of the batch and the batch's share of overheads.

The layout of the batch cost card will be similar to that of a job cost card. This will show the total cost of that particular batch of production.

3.3 COST OF A COST UNIT

Remember that a batch does however differ from a job in that a batch is made up of a number of identical products or cost units. In order to find the cost of each product or cost unit the total cost of the batch must be divided by the number of products in that batch.

Example

Batch number 0692 has the following inputs:

15 June	Material X	20 kg @ $30 per kg
	40 hours of grade II labour @ $6.00 per hour	
16 June	Material Y	15 kg @ $10 per kg
	60 hours of grade III labour at $5.00 per hour	

Production overhead is to be absorbed into the cost of each batch on the basis of labour hours at a rate of $0.50 per labour hour.

The number of products produced from batch 0692 was 100.

Calculate the cost of each product from batch 0692.

Solution

Materials cost	
	$
Material X 20 kg × $30	600
Material Y 15 kg × $10	150
Labour cost	
Grade II 40 hours × $6	240
Grade III 60 hours × $5	300
Production overhead	
100 hours × $0.50	50
	1,340

Cost per cost unit or product

$$\frac{\$1,340}{100 \text{ units}} = \$13.40$$

4 THE CONTROL OF COSTS IN JOB AND BATCH COSTING

One of the purposes of job and batch costing is to arrive at a full cost to which a profit margin can be added to arrive at a price. This price is often quoted to the customer. Special care must be taken to ensure costs are forecast accurately. If costs are higher than expected this excess may not be charged to the customer and therefore profits may be lower than expected. If cost forecasts are too high the price quoted may be uncompetitive and the work lost.

ACTIVITY 5

A builder has produced a quote for some alterations. The price is made up as follows:

		$
Direct materials	100 kg @ $4 per kg	400
Direct labour	5 hours @ $10 per hour	50
	15 hours @ $5 per hour	75
Hire of machine	1 day @ $100 per day	100
Overheads	20 hours @ $8 per hour	160
Total cost		785
Profit mark-up @ 20%		157
Price quoted		$942

Actual costs for the job were as follows:

Direct materials	120 kg @ $4 per kg
Direct labour	3 hours @ $10 per hour
	20 hours @ $5 per hour
Hire of machine	2 days @ $100 per day

Required:

Calculate the actual profit made on the job.

For a suggested answer, see the 'Answers' section at the end of the book

CONCLUSION

Job and batch costing are costing systems used to determine the full cost of a specific job or batch of products or services. A profit mark-up may be added to arrive at a price which can be quoted to the customer. This price is often a fixed price and it is important that costs do not exceed their forecast level otherwise profit levels will be much lower than expected.

KEY TERMS

Job – an individual product designed and produced as a single order for an individual customer.

Batch – a group of identical but separately identifiable products that are all made together.

SELF TEST QUESTIONS

		Paragraph
1	What is job costing?	2.1
2	What does a job cost card look like?	2.2
3	How is labour cost included on a job cost card?	2.4
4	How are production overheads dealt with in job costing?	2.6
5	How do you calculate a profit margin based on sales price?	2.9
6	What is batch costing?	3

EXAM-STYLE QUESTIONS

1 A job requires 2,400 actual labour hours for completion and it is anticipated that there will be 20% idle time. If the wage rate is $10 per hour, what is the budgeted labour cost for the job?

A $19,200

B $24,000

C $28,800

D $30,000

2 The following items may be used in costing jobs in an absorption costing system:

(i) actual material cost

(ii) actual manufacturing overheads

(iii) absorbed manufacturing overheads

(iv) actual labour cost.

Which of the above are contained in a typical job cost?

A (i), (ii) and (iv) only

B (i) and (iv) only

C (i), (iii) and (iv) only

D All four of them

3 A small management consultancy has prepared the following information:

Overhead absorption rate per consulting hour	$12.50
Salary cost per consulting hour (senior)	$20.00
Salary cost per consulting hour (junior)	$15.00

The firm adds 40% to total cost to arrive at a selling price.

Assignment number 652 took 86 hours of a senior consultant's time and 220 hours of junior time.

What price should be charged for assignment number 652?

A $5,355

B $7,028

C $8,845

D $12,383

For the answers to these questions, see the 'Answers' section at the end of the book.

Chapter 11

PROCESS COSTING

Some manufacturing businesses manufacture their output in a process operation, or a series of process operations. Process manufacturing has certain distinguishing features. One of these is the loss of materials during processing, for example, due to evaporation or chemical reaction. Another feature of process costing is that once material has been input to a process, it becomes indistinguishable, and there is no easy way of distinguishing between completed output and materials still in process. Special techniques have been developed for costing output from process operations. These are explained in this chapter. This chapter covers syllabus area C4.

CONTENTS

LEARNING OUTCOMES

At the end of this chapter you should be able to:

- identify situations where the use of process costing is appropriate
- explain and illustrate the nature of normal and abnormal losses/gains
- calculate unit costs where losses are separated into normal and abnormal
- prepare process accounts where losses are separated into normal and abnormal
- account for scrap and waste

- distinguish between joint products and by-products
- explain the treatment of joint products and by-products at the point of separation
- apportion joint process costs using net realisable values and weight/volume of output respectively
- discuss the usefulness of product cost/profit data from a joint process
- evaluate the benefit of further processing.

1 FEATURES OF PROCESS COSTING

1.1 INTRODUCTION

Process costing is a method of costing used in industries including brewing, food processing, quarrying, paints, chemicals and textiles.

The cost per unit of finished output is calculated by dividing the expected process costs by the expected number of units of output. Process costs consist of direct materials, direct labour and production overheads. When processing goes through several successive processes, the output from one process becomes an input direct material cost to the next process. Total costs therefore build up as the output goes through each successive processing stage.

Example

Input to a process is 100 kg of materials. The cost of the direct materials is $200, and the costs of converting these materials into finished output consists of $100 of direct labour and $250 of production overheads. Output from the process was 100 kg of finished product.

The total costs of processing are $550 and the cost per kilogram of output is $5.50 ($550/100 kg).

1.2 PROCESS INDUSTRY MANUFACTURING

Process production has certain features that make it different from other types of manufacturing.

- In some process industries, output is manufactured in batches of small value but high quantity e.g. matches, paper clips. In continuous processing, however, manufacturing operations never stop. Materials are continually being added to the process and output is continually produced e.g. brewing, paintmaking.
- Usually there are two or more consecutive processes, with output from one process being input to the next process, and finished output only being produced from the final process. For example, suppose there are three consecutive processes, A, B and C. Raw materials might be added to Process A to produce output that is then input to Process B. Further raw materials might be added in Process B, and mixed in with the output from Process A. The output from Process B might then be input to Process C. Output from Process C is the finished product that is sold to customers.

- When processing is continuous, there will be opening inventory in process at the start of any period and closing inventory in process at the end of the period. A problem is to decide what value to put to part-finished inventory in process. Usually, it is necessary to make an estimate of the degree of completion of the closing inventory (which is then part-finished opening inventory at the start of the next period). For example, it might be estimated or measured that closing inventory in a process consists of 100 units of product, which is 100% complete for direct materials but only 50% complete for conversion costs. A value (cost) will then be calculated for the inventory.

- There could be losses in process. By this we mean that if 100 kg of direct materials are input to a process, the output quantity could be less than 100 kg. Loss could be a natural part of the production process, occurring because of evaporation or chemical change or natural wastage.

- There could be more than one product produced from a common input. For example, an oil refinery may produce petrol, diesel, tar, etc. These products may be significant in their own right or a by-product of the process.

The main problems with process costing are therefore:

- how to treat losses

- how to value inventory and finished output when there is opening and closing inventory of work-in-process. At this stage of your studies, you are only required to know how to value finished output and closing work-in-process when there is no opening work-in-process at the start of the accounting period

- how to cost joint and by-products.

1.3 PROCESS INPUT COSTS

The typical costs of a process are direct materials, direct labour and production overheads absorbed into the cost of the process. In process costing the total of the labour costs and the overhead costs tend to be known as costs of conversion.

Definition **Costs of conversion** are the labour costs of the process plus the overheads of the process.

If you come across the term 'conversion costs', it simply means direct labour cost plus production overhead cost.

2 LOSSES

In many processes, some losses in processing are inevitable. When losses occur, the problem arises as to how they should be accounted for.

Suppose that 100 units of materials are input to a process and the processing costs are $720. Losses in the process are 10 units, and so 90 units are output. What is the cost of the output and how should the loss be accounted for?

- One approach would be to say that the cost for each unit is $7.20 ($720/100 units). The cost of the finished goods would therefore be $648 (90 × $7.20) and the cost of the loss would be $72 (10 × $7.20). The loss would be written off as an expense in the income statement.

- Another approach is to say that if losses are a regular and expected aspect of the processing, it is unsatisfactory to make a charge to the income statement for losses every time, knowing that the losses are unavoidable. A more sensible approach is therefore to calculate a cost per unit based on the expected output from the process. In this example, if the expected loss from the process is 90 units, the cost of the finished units would be $8 ($720/90 units). The cost of production would therefore be $720 (90 × $8) and the expected loss, or 'normal loss', has no cost.

This second approach is taken in process costing. The cost per unit of output is calculated after allowing for 'normal loss'. However, a distinction is made between normal loss and unexpected loss or 'abnormal loss'. Abnormal loss is given a cost, which is charged as an expense to the income statement.

Definition **Normal loss** is the expected amount of loss in a process. It is the level of loss or waste that management would expect to incur under normal operating conditions.

Definition **Abnormal loss** is the amount by which actual loss exceeds the expected or normal loss in a process. It can also be defined as the amount by which actual production is less than normal production. Normal production is calculated as the quantity of input units of materials less normal loss.

2.1 NORMAL LOSS

Normal loss is not given a cost.

- If units of normal loss have no scrap value, their value or cost is nil.
- If units of normal loss have a scrap value, the value of this loss is its scrap value, which is set off against the cost of the process. In other words, the cost of finished output is reduced by the scrap value of the normal loss.

Example: Normal loss with no scrap value

Input to a process in June consisted of 1,000 units of direct materials costing $4,300. Direct labour costs were $500 and absorbed production overheads were $1,500. Normal loss is 10% of input. Output from the process in the month was 900 units.

Required:

Calculate the cost per unit of output, and show how this would be shown in the work-in-process account in the cost ledger.

Solution

Actual loss = 1,000 – 900 units = 100 units.

Normal loss = 10% of 1,000 = 100 units.

All loss is therefore normal loss.

Total production costs were $6,300 ($4,300 + $500 + $1,500).

$$\text{Cost per unit of expected output} = \frac{\$6,300}{900 \text{ units}} = \$7 \text{ per unit}$$

Transactions recorded in the process account will be as follows:

Process account

	Units	$		*Units*	$
Direct materials	1,000	4,300	Normal loss	100	–
Direct labour		500	Finished goods	900	6,300
Production overhead absorbed		1,500	(900 units × $7)		
	1,000	6,300		1,000	6,300

Note: In process accounts it is normal to show units of input and output as well as costs.

Normal loss with a scrap value

When normal loss has a scrap value, the value of this loss is set against the costs of production. In the cost accounts, this is done by means of:

Debit Normal loss (or scrap) account

Credit Process account

with the scrap value of the normal loss.

Then:

Debit Bank (or Receivables)

Credit Normal loss (or scrap) account

with the scrap proceeds received

Example

Input to a process in June consisted of 1,000 units of direct materials costing $4,300. Direct labour costs were $500 and absorbed production overheads were $1,500. Normal loss is 10% of input. Loss has a scrap value of $0.90 per unit. Output from the process in the month was 900 units.

Required:

Calculate the cost per unit of output, and show how this would be shown in the process account in the cost ledger.

Solution

Actual loss = 1,000 – 900 units = 100 units. Normal loss = 10% of 1,000 = 100 units. All loss is therefore normal loss. The normal loss has a value of $90, and will be sold for this amount.

Production costs are $6,300 ($4,300 + $500 + $1,500) less the scrap value of normal loss, $90. Production costs are therefore $6,210.

$$\text{Cost per unit of expected output} = \frac{\$6{,}210}{900\text{ units}} = \$6.90\text{ per unit}$$

Transactions recorded in the process account will be as follows:

Process account

	Units	$		Units	$
Direct materials	1,000	4,300	Normal loss	100	90
Direct labour		500	Finished goods	900	6,210
Production overhead absorbed		1,500	(900 units × $6.90)		
	1,000	6,300		1,000	6,300

Normal loss account

	$		$
Process account	90	Bank	90

2.2 ABNORMAL LOSS

Unlike normal loss, abnormal loss is given a cost. The cost of a unit of abnormal loss is the same as a cost of one unit of good output from the process. The cost of abnormal loss is treated as a charge against profit in the period it occurs.

The cost per unit of good output and abnormal loss is the cost of production divided by the expected quantity of output.

In the cost accounts, abnormal loss is accounted for in an abnormal loss account. The double entry transactions are:

Debit Abnormal loss account

Credit Process account

with the cost of the abnormal loss

Then:

Debit Income statement

Credit Abnormal loss account

Example

Input to a process in November was 2,000 units. Normal loss is 5% of input. Costs of production were:

Direct materials	$3,700
Direct labour	$1,300
Production overhead	$2,600

Actual output during November was 1,780 units.

Required:

Calculate the cost per unit of output.

Record these transactions in the cost accounts.

Solution

Expected output = 2,000 units less normal loss of 5% = 2,000 – 100 = 1,900 units.

Actual output = 1,780 units.

Abnormal loss = 1,900 – 1,780 = 120 units.

Total costs of production = $7,600 ($3,700 + $1,300 + $2,600).

$$\text{Cost per unit of expected output} = \frac{\$7,600}{1,900\text{ units}} = \$4 \text{ per unit}$$

Both good output and abnormal loss are valued at this amount.

These transactions should be recorded in the cost accounts as follows:

Process account

	Units	$		*Units*	$
Direct materials	2,000	3,700	Normal loss	100	–
Direct labour		1,300	Abnormal loss (120 × $4)	120	480
Production overhead		2,600	Finished goods (1,780 × $4)	1,780	7,120
	2,000	7,600		2,000	7,600

Abnormal loss account

	$		$
Process account	480	Income statement	480

ACTIVITY 1

Dunmex produces a product in Process A.

The following information relates to the product for week ended 7 January 20X4.

Input 1,900 tonnes, cost $28,804.

Direct labour	$1,050
Process overhead	$1,800

Normal loss is 2% of input.

Output to finished goods was 1,842 tonnes.

Required:

Prepare the Process A account together with any other relevant accounts.

For a suggested answer, see the 'Answers' section at the end of the book.

Abnormal loss with a scrap value

When loss has a scrap value, normal loss is accounted for in the way already described.

With abnormal loss, the cost per unit of loss is calculated and recorded in the way also described above. The scrap value of the loss, however, is set off against the amount to be written off to the profit and loss account.

This is done by means of:

Credit	Abnormal loss account
Debit	Normal loss (scrap) account

with the scrap value of the abnormal loss units.

The balance on the abnormal loss account is then written off to the income statement.

Example

Input to a process in March was 1,000 units. Normal loss is 3% of input. Costs of production were:

Direct materials	$3,705
Direct labour	$600
Production overhead	$3,000

Actual output during November was 950 units. Items lost in process have a scrap value of $1 per unit.

Required:

Calculate the cost per unit of output.

Record these transactions in the process account and the abnormal loss account.

Solution

Expected output = 1,000 units less normal loss of 3% = 970 units.

Actual output = 950 units.

Abnormal loss = 970 – 950 = 20 units.

The scrap value of loss is $1 per unit.

The costs of the process, allowing for the scrap value of normal loss, are as follows.

	$
Direct materials	3,705
Direct labour	600
Production overhead	3,000
	7,305
Less: Scrap value of normal loss (30 × $1)	30
	7,275

$$\text{Cost per unit of expected output} = \frac{\$7,275}{970 \text{ units}} = \$7.50 \text{ per unit}$$

Both good output and abnormal loss are valued at this amount.

These transactions should be recorded in the cost accounts as follows:

Process account

	Units	$		*Units*	$
Direct materials	1,000	3,705	Normal loss	30	30
Direct labour		600	Abnormal loss (20 × $7.50)	20	150
Production overhead		3,000	Finished goods (950 × $7.50)	950	7,125
	1,000	7,305		1,000	7,305

Normal loss account

	$		$
Process account	30	Bank	50
Abnormal loss account	20		
	50		50

Abnormal loss account

	$		$
Process account	150	Normal loss account (scrap value of abnormal loss, 20 × $1)	20
		Income statement (balance)	130
	150		150

3 ABNORMAL GAIN

When actual losses are less than expected losses, there is abnormal gain.

Definition **Abnormal gain** is the amount by which actual output from a process exceeds the expected output. It is the amount by which actual loss is lower than expected loss.

Abnormal gain can therefore be thought of as the opposite of abnormal loss.

- Abnormal gain is given a value. The value per unit of abnormal gain is calculated in the same way as a cost per unit of abnormal loss would be calculated. It is the cost of production divided by the expected units of output.
- Abnormal gain is recorded in an abnormal gain account.
- The gain is then taken to the income statement as an item of profit for the period.
- If loss has any scrap value, the profit should be reduced by the amount of income that would have been earned from the sales of scrap had the loss been normal.

In the cost accounts, abnormal gain is recorded as:

Debit Process account

Credit Abnormal gain account

with the value of the abnormal gain

If loss has a scrap value

Debit Abnormal gain account

Credit Normal loss account

with the scrap value of the abnormal gain. This is income that has not been earned because loss was less than normal.

Then:

Debit Abnormal gain account

Credit Income statement

with the balance on the abnormal gain account.

Example

Scarborough Chemical manufactures a range of industrial and agricultural chemicals. One such product is 'Scarchem 3X' which passes through a single process.

The following information relates to the process for week ended 30 January 20X5.

Input 5,000 litres of material at $12 per litre.

Normal losses are agreed as 4% of input.

Direct labour $710, process overhead $2,130.

Output is 4,820 litres. Waste units have a scrap value of $1 per litre.

Required:

Prepare the process account for the period together with other relevant accounts.

Solution

Expected output = 5,000 litres less normal loss of 4% = 5,000 – 200 = 4,800 litres.
Actual output = 4,820 litres.

Abnormal gain = 4,820 – 4,800 = 20 units.

	$
Direct materials	60,000
Direct labour	710
Production overhead	2,130
	62,840
Less: scrap value of normal loss (200 × $1)	(200)
Production costs	62,640

$$\text{Cost per unit of expected output} = \frac{\$62,640}{4,800 \text{ units}} = \$13.05 \text{ per unit}$$

Both good output and abnormal gains are valued at this amount.

Process a/c

	Units	$		*Units*	$
Direct material	5,000	60,000	Output	4,820	62,901
Direct labour		710	Normal loss	200	200
Process overhead		2,130			
Abnormal gain	20	261			
	5,020	63,101		5,020	63,101

		$
Valuation of output	4,820 litres × $13.05	62,901
Valuation of abnormal gain	20 litres × $13.05	261

Abnormal gain a/c

	Units	$		*Units*	$
Normal loss (scrap value lost)	20	20	Process a/c	20	261
Income statement (balance)		241			
	20	261		20	261

Normal loss a/c

	Units	$		*Units*	$
Process a/c	200	200	Bank	180	180
			Abnormal gain	20	20
		200			200

Finished goods

	Units	$		*Units*	$
Process a/c	4,820	62,901			

Because actual loss was only 180 litres, not the normal loss (expected loss) of 200 litres, the amount of cash obtained from selling the scrap was $180. This is provided for by the adjustment between the abnormal gain account and the normal loss account.

ACTIVITY 2

Input to Process X in June was 100,000 kilograms of direct materials, costing $1 per kilogram. Conversion costs for the month were $135,000. Normal loss is 6%, and loss has scrap value of $1 per unit. Actual output in June was 96,000 kilograms.

Required:

(a) Calculate the cost per unit of output in the month.

(b) Write up the process account, the normal loss (scrap) account and the abnormal loss or abnormal gain account for the month.

For a suggested answer, see the 'Answers' section at the end of the book.

4 THE NATURE OF JOINT PRODUCTS AND BY-PRODUCTS

A single process might produce a number of different products. For example a chemical process might involve a number of chemical inputs which give two different chemical liquids as output and a gas.

Quite often, different products produced by a single process might be given further separate processing, before they are ready for sale.

Example

A company might produce four items from a process, A, B, C and D. A, B and D are liquids, and C is a gas. Product A is then put through a further process to make Product AA and Product B is put through a different process to make Product BB. Product C is sold in its current form without further processing. Product D has very little value, and is also sold without further processing.

Products A, B, C and D are examples of joint products and a by-product from a single process.

Before we look at the difference between joint products and by-products, you need to understand the meaning of 'separation point'.

Definition **Separation point, or split-off point,** in a process manufacturing operation is the point during manufacture where two or more products are produced from a common process. Items produced at the separation point are either sold in their current form or put through further processing before sale.

Up to the separation point, the processing costs are common to all the products that are subsequently produced. A task in process costing is to share the common process costs up to separation point between the different products.

4.1 JOINT PRODUCTS DEFINED

Definition **Joint products** are separate products that emerge from a single process. Each of these products has a **significant sales value** to the organisation.

The key point about joint products is that they are all relatively significant to the organisation in terms of sales value.

4.2 BY-PRODUCTS DEFINED

Definition A **by-product** is a product that is produced from a process, together with other products, that is of **insignificant sales value**.

A by-product is therefore similar to a joint product in that it is one of a number of products output from a process. However whereas joint products are all saleable products with significant sales value, a by-product will usually have such a small selling price or be produced in such small quantities that its overall sales value to the organisation is insignificant.

Conclusion Joint products and by-products are both one of a number of products produced by a process. The distinguishing feature between the two is whether or not they have a significant sales value. If the sales value of the product is significant it will be a joint product, if not it will be a by-product.

Joint products and by-products are treated differently in cost accounting.

5 COSTING WITH JOINT PRODUCTS

Definition **Joint costs** or **common process costs** are the costs incurred in a process that must be split or apportioned amongst the products produced by the process.

When two or more joint products are produced in a common process, a method is needed for sharing the common costs between the different products. For example, if a process costs $100,000 and produces three joint products, X Y and Z, how should the common costs of $100,000 be shared out between the three products?

The answer is that a suitable basis has to be found for apportioning the costs.

5.1 METHODS OF APPORTIONING JOINT COSTS TO JOINT PRODUCTS: PHYSICAL QUANTITY AND SALES VALUE METHODS

There are two main methods of apportioning pre-separation (joint) costs between joint products:

- split the joint costs in proportion to the physical quantity, volume or weight of each product
- split the joint costs in proportion to their relative sales values.

Example

A process produces the following joint products.

Product	*Quantity in kg*	*Selling price per kg*
X	100,000	$1
Y	20,000	$10
Z	80,000	$2.25

The costs incurred in the process prior to the separation point of these three products were $240,000.

Required:

Show how the joint costs would be apportioned to each product on the basis of:

(a) physical quantity, and

(b) relative sales value at the point of separation.

Solution

(a) **Physical quantity method**

	kg
X	100,000
Y	20,000
Z	80,000
	200,000

Cost per kilogram = Total pre-separation costs/Total quantity produced

= $240,000/200,000 kilograms = $1.20 per kg.

Apportionment of joint costs

	kg	$
X	100,000	120,000
Y	20,000	24,000
Z	80,000	96,000
	200,000	240,000

This method may be appropriate in some processes but it can give peculiar results. For example Product X can only be sold for $100,000 (100,000 kg × $1 per kg) and yet under this method $120,000 of costs have been allocated to it.

Apportioning joint costs on the basis of physical quantities produced is also only possible if the joint products can be measured physically in the same way. It is not appropriate, therefore, where joint products are a mixture of solids, liquids and gases.

(b) **Relative sales value method**

Sales value at the point of separation		*Output*	*Sales value per kg*	*Total sales value*
		kg	$	$
	X	100,000	1.00	100,000
	Y	20,000	10.00	200,000
	Z	80,000	2.25	180,000
		200,000		480,000

Cost per $ of sales = Total pre-separation costs/Total sales value
= $240,000/$480,000 = $0.50 of cost per $1 sale value.

Apportionment of joint costs

	Output	*Total sales value*	*Apportionment of cost*
	kg	$	$
X	100,000	100,000	50,000
Y	20,000	200,000	100,000
Z	80,000	180,000	90,000
	200,000	480,000	240,000

This apportionment of costs gives a completely different picture to that based upon the physical quantities of the products produced.

However, because costs are shared on the basis of sales value, it follows that if all the joint products are sold without further processing, the percentage profit margin will be exactly the same for all of the joint products.

Apportioning costs on the basis of sales value overcomes the problem that the joint products might have different physical characteristics. This method can therefore be used to apportion costs between solids, liquids and gases. However, a drawback to this method is that a joint product might not have a sales value at the point of separation, but might need to be processed further before it can be sold.

To overcome this problem, it might be necessary to apportion costs between joint products on the basis of their eventual sales value minus the further processing costs necessary to get them ready for sale. In other words, the costs might have to be apportioned on the basis of their net realisable value.

5.2 METHODS OF APPORTIONING JOINT COSTS TO JOINT PRODUCTS: NET REALISABLE VALUE METHOD

Definition The **net realisable value** of a joint product is its sales value minus its further processing costs after the point of separation.

Example

Three joint products are produced from a common process:

Product X: 20,000 kilos

Product Y: 5,000 litres

Product Z: 10,000 litres.

The joint costs of processing up to the point of separation are $166,000.

Product Z can be sold immediately after separation for $15 per litre. Product X needs further processing, at a cost of $8 per kilo, before it is sold for $20 per kilo. Product Y also needs further processing, at a cost of $2 per litre, before it is sold for $7 per litre

Required:

(a) Calculate the cost per unit of each joint product up to the point of separation, if common costs are apportioned between the products on the basis of net realisable value.

(b) Calculate the profit or loss per unit of each joint product.

Solution

Both parts of the problem can be dealt with together.

	Product X	*Product Y*	*Product Z*	*Total*
Units	20,000 kg	5,000 litres	10,000 litres	
	$	$	$	$
Final sales value	400,000	35,000	150,000	
Further processing costs	160,000	10,000	0	
Net realisable value	240,000	25,000	150,000	415,000
Pre-separation costs	96,000	10,000	60,000	166,000
Profit	144,000	15,000	90,000	249,000
Profit per unit	$7.20	$3.00	$9.00	

Apportionment basis = Common costs/Net realisable value

= $166,000/$415,000 = $0.40 of cost per $1 net realisable value.

ACTIVITY 3

A process produces two joint products X and Y. During August the process costs attributed to completed output amounted to $122,500. Information relating to X and Y is as follows:

Product	*Output*	*Sales price*	*Further processing cost*
	(tonnes)	$	$
X	3,000	150	30
Y	4,000	50	–

(a) Calculate the cost attributed to each joint product using:

(i) the weight basis of apportionment

(ii) net realisable value basis of apportionment.

(b) For each basis of apportionment calculate the total profit and profit per unit for each product.

For a suggested answer, see the 'Answers' section at the end of the book.

6 COSTING WITH BY-PRODUCTS

The costing treatment of by-products is different from the costing treatment of joint products. Since by-products have very little sales value, it is pointless to try working out a cost and a profit for units of by-product. By-products are incidental output, not main products.

Either of two accounting treatments is used for a by-product.

(a) **Method 1**. Treat the income from the by-product as incidental income, and add it to sales in the income statement.

(b) **Method 2**. Instead of adding the income from by-product sales to total sales income in the income statement, deduct the sales value of the by-product from the common processing costs. The pre-separation costs for apportioning between joint products is therefore the actual pre-separation costs minus the sales value of the by-product.

7 THE VALUE OF COST DATA AND PROFIT DATA WITH JOINT PRODUCTS

A cost per unit of joint product and a profit per unit can only be calculated by apportioning pre-separation costs between the products. Pre-separation costs can be a very high proportion (as much as 100%) of the total production cost of a joint product.

It is questionable whether the cost and profit information in such cases has much value as management information. For example:

- If a joint product appears to be making a loss, management cannot decide to stop making the product. In order to carry on making the other joint products that are making a 'profit', the 'loss-making' joint product will have to be made as well.

- Apportioning joint costs is arbitrary. The apportionment basis should be 'fair', but entirely different costs and profits can be calculated for joint products, depending on whether the physical quantity or the net realisable value method of apportionment is used.

- Since cost data and profit data are of questionable meaning and value, it can be argued that where joint products are produced management should monitor total costs and total profits for all of the joint products together, instead of trying to analyse costs and profitability for each product separately.

8 EVALUATING THE BENEFIT OF FURTHER PROCESSING

So far, we have looked at how a cost per unit is calculated for joint products, and the point has been made that unit cost information and product profitability information are of doubtful value.

A completely different costing problem arises when management think about what to do with joint products after the point of separation. A joint product might be in a condition to sell at the point of separation, but can also be processed further to sell for a higher price. In such cases, management have to decide whether to sell the product immediately after the point of separation, or whether to process the product further before selling it.

It is assumed that further processing of products after the point of separation is independent i.e. a decision to process one joint product in no way affects the decision to process further the other joint products.

The pre-separation costs of the common processing of the joint products are irrelevant to the further processing decision. The joint costs are not affected by whether individual products are further processed, and are therefore not relevant to the decision under consideration.

To evaluate processing of the individual products it is necessary to identify the **incremental** costs and **incremental** revenues relating to that further processing, i.e. the **additional** costs and revenue brought about directly as a result of that further processing.

Example

The following data relates to Products A and B produced from a joint process:

	Quantity produced	*Sales price at split-off point*	*Further processing costs*	*Sales price after further processing*
	kg	$ per kg		$ per kg
Product A	100	5	$280 plus $2.00 per kg	8.40
Product B	200	2	$160 plus $1.40 per kg	4.50

Common costs prior to the split-off point are $750.

Should each product be sold at the split-off point, or processed further before sale?

Solution

Evaluation of further processing

	Product A		*Product B*	
	$	$	$	$
Sales value after further processing		840		900
Sales value at split off point		500		400
Incremental sales revenue from further processing		340		500
Further processing costs				
Fixed (step cost)	280		160	
Variable	200		280	
		480		440
Gain/(loss) from further processing		(140)		60

On the basis of these figures the recommendation would be:

Product A	Sell at split-off point for $5.
Product B	Sell for $4.50 after further processing.

This would result in overall profits on this **production** volume of:

	$
Common process ($5 × 100) + ($2 × 200) – $750	150
Further processing of B	60
Profit	210

The recommendation to sell A at the split-off point and B after further processing is based on two assumptions.

(a) All relevant 'effects' of the decision have been included, i.e. quantified.

(b) Production volume achieved is A 100 kg, B 200 kg.

Before a final decision is made these assumptions must be considered.

(a) **All effects of decision quantified**

The course of action recommended could have other effects not included above, e.g.:

- Products A and B in their final state may be in some way 'complementary' i.e. it may only be possible to sell B for $4.50 if A is also available in a further processed state at a price of $8.40.
- The company may currently be carrying out further processing of A. The decision above could therefore result in having to reduce the workforce employed in this processing. The remaining workforce could, for example, go out on strike, causing a loss of production and sales of A and B. These factors should be carefully assessed before a final decision is made.

(b) **Production volume**

By looking in more detail at the further processing of A it is possible to see that further processing of 1 kg of A results in an incremental contribution of:

	$
Incremental revenue $(8.40 – 5.00)	3.40
Incremental variable cost	2.00
Incremental contribution	1.40

It is therefore possible to identify the level of activity at which further processing of A becomes worthwhile i.e. the 'break-even volume'.

$$\text{Break-even volume} = \frac{\text{Incremental fixed costs}}{\text{Incremental contribution per kg}}$$

$$= \frac{\$280}{\$1.40}$$

$$= 200 \text{ kgs}$$

Hence, if the volume of A in the future is greater than 200 kgs, further processing becomes economically worthwhile.

CONCLUSION

Process costing is a form of absorption costing used in processing industries. One key feature of process costing is that any expected losses are not given any cost or value, except for any scrap value they might have, and costs per unit are calculated on the basis of expected output. If actual output differs from expected output, there is abnormal loss or abnormal gain, which are given a cost/value.

The joint product further processing decision has introduced a new aspect of cost and management accounting, namely the use of relevant cost and revenue information to assist management with decision making. Accounting for decision making is based on the use of relevant costing and marginal costing.

KEY TERMS

Costs of conversion – the labour costs of the process plus the overheads of the process.

Normal loss – expected amounts of loss in a production process. It is the level of loss or waste that management would expect to incur under normal operating conditions.

Abnormal loss – the amount by which actual loss exceeds the expected or normal loss in a process. It can also be defined as the amount by which actual production is less than normal production. Normal production is calculated as the quantity of input units of materials less normal loss.

Abnormal gain – the amount by which actual output from a process exceeds the expected output. It is the amount by which actual loss is lower than expected loss.

Split-off or separation point – before this point joint products cannot be distinguished. Costs at this point are therefore common and must be apportioned on some basis.

Joint product – a separate product produced from a joint process which has a significant sales value.

By-product – a separate product that is produced incidentally from a joint process and which has an insignificant sales value.

Joint costs – are the costs incurred in a process that must be split or apportioned amongst the products produced by the process. Joint costs are also known as common process costs.

Net realisable value – sales value less any further processing costs.

SELF TEST QUESTIONS

		Paragraph
1	Name four industries where process costing would be used.	1.1
2	Define the term normal loss.	2, 2.1
3	Define the term abnormal loss.	2, 2.2
4	What is the accounting entry for the scrap value of abnormal loss?	2.2
5	Define the term abnormal gain.	3

6	What is the difference between a joint product and a by-product?	4.1, 4.2
7	Name three methods of apportioning pre-separation process costs between joint products.	5.1, 5.2
8	With which of these three methods is the percentage gross profit margin per unit the same for all of the joint products?	5.1
9	What are the two methods normally used to account for by-products?	6

EXAM-STYLE QUESTIONS

Questions 1 and 2 are based on the following data:

Joint products	*Output (kg)*	*Selling price per kg*
X	5,000	$10
Y	10,000	$4
Z	10,000	$3

Joint costs of the process are $100,000.

1 If the joint costs of the process are apportioned to each product on the basis of physical quantity, the profit per unit of Product X is:

A $4

B $6

C $8

D $10

2 If the joint costs of the process are apportioned to each product on the basis of sales value, the total profit of Product Y is:

A $20,000

B $16,667

C $6,667

D $2,000

3 Which of the following statements is correct?

A When joint costs are apportioned on the basis of physical quantity the percentage profit margin is the same for all joint products

B There will be a higher total profit if joint costs are apportioned on the basis of sales value rather than on the basis of physical quantity

C By-products are separate products produced from a joint process which have a significant sales value

D The normal accounting treatment for by-products is to deduct the sales value from common costs

4 Which one of the following statements is *incorrect*?

A Job costs are collected separately, whereas process costs are averages

B In job costing the progress of a job can be ascertained from the materials requisition notes and job tickets or time sheets

C In process costing information is needed about work passing through a process and work remaining in each process

D In process costing, but not job costing, the cost of normal loss will be incorporated into normal product costs

5 In a process account, abnormal losses are valued:

A at their scrap value

B at the same cost per unit as good production

C at the cost of raw materials

D at good production cost less scrap value

6 A chemical process has a normal wastage of 10% of input. In a period, 2,500 kgs of material were input and there was an abnormal loss of 75 kgs.

What quantity of good production was achieved?

A 2,175 kgs

B 2,250 kgs

C 2,325 kgs

D 2,475 kgs

The following information is relevant to questions 7 and 8

Mineral Separators Ltd operates a process which produces four unrefined minerals known as W, X, Y and Z. The joint costs for operating the process and output for Period 5 were as below. Process overhead is absorbed by adding 25% of the labour cost.

Joint costs for period 5

	$
Raw material	75,000
Labour	24,000

Inventory levels shown below were on hand at the end of the period, although there was no work-in-progress at that date. The price received per tonne of unrefined mineral sold is shown below and it is confidently expected that these prices will be maintained.

Inventory at the end of period 5

	Tonnes
W	30
X	20
Y	80
Z	5

Output for Period 5

	Tonnes
W	700
X	600
Y	400
Z	100

Price per tonne

	$
W	40
X	90
Y	120
Z	200

7 If joint costs are allocated to products on the basis of sales value, how much would be charged to product X?

A $14,000

B $19,600

C $33,600

D $37,800

8 If weight of output is used as the basis of inventory valuation, then the cost value of the closing inventory for product Y would be:

A $292

B $1,167

C $1,750

D $4,667

The following information is relevant to questions 9 and 10

A company processes slurge through two consecutive processes. During Period 12, there was no opening or closing work-in-progress in either process.

Other data for Period 12 were as follows:

Input to Process 1: 2,000 kilograms, material cost $5,000

Normal loss in Process 1: 5% of input

Output to Process 2: 1,850 kilograms

Labour and overhead costs (conversion costs) in Process 1: $4,500.

Added materials in Process 2, cost $1,567

Normal loss in Process 2: 2% of input from Process 1

Output of finished slurge: 1,840 kilograms

Labour and overhead costs (conversion costs) in Process 2: $5,500.

9 What is the value of output from Process 1:

A $9,000

B $9,750

C $9,250

D $9,500

10 If weight of output is used as the basis of inventory valuation, then the cost value of the closing inventory for product Y would be:

A $135

B $235

C $143

D $243

For the answers to these questions, see the 'Answers' section at the end of the book.

Chapter 12

SERVICE COSTING

In the previous chapters on costing methods, the methods described have been relevant to manufacturing operations. Cost accounting had its origins in manufacturing, but nowadays, many businesses provide services rather than manufacture goods. The principles of costing, both absorption and marginal costing, can be applied to service costing. This chapter looks at the characteristics of service costing. This chapter covers syllabus area C5.

CONTENTS

LEARNING OUTCOMES

At the end of this chapter you should be able to:

- describe the characteristics of service costing
- describe the practical problems relating to the costing of services
- identify situations (cost centres and industries) where the use of service costing is appropriate
- illustrate suitable cost units that may be used for a variety of services
- calculate service unit costs in a variety of situations.

---

1 WHEN TO USE SERVICE COSTING

Service costing is used when there is no physical product, to obtain a cost for each unit of service provided. Note that inventories of services cannot be held.

When the service can be measured in standard units, costs can be charged to activities and averaged over the units to obtain a cost per cost unit of service. Costing services in this way is appropriate when the service can be expressed in a standardised unit of measurement. For example, an accountant in practice would provide an individual service to each client, but the service could be measured in man-hour units.

Services can be:

- External services to a customer, for which a price is charged. Examples are the provision of telephone and electricity services, consultancy, auditing services by a firm of accountants, hotel services, travel services and so on.
- Internal services within an organisation can be any activity performed by one department for another, such as machine repairs, services of an IT department, payroll activities and so on.

2 SERVICE COSTS AND COST UNITS

2.1 IDENTIFICATION OF COST UNITS

A major problem in service industries is the selection of a suitable unit for measuring the service, i.e. in deciding what service is actually being provided and what measures of performance are most appropriate to the control of costs. Some cost units used in different activities are given below.

Service	*Cost unit*
Electricity generation	Kilowatt hours
Canteens and restaurants	Meals served
Carriers	Miles travelled: ton-miles carried
Hospitals	Patient-days
Passenger transport	Passenger-miles: seat-miles
Accountancy	Accountant-hour (man hour)

Where cost units are in two or more parts such as patient-days or passenger miles these are known as composite cost units.

A service undertaking may use several different units to measure the various kinds of service provided, e.g. a hotel with a restaurant and function rooms might use a different cost unit for each different service:

Service	*Cost unit*
Restaurant	Meals served
Hotel services	Guest-days
Function facilities	Hours rented

When appropriate cost units have been determined for a particular service, provision will need to be made for the collection of the appropriate statistical data. In a transport organisation this may involve the recording of mileages day-by-day for each vehicle in the fleet. For this each driver would be required to complete a log sheet. Information relating to fuel usage per vehicle and loads or weight carried may also be recorded on the log sheet.

2.2 COLLECTION, CLASSIFICATION AND ASCERTAINMENT OF COSTS

Costs will be classified under appropriate headings for the particular service. This will involve the issue of suitable cost codes to be used in the recording and, therefore, the collection of costs.

Example

For a transport undertaking the main cost classification may be based on the following activities:

- operating and running the fleet
- repairs and maintenance
- fixed charges
- administration.

Within each of these there would need to be a sub-classification of costs, each with its own code, so that under 'fixed charges', there might appear the following breakdown:

- road fund licences
- insurances
- depreciation
- vehicle testing fees
- others.

In service costing it is often important to classify costs into their fixed and variable elements. Many service applications involve high fixed costs and the higher the number of cost units produced the lower the fixed costs per unit. The variable cost per unit will indicate to management the additional cost involved in the provision of one extra unit of service. In the context of a transport undertaking, fixed and variable costs are often referred to as standing and running costs respectively.

2.3 COST SHEETS

Definition **A cost sheet** is a record of costs for each service provided.

At appropriate intervals (usually weekly or monthly) cost sheets will be prepared by the costing department to provide information about the appropriate service to management. A typical cost sheet for a service would incorporate the following for the current period and the cumulative year to date:

(a) cost information over the appropriate expense or activity headings

(b) cost units statistics

(c) cost per unit calculations using the data in (a) and dividing by the data in (b). Different cost units may be used for different elements of costs and the same cost or group of costs may be related to different cost unit bases to provide additional control information to management. In the transport organisation, for example, the operating and running costs may be expressed in per mile, per vehicle and per day terms

(d) analyses based on the actual cost units.

In service industries, as in industries with physical output, management accountants can provide useful information by calculating the cost required to produce a cost unit.

3 COST ANALYSIS IN SERVICE INDUSTRIES

Cost reports are derived from the cost sheets and other data collected. Usually costs are presented as totals for the period, classified often into fixed and variable costs. It is impossible to illustrate costing for every type of service, because each service has its own different characteristics and different cost units. The following examples are provided as illustration. You might wish to try calculating a cost per unit of service for each example before you read our solution.

3.1 EXAMPLE: POWER SUPPLY INDUSTRY

The following figures relate to two electricity supply companies.

Meter reading, billing and collection costs

	Company A	*Company B*
	$000	$000
Salaries and wages of:		
Meter readers	150	240
Billing and collection staff	300	480
Transport and travelling	30	40
Collection agency charges	–	20
Bad debts	10	10
General charges	100	200
Miscellaneous	10	10
	600	1,000
Units sold (millions)	2,880	9,600
Number of consumers (thousands)	800	1,600
Sales of electricity (millions)	$18	$50
Size of area (square miles)	4,000	4,000

Required:

Prepare a comparative cost statement using suitable units of cost. Brief notes should be added, commenting on likely causes for major differences in unit costs so disclosed.

Solution

Electricity Boards A and B Comparative costs – year ending ...

	Company A		*Company B*	
	$000	*% of total*	$000	*% of total*
Salaries and wages:				
Meter reading	150	25.0	240	24.0
Billing and collection	300	50.0	480	48.0
Transport/travelling	30	5.0	40	4.0
Collection agency	–	–	20	2.0
Bad debts	10	1.7	10	1.0
General charges	100	16.6	200	20.0
Miscellaneous	10	1.7	10	1.0
	600	100.0	1,000	100.0

	$	$
Cost per:		
Millions units sold	208	104
Thousand consumers	750	625
$m of sales	33,333	20,000
Square mile area	150	250

Possible reasons for unit cost differences are given below.

- **Area density.** B covers the same size of area but has double the number of consumers, indicating that B is a more urban territory.
- **Industrialisation.** Costs per unit are almost twice as high for A but the pattern is not continued for costs in relation to sales value. B, therefore, probably contains a higher proportion of industrial consumers at cheaper rates.
- **Territory covered.** Comparative costs per square mile deviate from the pattern shown by the other measurement units, confirming that the bulk of costs is incurred in relation to consumers and usage.

3.2 EXAMPLE: TRANSPORT OPERATIONS

Remix plc makes ready-mixed cement and operates a small fleet of vehicles which delivers the product to customers within its delivery area.

General data

Maintenance records for the previous five years reveal the following data:

Year	*Mileage of vehicles*	*Maintenance cost* $
1	170,000	13,500
2	180,000	14,000
3	165,000	13,250
4	160,000	13,000
5	175,000	13,750

Transport statistics reveal the following data:

Vehicle	*Number of journeys each day*	*Average tonnage carried to customers (tonnes)*	*Average distance to customers (miles)*
1	6	4	10
2	4	4	20
3	2	5	40
4	2	6	30
5	1	6	60

There are five vehicles operating a five-day week, for 50 weeks a year.

Drivers and supervisors are paid for 52 weeks a year.

Inflation can be ignored.

Standard cost data include the following:

Drivers' wages	$150 each per week
Supervisors' wages	$200 per week
Depreciation is on a straight-line basis with no residual value	
Loading equipment	Cost $100,000. Life 5 years
Vehicles	Cost $30,000 each. Life 5 years
Petrol/oil costs	$0.20 per mile
Repairs cost	$0.075 per mile
Vehicle licences cost	$400 pa for each vehicle
Insurance costs	$600 pa for each vehicle
Tyres cost	$3,000 pa in total
Miscellaneous costs	$2,250 pa in total

Required:

You are required to calculate a standard rate per tonne/mile of operating the vehicles.

Solution

Calculation of standard rate per tonne/mile.

	$	$
Running costs:		
Maintenance costs (W1)	0.050	
Petrol/oil	0.200	
Repairs cost	0.075	
	0.325	
Total per annum: $0.325 × 170,000 (W2)		55,250
Sundry costs:		
Maintenance costs (W1)	5,000	
Drivers' wages: $150 × 52 × 5	39,000	
Supervisors' wages: $200 × 52	10,400	
Depreciation of loading equipment: $100,000 ÷ 5	20,000	
Depreciation of vehicles: $30,000 × 5 ÷ 5	30,000	
Vehicle licences: $400 × 5	2,000	
Insurance: $600 × 5	3,000	
Tyres	3,000	
Miscellaneous costs	2,250	
		114,650
		169,900

$$\text{Standard rate per tonne/mile} = \frac{\$169{,}900}{420{,}000 \text{ (W3)}} = \$0.4045 \text{ per tonne/mile.}$$

Workings

(W1) Maintenance cost, separation of fixed and variable elements using high-low method

	Mileage	*Maintenance*
		$
High	180,000	14,000
Low	160,000	13,000
Variable cost	20,000	1,000

Variable/running cost per mile = $\frac{\$1,000}{20,000}$

= $0.05 per mile

Total cost = Total fixed cost + Variable cost per mile × Number of miles

$14,000 = Total fixed cost + ($0.05 × 180,000)

Total fixed cost = $(14,000 – 9,000) = $5,000

(W2) Distance travelled

Vehicle		
1	6 × 10 × 2	= 120
2	4 × 20 × 2	= 160
3	2 × 40 × 2	= 160
4	2 × 30 × 2	= 120
5	1 × 60 × 2	= 120
		680

Total distance travelled = 680 miles × 5 days × 50 weeks = 170,000 miles per annum

(W3) Number of tonne/miles

Vehicle		
1	6 × 4 × 10	= 240
2	4 × 4 × 20	= 320
3	2 × 5 × 40	= 400
4	2 × 6 × 30	= 360
5	1 × 6 × 60	= 360
		1,680

Total tonne/miles = 1,680 tonne/miles × 5 days × 50 weeks = 420,000 tonne/miles per annum

4 SERVICE COSTING FOR INTERNAL SERVICES

Internal services may be set up as profit centres rather than cost centres to encourage managers to be efficient and to enable comparison with external suppliers. For example the IT dept, legal services and building repairs could all be operated as profit centres charging internal departments for their services and calculating the notional profit made on their activities.

Costs of internal services can be determined in the same way as for service organisations and may be used to measure the efficiency of departments or compare their costs with using subcontractors.

CONCLUSION

In this chapter costing principles have been applied to service organisations. You should now be able to explain how and when service costing should be used, and be able to prepare cost statements from cost and related data.

KEY TERMS

Service costing – used when there is no physical product.

Cost sheet – a record of costs for each service provided.

Composite cost units – when cost units are in two or more parts, such as patient-days.

SELF TEST QUESTIONS

		Paragraph
1	Give some examples of cost units appropriate to service industries.	2.1
2	What is the function of a cost sheet?	2.3

EXAM-STYLE QUESTIONS

1 Which of the following is NOT likely to be used in the National Health Service?

A Cost per patient

B Cost per bed-day

C Bed throughput

D Profit per patient

2 What is used to record costs for each service that is provided in the National Health Service?

A Service sheet

B Cost sheet

C Operational sheet

D Operation sheet

For the answers to these questions, see the 'Answers' section at the end of the book.

PRACTICE QUESTION

The following questions illustrates the type of calculations that may be examined in this area. In an exam scenario students would only be asked to calculate one of these ratios and there would be a selection of multiple choice answers as alternatives.

(a) The information below is provided for a 30-day period for the Rooms Department of a hotel.

The hotel calculates a number of statistics, including the following:

Room occupancy	Total number of rooms occupied as a percentage of rooms available to let.
Bed occupancy	Total number of beds occupied as a percentage of beds available.
Average guest rate	Total revenue divided by number of guests.
Revenue utilisation	Actual revenue as a percentage of maximum revenue from available rooms.
Average cost per occupied bed	Total cost divided by number of beds occupied.

Calculate the following statistics to one decimal place.

Room occupancy (%)	**(2 marks)**
Bed occupancy (%)	**(2 marks)**
Average guest rate ($)	**(2 marks)**
Revenue utilisation (%)	**(2 marks)**
Cost of cleaning supplies per occupied room per day ($)	**(2 marks)**
Average cost per occupied bed per day ($)	**(2 marks)**

(b) Identify one cost centre which might exist in a hotel, excluding the Rooms Department. For the cost centre identified give an appropriate cost unit. **(2 marks)**

	Rooms with twin beds	*Single rooms*
Number of rooms in hotel	260	70
Number of rooms available to let	240	40
Average number of rooms occupied daily	200	30
Number of guests in period	6,450	
Average length of stay	2 days	
Total revenue in period	$774,000	
Number of employees	200	
Payroll costs for period	$100,000	
Items laundered in period	15,000	
Cost of cleaning supplies in period	$5,000	
Total cost of laundering	$22,500	
Listed daily rate for twin-bedded room	$110	
Listed daily rate for single room	$70	

For a suggested answer, see the 'Answers' section at the end of the book.

Chapter 13

CVP ANALYSIS

In most of the text so far, a variety of costing methods have been described for calculating a cost per unit, from which it is then possible to establish the total costs and the profitability of cost units, such as individual products, jobs or services.

Measuring costs and profits is just one aspect of cost and management accounting. A completely different aspect is the provision of cost information to assist management with decision making.

Accounting for decision making is based on the concept of relevant costs. A starting point for understanding and applying relevant costs is marginal costing. Marginal costing can be used to identify how total costs change as the volume of activity (sales) changes. It can therefore be used to provide management information about costs and profits at different volumes of activity. This is commonly known as cost-volume profit analysis (CVP analysis) or break-even analysis. This chapter covers syllabus area D1.

CONTENTS

LEARNING OUTCOMES

At the end of this chapter you should be able to:

- calculate contribution per unit and the contribution/sales ratio
- explain the concept of break-even and margin of safety
- use contribution per unit and contribution/sales ratio to calculate break-even point and margin of safety
- analyse the effect on break-even point and margin of safety of changes in selling price and costs
- use contribution per unit and contribution/sales ratio to calculate the sales required to achieve a target profit
- interpret break-even and profit/volume charts for a single product or business.

1 COSTS, VOLUMES AND PROFITS

Cost-volume-profit (CVP) analysis is a technique for analysing how costs and profits change with the volume of production and sales. It is also called break-even analysis.

CVP analysis assumes that selling prices and variable costs are constant per unit at all volumes of sales, and that fixed costs remain fixed at all levels of activity.

1.1 UNIT COSTS AND VOLUME

As a business produces and sells more output during a period, its profits will increase. This is partly because sales revenue rises as sales volume goes up. It is also partly because unit costs fall. As the volume of production and sales go up, the fixed cost per unit falls since the same amount of fixed costs are shared between a larger number of units.

Example

A business makes and sells a single product. Its variable cost is $6 and it sells for $11 per unit. Fixed costs are $40,000 each month.

We can measure the unit cost and the unit profit at different volumes of output and sales. The table below shows total costs, revenue and profit, and unit costs, revenue and profit, at several levels of sales.

TOTAL COSTS,
REVENUE AND PROFIT

	10,000 units	*15,000 units*	*20,000 units*
	$	$	$
Variable costs	60,000	90,000	120,000
Fixed costs	40,000	40,000	40,000
Total costs	100,000	130,000	160,000
Sales revenue	110,000	165,000	220,000
Profit	10,000	35,000	60,000

UNIT COSTS, REVENUE
AND PROFIT

	10,000 units	*15,000 units*	*20,000 units*
	$ per unit	$ per unit	$ per unit
Variable costs	6.0	6.00	6.0
Fixed costs	4.0	2.67	2.0
Total costs	10.0	8.67	8.0
Sales revenue	11.0	11.00	11.0
Profit	1.0	2.33	3.0

As the sales volume goes up, the cost per unit falls and the profit per unit rises. This is because the fixed cost per unit falls as volume increases, in contrast to unit variable costs and the selling price per unit which are constant at all volumes of sales.

To analyse how profits and costs will change as the volume of sales changes, we can adopt a marginal costing approach. This is to calculate the total contribution at each volume of sales, then deduct fixed costs to obtain the profit figure.

CALCULATION OF PROFIT USING A MARGINAL COSTING APPROACH

	10,000 units		*15,000 units*		*20,000 units*	
	$	$ per unit	$	$ per unit	$	$ per unit
Sales revenue	110,000	11.0	165,000	11.0	220,000	11.0
Variable costs	60,000	6.0	90,000	6.0	120,000	6.0
Contribution	50,000	5.0	75,000	5.0	100,000	5.0
Fixed costs	40,000		40,000		40,000	
Profit	10,000		35,000		60,000	

1.2 THE IMPORTANCE OF CONTRIBUTION IN CVP ANALYSIS

Contribution is a key concept in CVP analysis, because if we assume a constant variable cost per unit and the same selling price at all volumes of output, the contribution per unit is a constant value (and the contribution per $1 of sales is also a constant value).

Definition **Unit contribution** = Selling price per unit – variable costs per unit.

Definition **Total contribution**

= Volume of sales in units × (unit contribution); or

= Total sales revenue – total variable cost; or

= Total sales revenue × contribution/sales ratio

Definition **Contribution/Sales ratio or C/S ratio**

= Contribution per unit/Sales price per unit; or

= Total contribution/Total sales revenue

2 USES OF CVP ANALYSIS

CVP analysis is used widely in preparing financial reports for management. It is a simple technique that can be used to estimate profits and make decisions about the best course of action to take. Applications of CVP analysis include:

- estimating future profits
- calculating the break-even point for sales
- analysing the margin of safety in the budget
- calculating the volume of sales required to achieve a target profit
- deciding on a selling price for a product.

2.1 ESTIMATING FUTURE PROFITS

CVP analysis can be used to estimate future profits.

Example

ZC Limited makes and sells a single product. Its budgeted sales for the next year are 40,000 units.

The product sells for $18.

Variable costs of production and sales are:

	$
Direct materials	2.40
Direct labour	5.00
Variable production overhead	0.50
Variable selling overhead	1.25

Fixed expenses are estimated for the year as:

	$
Fixed production overhead	80,000
Administration costs	60,000
Fixed selling costs	90,000
	230,000

Required:

Calculate the expected profit for the year.

Solution

Variable cost per unit = $(2.40 + 5.00 + 0.50 + 1.25) = $9.15

Unit contribution = Sales price – Unit variable cost = $18 – $9.15 = $8.85.

	$
Budgeted contribution (40,000 units × $8.85)	354,000
Budgeted fixed costs	230,000
Expected profit	124,000

2.2 BREAK-EVEN ANALYSIS

Break-even is the volume of sales at which the business just 'breaks even', so that it makes neither a loss nor a profit. At break-even point, total costs equal total revenue. Calculating the break-even point can be useful for management because it shows the minimum volume of sales which must be achieved to avoid making a loss in the period.

At break-even point, total contribution is just large enough to cover fixed costs. In other words, at break-even point:

Total contribution = Fixed costs

The break-even point in units of sale can therefore be calculated as:

$$\text{Break-even point in units of sale} = \frac{\text{Fixed costs}}{\text{Contribution per unit}}$$

Example

A business makes and sells a single product, which sells for $15 per unit and which has a unit variable cost of $7. Fixed costs are expected to be $500,000 for the next year.

Required:

(a) What is the break-even point in units?

(b) What is the break-even point in sales revenue?

(c) What would be the break-even point if fixed costs went up to $540,000?

(d) What would be the break-even point if fixed costs were $500,000 but unit variable costs went up to $9?

Solution

(a) Unit contribution = $15 – $7 = $8. Fixed costs = $500,000

$$\text{Break-even point} = \frac{\$500{,}000}{\$8 \text{ per unit}} = 62{,}500 \text{ units}$$

(b) 62,500 units at $15 each results in a break-even sales revenue of $937,500. This figure can also be calculated by using another formula:

$$\text{Break-even point in \$ of sale} = \frac{\text{Fixed costs}}{\text{C/S ratio}}$$

In this example the C/S ratio is $8/$15 = 0.5333

The break-even point is therefore $500,000/0.53333 = $937,500

(c) Unit contribution = $8. Fixed costs = $540,000

$$\text{Break-even point} = \frac{\$540{,}000}{\$8 \text{ per unit}} = 67{,}500 \text{ units}$$

(d) Unit contribution = $15 – $9 = $6. Fixed costs = $500,000

$$\text{Break-even point} = \frac{\$500{,}000}{\$6 \text{ per unit}} = 88{,}333 \text{ units}$$

ACTIVITY 1

Fylindales Fabrication produce hinges. The selling price per unit is $30, raw materials and other direct costs are $10 per unit and period fixed costs are $5,000.

Required:

Calculate how many hinges must be sold to break-even in a budget period. What is the value of sales revenue at the break-even point?

For a suggested answer, see the 'Answers' section at the end of the book.

2.3 MARGIN OF SAFETY

Actual sales volume may not be the same as budgeted sales volume. Actual sales may fall short of budget or exceed budget. A useful analysis of business risk is to look at what might happen to profit if actual sales volume is less than budgeted.

The difference between the budgeted sales volume and the break-even sales volume is known as the **margin of safety**. It is simply a measurement of how far sales can fall short of budget before the business makes a loss. A large margin of safety indicates a low risk of making a loss, whereas a small margin of safety might indicate a fairly high risk of making a loss. It therefore indicates the vulnerability of a business to a fall in demand.

It is usually expressed as a percentage of budgeted sales.

Example

Budgeted sales: 80,000 units

Selling price: $8

Variable costs: $4 per unit

Fixed costs: $200,000 pa

Break-even volume $= \frac{200,000}{8-4}$

$= 50,000$ units

Margin of safety $= (80,000 - 50,000)$ units

$= 30,000$ units or 37½% of budget

The margin of safety may also be expressed as a percentage of actual sales or of maximum capacity.

In this example, the margin of safety seems quite large, because actual sales would have to be almost 40% less than budget before the business made a loss.

ACTIVITY 2

Your company makes and sells a single product, which has a selling price of $24 per unit. The unit variable cost of sales is $18. Budgeted sales for the year are 140,000 units. Budgeted fixed costs for the year are $800,000.

Required:

(a) Calculate the break-even point in units and $.

(b) Calculate the margin of safety, as a percentage of budgeted sales.

For a suggested answer, see the 'Answers' section at the end of the book.

2.4 TARGET PROFIT

CVP analysis can also be used to calculate the volume of sales that would be required to achieve a target level of profit. To achieve a target profit, the business will have to earn enough contribution to cover all of its fixed costs and then make the required amount of profit.

Target contribution = Fixed costs + Target profit

Example

Northcliffe Engineering Ltd has capital employed of $1 million. Its target return on capital employed is 20% per annum.

Northcliffe manufactures a standard product 'N1'.

Selling price of 'N1' = $60 unit

Variable costs per unit = $20

Annual fixed costs = $100,000

Required:

What volume of sales is required to achieve the target profit?

Solution

The target profit is 20% of $1 million = $200,000.

	$
Target profit	200,000
Fixed costs	100,000
Target contribution	300,000

Target sales volume

$$= \frac{\text{Target contribution}}{\text{Contribution per unit}}$$

$$= \frac{\$300,000}{\$40}$$

$$= 7,500 \text{ units}$$

$$\text{Target sales revenue} = \frac{\text{Target contribution}}{\text{C/S ratio}}$$

C/S ratio = $40 /$60 = 0.666667

Target sales revenue = $300,000/0.666667 = $450,000

Proof:

Sales volume	7,500 units
	$
Sales	450,000
Less: Variable costs	150,000
Contribution	300,000
Fixed costs	100,000
Profit	200,000

ACTIVITY 3

Druid Limited makes and sells a single product, Product W, which has a variable production cost of $10 per unit and a variable selling cost of $4. It sells for $25. Annual fixed production costs are $350,000, annual administration costs are $110,000 and annual fixed selling costs are $240,000.

Required:

Calculate the volume of sales required to achieve an annual profit of $400,000.

For a suggested answer, see the 'Answers' section at the end of the book.

2.5 DECIDING ON A SELLING PRICE

CVP analysis can be useful in helping management to compare different courses of action and select the option that will earn the biggest profit. For example, management might be considering two or more different selling prices for a product, and want to select the profit-maximising price.

The profit-maximising price is the contribution-maximising price.

Example

A company has developed a new product which has a variable cost of $12. Fixed costs relating to this product are $48,000 each month. Management is trying to decide what the selling price for the product should be. A market research report has suggested that monthly sales demand for the product will depend on the selling price chosen, as follows:

Sales price	$16	$17	$18
Expected monthly sales demand	17,000 units	14,500 units	11,500 units

Required:

Identify the selling price at which the expected profit will be maximised.

Solution

	$	$	$
Sales price	16	17	18
Variable cost	12	12	12
Unit contribution	4	5	6
Expected monthly sales demand	17,000	14,500	11,500
	$	$	$
Monthly contribution	68,000	72,500	69,000
Monthly fixed costs	48,000	48,000	48,000
Monthly profit	20,000	24,500	21,000

The profit-maximising selling price is the contribution-maximising selling price i.e. $17.

ACTIVITY 4

Your company is about to launch a new product, ZG, which has a unit variable cost of $8. Management is trying to decide whether to sell the product at $11 per unit or at $12 per unit. At a price of $11, annual sales demand is expected to be 200,000 units. At a price of $12, annual sales demand is expected to be 160,000 units.

Annual fixed costs relating to the product will be $550,000.

Required:

Which of the two prices will maximise expected profit?

For a suggested solution, see the 'Answers' section at the end of the book.

3 BREAK-EVEN CHARTS

3.1 THE CONVENTIONAL BREAK-EVEN CHART

CVP analysis can be presented in the form of a diagram or graph, as well as in figures. A graphical presentation of CVP analysis can be made in either:

- a conventional break-even chart; or
- a profit/volume chart.

The conventional break-even chart plots total costs and total revenues at different output levels:

1. The y axis represents costs and revenue.
2. The x axis represents the volume of sales in units or $ of sale.
3. A line is drawn on the graph for sales revenue. This is $0 when sales volume is zero. It rises in a straight line. To draw the revenue line, you therefore need to plot one more point on the graph and join this to the origin of the graph (x = 0, y = 0). For example, if a product has a sales price of $5, you might plot the point x = 100 units, y = $500 on the graph and join this to the origin.
4. A line is drawn for fixed costs. This runs parallel to the x axis and cuts the y axis at the amount of fixed costs.
5. A line is then drawn for total costs. To do this, we must add variable costs to fixed costs. When sales volume is zero, variable costs are $0, so total costs = fixed costs. To draw the total cost line, you therefore need to plot one more point on the graph and join this to the fixed costs at zero sales volume (x = 0, y = fixed costs). For example, if a product has a variable cost of $2, and fixed costs are $250 you might plot the point x = 100 units, y = $450 on the graph (variable costs of $200 plus fixed costs of $250) and join this to the fixed costs at zero sales volume (x = 0, y = fixed costs).

You should learn how to draw a conventional break-even chart. Look at the chart below and see whether you could draw one yourself. You might like to use hypothetical figures. For example, suppose fixed costs were $40,000, the unit selling price is $10 and the unit variable cost is $6: can you draw a break-even chart from this data?

Conventional break-even chart

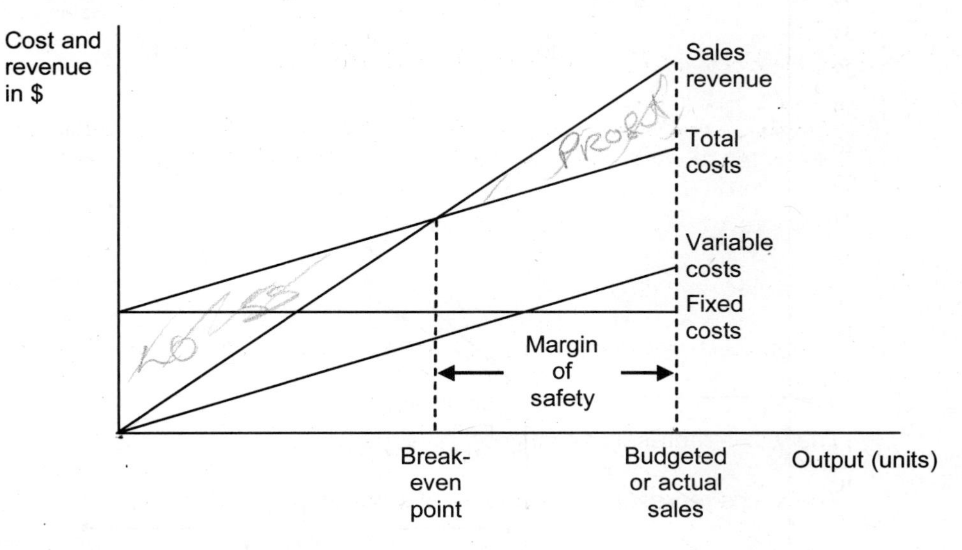

The chart is normally drawn up to the budgeted sales volume.

Break-even point is where total revenues and total costs are the same. At sales volumes below this point there will be a loss. At sales volumes above the break-even point there will be a profit. The amount of profit or loss at any given output can be read off the chart, as the difference between the total revenue and total cost lines.

The margin of safety can also be shown on the chart, as the difference between the budgeted sales volume and break-even sales volume.

Example

A company has prepared the following budget.

	$
Total sales	35,400
Variable costs	23,000
Contribution	12400
Fixed costs	5,000
Profit	7,400

Required:

Construct a break-even chart from this data and identify the break-even point and margin of safety on the chart.

Solution

1 As we are not given sales in units, the x axis should represent sales revenue in $.

2 To draw the revenue line, join the points x = 0, y = 0 to x = 35,400, y = 35,400.

3 To show fixed costs, draw a line parallel to the x axis at y = $5,000.

4 To show total costs, join the points x = 0, y = 5,000 to x = 35,400, y = 28,000 (variable costs of 23,000 plus fixed costs of 5,000).

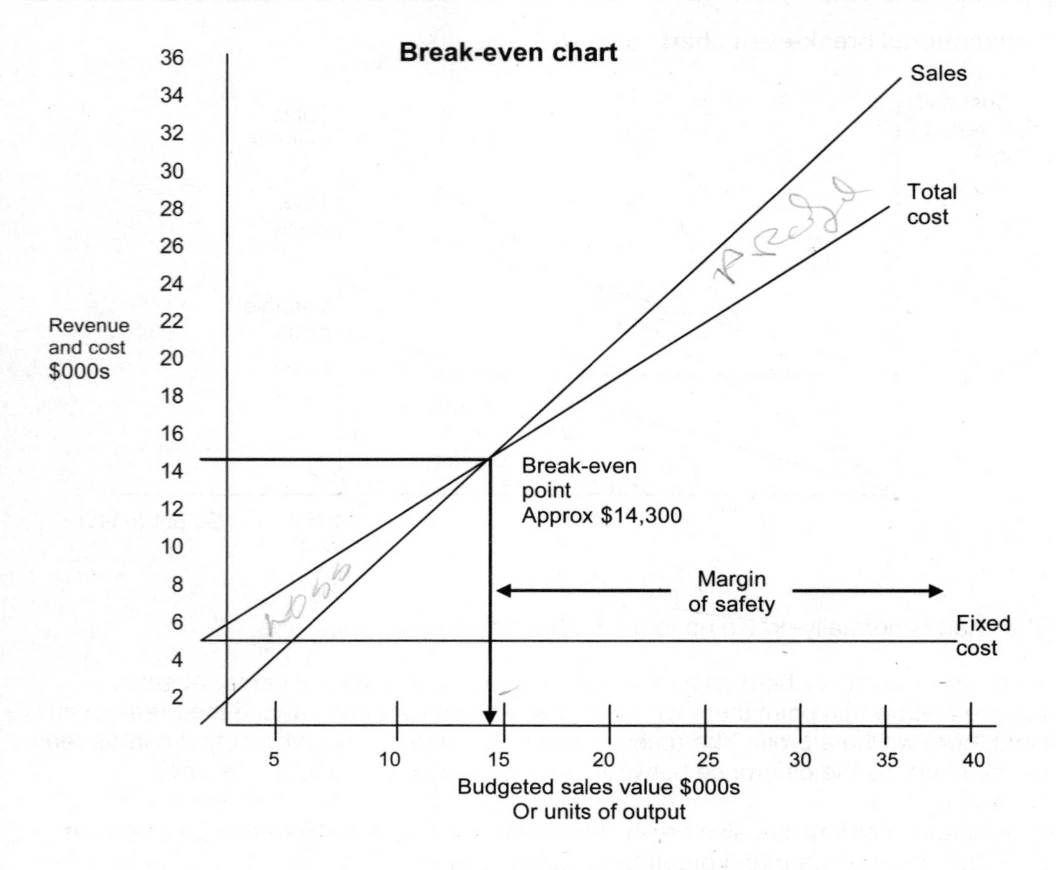

The break-even point is at a level of sales of about $14,300.

The margin of safety is:

$$\frac{(35{,}400-14{,}300)}{35{,}400}\times 100\% = 59.6\%$$

3.2 PROFIT/VOLUME CHART

Break-even charts usually show both costs and revenues over a given range of activity but it is not easy to identify exactly what the loss or profit is at each volume of sales. A graph that simply shows the net profit and loss at any given level of activity is called a **profit/volume chart**.

Given the assumptions of constant selling prices and variable unit costs at all volumes of output, the profit/volume chart shows profit or loss as a straight line.

Profit volume graph

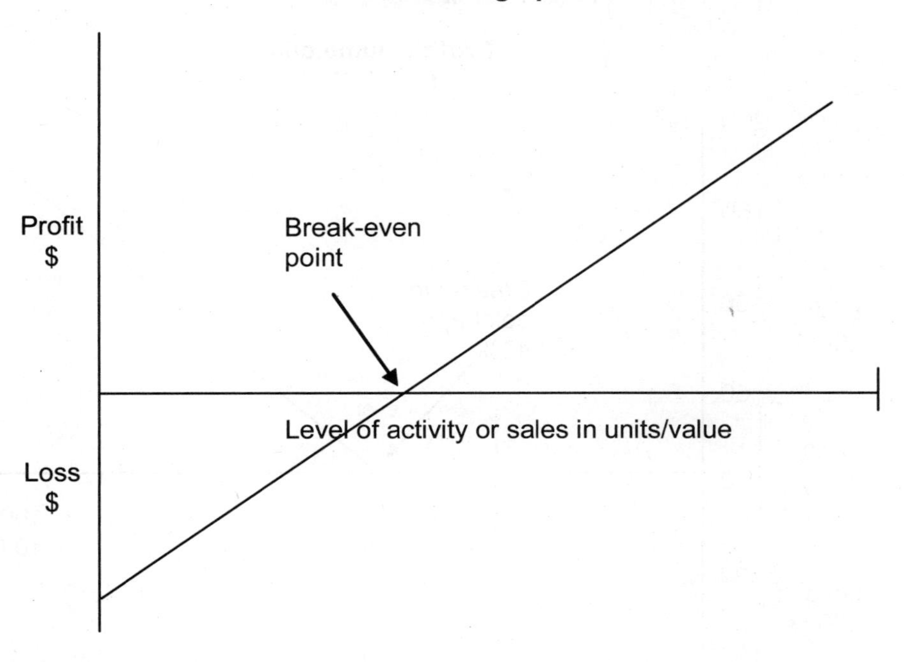

The x axis represents sales volume, in units or $.

The y axis represents loss or profit. The x axis cuts the y axis at break-even point (profit = 0). Losses are plotted below the line and profits above the line.

To draw the chart, only two points need to be plotted on the graph. These can be:

- profit at planned or budgeted sales volume; and
- loss at zero sales volume, which is equal to total fixed costs.

Example

Shireoaks Feeds Ltd manufacture a single product 'Shirefeed', an animal food stuff. The budget for the quarter ended 31 March 20X5 showed:

Production and sales in tonnes	10,000 tonnes
Selling price per tonne	$75
Variable costs per tonne	$40
Fixed costs for the period	$150,000.

The break-even point in units for the quarter is:

$$\frac{\text{Fixed costs}}{\text{Contribution per unit}}$$

$$\frac{\$150{,}000}{\$75 - £40}$$

= 4,286 tonnes

Margin of safety is 57.14% (10,000 – 4,286/10,000)

This information can be plotted on a profit/volume chart, as follows.

Profit/volume chart

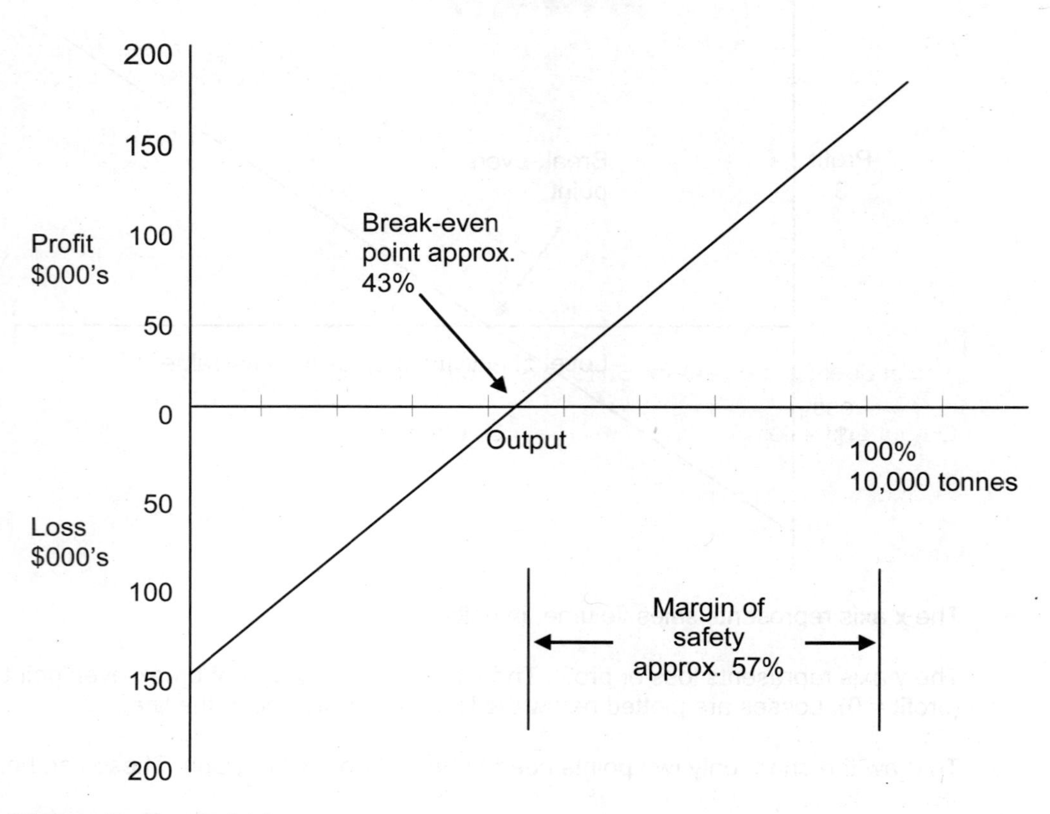

Shireoaks Feeds Ltd

Operating statement for quarter ended 31 March

Units	10,000
	$
Sales	750,000
Less variable costs	400,000
Contribution	350,000
Fixed costs	150,000
Profit	$200,000

From the above chart the amount of net profit or loss can be read off for any given level of sales activity.

The points to note in the construction of a profit/volume chart are:

(a) The horizontal axis represents sales (in units or sales value, as appropriate). This is the same as for a break-even chart.

(b) The vertical axis shows net profit above the horizontal sales axis and net loss below.

(c) When sales are zero, the net loss equals the fixed costs and one extreme of the 'profit/volume' line is determined – therefore this is one point on the graph or chart.

(d) If variable cost **per unit** and fixed costs **in total** are both constant throughout the relevant range of activity under consideration, the profit/volume chart is depicted by a straight line (as illustrated above). Therefore, to draw that line it is only necessary to know the profit (or loss) at one level of sales. The 'profit/volume' line is then drawn between this point and that determined in (c) and extended as necessary.

ACTIVITY 5

The budget for the year for Shireoaks Feeds Ltd was:

Output and sales	50,000 tonnes
Selling price per tonne	$75
Variable cost per tonne	$40
Fixed costs	$650,000

Required:

(a) Calculate the break-even point in units and the margin of safety.

(b) Calculate the break-even point in sales value.

(c) Draw a break-even chart (clearly showing the margin of safety).

For a suggested answer, see the 'Answers' section at the end of the book.

4 CVP ANALYSIS AND COST BEHAVIOUR ANALYSIS

4.1 COST ESTIMATION

CVP analysis is based on marginal costing principles. Its greatest value as a technique is for estimating and providing information for decision making. The value of CVP analysis depends on making reliable estimates of variable costs and fixed costs. Where some costs are semi-fixed and semi-variable, these should be divided into a variable cost element and a fixed cost element.

One technique for separating semi-fixed and semi-variable costs into their fixed and variable components is the high-low method, which was explained in chapter 3.

Example

A company sells a single product at a price of $15 per unit. It has not worked out what its variable costs and fixed costs are, but the following reliable estimates of total costs have been produced.

At sales volume of 24,000 units, total costs = $320,000.

At sales volume of 36,000 units, total costs = $380,000.

Required:

(a) Calculate the break-even point in sales.

(b) Calculate the margin of safety if budgeted sales are 27,000 units.

(c) Calculate the volume of sales required to achieve a target profit of $100,000.

Solution

The first step is to calculate a variable cost per unit using the high-low method.

	$
Total costs of 36,000 units	380,000
Total costs of 24,000 units	320,000
Therefore variable costs of 12,000 units	60,000

Variable cost per unit = $60,000/12,000 = $5 per unit.

We can now calculate fixed costs, in either of the ways shown below.

	36,000 units	*24,000 units*
	$	$
Total costs	380,000	320,000
Variable costs at $5 per unit	180,000	120,000
Therefore fixed costs	200,000	200,000

Contribution per unit = Sales price – Variable cost = $15 – $5 = $10.

Break-even point = $200,000/$10 per unit = 20,000 units.

Margin of safety = 27,000 – 20,000 = 7,000 units. As a percentage of budgeted sales, this is 25.9%.

To achieve a **target profit** of $100,000, total contribution must be $300,000 ($200,000 fixed costs + $100,000 profit). Required sales =

$300,000/$10 contribution per unit = 30,000 units.

ACTIVITY 6

A company makes and sells widgets. The sales price is $10 per unit. The company does not know what its variable costs and fixed costs are, but the following estimates of total cost have been produced.

At sales volume of 55,000 units, total costs = $607,500

At sales volume of 70,000 units, total costs = $675,000.

Required:

(a) Calculate the break-even point in sales.

(b) Calculate the margin of safety if budgeted sales are 68,000 units.

(c) Calculate the volume of sales required to achieve a target profit of $40,000. Comment on whether you think this target profit is achievable.

For a suggested answer, see the Answers section at the end of the book.

4.2 CHANGES IN COSTS AND REVENUES

As costs and revenues change the break even point and margin of safety will also change. Generally, as the selling price of a product increases then, assuming that costs do not change, the break even point will fall and the margin of safety will increase. Conversely, as costs rise, assuming that the selling price remains the same, then the break even point will rise and the margin of safety will fall.

The following example aims to illustrate this point.

Example

A company plans to sell 10,000 units at $40 per unit. It has a variable cost of $10 and fixed costs of $90,000. Its existing break even point and margin of safety are therefore:

Break even point	= $90,000 \ $(40 – 10) =	3,000 units
Margin of safety	= 10,000 – 3,000	7,000 units (70%)

Consider separately the impact of the following:

(i) A $10 rise in selling price
(ii) Fixed costs double
(iii) A 40% increase in variable costs

Solution

(i) Rise in selling price

Break even point	= $90,000 \ $(50 – 10) =	2,250 units
Margin of safety	= 10,000 – 2,250	7,750 units (78%)

(ii) Rise in fixed costs

Break even point	= \$180,000 \ \$(40 – 10) =	6,000 units
Margin of safety	= 10,000 – 6,000	3,000 units (35%)

It can be seen from this solution that the break even point and margin of safety change in indirect proportion to fixed costs.

(iii) Rise in variable costs

Break even point	= \$90,000 \ \$(40 – 14) =	3,462 units
Margin of safety	= 10,000 – 3,462	6,538 units (65%)

CONCLUSION

CVP analysis is a useful technique for analysing the impact on profits of changes in costs, paying particular attention to the different behaviour of fixed and variable costs. There are limitations in its use as it assumes fixed cost, unit variable cost and unit revenue remain constant over the whole range of output. It is also only appropriate in a single product organisation or, for a multi-product company, the ratio of product sales must be constant (this analysis is outside of the scope of your syllabus).

Note: in exam questions you will not be asked to draw diagrams, but you may have to interpret one that has been provided for you.

KEY TERMS

Break-even point (in units) – fixed costs/contribution per unit.

Break-even point (in \$) – fixed costs/contribution to sales ratio.

Margin of safety – the difference between budgeted sales and break-even sales, usually expressed as a percentage of the budget.

SELF TEST QUESTIONS

		Paragraph
1	Define contribution.	1.2
2	Define the contribution/sales ratio.	1.2
3	How is the break-even point in units calculated?	2.2
4	How is the break-even point in sales revenue calculated?	2.2
5	What is the margin of safety?	2.3
6	How do we calculate the volume of sales required to achieve a target level of profit?	2.4

EXAM-STYLE QUESTIONS

Questions 1,2 and 3 are based on the following data:

Shoe shop

The following details relate to a shop which currently sells 25,000 pairs of shoes annually.

Selling price per pair of shoes	$40
Purchase cost per pair of shoes	$25

Total annual fixed costs

	$
Salaries	100,000
Advertising	40,000
Other fixed expenses	100,000

1 What is the contribution per pair of shoes?

A $15

B $30

C $7.50

D $18

2 What is the break-even number of pairs of shoes?

A 14,000

B 16,000

C 28,000

D 32,000

3 What is the margin of safety in units?

A 0

B 8,000

C 9,000

D Cannot be calculated from the data provided

Questions 4, 5 and 6 are based on the following data:

Sales units	52,000
Sales revenue	312,000
Variable costs	124,800
Fixed costs	130,000

4 What sales revenue is required to earn a profit of $75,000?

A $216,667

B $341,667

C $343,200

D $366,667

5 How many sales units are required to earn a profit of $82,000?

A 58,889

B 65,462

C 73,902

D 90,200

6 What is the margin of safety?

A 13.2%

B 23.8%

C 30.6%

D 44.0%

For the answers to these questions, see the 'Answers' section at the end of the book.

Chapter 14

DECISION MAKING

Managers use cost and profit information to help them make decisions. For short-term decisions, marginal costing information is the most useful. In particular, marginal costing concepts help managers to identify how profits will be maximised when there is a shortage of a key resource (a 'limiting factor'). For all decision making, only relevant costs and revenues should be used for analysis. This chapter looks at a number of applications of accounting for decision making and explains the concept of relevant costs. This chapter covers syllabus area D2.

CONTENTS

LEARNING OUTCOMES

At the end of this chapter you should be able to:

- explain the importance of the limiting factor concept
- identify the limiting factor in given situations
- formulate and determine the optimal production solution when there is a single resource constraint
- solve make/buy-in problems when there is a single resource constraint
- explain the concept of relevant costs
- apply the concept of relevant costs in business decisions.

---

1 DECISION MAKING AND RELEVANT COST INFORMATION

Managers often use financial information to help them make decisions. Typically, a manager will want to know whether profits will be increased if a particular course of action is taken, or which of two alternative courses of action will earn more profit.

Absorption costing information is of limited value for decision making, and can even be misleading. This is because absorption costing includes absorbed overhead but fixed overheads often do not change as a result of a decision.

For decision making, it is necessary to identify the costs and revenues that will be affected as a result of taking one course of action rather than another. The costs that would be affected by a decision are known as relevant costs.

A managerial decision is a choice between alternative options, possibly including the option of doing nothing. The choice is likely to have cost implications, in the sense that the amount of some costs will differ depending upon which option is selected. Such costs are described as relevant to the decision: the manager must consider what will happen to these costs as a result of his decision. On the other hand, there may be costs which will remain the same no matter which option is selected; such costs are not relevant to the decision. A similar argument applies to relevant and non-relevant revenues.

Since relevant costs and revenues are those which are different, the term effectively means costs and revenues which change as a result of the decision. Since it is not possible to change the past (because it has already happened), then relevant costs and revenues must be future costs and revenues. Past costs are usually referred to as sunk costs, and can never be relevant to a decision.

1.1 RELEVANT COSTS

Definition A **relevant cost** is a future incremental cash flow which arises as a direct result of a decision.

The definition highlights several important features of a relevant cost.

1. A relevant cost is an incremental cost. This means that it will change as a direct consequence of the decision. Thus relevant costs are often calculated as any change in contribution plus any change in specific fixed costs.

2. A relevant cost is a future cost. This means that any costs that have been incurred in the past (sunk costs) cannot be relevant to a decision.

3. A relevant cost is a cash flow. Any 'costs' that are not cash flow items are not relevant. These include:

   - non-cash charges such as depreciation of fixed assets (non-current assets)

   - notional costs such as notional interest charges

   - absorbed fixed overheads. Cash overheads incurred are relevant if they change as a result of the decision and are future cash flows, but absorbed overheads are a notional accounting cost. Absorbed fixed overheads are not avoided as a result of a decision but will have to be reallocated elsewhere.

A relevant cost is one that will arise as a direct consequence of the decision being taken. If a cost is a future cash flow that will be incurred anyway, regardless of the decision that is taken, it is not relevant to the decision and so should be ignored. As a general rule, it is assumed that variable costs are relevant costs and fixed costs are unchanged regardless of a decision and so are irrelevant. However, in many decision situations, the effect of a decision could be to alter the variable cost per unit or to result in a step rise or fall in total fixed costs. These changes, provided that they affect future cash flows, are relevant costs.

1.2 SUNK COSTS

Definition A **sunk cost** is a cost that has already been incurred or committed, and so cannot be relevant for decision making.

For example, suppose that a company is wondering whether to sell a new product as part of its summer season range. It has spent $10,000 on market research, which has shown that if the product is sold for $10 per unit (variable cost of sale = $8 per unit), the company will sell 4,000 units.

The money spent on market research is a sunk cost and irrelevant to the decision. The question for the company's management is: Should we make a product for a variable cost of $8 in order to sell 4,000 units at $10 each. Contribution and profit would increase by $8,000.

1.3 AVOIDABLE AND UNAVOIDABLE COSTS

If a cost can be avoided, it is a relevant cost, because a decision can be taken that will prevent the cost from occurring. If a cost is unavoidable, it cannot be relevant to a decision, because it will be incurred anyway.

1.4 CASH FLOW COSTS

Cash flow costs are those arising in cash terms as a consequence of the decision. Such costs can never include past costs or costs arising from past transactions. Costs such as depreciation based on the cost of an asset already acquired can never be relevant, nor can committed costs, e.g. future lease payments in respect of an asset already leased, nor will reallocations of total costs ever be relevant to the decision. Only costs which change in total because of the decision are relevant costs.

1.5 THE RELEVANCE OF VARIABLE COSTS AND FIXED COSTS

Variable costs are costs that change in total in proportion to changes in the level of activity. Therefore whenever the decision involves increases or decreases in activity it is almost certain that variable costs will be affected and therefore will be relevant to the decision.

On the other hand fixed costs are constant regardless of the level of activity. Unless the decision causes fixed costs to be increased or decreased (in which case the fixed cost would rise or fall as a step cost), fixed costs are irrelevant to a decision, and should therefore be ignored.

Where unit variable costs are constant and total fixed costs are also constant, the relevant costs for a decision are simply marginal costs, and CVP analysis can be used for relevant cost analysis.

1.6 OPPORTUNITY COSTS

Definition **Opportunity cost** is the value of the benefit forgone from the next best alternative course of action.

Relevant costs may involve incurring a cost or losing a revenue which could be obtained from an alternative course of action. Opportunity cost can only arise when resources are limited or only one option can be selected. Otherwise an organisation will select all profitable options.

Example

A company has been asked by a customer to carry out a job for which materials would have to be purchased, costing $600, and which would incur other additional expenses of $200. The labour time required to do the job would be 50 hours, and labour is paid $8 per hour. If the company does the job, the labour to do the work would have to be switched from other operations that earn a contribution of $5 per labour hour. Overhead costs are absorbed at the rate of $10 per direct labour hour. The customer is willing to pay $1,800 for the job.

Required:

Should the company accept the job?

Solution

Here, there is an opportunity cost of using the labour to do the job, costing $5 per labour hour. The labour cost of $8 per hour is also a relevant cost, even though the employees will be paid anyway. This is because the contribution of $5 per hour is calculated on the assumption that direct labour is a variable cost. The alternative work therefore earns a contribution of $5 per hour after covering labour costs of $8 per hour.

Absorbed production overhead is not a relevant cost, because it represents an allocation of overhead that doesn't change as a result of the decision. The only relevant overhead costs would be any change in actual overhead spending. For example, any variable overhead costs would be a relevant cost. In this example, there is no suggestion that the overhead costs are variable costs.

The relevant information is as follows.

	$
Relevant costs	
Direct materials	600
Other expenses	200
Direct labour (50 hours × $8)	400
Opportunity cost (50 hours × $5)	250
Total relevant costs	1,450
Price for the job	1,800
Incremental profit	350

If the company wishes to maximise its profits, it should agree to take on the job for $1,800.

1.7 SUMMARY

The basic principles of relevant costing for decision making have now been set out, and we shall now look at a variety of situations in which the concept of relevant costs should be applied.

2 LIMITING FACTORS AND LIMITING FACTOR DECISIONS

Often the only factor stopping a business from increasing its profits is sales demand. However, situations sometimes arise when a resource is in short supply, and a business cannot make enough units to meet sales demand.

A resource in short supply is called a limiting factor, because it sets a limit on what can be achieved by an organisation.

Definition A **scarce resource** is an item in short supply. In the context of decision making in business, it is a resource in short supply, as a consequence of which the organisation is limited in its ability to provide and sell more of products or services. Such scarce resources are called **limiting factors**.

Typically, a scarce resource could be:

- a limit to the availability of a key item of raw materials or a key component
- a limit to the availability of a key type of labour, such as skilled or qualified labour
- a limit to the available machine time. For example, if a business has just two machines for producing a range of products, the available machine time will be limited to the number of hours in which the two machines can be operated each week or month.

When a business has a limiting factor, a decision must be taken about how the available resources should be used. If the business makes and sells more than one product, and all the products make use of the scarce resource, the decision involves allocating the available resources to the production of one or more of the products, up to the point where all the scarce resources are used up.

Marginal costing principles can be used to identify how a scarce resource should be used to maximise profits. However, in order to do this, a business must first of all recognise that there is a limiting factor.

2.1 IDENTIFYING A SCARCE RESOURCE

To identify a scarce resource, it is necessary to:

- obtain estimates of sales demand for each of the products (or services) sold by the business
- obtain estimates of the quantities of resources needed to make the units to meet the sales demand
- from these estimates, calculate how many units of each resource will be needed
- for each resource, compare the amount needed with the amount available
- if the amount needed exceeds the amount available, the resource is in short supply and so is a limiting factor.

Example

X Ltd makes two products, X and Y. One unit of Product X requires 5 kg of materials and 2 hours of labour. One unit of Product Y requires 4 kg of the same material and 3 hours of the same labour. There are only 2,000 hours labour available each week and the maximum amount of material available each week is 3,000 kg. Potential sales demand each week is 300 units of Product X and 450 units of Product Y.

Required:

Identify whether materials or labour is a limiting factor.

Solution

	Materials	*Labour*
	kg	*hours*
Required for 300 units of Product X	1,500	600
Required for 450 units of Product Y	1,800	1,350
Total required	3,300	1,950
Amount available	3,000	2,000
Surplus/(shortfall)	(300)	50

So material is a limiting factor.

2.2 LIMITING FACTOR DECISIONS: IDENTIFYING THE MOST PROFITABLE USE OF A SCARCE RESOURCE

When a business has a limiting factor, its total sales volume is restricted by its availability.

- If the business makes and sells just one product, all it can do is to make and sell as many units of the product that it can with the scarce resource available. This will maximise total contribution.

- If the business makes and sells two or more products and each product makes use of the scarce resource, profits will be maximised by making the product which has the highest contribution per unit of limiting factor.

ACTIVITY 1

A Ltd makes two products, X and Y. Both products use the same machine and a common raw material, supplies of which are limited to 200 machine hours and $500 per week respectively. Individual product details are as follows:

	Product X	*Product Y*
Machine hours/unit	5	2.5
Cost of materials/unit	$10	$5
Contribution/unit	$20	$15

Required:

(a) Identify the limiting factor.

(b) Recommend which product A Ltd should make and sell (assuming that demand is unlimited).

For a suggested answer, see the 'Answers' section at the end of the book

2.3 LIMITING FACTORS AND SALES DEMAND CONSTRAINTS

Maximum sales demand

In the above activity, the sales demand for the products was unlimited. Once the contribution per unit of the limiting factor has been determined, the product earning the highest contribution per unit of limiting factor should be made until the scarce resource is fully utilised. The other products will not be made and sold at all, if the aim is to maximise total contribution and total profit.

In many situations, however, there is a maximum level of sales demand for each product. In these situations, there is no point in making more units of a product than it can sell. The problem is then to decide which products to make and sell, given the limiting factor and the limitations of sales demand. To solve such problems, a ranking approach is used. The products (or services) of the business are ranked in order of their contribution per unit of limiting factor.

The approach, if there are two or more products all using a scarce resource, is as follows:

1 Identify the scarce resource.

2 Calculate contribution per unit of product.

3 Calculate the units of the scarce resource used by each product.

4 Calculate the contribution per unit of scarce resource.

5 Rank products according to the contribution earned per unit of scarce resource (with the highest being ranked first).

6 Allocate the scarce resource according to the ranking.

This approach is best explained by means of an example.

Example

Z Ltd makes two products which both use the same types of material and grade of labour, but in different quantities as shown by the table below:

	Product A	*Product B*
Labour hours/unit	2	4
Material kg/unit	5	2
Demand (units)	500	250
Sales price per unit	$30	$36

During each week the maximum number of labour hours available is 1,800 and the quantity of material available is limited to 3,000 kg. The labour rate is $5 per hour and material costs $2 per kg.

Required:

Advise Z Ltd how many of each product it should make.

Solution

Step 1 Identify the scarce resource.

Maximum labour required is $(500 \times 2) + (250 \times 4) = 2,000$ hours. There are only 1,800 available so labour is a limiting factor.

Step 2 Calculate the contribution per unit of product.

	Product A	Product B
	$	$
Sales price	30	36
Less: Labour cost	10	20
Material cost	10	4
Contribution	10	12

Step 3 Calculate the contribution per unit of scarce resource.

	Product A	Product B
Contribution per unit	$10	$12
Labour hours (scarce resource)	2	4
Contribution per labour hour	$5	$3

Step 4 Rank products 1st 2nd

Step 5 Allocate the scarce resource according to ranking.

First, make Product A. The maximum demand of 500 uses 1,000 labour hours.

This leaves 800 hours to use on Product B so 200 units can be made.

The production plan is to make:

- 500 units of Product A
- 200 units of Product B.

This earns a total contribution of (500 × $10) + (200 × $12) = $7,400.

ACTIVITY 2

C Ltd makes three products: A, B and C. All three products use the same type of labour which is limited to 1,500 hours per month. Individual product details are as follows:

Product	*A*	*B*	*C*
Contribution/unit	$25	$40	$35
Labour hours/unit	5	6	8
Maximum demand	100	200	400

Required:

Advise C Ltd as to the quantities of each product it should make.

For a suggested answer, see the 'Answers' section at the end of the book.

3 MAKE-OR-BUY DECISIONS

There are two situations where a make-or-buy decision might arise.

- A business currently manufactures its own products or components, and an external supplier offers to make them instead. The choice is therefore whether to make the items 'in-house' or whether to buy them externally. A make-or-buy decision of this type could be described as an 'outsourcing decision'.

- A business has a limiting factor preventing it from making and selling more than a limited volume of products. For example, a business might have a shortage of labour. One or more external suppliers might offer to supply some of the products to make up the shortage. In such a situation, the business might have to decide not only whether it is worthwhile buying extra units of product from outside, but which products should be purchased so as to maximise profitability.

3.1 OUTSOURCING DECISIONS

When a business is considering whether or not to buy items externally rather than make them internally, the relevant financial information is a comparison of the costs of making and buying. If the items are purchased externally, it is likely that some fixed cost expenditures will be saved. Any fall in cash fixed costs would be relevant to the decision.

Example

A company manufactures an assembly used in the production of one of its product lines. The department in which the assembly is produced incurs annual fixed costs of $24,000. The variable costs of production are $2.55 per unit. The assembly could be bought outside at a cost of $2.65 per unit.

The current annual requirement is for 80,000 assemblies per year. Should the company continue to manufacture the assembly, or should it be purchased from the outside suppliers?

Solution

A decision to purchase outside would cost the company $(2.65 – 2.55) = 10p per unit, which for 80,000 assemblies would amount to $8,000 each year. Thus, the fixed costs of $24,000 should be analysed to determine if more than $8,000 would actually be saved if production of the assembly were discontinued.

Other considerations affecting the decision

Management would need to consider other factors before reaching a make-or-buy decision. Some would be quantifiable and some not:

- **Continuity and control of supply.** Can the external supplier be relied upon to meet the requirements in terms of quantity, quality, delivery dates and price stability?

- **Alternative use of resources.** Can the resources used to make this article be transferred to another activity which will save costs or increase revenues?

- **Social/legal.** Will the decision affect contractual or ethical obligations to employees or business connections?

3.2 MAKE-OR-BUY AND LIMITING FACTORS

If a business cannot fulfil orders because it has used up all available capacity, it may be forced to purchase from outside in the short term (unless it is cheaper to refuse sales). In the longer term management may look to other alternatives, such as capital expenditure.

It may be, however, that a variety of components is produced from common resources and management would try to arrange manufacture or purchase to use its available capacity most profitably. In such a situation the limiting factor concept makes it easier to formulate the optimum plans; priority for purchase would be indicated by **ranking components in relation to the excess purchasing cost per unit of limiting factor.**

Example

Fidgets Ltd manufactures three components used in its finished product. The component workshop is currently unable to meet the demand for components and the possibility of subcontracting part of the requirement is being investigated on the basis of the following data.

	Component A	*Component B*	*Component C*
	$	$	$
Variable costs of production	3.00	4.00	7.00
Outside purchase price	2.50	6.00	13.00
Excess cost per unit	(0.50)	2.00	6.00
Machine hours per unit	1	0.5	2
Labour hours per unit	2	2	4

Required:

(a) Decide which component should be bought from external suppliers if the company has no limiting factors.

(b) Decide which component should be bought from external suppliers if production is limited to 4,000 machine hours per week.

(c) Decide which component should be bought from external suppliers if production is limited to 4,000 labour hours per week.

Solution

(a) Component A should always be bought from an outside company, regardless of any limiting factors, as its variable cost of production is higher than the external purchase price.

(b) **If machine hours are limited to 4,000 hours**:

	Component B	*Component C*
Excess cost	$2	$6
Machine hours per unit	0.5	2
Excess cost per machine hour	$4	$3

Component C has the lowest excess cost per limiting factor and should, therefore, be bought from an outside company.

Proof

	Component B	*Component C*
Units produced in 4,000 machine hours	8,000	2,000
	$	$
Production costs	32,000	14,000
Purchase costs	48,000	26,000
Excess cost of purchase	16,000	12,000

(c) **If labour hours are limited to 4,000 hours**:

	Component B	*Component C*
Excess cost	$2	$6
Labour hours	2	4
Excess cost per labour hour	$1	$1.50

Therefore, Component B has the lowest excess cost per limiting factor and should be bought externally.

Proof

	Component B	*Component C*
Units produced in 4,000 labour hours	2,000	1,000
	$	$
Production costs	8,000	7,000
Purchase costs	12,000	13,000
Excess cost of purchase	4,000	6,000

4 OTHER TYPES OF DECISION

Relevant costs should be applied to any type of decision. Here are some more examples.

4.1 DECISIONS ABOUT VOLUME AND COST STRUCTURE CHANGES

Management will require information to evaluate proposals aimed at increasing profit by changing operating strategy. The cost accountant will need to show clearly the effect of the proposals on profit by pin-pointing the changes in costs and revenues and by quantifying the margin of error which will cause the proposal to be non-viable.

Example

A company produces and sells one product and its forecast for the next financial year is as follows:

	$000	$000
Sales 100,000 units at $8		800
Variable costs:		
Material	300	
Labour	200	
		500
Contribution ($3 per unit)		300
Fixed costs		150
Net profit		150

As an attempt to increase net profit, two proposals have been put forward:

(a) to launch an advertising campaign costing $14,000. This will increase the sales to 150,000 units, although the price will have to be reduced to $7

(b) to produce some components at present purchased from suppliers. This will reduce material costs by 20% but will increase fixed costs by $72,000.

Solution

Proposal (a) will increase the sales revenue but the increase in costs will be greater:

	$000
Sales 150,000 × $7	1,050
Variable costs	750
	300
Fixed costs plus advertising	164
Net profit	136

Proposal (a) is therefore of no value and sales must be increased by a further 7,000 units to maintain net profit:

Reduced profit at 150,000 units	$14,000
Contribution per unit	$2
Therefore additional volume required	7,000 units

Proposal (b) reduces variable costs by $60,000 but increases fixed costs by $72,000 and is therefore not to be recommended unless the total volume increases as a result of the policy (e.g. if the supply of the components were previously a limiting factor). The increase in sales needed to maintain profit at $150,000 (assuming the price remains at $8) would be as follows:

Reduced profits at 100,000 units	$12,000
Revised contribution per unit	$3.60
∴ Additional volume required	3,333 units

4.2 UTILISATION OF SPARE CAPACITY

Where production is below capacity, opportunities may arise for sales at a specially reduced price, for example, export orders or manufacturing under another brand name. Such opportunities are worthwhile if the answer to two key questions is 'Yes':

- Is spare capacity available?
- Does additional revenue (units × price) exceed additional costs (units × relevant variable cost, plus any incremental fixed cost expenditure)?

However, the evaluation should also consider the following questions:

- Is there an alternative more profitable way of utilising spare capacity (e.g. sales promotion, making an alternative product)?
- Will fixed costs be unchanged if the order is accepted?
- Will accepting one order at below normal selling price lead other customers to ask for price cuts?

The longer the time period in question, the more important are these other factors.

Example

At a production level of 8,000 units per month, which is 80% of capacity, the budget of Export Ltd is as follows:

	Per unit	*8,000 units*
	$	$
Sales	5.00	40,000
Variable costs:		
Direct labour	1.00	8,000
Raw materials	1.50	12,000
Variable overheads	0.50	4,000
	3.00	24,000
Fixed costs	1.50	12,000
Total	4.50	36,000
Budgeted profit	0.50	4,000

An opportunity arises to export 1,000 units per month at a price of $4 per unit.

Should the contract be accepted?

Solution

(a) Is spare capacity available? Answer: Yes

(b)

		$
Additional revenue	1,000 × $4	4,000
Additional costs	1,000 × $3	3,000
Increased profitability		1,000

Therefore, the contract should be accepted.

Note that fixed costs are not relevant to the decision and are therefore ignored.

4.3 SPECIAL CONTRACT PRICING

A business which produces to customer's orders may be working to full capacity. Any additional orders must be considered on the basis of the following questions:

- What price must be quoted to make the contract profitable?
- Can other orders be fulfilled if this contract is accepted?

In such a situation the limiting factor needs to be recognised so that the contract price quoted will at least maintain the existing rate of contribution per unit of limiting factor.

Example

Oddjobs Ltd manufactures special purpose gauges to customers' specifications. The highly-skilled labour force is always working to full capacity and the budget for the next year is as follows:

	$	$
Sales		40,000
Direct materials	4,000	
Direct wages 3,200 hours at $5	16,000	
Fixed overhead	10,000	
		30,000
Profit		10,000

An enquiry is received from XY Ltd for a gauge which would use $60 of direct materials and 40 labour hours.

(a) What is the minimum price to quote to XY Ltd?

(b) Would the minimum price be different if spare capacity were available but materials were subject to a quota of $4,000 per year?

Solution

(a) The limiting factor is 3,200 labour hours and the budgeted contribution per hour is $20,000 ÷ 3,200 hours = $6.25 per hour. Minimum price is therefore:

	$
Materials	60
Wages 40 hours at $5	200
	260
Add: Contribution 40 hours at $6.25	250
Contract price	510

At the above price the contract will maintain the budgeted contribution (check by calculating the effect of devoting the whole 3,200 hours to XY Ltd.)

Note, however, that the budget probably represents a mixture of orders, some of which earn more than $6.25 per hour and some less. Acceptance of the XY order must displace other contracts, so the contribution rate of contracts displaced should be checked.

(b) If the limiting factor is materials, budgeted contribution per $ of materials is $20,000 ÷ 4,000 = $5 per $1.

Minimum price is therefore:

	$
Materials/wages (as above)	260
Contribution $60 × 5	300
Contract price	560

Because materials are scarce, Oddjobs must aim to earn the maximum profit from its limited supply.

4.4 CLOSURE OF A BUSINESS SEGMENT

Part of a business may appear to be unprofitable. The segment may, for example, be a product, a department or a channel of distribution. In making a financial decision on potential closures, the cost accountant should consider:

- loss of contribution from the segment
- savings in specific fixed costs from closure
- penalties, e.g. redundancy, compensation to customers
- alternative use for resources released

As well as considering financial factors in evaluating the closure of a business segment, the cost accountant should also consider non-financial effects such as the impact on other business units, the reaction of the company's customers, the impact on employee motivation etc.

Example

Harolds fashion store comprises three departments – Men's wear, Ladies' Wear and Unisex. The store budget is as follows:

	Men's	*Ladies'*	*Unisex*	*Total*
	$	$	$	$
Sales	40,000	60,000	20,000	120,000
Direct cost of sales	20,000	36,000	15,000	71,000
Department costs	5,000	10,000	3,000	18,000
Apportioned store costs	5,000	5,000	5,000	15,000
Profit/(loss)	10,000	9,000	(3,000)	16,000

Apportioned store costs are a fixed cost (including items such as store rent, management salaries etc.). It is suggested that Unisex be closed as it is currently making a loss. Would this be acceptable from a financial perspective?

Solution

This decision is likely to cost the money in terms of an overall downturn in financial performance. The company would lose contribution from the Unisex department of $2,000 – that is, sales of $20,000 less direct costs of $15,000 and departmental costs of $3,000. The apportioned store costs would still be incurred (and the amount would be transferred to the other departments) and therefore these costs are not relevant to the decision.

5 IDENTIFYING RELEVANT COSTS

In most of the examples shown so far, the relevant costs have consisted of variable costs, incremental fixed costs and opportunity costs of scarce resources. There are, however, situations where identifying relevant costs is a bit more complex.

5.1 THE RELEVANT COSTS OF MATERIALS

In any decision situation the cost of materials relevant to a particular decision is their opportunity cost. This can be represented by a decision tree.

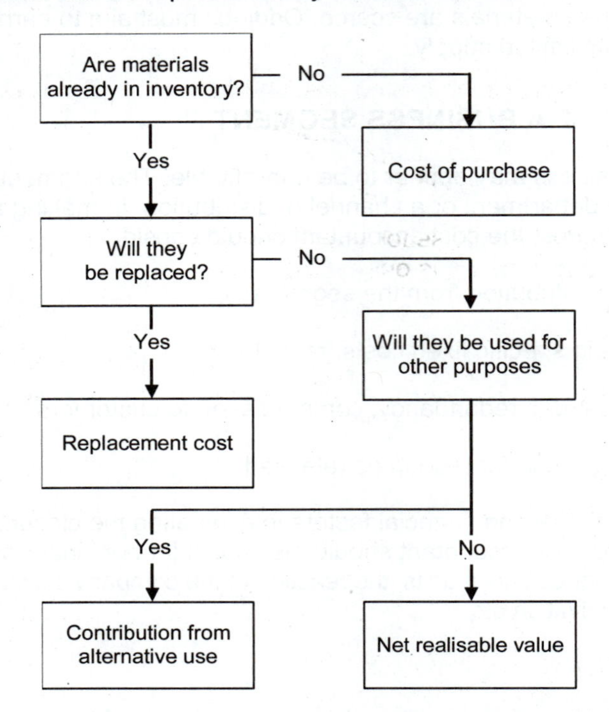

This decision tree can be used to identify the appropriate cost to use for materials. It can be summarised as follows:

- If the materials will be replaced if they are used, their relevant cost is the cost of replacing them. This is their current purchase price.
- If the materials will not be replaced if they are used, they could still have an opportunity cost. This is because they might be disposed of (e.g. for scrap) or they might have an alternative use that would earn some additional profit. The opportunity cost of the materials would then be the higher of their disposal value (net realisable value) or the value they would earn in their alternative use.

Example 1

A new contract requires the use of 50 tons of metal ZX 81. This metal is used regularly on all of the firm's projects. There are 100 tons of ZX 81 held in inventory at the moment, which were bought for $200 per ton. The current purchase price is $210 per ton, and the metal could be disposed of for net scrap proceeds of $150 per ton. With what cost should the new contract be charged for the ZX 81?

Solution

The use of the material already held in inventory for the new contract means that more ZX 81 must be bought for normal workings. The cost to the organisation is therefore the money spent on purchase, no matter whether existing inventory or new inventory is used on the contract. Assuming that the additional purchases are made in the near future, the relevant cost to the organisation is current purchase price, i.e.:

50 tons × $210 = $10,500

Note that the original purchase price is a sunk cost and is never relevant.

Example 2

Suppose the organisation has no use for the ZX 81 held in inventory. What is the relevant cost of using it on the new contract?

Solution

Now the only alternative use for the material is to sell it for scrap. To use 50 tons on the contract is to give up the opportunity of selling it for:

50 × $150 = $7,500

The contract should therefore be charged with this amount.

Example

Suppose that there is no alternative use for the ZX 81 other than a scrap sale, but that there is only 25 tons held in inventory.

Solution

The relevant cost of 25 tons is $150 per ton. The organisation must then purchase a further 25 tons, and assuming this is in the near future, it will cost $210 per ton.

The contract must be charged with:

	$
25 tons at $150	3,750
25 tons at $210	5,250
	9,000

ACTIVITY 3

Z Ltd has 50 kg of material P currently held in inventory which was bought five years ago for $70. It is no longer used but could be sold for $3 per kg.

Z Ltd is currently pricing a job which could use 40 kg of Material P. What is the relevant cost of P which should be included in the price?

For a suggested answer, see the 'Answers' section at the end of the book.

5.2 THE RELEVANT COST OF LABOUR

A similar problem exists in determining the relevant costs of labour. In this case the key question is whether spare capacity exists and on this basis another decision tree can be produced.

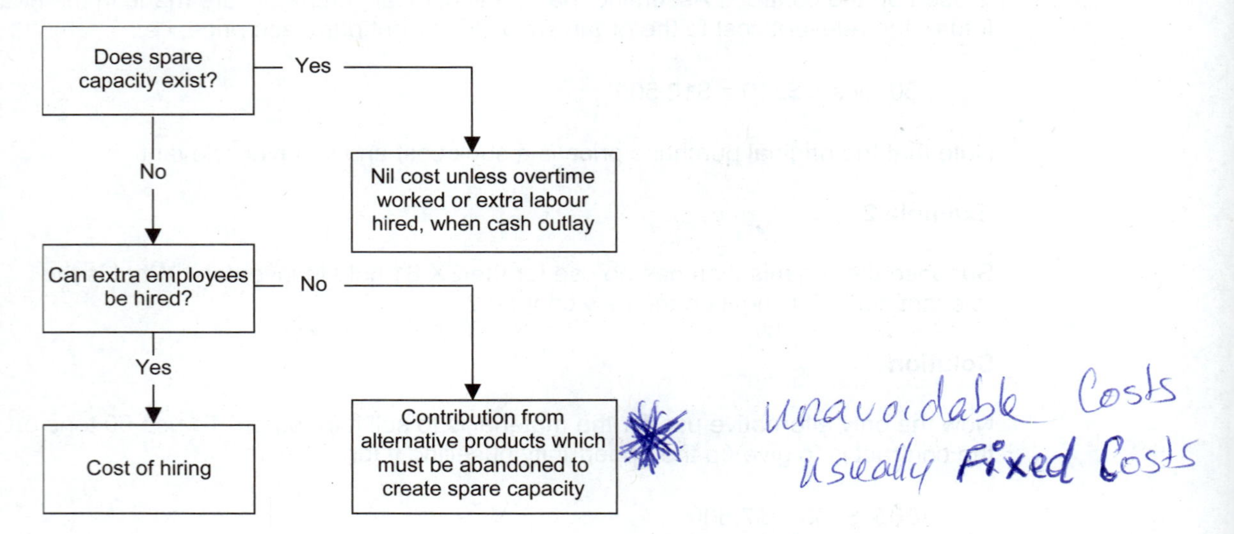

Again this can be used to identify the relevant opportunity cost.

Example 1

A mining operation uses skilled labour costing $4 per hour, which generates a contribution, after deducting these labour costs, of $3 per hour.

A new project is now being considered which requires 5,000 hours of skilled labour. There is a shortage of the required labour. Any used on the new project must be transferred from normal working. What is the relevant cost of using the skilled labour on the project?

Solution

The contribution cash flow lost if the labour is transferred from normal working is;

	$
Contribution per hour lost from normal working	3
Add back: labour cost per hour which is not saved	4
Cash lost per labour hour as a result of the labour transfer	7
The contract should be charged with 5,000 × $7	$35,000

Example 2

A mining operation uses skilled labour costing $4 per hour, which generates a contribution, after deducting these labour costs, of $3 per hour.

A new project is now being considered which requires 5,000 hours of skilled labour. There is a surplus of skilled labour already employed (and paid) by the business and sufficient to cope with the new project. The presently idle men are being paid full wages.

Solution

What contribution cash flow is lost if the labour is transferred to the project from doing nothing? Answer: nothing.

The relevant cost is therefore zero.

Example 3

Refer back to the example in Paragraph 1.6 which considers the opportunity cost of using labour on a job for a customer.

CONCLUSION

This chapter has shown examples of the different kinds of decision which must be made in order to maximise short-term profitability. Other decisions are made for the longer term and involve capital expenditure. These are explained in the next chapter.

Relevant costs for decisions have been identified and the techniques used to evaluate decision options illustrated. Sometimes, identifying relevant costs can be a bit complicated and you are strongly advised to work on the practice questions at the end of this chapter.

KEY TERMS

Relevant cost – a future cash flow arising as a direct consequence of a decision. Relevant costs should be used to provide cost information for decision making.

Sunk cost – a cost that has already been incurred or committed, and so cannot be relevant for decision making.

Notional cost – a cash that does not involve an outlay of cash, and so cannot be relevant for decision making.

Opportunity cost – a benefit forgone by taking one course of action instead of the next most profitable alternative.

Scarce resource – an item in short supply. In the context of decision making in business, it is a resource in short supply, as a consequence of which the organisation is limited in its ability to provide and sell more of its products or services. Such scarce resources are called **limiting factors**. A limiting factor has an opportunity cost.

SELF TEST QUESTIONS

		Paragraph
1	Define a relevant cost.	1.1
2	What is a sunk cost?	1.2
3	Explain the relevance of variable costs to decision making.	1.5
4	Explain the relevance of fixed costs to decision making.	1.5
5	What is an opportunity cost?	1.6
6	How can a limiting factor be identified?	2.1
7	Draw a decision tree to show how to determine the relevant cost of materials.	5.1
8	Draw a decision tree to show how to determine the relevant cost of labour.	5.2

EXAM-STYLE QUESTIONS

1 Which of the following statements is NOT true?

A Relevant costs change according to the decision

B Relevant costs are always future costs

C Fixed costs can never be relevant costs

D Relevant costs are those specific to a decision

2 A cost where no actual cash expenditure is incurred is better known as:

A avoidable cost

B non-valued cost

C historical cost

D notional cost

3 The cost of an asset acquired three months ago is a good example of:

A sunk cost

B relevant cost

C notional cost

D avoidable cost

The following information is relevant for questions 4, 5 and 6:

R Ltd makes three products which use the same type of materials but in different quantities, as shown by the table below:

Product	*P*	*Q*	*R*
Material/unit	3 kg	4 kg	5 kg
Contribution/unit	$10	$12	$20
Maximum demand per month (units)	100	150	300

The available materials are limited to 1,680 kg per month.

4 The rank in which the products should be made in order to maximise contribution is:

A P, Q, R

B P, R, Q

C R, Q, P

D R, P, Q

5 The number of units of product P that should be manufactured are:

A 40

B 60

C 80

D 100

6 How much contribution is made from the optimal production plan?

A $6,000

B $6,600

C $7,000

D $7,600

The following information is relevant for questions 7 and 8:

A company is preparing a quote for some printing work which requires two types of labour. Some weekend working would be required to complete the printing, and the following illustrates the necessary total hours required and standard costs for the labour:

Direct labour		$
Skilled	250 hours at $4.00	1,000
Unskilled	100 hours at $3.50	350

The following notes are relevant to the standard costs above:

(1) Skilled direct labour is in short supply, and to accommodate the printing work, 50% of the time required would be worked at weekends for which a premium of 25% above the normal hourly rate is paid. The normal hourly rate is $4.00 per hour.

(2) Unskilled labour is presently under-utilised, and at present 200 hours per week are recorded as idle time. If the printing work is carried out at a weekend, 25 unskilled hours would have to occur at this time, but the employees concerned would be given two hours time off (for which they would be paid) in lieu of each hour worked.

7 What cost should be included in the quote for skilled labour?

A $0

B $1,000

C $1,125

D $1,250

8 What cost should be included in the quote for unskilled labour?

A $0

B $350

C $525

D $700

For the answers to these questions, see the 'Answers' section at the end of the book.

Chapter 15

DISCOUNTED CASH FLOW AND CAPITAL EXPENDITURE APPRAISAL

Relevant costs are used to evaluate both short-term and long-term decisions. Long-term decisions usually concern whether or not to invest in capital expenditure. For most capital expenditure projects, there is an initial expenditure of cash to acquire fixed assets, and the cash returns from the investment are obtained over a period of several years. This chapter looks at how capital expenditure decisions should be appraised, using discounted cash flow, to allow for the 'time value' of money invested. This chapter covers syllabus area D3.

CONTENTS

LEARNING OUTCOMES

At the end of this chapter you should be able to:

- explain and illustrate the difference between simple and compound interest, and between nominal and effective interest rates
- explain and illustrate compounding and discounting

- explain the distinction between cash flow and profit and the relevance of cash flow to capital investment appraisal
- explain and illustrate the net present value (NPV) and internal rate of return (IRR) methods of discounted cash flow
- calculate present value using annuity and perpetuity formulae
- calculate payback (discounted and non-discounted)
- interpret the results of NPV, IRR and payback calculations of investment viability.

1 INVESTMENT APPRAISAL

1.1 CAPITAL INVESTMENT

Most businesses have to spend money from time to time on new fixed assets. Spending on fixed assets is capital expenditure. There are various reasons why capital expenditure might be either necessary or desirable, and these can be categorised into the following types.

(a) **Maintenance** – This is spending on new fixed assets (non-current assets) to replace worn-out assets or obsolete assets, or spending on existing fixed assets to improve safety and security features.

(b) **Profitability** – This is spending on fixed assets to improve the profitability of the existing business, to achieve cost savings, quality improvement, improved productivity, and so on.

(c) **Expansion** – This is spending to expand the business, to make new products, open new outlets, invest in research and development, etc.

(d) **Indirect** – This is spending on fixed assets that will not have a direct impact on the business operations or its profits. It includes spending on office buildings, or welfare facilities, etc. Capital spending of this nature is necessary, but a business should try to make sure that it gets good value for money from its spending.

In contrast to revenue expenditure, which is normally continual spending but in fairly small amounts, capital expenditure is irregular and often involves large amounts of spending. Because of the large amounts of money involved, it is usual for decisions about capital expenditure to be taken at a senior level within an organisation.

1.2 THE FEATURES OF CAPITAL EXPENDITURE APPRAISAL

Before any capital expenditure is authorised, the proposed spending (or 'capital project') should be evaluated. Management should be satisfied that the spending will be beneficial.

- If the purpose of a capital project is to improve profits, we need to be convinced that the expected profits are big enough to justify the spending. Will the investment provide a reasonable return?
- If the capital expenditure is for an essential purpose, such as to replace a worn-out machine or to acquire a new office building, we need to be convinced that the spending decision is the best option available, and that there are no cheaper or more effective spending options.

When a capital project is proposed, the costs and benefits of the project should be evaluated over its foreseeable life. This is usually the expected useful life of the fixed asset to be purchased, which will be several years. This means that estimates of future costs and benefits call for long-term forecasting.

A 'typical' capital project involves an immediate purchase of a fixed asset. The asset is then used for a number of years, during which it is used to increase sales revenue or to achieve savings in operating costs. There will also be running costs for the asset. At the end of the asset's commercially useful life, it might have a 'residual value'. For example, it might be sold for scrap or in a second-hand market. (Items such as motor vehicles and printing machines often have a significant residual value.)

A problem with long-term forecasting of revenues, savings and costs is that forecasts can be inaccurate. However, although it is extremely difficult to produce reliable forecasts, every effort should be made to make them as reliable as possible.

- A business should try to avoid spending money on fixed assets on the basis of wildly optimistic and unrealistic forecasts.
- The assumptions on which the forecasts are based should be stated clearly. If the assumptions are clear, the forecasts can be assessed for reasonableness by the individuals who are asked to authorise the spending.

1.3 METHODS OF CAPITAL EXPENDITURE APPRAISAL

When forecasts of costs and benefits have been made for a capital project, the estimates must be analysed to establish whether the project should go ahead. Should the business spend money now in order to earn returns over a number of years into the future?

Capital investment appraisal is an analysis of the expected financial returns from a capital project over its expected life.

There are several methods of carrying out a capital expenditure appraisal. The methods that will be described in this chapter are:

- payback
- net present value method of discounted cash flow
- internal rate of return method of discounted cash flow
- discounted payback.

A common feature of all four methods is that they analyse the expected *cash flows* from the capital project, not the effects of the project on reported accounting profits.

Before describing the four techniques in detail, it will be helpful to look at the 'cash flow' nature of capital investment appraisal.

2 INVESTMENT APPRAISAL AND CASH FLOWS

2.1 ACCOUNTING PROFITS AND CASH FLOWS

An investment involves the outlay of money 'now' in the expectation of getting more money back in the future. In capital investment appraisal, it is more appropriate to evaluate future cash flows – the money actually spent, saved and received – rather than accounting profits. Accounting profits, prepared on an accruals basis, do not properly reflect investment returns.

Suppose for example that a business is considering whether to buy a new machine for $80,000 that is expected to increase profits before depreciation each year by $30,000 for four years. At the end of Year 4, the asset will be worthless.

The business should assess whether the expected financial return from the machine is sufficiently high to justify buying it.

(a) If we looked at the accounting returns from this investment, we might decide that annual depreciation should be $20,000 each year ($80,000/4 years). Annual profits would then be $10,000. We could then assess the project on the basis that it will add $10,000 each year to profit for the next four years. But depreciation is a notional cost and is not a relevant cash flow.

(b) If we looked at the investment cash flows, the analysis is different. Here we would say that to invest in the project, the business would spend $80,000 now and would expect a cash return of $30,000 each year for the next four years.

Capital investment appraisal should be based on cash flows, because these are relevant costs for decision making. Capital spending involves spending cash and getting cash back in return, over time.

2.2 CASH FLOWS AND RELEVANT COSTS

The only cash flows that should be taken into consideration in capital investment appraisal are:

- cash flows that will happen in the future, and
- cash flows that will arise only if the capital project goes ahead.

These cash flows are direct revenues from the project and relevant costs. Relevant costs are future costs that will be incurred or saved as a direct consequence of undertaking the investment.

- Costs that have already been incurred are not relevant to a current decision. For example, suppose a company makes a non-returnable deposit as a down-payment for an item of equipment, and then re-considers whether it wants the equipment after all. The money has already been spent and cannot be recovered and so is not relevant to the current decision about obtaining the equipment.
- Costs that will be incurred anyway, whether or not a capital project goes ahead, cannot be relevant to a decision about investing in the project. Absorbed fixed costs are an example of 'committed costs'. For the purpose of investment appraisal, a project should not be charged with an amount for a share of fixed costs that will be incurred anyway.
- Non-cash items of cost can never be relevant to investment appraisal. In particular, the depreciation charges on a fixed (non-current) asset are not relevant costs for analysis because depreciation is not a cash expenditure.

ACTIVITY 1

A company is evaluating a proposed expenditure on an item of equipment that would cost $160,000. A technical feasibility study has been carried out by consultants, at a cost of $15,000, into benefits from investing in the equipment. It has been estimated that the equipment would have a life of four years, and annual profits would be $8,000. Profits are after deducting annual depreciation of $40,000 and an annual charge of $25,000 for a share of fixed costs that will be incurred anyway.

Required:

What are the cash flows for this project that should be evaluated?

For a suggested answer, see the 'Answers' section at the end of the book.

3 PAYBACK METHOD OF APPRAISAL

3.1 INTRODUCTION

Definition **Payback** is the amount of time it is expected to take for the cash inflows from a capital investment project to equal the cash outflows.

It is the time that a project will take to pay back the money spent on it. It is based on expected cash flows from the project, not accounting profits.

The payback method of appraisal is used in one of two ways.

- A business might establish a rule for capital spending that no project should be undertaken unless it is expected to pay back within a given length of time. For example, a rule might be established that capital expenditure should not be undertaken unless payback is expected within, say, five years.
- When two alternative capital projects are being compared, and the decision is to undertake one or the other but not both, preference might be given to the project that is expected to pay back sooner.

Payback is commonly used as an initial screening method, and projects that meet the payback requirement are then evaluated using another investment appraisal method.

3.2 CALCULATING PAYBACK: CONSTANT ANNUAL CASH FLOWS

If the expected cash inflows from a project are an equal annual amount, the payback period is calculated simply as:

$$\text{Payback period} = \frac{\text{Initial payment}}{\text{Annual cash inflow}}$$

It is normally assumed that cash flows each year occur at an even rate throughout the year.

Example

An expenditure of $2 million is expected to generate cash inflows of $500,000 each year for the next seven years.

What is the payback period for the project?

Solution

$$\text{Payback} = \frac{\$2{,}000{,}000}{\$500{,}000} = \mathbf{4\ years}$$

The payback method provides a rough measure of the liquidity of a project, in other words how much annual cash flow it earns. It is not a measure of the profitability of a project over its life. In the example above, the fact that the project pays back within four years ignores the total amount of cash flows it will provide over seven years. A project costing $2 million and earning cash flows of $500,000 for just five years would have exactly the same payback period, even though it would not be as profitable.

A pay back period might not be an exact number of years.

Example

A project will involve spending $1.8 million now. Annual cash flows from the project would be $350,000.

What is the expected payback period?

Solution

Payback = $\frac{\$1,800,000}{\$350,000}$ = **5.1429 years**

This can be stated in any of the following ways.

- Payback will be in 5.1 years.
- Payback will be in just over 5 years (or between 5 and 6 years).
- Payback will be in 5 years 2 months.

Payback in years and months is calculated by multiplying the decimal fraction of a year by 12 months. In this example, 0.1429 years = 1.7 months (0.1429 × 12 months), which is rounded to 2 months.

ACTIVITY 2

An investment would cost $2.3 million and annual cash inflows from the project are expected to be $600,000.

Required:

Calculate the expected payback period in years and months.

State an assumption on which this estimate is based.

For a suggested answer, see the 'Answers' section at the end of the book.

3.3 CALCULATING PAYBACK: UNEVEN ANNUAL CASH FLOWS

Annual cash flows from a project are unlikely to be a constant annual amount, but are likely to vary from year to year.

Payback is calculated by finding out when the cumulative cash inflows from the project will pay back the money spent. Cumulative cash flows should be worked out by adding each year's cash flows, on a cumulative basis, to net cash flow to date for the project.

The simplest way of calculating payback is probably to set out the figures in a table.

An example will be used to illustrate how the table should be constructed.

Example

A project is expected to have the following cash flows.

Year	*Cash flow*
	$000
0	(2,000)
1	500
2	500
3	400
4	600
5	300
6	200

What is the expected payback period?

Solution

Figures in brackets are negative cash flows. In the table below a column is added for cumulative cash flows for the project to date. Figures in brackets are negative cash flows.

Each year's cumulative figure is simply the cumulative figure at the start of the year plus the figure for the current year. The cumulative figure each year is therefore the expected position as at the end of that year.

Year	*Cash flow*	*Cumulative cash flow*
	$000	$000
0	(2,000)	(2,000)
1	500	(1,500)
2	500	(1,000)
3	400	(600)
4	600	0
5	300	300
6	200	500

The payback period is exactly four years.

Payback is not always an exact number of years.

Example

A project has the following cash flows.

Year	*Cash flow*
	$000
0	(1,900)
1	300
2	500
3	600
4	800
5	500

The payback period is calculated as follows.

Year	*Cash flow*	*Cumulative cash flow*
	$000	$000
0	(1,900)	(1,900)
1	300	(1,600)
2	500	(1,100)
3	600	(500)
4	800	300
5	500	800

Payback is between the end of Year 3 and the end of Year 4 – in other words during Year 4.

If we assume a constant rate of cash flow through the year, we could estimate that payback will be three years, plus (500/800) of Year 4. This is because the cumulative cash flow is minus 500 at the star of the year and the Year 4 cash flow would be 800.

We could therefore estimate that payback would be after 3.625 years or 3 years 8 months.

ACTIVITY 3

Calculate the payback period in years and months for the following project.

Year	*Cash flow*
	$000
0	(3,100)
1	1,000
2	900
3	800
4	500
5	500

For a suggested answer, see the 'Answers' section at the end of the book.

3.4 MERITS OF PAYBACK METHOD AS AN INVESTMENT APPRAISAL TECHNIQUE

The payback method of investment appraisal has some advantages.

(a) **Simplicity**

As a concept, it is easily understood and is easily calculated.

(b) **Rapidly changing technology**

If new plant is likely to be scrapped in a short period because of obsolescence, a quick payback is essential.

(c) **Improving investment conditions**

When investment conditions are expected to improve in the near future, attention is directed to those projects which will release funds soonest, to take advantage of the improving climate.

(d) **Payback favours projects with a quick return**

It is often argued that these are to be preferred for three reasons:

(i) Rapid project payback leads to rapid company growth – but in fact such a policy will lead to many profitable investment opportunities being overlooked because their payback period does not happen to be particularly swift.

(ii) Rapid payback minimises risk (the logic being that the shorter the payback period, the less there is that can go wrong). Not all risks are related to time, but payback is able to provide a useful means of assessing time risks (and only time risk). It is likely that earlier cash flows can be estimated with greater certainty.

(iii) Rapid payback maximises liquidity – but liquidity problems are best dealt with separately, through cash forecasting.

3.5 WEAKNESSES OF PAYBACK METHOD

(a) **Project returns may be ignored**

Cash flows arising after the payback period are totally ignored. Payback ignores profitability and concentrates on cash flows and liquidity.

(b) **Timing ignored**

Cash flows are effectively categorised as pre-payback or post-payback – but no more accurate measure is made. In particular, the time value of money is ignored.

(c) **Lack of objectivity**

There is no objective measure as to what length of time should be set as the minimum payback period. Investment decisions are therefore subjective.

Conclusion Payback is best seen as an initial screening tool – for example a business might set a rule that no project with a payback of more than five years is to be considered.

It is an appropriate measure for relatively straightforward projects e.g. those which involve an initial outlay followed by constant long-term receipts.

However in spite of its weaknesses and limitations the payback period is a useful initial screening method of investment appraisal. It is normally used in conjunction with another method of capital investment appraisal, such as the NPV or IRR methods of discounted cash flow analysis.

4 TIME VALUE OF MONEY

Money is invested to earn a profit. For example, if an item of equipment costs $80,000 and would earn cash profits (profits ignoring depreciation) of $20,000 each year for four years, it would not be worth buying. This is because the total profit over four years ($80,000) would only just cover its cost.

Capital investments must make enough profits to justify their costs. In addition, the size of the profits or return must be large enough to make the investment worthwhile. In the example above, if the equipment costing $80,000 made total returns of $82,000 over four years, the total return on the investment would be $2,000, or an average of $500 per year. This would be a very low return on an investment of $80,000. More money could be earned putting the $80,000 on deposit with a bank to earn interest.

If a capital investment is to be justified, it needs to earn at least a minimum amount of profit, so that the return compensates the investor for both the amount invested and also for the *length* of time before the profits are made. For example, if a company could invest $80,000 now to earn revenue of $82,000 in one week's time, a profit of $2,000 in seven days would be a very good return. However, if it takes four years to earn the money, the return would be very low.

Money has a time value. By this we mean that it can be invested to earn interest or profits, so it is better to have $1 now than in one year's time. This is because $1 now can be invested for the next year to earn a return, whereas $1 in one year's time cannot. Another way of looking at the time value of money is to say that $1 in six years' time is worth less than $1 now. Similarly, $1 in five years' time is worth less than $1 now, but is worth more than $1 after six years.

Discounted Cash Flow (DCF) is a capital expenditure appraisal technique that takes into account the time value of money.

In order to understand DCF, you need to be familiar with how interest is earned on investments. The syllabus requires you to know about both simple interest and compound interest, although DCF is based on compound interest arithmetic.

5 INTEREST

A sum of money invested or borrowed is known as the **principal**.

When money is invested it earns interest. Similarly when money is borrowed, interest is payable.

Interest on an investment can be calculated as either simple interest or compound interest.

5.1 SIMPLE INTEREST

With **simple interest**, the interest is payable or recoverable each year but it is not added to the principal. For example, the interest payable (or receivable) on $100 at 15% pa for 1, 2 and 3 years will be $15, $30 and $45 respectively.

The usual notation is:

$I = \frac{PRT}{100}$, where:

P	=	Principal
R	=	Interest rate % pa
T	=	Time in years
I	=	Interest in $

Example

A man invests $160 on 1 January each year. On 31 December simple interest is credited at 12% but this interest is put in a separate account and does not itself earn any interest. Find the total amount standing to his credit on 31 December following his fifth payment of $160.

Year (1 Jan)	*Investment* ($)		*Interest (31 December)*	
1		160	$\frac{12}{100} \times 160 =$	$19.20
2	160 + 160 =	320	$\frac{12}{100} \times 320 =$	$38.40
3	160 + 320 =	480	$\frac{12}{100} \times 480 =$	$57.60
4	160 + 480 =	640	$\frac{12}{100} \times 640 =$	$76.80
5	160 + 640 =	800	$\frac{12}{100} \times 800 =$	$96.00
Total				$288.00

Total investment amount at 31 December, Year 5

= $(800 + 288) (principal plus simple interest)

= $1,088.

5.2 COMPOUND INTEREST

With compound interest, the interest earned is added to the principal before interest is calculated for the next year.

Example

$1,000 is invested for four years and interest of 10% is earned each year. What is the value of the investment at the end of Year 4?

Solution

Principal ($)	*Interest* ($)	*Total amount* ($)
1,000	$\frac{10}{100} \times 1{,}000 = 100$	1,000 + 100 = 1,110
1,100	$\frac{10}{100} \times 1{,}100 = 110$	1,100 + 110 = 1,210
1,210	$\frac{10}{100} \times 1{,}210 = 121$	1,210 + 121 = 1,331
1,331	$\frac{10}{100} \times 1{,}331 = 133.1$	1,331 + 133.1 = 1,464.1

An alternative way of writing this is shown in the following table.

Year	*Principal* ($)		*Total amount* ($)
1	1,000	$1{,}000\ (1 + 0.1) =$	1,100
2	$1{,}000\ (1 + 0.1)$	$1{,}000\ (1 + 0.1)(1 + 0.1) = 1{,}000\ (1 + 0.1)^2 =$	1,210
3	$1{,}000\ (1 + 0.1)^2$	$1{,}000\ (1 + 0.1)^2(1 + 0.1) = 1{,}000\ (1 + 0.1)^3 =$	1,331
4	$1{,}000\ (1 + 0.1)^3$	$1{,}000\ (1 + 0.1)^3(1 + 0.1) = 1{,}000\ (1 + 0.1)^4 =$	1,464.1

So the amount (S) at the end of the *n*th year is given by:

$$S = P(1 + r)^n$$

where r is the annual interest rate expressed as a proportion or decimal.

(For example 12% is expressed as 0.12 and 4.5% is expressed as 0.045.)

Compound interest is generally given on all savings accounts.

Try to learn this formula.

5.3 NOMINAL AND EFFECTIVE INTEREST RATES

The compounding examples considered so far have all added interest on an annual basis. In reality interest may be paid or charged on a daily, weekly, monthly, quarterly or half yearly basis. The equivalent annual rate of interest, when interest is compounded at intervals other than yearly, is known as the effective annual rate of interest. The annual interest rate quoted before compounding is called the nominal rate of interest.

The effective rate of interest can be calculated using the formula:

$$(1 + r)^n - 1$$

where r is the rate of interest for the time period, expressed as a decimal

n is the number of times interest is added in one year.

For example, if interest is added quarterly, then it is added four times in one year and n = 4. If interest is added half yearly, then interest is added twice in one year and n = 2. You will notice that if interest is added annually then the effective rate of interest calculated using the formula is equivalent to the nominal rate of interest.

Example

A bank offers savers three accounts

Account 1 – Nominal interest of 10% is added quarterly

Account 2 – Nominal interest of 11% is added half yearly

Account 3 – Nominal interest of 12% is added annually

Which account should savers choose?

Solution

The effective rate of interest should be calculated to enable a comparison of accounts to be made.

Account 1

The nominal rate of interest is 10% per annum. Therefore 2.5% is added each quarter. Compounding this four times gives an effective annual rate of:

$(1+0.025)^4 - 1 = 10.4\%$

Account 2

The nominal rate of interest is 11% per annum. Therefore 5.5% is added each half year. Compounding this twice gives an effective annual rate of:

$(1+0.055)^2 - 1 = 11.3\%$

Account 3

As interest is added annually the effective annual rate is the nominal rate of interest i.e. 12%.

Savers should choose Account 3 as this offers the highest effective annual rate of interest.

6 DISCOUNTED CASH FLOW (DCF)

Discounted cash flow, or DCF, is an investment appraisal technique that takes into account both the timing of cash flows and also the total cash flows over a project's life.

- As with the payback method, DCF analysis is based on future cash flows, not accounting profits or losses.
- The timing of cash flows is taken into account by discounting them to a 'present value'. The effect of discounting is to give a higher value to each $1 of cash flows that occur earlier and a lower value to each $1 of cash flows occurring later in the project's life. $1 earned after one year will be worth more than $1 earned after two years, which in turn will be worth more than $1 earned after five years, and so on. Cash flows that occur in different years are re-stated on a common basis, at their present value.

6.1 COMPOUNDING AND DISCOUNTING

To understand discounting, it is helpful to start by looking at the relationship between compounding and discounting.

Discounting is compounding in reverse. It starts with a future amount of cash and converts it into a **present value**.

Definition A **present value** is the amount that would need to be invested now to earn the future cash flow, if the money is invested at the 'cost of capital'.

For example, if a business expects to earn a (compound) rate of return of 10% on its investments, how much would it need to invest now to build up an investment of:

(a) $110,000 after 1 year

(b) $121,000 after 2 years

(c) $133,100 after 3 years?

The answer is $100,000 in each case, and we can calculate it by discounting. The discounting formula to calculate the present value of a future sum of money (S) at the end of n years is:

$$PV = S \frac{1}{1+r^{n}}$$

This is just a rearrangement of the compound interest formula.

(a) After 1 year, $\$110,000 \times \frac{1}{1.10} = \$100,000$

(a) After 2 years, $\$121,000 \times \frac{1}{1.10^{2}} = \$100,000$

(b) After 3 years, $\$133,100 \times \frac{1}{1.10^{3}} = \$100,000$

Both cash inflows and cash payments can be discounted to a present value. By discounting all payments and receipts from a capital investment to a present value, they can be compared on a like-for-like basis.

ACTIVITY 4

(a) How much would you need to invest now to earn $2,000 after four years at a compound interest rate of 8% a year?

(b) What is the present value of $5,000 receivable at the end of Year 3 at a cost of capital of 7% per annum?

For a suggested answer, see the 'Answers' section at the end of the book.

6.2 DISCOUNT FACTORS AND DISCOUNT TABLES

A present value for a future cash flow is calculated by multiplying the future cash flow by a factor:

$$\frac{1}{1+r^{n}}$$

Check that you know how to do this on your calculator.

For example:

$$\frac{1}{1.10} = 0.909$$

$$\frac{1}{1.10^{2}} = 0.826$$

$$\frac{1}{1.10^{3}} = 0.751$$

However, there are tables that give you a list of these 'discount factors' without you having to do the calculation yourself.

To calculate a present value for a future cash flow, you simply multiply the future cash flow by the appropriate discount factor. (Discount tables are included in the introductory pages to this text, but the relevant factors are also included in some of the examples and activities that follow.)

Any cash flows that take place 'now' (at the start of the project) take place in Year 0. The discount factor for Year 0 is 1.0, regardless of what the cost of capital is. Cash flows 'now' therefore do not need to be discounted to a present value equivalent, because they are already at present value.

ACTIVITY 5

The cash flows for a project have been estimated as follows:

Year	$
0	(25,000)
1	6,000
2	10,000
3	8,000
4	7,000

The cost of capital is 6%. Discount factors at a cost of capital of 6% are:

Year	*Discount factor at 6%*
1	0.943
2	0.890
3	0.840
4	0.792

Required:

Convert these cash flows to a present value.

Add up the total of the present values for each of the years.

For a suggested answer, see the 'Answers' section at the end of the book.

6.3 THE COST OF CAPITAL

The cost of capital used by a business in DCF analysis is the cost of funds for the business. It is therefore the minimum return that the business should make from its own investments, to earn the cash flows out of which it can pay interest or profits to its own providers of funds.

For the purpose of this course, the cost of capital will be given.

7 NET PRESENT VALUE METHOD (NPV)

The **net present value** or **NPV** method of DCF analysis involves calculating a net present value for a proposed investment project. The NPV is the value obtained by discounting all of the cash outflows and inflows for the investment project at the cost of capital, and adding them up. Cash outflows are negative and inflows are positive values. The sum of the present value of all of the cash flows from the project is the 'net' present value amount.

The NPV is the sum of the present value (PV) of all of the cash inflows from a project minus the PV of all of the cash outflows.

- **If the NPV is positive**, it means that the cash inflows from a capital investment will yield a return in excess of the cost of capital. The project should therefore be accepted on a financial basis.
- **If the NPV is negative**, it means that the cash inflows from a capital investment will yield a return below the cost of capital. The project should therefore be rejected on a financial basis.
- **If the NPV is exactly zero**, the cash inflows from a capital investment will yield a return exactly equal to the cost of capital. The project is therefore just acceptable on a financial basis.

Example

Rug Limited is considering a capital investment in new equipment. The estimated cash flows are as follows.

Year	*Cash flow*
	$
0	(240,000)
1	80,000
2	120,000
3	70,000
4	40,000
5	20,000

The company's cost of capital is 9%.

Required:

Calculate the NPV of the project to assess whether it should be undertaken.

The following are discount factors for a 9% cost of capital.

Year	*Discount factor at 9%*
1	0.917
2	0.842
3	0.772
4	0.708
5	0.650

Solution

Year	*Cash flow*	*Discount factor at 9%*	*Present value*
	$		$
0	(240,000)	1.000	(240,000)
1	80,000	0.917	73,360
2	120,000	0.842	101,040
3	70,000	0.772	54,040
4	40,000	0.708	28,320
5	20,000	0.650	13,000
Net present value			+ 29,760

The PV of cash inflows exceeds the PV of cash outflows by $29,760, which means that the project will earn a DCF return in excess of 9%. It should therefore be undertaken.

ACTIVITY 6

Fylingdales Fabrication is considering investing in a new delivery vehicle which will make savings over the current out-sourced service.

The cost of the vehicle is $35,000 and it will have a five-year life.

The savings it will make over the period are:

Cash flow:

Year	$
1	8,000
2	9,000
3	12,000
4	9,500
5	9,000

The firm currently has a return of 12% and this is considered to be its cost of capital.

Discount factors at 12%.

Year	
1	0.893
2	0.797
3	0.712
4	0.636
5	0.567

Required:

(a) Calculate the NPV of the investment.

(b) On the basis of the NPV you have calculated, recommend whether or not the investment should go ahead.

For a suggested answer, see the 'Answers' section at the end of the book.

7.1 ASSUMPTIONS IN DCF ABOUT THE TIMING OF CASH FLOWS

In DCF, certain assumptions are made about the timing of cash flows in each year of a project.

- A cash outlay at the beginning of an investment project ('now') occurs in Year 0.
- A cash flow that occurs **during the course of a year** is assumed to occur all at once at the end of the year. For example, profits of $30,000 in Year 3 would be assumed to occur at the end of Year 3.
- If a cash flow occurs **at the beginning of a year**, it is assumed that the cash flow happens at the end of the previous year. For example, a cash outlay of $10,000 at the beginning of Year 2 would be treated as a cash flow in Year 1, occurring at the end of Year 1.

7.2 INVESTMENT IN WORKING CAPITAL

Some capital projects involve an investment in working capital as well as fixed (non-current) assets. Working capital should be considered to consist of investments in inventory and receivables, minus trade payables.

An investment in working capital slows up the receipt of cash. For example, suppose that a business buys an item for $10 for cash and resells it for $16. It has made a cash profit of $6 on the deal. However, if the item is sold for $16 on credit, the cash flow is different. Although the profit is $6, the business is actually $10 worse off for cash. This is because it has invested $16 in receivables (working capital).

An increase in working capital reduces cash flows and a reduction in working capital improves the cash flow in the year that it happens.

By convention, in DCF analysis, if a project will require an investment in working capital, the investment is treated as a cash outflow at the beginning of the year in which it occurs. The working capital is eventually released at the end of the project, when it becomes a cash inflow. (It is treated as a cash inflow because actual cash flows will exceed cash profits in the year by the amount of the reduction in working capital.)

Example

A company is considering whether to invest in a project to buy an item of equipment for $40,000. The project would require an investment of $8,000 in working capital. The cash profits from the project would be:

Year	*Cash profit*
	$
1	15,000
2	20,000
3	12,000
4	7,000

The equipment would have a resale value of $5,000 at the end of Year 4.

The cost of capital is 10%. Discount factors at 10% are:

Year	
1	0.909
2	0.826
3	0.751
4	0.683

Required:

Calculate the NPV of the project and recommend whether or not, on financial grounds, you would recommend that the project should be undertaken.

Solution

Year	*Equipt*	*Working capital*	*Cash profit*	*Total cash flow*	*Discount factor at 10%*	*Present value*
	$	$	$	$		$
0	(40,000)	(8,000)		(48,000)	1.000	(48,000)
1			15,000	15,000	0.909	13,635
2			20,000	20,000	0.826	16,520
3			12,000	12,000	0.751	9,012
4	5,000	8,000	7,000	20,000	0.683	13,660
						+ 4,827

The NPV is positive, and from a financial perspective should therefore be undertaken.

8 ANNUITIES AND PERPETUITIES

8.1 ANNUITIES

An annuity is a constant annual cash flow over a number of years. For example, if there is a cash flow of $3,000 from Year 1 to Year 5, this is an annuity.

Example

Find the present value of $500 payable for each of three years given a discount rate of 10%. Each sum is due to be paid annually in arrears.

Solution

The PV can be found from three separate calculations of the present value of each annual cash flow.

$$PV = \left[\$500 \times \frac{1}{(1.10)}\right] + \left[\$500 \times \frac{1}{(1.10)^2}\right] + \left[\$500 \times \frac{1}{(1.10)^3}\right]$$

$$= \$454 + \$413 + \$376 = \$1,243$$

However, it might be worth looking again at the expression for the present value and restating it as follows:

$$PV = \$500 \times \left[\frac{1}{(1.10)} + \frac{1}{(1.10)^2} + \frac{1}{(1.10)^3}\right]$$

$$= \$500 \times 2.48685 \quad = \quad \$1,243$$

Annuities formula

For this last expression a formula can be produced (which could be proved although there is no need to do so) for the present value of an annuity. Applying this to the example:

$$PV = A \times \frac{1}{r}\left(1 - \frac{1}{(1+r)^n}\right)$$

where A is the annual cash flow receivable in **arrears**.

$$PV = \$500 \times \frac{1}{0.10}\left(1 - \frac{1}{(1.10)^3}\right)$$

$$= \$500 \times \frac{1}{0.10}(1 - 0.7513148)$$

$$= \$500 \times 2.48685$$

$$= \$1,243$$

Annuities tables

The annuities formula is fairly daunting for non-mathematicians, and it is much more convenient to calculate the present value of an annuity using either a financial calculator, or using discount tables for annuities.

Annuities tables are also called cumulative present value tables. A copy is included in the introductory pages to this text.

To calculate a present value of an annuity, you multiply the annual cash flow by the appropriate annuity factor. The annuity factor is the cumulative present value of $1 per annum for every year from Year 1 up to the year shown in the left hand column of the tables. There is a different set of cumulative discount factors for each cost of capital.

So, to establish the present value of $500 a year for Years 1 to 3, you multiply $500 by the cumulative factor in the annuity tables shown in the 10% column and the Year 3 row. This is 2.487.

The PV of $500 for 3 years at a cost of capital of 10% is therefore $\$500 \times 2.487 =$ $1,243.

ACTIVITY 7

Lindsay Ltd wishes to make a capital investment of $1.5m but is unsure whether to invest in one of two machines each costing that amount. The net cash inflows from the two projects are shown below.

Time	*1*	*2*	*3*
Denis plc machine ($000)	900	600	500
Thomson plc machine ($000)	700	700	700

Find the present value of the two patterns of cash flows at the company's required rate of return of 10% and thus decide which of the two identically priced machines (if either) should be acquired. (Assume all cash flows occur annually in arrears on the anniversary of the initial investment.)

For a suggested answer, see the 'Answers' section at the end of the book.

ACTIVITY 8

A company is considering the purchase of an item of equipment costing $60,000. It would have a five-year life. The equipment would be expected to generate net cash flows of $18,000 each year for the first four years and $6,000 in the fifth year. After the end of Year 5 it would be disposed of for $5,000.

The company's cost of capital is 7%.

Required:

Calculate the NPV of this investment and indicate whether or not it would be financially viable.

For a suggested answer, see the 'Answers' section at the end of the book.

8.2 PERPETUITIES

Sometimes it is necessary to calculate the present values of annuities which are expected to continue for an indefinitely long period of time, known as 'perpetuities'.

Definition A **perpetuity** is a constant annual cash flow that will continue 'forever'.

The present value of a perpetuity is quite easy to calculate.

The present value of an annuity, A, receivable in arrears in perpetuity given a discount rate, r, is given as follows:

$$\text{PV perpetuity} = \frac{A}{r} \left(= \frac{\text{Annual cash flow}}{\text{Discount rate (as a decimal)}} \right)$$

Example

The present value of $5,000 receivable annually in arrears at a discount rate of 8% is:

$$\frac{\$5{,}000}{0.08} = \$62{,}500$$

ACTIVITY 9

An investment company is considering whether to purchase an investment that would earn an income of $25,000 each year in perpetuity. The company would want a return of at least 8% on this investment.

Required:

What is the maximum price it should be prepared to pay for the investment?

For a suggested answer, see the 'Answers' section at the end of the book.

9 INTERNAL RATE OF RETURN METHOD (IRR)

Using the NPV method of discounted cash flow, present values are calculated by discounting cash flows at a given cost of capital, and the difference between the PV of costs and the PV of benefits is the NPV. In contrast, the **internal rate of return (IRR)** method of DCF analysis involves calculating the exact DCF rate of return that the project is expected to achieve. This is the discount rate at which the NPV is zero.

If the expected rate of return (known as the internal rate of return or IRR, and also as the DCF yield) is higher than a target rate of return, the project is financially worth undertaking.

Calculating the IRR of a project can be done with a programmed calculator. Otherwise, it has to be estimated using a rather laborious technique called the interpolation method. The interpolation method produces an estimate of the IRR, although it is not arithmetically exact.

The steps in this method are as follows:

Step 1 Calculate two net present values for the project at two different discount rates. You should decide which discount rates to use. However, you want to find discount rates for which the NPV is close to 0, because the IRR will be a value close to them. Ideally, you should use one discount rate where the NPV is positive and the other where the NPV is negative, although this is not essential.

Step 2 Having found two costs of capital where the NPV is close to 0, we can then estimate the cost of capital at which the NPV is 0. In other words, we can estimate the IRR. This estimating technique is illustrated in the example below.

Example

A company is trying to decide whether to buy a machine for $13,500. The machine will create annual cash savings as follows:

Year	$
1	5,000
2	8,000
3	3,000

Required:

Calculate the project's IRR.

Solution

Step 1 The first step is to calculate the NPV of the project at two different discount rates. Ideally the NPV should be positive at one cost of capital and negative at the other.

So what costs of capital should we try?

One way of making a guess is to look at the cash returns from the project over its life. These are $16,000 over the three years. After deducting the capital expenditure of $13,500, this gives us a net return of $2,500, or an average of $833 each year of the project. $833 is about 6% of the capital outlay. The IRR is actually likely to be a bit higher than this, so we could start by trying 7%, 8% or 9%.

Here, 8% is used.

Year	*Cash flow*	*Discount factor at 8%*	*PV*
	$		$
0	(13,500)	1.000	(13,500)
1	5,000	0.926	4,630
2	8,000	0.857	6,856
3	3,000	0.794	2,382
			+ 368

The NPV is positive at 8%, so the IRR is higher than this. We need to find the NPV at a higher discount rate. Let's try 11%.

Year	*Cash flow*	*Discount factor at 11%*	*PV*
	$		$
0	(13,500)	1.000	(13,500)
1	5,000	0.901	4,505
2	8,000	0.812	6,496
3	3,000	0.731	2,193
			(306)

The NPV is negative at 11%, so the IRR lies somewhere between 8% and 11%.

Step 2 The next step is to use the two NPV figures we have calculated to estimate the IRR.

We know that the NPV is + $368 at 8% and that it is – $306 at 11%.

Between 8% and 11%, the NPV therefore falls by 674 (368 + 306).

If we assume that the decline in NPV occurs in a straight line, we can estimate that the IRR must be:

$$8\% + \left[\frac{368}{674} \times (11-8)\%\right]$$

= 8% + 1.6% = 9.6%.

An estimated IRR is therefore 9.6%.

Note that your estimate will depend on the discount rate chosen for the NPVs. A small variation either side of the suggested answer can be expected.

9.1 ESTIMATING THE IRR USING A GRAPH

The NPVs calculated in the above example could be plotted on a graph and joined by a straight line. The line cuts the x axis where the NPV = 0 i.e. at the IRR.

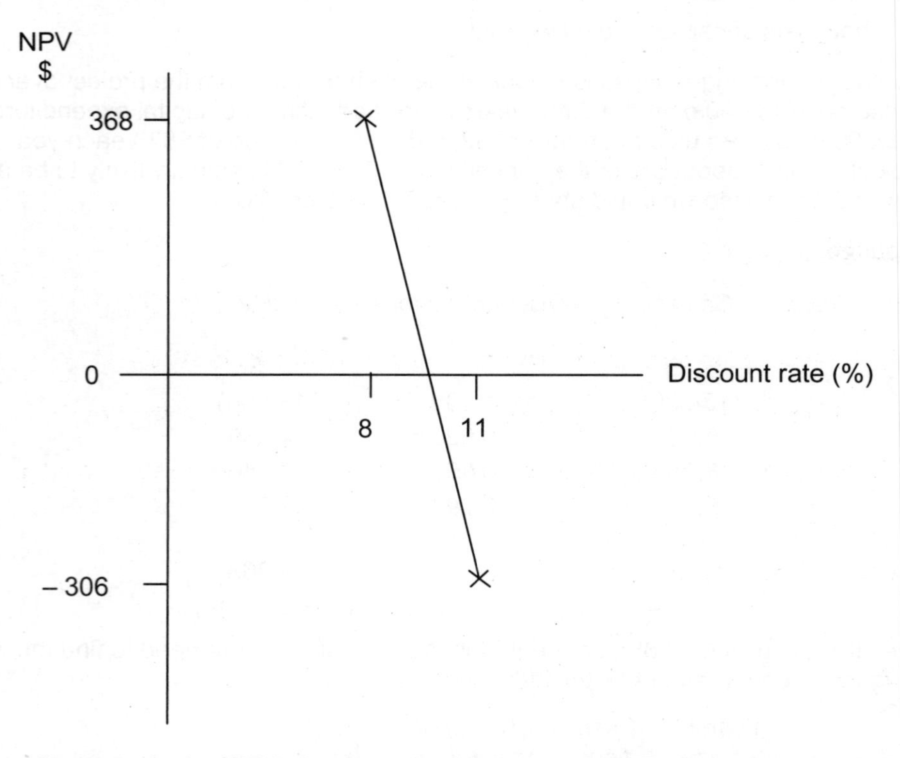

In this example the IRR is between 9 and 10%, say 9.5%. In reality the relationship between NPV and IRR is not linear and the graphical method only gives an approximation to the true IRR. The closer the NPV values are to 0, the better will be the estimate.

This is an example of interpolation, where a value is estimated which lies within the range of values. If two positive (or negative) NPV values were used to form the relationship and the line extended until it met NPV = 0, this would be extrapolation.

9.2 FORMULA FOR CALCULATING IRR

You might find the following formula for calculating the IRR useful.

If the NPV at A% is positive, + $P

and if the NPV at B% is negative, – $N

then

$$IRR = A\% \left[\frac{P}{(P+N)} \times (B-A)\% \right]$$

Ignore the minus sign for the negative NPV. For example, if P = + 60 and N = – 50, then P + N = 110.

Another example

A business undertakes high-risk investments and requires a minimum expected rate of return of 17% on its investments. A proposed capital investment has the following expected cash flows.

Year	$
0	(50,000)
1	18,000
2	25,000
3	20,000
4	10,000

Required:

(a) Calculate the NPV of the project if the cost of capital is 15%.

(b) Calculate the NPV of the project if the cost of capital is 20%.

(c) Use the NPVs you have calculated to estimate the IRR of the project.

(d) Recommend, on financial grounds alone, whether this project should go ahead.

Discount factors:

Year	*Discount factor at*	
	15%	*20%*
1	0.870	0.833
2	0.756	0.694
3	0.658	0.579
4	0.572	0.482

Solution

(a) and (b)

Year	*Cash flow*	*Discount factor at 15%*	*Present value at 15%*	*Discount factor at 20%*	*Present value at 20%*
	$		$		$
0	(50,000)	1.000	(50,000)	1.000	(50,000)
1	18,000	0.870	15,660	0.833	14,994
2	25,000	0.756	18,900	0.694	17,350
3	20,000	0.658	13,160	0.579	11,580
4	10,000	0.572	5,720	0.482	4,820
NPV			+ 3,440		(1,256)

(c) The IRR is above 15% but below 20%.

Using the interpolation method:

The NPV is + 3,440 at 15%.

The NPV is – 1,256 at 20%.

The NPV falls by 4,696 between 15% and 20%.

The estimated IRR is therefore:

$$IRR = 15\% + \left[\frac{3,440}{4,696} \times (20-15)\%\right]$$

= 15% + 3.7%

= 18.7%

(d) **Recommendation**

The project is expected to earn a DCF return in excess of the target rate of 17%, so on financial grounds it is a worthwhile investment.

ACTIVITY 10

A company is considering the purchase of a machine for $100,000. Buying the machine would save the company running costs of $25,000 each year for five years. At the end of this time, the machine could be sold off for $12,000. The company has a cost of capital of 9%.

Required:

(a) Calculate the NPV of the project at the company's cost of capital of 9%.

(b) Calculate the NPV of the project at a cost of capital of 12%.

(c) Use the two NPV figures you have calculated to estimate the IRR of the project.

For a suggested answer, see the 'answers' section at the end of the book.

10 DISCOUNTED PAYBACK METHOD

The discounted payback method of capital investment appraisal is similar to the payback method, except that the payback period is measured with present values of cash flows.

With the simple payback method, the time value of money is ignored. In theory, a project might be acceptable according to the payback method when it has a negative NPV or an IRR lower than the cost of capital.

With discounted payback, the payback period is the time when the project NPV reaches 0. A project can only be acceptable applying a discounted payback rule if it has an NPV of 0 or higher.

Discounted payback is used in the same way as simple payback. An organisation can apply a rule that an investment should not be undertaken unless it achieves discounted payback within a given period of time, say within four years.

10.1 CALCULATING THE DISCOUNTED PAYBACK PERIOD

To calculate the discounted payback period for an investment, you can add an extra column to your table for calculating the NPV. In the column, you can enter the cumulative NPV to date. Discounted payback occurs during the year when the cumulative NPV turns from being negative to being positive.

Example

An investment in a new business activity would cost $90,000. The project would have a life of six years, and the estimated cash flows each year would be as follows:

Year	*Cash flow*
	$
1	30,000
2	35,000
3	40,000
4	35,000
5	25,000
6	15,000

The cost of capital is 11%.

The company will not invest in a project unless it has a discounted payback period of four years or less.

Required:

(a) Calculate the approximate discounted payback period, to the nearest month.

(b) On the basis of the information given should the project be undertaken?

Solution

Note: The project's NPV is calculated in the table below, although this is not required for the solution. The cumulative NPV column is filled in up to the point where the NPV turns from being negative to being positive.

Year	*Cash flow*	*Discount factor at 11%*	*Present value of cash flow*	*Cumulative PV*
	$		$	$
0	(90,000)	1.000	(90,000)	(90,000)
1	30,000	0.901	27,030	(62,970)
2	35,000	0.812	28,420	(34,550)
3	40,000	0.731	29,240	(5,310)
4	35,000	0.659	23,065	17,755
5	25,000	0.593	14,825	
6	15,000	0.535	8,025	
NPV			+ 40,605	

Discounted payback occurs during Year 4.

An approximate estimate of the discounted payback to the nearest month is:

$$3 \text{ years} + \left[\frac{5{,}310}{(5{,}310 + 17{,}755)} \times 12 \text{ months}\right]$$

= 3 years + 2.76 months, say 3 years 3 months. So the project would be acceptable.

11 USING NPV, IRR AND PAYBACK

This chapter has explained several techniques for analysing the financial viability of capital investments. They can be used to provide information to management about whether, on the basis of the financial information available, an investment appears to be worthwhile.

The 'decision rules' applied for each technique are:

- **Simple payback**. Ignoring discounting, the net cash flows from an investment must pay back the original capital outlay within a given period of time. If the investment is not expected to do this, it should not be undertaken.

- **Net present value**. The expected cash flows relating to an investment are discounted at the organisation's cost of capital, and the NPV is the sum of the present values of the investment over its expected life. The project is viable if its NPV is positive ($0 or higher).

- **Internal rate of return**. The IRR is that discount rate at which the NPV is zero. The investment is financially viable if the IRR is higher than the organisation's cost of capital.

- **Discounted payback**. The expected cash flows relating to an investment are discounted at the organisation's cost of capital, and the discounted payback period is the length of time before the cumulative NPV reaches $0. The cumulative NPV must reach $0 within a given period of time. If the investment is not expected to do this, it should not be undertaken.

The preferred method of capital investment appraisal is the NPV method, although the IRR method might be used instead. An organisation is unlikely to use both methods.

Either the simple payback method or the discounted payback method are unlikely to be used on their own. Instead, they are likely to be used, if at all, in addition to NPV or IRR.

It is important to recognise that all of these methods of appraisal use the expected cash flows from a capital investment. These are the relevant costs and revenues from the investment. For decision-making purposes, relevant costs and cash flows should always be used, not figures for accounting profits.

CONCLUSION

Cost and management accounting is a broad subject area, but this text has introduced you to two of its elements: measuring the cost of cost units and providing financial information to assist with management decision making.

You will come across other aspects, notably budgeting and budgetary control, and performance measurement, later in your studies.

KEY TERMS

Payback – the amount of time it is expected to take for the cash inflows from a capital investment project to equal the cash outflows.

Nominal rate of interest – the annual money rate of interest.

Effective rate of interest – the equivalent annual rate of interest when interest is compounded at intervals other than yearly.

Present value – the amount that would need to be invested now to earn the future cash flow, if the money is invested at the 'cost of capital'.

Net present value – the net value of the expected cash flows from an investment, if all the expected cash flows are measured in present values.

Annuity – a constant annual cash flow.

Perpetuity – a constant annual cash flow that will continue 'forever'.

Internal rate of return – the cost of capital at which an investment has an NPV of 0.

Discounted payback – the amount of time it is expected to take for the cumulative NPV of an investment to reach 0.

SELF TEST QUESTIONS

		Paragraph
1	What is the payback period for a project?	3.1
2	What are the merits and disadvantages of using the payback method?	3.4, 3.5
3	What is the time value of money?	4
4	What is the difference between simple interest and compound interest?	5.1, 5.2
5	What is the future value at the end of Year n of an amount P, invested now at an annual compound rate of interest of r (where r is expressed as a decimal)?	5.2
6	What is the formula for calculating the discount factor for year n when the cost of capital (expressed as a proportion) is r?	6.1
7	What is meant by the NPV of a capital investment project?	7
8	What assumptions are used in DCF about the timing of cash flows?	7.1
9	What is an annuity?	8.1
10	What are annuity tables?	8.1
11	What is the present value of an annual cash flow in perpetuity?	8.2
12	What is the IRR of an investment project?	9
13	What formula should be used to estimate an IRR using the interpolation method?	9.2
14	What is the discounted payback period of a capital investment project?	10
15	How are NPV, IRR and payback each used to assess the financial viability of a capital expenditure project?	11

EXAM-STYLE QUESTIONS

1 The cumulative expected NPV of a project is – $6,200 at the end of Year 2 and + $1,100 at the end of Year 3. Assuming that cash flows each year occur at an even rate throughout the year, what is the expected discounted payback period, to the nearest month?

A 2 years 2 months

B 2 years 8 months

C 2 years 10 months

D 3 years 10 months

2 The NPV of a project would be – $53,000 at a discount rate of 14% and + $17,000 at a discount rate of 10%. Using these figures, what is the approximate IRR?

A 10.8%

B 11.0%

C 11.3%

D 13.0%

3 A capital expenditure project would have a negative cash flow in Year 0, followed by positive net cash flows in every other year. Its NPV is + $20,000.

Which of the following statements is correct?

A The discounted payback period is longer than the simple payback period, and the IRR is higher than the company's cost of capital

B The discounted payback period is shorter than the simple payback period, and the IRR is higher than the company's cost of capital

C The discounted payback period is longer than the simple payback period, and the IRR is lower than the company's cost of capital

D The discounted payback period is shorter than the simple payback period, and the IRR is lower than the company's cost of capital

4 What would be the interest earned (compound) on an investment of $15,000 for three years at an annual interest rate of 6%?

A $1,072

B $1,200

C $2,700

D $2,865

5 X Company takes on a five-year lease of a building for which it pays $27,200 as a lump sum payment. X Company then sub-lets the building for five years at a fixed annual rent, with the rent payable annually in arrears.

What is the annual rental charge, if the rent is set at a level that will earn a DCF yield of 17% for X Company?

Cumulative discount factor at 17%, years 1 – 4 = 2.743

Cumulative discount factor at 17%, years 1 – 5 = 3.199

A $5,440

B $8,502

C $9,916

D $87,013

6 A project has an initial outflow followed by a series of positive inflows. The A project has project has positive NPVs at a cost of capital of 12% and 18%. Which of the following statements will be true of the project's IRR?

A The project's IRR will be lower than 12%

B The project's IRR will be between 12% and 18%

C The project's IRR will be higher than 18%

D The projects IRR exactly 18%

7 A project has an initial outflow followed by a series of positive inflows. The A project has project has a positive NPV at a cost of capital of 14% and a zero NPV at a cost of capital of 22%. Which of the following statements will be true of the project's IRR?

A The project's IRR will be lower than 14%

B The project's IRR will be between 14% and 22%

C The project's IRR will be higher than 22%

D The projects IRR exactly 22%

8 A company is considering an investment of $400,000 in new machinery. The machinery is expected to yield incremental profits over the next five years as follows:

Year	*Profit* ($)
1	175,000
2	225,000
3	340,000
4	165,000
5	125,000

Thereafter, no incremental profits are expected and the machinery will be sold. It is company policy to depreciate machinery on a straight line basis over the life of the asset. The machinery is expected to have a value of $50,000 at the end of year 5.

What is the payback period of the investment in this machinery to the nearest 0.01 years?

A 1.48 years

B 1.53 years

C 2.00 years

D 2.25 years

9 An investment company is considering the purchase of a commercial building at a cost of $0.85m. The property would be rented immediately to tenants at an annual rent of $80,000 payable in arrears in perpetuity.

What is the net present value of the investment assuming that the investment company's cost of capital is 8% per annum?

A $68,000

B $70,000

C $150,000

D $230,000

For the answers to these questions, see the 'Answers' section at the end of the book.

Chapter 16

THE NATURE OF CASH AND CASH FLOWS

Businesses exist to make profit, but they cannot survive without cash. This chapter explains the nature of cash receipts and payments in a business, and considers the importance of cash flow and liquidity. Cash flow is compared with profitability. The elements of cash management are explained, and the relationship between cash management and credit control is introduced. This chapter covers syllabus area E1.

CONTENTS

LEARNING OUTCOMES

At the end of this chapter you should be able to:

- Define cash and cash flow
- Outline the various sources of cash receipts and payments (including regular/exceptional revenue/capital receipts and payments, and drawings)
- Describe the relationship between cash flow accounting and accounting for income and expenditure
- Distinguish between the cash flow pattern of different types of organisations
- Explain the importance of cash flow management and its impact on liquidity and company survival (note: calculation of ratios is not required)

1 THE NATURE OF CASH AND CASH FLOWS

1.1 RELEVANT DEFINITIONS

The first requirement in this syllabus is for you to be able to define cash, cash flows and funds.

Cash can be defined as money, in the form of notes and coins. It is the most liquid of assets and represents the lifeblood for growth and investment. Cash includes:

- coins and notes
- current accounts and short-term deposits
- bank overdrafts and short-term loans
- foreign currency and deposits that can be quickly converted to your currency.

It does **not** include:

- long-term deposits
- long-term borrowing
- money owed by customers
- inventory (inventories).

It is important not to confuse cash with profit. Profit is the difference between the total amount a business earns and all of its costs, usually assessed over a year or other trading period. A business may be able to forecast a good profit for the year, yet still face times when it is strapped for cash.

Cash flow is a term for receipts and payments of cash. Cash flow shows the money **flowing into** a business from sales, interest payments received, and any borrowings and the amount of money **flowing out** of a business through paying for wages, rent, interest owing, paying back loans, buying raw materials, tax and so on.

Cash flow can be described as a cycle: a business uses cash to acquire resources. The resources are put to work and goods and services produced. These are then sold to customers, the business then collects and deposits the cash from the sales and so the cycle repeats.

Net cash flow is the difference between the cash received in a period and the cash paid out in the same period

On any single day, or in any week or month, cash receipts can exceed cash payments, in which case the cash flow is positive. Equally, cash payments can exceed cash receipts, and the cash flow is negative. Over time, a business should expect cash receipts to exceed cash payments, or at least that cash payments should not exceed cash receipts.

Funds can be defined as any arrangement that enables goods or services to be bought. It therefore usually means money (i.e. cash or bank balances) or credit (i.e. lending or borrowing). Every transaction that a business makes can be interpreted in terms of a source of funds and use of funds, which must be equal in total.

Managing cash in a business is basically similar to the management of cash by an individual. An individual might receive cash every month in the form of a salary and pay out money on a variety of expenses, such as food and drink, travel, rent and so on. Some spending is likely to be on credit (using a credit card, perhaps), just as businesses take credit for most of their purchases, but credit card bills have to be paid eventually. Individuals have to make sure that they have enough cash coming in each month to make all the payments that have to be made. An individual might have a bank overdraft facility, but the bank will not let the overdraft exceed the agreed limit.

Businesses have the same concerns. They can buy on credit, but suppliers eventually have to be paid. They can borrow and negotiate an overdraft facility, but there are limits to borrowing. Consequently, cash has to be managed, to make sure that there is always enough money to keep the business going

1.2 CASH CYCLE AND OPERATING CYCLE

The cash flow cycle, in its simplest form, revolves around the company's trading cycle. The process involves purchasing inventory (inventories), converting it to cash or accounts receivable via sales, collecting those accounts receivable, and paying suppliers who extended trade credit.

Cash cycle and operating cycle

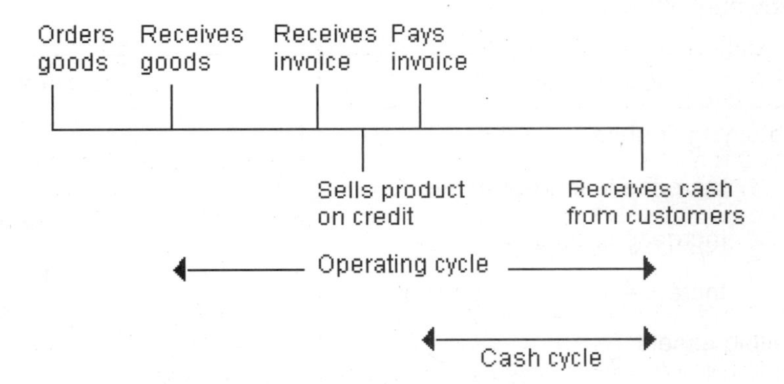

The cash flow cycle is the period of time required for an organisation to receive invested funds back in the form of cash. The full cash flow cycle can be divided into two distinct cycles:

1. The **operating cycle** – the time period between acquiring inventory from suppliers and the actual cash collection from receivables (receivables) for goods sold.

2. The **cash cycle** – the time period between the cash payment for inventory and the cash collection of accounts receivables generated in the sale of the final product.

The cash conversion period measures the amount of time it takes to convert the organisation's product or service into cash inflows. It is calculated by:

+ The number of days that cash is locked up as inventory or work in progress

+ The number of days that cash is locked up in receivables

– Days that cash is free because the business has not paid its bills

2 THE SOURCES AND APPLICATIONS OF FINANCE

2.1 SOURCES AND USES OF CASH

Sources and uses of cash cover three activities in an enterprise:

1. **Operating activities** are activities that create revenue or expense in the entity's major line of business. The largest cash inflow from operations is the collection of cash from customers. Operating activities that create cash outflows include payments to suppliers, payments to employees, interest payments, payment of income taxes and other operating cash payments.

2. **Investing activities** include lending money and collecting on those loans, buying and selling productive assets that are expected to generate revenues over long periods, and buying and selling securities not classified as cash equivalents. Cash inflows generated by investing activities include sales of long-lived assets such as property, plant and equipment, sales of debt or equity instruments and the collection of loans.

3. **Financing activities** include borrowing and repaying money from payables (payables), obtaining resources from owners and providing both a return on their investment and a return of their investment. The return on investment is provided in the form of dividends.

Sources of cash	Uses of cash
Obtaining finance: • Increase in long-term debt • Increase in equity • Increase in current liabilities Selling assets • Decrease in current assets • Decrease in fixed assets (non-current assets)	Paying payables or inventories holders: • Decrease in long-term debt • Decrease in equity • Decrease in current liabilities Buying assets • Increase in current assets • Increase in fixed assets (non-current assets)

Fixed assets (which are also known as non-current assets), as you know, are assets that are used by the business on a continuing basis. Current assets are items which are either cash already or which the business intends to turn into cash. Current liabilities are debts that the business has to pay in the near future – which we take to mean debts due for payment within the next year.

Working capital is the net difference between current assets and current liabilities. This is the only money in the business, which is not either tied up in non-current assets or needed for paying payables.

2.2 MAIN TYPES OF CASH RECEIPTS AND PAYMENTS

The cash receipts for a business come from a variety of sources, and there are various reasons for making cash payments. Cash receipts and payments can be categorised into the following types:

- revenue receipts and payments
- capital receipts and payments
- drawings/dividends and disbursements
- exceptional receipts and payments.

All of these types of cash receipt and payment affect the cash flows of a business, and cash management involves making sure that the total amount of cash received from these sources is always enough to make all the necessary cash payments.

Revenue receipts and payments are cash receipts and payments arising from the normal course of business. Revenue receipts are cash receipts from:

- cash sales, and
- payments by trade receivables.

Revenue payments are payments in the normal course of business, and include payments:

- to trade payables
- to employees for salaries and wages (and to the tax authorities for income tax deductions)
- for business expenses such as office rental payments, telephone bills, payments out of petty cash, and so on.

Capital receipts are receipts of long-term funds or cash from the sale of non-current assets or long-term investments. The owners of a business put new capital into the business in the form of new cash. For example, the shareholders in a company might agree to put more cash into the business by subscribing for a new issue of shares. Similarly, a sole trader might decide to put some extra money into the business by transferring cash from his personal bank account to his business bank account.

Capital payments are payments for capital expenditure, such as the purchase of new non-current assets (equipment, motor vehicles and so on).

Occasionally, a business might raise new cash by obtaining a long-term loan. A loan from a bank is a liability, but long-term (non-current) liabilities can be thought of as a 'capital receipt'. Similarly, the repayment of a loan might be thought of as a 'capital payment'.

Drawings/dividends

When a business makes profits, it usually pays out some of those profits to its owners.

- Payments out of profits to a sole trader or partners in a partnership are known as drawings.
- Payments out of profits to the shareholders of a company are known as dividends.

Businesses can pay drawings or dividends whenever they want to.

Exceptional receipts and payments

The foregoing are all relatively routine transactions. They are known and they can be planned for. There is always the possibility that there will be a significant movement because of an unusual or 'exceptional' transaction that does not fall into any of the categories described above. An example would be the costs of closing down part of a business.

2.3 CASH FLOW PATTERNS IN DIFFERENT BUSINESSES

The 'dynamics' or patterns of revenue receipts and payments varies greatly between different types of business. Many businesses have regular expenditure patterns, such as constant monthly salary costs and regular monthly accommodation costs. However, patterns of cash receipts vary enormously, as the following examples might suggest.

- A retail business with a chain of shops or stores buys goods for resale, often obtaining credit of 30 to 60 days from suppliers. It might hope to re-sell many of the items fairly quickly, typically for cash. As we have already noted, many retail businesses are therefore able to receive cash from selling their goods even before they have had to pay their suppliers. Cash receipts are also daily, or at least every day that the shops are open.

- A hat manufacturer has a seasonal business, with most sales in the spring and early summer. Its sales are likely to be on credit to retailers and other distributors, on 30 to 60 days' credit. It produces hats continually throughout the year, so has fairly constant monthly cash expenditures.

- A large contracting business might have to spend a lot of cash in bidding to win a large construction contract. Some companies, for example, have spent several years in bidding for government contracts to build schools, hospitals or roads. If they win a new contract, they are likely to have to spend heavily on hiring labour and buying or renting equipment. Cash receipts from the customer are likely to be in the form of progress payments, which are usually occasional large amounts.

- A training college or university is likely to receive most of its income at the start of its courses, mainly at the beginning of the academic year. Its costs and cash expenditures occur over the duration of the course. It should therefore expect a large cash surplus at the start of the academic year, which then gradually reduces as the year progresses.

You might be aware of other businesses with different cash flow patterns to these.

Seasonality

Another factor to consider in the pattern of cash flow in a business is the impact of seasonality. The timing of receipts and payments may be affected by particularly low or high 'seasons' in a business. For example, a company who sells toys to children, may find that there are greater sales in the final few months of the calendar year than there are on the first few months of the year. Therefore, at the end of the calendar year, cash and receivables are likely to be high and inventories low. Whereas, a few months later receivables are likely to be much lower and inventory levels beginning to rise. It means that large cash surpluses could be available at the start of each year that slowly get reduced as the year goes on and inventory is built up in preparation for the year end's busy period.

3 CASH FLOW AND PROFIT

For a business to survive, over the longer term it has to be profitable. In the short term, however, cash flow is more important than profit. If a business cannot make an essential payment, it could be faced with insolvency and payables could take action to recover the money owing to them. In the short term:

- a business can make a loss but still have enough cash to survive, receiving more cash than it pays
- a business can be profitable but run out of cash, spending more cash than it receives.

In the short term, profits and cash flow are different. There are several reasons for this.

- Some items of cash spending and cash receipt do not affect profits at all. In particular capital receipts and capital payments do not affect profits. A business could earn a profit but spend large sums of money on capital expenditure, so that it makes a profit but has a negative cash flow.
- Profits are calculated after deducting depreciation charges on non-current assets. Depreciation is a notional charge, and does not affect cash flow at all. It is an accounting device for spreading the cost of a non-current asset over its useful life.
- Cash flow is affected by the need to invest in operational working capital. Operational working capital is defined as the working capital a business needs to carry on its day-to-day business operations. It consists of its inventory (inventories) plus its trade receivables minus its trade payables.

Investing in working capital affects cash flow, and when the total amount of working capital of a business changes, the profits earned in the period will differ from the operational cash flows. It might not seem obvious why this should be the case.

- **Inventory (inventories).** A business buys raw materials or supplies and uses these to manufacture goods or provide services. Materials and supplies are bought before goods can be produced or services can be provided, which means that a business has to pay for its inventory before it earns anything from sales.
- **Receivables (receivables).** When businesses sell goods or services on credit, they make a profit when the sale occurs, but they do not get any cash receipts until the customer pays. A business therefore incurs the costs of making a sale, and spends cash in advance of receiving the cash income.
- **Payables (payables).** On the other hand, if a business buys goods and services on credit, it benefits by not having to pay for them until sometime after they have been received.

We can compare the gross profit from trading with the operating cash flows from trading in a company that buys and resells goods.

The income statement reports the total value of sales and the cost of goods sold in a year and shows:

Sales revenue – Cost of sales = Profit

However, if goods are sold on credit the cash receipts will differ from the value of sales, as receivables will pay after the year-end. The cost of goods sold will also differ as some goods are purchased on credit and some may remain in inventory at the year-end.

The operational cash flow is reported as cash in (Sales + Opening receivables – Closing receivables) – Cash out (Purchases + Opening payables – Closing payables).

ACTIVITY 1

Calculate the operational cash inflow from sales resulting from these trading figures:

Sales revenue	$240,000
Receivables at start of year	$18,000
Receivables at end of year	$28,800

For a suggested answer, see the 'Answers' section at the end of the book.

3.1 CASH FLOW AND BUSINESS SURVIVAL

In the short run, a loss-making business can survive, provided that it has enough cash or access to new borrowings. A profitable business might not survive if it has negative cash flows, unless it has enough cash in the bank to cover the deficit or unless it has access to new borrowings. In the past, there have been many examples of apparently successful businesses collapsing because they ran out of cash.

3.2 LIQUIDITY

Liquid assets consist of both cash and items that could or will be converted into cash within a short time, with little or no loss. They include some investments, for example:

- deposits with banks or building societies where a minimum notice period for withdrawal is required
- investments in government securities, which in the UK are called gilt-edged inventories (or 'gilts').

Other liquid assets are trade receivables and, possibly, inventory.

- Trade receivables should be expected to pay what they owe within a fairly short time, so receivables are often considered a liquid asset for a business.
- In some businesses, such as retailing, inventory will be used or re-sold within a short time, to create sales for the business and cash income. Inventory is less liquid than receivables.

A business has liquidity if it has access to enough liquid assets to meet its essential payment obligations when they fall due. This means that a business is extremely liquid if it has a large amount of cash, plus investments in gilts and funds in notice accounts with a building society, plus a large amount of trade receivables and inventory.

Liquidity is also boosted if a business has an unused overdraft facility, so that it could go into overdraft with its bank if it needed to.

A business that has good liquidity is unlikely to have serious cash flow problems. For all businesses, it is important to make revenue payments when they fall due. Trade payables and employees should all be paid on time. When a liquid business has to make a cash payment, it should be able to obtain the money from somewhere to do it. Normally, the cash to pay suppliers and employees comes from the cash received from trade receivables.

The liquidity of a business, particularly its operational activities, is therefore related to its working capital, and in particular its inventory, receivables and short-term payables.

ACTIVITY 2

What separates cash from profits? Explain why lots of sales might not mean lots of cash.

For a suggested answer, see the 'Answers' section at the end of the book.

4 CASH ACCOUNTING AND ACCRUALS ACCOUNTING

For accounting purposes, in preparing an income statement there are two possible systems that can be used:

- Cash accounting
- Accruals accounting

These systems will provide different profit figures for the basis based on different assumptions about how revenues and costs are recorded in the income statement.

In a system of accruals accounting, revenues and costs are reported in the period where the sale occurs, even if the cash flows for the sale and costs of sale occur in different periods, whereas a system of cash accounting records cash payments and cash receipts as they occur within an accounting period.

4.1 CASH ACCOUNTING

Cash accounting is an accounting method where receipts are recorded during the period they are received, and the expenses in the period in which they are actually paid. Basically, when the cash is received for a sale, it is recorded in the accounting books as a sale. It's focus is on determining the operational cash flow for the year.

However, cash accounting is not generally accepted as good accounting practice because businesses enter into transactions that are legally enforceable prior to the exchange of cash, but the use of cash accounting does not reflect any transactions which have taken place but are not yet paid for.

Although cash accounting is not used for measuring profitability, cash flow management is a vital aspect of business. Businesses should:

- forecast what their cash flows are likely to be in the future, so that they can take measures to ensure that they will have enough cash/liquidity. Cash flow forecasts might be prepared as cash budgets
- monitor actual cash flows, to make sure that these are in line with expectation (for example, by comparing them with the cash budget) and that the business still has enough cash to meet its requirements.

4.2 ACCRUALS ACCOUNTING

Accruals accounting applies the accruals concept to transactions. Its focus is on calculating the accounting profit for the year.

Definition The **accruals concept** in accounting has been defined as follows. 'Revenues and costs are accrued (that is, recognised as they are earned or incurred, not as money is received or paid), matched with one another so far as their relationship can be established or justifiably assumed, and dealt with in the income statement of the period to which they relate.'

Revenues are included in the period in which the sale takes place rather than when cash is received. It is therefore appropriate to 'match' the costs or expenses incurred in generating this income in the same period.

For example, a business has received $50,000 in cash sales during the year. It has spent $40,000 in cash on expenses. It has receivables owing $10,000 at 30 June. It owes suppliers $7,000 for goods and services received. On a cash accounting basis, the net profit of the business would be $10,000 (i.e. $50,000 less $40,000). On an accruals accounting basis, the net profit would be $13,000 (i.e. $50,000 + $10,000 – $40,000 – $7,000).

Accruals accounting is recognised by law, and businesses are required to use it to measure their profitability for the purpose of **external** financial reporting.

The accruals concept is extended to the expenses in the income statement and this can mean taking account of what are referred to as accruals and prepayments.

Accruals – it may be that an expense has been incurred within an accounting period, for which an invoice may or may not have been received. Such charges must be matched to the accounting period to which they relate and therefore an estimate of the cost (an accrual) must be made and included as an accounting adjustment in the accounts for that period.

Prepayment – it may be that an expense has been incurred within an accounting period that related to future period(s). As with accruals, these costs are not necessarily related to sales and cannot be matched with sales. Such charges must also be matched to the period to which they relate and therefore the proportion of the charges that relate to future periods (a prepayment) must be calculated and included as an adjustment in the accounts for that period.

For example, let's say that a business has received rent bills for the year totalling $20,000 but has only paid $16,000. In accruals accounting, the $16,000 paid would be included as an expense in the income statement,, but there would also be an accrual adjustment that increased this expense by $4,000 in order to show a total rent charge for the year in the income statement of $20,000.

4.3 THE IMPACT OF USING ACCRUALS ACCOUNTING

The impact of accruals accounting is that the profit figure given in a company's income statement can be very different to the change in cash for the year. It may actually disguise potential cash flow problems. Section 3 has already examined this issue and the problems that it might create for businesses.

For this reason, many businesses will prepare a cash flow statement alongside their income statement so that users of the external accounts get a better picture of the company's cash position and its changes over the year.

CONCLUSION

This chapter provided an introduction to cash and credit management. We also discussed the types of cash flow and their different patterns. Some cash flows will be regular, but others will be less frequent, or unpredictable, and these can be a major influence on an enterprise's cash position.

Cash management is absolutely crucial to the smooth running of the company, and possibly even to its survival. A key to successful cash management is accurate cash forecasting and cash budgeting. This is described in the next chapter.

KEY TERMS

Cash flow – receipts and payments of cash.

Revenue receipts – cash receipts from cash sales and payments by credit customers.

Revenue payments – payments for operating expenses incurred in the normal course of business (payments to suppliers, employees and so on).

Capital receipts – receipts of cash as new long-term finance or from the sale of non-current assets or long-term investments.

Capital payments – cash payments for the purchase of fixed assets and other long-term investments.

Liquid assets – cash and other assets that can be cashed easily (short-term investments) or will turn into cash fairly soon (e.g. receivables).

Liquidity – liquid assets and access to new sources of short-term finance (e.g. overdraft facility).

SELF-TEST QUESTIONS

		Paragraph
1	Define cash.	1.1
2	Define cash flow.	1.1
3	What are the main types of cash flow for a business?	2.2
4	State some of the reasons why the profit in a period is different from the net cash flow.	3
5	What are liquid assets?	3.2
6	Define liquidity.	3.2
7	Explain 'cash accounting'.	4
8	Explain 'accruals accounting'.	4.1

EXAM STYLE QUESTIONS

1 Which of the following businesses is likely to have the longest working capital cycle?

A A large supermarket chain

B A band organising a gig in a nightclub in one week's time

C A college selling courses and materials to government funded students

D A company manufacturing ships

2 Which of the following items would adversely affect a company's profit but not affect its cash flow?

A A tax charge

B Interest paid on a bank loan

C Depreciation of a non-current asset

D Repayment of a loan

3 Which of the following items would adversely affect a company's cash flow but not affect its profit?

A A tax charge

B Interest paid on a bank loan

C Depreciation of a non-current asset

D Repayment of a loan

4 Which of the following items would be classed as a revenue receipt by a business?

A The sale of unnecessary inventory at below its initial cost

B An investment of funds from the shareholders

C Receipt of a loan repayment from a lendee

D The sale of a non-current assets

For the answers to these questions, see the 'Answers' section at the end of the book.

Chapter 17

CASH MANAGEMENT, INVESTING AND FINANCE

A business should manage its cash balances and ensure that it has adequate liquidity.. In this chapter we consider how companies can optimise their cash positions by using a specialised treasury department. If the firm has surplus cash for its day-to-day needs, it should perhaps think about investing it. This means understanding the nature of the money markets, and the various opportunities that exist for investing the cash for the short term. On the other hand, when the firm is experiencing a deficit it needs to consider how bank finance might alleviate this position. This chapter covers syllabus areas E2 and E4.

CONTENTS

LEARNING OUTCOMES

At the end of this chapter you should be able to:

- Outline the basic treasury functions
- Describe cash handling procedures
- Outline guidelines and legislation in relation to the management of cash balances in public sector organisations
- Describe how trends in the economic and financial environment can affect management of cash balances

- Explain how surplus cash and cash deficit may arise
- Explain the following types of short term investments and the associated risks/returns
  - bank deposits
  - money- market deposits
  - certificates of deposit
  - government stock
  - local authority stock
- Explain different ways of raising finance from a bank and the basic terms and conditions associated with each financing

1 TREASURY MANAGEMENT

Treasury management covers activities concerned with **managing the liquidity of a business**, the importance of which to the survival and growth of a business cannot be over-emphasised

The term 'treasurer', and therefore 'treasury department', is an old one that has been resurrected in a modern context. It essentially covers the following activities:

- banking and exchange
- cash and currency management (including foreign currency)
- investment in short-term assets
- raising finance.

Although the treasury function is not usually responsible for credit control and collecting debts, it should work closely with the credit control function.

1.1 WHY HAVE A TREASURY DEPARTMENT?

The functions carried out by the treasurer have always existed, but have been absorbed historically within other finance functions. A number of reasons may be identified for the modern development of separate treasury departments:

- Size and internationalisation of companies. These factors add to both the scale and the complexity of the treasury functions.
- Size and internationalisation of currency, debt and security markets. These make the operations of raising finance, handling transactions in multiple currencies and investing much more complex. They also present opportunities for greater gains.
- Sophistication of business practice. This process has been aided by modern communications, and as a result the treasurer is expected to take advantage of opportunities for making profits or minimising costs, which did not exist a few years ago.

For these reasons, most large international corporations have moved towards setting up a separate treasury department.

1.2 TREASURY RESPONSIBILITIES

Treasury departments are not large, since they are not involved in the detailed recording of transactions. The treasurer will typically be responsible for cash management, overseeing bank relationships, including bank borrowing (short and long term), liquidity management, foreign exchange, risk management, corporate finance, and the management of pension assets.

He or she will generally:

- report to the finance director (financial manager), with a specific emphasis on borrowing and cash and currency management
- have a direct input into the finance director's management of debt capacity, debt and equity structure, resource allocation, equity strategy and currency strategy
- be involved in investment appraisal, and the finance director will often consult the treasurer in matters relating to the review of acquisitions and divestments, dividend policy and defence from takeover.

2 PROCEDURES, AUTHORISATION AND SECURITY

2.1 AUTHORISATION LIMITS FOR INVESTING

Cash management is a day-to-day concern, and decisions about whether to invest surplus cash have to be taken quickly. Similarly, it might be necessary to decide quickly to cash in existing investments in order to raise cash to meet an unexpected cash shortage.

Decisions about investing and cashing in investments therefore cannot be taken easily by senior management, and the task is likely to be delegated to an authorised individual. This individual is likely to be someone in the accounts section or, in larger companies, in the treasury section.

However, this individual should be given a limit to the total amount he or she can invest without approval by senior management, and to the amount that he or she can invest in a particular form of security. For example, a company might allow a designated individual in the accounts department to invest surplus cash of up to $250,000, but no more than $100,000 should be invested in Certificates of Deposit and no more than $100,000 in government securities.

If the cash available for investment goes above an individual's authorised limit, he or she must notify the appropriate person (e.g. a supervisor) and ask for instructions.

2.2 INVESTMENT GUIDELINES

Organisations might have guidelines for their cash managers about how any surplus cash should be invested. For example, a company might have a rule that all surplus cash should be held in bank deposit accounts and available for immediate withdrawal without notice. Alternatively, a company might have a stated policy of investing surplus cash in short-dated gilts.

In public sector organisations, investment guidelines are likely to be very strict. This is because any surplus cash is 'public money', and a public organisation should not be exposed to the risk of large investment losses. Such organisations are therefore likely to specify how any surplus cash should be used.

The following investment guidelines applied in a UK local borough council have been published on the Internet. They provide a useful example of what the nature of investment guidelines can be.

1 **Maturity and liquidity parameters**

Minimum of 50% of the investment portfolio should have a maturity of one year or less.

The maximum average maturity of the total portfolio should be three years.

All investments with over three months to maturity must be in negotiable instruments (i.e. investments that can be sold if required).

The maturity of any one investment in the portfolio must not exceed 10 years.

2 All investments must be in sterling-denominated instruments.

3 All investments must be made through banks or building societies that are on an approved list.

4 The amount invested through/with any individual bank or building society must not exceed 25% of the total value of the investment portfolio.

5 Investments must have a credit rating of no less than a certain grade. (The minimum credit rating is specified, and the authority requires all investments to have a high 'investment grade' credit rating.

6 The total value of gilts and corporate bonds in the portfolio must not exceed 50% of the value of the portfolio.

7 The maximum that can be invested with any individual borrower, with the exception of the UK government, is 10% of the value of the portfolio.

8 The investment guidelines end with a list of the types of securities that can be purchased for the portfolio. They include government securities (Treasury bills and gilts), local authority bills and bonds, bank bills, sterling CDs, commercial paper and corporate bonds.

Local authorities regularly invest short-term because they raise a large part of their taxes early in the year, and hold the money until it is needed for spending.

2.3 LEGAL RESTRICTIONS ON LOCAL AUTHORITIES

Various rules affect the ways that public sector organisations can handle cash and invest any surplus funds they have.

- Section 43 of the Local Government and Housing Act 1989 empowers councils to borrow money.

- Under Section 111 of the Local Government Act 1972, local authorities also have the power to lend surplus funds to facilitate the discharge of their functions.

- The Local Government Act 2003, and subsequent regulations, introduced a new 'prudential' framework that governs the capital financing and treasury management arrangements of local authorities. This framework replaced the previous rules whereby local authorities could only borrow to finance capital expenditure if given approval by the Government through the credit approval system.

The implicit policy objective of the current regime is to encourage authorities to place their funds in forms of deposit that are relatively safe and quickly accessible. The underlying idea is that authorities should normally keep only the funds needed in the reasonably near future for their expenditure programmes and that in the meantime they should not take undue risks with the public money they hold in trust.

The regulations do not prohibit any forms of investment. However, non-approved investments must be charged in-year when made and, when realised, up to 75% of the proceeds have to be set aside as provision for credit liabilities (PCL). This is a powerful incentive to use only the listed options, which are:

- UK clearing banks and wholly owned subsidiaries where the repayment is guaranteed by a parent bank with the appropriate ratings
- building societies
- non-UK deposit taking banks:
  - (i) local authorities
  - (ii) gilts
  - (iii) Euro-Sterling bonds permitted by the Regulations
  - (iv) Public Works Loans Board/Government.
- In accordance with the Code of Practice for Treasury Management in the Public Services and recent guidance from the Office of the Deputy Prime Minister (ODPM), the annual Treasury Management and Investment Strategy has to be approved by the full Council.

2.4 CASH HANDLING PROCEDURES

Management is responsible for ensuring that cash, cheques, credit and debit card receipts are safeguarded against loss or theft, promptly deposited into the enterprise's bank account, and accurately recorded in the accounts. To fulfil this responsibility each unit receiving cash and equivalent should develop appropriate procedures that reflect the unit's size, complexity and method of operation.

There are four critical areas:

1 Accountability

2 Segregation of duties

3 Physical security

4 Reconciliation.

Accountability – this requires the person to have the authority to carry out the task. Any person who has delegated a task to someone remains accountable for ensuring the task is properly performed. Tasks can be delegated to someone only if that individual:

- possesses the appropriate knowledge and technical skill
- is actively involved in the task being performed.

Segregation of duties – the essence of the segregation of duties is that no one is to be put in a position in which they are able to both commit and conceal an error or fraud. Staff duties should be developed so that cash receipt and initial recording is assigned to one individual and reconciling duties are assigned to another. Cash handling work must be subject to daily review. Functions that need to be separated include:

- record keeping – creating and maintaining department records
- authorisation – review and approval of transactions
- asset custody – access to and/or control of physical assets, i.e. cash, cheques
- reconciliation – assurance that transactions are properly recorded.

These functions are *separated* when a different employee performs each of these four major functions. Often these duties are performed by different levels of personnel.

Physical security is assurance that the safety of people and assets (specifically cash) is maintained and controlled. It is effective when:

- assets are properly stored
- shortages/excesses are reported
- keys are secured
- cash counting is not visible
- safe combinations are changed
- background checks on personnel are performed.

Equipment and forms used should be appropriate for the amount of cash handled by the department and the number of individuals handling the cash. This applies to equipment used for both recording cash transactions and safeguarding cash (safes and lock boxes).

Reconciliation requires assurance that transactions are properly documented and approved and competent and knowledgeable individuals are involved. A reconciliation is performed to verify the processing and recording of transactions.

Documentation

Another important area is documentation. Current documentation of procedures should be maintained, regularly reviewed and updated. This should include a description of the responsibilities of staff and supervisors; operating instructions for equipment used in the cash handling process; and clear rules about who should have the authority to perform certain actions. For example, there should be rules about:

(i) Opening new bank accounts. Who is authorised to open a new account, and who should be the authorised signatories for the account? Who is authorised to specify what payments should be made into the account?

(ii) Borrowing. Who is authorised to negotiate new borrowing arrangements with banks, and up to what borrowing limits?

(iii) Who is authorised to invest surplus cash, and up to what investment limits?

(iv) Holding cash in the office. Who has the keys for the safe? Who has the duplicate keys for the safe?

(v) Existing bank accounts. Who are the authorised signatories? Are two signatories needed for payments above a certain amount?

(vi) Authorising payments. Who authorises purchase invoices and who decides when payments should be made?

3 SURPLUS FUNDS

3.1 WHAT IS MEANT BY SURPLUS FUNDS?

So far, cash management has been described in the context of ensuring that a business has sufficient cash and funding for its needs. Another aspect of cash management/treasury management is making use of cash surpluses that might arise from time to time.

Surplus funds comprise liquid balances held by a business, which are neither needed to finance current business operations nor held permanently for short-term investment.

Surplus funds can fall into two categories:

1. Long-term surpluses. Permanent cash surpluses and long-term cash surpluses are rare. These are cash surpluses that a business has no foreseeable use for. When they arise, the business is likely to repay liabilities or pay out the money to its owners in the form of dividends or drawings.

2. Short-term surpluses that need to be invested temporarily (perhaps in short-term securities or deposit accounts) until they are required.

The availability of surplus cash is temporary, awaiting employment either in existing operations or in new investment opportunities (whether already identified or not). The 'temporary' period can be of any duration from one day to the indefinite future date at which the new investment opportunity may be identified and seized. The business will need its cash at some future time in the not-too-distant future, but for a short time, perhaps several months, the business has more cash than it needs.

Cash surpluses should be used, and should not be left in a current bank account earning no interest. The cash might be transferred to a deposit account that does pay interest, or it might be invested in 'financial securities' such as government bonds (in the UK, gilt-edged securities or gilts). When cash surpluses are large, the interest income from investing the money can be quite large, adding to cash flow and profit.

3.2 HOW SURPLUS FUNDS MAY ARISE

Short-term surplus funds arise due to timing differences between the receipt of revenue and payment of expenditures i.e., a temporary surplus of cash inflows over cash outflows. This can be due to:

- unexpectedly large amounts of cash that have been generated from operations; this could be higher income from sales due to an increase in sales revenue

- lower costs maybe because of improved productivity or a cost-cutting exercise

- improvements in working capital management

- sales of non-current assets

- seasonal factors – surpluses generated in good months are used to cover shortfalls later.

4 INVESTING CASH SURPLUSES

When a business forecasts that it will have surplus funds, it should consider how to make the most profitable use of the cash surplus, without risking the liquidity of the business.

If a cash surplus is expected to be permanent, this means that it has no use for the cash and so there is no reason to keep it. The most appropriate decision is probably to pay the money back to the business owners.

If a cash surplus is expected to be temporary, the business should use the surplus to obtain additional income, but without exposing itself to unacceptable risk of losses.

The amount of surplus cash to invest, and the length of time for investing it, should be guided by the cash budget or cash forecast. The main points to remember are that:

- cash in a current bank account earns no interest and so should be kept to a minimum
- but at the same time, a business must have adequate liquidity, and it might therefore be prudent to keep some cash in the current account to meet unforeseen demands for payment.

5 TYPES OF INVESTMENT

A wide (and expanding) number of short-term investment opportunities are available offering various degrees of liquidity, risk and return. They include:

Deposits

These are available for various maturity dates and offer varying returns. Interest rates are normally variable. Examples:

- **Money market deposits** for periods of overnight upwards to six months or, occasionally, a year. Usually a minimum of $10,000 is required.
- **Bank deposits** are similar to personal deposit accounts, with seven days' notice required for withdrawal. Interest penalties are usually levied for faster withdrawal.
- **Local authority deposits** with various maturities available; often the stocks are negotiable.
- **Sterling certificates of deposit** are certificates issued by a bank when funds are deposited. The certificates may be sold to a third party, being fully negotiable instruments, and this makes the deposits highly marketable.

Loan stocks and equities

- **Loan stocks** are issued by governments (UK and foreign) and companies. Maturities, risks and returns vary. Many of these are explored in more detail in section 6.

- **Equities** are probably the riskiest short-term investment opportunities for the following reasons:

  – Dividends are not mandatory. A company can choose not to pay dividends if it wishes (for example it may hold cash back to fund new projects, or it may have had a difficult year and be unable to pay a dividend). The investment therefore not pay any return in a period. This is different from deposit accounts or loan stocks where there is a legal requirement to meet interest payments.

  – The capital value of the equities can vary wildly and are affected by uncontrollable factors such as changes in interest rates, economic cycles, market confidence and company performance. This further adds to the risk of equities.

  – There is also no guarantee with equities that all of the capital will be returned. The only way to realise the capital is to either find a buyer for the equity or to liquidate the company. Some equity shares may not be listed on a recognised stock market and therefore it will be hard to convert them to cash when the treasurer wants to sell them. If on the other hand the company is liquidated a company must repay any debts before it returns money to equity holders and often there is no money left for equity holders and the investor loses their capital invested.

  Equities are, therefore, not popular with most corporate treasurers. If chosen, they are best used in the context of a well-diversified portfolio.

5.1 RETAIL BANK AND BUILDING SOCIETY ACCOUNTS

Traditionally, retail banks provide banking services to individuals and small businesses dealing in large volumes of low value transactions. This is in contrast to wholesale banking which deals with large value transactions, generally in small volumes.

All of the high street banks and building societies offer different types of interest-earning accounts. For example:

A **deposit account** is an account for holding cash for a longer term. Banks pay interest on the money held in a deposit account. These accounts can be divided into:

- **Instant access accounts** that obviously allow instant access to your cash.

- **Notice accounts**, where savings earn a better rate of interest if you agree to lock them away for some time. The trade-off is that you cannot get at your money immediately. With notice accounts, you can only get your cash by giving notice of your intention to withdraw it. For example, with a 90-day notice account you would have to wait three months to get your money. You pay a penalty to access it earlier.

- **High interest accounts** are preferable when larger sums are available to invest (minimum $500). These usually give instant access to funds as well as a higher rate of interest.

Other types of investment with banks include:

Money market deposits offer real flexibility for larger amounts of money. For example, with $50,000 or more, fixed-term, fixed-rate deposits can be arranged for periods from overnight to five years.

Option deposits are arrangements for predetermined periods of investment, ranging from two to seven years. Interest rates are generally linked to base rates, giving a guaranteed return in real terms but restricted access to funds is the price paid for higher guaranteed interest rates. Investors would have to be sure of their cash position for that period before considering investing in an option deposit account.

Specialist bonds – all with different objectives – for those with at least $5,000 to invest.

An important feature of the banking system in the UK is that it is financially stable. Investment in a bank or building society deposit account offers high security with relatively low returns. In the event of default, investors are protected by statutory compensation schemes that will refund any funds lost, but only up to specified limits. The income received depends on the type of account and in some circumstances payment of interest can be made without deduction of tax. The risk factor on deposit accounts is very low although the real return (i.e. the return in excess of inflation) is also likely to be low. Deposit accounts are useful for short-term investment or as a readily accessible emergency fund.

6 MARKETABLE SECURITIES

Marketable securities are those that can be traded between investors. They represent stocks and bonds that are easily sold. Some are traded on highly developed and regulated markets while others can be traded between individual investors with brokers acting as middlemen. A marketable security has a readily determined fair market value and can be converted into cash at any time.

They can be classified into:

Money market securities which are short-term debt instruments sold by governments, financial institutions and corporations. The important characteristic of these securities is that they have maturities when issued of one year or less. The minimum size of transactions is typically large, usually exceeding $50,000. Money market securities tend to be highly liquid and safe assets. These investments include certificates of deposit, gilts, bills of exchange and treasury bills.

Capital market securities which have long maturities. These securities include instruments having maturities greater than one year and those having no designated maturity at all e.g. equities and preferred shares. They include fixed income securities, e.g. bonds, that promise a payment schedule with specific dates for the payment of interest and the repayment of principal. Any failure to conform to the payment schedule puts the security into default with all remaining payments. The holders of the securities can put the defaulter into bankruptcy. However, if an investor sells a bond before maturity the price that will be received is uncertain.

Indirect investments which can be undertaken by purchasing the shares of an investment company, which sells shares in itself to raise funds to purchase a portfolio of securities. The motivation for doing this is that the pooling of funds allows advantage to be taken of diversification and of savings in transactions costs. Many investment companies operate in line with a stated policy objective, for example on the type of securities that will be purchased and the nature of the fund management.

6.1 CERTIFICATES OF DEPOSIT

When banks accept deposits from customers, they are usually prepared to pay a higher interest rate for fixed long-term deposits than for deposits where the customer might withdraw the money at short notice. For example, suppose that an investor has $1 million to invest for three months. A bank might offer to pay 4% on a deposit if the customer has the right to withdraw the money at any time. However, if the investor agrees to keep the money on deposit for the full three months, the bank might be willing to pay 4.25%.

The investor would presumably prefer to invest at 4.25%, but only if he knew that he would not want any of the money during the fixed three-month deposit period.

Certificates of Deposit offer a way round this problem – they are marketable securities.

Definition A **Certificate of Deposit (CD)** is a financial instrument issued by a bank, certifying that the holder has the right to a fixed-term deposit of funds earning a specified interest rate. A CD is negotiable, which means that it can be sold by its original holder to another investor at any time before the end of the deposit period.

Example

An investor agrees to deposit $1 million with a bank for a fixed three-month period to earn interest at 4.25%. This means that at the end of the deposit period, the deposit with interest will be about $1,010,625. The bank issues a CD to the investor, certifying his entitlement to the deposit plus interest after three months.

If the investor holds the CD to maturity, he will be able to withdraw the $1,010,625.

However, if the investor wants cash earlier, he can sell the CD in the money market. There is a market for trading in 'second-hand' CDs. The sale value of a CD will depend on how much a buyer is willing to pay to obtain the right to the deposit plus interest at maturity.

In this example, if the investor decided to sell the CD after two months, the sale value would depend on what a buyer would be willing to pay to receive the right to $1,010,625 in one month's time, when the deposit period ends. A buyer will offer a price that gives a suitable return on his investment.

For example, a buyer might offer $1,006,600 for the CD. If the CD is sold for this amount after two months (and so with one month to maturity):

The buyer of the return will receive $1,010,625 in one month's time, for an investment of $1,006,600. This gives a return of just over $4,000 in one month.

The original investor has made a return of $6,600 on the deposit of $1,000,000 in two months.

Investing in CDs

Banks and building societies issue CDs. The amount of the deposit and the date of repayment will be stated on the certificate. The deposit amount will usually be at least $100,000 and the repayment date will be anything from one week to five years.

Repayment is obtained by presenting the CD to the issuer on the designated date.

Advantages and disadvantages

Since CDs are negotiable, the holder can sell them at any time. This makes them far more liquid than a money-market time deposit, with the same bank.

CDs usually offer an attractive rate of interest when compared to deposit accounts and a low credit risk (as long as a reputable bank is used). They are useful for investing funds in the short term since they can be sold at any time on the secondary market.

An investor could ask the bank to make an early repayment, but there are normally penalty charges for doing this. If a high level of liquidity is not required, however, an investor may prefer to place money on a time deposit which, being less liquid, will usually pay a higher level of interest.

6.2 GILT-EDGED SECURITIES (GILTs)

These are marketable British Government securities. The government issues them to finance its spending, but also uses them to control the money supply. Most gilts have a face value of $100 at which the government promises to buy the gilt back on a specific date in the future.

Gilts usually have fixed interest rates, although there are also various index-linked gilts. Where they are the index-linked type, both the interest and the redemption value are linked to inflation, ensuring that a decent real return is gained.

For example, here are just a few gilts currently in issue:

Treasury Stock 5% 2012

Treasury Stock 6% 2028

3½% War Loan

For investment purposes, gilts are categorised according to how long it will be before they reach their redemption date. The main categories are:

- short-dated: these have up to 5 years remaining to maturity
- medium-dated: these have between 5 and 15 years remaining to maturity
- long-dated: these have over 15 years remaining to maturity
- perpetuals: there are some issues of gilts, such as 3.5% War Loans, that will never be redeemed, unless the government chooses to redeem them.

Advantages and disadvantages

Gilts are generally seen as being one of the lowest risk investments. Generally governments will repay their debts. Gilts are transferable on the secondary market in multiples of a penny, but if they are bought from new, the minimum investment is $1,000. There is no maximum investment limit. They are easy to transfer and nowadays the title can even be passed electronically. Gilts are a good choice of investment for risk-averse investors.

Gilts are also traded on the stock market. Their price can go up or down, depending on what people think will happen to interest rates. When interest rates are expected to fall, the price of the gilt rises, and when interest rates are expected to rise, the gilt price falls. Using gilts in this way makes them a more risky investment, but still relatively safe when compared with other types of investments.

The recent worldwide recession highlighted that on some occasions governments may not be able to meet their liabilities. Countries such as Greece defaulted on their debts because they didn't have the money to repay them. So gilts are not entirely risk free.

Gilt yields

Gilt yields are measured and reported in three ways.

- **Coupon yield.** The coupon yield is the fixed rate of interest, expressed as a percentage of nominal value. So 7% Treasury Stock 2021 would have a coupon yield of 7%, regardless of its market price.

- **Interest yield.** The interest yield on gilts is the annual interest receivable, expressed as a percentage of the market price. For example, if 7% Treasury Stock 2001 has a market price of 103.80, the interest yield is 6.7% (100% × 7/103.80).

- **Redemption yield.** The interest yield measures the interest return on gilts, but ignores any capital gain or loss on investment when the gilts are eventually redeemed. Redemption yield is the interest yield plus or minus an amount to reflect the difference between the market price of the gilt and its eventual redemption value.

The current interest yield and redemption yield on each issue of gilts is reported continually to investors in the gilts market and daily in the financial press. The redemption yield is more significant for investors.

Example

An issue of 9% Treasury Stock has a market value of $105.80, and it is redeemable at par in two years' time.

The interest yield on the stock is 8.5% (100% × 9/105.80). However, an investor buying a quantity of the stock now at 105.80 and holding it until maturity will only receive $100 for every $105.80 of investment. Although the investor will receive an interest yield of 8.5% per annum, there will be a capital loss of $5.80 for each $105.80 invested. Since the stock has two years remaining to maturity this represents an average loss of $2.90 each year, which is 2.7% of the investment value.

As a rough approximation, the redemption yield on the stock is 5.8% (8.5%–2.7%).

ACTIVITY 1

An issue of 4% Treasury Stock has a current market price of $94.00. The stock has exactly three years to redemption, when it will be redeemed at par.

Required:

(a) Calculate the current interest yield on the stock.

(b) Calculate an approximate redemption yield.

For a suggested answer, see the 'Answers' section at the end of the book.

6.3 LOCAL AUTHORITY STOCK

Definition **Local authority stock** is issued by local government authorities ('local councils') with the ultimate backing of the government.

Local authority debt instruments are issued with a period to maturity ranging from as little as two days to 10 or 15 years. Local authority bonds are longer-dated stock, and most new issues have a maturity of one to four years. The most popular local authority bonds are called 'yearlings' which have a maturity of one year and six days. Local authority bills are shorter-dated stock, which are issued to meet short-term liquidity problems.

Local authority bonds pay a fixed coupon rate of interest, and interest is paid every six months. The minimum investment is $1,000. Investors can subscribe to a new issue and purchase bills or bonds from the local authority, or they can buy and sell bonds on the stock exchange.

Advantages and disadvantages

Local authority stock is similar to gilts but the yield to investors on local authority debt instruments is usually slightly higher than the yield currently available on gilt-edged stock or Treasury bills.

The credit risk is low, but any issue of local authority bills or bonds is only as secure as the local authority issuing them. The market for local authority bills and bonds is much smaller than for central government stock, which is another reason why yields are a bit higher. Local authority stock is also slightly less liquid than gilts and therefore investors may take longer to convert them back into stock.

Conclusion Local authority securities offer slightly higher yields than government stock because the market is less liquid and the security of a local authority is not regarded quite so highly as that of central government.

6.4 THE DISCOUNT MARKET

A business with a short-term cash surplus can arrange through its bank to invest in the discount market, by purchasing either Treasury bills or bills of exchange (preferably bank bills, for which the credit risk is much lower). Since Treasury bills are an undertaking to pay by the central government, the risk to an investor is even lower than for bank bills. Treasury bills and government bonds (gilts) are commonly described as 'risk-free investments'.

An investor in bills needs to consider the risks and returns involved. There are two risks for an investor in bills.

- **Credit risk.** This is the risk that the bill will not be paid at maturity. As explained above, this risk is non-existent with Treasury bills and should be low for bank bills. It can be high for trade bills.

- **The risk of a change in interest rates**. This risk does not exist for any investor who buys a bill and then holds it to maturity. Interest rate risk only exists for investors who buy bills with the intention of re-selling them before maturity. The risk arises because if market rates of interest go up, the market value of bills will fall. (Equally, if market rates of interest fall, the market value of bills will rise.)

Example

An investor buys a 91-day bank bill with a face value of $1 million in the discount market for $987,500. Although the calculations are not shown, the bill will give the investor a return of 5% per annum if he holds the bill to maturity and takes the $1 million payment.

However, suppose that the investor sells the bill seven days later, when interest rates in the discount market have risen to 6%. The sale value of the bill would be about $986,000 (workings not shown) and the investor would have made a loss on his investment.

The market value of a bill goes down when interest rates rise, because when interest rates go up, investors want a bigger return. To get a bigger return, they will buy bills at a bigger discount to face value, in other words, bill prices will fall.

ACTIVITY 2

Your company has $5 million to invest for 50 days. You are interested in investing the money in bills, but you want to do so at a low risk.

Required:

Advise your manager what might be a suitable way of investing in bills to obtain a fairly low-risk return.

For a suggested answer, see the 'Answers' section at the end of the book.

6.5 RISK AND RETURN

As a general rule, money market investments should offer a higher yield to investors than ordinary bank deposits, as compensation for the higher risk. Whenever a business is planning to invest surplus cash, it should look at the interest rates currently obtainable.

Example

The interest yields on a range of investments are currently as follows:

Investment	*Current yield*
Short-dated gilts	4.73%
Bank bills (1 month)	4.5625%
Bank bills (3 months)	4.5%
Treasury bills (3 months)	4.4375%
CDs	4.625%
Bank deposit	4.30%

Your company has $10 million to invest for three months. How should it invest the money?

Solution

It is essential to understand that unless there are clear guidelines and policies within the organisation about how surplus cash should or should not be invested, the choice between different investments is a matter of judgement and preference.

In this example:

- The lowest yield would be obtained by putting the money into a bank deposit account for three months, but it should be possible to secure a fixed interest rate for the three-month period, and there is no risk that the money held on deposit will lose value.
- Short-dated gilts offer the highest yield, but to cash in the investment, the gilts will have to be sold in the market, and there is a risk of a fall in market value due to an increase in interest rates over the next three months. If an increase in interest rates is not expected, gilts could be the favoured investment option.
- Of the money market investments, CDs offer a higher yield than three-month bank bills or three-month Treasury bills. All these investments can be held until maturity in three months' time, which means that there is no interest rate risk unless the business has to sell off its investments unexpectedly before the end of the three-month period.
- The yield on one-month bank bills is higher than the yield on three-month bills. However, it is not yet clear what interest rates will be available on investments at the end of one month, when the bills mature and are redeemed. The business will need to invest for a further two months, and there is a risk that interest rates could fall over the next month.

Whatever investment decision is taken, the choice of investments should be made for clear and logical reasons.

7 FINANCING

7.1 MEANING AND CAUSES OF A CASH DEFICIT

A cash deficit arises when there is an excess of expenditures over revenues during a certain period. There are many reasons why this may occur, including the following:

- **Poor trading performance.** It could be that receipts are lower than expected due to poor sales, which may have been caused by poor marketing or an uncontrollable downturn in the market, for example.

- **Poor control.** It may be that the business has lost control of payments, perhaps making poor purchasing decisions or spending too much on overheads such as wages.

- **Poor planning.** It may be that the company has poorly timed a capital investment so that, for example, a machine has been purchased when there is not enough of a surplus to finance it.

- **Poor working capital management.** Working capital management concerns the efficiency with which the business collects money from receivables, pays payables and manages inventory balances. So if, for example, the company is lax at collecting money from customers then the delay in receipts can cause a deficit.

- **Unexpected expenditure.** Some expenditure may arise that wasn't planned for such as urgent repairs or staff recruitment costs.

When a company experiences a deficit position it needs to raise finance, often from a bank, in order to cover that deficit.

8 RAISING BANK FINANCE

Credit is the capacity to borrow. It is the right to incur debt for goods and/or services and repay the debt over some specified future time period. Credit provision to a company means that the business is allowed the use of a productive good while it is being paid for.

The process of using borrowed, leased or 'joint venture' resources from someone else is sometimes called leverage. Using the leverage provided by someone else's capital helps the user business go farther than it otherwise would. For instance, a company that puts up $1,000 and borrows an additional $4,000 is using 80% leverage. The objective is to increase total net income and the return on a company's own equity capital.

8.1 BANK LOANS

Bank loans are a very flexible form of finance. Banks will consider applications for loans for virtually any term, from a few months to several years. Bank loans to businesses are rarely for more than seven years, unlike loans to individuals which can be for anything up to 25 years in the case of a mortgage for the purchase of a home.

Interest on a bank loan can be fixed for the duration of the loan, particularly if the loan is short-term. However, for longer-term loans, the interest is usually at a variable rate or 'floating rate'. Variable rate interest means that the interest payable is linked to a reference interest rate, which is either the bank's base rate or a money market interest rate called the London Interbank Offered Rate (LIBOR). For example, a business might pay 2% above base rate on a loan, or 1.5% above LIBOR, and so on. At regular intervals throughout the term of the loan, the interest rate is adjusted if the reference interest rate has changed since the previous review date.

Example

BVC borrows $30,000 from its bank for three years. Interest is charged at 1.5% above the bank's base rate. The starting date for the loan is 1 April Year 1, and interest is charged every six months. The interest rate will be reviewed every six months, on 1 October Year 1, 1 April Year 2 and so on. On 1 April Year 1, the bank's base rate is 5%.

When the loan is provided, the bank will open a loan account for BVC, showing that BVC owes $30,000. (The borrowed money might be paid into BVC's current account, but the loan account shows how much BVC owes the bank.)

For the first six months of the loan period, BVC will pay interest at 6.5% on the $30,000. The interest will be charged to BVC's loan account, and under the terms of the loan agreement, BVC will be required to:

- pay the interest, probably from its current account, and
- possibly also repay some of the loan principal, depending on the repayment terms in the loan agreement.

After six months, the interest rate will be reviewed. If the bank's base rate has gone up since 1 April from 5% to, say, 5.5%, the interest on the loan for the next six months will be at the rate of 7%.

(***Note:*** Interest rates are always quoted at an annual rate. So interest at 7% for six months will actually be $3.50 for each $100 borrowed.)

With a variable rate loan, the interest rate therefore goes up and down over the term of the loan depending on changes in the bank's base rate or the LIBOR rate.

8.2 TYPES OF BANK LOAN

There are various ways of classifying loans:

- *payment terms,* e.g. instalment versus single payment
- *period-of-payment terms,* e.g. short-term versus intermediate-term or long-term
- *in the manner of its security terms,* e.g. secured versus unsecured
- *in interest payment terms,* e.g. simple interest versus add-on, versus discount, versus balloon.

On the basis of the above classification, there are twelve common types of loans, namely: short-term loans, intermediate-term loans, long-term loans, unsecured loans, secured loans, instalment loans, single payment ("bullet") loans, simple-interest loans, add-on interest loans, discount or front-end loans, balloon loans and amortised loans.

- Short-term loans are credit that is usually paid back in one year or less. They are usually used in financing the purchase of operating inputs, wages for hired labour, machinery and equipment, and/or family living expenses. Usually lenders expect short-term loans to be repaid after their purposes have been served, e.g. after the expected production output has been sold.

  Included under short-term loans are loans for operating production inputs, which are assumed to be self-liquidating. In other words, although the inputs are used up in the production, the added returns from their use will repay the money borrowed to purchase the inputs, plus interest.

- Intermediate-term (IT) loans are credit extended for several years, usually one to five years. This type of credit is normally used for purchases of buildings, equipment and other production inputs that require longer than one year to generate sufficient returns to repay the loan.
- Long-term loans are those loans for which repayment exceeds five to seven years and may extend to 40 years. This type of credit is usually extended on assets (such as land) which have a long productive life in the business. Some land improvement programmes like land levelling, reforestation, land clearing and drainage-way construction are usually financed with long-term credit.
- Unsecured loans are credit given out by lenders on no other basis than a promise by the borrower to repay. The borrower does not have to put up collateral and the lender relies on credit reputation. Unsecured loans usually carry a higher interest rate than secured loans and may be difficult or impossible to arrange for businesses with a poor credit record.
- Secured loans are those loans that involve a pledge of some or all of a business's assets. The lender requires security as protection for its depositors against the risks involved in the use planned for the borrowed funds. The borrower may be able to bargain for better terms by putting up collateral, which is a way of backing one's promise to repay.
- Instalment loans are those loans in which the borrower or credit customer repays a set amount each period (week, month, year) until the borrowed amount is cleared. Instalment credit is similar to charge account credit, but usually involves a formal legal contract for a predetermined period with specific payments. With this plan, the borrower usually knows precisely how much will be paid and when.

- Simple interest loans are those loans in which interest is paid on the unpaid loan balance. Thus, the borrower is required to pay interest only on the actual amount of money outstanding and only for the actual time the money is used (e.g. 30 days, 90 days, 4 months and 2 days, 12 years and 1 month).

- Add-on interest loans are credit in which the borrower pays interest on the full amount of the loan for the entire loan period. Interest is charged on the face amount of the loan at the time it is made and then 'added on'. The resulting sum of the principal and interest is then divided equally by the number of payments to be made. The company is thus paying interest on the face value of the note although it has use of only a part of the initial balance once principal payments begin. This type of loan is sometimes called the 'flat rate' loan and usually results in an interest rate higher than the one specified.

- Discount or front-end loans are loans in which the interest is calculated and then subtracted from the principal first. For example, a $5,000 discount loan at 10% for one year would result in the borrower only receiving $4,500 to start with, and the $5,000 debt would be paid back, as specified, by the end of a year.

  On a discount loan, the lender discounts or deducts the interest in advance. Thus, the effective interest rates on discount loans are usually much higher than (in fact, more than double) the specified interest rates.

- Bullet loans are those loans in which the borrower pays no principal until the amount is due. Because the company must eventually pay the debt in full, it is important to have the self-discipline and professional integrity to set aside money to be able to do so. This type of loan is sometimes called the 'lump sum' or 'single payment' loan, and is generally repaid in less than a year.

- Balloon loans are loans that normally require only interest payments each period, until the final payment, when all principal is due at once. They are sometimes referred to as the 'last payment due', and have a concept that is the same as the bullet loan, but the due date for repaying principal may be five years or more in the future rather than the customary 90 days or 6 months for the bullet loan. In some cases a principal payment is made each time interest is paid, but because the principal payments do not amortise (pay off) the loan, a large sum is due at the loan maturity date.

- Amortised loans are a partial payment plan where part of the loan principal and interest on the unpaid principal are repaid each year. The standard plan of amortisation, used in many intermediate and long-term loans, calls for equal payments each period, with a larger proportion of each succeeding payment representing principal and a small amount representing interest.

  The constant annual payment feature of the amortised loan is similar to the 'add on' loan described above, but involves less interest because it is paid only on the outstanding loan balance, as with simple interest.

ACTIVITY 3

Distinguish between a bullet loan and a balloon loan.

For a suggested answer, see the 'Answers' section at the end of the book.

8.3 OVERDRAFTS

A bank loan is for a given period of time and for a given amount (the 'loan principal'). When a bank makes a loan to a customer, it opens a loan account, and the loan is eventually paid back when the balance on the loan account is reduced to 0.

With a bank overdraft, a bank allows a customer to pay more out of his current account than there is cash in the account. An overdraft is therefore a form of borrowing through the current account. The bank sets a limit to the size of the overdraft, and the customer can be overdrawn on the account up to the agreed limit. The size of the overdraft continually changes, with payments into and out of the account reducing and increasing the balance.

Interest on an overdraft is usually charged at a daily rate on the overdraft balance, and the rate is variable (usually subject to change whenever the bank alters its base rate). Overdrafts are repayable on demand. Unlike for private individuals, businesses pay an arrangement fee on an overdraft. This is in addition to the overdraft interest and is charged for setting up the overdraft facility.

There are two types of overdraft facility (overdraft arrangement):

- committed
- uncommitted.

With a committed facility, the bank agrees to allow the customer to be overdrawn up to the agreed limit, at any time during an agreed period of time. For example, a bank might allow a business to be overdrawn by up to $100,000 at any time for the next two years after the agreement is made.

With an uncommitted facility, the bank agrees to allow the customer to be overdrawn up to an agreed limit, but reserves the right to reduce the overdraft limit, or withdraw the overdraft facility completely, at any time and without notice. The customer therefore relies on the goodwill and support of the bank for any overdraft that it has.

A committed facility is more expensive to arrange, but an uncommitted facility exposes a business to the risk that the bank can demand repayment at any time, and effectively make the business insolvent.

8.4 LOAN TERMS AND CONDITIONS

The terms and conditions of a loan agreement or an overdraft agreement can vary considerably. Every agreement should specify:

- the term of the agreement
- the amount of the loan (the 'loan principal') or overdraft limit
- the interest rate payable, which is usually a variable rate and expressed as a margin above base rate or LIBOR
- the frequency of interest payments.

For a loan, the agreement will specify whether the loan principal is to be repaid gradually over the term of the loan, or whether there will be no principal repayments until the end of the loan period.

Secured and unsecured loans

Loans and overdrafts can be either secured or unsecured. Borrowing is secured when the bank takes security for the money it lends. For companies that borrow, security is provided in the form of a charge over its assets. A charge can be either a fixed charge or a floating charge.

With a fixed charge, the borrower provides security in the form of a specified asset. If the borrower subsequently defaults and fails to make a scheduled interest payment or a scheduled repayment of loan principal, the lender can take the secured asset. This can then be sold to raise the money to pay off the loan. A fixed charge can be taken over an item of equipment or property. Until the loan is repaid in full, the borrower cannot sell off the secured asset, which must remain available to the lender as security for the loan.

With a floating charge, the borrower provides security in the form of assets such as its inventory and receivables. The bank allows the borrower to continue to trade, using up its inventory and buying new inventory, and using the money received from receivables but creating new receivables from new sales. However, if the borrower defaults, and fails to make a scheduled payment on the loan, the bank can call in its security. The floating charge will 'crystallise', and the bank will acquire the rights over the categories of assets that are subject to the floating charge that the business owns at that time. For example, if a bank has a floating charge over a borrower's receivables, if the borrower defaults and the bank calls on its security, the floating charge over the receivables will crystallise, and the bank will obtain the right to the money currently due from the receivables of the business.

The main difference between a fixed and floating charge is that a fixed charge relates to a specific asset, which the borrower cannot sell off or use until the loan is repaid. In contrast, a business can use assets subject to a floating charge. Even when there is a floating charge over receivables, the business can use the money from its receivables in whatever way that it wants, and does not have to use the money to pay interest or repay principal on the loan. Assets subject to a floating charge are therefore under the full control of the borrower unless and until the security is exercised and the floating charge crystallises.

With some loan agreements, a bank will take a fixed and floating charge from a company. The fixed charge might be a charge on a property owned by the company and the floating charge might be a charge on the 'undertaking' – in other words, all the other assets of the business.

For non-corporate borrowers, banks might take security in a form other than a charge, which will operate in a way similar to a fixed charge.

A bank might also ask for a personal guarantee from the business owner. For example, the owner of a business wanting to arrange a loan or overdraft facility might be required to provide a personal guarantee, whereby if the business defaults on its loan payment obligations, the bank can seek to recover the money from the individual's personal assets, such as his or her home.

Loans and overdrafts might be unsecured. When borrowing is unsecured, the bank relies on the borrower to pay the interest and repay the loan principal. If the borrower defaults, the bank does not have any security to call on, and cannot claim any assets of the business that it can sell off to raise money to repay the loan. Instead, the bank can take action through the courts to put the business into liquidation but would be one of the unsecured payables of the business in the 'winding up' of the business.

Other terms and conditions ("covenants")

A loan or overdraft agreement will also have other terms and conditions called covenants. Most of these relate to undertakings given by the borrower to the bank.

For example, if a loan is unsecured, the borrower might be required to give an undertaking that he will not subsequently take out any secured loans from any other lender.

The borrower might give an undertaking to provide the bank with regular information about its financial position, such as an income statement every six months or a regular cash budget or cash forecast.

A borrower might also give undertakings to keep its financial position acceptable to the bank. For example, the borrower might undertake that its current assets (inventory, receivables and cash) will always be at least twice the amount of its current liabilities (short-term payables). Any such financial ratios in a loan agreement will be continually monitored by the bank.

If the borrower breaches any of the covenants on a loan, he will be in default, and the bank will have a right to call in the loan and exercise any security that it has.

Default

A borrower is in default if he breaches any condition of the loan. Typically, default occurs when the borrower is late with an interest payment.

Under the terms of a loan agreement, a breach of condition gives the bank the right to call in the loan immediately, and if the loan is secured the bank can sell off the secured asset or assets and use the proceeds to repay the loan. In practice, banks are often reluctant to take this action immediately. Instead, a bank will seek to discuss the problem with the borrower, and consider whether a solution can be found. Often, if the borrower is having short-term cash flow difficulties, the bank will be prepared to reschedule the loan repayments and give the borrower more time to pay.

Whenever a business thinks that it might be unable to make a scheduled payment on a loan, it should notify the bank immediately. If the borrower is open and honest with the bank, the bank will normally be prepared to discuss a solution.

In contrast, if a business exceeds its overdraft limit without notifying the bank, the bank's reaction is likely to be hostile. The bank could well insist on reducing the overdraft limit even if that effectively means putting the business into liquidation.

ACTIVITY 4

A business wants to buy a new production machine for $600,000. Which type of bank finance might be most suitable for this type of purchase?

For a suggested answer, see the 'Answers' section at the end of the book.

9 EXTERNAL INFLUENCES ON CASH BALANCES

Cash balances will be affected by internal controls, business performance, planning etc. as detailed in sections 3 and 7 of this chapter. But they will also be affected by the uncontrollable, external environmental and financial environment. Some examples of this might be:

- In time of economic downturn (a recession) consumers are less willing to spend and this will have an adverse impact on a business' cash inflows. It may also become harder to collect from receivables, further adversely affecting the cash inflows.

- On the other hand, in times of economic booms the opposite may be true and cash balances may rise.

- Other environmental influences such as inflation and exchange rates can also impact on cash balances. For example, when the domestic currency is strong consumers may choose to buy overseas, to the detriment of domestic firms.

- There may also be trends in the financial environment. There will be times when banks, for example, may be less willing to lend (as has happened in recent years in most developed countries). This will mean that managers will need to manage cash better as they will not be able to rely as easily on external finance to solve their problems.

- At other times there may be government policies or incentives to encourage bank lending and therefore businesses may find it easier to borrow cash at these times.

- Interest rates in the economy will also have an influence on these decisions, as businesses would prefer to borrow when interest rates are low and invest when interest rates are high.

- Markets also follow trends. A 'bull' market refers to a time when security prices are rising and therefore market securities become more attractive. In a 'bear' market the opposite is true.

Treasury managers therefore need to consider the external economic and financial environment as well at their internal business performance and policies when managing cash.

CONCLUSION

Companies have a variety of opportunities for using their surplus funds, but when deciding on how they should invest, their choice will be determined by four considerations – risk, liquidity, maturity and return.

This chapter has looked at the nature of the money markets and the gilts market and the use of these markets by businesses, largely as an opportunity for short-term investment of surplus cash.

A business must have enough liquidity to survive, and careful cash management should help to ensure that liquidity remains sufficient. At times of deficit bank finance can be used in the short-term to alleviate the problems.

A treasury department can insure that the business is aware of surpluses and deficits and manages its cash accordingly. This management should happen within the wider economic environment.

KEY TERMS

Deposit account – interest-earning bank account, used for holding surplus funds. There is no risk of capital loss with money in a deposit account.

Bill of exchange – a 'You Owe Me', drawn by a payable on another person (the drawee). In the case of a bill payable at a future date (a 'term bill'), the drawee accepts the bill by signing it, thereby acknowledging his obligation to pay the debt at the specified future date.

Bank bill – a bill of exchange drawn on a bank. A bill accepted by a bank is usually regarded as a lower credit risk than a bill accepted by a non-bank company.

Treasury bill – an IOU issued by the government, promising to pay a fixed sum of money after a given period of time (usually 91 days after issue).

Discount market – a market for selling and buying bills of exchange and Treasury bills. Bills are bought and sold in this market at a discount to face value, the discount reflecting the interest rate return that the buyer of the bill obtains if he holds the bill to maturity.

Certificate of deposit (CD) – a negotiable instrument issued by a bank, giving its holder the right to a sum of money (with interest) in a bank deposit account, at a specified future date.

Gilts – gilt-edged securities. Long-term debt securities (bonds) issued by the UK government. Gilts are used extensively as both long-term and short-term investments, and there is a large and liquid secondary market for buying and selling gilts.

SELF-TEST QUESTIONS

		Paragraph
1	How might cash surpluses arise?	3.2
2	What is a notice account?	5.1
3	Explain what a short-dated gilt is.	6.2
4	What are the two risks for an investor in bills?	6.4
5	Outline two advantages of overdrafts.	8.3
6	What is the essence of the segregation of duties?	2.4

EXAM STYLE QUESTIONS

1 Which of the following is not a critical area in the handling of cash?

A Profitability

B Segregation of duties

C Physical security

D Reconciliation

2 Which department in a company is likely to be responsible for the payment of factory labour wages?

A Production department

B Personnel department

C Finance department

D Treasury department

3 Which of the following is a source of equity investment?

A Money market deposit

B Buying shares in another company

C Paying dividends

D Issue shares to new shareholders

4 The annual interest receivable, expressed as a percentage of market price, is known as:

A Coupon yield

B Interest yield

C Redemption yield

D Investment yield

5 8% Treasury stock is currently valued at $88 and is redeemable in one year's time. What is the redemption yield?

A 6%

B 8%

C 10%

D 12%

6 Which of the following loans is likely to be least expensive?

A Simple interest loan

B Add-on interest loan

C Discount loan

D Bullet loan

For the answers to these questions, see the 'Answers' section at the end of the book.

Chapter 18

CASH BUDGETS

Cash budgets are a very important tool used by managers to ensure that they do not run out of cash. This chapter discusses the purpose of cash budgets and explains how they should be constructed. This chapter covers syllabus area E3.

CONTENTS

LEARNING OUTCOMES

At the end of this chapter you should be able to:

- Explain the objectives of a cash budget
- Explain and illustrate statistical techniques used in cash forecasting including moving averages and allowance for inflation
- Prepare a cash budget/forecast
- Explain and illustrate how a cash budget can be used as a mechanism for monitoring and control

---

1 OBJECTIVES OF A CASH BUDGET AND TYPES OF CASH BUDGET

1.1 CASH BUDGETS AND CASH FORECASTS

Definition A **cash budget** (or cash flow budget) is a detailed forecast of cash inflows and outflows for a future time period, incorporating revenue and capital items and other cash flow items.

Some businesses prepare cash budgets on a month-by-month basis over a longer budget period. For example, a business might include a cash budget in its annual budget, and the cash budget might be for each month over the one-year budget period.

Some businesses prepare cash budgets or cash flow forecasts much more frequently, because it is essential to forecast and plan cash flows in detail on a week-by-week, or even a day-by-day basis.

A cash budget is a management plan for the most important factor of a company's viability – its cash position. A company's cash position determines how suppliers will be paid, how a banker will respond to a loan request, how fast a company can grow, as well as directly influencing dividends, increases to owner's equity and profitability.

1.2 OBJECTIVES OF A CASH BUDGET

Cash budgets have two main objectives.

1. A cash budget is used to estimate or plan future cash shortages/surpluses and allow time to make plans for dealing with them. If the forecast is for a large cash surplus, management can plan in advance what it intends to do with the money. If the forecast is for a cash deficit, management can make arrangements in advance to have access to additional funds, for example an overdraft facility. Alternatively, it can devise ways of trying to improve cash flows, so that the cash position will be better than forecast.

2. A cash budget can be used as a reference point for monitoring actual cash flows. Actual cash flows can be compared with budgeted cash flows. This comparison can help to identify weaknesses in cash management, such as inadequate procedures for collecting money from receivables. It can also help to review forecasts of cash flows, and decide whether the business will still have enough cash or whether new sources of borrowing will be necessary.

Cash forecasting may also be used as an aid for some, or all, of the following:

- To set borrowing limits and minimise cost of funds. The knowledge that funds are required in advance gives the cash manager time to ensure adequate funds and borrowing limits are available, to look for surpluses from other parts of the group that can be used via inter-company loans to fund the shortages or to look for the cheapest source of funds from the financial markets. Having to provide liquidity at short notice, or even immediately if a deficit occurs, often means paying a premium as there may not be time to put the most appropriate borrowing facilities in place or identify the cheapest sources of funds.

- To maximise interest earnings. This is a similar exercise to minimising the cost of funds; knowing that a surplus will occur in advance enables the cash manager to look for the most effective ways to invest funds.

- For liquidity management. Forecasts provide an early warning of liquidity problems by estimating: the amount of cash required; the period when it is required; the length of time it will be required for; and whether it will be available from anticipated sources. Cash flow management steps can be taken to ensure that the gaps are closed, or at least narrowed, when they are predicted early. These steps might include lowering the organisation's investment in accounts receivable or inventory, or looking to outside sources of cash, such as a short-term loan, to fill the cash flow gaps.

- For foreign exchange risk management. Some companies require their business units to produce both local currency (home currency to the unit) and foreign currency cash forecasts. This enables treasury to identify the size and timings of currency flows and either 'match' them against opposite flows within the company, or hedge them in the currency markets.

- For financial control. Cash forecasting can often be used to model payables and receivables against known sales and purchases. This type of forecasting identifies mismatches between credit periods granted to customers and the amount of credit actually taken. It can also enable comparison with credit taken from suppliers and hence to identify working capital financing.

- To monitor and set strategic objectives. Various corporate strategies and objectives can be planned using cash forecasting and reviewed or monitored by comparing actual cash flows relating to specific products, projects or business units, against those planned.

- For budgeting for capital expenditure and project appraisal. This type of cash flow projection will often be carried out by companies to ascertain that they are generating sufficient cash, not only to finance normal operating needs but also to finance the acquisition of new capital goods (e.g. machinery). It is also often requested by banks or finance companies to ensure that potential borrowers are generating sufficient cash to enable them to make loan and interest payments without jeopardising the other activities of the business.

- As a tool for working capital management. Increasingly cash forecasting techniques are being linked to working capital management. In this respect concepts such as 'just-in-time' delivery of raw materials can be refined and linked with 'just-in-time' payments and cash management. As raw materials are ordered, paid for and consumed, and inventory of finished goods are warehoused or sold, the cash forecasts can be continually refined so that they become both a detailed cash planning tool and a method for managing actual and predicted cash flows and account balances.

1.3 ESTIMATING FUTURE CASH FLOWS

To be useful for management, cash budgets must be reasonably reliable. This means that they have to be based on realistic assumptions. Cash budgets depend on estimates or assumptions about:

budgeted sales and costs of sales

assumptions about lagged receipts and payments, for example how long will it take for receivables to pay what they owe, and how much credit will be taken from payables.

Time series and moving averages

Some businesses may experience some seasonality across a year. For example, a business selling skiing holidays may have higher cash receipts in the winter than in the summer. For these types of businesses it will be important to build in these seasonal variations in cash receipts and/or payments into the cash forecast. One technique for doing this is to use time series analysis.

Time series analysis examines past data to establish two elements from the data:

- an underlying **trend** (or pattern) in cash receipts or payments (for example it might be found to be increasing month on month or year on year)
- **seasonal variations** in the data that identify peaks and troughs in year.

To identify the trend a moving averages technique is used.

Illustration

Consider the following quarterly sales (in $000) for a business that experiences some seasonality:

Year	*Q1*	*Q2*	*Q3*	*Q4*
2009	85	62	66	108
2010	90	66	71	125
2011	97	68	75	142

From observation we can see a trend in the data – each year has a quarter-on-quarter increase from the previous year. We can also see evidence of the seasonality, with quarters 1 and 4 being peak periods and quarters 2 and 3 being quieter periods. We can use a moving average technique to quantify the trend and associated seasonal variations.

Let's determine the trend. If we take the observations for all quarters in 2010, add them up (giving 352) and then divide by 4, we arrive at 88. This figure may be taken as being on the trend line as at the end of quarter 2, 2010, since the averaging gives a 'de-seasonalised' figure. That exercise can be repeated for subsequent quarters (averaging the observations for the two previous and two subsequent quarters) and this gives a series of de-seasonalised trend figures as follows:

Year	*Quarter*	*Trend*
2010	2	88.00
2010	3	89.75 (i.e. (66 + 71 + 125 + 97)/4)
2010	4	90.25 (i.e. (71 + 125 + 97 + 68)/4)
2011	1	91.25 (i.e. (125 + 97 + 68 + 75)/4)
2011	2	and so on

These figures show us the gradual increase (or trend) in average sales over the period of the data. We can then add another column to our table to determine the seasonal variations in the data. This will be the difference between the actual sales and the underlying average trend, as follows:

Year	*Quarter*	*Trend*	*Seasonal variation*
2010	2	88.00	–22.00 (i.e. 66.00 – 88.00)
2010	3	89.75	–18.75 (i.e. 71.00 – 89.75)
2010	4	90.25	+34.75 (i.e. 125.00 – 90.25)
2011	1	91.25	+5.75 (i.e. 97.00 – 91.25)

We can see that, for example, Quarter 4 is $34,750 above average (or trend). Note that this is the simplest possible example. In particular, we are basing our analysis on only one set of observations (the 4 quarters that we are examining). In practice, one would prefer to calculate the seasonal variations on the basis of the average of two or three sets of observations. Thus we would, for example, calculate the quarter 1 seasonal variation for each of the three years and take an average of these values. The averaging process has the effect of 'ironing out' the impact of random variations over the past periods. The seasonal variations can be averaged over longer periods so that the more past data we have the more accurate this number becomes.

Once we have the information for the trend and the seasonal variation we can use this to forecast sales for the future. Let's say that we forecast the trend for 2012 to look as follows:

Year	*Quarter*	*Trend*
2012	1	98.25
2012	2	99.75
2012	3	101.25
2012	4	102.25

We can then adjust this for the seasonal variations that we expect to happen in order to determine forecast sales for the year, as follows:

Year	*Quarter*	*Trend*	*Seasonal variation*	*Forecast sales*
2012	1	98.25	+5.75	104.00
2012	2	99.75	–22.00	77.75
2012	3	101.25	–18.75	82.50
2012	4	102.25	+34.75	137.00

We can therefore see the importance of identifying and incorporating seasonal variations into our forecasts. Once we have forecast the sales and built in the seasonal effects, this is likely to have a knock on impact on other data in our forecasts such as purchases and maybe even wage payments (if, for example, extra staff are hired during peak periods).

Checking the reasonableness of forecasts

There are two important methods of checking the reasonableness of cash forecasts.

Individuals who are in a good position to **verify the accuracy of forecasts or estimates** should be consulted. These individuals should also be in a position to identify any exceptional items of cash receipt or payment that the person preparing the budget is unaware of.

The **assumptions in the budget should be checked for reasonableness**. For example, if the sales budget provides for a 10% increase in sales but the cash budget provides for a reduction in cash, the reasons for this apparent inconsistency should be checked.

1.4 TYPES OF CASH BUDGET

There are two types of cash budget:

(a) **Receipts and payments budget.** This is a forecast of cash receipts and payments based on predictions of sales and cost of sales and the timings of the cash flows relating to these items.

(b) **Statement of financial position forecast.** This is a forecast derived from predictions of future statement of financial positions. Predictions are made of all items excepting cash, which is then derived as a balancing figure.

Receipts and payments budgets are much more detailed than statement of financial position forecasts.

2 CASH FORECAST BASED ON THE STATEMENT OF FINANCIAL POSITION

A statement of financial position based forecast is an estimate of the enterprise's statement of financial position at a future date. It is used to identify either the funding shortfall or the cash surplus in the statement of financial position at the forecast date.

The technique involves constructing the expected statement as at the end of the forecast or budget period. If every item in the statement of financial position can be predicted except for the cash balance, the cash balance will be the 'balancing figure'.

Typically this may require forecasts of:

changes to non-current assets (acquisitions and disposals)

future inventory levels

future receivables levels

future payables levels

changes to share capital and other long-term funding (e.g. bank loans)

changes to retained profits.

Example

Zed has the following statement of financial position at 30 June 20X3:

		$	$
Non-current assets			
Plant and machinery			192,000
Current assets	Inventory	16,000	
	Trade receivables	80,000	
	Bank	2,000	98,000
Total assets			290,000
Issued share capital			216,000
Accumulated profits			34,000
Shareholders' funds			250,000
Current liabilities	Trade payables	10,000	
	Dividend payable	30,000	
			40,000
Total equity and liabilities			290,000

(a) The company expects to acquire further plant and machinery costing $8,000 during the year to 30 June 20X4.

(b) The levels of inventory and trade receivables are expected to increase by 5% and 10% respectively by 30 June 20X4 due to business growth.

(c) Trade payables and dividend liabilities are expected to be the same at 30 June 20X4.

(d) No share issue is planned, and accumulated profits for the year to 30 June 20X4 are expected to be $42,000.

(e) Plant and machinery is depreciated on a reducing balance basis at the rate of 20% per annum for all assets held at the statement of financial position date.

Produce a statement of financial position forecast as at 30 June 20X4, and predict what the cash balance or bank overdraft will be at that date.

Solution

Zed: Statement of financial position at 30 June 20X4

		$	$
Non-current assets			
Plant and machinery			160,000
[(192,000 + 8,000) × 80%]			
Current assets			
Inventory [16,000 × 105%]		16,800	
Trade receivables [80,000 × 110%]		88,000	
Bank		67,200	
			172,000
Total assets			332,000
Issued share capital			216,000
Accumulated profits [34,000 + 42,000]			76,000
Shareholders' funds			292,000
Current liabilities	Trade payables	10,000	
	Dividend payable	30,000	
			40,000
			332,000

The forecast is that the bank balance will increase by $65,200 (i.e. $67,200 – $2,000). This can be reconciled as follows:

	$	$
Accumulated profit		42,000
Add: Depreciation (20% of ($192,000 + $8,000))		40,000
		82,000
Less: Plant and machinery acquired		(8,000)
		74,000
Increase in inventory	800	
Increase in trade receivables	8,000	
		(8,800)
Increase in cash balance		65,200

3 CASH BUDGETS IN RECEIPTS AND PAYMENTS FORMAT

Cash flow based forecasts (receipts and payments) are forecasts of the timing and amount of cash receipts and payments, net cash flows and changes in cash balances. A cash budget (or cash flow budget) covers a planning period, and is sub-divided into shorter individual time periods, which could be quarters, months, weeks or even days. For each individual time period, the budget shows:

- the opening cash balance at the start of the time period (which is just the closing balance brought forward from the previous period)
- the expected cash receipts, itemised and in total
- the expected cash payments, itemised and in total
- the net cash flow for the period, which is the difference between total cash receipts and total cash payments
- the closing cash balance, which is calculated from the opening balance and the net cash flow for the period.

A typical receipts and payments cash budget format is as follows, with illustrative figures included. We have limited most of the examples in this chapter to four months for the sake of clarity – but in an exam question, you will probably be expected to complete a six-month cash budget.

Cash budget for (period)

	January	*February*	*March*	*April*
Cash receipts	$	$	$	$
Cash from receivables	54,000	63,000	58,000	54,000
Cash sales	3,000	4,000	2,000	1,000
Cash from sale of non-current assets	–	1,000	–	500
Total receipts	57,000	68,000	60,000	55,500
Cash payments				
Payments to suppliers	24,000	29,000	24,000	27,000
Payments of wages and salaries	26,000	28,000	26,000	28,000
Payments for non-current asset purchases	4,000	14,000	–	3,000
Payment of dividend	–	5,000	–	–
Total payments	54,000	76,000	50,000	58,000
Net cash flow	3,000	(8,000)	10,000	(2,500)
Opening cash balance	6,000	9,000	1,000	11,000
Closing cash balance	9,000	1,000	11,000	8,500

It is important to include all expected items of cash receipt and cash payment, including exceptional payments and receipts.

3.1 LAGGED RECEIPTS AND PAYMENTS

A receipts and payments budget is often based on an income statement forecast. The starting point is therefore to estimate sales and the cost of sales for the period. To forecast the cash flows from sales and costs of sales, we must then allow for the fact that receipts from credit sales occur sometime after the sale has taken place, and payments to suppliers take place sometime after the purchase. In other words, receipts and payments lag behind the sale and cost of sale.

The task in preparing a receipts and payments cash budget is largely to forecast when the cash receipts and cash payments will take place, given forecasts for:

sales and purchases, and

assumptions about the length of the time lag between (a) sale and receipt and (b) purchase and payment.

4 PREPARING A CASH BUDGET

To prepare a cash budget based on receipts and payments, you need to take each item of cash receipt and cash payment in turn, and work out the expected cash flow in each time period. The most complex calculations are normally those for receipts from sales and payments to suppliers.

4.1 RECEIPTS FROM SALES

A business might have some cash sales, but most businesses sell mainly on credit. To prepare a cash budget, assumptions have to be made about:

when customers will pay

the level of bad (irrecoverable) debts.

For example, it might be estimated that for credit sales, 50% of customers will pay in the month following sale, 30% two months after sale, 15% three months after sale and bad (irrecoverable) debts will be 5% of credit sales.

You can then take sales for each time period in turn, and estimate when the money will actually be received as cash.

Example

A business has estimated that 10% of its sales will be cash sales, and the remainder credit sales. It is also estimated that 50% of credit customers will pay in the month following sale, 30% two months after sale, 15% three months after sale and bad (irrecoverable) debts will be 5% of credit sales.

Total sales figures are as follows:

Month	$
October	80,000
November	60,000
December	40,000
January	50,000
February	60,000
March	90,000

Required:

Prepare a month-by-month budget of cash receipts from sales for the months January to March.

Solution

Credit customers take up to three months to pay so, in the first month of the budget period, January, the business should expect some cash receipts for credit sales three months earlier, in October. It might be useful to prepare a table for workings, as follows:

Sales month	*Total sales*	*Cash receipts January*	*Cash receipts February*	*Cash receipts March*
	$	$	$	$
October	80,000	10,800	–	–
November	60,000	16,200	8,100	–
December	40,000	18,000	10,800	5,400
January	50,000	5,000	22,500	13,500
February	60,000	–	6,000	27,000
March	90,000	–	–	9,000
Total receipts		50,000	47,400	54,900

For example, October sales were $80,000 and 90% of these ($72,000) were credit sales. Of these 15% are expected to pay three months later in January, so the cash receipts in January from October sales are expected to be $10,800 (15% of $72,000).

Similarly, November sales were $60,000 in total and of these $54,000 were credit sales. Of the credit sales, 30% will pay two months later in January and 15% three months later in February.

January sales are expected to total $50,000, of which $5,000 will be cash sales and $45,000 credit sales. Of the credit sales, there should be receipts from 50% ($22,500) in February and 30% ($13,500) in March.

Make sure that you can see how all the figures in this workings table have been calculated.

In this table receipts from cash sales and receipts from credit sales are combined into a single figure for receipts from sales for the month. The receipts from cash sales and receipts from credit sales could be calculated separately if required.

ACTIVITY 1

A business is preparing a cash budget for the period July to September. Sales are as follows:

Month	*Cash sales*	*Credit sales*
	$	$
April (actual)	4,500	60,000
May (actual)	3,700	64,000
June (actual)	2,100	50,000
July (budget)	4,500	60,000
August (budget)	4,500	65,000
September (budget)	5,000	75,000

It is estimated that 60% of credit customers will pay in the month following sale, 30% two months after sale and 10% three months after sale. No bad (irrecoverable) debts are expected.

Required:

Prepare a month-by-month cash receipts budget, showing:

- receipts from cash sales
- receipts from credit sales
- total receipts.

For a suggested answer, see the 'Answers' section at the end of the book.

4.2 PAYMENTS TO SUPPLIERS AND FOR WAGES AND SALARIES

Budgeted payments to suppliers for purchases can be calculated in a similar way to calculating budgeted sales receipts. You need figures for:

- purchases in each time period, analysed between credit purchases and (if any) cash purchases
- estimates for the amount of credit taken from suppliers (for example, one month or two months).

Payments for materials purchases

An added complication with payments for material purchases could be that in order to calculate purchase quantities in each time period, you must first calculate the quantities used and then allow for any planned increase or decrease in inventory levels in the period to work out purchase quantities.

Example

A manufacturing business makes and sells widgets. Each widget requires two units of raw materials, which cost $3 each. Production and sales quantities of widgets each month are as follows:

Month	*Sales and production units*
December (actual)	50,000
January (budget)	55,000
February (budget)	60,000
March (budget)	65,000

In the past, the business has maintained its inventory of raw materials at 100,000 units. However, it plans to increase raw material inventory to 110,000 units at the end of January and 120,000 units at the end of February. The business takes one month's credit from its suppliers.

Required:

Calculate the budgeted payments to suppliers each month for raw material purchases.

Solution

When raw materials inventory levels are increased, the quantities purchased will exceed the quantities consumed in the period. Purchase quantities and the cost of purchases are therefore as follows. Figures for December are shown because December purchases will be paid for in January, which is in the budget period.

		Purchases of raw materials for production and for increase in inventory levels			
	Units of widgets produced	*December*	*January*	*February*	*March*
December	50,000	100,000			
January	55,000		110,000		
February	60,000			120,000	
March	65,000				130,000
Increase in inventory		–	10,000	10,000	–
Total purchase quantities		100,000	120,000	130,000	130,000
Purchase cost (at $3 per unit)		$300,000	$360,000	$390,000	$390,000

Having established the purchases each month, we can go on to budget the amount of cash payments to suppliers each month. Here, the business will take one month's credit.

	January	*February*	*March*
	$	$	$
Payments to suppliers	300,000	360,000	390,000

At the end of March, there will be unpaid purchase from suppliers of $390,000 for raw materials, and these suppliers will be paid in April.

Payments of wages and salaries

Wages and salaries are usually paid in arrears, at the end of the week or month. This means, however, that employees who are paid a monthly salary will receive their money at the end of the month to which the salary cost relates. It is therefore usual to assume that salaries are paid for in the same month as they are incurred.

A similar assumption is often made for wages. However, each organisation can establish its own assumptions for cash budgeting, and you should apply whatever assumptions are required.

Payments for overheads expenses

You might be required to calculate the budgeted cash payments for overheads expenses. Overheads expenses might be variable or fixed.

> Total variable overhead costs vary with the volume of production or sales.
>
> Fixed overheads are a fixed amount for the period. Unless there is any information to the contrary, you should assume that fixed overhead costs are an equal amount every time period. However, this might not be the case and you should check carefully the information available.

Most overhead costs are expenses that are paid in cash, and the business might take credit from its suppliers of overhead cost items. However, depreciation is an overhead expense, but is not a cash flow item. If there are any depreciation charges in total overhead costs, these must be deducted to calculate a 'cash expenses' figure for overheads.

Example

A manufacturing company makes product WSX, for which the variable overhead cost is $2 per unit. Fixed costs are budgeted at $450,000 for the year, of which $130,000 are depreciation charges. The remaining fixed costs are incurred at a constant rate every month, with the exception of factory rental costs, which are $80,000 each year, payable 50% in December and 50% in June.

With the exception of rental costs, 10% of overhead expenses are paid for in the month they occur and the remaining 90% are paid in the following month.

The budgeted production quantities of product WSX are:

	Units
September	40,000
October	60,000
November	50,000
December	30,000

Required:

Prepare a month-by-month cash budget for overhead payments in the period October-December.

Solution

Workings: fixed overheads	$
Annual fixed overheads	450,000
Deduct depreciation	130,000
Cash expenses	320,000
Deduct annual factory rental	80,000
Regular monthly cash expenses for the year	240,000
Regular cash expenses each month	20,000

These expenses will be paid for as follows: $2,000 in the month incurred and $18,000 in the following month. However, total cash spending on these regular fixed cost items will be $20,000 in every month. An additional $40,000 is paid in June and December, for rent.

Workings: variable overheads

	Units	*Variable overhead costs*	*Payment in*		
			October	*November*	*December*
		$	$	$	$
September	40,000	80,000	72,000	–	–
October	60,000	120,000	12,000	108,000	–
November	50,000	100,000	–	10,000	90,000
December	30,000	60,000	–	–	6,000
Total payments			84,000	118,000	96,000

An overhead cash payments budget can now be prepared.

	October	*November*	*December*
	$	$	$
Variable overheads	84,000	118,000	96,000
Fixed overheads	20,000	20,000	60,000
Total payments	104,000	138,000	156,000

ACTIVITY 2

You are given the following budgeted information about an organisation.

	Jan	*Feb*	*March*
Opening inventory in units	100	150	120
Closing inventory in units	150	120	180
Sales in units	400	450	420

The cost of materials is $2 per unit and 40% of purchases are for cash whilst 60% are on credit and are paid two months after the purchase.

Required:

Calculate the budgeted purchases payments for March.

For a suggested answer, see the 'Answers' section at the end of the book.

4.3 OTHER RECEIPTS AND PAYMENTS

For most cash budgets, the most time-consuming tasks are calculating the budgeted cash receipts from sales and the cash payments for operating costs. Once you have done this, you should then obtain forecasts for other receipts and payments, such as:

- payments for non-current asset purchases
- receipts from non-current asset disposals
- payments of income tax (corporation tax in the UK)
- payments of dividends (or drawings, in the case of a sole trader business or a partnership)
- interest, for example, a business might have a bank loan on which it has to pay interest.

These should be included in the cash budget, using the format shown earlier.

ACTIVITY 3

The following data and estimates are available for ABC for June, July and August:

	June	*July*	*August*
	$	$	$
Sales	45,000	50,000	60,000
Wages	12,000	13,000	14,500
Overheads	8,500	9,500	9,000

The following information is available regarding direct materials:

	June	*July*	*August*	*September*
	$	$	$	$
Opening inventory	5,000	3,500	6,000	4,000
Material usage	8,000	9,000	10,000	

Notes

1. 10% of sales are for cash, the balance is received the following month. The amount received in June for May's sales is $29,500.
2. Wages are paid in the month they are incurred.
3. Overheads include $1,500 per month for depreciation. Overheads are settled the month following. $6,500 is to be paid in June for May's overheads.
4. Purchases of direct materials are paid for in the month purchased.
5. The opening cash balance in June is $11,750.
6. A tax bill of $25,000 is to be paid in July.

Required:

(a) Calculate the amount of direct material purchases in EACH of the months of June, July and August.

(b) Prepare a cash budget for June, July and August.

For a suggested answer, see the 'Answers' section at the end of the book.

5 FORECASTING WITH INFLATION

5.1 INFLATION AND INDEX NUMBERS

Inflation is the process whereby the price of commodities steadily rises over time. The result of inflation is that a given sum of money will buy fewer and fewer goods over time, i.e. money has less and less purchasing power. In periods of severe inflation, price rises take place at an increasing rate. This makes it very difficult for governments, businesses and individuals to plan ahead. Inflation reduces the value of money so that savings in particular become less attractive, and people on fixed incomes such as pensioners find that their purchasing power is reduced. Whilst a high rate of inflation is undesirable, regular and predictable price rises over a period of time are seen as positive since they encourage economic growth.

Inflation often makes information difficult to interpret. If data simply shows, for example, the cost of raw materials used, it may be difficult to assess changes in quantities used when the prices of the raw materials are subject to inflation. If management wishes to interpret changes in quantities of materials used, they must first adjust the expenditure figures for price changes.

An **index number** shows the rate of change of a variable from one specified time to another. A price index measures the change in the money value of a group of items over a period of time. In the UK, the inflation rate is calculated from the prices of a range of different goods and services selected to represent average spending patterns. The different items in the 'basket' of goods and services are given different weights, so that things we spend more on, such as housing, motoring and food, are given more importance. The best known is probably the retail price index (RPI), which measures changes in the prices of goods and services supplied to retail customers. This index is often thought of as a 'cost of living' index.

Inflation is usually measured as a percentage increase in the RPI. If the rate of inflation is 10% a year, for example, $50,000 worth of purchases last year will, on average, cost $55,000 this year. At the same inflation rate, those purchases will cost $60,500 next year, and their cost will double after only seven years.

Index numbers may also measure quantity changes (e.g. volumes of production or trade) or changes in values (e.g. retail sales, value of exports). Most accountants acknowledge that the accounts of businesses are distorted when no allowance is made for the effects of inflation. The use of index numbers is often required for the preparation of inflation-adjusted accounts.

5.2 INDEX NUMBERS – PRICE AND QUANTITY PERCENTAGE RELATIVES

Price and quantity percentage relatives (also called percentage relatives) are based on a single item. There are two types: price relatives and quantity relatives.

A **price relative** shows changes in the price of an item over time.

A **quantity relative** shows changes in quantities over time.

The formulae for calculating these relatives are as follows:

$$\text{Simple price index} = \frac{p_1}{p_0} \times 100$$

$$\text{Simple quantity index} = \frac{q_1}{q_0} \times 100$$

Where:

p_0 is the price at time 0

p_1 is the price at time 1

q_0 is the quantity at time 0

q_1 is the quantity at time 1

The concept of time 0, time 1 and so on is simply a scale counting from any given point in time. Thus, for example, if the scale started on 1 January 20X0 it would be as follows:

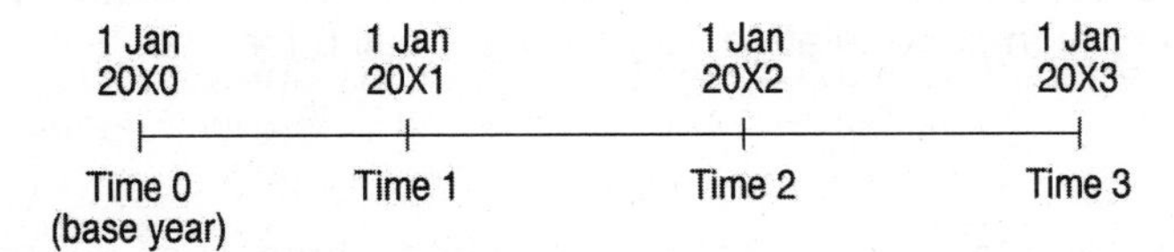

The starting point is chosen to be most convenient for the problem under consideration.

Example

If a commodity costs $2.60 in 20X4 and $3.68 in 20X5, calculate the simple price index for 20X5, using 20X4 as base year (i.e. time 0).

Solution

$$\text{Simple price index} = \frac{p_1}{p_0} \times 100 = \frac{3.68}{2.60} \times 100 = 141.5$$

This means that the price has increased by 41.5% of its base year value, i.e. its 20X4 value.

Example

6,500 items were sold in 20X8 compared with 6,000 in 20X7. Calculate the simple quantity index for 20X8 using 20X7 as base year.

Solution

$$\text{Simple quantity index} = \frac{q_1}{q_0} \times 100 = \frac{6{,}500}{6{,}000} \times 100 = 108.3$$

This means that the quantity sold has increased by 8.3% of its 20X7 figure.

Usually, an index number is required to show the variation in a number of items at once rather than just one as in the examples above. The RPI is such an index and consists of a list of items as diverse as the price of bread, the cost of watch repairs, car repairs and cinema tickets.

By using appropriate weights, price relatives can be combined to give a multi-item price index. To determine the weighting, we need information about the relative importance of each item.

ACTIVITY 4

A product that cost \$12.50 in 20X0, cost \$13.65 in 20X1. Calculate the simple price index for 20X1 based on 20X0.

For a suggested answer, see the 'Answers' section at the end of the book.

5.3 SELECTING WEIGHTS

The weights applied to price relatives should, in general, reflect the amount spent or total value of each item purchased, rather than simply the quantities purchased (however standardised). The reason is that this eliminates the effect of a relatively low-priced item having a very high price relative from only a small price rise.

Example

The price of peas and bread, and the amount consumed in both years, is as follows:

Item	*20X5 price*	*20X6 price*	*Units consumed (both years)*
Peas	2 cents	3 cents	
Bread	15 cents	16 cents	

Required:

(a) Construct a price-relative index using:

(i) quantity weights

(ii) value weights.

(b) Explain why the value weighted price relative is the more useful.

Solution

(a) (i) **Using quantity weights**

Item	*20X5 p_0 cents*	*20X6 p_1 cents*	*q**	*Quantity weight only $W_A (= q)$*	*Value weight W_B $(= p_0 \times q)$*
Peas	2	3	2	2	$2 \times 2 = 4$
Bread	15	16	5	5	$15 \times 5 = 75$
				7	79
				ΣW_A	ΣW_B

**Same consumption pattern for both years*

Item	$\frac{p_1}{p_0} \times 100$	$W_A \times \frac{p_1}{p_0} \times 100$	$W_B \times \frac{p_1}{p_0} \times 100$
Peas	150.0	300.0	600.0
Bread	106.7	533.5	8,002.5
		833.5	8,602.5
		$\Sigma\left[WA \times \frac{p^1}{p^0} \times 100\right]$	$\Sigma\left[WB \times \frac{p^1}{p^0} \times 100\right]$

Therefore, using quantity weights only, the index is as follows:

$$\frac{\Sigma\left[W_A\left(\frac{p_1}{p_0}\times 100\right)\right]}{\Sigma W_A} = \frac{833.5}{7} = 119.1$$

(This would imply an average increase in prices of 19.1%.)

(ii) **Using value weights, the index is:**

$$\frac{\Sigma\left[W_B\left(\frac{p_1}{p_0}\times 100\right)\right]}{\Sigma W_B} = \frac{8,602.5}{79} = 108.9$$

(This implies an average increase of 8.9%.)

(b) The fact that the value weighted average of price relatives is the more realistic can be shown by considering total expenditure:

Item	*Expenditure 20X5*		*Expenditure 20X6*		*% increase*
		cents		cents	
Peas	2×2	4	2×3	6	50%
Bread	5×15	75	5×16	80	6.7%
Total budget		79		86	8.86%

Thus, an equal *money* price rise for two items will cause a higher percentage price rise for the lower-priced item which is compensated for when the weights used are the value or expenditure on each item, since this reduces the importance of the lower priced item.

Algebraically, as W = $q \times p_0$ then the weighted average of price relatives, which is:

$$\frac{\Sigma\left[W\left(\frac{p_1}{p_0}\times 100\right)\right]}{\Sigma W}, \text{ becomes } \frac{\Sigma\left[qp_0\times\frac{p_1}{p_0}\right]}{\Sigma qp_0}\times 100 = \frac{\Sigma qp_1}{\Sigma qp_0}\times 100$$

ACTIVITY 5

A production process uses 10 sacks of product A and 30 of product B per year. The costs are as follows:

Item	*20X1*	*20X2*
Product A	\$6.50	\$6.90
Product B	\$2.20	\$2.50

Construct a price relative index using:

(a) quantity weights

(b) value weights.

For a suggested answer, see the 'Answers' section at the end of the book.

5.4 THE IMPACT OF INFLATION ON CASH FLOW AND PROFITS

As we have already noted, inflation can be defined as a general increase in prices. This can also be described as a general decline in the real value of money. The main impact on an organisation's forecasts is that they can become out of date very quickly.

When inflation is very high the value of financial assets e.g. debt declines. Organisations will try to collect their debts quickly so that the cash can be reinvested. By delaying payments to suppliers, the underlying value of the debt can be reduced.

In periods of increasing inflation lenders will require an increasing return i.e. interest rates may be very high, so in the short term a treasurer will invest surplus cash on short-term deposit.

Index numbers are used to predict future cash inflows and outflows, estimating the future price index and giving management a better idea of the amount of sales in cash or the likely size of cash payments. They can also be used in forecasting borrowing limits, which might be fixed in monetary terms. Different indices can be used for items, such as capital goods or various types of revenue, which may be subject to differing rates of inflation.

6 CASH BUDGETS AS A MECHANISM FOR MONITORING AND CONTROL

6.1 CONSULTING STAFF ABOUT FUTURE CASH FLOWS

Cash budgets are prepared by accountants, but operational managers are responsible for earning income and for spending. When a cash budget is drafted, appropriate individuals (operational managers) should be consulted, to check:

- that they agree with the assumptions in the cash budget about income and expenditure, and receipts and payments
- whether there are any other exceptional items of receipt or payment that have been overlooked and so are missing from the draft cash budget.

As a general approach to reviewing cash budgets, you should think about:

- whether there is a noticeable trend in sales, and whether this seems reasonable
- whether the trend in variable costs is consistent with the trend in sales
- whether there are any changes in payment patterns, in receipts from customers or payments to suppliers
- whether all items of cash receipt and payment have been considered, including capital expenditures and any exceptional items
- whether inflation in costs and any planned sales price increases have been taken into account.

These points might seem sensible and straightforward. Attempt the following activity to check that you understand them.

6.2 MONITORING ACTUAL CASH FLOWS

One of the objectives of a cash budget is to provide a basis or reference point against which actual cash flows can be monitored. Comparing actual cash flows with the budget can help with:

- identifying whether cash flows are much better or worse than expected
- predicting what cash flows are now likely to be in the future, and in particular whether the business will have enough cash (or liquidity) to survive
- the reasons for any significant differences between actual and budgeted cash flows.

The forecast might differ from the actual due to poor forecasting techniques or to unpredictable events or developments such as the loss of a major customer, changes in interest rates or inflation, which can affect costs and revenues differently.

Monitoring against the cash flow forecast can take place over different timescales, depending upon:

- the nature of the business
- the scale of the cash flowing into and out of the business
- whether forecast assumptions require additional funding.

Just as cash flows can highlight shortfalls in funding within a business, so too can they highlight whether surplus funds are being generated. This would allow the business to invest those surplus funds to its benefit.

The benefit from preparing timely cash flow forecasts is that you have early indications of both good and not so good events. This allows you to take early action to avoid possible problems and to maximise returns on cash generated within the business.

6.3 CASH FLOW CONTROL REPORTS

Regular reporting of actual budgeted cash flows compared with budgeted cash flows should be carried out on a daily, weekly or monthly basis, depending on the size of the business and the frequency and value of its cash receipts and payments.

In common with all management reports, the purpose of a cash flow report is to provide a basis for management decision making. For this reason the report needs to be addressed to the manager who can control the cash flows.

Cash receipts

There are normally two main types of cash receipt to monitor: receipts from customers and investment income (e.g. interest).

Cash receipts from customers depend on:

- the volume and value of sales, and
- the time taken by customers to pay.

It is important to identify the cause of any difference in cash flow between budget and actual because the control action required will differ in each case.

If budgeted and actual cash receipts differ because budgeted and actual sales volumes are different, it should be remembered that the difference in volume should affect expenditures and cash payments too. The implications for cash flow should therefore be considered in terms of net cash flows – in other words the difference in cash receipts less the difference in cash payments.

If budgeted and actual cash receipts differ because customers are taking more or less time to pay what they owe, action should be taken either to amend the budget or to take measures to speed up customer payments.

Cash payments

Payments can be divided into three categories:

- payments of a routine, recurring nature which are unrelated to activity level (e.g. rent, senior management salaries)
- payments of a routine nature which are related to activity level (e.g. payments to suppliers for purchases/expenses, wage payments, payments to sales staff of sales commissions)
- payments of a non-recurring nature (e.g. taxation, dividends, major capital expenditures).

Some payments will be committed and uncontrollable. Others might be reduced or deferred to improve cash flow.

Revising the cash budget or preparing a new cash forecast

It is important that comparisons of actual cash flows should be against meaningful targets. From time to time it may therefore be necessary to revise the cash budget or prepare a new cash flow forecast. This should take account of the cash flows that have actually occurred and what future cash flows are now expected to be, in the light of revised estimates and management measures to deal with some of the problems.

CONCLUSION

Cash budgets are important because they help a business to plan its cash flows, and manage the risk. Constructing a cash budget is a fairly straightforward exercise, although it can involve a large amount of number crunching. You should try to gain as much practice as you can in preparing cash budgets, particularly receipts and payments budgets.

Cash flow is vital to the survival of a business, and the cash budget and cash flow reports are important sources of information for monitoring and managing the cash position.

Sensitivity analysis or 'what if' investigations allow you to alter assumptions and figures and see what happens. The ability to ask 'what if' questions using a spreadsheet is of considerable benefit to managers. This is mainly because they can analyse the effect of changes in any of the variables in a very short time, without any elaborate recalculations.

KEY TERMS

Cash budget – a detailed forecast of cash inflows and outflows for a future time period, incorporating revenue and capital items and other cash flow items.

Cash flow forecast – used to describe the preparation of future cash flow estimates.

Cash budget – a forecast that is adopted as a formal plan or target.

Lagged receipts and payments – receipts from credit sales occur sometime after the sale has taken place, and payments to suppliers take place sometime after the purchase.

SELF-TEST QUESTIONS

		Paragraph
1	What are the two types of cash budget or cash forecast?	1.4
2	What are the main cash receipts itemised in the cash budget?	3
3	What are lagged receipts?	3.1
4	Describe one of the ways of coping with uncertainty in the cash budget.	5.1
5	What are the two types of relatives?	5.2
6	Cash flow reports are used to monitor actual cash flows. How often should they be produced?	6.3

EXAM STYLE QUESTIONS

The following information relates to questions 1, 2 and 3

Chase, a distributor, is preparing a cash budget for the three months to 30 June 20X5. The following information could be relevant.

(a) Sales are expected to be $70,000 each month in January to March. 20% of total sales are paid for in the month of sale, 50% in the following month and 30% in the month after that.

(b) Receivables at the end of December were $80,000. Of these, $60,000 are expected to pay in January and 2% will be bad (irrecoverable) debts. The remainder will pay in February.

(c) The gross profit is 25%.

(d) Purchases are made two months before the month of sale, and 30 days' credit is taken from suppliers.

1 What are the sales receipts for the month of January?

A $14,000

B $70,000

C $74,000

D $80,000

2 What are the sales receipts for the month of February?

A $14,000

B $18,400

C $35,000

D $67,400

3 What is the payment to payables for the month of February?

A $10,500

B $52,500

C $55,500

D $60,000

4 A company is preparing a cash budget for the first six months of the year.

Administration and distribution expenses are expected to be $8,500 each month. Of these $500 each month consists of depreciation charges and $2,000 comprise rental charges. The rental charges are paid half-yearly with the period ended 30 June due in June. The expenses also include $1,000 each month for the rental of a delivery van. The remaining expenses are paid for at an even rate each month.

How much should be included for the administration and distribution payment for the month of January?

A $5,000

B $6,000

C $8,000

D $8,500

5 A company is preparing a cash budget for the first six months of the year.

Fixed overhead costs are estimated at $75,000 per annum and are expected to be incurred in equal amounts each month. 60% of the fixed overhead costs will be paid in the month in which they are incurred and 30% in the following month. The balance represents depreciation of fixed assets.

How much should be included for fixed overhead payment for month 2?

A $0

B $3,750

C $5,625

D $6,250

The following information relates to questions 6, 7 and 8

A new company is preparing its first ever budget for its first three months of trading based on the following assumptions:

Sales

The forecast sales for the first four months are as follows:

Month	*Number of components*
1	1,500
2	1,750
3	2,000
4	2,100

The selling price has been set at $10 per component in the first four months.

Sales receipts

Time of payment	% of customers
Month of sale	20*
One month later	45
Two months later	25
Three months later	5

The balance represents anticipated bad debts.

*A 2% discount is given to customers for payment received in the month of sale.

Production

There will be no opening inventory of finished goods in Month 1 but after that it will be policy for the closing inventory to be equal to 20% of the following month's forecast sales.

Direct materials will cost $1.90 per component. 100% of the materials required for production will be purchased in the month of production. No inventory of materials will be held. Direct materials will be paid for in the month following purchase.

6 What are the sales receipts for month 2?

A $6,750

B $10,180

C $10,250

D $17,500

7 How many units will be produced in month 1?

A 1,850 units

B 1,750 units

C 1,500 units

D 5,000 units

8 **Production in month 2 will be 1,800 units and in month 3 production will be 2,020 units. How much will be paid for materials in month 3?**

A $3,420

B $3,800

C $3,838

D $3,920

For the answers to these questions, see the 'Answers' section at the end of the book.

Chapter 19

SPREADSHEETS

Modern accountants make widespread use of software and information technology. A key element of this is the use of spreadsheets. Spreadsheets can simplify and speed up many accounting task. This chapter aims to explain the benefits of spreadsheets, their practical uses and how they can be used to display information. This chapter covers syllabus area F1 to F3.

CONTENTS

LEARNING OUTCOMES

At the end of this chapter you should be able to:

- Explain the role and features of a computer spreadsheet system
- Identify applications for computer spreadsheets in cost and management accounting
- Identify what numerical and other information is needed in spreadsheets, show how information should be structured and explain security issues
- Identify and use a wide range of formulae to meet specified requirements (basic calculation formulae, relative/absolute cell reference, Round, PV, NPV, IRR and simple logical (IF) functions)

- Identify and correct errors in formulas
- Identify data from different sources and demonstrate how they should be linked and combined
- Explain and illustrate methods of summarizing and analysing spreadsheet data (including sorting, ranking , filter, splitting screen and freezing titles)
- Analyse charts and graphs (bar, line, pie, column, area and scatter)
- Differentiate ways of presenting information to meet particular needs (including formatting and printing).

Sections 1 to 3 of this chapter cover content that also appears in the MA1 paper. But they are reproduced here for completeness and to ensure that students have an understanding of the basic principles of spreadsheets before proceeding to more advanced areas.

1 ROLE AND FEATURES OF SPREADSHEETS

1.1 SPREADSHEETS

A spreadsheet is a computer program that allows numbers to be entered and manipulated. The numbers can be presented with text, and there is usually a facility to provide a visual analysis of numbers with graphs and charts.

Essentially, a spreadsheet is a huge table of rows and columns, with columns given letters (A to Z followed by AA to AZ and so on) and rows numbered sequentially. Columns and rows are marked by vertical and horizontal lines, so that a blank spreadsheet looks like a large table of empty boxes. Each box or cell has a unique identification reference (e.g. cell D7 is in column D and row 7).

A spreadsheet has been described as a giant calculator. A large amount of information can be entered in the cells. Each cell might contain text, or a number or a formula. When a formula is entered in a cell, the program automatically carries out a calculation on numbers in one or more other cells, and shows the answer in the formula cell.

A spreadsheet is used to manipulate data. The word **spreadsheet** has its origins in the large sheets of paper used by accountants, over which they spread their figures and calculations in neat rows and columns. The little boxes made by the horizontal and vertical lines have their counterpart in the PC's spreadsheet and are called **cells**.

Into these cells may be entered numbers, text or a **formula**. Formulae are not visible when the user is entering data but reside in the background. A formula normally involves a mathematical calculation on the content of other cells, the result being inserted in the cell containing the formula.

The size of spreadsheets, in terms of the number of columns and rows, varies greatly between packages. Spreadsheets with millions of cells are possible. Because most business worksheets are quite large, extending beyond the edge of the computer screen, the screen is in effect a 'window' into the worksheet. Some or all of the spreadsheet can be printed out directly or saved on disk for insertion into reports or other documents using a word processing package.

The power of these systems is that the data held in any one cell on the 'paper' can be made dependent on that held in other cells, so changing a value in one cell can set off a chain reaction of changes through other related cells. This means that a model can be built in which the effect of changing key parameters may be observed (so called 'what if?' or sensitivity analysis).

Three-dimensional spreadsheets have the advantage of consolidation that the two dimensional ones do not have. An example to highlight this facility might be sales figures by region, where the top sheet (All products) might be a total of the sales of all the products that the company has (whilst Products 1 to 4 have separate sheets behind).

1.2 BENEFITS OF SPREADSHEETS

Advantages of spreadsheets include:

- Automatic recalculation of values whenever any number is changed. In the example above, if the number of units sold of Product A units is amended in cell B4 from 200 to 300, the spreadsheet would automatically recalculate the values in cells D4 and D8.
- The ability to process large quantities of data.

The automatic recalculation of formula values means that spreadsheets are particularly useful for:

- **Planning**, when the planner wants to produce a series of revised plans with different figures each time.
- **Sensitivity analysis**, whereby a plan or forecast can be tested for risk, by altering some of the number values in the table and seeing how this affects the other figures. For example, a forecast of future profits growth can be tested by altering the assumed rate of annual sales growth. If the assumed rate of growth is entered in a spreadsheet cell, all that is needed to do the sensitivity analysis is to alter the number in that cell.

Since a spreadsheet is used to create tables of figures, its usefulness for accounting might be readily apparent. Spreadsheets are widely used to:

- prepare financial forecasts
- prepare budgets and other plans
- produce reports comparing actual results with the budget or plan and calculating variances
- prepare cash flow forecasts
- prepare an income statement and statement of financial position.

1.3 LIMITATIONS OF SPREADSHEETS

There are limitations and problems associated with the use of spreadsheets that need to be controlled. These include the following:

- Spreadsheets for a particular budgeting application will take time to develop. The benefit of the spreadsheet must be greater than the cost of developing and maintaining it.

- Data can be accidentally changed (or deleted) without the user being aware of this occurring.

- Errors in design, particularly in the use of formulae, can produce invalid output. Due to the complexity of the model, these design errors may be difficult to locate.

- A combination of errors of design, together with flawed data, may mean that decisions are made that are subsequently found out to be wrong and cost the firm money. This is known as "spreadsheet risk" and is a serious problem. For example, a "cut and paste error" cost TransAlta $24 million when it underbid on an electricity supply contract.

- Data used will be subject to a high degree of uncertainty. This may be forgotten and the data used to produce, what is considered to be, an "accurate" report.

- Security issues, such as the risk of unauthorised access (e.g. hacking) or a loss of data (e.g. due to fire or theft).

ACTIVITY 1

What are the main advantages of using computers for a management information system? Are there any limitations to what computers can do to support management decision making?

For a suggested answer, see the 'Answers' section at the end of the book.

2 SPREADSHEET NUMBERS AND VALUES

2.1 ENTERING NUMBERS AND VALUES

A value, such as text, can be entered from the computer keyboard by directly typing into the cell itself. Alternatively, a value can be based on a formula (see later), which might perform a calculation, display the current date or time, or retrieve external data such as a database value.

2.2 FORMATTING TEXT

Text entered into a cell will automatically 'align' to the left of a cell. 'Text' means any combination of letters and numbers. Numbers will automatically align to the right of a cell. Text or numbers entered into 'merged' cells will automatically align to the centre of the cells.

Excel will default to Arial, size 10, black and Regular. You do not have to accept the format that Excel provides and it can be easily changed.

Bring up the 'Format Cells' dialogue box by doing the following:

- Highlight the cells you wish to format.

- 'Right-Click' and then 'Format Cells

Below you can see the Format Cells dialogue box. Note the different tabs that can be selected.

Click on the Font tab as that is what we want to change. It will display as follows:

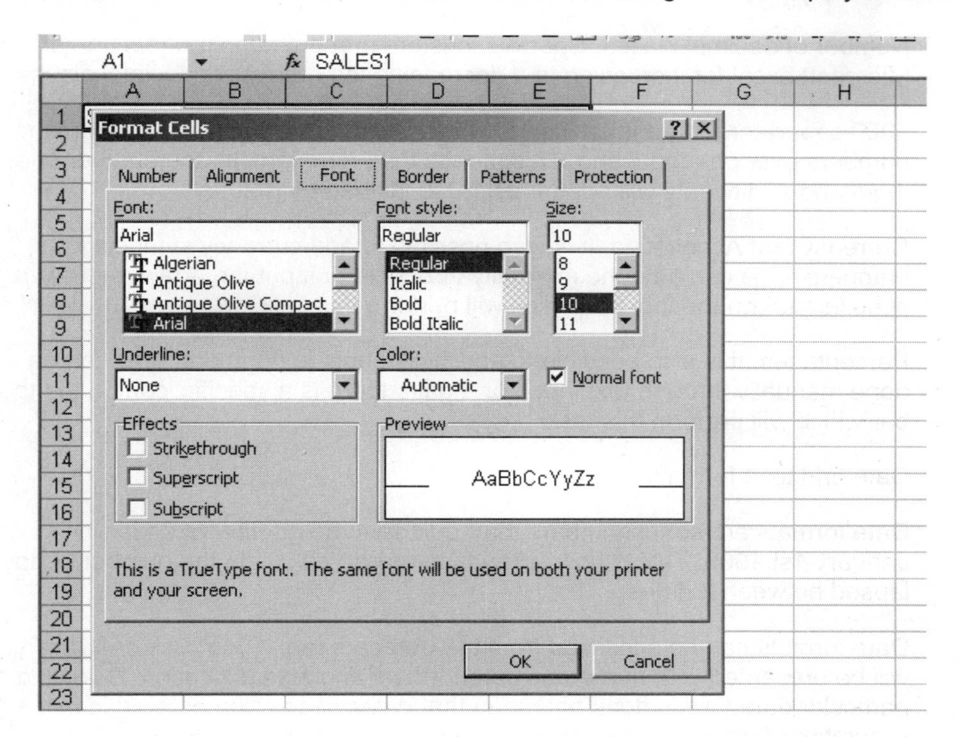

From the 'Font' tab you can choose a number of different effects. You can change the size, colour, style and also change the font itself.

From the 'Alignment' tab you can choose a number of different formats. You can choose to alter both the horizontal and vertical alignment of the text. You can change the direction of the text and you can also choose to have the text wrap itself within the cell, rather than go on continuously.

2.3 FORMATTING NUMBERS

Numbers in a worksheet should be formatted to give the reader the best chance of understanding the information provided.

Once again these are accessed from the Format Cells dialogue box, this time using the 'Number' tab:

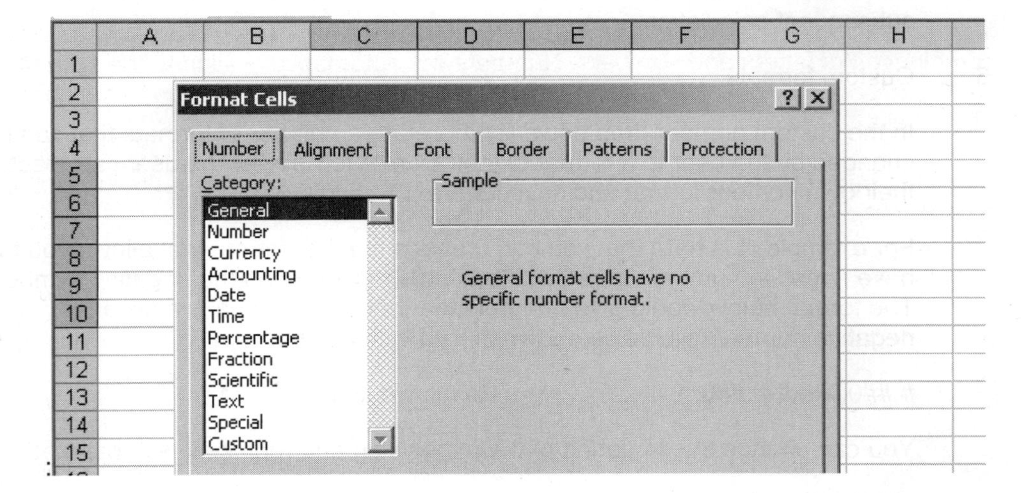

There are many ways to display numerical information such as the following:

1 Number of decimal places. Special icons are presented on the tool bar in Microsoft excel for increasing and decreasing the number of decimal places.

2 1000 separator. There is an icon [,] which will automatically add a comma to numbers over one thousand. This means that, for example, the number one thousand and twenty will appear as 1,020 instead of 1020.

3 Currency and Accounting. It is also possible to add currency symbols to numbers. This can be done manually through text input, or, again, there is a specific icon on the tool bar which will perform this task.

4 Percentages. It is also possible to add % symbols to numbers. This can be done manually through text input, or, again, there is a specific icon on the tool bar which will perform this task.

5 Date and time formats.

Date formats are serial numbers that represent the number of days since January 1st 1900. This is how spreadsheets can calculate the number of days lapsed between 2 dates.

Date formats can be accessed from the numbers tab. If you click on 'Date' you will be presented with numerous date formats and also a location. Selecting a particular date format does not mean that dates need to be entered in this way. A number of different ways of writing dates can be entered and Excel will format it to your selection. You must, though, enter the year if you want any year other than the current year. If a spreadsheet doesn't understand the date format it will enter it as text.

Time Formatting

Time formats are also serial numbers. Here the serial number represents a fraction of a day. The day is based on the non-day of January 0 1900. To get the correct time format you must put a colon between the hours and minutes, and the minutes and seconds for the spreadsheet to recognise what you are trying to do.

Date with Time Formatting

You can add a time to a date by first entering the date followed by a space and then the time in the 00:00 format. The time will only show in the formula bar, however, Excel will add the time as a fraction of the day and use it in any subsequent calculation.

6 Custom formats

In the custom number drop down list there are a number of formats that can be changed by the user to a format of their own. Alternatively the user can create their own number format and save it here.

For example, it is here that you can create a number format that allows you to have negative numbers in red with brackets representing the negative symbol. The format below would give numbers that have no decimal places and negative numbers would be shown in Red with a minus sign

#,##0;[Red]-#,##0,   Result would be **–1,234**

You can change this to get rid of the minus sign and replace it with brackets

#,##0;[Red](#,##0),   Result would be **(1,234)**

3 FORMULAE

Once you have populated your spreadsheet with data you will need to use formulae to create information that can be used.

3.1 OPERATORS AND THE ORDER OF PRECEDENCE

You are going to use simple mathematical functions to analyse your data but in order that you can do this you need to understand the order in which Excel calculates.

Excel uses operators [each of which has a symbol] in these mathematical functions.

Below is a list of the order of precedence.

Operator	Symbol	Order of Precedence
Exponentiation (powers)	^	1
Multiplication	*	2
Division	/	2
Addition	+	3
Subtraction	-	3

3.2 PARENTHESES (BRACKETS)

The order of precedence determines which operators Excel will use 1st in its calculations. It can be seen above that Excel will 1st calculate multiplication or division before it does addition.

Not only can you override this by using parentheses it is extremely important that you are able to do so in order that your calculations provide the correct answer [the one you intended]. By inserting Brackets around part of a formula it forces Excel to calculate the content of the brackets 1st, followed by the remainder of the formula. You can have multiple sets of brackets in a formula as you will see in later sessions when you deal with more complex situations.

3.3 SIMPLE FORMULAS

Any and all formulas that you input must start with an equals sign [=] otherwise Excel will not know what you are doing and treat your entry as text.

To highlight the need for putting brackets around numbers let us assume that you want to add together B4 and C4 and then multiply this result by a 3rd number D4, giving the answer in cell F4. If you highlight cell F4 and type in

= B4+C4*D4

Then the spreadsheet will show the following

	A	B	C	D	E	F	
1							
2							
3							
4		4	3	5		=B4+C4*D4	

If you then press Enter, cell F4 will now show the result of the calculation. The formula can still be seen in the formula bar when the cell is active.

Without brackets Excel will give a total of 19, which unfortunately is not what you wanted. Excel has done the multiplication first rather than the addition. However, with brackets enclosing (B4+C4) you will get the result you require which is 35.

	A	B	C	D	E	F	
1							
2							
3							
4		4	3	5		=(B4+C4)*D4	

Note: instead of typing in the cell references, you could have clicked on the relevant cell at the appropriate stage in the formula:

- Type: =(
- Click on cell B4
- Type: +
- Click on cell C4
- Type:)*
- Click on cell D4
- Press 'enter'

4 SPREADSHEET SECURITY

In some spreadsheets it may be useful to add an element of security to the spreadsheet by restricting access or the content that can be viewed etc. There are various reasons for doing this such as protecting against accidental or malicious changes, protecting copyright or intellectual property, or ensuring that only certain users can access a spreadsheet.

It is important when designing a spreadsheet that these security issues are considered before the spreadsheet is issued to users.

There are various ways to achieve this:

4.1 HIDING ROWS OR COLUMNS

Rows or columns can be hidden from view so that a user cannot see them. This is often done to hide formulae or workings which might confuse an untrained user.

To hide a column or row you first need to select the column or row by clicking on the letter at the top of the column or the number to the left of the row to select it. You can select more than one column or row at the same time by highlighting several of the row or column labels together.

To hide the range selected you right click on the mouse and a format menu appears as below. To hide the range you need to select the **Hide** option.

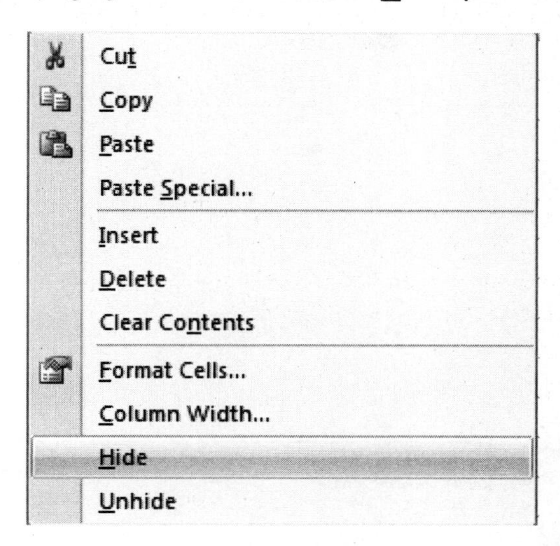

You will no longer be able to see the hidden data but you will know that there is some hidden data because the column letter or row number will no longer be displayed. For example, in the following spreadsheet, we know that column C has been hidden because if we read the letters for the column headings we can see that it skips from column B to D.

	A	B	D	E
1	**VAT Rate**	20%		
2		Net	Gross	
3			$	
4	Sale 1	600	720	
5	Sale 2	500	600	
6	Sale 3	300	360	
7	Sale 4	400	480	
8				

If you want to unhide a row or column then you need to select the rows or columns to either side of the hidden data. For example, in the above table we would select columns B and D. A right mouse click will bring up the format menu again, where the final option is Unhide. Clicking this will make the hidden column reappear.

4.2 PASSWORD PROTECTING A SPREADSHEET

It is possible to limit access to an entire spreadsheet by adding password protection so that only users who know the password can access the spreadsheet.

To access this option you need to go through the 'Save as' procedure (this should be familiar from paper MA1. Before clicking on the 'Save' option you will notice in the bottom left hand corner of the pop-up menu a 'Tools' drop menu:

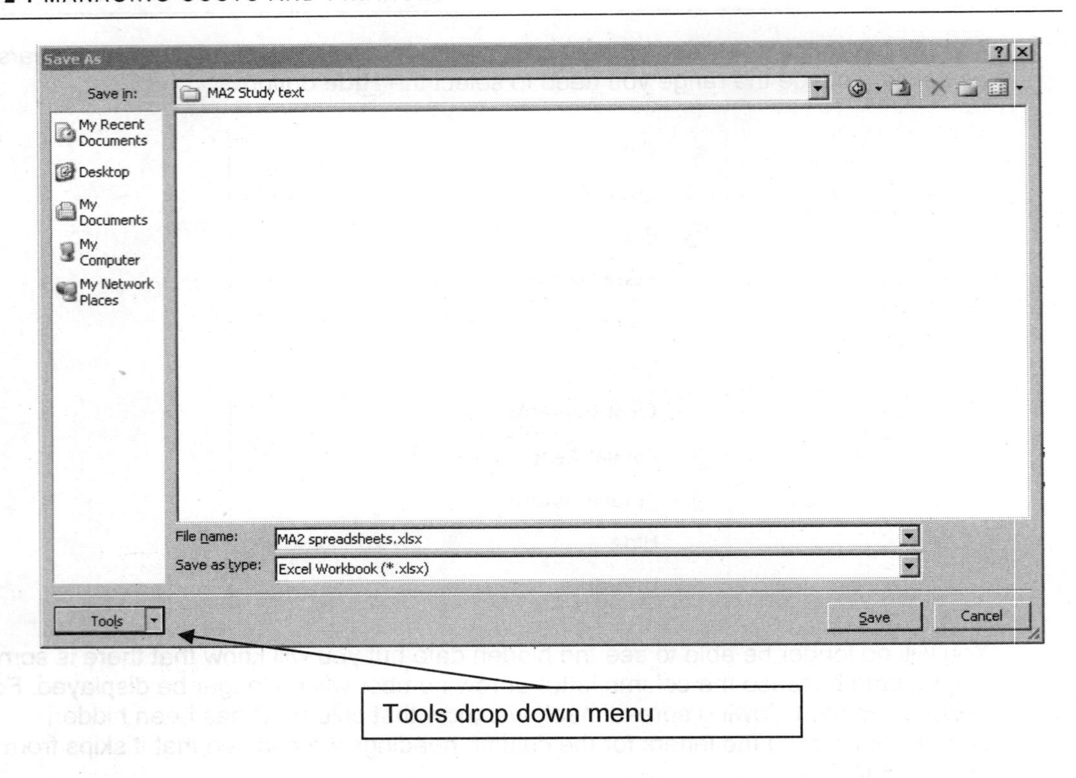

Clicking on 'Tools' will pop up menu, from which you need to select General Options, which in turn will pop up the following:

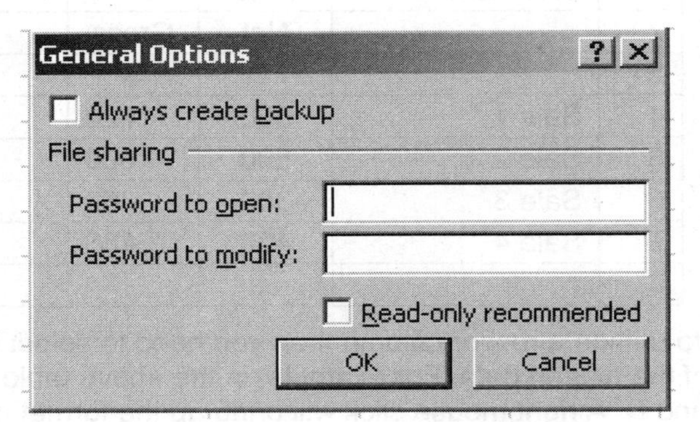

You can now apply one or two passwords. The 'Password to open' option will mean that any user who wants to open the spreadsheet must have the relevant password. You can also allow users to open the spreadsheet but restrict their ability to make changes to it. To do this you need to add a password in the 'Password to modify' box. The user will be able to read the spreadsheet but will not be able to make any changes unless the correct password is input.

The biggest issue with the use of passwords is ensuring that they are known and remembered. If a password is lost there is no way to recover the password or to undo the security measures that have been added.

If you select the 'Read-only recommended' option, the user will be prompted to open the file as read-only unless changes will be made. You can use this option without requiring a password. This is a safety net that makes users think twice before making changes to the document, but they can choose to ignore this warning if they want. It is therefore less secure than requiring a password.

4.3 PROTECTING INDIVIDUAL CELLS.

You can protect individual cells if you choose (such as those containing a formula) whilst allowing users to change other cells. For example, you might have a formula in a cell that calculates the VAT on a net invoice once a user inputs the net amount. So you would want the user to be able to change the net amount but not be able to change the way in which the VAT is calculated. To do his involves two stages:

Firstly select the cell (or cells) that you **do not** want to protect. You then need to bring up the 'Format Cells' dialogue box (as explained earlier in the chapter) and choose the 'Protection' tab.

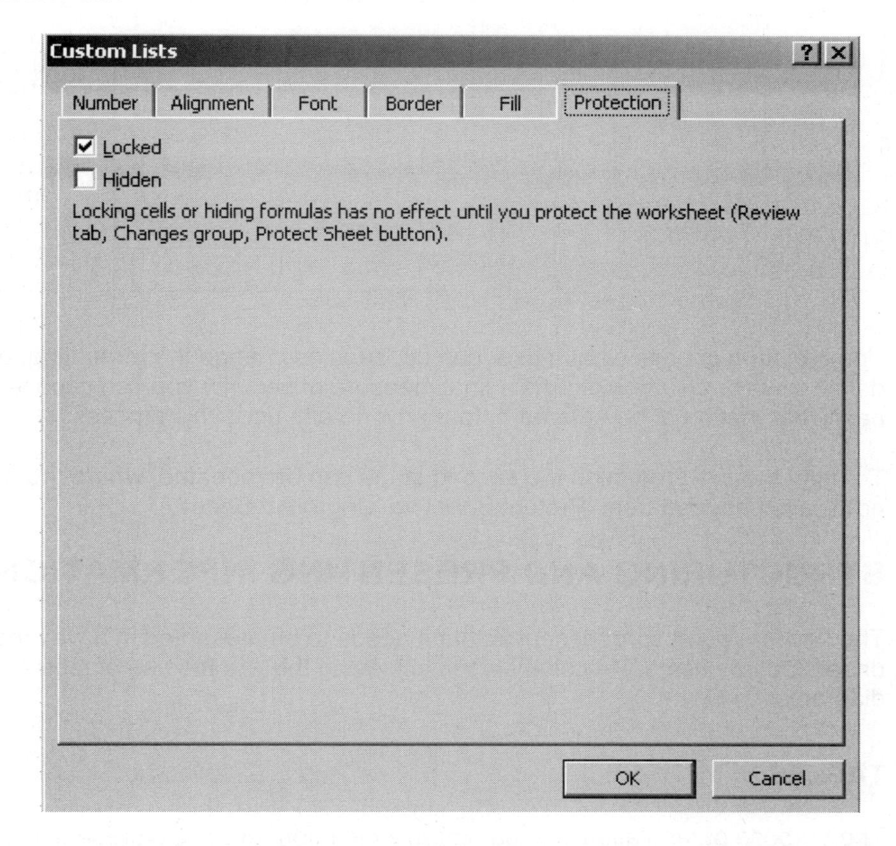

To protect an individual cell then the 'Locked' option must be ticked. This is automatic in most spreadsheets, and therefore you must un-tick the box for the cells that you want the user to be able to change. This is why you had to start by selecting the cells that you do not want to protect.

Next you have to protect the sheet. Instructions are actually given in the diagram above. Alternatively you can right click on the sheet name (at the bottom of the spreadsheet and the option will appear in a pop-up menu:

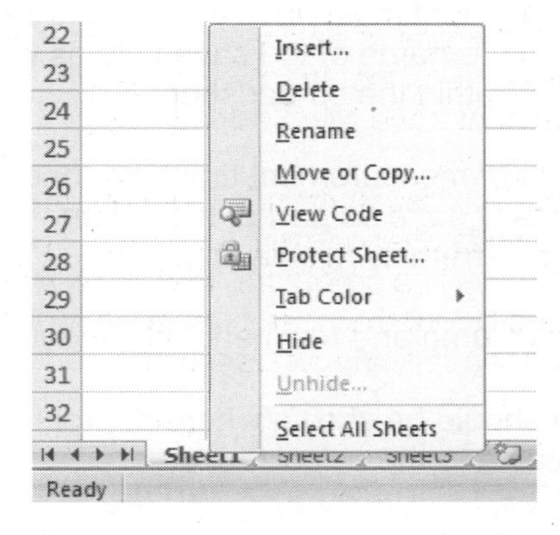

When you choose the 'Protect Sheet' option a final pop-up appears:

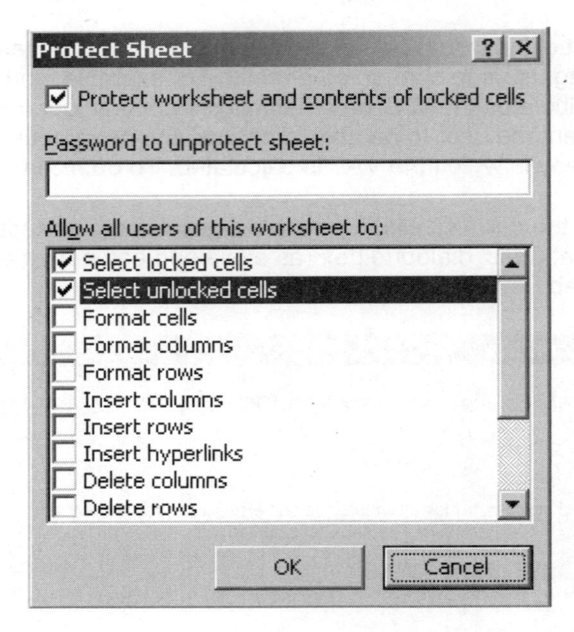

You can then choose what a user can do, such as change the formatting, edit data, delete rows or columns etc. As a final measure of security you can choose to add a password that must be entered before anyone can undo this process.

To undo the cell protection the second stage can be repeated, where the option will now have changed from 'Protect Sheet' to 'Unprotect Sheet'.

5 STRUCTURING AND PRESENTING INFORMATION

The key to a good spreadsheet is that it needs to be presented in a way that is easily understood by users. Key elements in achieving this are the use of tables, graphs and diagrams.

5.1 TABLES

The purpose of tabulation is to summarise the information and present it in a more understandable way. Spreadsheets are often used for presenting tables – especially in accounting.

Rules of tabulation in spreadsheets

The following rules or principles of tabulation in spreadsheets should be borne in mind when preparing tables:

(a) **Title:** the spreadsheet must have a clear and self-explanatory title. This should be done in both the name of the saved file as well as the naming of each individual sheet within the spreadsheet.

(c) **Units:** the units of measurement that have been used must be stated e.g. $ or £. This is normally done as part of the column headings. Failure to do this can make the table extremely misleading.

(d) **Headings:** all column and row headings should be clear and concise.

(e) **Totals:** these should be shown where appropriate, and also any subtotals that may be applicable to the calculations.

(g) **Column layout:** for ease of comparison columns containing related information should be adjacent and derived figures should be adjacent to the column to which they refer.

(h) **Simplicity:** the table should be as concise as possible.

Columns and rows

A table is set up in the form of a number of columns headed up across the spreadsheet and then a number of rows of information moving down the page. A typical table would be set up as follows:

	Column 1	*Column 2*	*Column 3*
Row 1			
Row 2			
Row 3			
etc			

Therefore the table is capable of showing only two variables, one will be shown in the columns and one in the rows.

A key element of setting up a good table is to decide upon the optimal arrangement of columns and rows.

Two general rules apply here.

- The columns should be arranged so that related information is shown alongside each other.
- The information shown in the rows should be arranged so that there is a logical progression through the information and any meaningful totals or subtotals can be clearly made.

5.2 GRAPHICS

Spreadsheet packages tend to offer more than just a spreadsheet; in particular, they usually include the option to create **graphics**.

'A picture is worth a thousand words' is especially true when it comes to numbers; a spreadsheet is no exception. Since a column of numbers can be difficult to interpret, a graphical representation can help decipher the information. Spreadsheets give you the ability to choose the part of the worksheet that you want to illustrate, and will graph the figures to your specification or represent them in some other graphical form such as a pie chart.

A diagram should be as clear and unambiguous as possible. In order to help to achieve this aim a number of rules should be followed:

- give each diagram a name or a title
- state the source of any data that has been used
- state the units of measurement that have been used

- give a scale so that the diagram can be properly interpreted
- ensure that the presentation is neat
- use a key to explain the contents
- if axes are used, they should be properly labelled.

You will note that these guidelines are similar to those that you would use in the construction of tables. Within spreadsheets there are two basic ways to display charts and graphs. There is no right or wrong way it is user preference. It is also a simple matter to switch between the two types.

- **Chart Sheet**, here the chart or graph becomes the entire worksheet.
- **Embedded**, here the chart or graph is located on the sheet that contains the data. The chart can be moved around to suit the user.

We shall now deal with the principal types of diagrams which are covered by your examination syllabus.

5.3 BAR AND COLUMN CHARTS

These are effectively the same idea with the bars and columns representing data points and the height of the column or length of the bar representing a value.

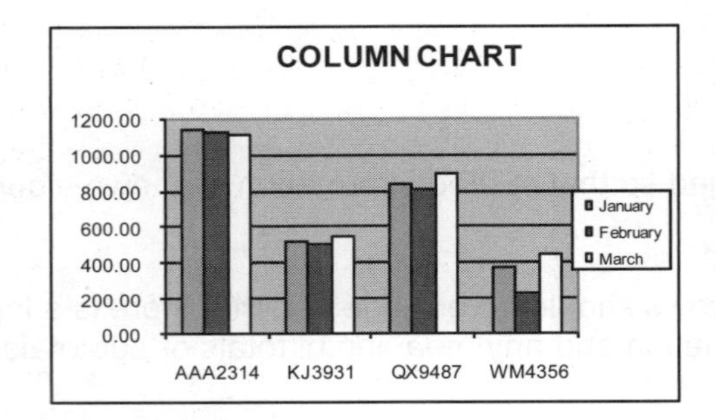

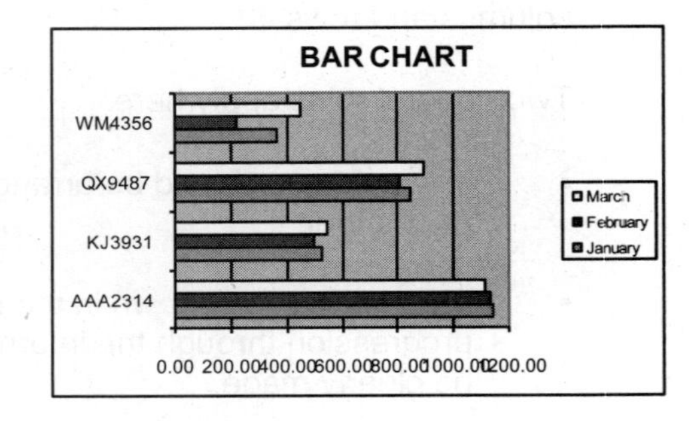

Advantages

- Bar and column charts can be used to represent more than two sets of data at once. For example, the axis may be, say total sales and years, whilst each bar or column could represent individual products sold.
- The information can be interpreted very quickly. From a glance at the chart, patterns can be determined and the relative height of each column or length of each bar can be observed.
- It is easy to see the relative importance of each product, say, simply by comparing the height of the column
- They are widely used tools which are therefore easily understood and communicated.
- Totals can be broken down into components for better analysis. For example, each product's individual sales could be represented by its own individual column or bar.

Disadvantages

- It is difficult to portray accuracy or precision. Bars or columns which are far apart but of a similar height are difficult to compare.
- It can look confusing if too many columns or bars are used. For example, if a company sold 15 different types of products it may be difficult to have 15 columns for each year and to also observe changes for each product over a number of years.
- If totals are broken into components then the total gets 'lost' and is difficult to determine.
- The chart will need additional information in the form of a 'key' in order to fully convey its message.
- Column charts are more common than bar charts because people are more accustomed to reading numbers on the vertical axis. The use of bar charts places numbers on the horizontal axis and the value of the numbers can become less obvious.

Suitability: Bar and column charts are best used when we want to compare more than one item over time and see their relative importance.

5.4 PIE AND DOUGHNUT CHARTS

Pie and Doughnut charts are also very similar. They both represent proportions of a whole [example: percentage of males over 25] and neither of them have axes. The major difference between the two is that a Pie Chart can only have one data series whilst a doughnut can have two or more. These types of charts are most effective with a small number of data points – otherwise the chart becomes too busy and crowded.

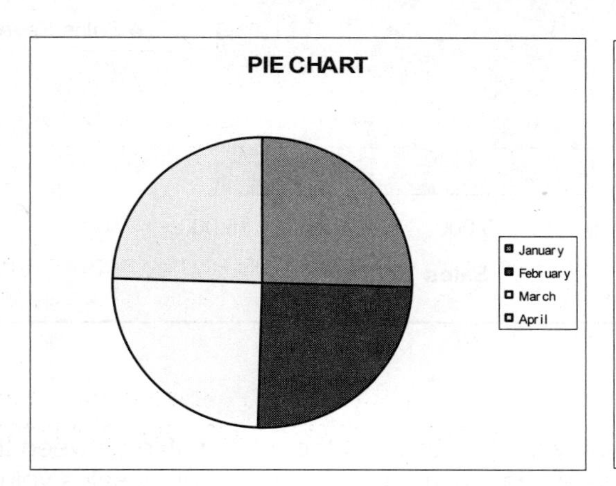

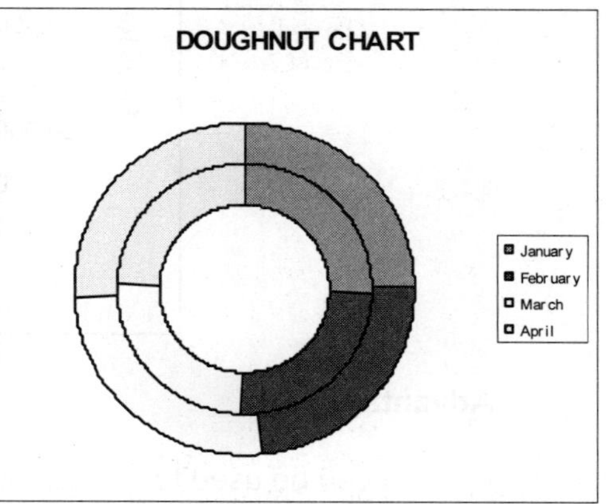

Advantages

- The relative size of each component can quickly be assessed.
- The size of the circle (or pie) can be used to represent the overall total if we are comparing data between a number of periods.
- They can represent lots of complicated data quickly and simply.
- Again, they are widely used and understood.

Disadvantages

- It is difficult to determine exact values.
- It can become complicated if more than one pie is represented with different sizes to represent overall total value.
- They may be too simple for some users who are concerned with the details.
- It can be difficult to make distinctions when values are close together.
- Doughnut charts are harder to interpret and less widely used.

Suitability: Pie and doughnut charts are best used when we want to show the relative proportions of multiple classes of data.

5.5 SCATTER GRAPH (XY)

This type of graph has two value axes and no category axis, and is typically used to show the relationship of two sets of numbers. In the example below the relationship is of sales volume to sales revenue. The data points [represented by diamonds] show the intersection of the two sets of numbers

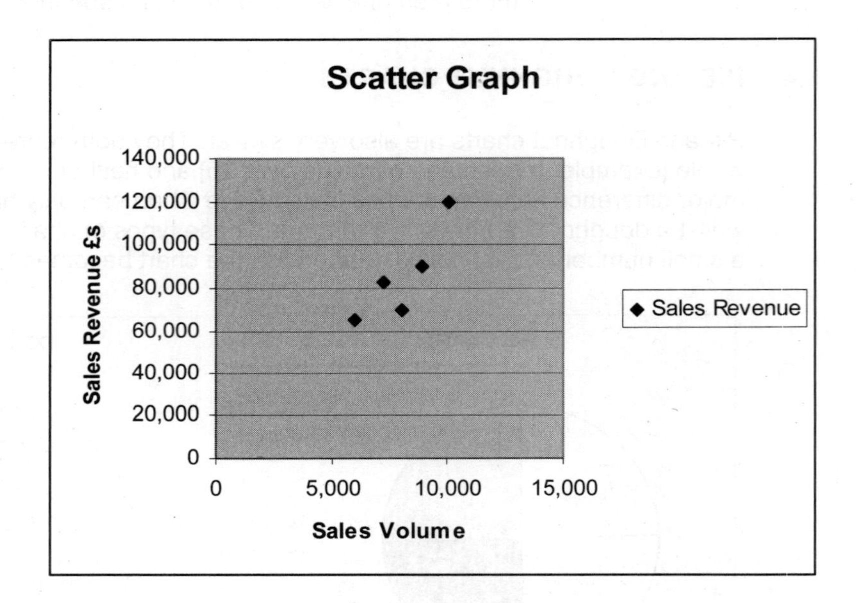

Advantages

- It can be used to quickly identify the 'direction' of the relationship between the two variables. In the example above it can easily be seen that as sales volume increases then sales revenue also, generally, increases.
- Scatter graphs can display a more varied series of data than line graphs. Data doesn't need to be at set intervals and can be both closer and further apart from each other.
- It may be the best way to illustrate a non-linear or random pattern/relationship between the variables.

Disadvantages

- Only two variables can be compared at one time.
- A user might find it difficult to interpret without further information.
- It can be difficult to assess data exactly or accurately.
- If there are only a few data points then the diagram can become misleading and less useful.
- If no relationship exists a flat line may occur which may have little value to a user.

Suitability: Scatter graphs are a good way of illustrating the lack of a relationship between variables. If data is scattered around the graph it can illustrate that the variables are not related.

5.6 SINGLE AND DOUBLE LINE GRAPHS

Line charts are used to plot continuous data and are very useful for showing trends. The more data series there are the more lines you can have on your graph.

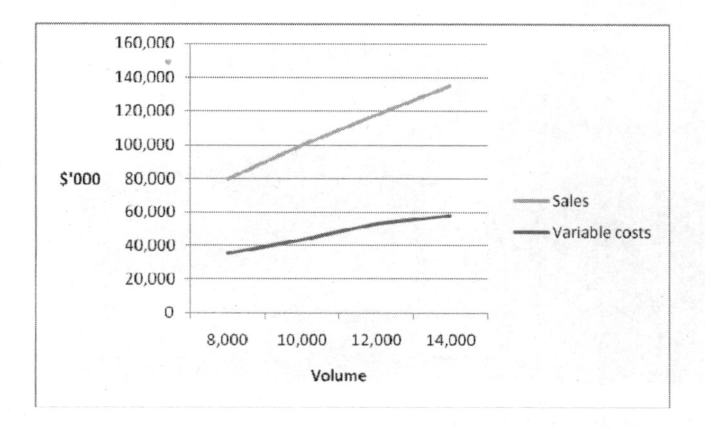

Advantages

- This helps identify the 'correlation' between the data. The straighter the points are on a line then the stronger the relationship between the data. In the example above the sales line seems fairly straight and it would therefore tell us that there is a strong, linear relationship between total sales and volume – as volume increase then total sales will also increase. With the variable cost line it appears to 'tail off' a little, and therefore the correlation between volume and variable costs is less linear.
- More than one set of data can be shown at a time, which can make comparisons easier.
- Line graphs can be used to identify trends. If, for example, there is some seasonality in sales over time, then when this is plotted on a line graph the peaks and troughs should become obvious.

Disadvantages

- It is difficult to use line graphs over very large ranges or where the 'gaps' between data observations are inconsistent. For example, in the above diagram the volume increased by a consistent 2,000 units at a time. The graph becomes less useful if this is not the case.

- When lines intersect or cross and lots of lines have been used the graph can become over-complicated and more difficult to interpret.

Suitability: Line graphs are best used for identifying trends and when there is a strong correlation between the data.

5.7 AREA CHART

An area chart displays a series as a set of points connected- by a line, with all the area filled in below the line. It is an extension of a line graph. It is used to show overall totals (the top line) as well as the components from different sources (the different shades).

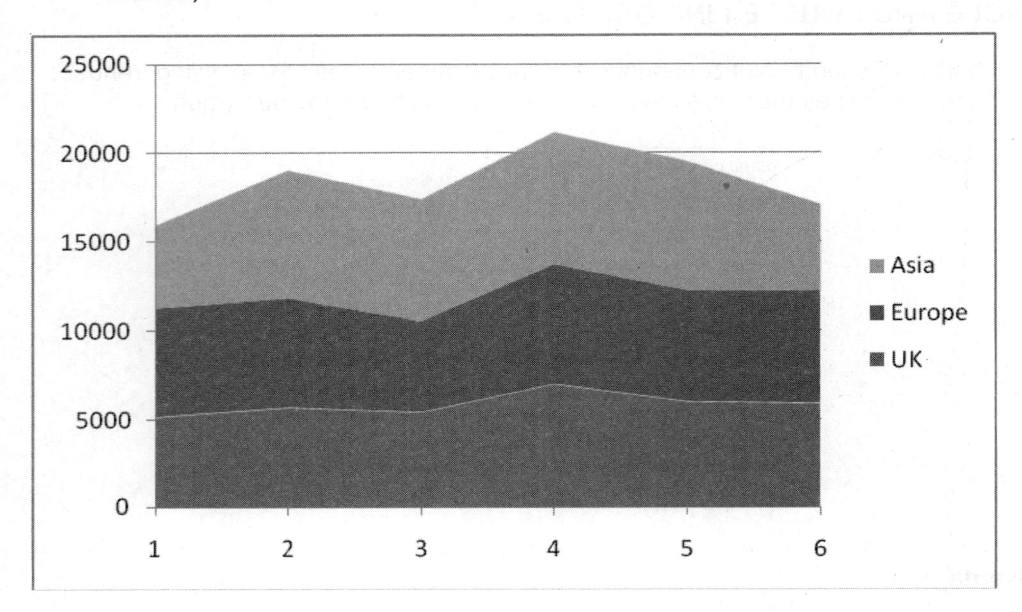

Advantages

- Both the overall total and the component elements can be illustrated.

- Trends in components and in the total can be easily identified.

- The graph illustrated uses an absolute scale to prepare the chart (i.e. the absolute total is used). A percentage scale can be used instead where the total must always come to 100% and this can be more useful in identifying the relative size of each component against each other.

Disadvantages

- Only one overall total can be displayed.

- It can be difficult to assess the relative size of each component as the absolute data is difficult to determine. For example, would a user be able to judge the amount of European sales in quarter 3 just from looking at the graph? They would be able to identify that the sales have fallen but it would be very difficult to put a definite value on the size of the fall.

- It can become confusing if there are too many components.
- Small components can be difficult to assess and add little value to the chart.

Suitability: Area charts are best used to display over time how a set of data adds up to a whole (cumulated totals) and which part of the whole each element represents.

5.8 MULTIPLE GRAPH TYPES ON ONE CHART

Also known as Combination Charts these charts must consist of at least two data series. With this chart type you can have either two graph types on one axis or insert a second value or 'Y' axis.

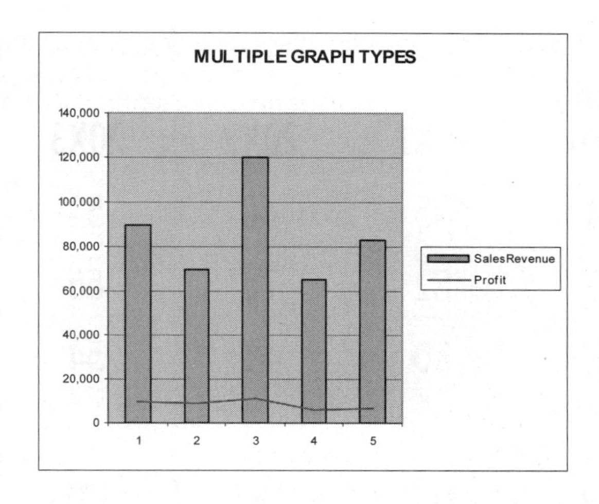

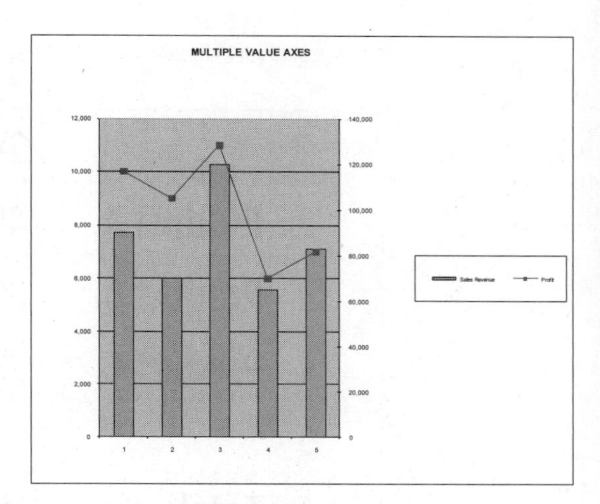

These graphs combine the advantages of the two graph types used. But they can become more confusing for users and require further explanation.

6 HOW TO CREATE CHARTS IN SPREADSHEETS

In order to create a graph or chart in a spreadsheet the user must go through four stages:

1. Select the data
2. Open the chart wizard
3. Choose the chart type
4. Choose chart options

Each of these stages will now be examined in turn.

Note: Every spreadsheet package will have its own particular processes for creating charts in spreadsheets but they will all follow the same basic principles and structure. In this section we will use Microsoft's Excel spreadsheet programme to illustrate each stage but other packages will give similar displays and results.

6.1 SELECTING THE DATA

Graphs and charts can be created from almost any set of data, but it is often best if it is first assembled into a table in order to separate data into its constituent parts (say, sales (possibly split by product) and time).

To select the data you want to use you simply highlight the relevant table or part of the table. If the data is not adjacent to each other you will have to select more than one section of the table. To do this you should highlight the first section required, press and hold the control key on your keyboard, and then select the second section. If more sections are needed you repeat this process until all relevant areas of the table (or tables) are highlighted.

Consider the following table which shows a company's sales over a number of years:

	A	B	C	D	E
1		20X0	20X1	20X2	20X3
2	Product A	40	45	48	51
3	Product B	80	82	78	66
4	Product C	22	30	41	54
5					
6	Total	142	157	167	171
7					

Let's assume we wanted to make a column chart which shows sales split by component for each year. We would select all the cells from A1 to E4. We would exclude the 'Total' row (A6 to E6) as we do not want to show that on our chart, and we should always ignore blank rows (A5 to E5).

6.2 OPENING THE GRAPH WIZARD

To add a graph in Microsoft excel we need to click on the insert tab and a view of possible graph types will be displayed. (This applies to Microsoft Excel 2007. For older versions, we would need to click on insert, then chart wizard, then choose our chart type to achieve the same result.

6.3 CHOOSE THE CHART TYPE

We now need to select our chart type. There are icons for the most popular types of chart, but we can access other chart types by clicking on the drop down menu. Let's click on the 'column chart' icon, and a 2D version (3D versions simply add more volume to the graph and is used if we want the graph to have a more visual effect).

This will convert the table and display a column chart as follows:

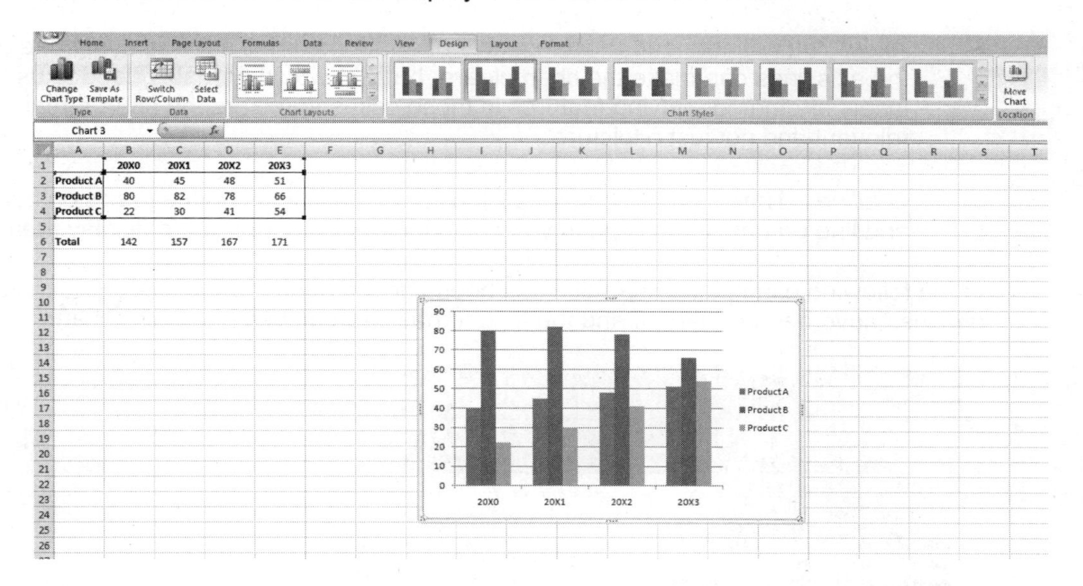

From the tabs at the top of the spreadsheet we can do many things now with our chart:

- *Change chart style* will allow us to convert the chart to a pie chart, line graph etc.

- *Select data* will allow us to change the data we are using to create the chart

- *Chart styles* will allow us to change colours, graphics etc.

- *Move chart* will allow us to move the chart to a new or already created sheet within the document. To move the chart around the existing sheet we simply drag and drop it.

6.4 CHOOSE CHART OPTIONS

Clicking on the layout tab at the top of the spreadsheet will bring up for areas such as:

- *Chart Titles* and *Axis Titles.* Charts should have suitable titles and often the axes on bar or line graphs will need titles. The program will try and use any row or column headings if you include them when selecting data but the results may not be appropriate every time and this is where you can change them.

- *Legend.* This is the small box or set of boxes, initially located to the right of the chart if switched on. It provides a key to the different columns, for example, in the columnar chart. If there is only a single box then it is pretty useless and should be switched off. Legends are only relevant when you have a chart which compares similar data for two or more groups on the same chart. The bars will be in different shades or colours, one shade or colour for each group. A legend will show which is which.

- *Data labels.* These would put selected information on the chart, close to the appropriate element of the chart. They could be names for pie chart segments or numbers on columns or a line at certain points. Useful for pie charts but they often clutter up other displays.

- *Data table.* This facility can be used to add the table of selected data to the chart window. Useful if you haven't published the figures elsewhere and the information is not obvious from the chart alone.

- *Axes.* You will not need to change this often. Sometimes not displaying one of the axis lines can make the chart clearer but you would probably need to use labels or other identifying features in those cases to ensure the chart remains relevant and not just a 'picture'

- *Gridlines.* These are the horizontal lines at various steps up the y-axis on bar and line graphs. In this option you can choose whether or not to display them.

In the following example, a chart title has been chosen added to the chart, horizontal gridlines have been turned off and the legend has been moved below the chart:

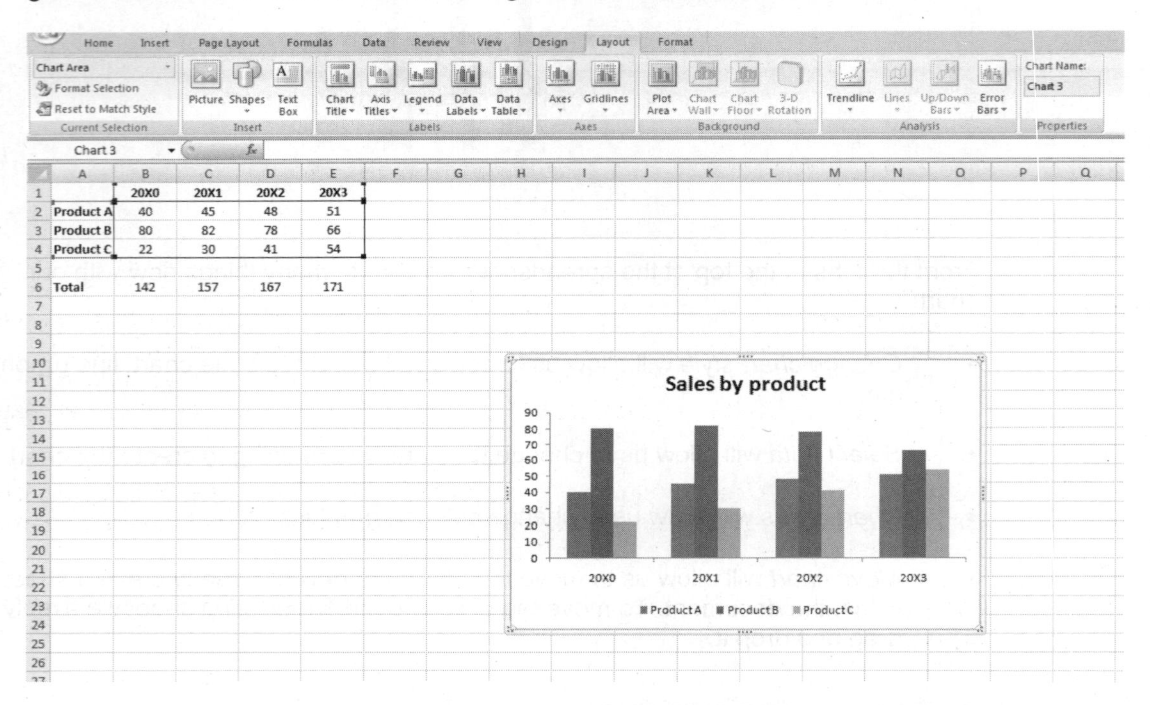

The completed chart can then be transferred to other sheets within the spreadsheet or even to other documents (such as reports created in Microsoft Word), where end-users can consider and analyse them.

7 SPREADSHEET CALCULATIONS

Spreadsheet formulae allow you to perform calculations on data you have entered into the spreadsheet. You can use spreadsheet formulae for basic number crunching, such as addition or subtraction, as well as more complex calculations such as rounding, present value calculations or 'what if' analysis.

Additionally, once you have entered the formula, you can change the data and the spreadsheet will automatically recalculate the answer for you. There are a number of different types of formulae that can be used:

7.1 BASIC CALCULATION FORMULAE

Example

	A	B	C	D	E
1	**Sales analysis**				
2		units	price	revenue	
3			$	$	
4	Product A	200	6.0	1,200	
5	Product B	400	5.0	2,000	
6	Product C	300	2.0	600	
7	Product D	800	4.5	3,600	
8	Total			7,400	
9					

The entries in cells B4 to B7 and cells C4 to C7 might all be entered as numbers. The entry in cell D4, however, might be the formula: = B4*C4. The entry in call D8 might be: = SUM (D4:D7).

With a formula, the value in the cell is calculated automatically and displayed in the spreadsheet.

7.2 RELATIVE AND ABSOLUTE CELL REFERENCES

The above illustration used relative cell referencing in cell D4. What that means is that the formula in that cell, which is typed as **= B4*C4** is actually calculated as ['two cells to the left' 'multiplied by' 'one cell to the left']. When a formula is copied to another cell it will retain all relative references. So if this formula is copied to cell D5 it will keep the same relative positions, so that the formula will still be calculated as ['two cells to the left' 'multiplied by' 'one cell to the left'], but the text in the text bar will change to **= B5*C5**. In this way it makes it easy to copy formulae to new cells where the calculation is to be performed on data which has the same **relative** position.

However, it may be the case that we do not want the formula to use relative position, but instead don't want it to change from an absolute position. In that case we need to fix a cell location by using $ signs before the data.

For example, consider the following table which has been set up to calculate the VAT to be charged on invoices:

	A	B	C	D	E
1	**VAT Rate**	20%			
2		Net	VAT	Gross	
3			$	$	
4	Sale 1	600	120	720	
5	Sale 2	500	100	600	
6	Sale 3	300	60	360	
7	Sale 4	400	80	480	
8					

The formula in D4 is the same as in the previous illustration and uses relative references to add together columns B and C. Once the formula is created in cell D4 it can be copied into cells D5, D6 and D7 to perform the same task.

However, the formula in cell C4 is based on the information input into sell B1 – i.e. the rate of VAT. All formulae in column C need to refer to that position and therefore we have to use an absolute cell reference. The formula in cell C4 is therefore **=$B$1 * B4**.

When this formula is copied to cell C5 it will retain the **absolute** reference to the VAT rate and become **=$B$1 * B5**. So the $ signs fixes a cells location to its absolute location rather than its location relative to the current cell. The calculation will therefore be calculated as ['Cell B1' 'multiplied by' 'one cell to the left'].

7.3 ROUND FUNCTION

The Round function returns a number rounded to a specified number of digits.

The syntax for the Round function is:

Round(number, digits)

number is the number to round. Alternatively a cell reference can be used.

digits is the number of digits to round the number to. If the digit is set to 1 it will round to 1 decimal place, 2 will round to 2 decimal places. If the digit is set to -1 it will round to the nearest 10, -2 will round to the nearest 100 etc.

Consider the following:

	A	B	C	D	E
1	164.44				
2					
3					

A formula in cell B1 of = round(A1,0) would return a value of 164. If the formula was =round(A1,-1) it would return a value of 160.

7.4 PV FUNCTION

This function can be used to calculate the present value of a series of sums (annuity). The syntax for the function is:

PV(rate, **number of periods**, **payment, start date**)

Rate is the interest rate per period.

Number of periods is the total number of payment periods in an annuity.

Pmt is the payment made each period

Start date is the period in which it will start (where 0 = today, and 1 = one periods time).

ACTIVITY 2

A firm is to receive £5,000 every year for 4 years, starting in one year's time. Its cost of capital is 8% p.a.

Show the formula for calculating the present value of this annuity.

For a suggested answer, see the 'Answers' section at the end of the book.

7.5 NPV FUNCTION

This function can be used to calculate the net present value of a series of cash flows. The syntax for the function is:

NPV(rate, value1, value2, ...etc.)

Rate is the interest rate per period.

Value 1 is the first cashflow. It always assumes that this flow arrives at year 1.

Value 2 is the second cashflow etc.

Importantly, if there is an initial outflow today this must be deleted from the NPV answer.

Consider the following cash flows for a company with a 10% cost of capital:

	A	B	C	D	E
1	Year	0	1	2	3
2	**Cashflow**	(4,000)	2,000	3,000	1,500
3					

The NPV of these flows would be calculated using the formula

= NPV(10%,C2:E2)+B2

7.6 IRR FUNCTION

There is also an IRR function. The syntax for this formula is:

IRR(values,guess)

The formula requires the user to make a 'guess' at the IRR before performing the calculation.

So, following on from the previous illustration the IRR of those cash flows would be calculated using the following formula:

= IRR(B2:E2,20%)

7.7 IF FUNCTION

The IF function is used when we want a cell to display one of two results depending on a previous set of data. It is a very useful formula which can be used to perform calculations, display text or combine both.

The syntax for the formula is as follows:

=IF(logical_test,value_if_true,value_if_false)

This can be put into simpler language as follows:

=IF("if the condition stated here is true", "then enter this value", "otherwise enter this value")

Let's look at an example. Consider the following data for a business who has an agreement to give a £50 discount to a major customer on every invoice.

	A	B	C	D
1	Invoice Value (pre-discount)	Discount	Invoiced total	
2	$	$	$	
3	224	50	174	
4	497	50	447	
5	865	50	815	
6	28	50	0	
7	1,066	50	1,016	
8				

The business can't have a negative invoice total and this is why cell C6 needs to display a nil balance. In order to achieve this, the following IF function would be used:

= IF(A6-B6<0,0,A6-B6)

What this tells the spreadsheet to do is: check whether A6 minus B6 is less than zero, if the answer is yes then display a zero, otherwise display the answer for A6 minus B6.

The IF function is very versatile and it can be used to provide text solutions as well as numbers as results. It is therefore a very popular spreadsheet function.

7.8 CORRECTING CALCULATION ERRORS

Formula AutoCorrect

When writing formulas sometimes parentheses [Brackets] get left out or placed in the wrong order, or you might enter the wrong number of arguments [syntax error].

Formula AutoCorrect will pop up on screen and offer to correct the problem. Whilst Excel is very good at finding errors you do need to be careful as it sometimes guesses incorrectly.

For example, suppose you type in one too many brackets into a SUM formula as follows:

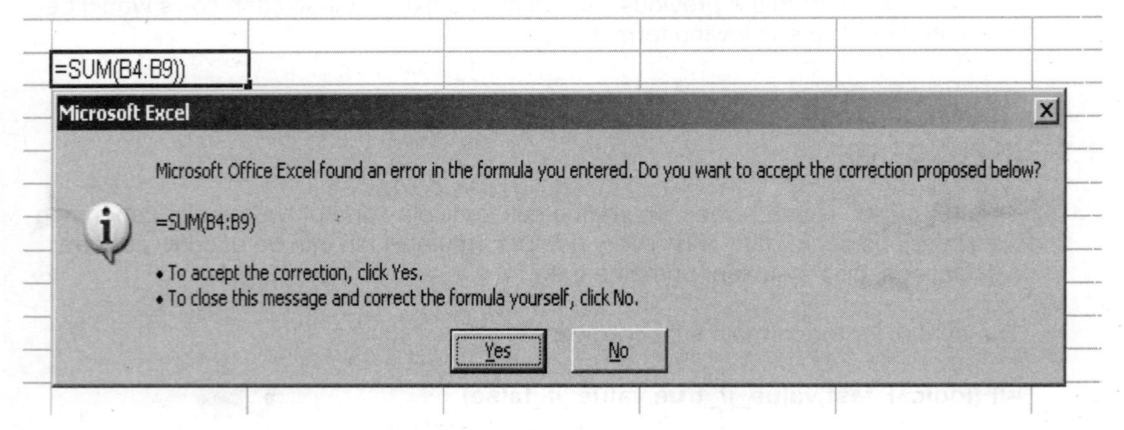

In the example above Excel has correctly determined that one too many parentheses have been placed in the formula. In this instance you can accept the offered solution.

Error messages in cells

If a formula has been incorrectly created an error message will often arise in the cell. The most common of these are as follows:

#VALUE!

This is the most common type of spreadsheet error message. This error arises when a formula has been incorrectly formatted (for example, if a bracket was missing at the end of an IF function) or if the calculation does not make any sense (for example, if you were trying to divide a number by some text).

To correct this error you need to review the formula and the cells to which it references.

#DIV/0!

This error occurs when you are attempting to divide a number by zero. This might happen when calculating an average. Consider the following data:

	A	B	C	D
1	Course running cost	Number of attendees	Average cost per attendee	
2	$	$	$	
3	400	40	10	
4	2,000	0	#DIV/0!	
5	1,500	10	150	
6	800	20	40	
7				

The formula in cell C3 is = A3/B3 and is used to calculate the average cost per attendee. An error has arisen in cell 4 as it uses the same formula with a new relative position (i.e. the formula is = A4/B4). Because cell B4 has a 0 (i.e. there are no attendees) then an error message has been given.

To correct this function we can use an IF function which checks for zeros. The following function would now give an answer of zero if a zero is present in column B

=IF(B4=0,0,=A4/B4)

#REF!

This error message often happens when a cell reference has been deleted. This normally happens when a spreadsheet row or column has been removed. If you look back at the previous illustration on the #DIV/0! error, for example, if, say, column B was deleted then all the formulae in what was originally column C would make no sense as they couldn't reference to part of the formula. A #REF! message would appear in each cell that had a formula relating to the now deleted column B.

It is therefore important that users are very careful when removing rows and columns and check that it does not result in this error message. The undo function can removed any deletes. But it may be better to password protect against spreadsheet editing to disallow deletes at all and avoid this error completely.

#NAME?

This error arises when the spreadsheet does not recognize the name of the function that you are trying to use. For example, if the user typed = *NVP* instead of = *NPV*. A review of the formula should identify any errors. Alternatively there is a spreadsheet function for creating formulae using predefined terminology which should avoid this error occurring in the first place.

8 OTHER USEFUL SPREADSHEET FUNCTIONS

Spreadsheets can not only perform calculations but they can also be used to summarize and analyse data. The following are some of the useful functions that help in doing this.

8.1 THE SORT FUNCTION

The sort can be used to sort data into a particular order in order to make the data easier to understand for users. There are various ways that a user might want to do this such as:

- Alphabetically. A user may want to re-arrange a list and put it in alphabetical order. The list can also be sorted by reverse alphabetical so that data appears with the last alphabetical reference appears first.

- Numerically. Data can be sorted numerically. Again there are two ways to do this – from highest to lowest or from lowest to highest.

Performing the function is straightforward. A user simply highlights all the data that they want to sort, chooses the sort function (either from the menu or from a specialized icon on the toolbar), and then determines which sort to apply and which columns to apply it to.

Consider the following unsorted data:

	A	B	C	D
1	Name	Amount		
2		$		
3	John	100		
4	Helen	200		
5	Adnan	400		
6	Jamil	50		
7	Barus	100		
8				

The key when sorting data will be to highlight all the data – in this example both the name and the amount. Let's assume that the user wants to sort this data from highest amount to lowest amount and then alphabetically. It doesn't matter if the user includes the titles as these will not be sorted. So the user could highlight all the data from A1 to B7 then choose the sort function.

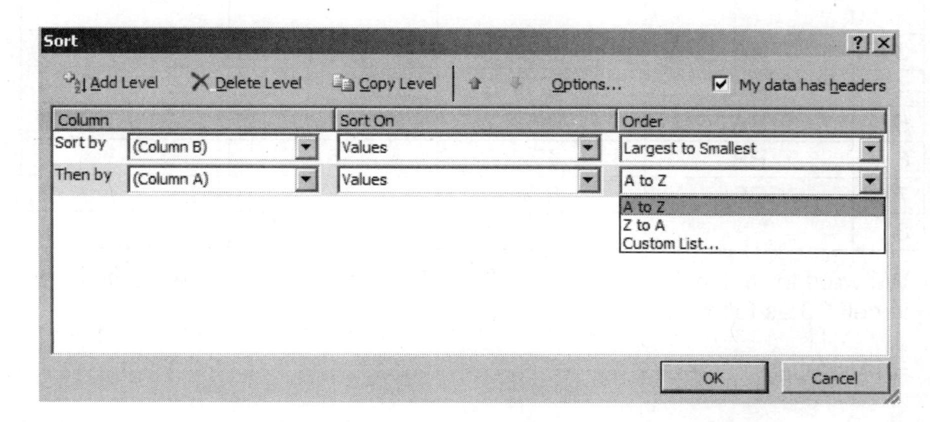

In the sort function the user would select to sort by column B first and choose largest to smallest, then sort by column A next and choose to sort by A to Z. The output would then be:

	A	B	C	D
1	Name	Amount		
2		$		
3	Adnan	400		
4	Helen	200		
5	Barus	100		
6	John	100		
7	Jamil	50		
8				

So that when there are two amounts for $100, Barus comes first alphabetically.

8.2 THE RANKING FUNCTION

This function allows users to rank data against each other.

The syntax for the function is:

= RANK (Number, Ref, Order)

Number is the cell reference of the number to be ranked.

Ref is the range of cells to use in ranking the Number.

Order determines whether the Number is ranked in ascending or descending order. Type a "0" (zero) to rank in descending order (largest to smallest). Type a 1 to rank in ascending order (smallest to largest).

Consider the following data that we want to rank. It shows the percentage of variances which were favourable in the year for each product group.

	A	B	C	D
1	Product group	Score	Rank	
2				
3	AA	8%	3	
4	AB	12%	2	
5	BA	16%	1	
6	BB	4%	5	
7	CC	6%	4	
8				

We want to rank product groups from highest to lowest. So we create a rank function in cell C3 as follows:

=RANK(C3,$C$3:$C$7,0)

This ranks data C3, against all the data from C3 to C7 (note the use of the $ sign to make the reference absolute rather than relative) and from highest to lowest. This formula is then copied into each of cells C4 to C7 to give the ranking.

This formula is useful for comparisons between products, departments, teams etc. and could prove useful in areas such as performance appraisal and reward systems.

8.3 THE FILTER FUNCTION

Filtering is used to temporarily 'hide' data that the user does not want to see. Filtered data displays only the rows that meet criteria that the user specifies. The function can be found from the spreadsheet menu or some programmes such as Microsoft Excel have a specialist icon on the toolbar (in Excel the filter function looks like a funnel).

Filters are commonly found in database spreadsheets that hold a large amount of data. It may well be that the user doesn't want to see all of this data and only wants to examine a sub-set of the entire data. For example, a database might contain data on the salaries of all staff. But perhaps the user only wants to see director salaries. A filter could be used to temporarily hide the salaries for all non-directors and only display salaries paid to directors.

You can also filter by more than one column. Filters are additive, which means that each additional filter is based on the current filter and further reduces the subset of data.

Consider the following data (this is a small extract from a company's overall salary database):

	A	B	C	D
1	Name	Role	Department	Salary (£)
2				
3	John	Salesman	Sales	15,000
4	Peter	Director	Sales	44,000
5	Mikel	Accountant	Finance	23,000
6	Zhu	Director	R&D	36,000
7	Sayed	Director	Sales	14,000
8				

Let's say we want to only see directors who work in the sales department. The steps involved in achieving this are:

1 Highlight the data (cells A1 to D7)

2 Click on the Filter option

3 An arrow will appear alongside each heading

4 On column B click on the arrow that has appeared and it will bring up a list of data that we can choose to hide. Hide Accountant and Salesman by un-ticking those boxes.

5 On column C click on the arrow and un-tick all departments except Sales.

The spreadsheet should now look like this:

	A	B	C	D
1	Name	Role	Department	Salary (£)
2				
4	Peter	Director	Sales	44,000
7	Sayed	Director	Sales	14,000
8				

You can see that only the data that we want to see now appears. The remaining data is temporarily hidden (though it has not been deleted. It can be retrieved by removing the filters by reversing the process above. Columns which have had a filtered applied have a slightly different icon (which

This can be a useful tool that ensures that users only get the information that they need and that one spreadsheet can satisfy the needs of many different users. For example, a different user could use the same spreadsheet but apply different filters so that only the salaries for everyone in the sales department are shown.

8.4 SPLITTING THE SCREEN

For very large spreadsheets there may be more to view than can be seen on a single computer monitor. There are many ways in which you can view more of the document and one of these is the split screen function. The function is accessible from the 'view' sub-menu.

With this function you can split the screen at any point by having a horizontal line anywhere across your document in order to split your document in two. The two part of the document, above and below the line will then be viewable and workable independently. So you can input figures on the top screen above the line (this could, for example, be showing the beginning of a NPV calculation) and watch the results on the bottom part of the screen below the line (which might for example be displaying the overall NPV).

Each element can be worked on, scroll, formatted etc. independently despite the fact that they are still on one spreadsheet. The line can be removed at any time by double clicking on it and the spreadsheet will be merged again, keeping all changes you have made during the split of the screen.

This function means that users don't have to constantly be scrolling up and down a long spreadsheets and also that they can watch the impact of changes from one part of the document on other parts of the document.

Splits can also be made vertically for documents that spread over too many columns. Or, if needed, users can employ both horizontal and vertically splits at the same time to allow work on and viewing of four parts of a spreadsheet at once!

8.5 FREEZE PANES

Another problem with large spreadsheets is that as the user moves around they can lose the titles that are necessary for referencing. The user can easily lose track of what data is contained in the columns and rows forcing them to scroll all the way to top or all the way to the left just to see what data they are looking at. In order to 'freeze' the titles in place the freeze panes function is used.

The freeze panes function is accessible from the view menu. Once a cell has been selected the freeze panes function will freeze the columns to the left and the rows above that selection. When the user scrolls around the spreadsheet these frozen rows and columns will remain in view, allowing the user to continue to get heading references etc. This means that no matter how far down the spreadsheet that the user scrolls, the rows above the freeze pane will always be viewable. Likewise, no matter how far the user scrolls to the right, the columns to the left of the freeze pane will always be viewable.

Note: the chosen freeze point can be any cell, anywhere on the spreadsheet, though if headings start on row 1 then usually a user will select cell A1. The spreadsheet will then freeze the titles on the first row and first column.

9 CONSOLIDATING INFORMATION

9.1 MULTIPLE WORKSHEETS

Spreadsheets have the ability to work with and on more than one 'worksheet' at a time. Most spreadsheets start with three blank worksheets to which the user can add more if they wish. A user can easily move between worksheets and can even link data together from different worksheets. Working with multiple worksheets is no different to working with multiple documents or ledgers by hand. For example, each separate spreadsheet might record the sales or expenses for different departments or divisions.

It is useful to give each worksheet its unique, identifying name to improve navigation for users. This name can be used in calculations that rely on different information contained in different spreadsheets.

For example, an accountant has four worksheets in one spreadsheet with the following names:

- UK Division
- Asian Division
- African Division
- Total

Each of the first three worksheets shows a breakdown of sales for each division by product and has an overall sales total in cell J90. Let's, say in cell J90 on the total division we wanted to total the sales from each division. The following formula would be used:

= +'UK Division'!J90+'Asian Division'!J90+'African Division'!J90

Note how the name of each division is in inverted commas and has an exclamation mark at the end. Other than that, this is similar to the simple addition formula used earlier in the chapter. It also means that if a change is made in one individual worksheet it will be updated on the total spreadsheet

9.2 CONSOLIDATING DATA

An alternative method to simply adding together information from different worksheets is to consolidate the worksheets into one overall master worksheet (which can be named as the 'Total' worksheet if the user desires). This is an easier way to work when the data in each worksheet is in the same layout and has the same column and row headings.

Consolidation is accessible from the data menu. When a user clicks consolidation they simply have to highlight the areas that they want to consolidate one at a time and 'add' them to the list of data to be consolidated. The function will then add the totals together from each individual worksheet into one overall total worksheet.

The limitation with this method is that if changes are subsequently made in an individual worksheet the consolidated worksheet will not be updated. The consolidation process will have to be repeated.

10 PRINTING

When a spreadsheet is complete and has been reviewed a user is likely to want to print it to paper. There are dedicated 'quick print' icons in most spreadsheets which will print the entire spreadsheet. The problem with this approach is that it will print out everything from cell A1 to the final cell that has data in it. This could be cell EE5000 and cover hundreds of A4 pages!

It is therefore important to only print what is needed and to print it to the size and format that is required. Therefore, before printing a spreadsheet a user should enter the page setup menu to configure the spreadsheet for printing.

Firstly access the 'Print Preview' function from the spreadsheet menu.

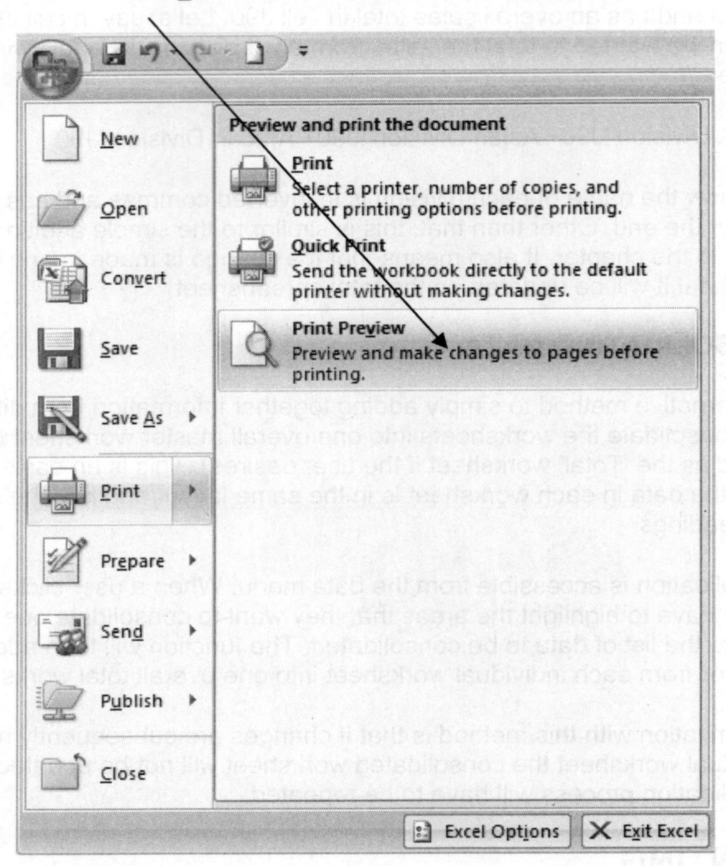

This allows the user to see how the print out currently looks. Before clicking on the 'Print' icon the user should click on 'Page Setup' to ensure the page is properly set up before final printing.

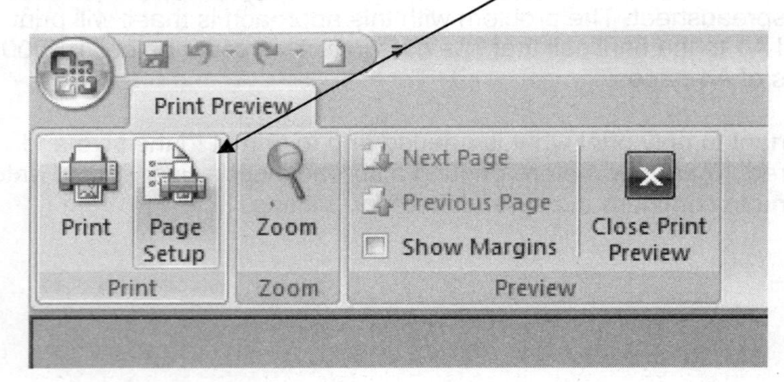

This will allow for the following options:

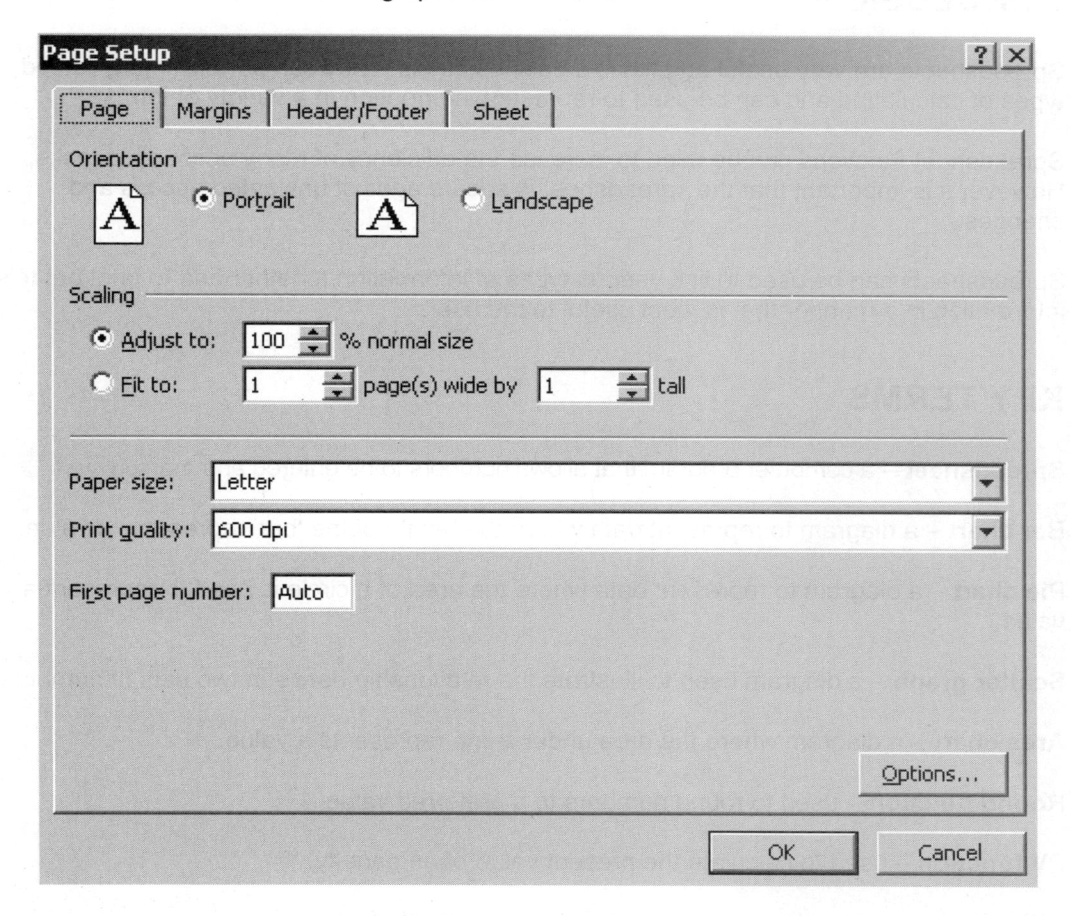

- **Page setup**

  In this area the user can choose the size of print and the type of paper to be used in the printer. The user can even condense the entire worksheet to one page if they choose.

- **Margins setup**

  In this area the user chooses how much blank border should surround the spreadsheet on a page.

- **Header/footer settings**

  In this section a reader can add headers and footers to act as titles for each print out. A user can also add page numbers if they choose to do so.

- **Sheet setup**

  In this area the user can choose which part/area of the spreadsheet to print and whether to print the gridlines that normally appear in spreadsheets to separate cells. The user can also choose to repeat certain rows at the top of each page if the spreadsheet runs to more than one page.

CONCLUSION

Spreadsheets are very useful and flexible business tools. They can perform many varied types of calculation and can be used to represent information in a variety of forms.

Spreadsheet functions can be used to increase the efficiency of many accounting tasks. However it is important that the spreadsheet is secure against unwanted access and changes.

Spreadsheets can be used to link various types of information together and to print out this information in a manner that is most useful to the user.

KEY TERMS

Spreadsheet – a computer program that allows numbers to be entered and manipulated.

Bar chart – a diagram to represent data where the height of the 'bar' represents a value.

Pie chart – a diagram to represent data where the area of a circle is used to represent a value.

Scatter graph – a diagram used to illustrate the relationship between two sets of numbers.

Area chart – a diagram where the area under a line represents a value.

Round function – used to round numbers to a preferred value.

PV function – used to calculate the present value of an annuity.

NPV function – used to calculate the NPV of a series of cash flows.

IRR function – used to calculate the IRR of a series of cash flows.

IF function – used to display one of two results based on a previous condition.

SELF TEST QUESTIONS

		Paragraph
1	Name six different ways to format a number	2.1
2	Explain three different ways in which spreadsheet security can be implemented	3
3	Explain the difference between absolute and relative cell references	5.2
4	How would you correct a #DIV/0! error?	5.8
5	What are the steps involved in applying the filter function?	6.3
6	Explain how to consolidate data	7.2

EXAM-STYLE QUESTIONS

1 Which of the following types of diagrams would be best used to show the relationship between two sets of numbers

A Bar chart

B Pie chart

C Area chart

D Line graph

2 Which of the following symbols represents the multiplication symbol on spreadsheets

A +

B ^

C *

D /

3 The use of which of the following functions is most likely to only show the user the data that they want to see?

A Sort

B Filter

C Split screen

D Freeze panes

For the answers to these questions, see the 'Answers' section at the end of the book.

ANSWERS TO ACTIVITIES AND END OF CHAPTER QUESTIONS

CHAPTER 1

ACTIVITY 1

Here are some suggestions:

1 The cost of each department (for example the ear, nose and throat department, accident and emergency, the X-ray unit, and so on).

2 The cost of carrying out different types of surgical operation.

3 The average cost of each type or course of treatment.

4 The daily cost of looking after a patient in hospital (the cost of a patient/day).

EXAM-STYLE QUESTIONS

1 **B**

Profit = revenues minus operating costs. Answer D describes an investment centre.

2 **D**

Qualities A, B and C might be desirable in some situations, but not in every situation.

3 **B**

Data is unprocessed facts. B is the only option in which some analysis has not yet been carried out.

4 **A**

Information should only be produced when the value exceeds the cost hence (i) is incorrect. Information should be relevant and timely. Information which has always been produced should be reviewed to make sure that it is still relevant and that the cost does not exceed the value. Hence (iii) is not a valid reason for producing information.

CHAPTER 2

ACTIVITY 1

According to the coding system the code is: EDSP.

ACTIVITY 2

(a) 302001

(b) 503051

(c) 301071

EXAM-STYLE QUESTIONS

1 **A**

Direct labour costs are charged (debited) to work-in-progress.

2 **D**

A cost unit is a unit of output for which costs are measured. The costs of a department are the costs of a cost centre, and the cost per labour hour and stationery costs are costs of input resources. For a business providing services to its customers, an appropriate cost unit measure is the cost per unit of service provided.

3 **A**

This transaction **increases** the asset 'work-in-progress', so debit work-in-progress; it **decreases** the asset 'materials inventory', so credit stores control.

4 **C**

When the wages are paid they will be initially recorded in wages control (Debit wages control, Credit Cash/Bank). They will then be charged out to the appropriate cost ledger account – in this case overheads, as it is indirect labour.

5 **C**

A modem is an example of computer hardware. All of the other options are examples of computer software.

CHAPTER 3

ACTIVITY 1

Cost number		*Classification number*
1	iv	production overhead
2	vii	administration overhead
3	ii	direct labour
4	vii	administration overhead
5	viii	finance costs
6	iv	production overhead
7	vi	selling and distribution costs
8	iv	production overhead
9	i or iv	Carriage inwards costs are usually included within the cost of the materials, and so are an element of the direct materials cost
10	iii	direct expenses

ACTIVITY 2

		C		*D*	*Total*
		$		$	$
Direct materials	(1,200 × $8)	9,600	(1,800 × $7)	12,600	22,200
Direct labour	(1,200 × $6)	7,200	(1,800 × $4)	7,200	14,400
Variable overheads	(1,200 × $1)	1,200	(1,800 × $1)	1,800	3,000
Total variable costs		18,000		21,600	39,600
Fixed costs					40,000
Total costs					79,600
Revenue	(1,200 × $25)	30,000	(1,800 × $30)	54,000	84,000
Profit					4,400

ACTIVITY 3

	Activity level	$
High	900	2,300
Low	(400)	(1,050)
Difference	500	1,250

Variable cost = $1,250/500 = $2.50 per unit

	$
Total cost of 900	2,300
Variable cost of 900 (× $2.50)	(2,250)
Fixed costs	50

The variable cost is $2.50 per unit and fixed costs are just $50 in total per period.

EXAM-STYLE QUESTIONS

1 **A**

Overheads are not a function.

2 **B**

Assembly workers are direct labour in a manufacturing company, plasterers are directly involved in building and audit clerks are directly involved in providing the services of their firm to clients. Only stores workers in a manufacturing business are indirect workers.

3 **B**

Direct costs are costs directly attributable to the item being costed, which can be a batch of cost units. If this is the case, direct costs will be accumulated for the batch and divided by the number of units in the batch to arrive at a cost per unit. D may be true but is the definition of a variable cost.

4 **B**

	Activity level million	$
High	4	6,000
Low	2	5,000
Variable cost	2	1,000

Variable cost per million units = $1,000/2 = $500 per million units.

	$
Total cost of 4 million	6,000
Variable cost of 4 million (× $500)	2,000
Fixed costs	4,000

Estimate of total cost for 5 million units

	$
Fixed costs	4,000
Variable costs (5 million × $500)	2,500
Total costs	6,500

5 **D**

The fixed cost per unit falls as output increases, but not in a straight line.

6 **D**

December costs at January price levels = $97,438 / 1.03 = $94,600.

	Activity level	$
High	21,000	94,600
Low	18,000	86,800
Variable cost	3,000	7,800

Variable cost per unit (January price level) = $7,800/3,000 = $2.60 per unit.

7 **A**

D is only correct if the range of volume of activity is known.

8 **B**

	$
At 5,000 units total variable cost is	12,500
Total cost is	21,100
Therefore fixed cost is	$8,600

9 **B**

	Activity	*Cost*
High	83	6,700
Low	60	5,826
Difference	23	874

Therefore variable cost is $\frac{\$874}{23}$ = $38 per unit

At an activity level of 83	total variable cost is	3,154
	total cost is	6,700
	so fixed cost is	3,546

10 **A**

For 90 units	total variable cost is (90 × $38)	3,420
	total fixed cost is	3,546
	so total cost is	6,966

CHAPTER 4

ACTIVITY 1

FIFO results in later purchases remaining in inventory. The calculations are as follows.

FIFO

	Units	$	
Opening inventory	50	350	(50 units at $7)
1 Feb: Purchases	60	480	
	110	830	(50 at $7, 60 at $8)
1 March: Sales	(40)	(280)	(40 at $7)
	70	550	(10 at $7, 60 at $8)
1 April: Purchases	70	630	
	140	1,180	(10 at $7, 60 at $8, 70 at $9)
1 May: Sales	(60)	(470)	(10 at $7, 50 at $8)
Closing inventory	80	710	(10 at $8, 70 at $9)

		Sales $	*Cost $*	*Profit*
Profit on sale	1 Mar	400	280	120
	1 May	720	470	250
	Total			370

LIFO

	Units	$	
Opening inventory	50	350	(50 units at $7)
1 Feb: Purchases	60	480	
	110	830	(50 at $7, 60 at $8)
1 March: Sales	(40)	(320)	(40 at $8)
	70	510	(50 at $7, 20 at $8)
1 April: Purchases	70	630	
	140	1,140	(50 at $7, 20 at $8, 70 at $9)
1 May: Sale	(60)	(540)	(60 at $9)
Closing inventory	80	600	(50 at $7, 20 at $8, 10 at $9)

		Sales $	*Cost $*	*Profit*
Profit on sale	1 Mar	400	320	80
	1 May	720	540	180
	Total			260

AVCO

	Units	$	Weighted average
Opening inventory	50	350	$7
1 Feb: Purchases	60	480	
	110	830	($830/110) = 7.5455
1 March: Sales	(40)	(302)	(40 at $7.5455)
	70	528	(50 at $7.5455)
1 April: Purchases	70	630	
	140	1,158	($1,158/140) = $8.2714
1 May: Sale	(60)	(496)	(60 at $8.2714)
Closing inventory	80	662	(80 at $8.2714)

		Sales $	*Cost* $	*Profit* $
Profit on sale	1 Mar	400	302	98
	1 May	720	496	224
	Total			322

Periodic weighted average pricing

The periodic weighted average price = $\frac{350 + 480 + 630}{50 + 60 + 70}$ = $8.11

The value of issues is 100 $\times$ $8.11 = $811

The closing inventory value is:

	Units	$
Opening inventory	50	350
1 Feb	60	480
1 April	70	630
	180	1,460
1 March	(40)	(324)
1 May	(60)	(487)
Closing inventory	80	649

		Sales ($)	*Cost ($)*	*Profit*
Profit on sale	1 Mar	400	324	76
	1 May	720	487	233
				309

ACTIVITY 2

Input = 1,520 kilograms × (100/95) = 1,600 kilograms.

At $8 per kilogram, the materials cost will be $12,800.

EXAM-STYLE QUESTIONS

1 (i) **A**

LIFO = 400 × $3.40 + 525 × $3.00 = $2,935

(ii) **C**

AVCO = $3.20 × 275 + $3.00 × 600 + $3.40 × 400 = $4,040

$4,040/1,275 = $3.17 per unit × 925 = $2,932

(iii) **D**

FIFO = 275 × $3.20 + 600 × $3.00 + 50 × $3.40 = $2,850

2 **A**

Issues 700 units

Receipts 700 units

So opening inventory is 400 units.

20 July issues would have been 200 @ $22

10 July issues would have been 300 @ $25

and 200 @ opening inventory value per unit

So closing inventory = 200 × $22 + 200 × opening inventory value per unit

$10,000 = 200 × $22 + 200 × opening inventory value per unit

$$\text{Opening inventory value per unit} = \frac{\$10{,}000 - \$4{,}400}{200} = \$28$$

So opening inventory = $28 × 400 = $11,200.

3 **A**

Closing inventory in units is 4,000 + 1,200 + 2,800 – 3,900 – 1,100 = 3,000

The 3,000 units in closing inventory are valued as follows.

	$
8 March receipt (100 @ $5)	500
19 March receipt (100 @ $6)	600
24 March receipt	21,000
Closing inventory valuation	22,100

4 **D**

1,100 issued made up of 100 from 8 March batch and 1,000 from 19 March batch so (100 × $5) + (1,000 × $6) = $6,500.

5 **C**

			$ per unit	*Balance*
8 March	Received	4,000	5	20,000
15 March	Issue	3,900	5	19,500
	Balance	100		500
19 March	Received	1,200	6	7,200
	Balance	1,300	5.923	7,700
21 March	Issued	1,100		6,515
	Balance	200	5.925	1,185
24 March	Received	2,800	7.50	21,000
		3,000		22,185

6 **B**

7 **A**

FIFO means that the value of closing inventory reflects the most recent prices paid.

8 **C**

Date	*Receipts*	*Issues*	*Balance*		*Average cost*
			No.	$	$
1 Sept				Nil	
3 Sept	200 × $1.00		200	200.00	
7 Sept		180 × $1.00	20	20.00	
8 Sept	240 × $1.50		260	380.00	1.462
14 Sept		170 × $1.46	90	131.58	1.462
15 Sept	230 × $2.00		320	591.58	1.849
21 Sept		150 × $1.85	170	314.33	1.849

CHAPTER 5

ACTIVITY 1

Your solution should be as follows.

Use the formula

$$EOQ = \sqrt{\frac{2C_oD}{C_H}}$$

Where:

C_o = \$40

D = 600,000

C_H = \$3

$$EOQ = \sqrt{\frac{2 \times 40 \times 600{,}000}{3}}$$

= 4,000 units

ACTIVITY 2

(a) Annual demand is 36,750.

EOQ is 3,500.

The company will therefore place an order (36,750/3,500) 10.5 times every year, which is once every $\frac{3{,}500}{36{,}750} \times 365$ days

$\approx$ 35 days.

(b) The company must be sure that there is sufficient inventory on hand when it places an order, to last the two weeks' lead time. It must therefore place an order when there is two weeks' worth of demand in inventory.

i.e. $\frac{2}{52} \times 36{,}750 \approx 1{,}413$ units.

ACTIVITY 3

$$3{,}600 - \left[\frac{500+300}{2} \times 5\right] = 1{,}600 \text{ units}$$

ACTIVITY 4

Average usage = (500 + 300)/2 = 400 units per day.

Re-order level = 500 units × 7 days = 3,500 units.

Minimum inventory control level = 3,500 – (400 units × 5 days) = 1,500 units.

Maximum inventory control level = 3,500 + 5,400 – (300 units × 4 days) = 7,700 units.

EXAM-STYLE QUESTIONS

1 **B**

Re-order when level is maximum usage in maximum lead time, i.e.:

Maximum usage: 175 per day

Maximum lead time: 16 days

Re-order level = 175 × 16 = 2,800

2 **C**

ROQ + ROL – (Min. usage × Min. lead time) = 3,000 + 2,800 – (90 × 10) = 4,900

3 **C**

Maximum inventory control level = Re-order level + Re-order quantity – (Minimum usage/day × Minimum lead time)

= 6,300 + 7,000 – (180 × 11)

= 11,320 units

4 **B**

Minimum inventory control level = 6,300 – (350 × 13 days)

= 1,750 units

5 **B**

Stockouts result in lost sales and stopped production. Organisations may seek alternative supplies and have to pay a premium. Bulk purchase discounts would be lost if order quantities are below a certain level. This is not specifically related to stockouts.

6 **B**

Average inventory = 500/2 + 100 = 350 kg

Holding cost = 350 × ($6.50 × 10%) = $227.50

7 **D**

Re-order level	=	usage in maximum lead time		
	=	30 days × 100 units	=	3,000 units

8 **C**

$$\text{Re-order quantity} = \sqrt{\frac{2 \times C_o \times D}{C_H}}$$

where C_o = order cost per order

D = annual demand

C_H = holding cost per item per annum

$$= \sqrt{\frac{2 \times 400 \times (100 \times 240)}{10\% \times 10}} = \sqrt{\frac{19{,}200{,}000}{1}} = 4{,}382 \text{ units}$$

CHAPTER 6

ACTIVITY 1

31.5 hours × $5.86 = $184.59

ACTIVITY 2

Total weekly wage

	$
Monday (12 × $3)	36
Tuesday (14 × $3)	42
Wednesday (9 × $3)	27
Thursday (14 × $3)	42
Friday (8 × $3)	24
	171

As the weekly earnings are above $140, the guaranteed amount is not relevant to the calculations in this instance.

Conclusion The payment of any guaranteed amount is not a bonus for good work but simply an additional payment required if the amount of production is below a certain level.

ACTIVITY 3

The amount the employee will be paid will depend upon the exact wording of the agreement. Production of 102 units has taken the employee out of the lowest band (up to 99 units) and into the middle band (100 – 119 units). The question now is whether **all** his units are paid for at the middle rate ($1.50), or only the units produced in excess of 99. The two possibilities are as follows:

(a) 102 × $1.75 = $178.50

(b) (99 × $1.50) + (3 × $1.75) = $153.75

Most organisations' agreements would apply method (b).

ACTIVITY 4

	$
Basic pay (40 × $5)	200.00
Overtime (5 hours × ($5 × 1.5))	37.50
Weekly wage cost	237.50

Alternatively this could be shown as:

	$
Basic pay (45 × $5)	225.00
Overtime premium (5 hours × ($5 × 0.5))	12.50
	237.50

Conclusion This second method shows the overtime premium separately. The premium is the additional amount over the basic rate that is paid for the overtime hours rather than the total payment. This method is preferred because it enables direct costs to be separated from indirect costs.

ACTIVITY 5

Annual salary $19,500

Standard hours to be worked in the year

(52 weeks × 38 hours) 1,976 hours

Salary rate per hour $\frac{\$19,500}{1,976}$

= $9.87 per hour

Overtime rate (1.5 × $9.87) = $14.81 per hour

ACTIVITY 6

$$\text{Bonus} = \frac{40-25}{60} \times 35\% \times \$5.00$$

$$= \$0.4375$$

ACTIVITY 7

JOB CARD – 28/3JN

	$
Materials	X
Labour	
– making icing (3 hours × $5.30)	15.90

JOB CARD – 28/3KA

	$
Materials	X
Labour	
– making icing (5 hours × $5.30)	26.50

ACTIVITY 8

Labour turnover = $\frac{200}{7,000} \times 100\% = 2.9\%$

ACTIVITY 9

Preventative costs

These are costs incurred to reduce labour turnover. Examples include:

- increased wages
- training
- improved working environment.

Replacement costs

These are costs incurred replacing employees who leave an organisation. Examples include:

- advertising
- loss of output
- training.

ACTIVITY 10

$$\text{Efficiency ratio} = \frac{\text{Actual output measured in standard hours}}{\text{Actual production hours}} \times 100\%$$

$$= \frac{230}{180} \times 100\% = 127.8\%$$

$$\text{Capacity ratio} = \frac{\text{Actual hours worked}}{\text{Budgeted hours}} \times 100\%$$

$$= \frac{180}{200} \times 100\% = 90\%$$

$$\text{The production/volume ratio} = \frac{\text{Actual output measured in standard hours}}{\text{Budgeted production hours}} \times 100\%$$

$$= \frac{230}{200} \times 100\% = 115\%$$

EXAM-STYLE QUESTIONS

1 **B**

Unless the overtime has been carried out at the specific request of customer, it will be treated as an indirect production cost, i.e. factory overhead.

2 **C**

$$\text{Actual expected total time} = \frac{2{,}520}{0.9} = 2{,}800 \text{ hours}$$

$\therefore$ Budgeted labour cost = 2,800 $\times$ \$4 = \$11,200.

3 **B**

The stores function in a factory is an indirect activity. Any costs of the stores function are therefore classified as indirect.

4 **B**

$(62,965 + 13,600) = $76,565. The only direct costs are the wages paid to direct workers for ordinary time, plus the basic pay for overtime. Overtime premium and shift allowances are usually treated as overheads. However, if and when overtime and shift work are incurred specifically for a particular cost unit, they are classified as direct costs of that cost unit. Sick pay is treated as an overhead and is therefore classified as an indirect cost.

CHAPTER 7

ACTIVITY 1

	$
Cost	48,000
Residual value	20,250
Total depreciable amount	27,750
Expected life	3 years
Annual depreciation charge	$9,250

ACTIVITY 2

	$
Cost	48,000
Year 1 depreciation charge ($48,000 × 25%)	12,000
Net book value	36,000
Year 2 depreciation charge ($36,000× 25%)	9,000
Net book value	27,000
Year 3 depreciation charge ($27,000 × 25%)	6,750
Net book value	20,250

ACTIVITY 3

Depreciation charge $= \frac{\$20,000}{5,000 \text{ hours}} = \$4$ per hour

Depreciation charge in year 1 = 1,800 hours × $4

= $7,200

EXAM-STYLE QUESTIONS

1 **D**

Lubricating oil would be an indirect material.

2 **B**

The subcontractors' fees are direct expenses and should be debited to WIP.

3 **A**

	$
Original cost	20,000
Year 1 Depreciation	5,000
NBV	15,000
Year 2 Depreciation	3,750
NBV	11,250
Year 3 Depreciation	2,812.50

4 **C**

The straight-line method would charge $\frac{1}{6}$ of the cost each year. The reducing balance method charges $\frac{1}{5}$ in Year 1 and the charge then reduces over the remaining years. The total cost is never written off using the reducing balance method.

CHAPTER 8

ACTIVITY 1

	Cost centres			
	P	*Q*	*S*	*General*
	$	$	$	$
Labour cost			6,500	
Supervision		2,100		
Machine repair cost		800		
Materials			1,100	
Depreciation of machinery			700	
Indirect materials	500			
Lighting and heating				900
Cost of works canteen				1,500

Note: Direct labour costs in Department P and material cost of widgets are direct production costs, not overheads – do not allocate.

ACTIVITY 2

(a) Number of actual machines or number of machine hours per cost centre.

(b) Value of machinery in each cost centre.

(c) Number of vehicles used by each cost centre or mileage of vehicles used by each cost centre.

ACTIVITY 3

(a) Neither service cost centre does work for the other.

	Total	Cost centre *P1*	Cost centre *P2*	Cost centre *S1*	Cost centre *S2*
	$	$	$	$	$
Allocated costs/share of general costs	550,000	140,000	200,000	90,000	120,000
Apportion:					
S1 costs (60:40)		54,000	36,000	(90,000)	
S2 costs (1:2)		40,000	80,000		(120,000)
		234,000	316,000		

(b) Cost centre S2 does some work for Cost centre S1.

Start by apportioning the costs of Cost centre S2.

	Total	*Cost centre P1*	*Cost centre P2*	*Cost centre S1*	*Cost centre S2*
	$	$	$	$	$
Allocated costs/share of general costs	550,000	140,000	200,000	90,000	120,000
Apportion:					
S2 costs (25: 50: 25)		30,000	60,000	30,000	(120,000)
				120,000	
S1 costs (60:40)		72,000	48,000	(120,000)	
		242,000	308,000		

ACTIVITY 4

Machining:

$$\frac{\text{Cost centre overhead}}{\text{Machine hours}} = \frac{\$150{,}000}{\$75 - £40}$$

$$= \$8.98 \text{ per machine hour.}$$

Finishing:

$$\frac{\text{Cost centre overhead}}{\text{Direct labour hours}} = \frac{\$36{,}667}{6{,}250}$$

$$= \$5.87 \text{ per direct labour hour.}$$

Packing:

$$\frac{\text{Cost centre overhead}}{\text{Direct labour hours}} = \frac{\$24{,}367}{5{,}200}$$

$$= \$4.69 \text{ per direct labour hour.}$$

ACTIVITY 5

		$
Machining	3 machine hours @ $8.98	26.94
Finishing	0.9 direct labour hours @ $5.87	5.28
Packing	0.1 direct labour hours @ $4.69	0.47
Overhead absorbed in one unit of 'pot 3'		32.69

ACTIVITY 6

(a)

	Department X	*Department Y*
Budgeted overheads	$840,000	$720,000
Budgeted activity	40,000 machine hours	60,000 direct labour hours
Absorption rate	$21 per machine hour	$12 per direct labour hour

(b)

	Department X		*Department Y*	
		$		$
Absorbed overhead	(41,500 × $21)	871,500	(62,400 × $12)	748,800
Actual overhead		895,000		735,000
Over-/(under-)absorbed		(23,500)		13,800

ACTIVITY 7

(a)

		$
Total overhead cost of:	42,000 hours	153,000
Total overhead cost of:	37,000 hours	145,500
Variable overhead cost for:	5,000 hours	7,500
Variable overhead cost per hour ($7,500/5,000)		$1.50

This is the absorption rate for variable overheads.

	$
Total overhead cost of 42,000 hours	153,000
Variable overhead cost of 42,000 hours (× $1.50)	63,000
Therefore fixed costs	90,000

The absorption rate for fixed overhead, given a budget of 40,000 direct labour hours, is therefore $2.25 per direct labour hour ($90,000/40,000 hours)

(b)

	Fixed overhead	*Variable overhead*
	$	$
Absorbed overheads:		
Fixed (41,500 hours × $2.25)	93,375	
Variable (41,500 × $1.50)		62,250
Overheads incurred	91,000	67,500
Over-/(under-)absorbed overhead	2,375	(5,250)

(c)

Production overheads account

	$		$
Expenses incurred:		Work-in-progress:	
Fixed overheads	91,000	Fixed overheads absorbed	93,375
Variable overheads	67,500	Variable overheads absorbed	62,250
Over-absorbed overhead (fixed)	2,375	Under-absorbed (variable)	5,250
	160,875		160,875

Under-/over-absorbed overhead account

	$		$
Production overhead account	5,250	Production overhead account	2,375
		Income statement	2,875
	5,250		5,250

ACTIVITY 8

Overhead recovery rates:

	Finishing	*Packing*
Overhead / Direct labour hours	$74,000 / 12,750 = $5.80	$49,000 / 10,500 = $4.67

January 20X4

	Finishing	*Packing*
Overhead absorbed	1,100 direct labour hours × $5.80 per hr	900 direct labour hours × $4.67 per hr
	$6,380	$4,203
Overhead incurred	$6,900	$4,000
Over-(under) absorbed overhead	$(520)	$203

Overhead control a/c

		$		$
Overhead incurred	– finishing	6,900	Overhead absorbed W-I-P	
	– packing	4,000	Finishing	6,380
			Packing	4,203
			Income statement	317*
		$10,900		$10,900

*This $317 net under recovery comprises:

Finishing	$(520) under-absorbed overhead
Packing	$203 over-absorbed overhead
	$(317)

EXAM-STYLE QUESTIONS

1 **D**

A is incorrect because it refers to controllability. B is incorrect because it is describing absorption of costs. C is incorrect because it is describing allocation of costs. Only answer D refers to the process of cost apportionment.

2 **A**

Cost allocation is the process of charging a whole item of overhead cost to a cost centre.

3 **A**

The overhead absorption rate is based on budgeted figures:

$$\frac{\$258,750}{11,250} = \$23 \text{ per hour}$$

Since actual hours were 10,980, this means that overheads absorbed were 10,980 × $23 = $252,540. Actual overheads were $254,692, which means that overheads were under absorbed by $2,152.

4 **A**

		$
Budgeted absorption rate per hour		
Fixed	$94,000 ÷ 25,000	3.76
Variable	$57,500 ÷ 25,000	2.30
Total		6.06

	$
Overheads absorbed 26,500 hours × $6.06 per hour	160,590
Overheads incurred $102,600 fixed + $62,000 variable	164,600
Under-absorbed overhead	4,010

5 **C**

A relates to allocation and apportionment, B is addition, and absorption does not control overheads thus D is not correct.

6 **A**

Department 1 recovery rate = $2,400,000 ÷ 240,000 = $10 per hour

Department 2 recovery rate = $4,000,000 ÷ 200,000 = $20 per hour

Cost per IC = (3 × $10) + (2 × $20) = $70.

7 **C**

Fixed cost/unit (10,000 + 5,000 + 4,000 + 6,000) ÷ 2,000 = $12.50.

8 **D**

	Absorbed
	$
Actual overhead	138,000
Add: Over absorbed	23,000
Absorbed overhead	161,000

Hours worked = 11,500

Absorption rate per hour = $161,000/11,500 = $14

9 **C**

Answers A and B are not possible as the question states that actual and budgeted expenditure are the same. Therefore, there is no over- or under-spending on fixed production overheads.

Over-absorption or under-absorption occurs when the absorption rate is a pre-determined rate based on budgeted data. Option C is correct because absorption using a pre-determined rate on above budget activity would absorb too much overheads into products.

CHAPTER 9

ACTIVITY 1

(a) **Absorption costing**

	$	$
Sales		48,000
Cost of sales		
Production costs (6,000 × $8)	48,000	
Closing inventory (1,200 × $8)	9,600	
		38,400
		9,600
Over-absorbed fixed overhead ((6,000 × $2) – $10,000)		2,000
Gross profit		11,600

(b) **Marginal costing**

	$	$
Sales		48,000
Cost of sales		
Production costs (6,000 × $6)	36,000	
Closing inventory (1,200 × $6)	7,200	
		28,800
Contribution		19,200
Fixed overheads		10,000
Gross profit		9,200

(c) **Reconciliation of profit figures**

	$
Profit per absorption costing	11,600
less fixed costs included in the increase in inventory (1,200 × $2)	(2,400)
Profit per marginal costing	9,200

Note: The over absorption of $2,000 does not feature in the reconciliation of the two profit figures.

EXAM-STYLE QUESTIONS

1 **D**

Without knowing the fixed overhead element in unit costs with absorption costing, we cannot calculate the profit difference.

2 **B**

When closing inventory is higher that opening inventory, profits are higher with absorption costing than with marginal costing. Closing inventory valuations are always higher under absorption costing as they include an element of fixed overhead.

3 **B**

This is a basic definition.

CHAPTER 10

ACTIVITY 1

JOB COST CARD

Job number: 3867	Customer name: OT Ltd
Estimate ref:	Quoted estimate:
Start date: 1 June	Delivery date: 17 June
Invoice number:	Invoice amount:

COSTS:

Materials

Date	Code	Qty	Price	$
1 June	T73	40 kg	$60	2,400
5 June	R80	60 kg	$5	300
9 June	B45	280m	$8	2,240
				4,940

Labour

Date	Grade	Hours	Rate	$
1 June	II	43	5.80	249.40
2 June	II	12	5.80	69.60
	IV	15	7.50	112.50
5 June	I	25	4.70	117.50
	IV	13	7.50	97.50
9 June	I	15	4.70	70.50
				717.00

Expenses

Date	Code	Description	$

Production overheads

Hours	OAR	$

Cost summary:

	$
Direct materials	
Direct labour	
Direct expenses	
Production overheads	
Administration overheads	
Selling and distribution overheads	
Total cost	
Invoice price	
Profit/loss	

ACTIVITY 2

As the machinery is used in equal proportions on three different jobs then only one third of the hire charge is to be charged to Job 3867 ($1,200 × ⅓ = $400).

JOB COST CARD

Job number: 3867	Customer name: OT Ltd
Estimate ref:	Quoted estimate:
Start date: 1 June	Delivery date: 17 June
Invoice number:	Invoice amount:

COSTS:

Materials

Date	Code	Qty	Price	$
1 June	T73	40 kg	$60	2,400
5 June	R80	60 kg	$5	300
9 June	B45	280m	$8	2,240
				4,940

Labour

Date	Grade	Hours	Rate	$
1 June	II	43	5.80	249.40
2 June	II	12	5.80	69.60
	IV	15	7.50	112.50
5 June	I	25	4.70	117.50
	IV	13	7.50	97.50
9 June	I	15	4.70	70.50
				717.00

Expenses

Date	Code	Description	$
1 June	85	Machine hire	400
			400

Production overheads

Hours	OAR	$

Cost summary:

	$
Direct materials	
Direct labour	
Direct expenses	
Production overheads	
Administration overheads	
Selling and distribution overheads	
Total cost	
Invoice price	
Profit/loss	

ACTIVITY 3

JOB COST CARD

Job number: 3867	Customer name: OT Ltd
Estimate ref:	Quoted estimate:
Start date: 1 June	Delivery date: 17 June
Invoice number: 26457	Invoice amount: $7,800

COSTS:

Materials

Date	Code	Qty	Price	$
1 June	T73	40 kg	$60	2,400
5 June	R80	60 kg	$5	300
9 June	B45	280m	$8	2,240
				4,940

Labour

Date	Grade	Hours	Rate	$
1 June	II	43	5.80	249.40
2 June	II	12	5.80	69.60
	IV	15	7.50	112.50
5 June	I	25	4.70	117.50
	IV	13	7.50	97.50
9 June	I	15	4.70	70.50
				717.00

Expenses

Date	Code	Description	$
1 June	85	Machine hire	400
			400

Production overheads

Hours	OAR	$
123	4.00	492
		492

Cost summary:

	$
Direct materials	4,940
Direct labour	717
Direct expenses	400
Production overheads	492
Administration overheads	156
Selling and distribution overheads	78
Total cost	6,783
Invoice price	7,800
Profit/loss	1,017

ACTIVITY 4

(a) Total cost = $785 + ($785 × 0.25) = $981.25

Selling price = $981.25 + ($981.25 × 0.20) = $1,177.50

(b) Selling price = $785/0.7 = $1,121.43

(c) Selling price = $981.25/0.85 = $1,154.41

ACTIVITY 5

		$
Direct materials	120 kg @ $4 per kg	480
Direct labour	3 hours @ $10 per hour	30
	20 hours @ $5 per hour	100
Hire of machine	2 days @ $100 per day	200
Overhead 23 hours @$8 per hour		184
		994
Price charged		942
Loss		(52)

EXAM-STYLE QUESTIONS

1 **D**

$$2{,}400 \times \frac{100}{80} \times \$10 = \$30{,}000$$

2 **C**

Overheads are charged to jobs at predetermined absorption rate.

3 **D**

		$
Senior	86 hrs at $20	1,720
Junior	220 hrs at $15	3,300
Overheads	306 hrs at $12.50	3,825
Total cost		8,845
Mark-up	(40%)	3,538
Selling price		12,383

CHAPTER 11

ACTIVITY 1

Expected output = 1,900 units less normal loss of 2% = 1,900 – 38 = 1,862 units.

Actual output = 1,842 units.

Abnormal loss = 1,862 – 1,842 = 20 units.

Total costs of production = $31,654 ($28,804 + $1,050 + $1,800).

$$\text{Cost per unit of expected output} = \frac{\$31,654}{1,862 \text{ units}} = \$17 \text{ per unit}$$

Both good output and abnormal loss are valued at this amount.

These transactions should be recorded in the cost accounts as follows.

Process A

	Units	$		Units	$
Direct materials	1,900	28,804	Finished goods	1,842	31,314
Direct labour		1,050	Normal loss	38	–
Process overhead		1,800	Abnormal loss	20	340
	1,900	31,654		1,900	31,654

Abnormal loss a/c

	Units	$		Units	$
Process A	20	340	Income statement	20	340
	20	340		20	340

Finished goods

	Units	$		Units	$
Process B	1,842	31,314			

ACTIVITY 2

Expected output = 100,000 kilos less normal loss of 6% = 100,000 – 6,000 = 94,000 kilos.

Actual output = 96,000 kilos.

Abnormal gain = 96,000 – 94,000 = 2,000 kilos.

	$
Direct materials	100,000
Conversion costs	135,000
Less scrap proceeds of normal loss	(6,000)
Production costs	229,000

Cost per unit of expected output = $\frac{\$229,000}{94,000 \text{ units}}$ = \$2.436 per unit

Both good output and abnormal gains are valued at this amount.

Process a/c

	Units	$		*Units*	$
Direct material	100,000	100,000	Output	96,000	233,856
Conversion costs		135,000	Normal loss	6,000	6,000
Abnormal gain	2,000	4,872	Rounding error		16
	102,000	239,872		102,000	239,872

		$
Valuation of output	96,000 kilos × \$2.436	233,856
Valuation of abnormal gain	2,000 kilos × \$2.436	4,872

Abnormal gain a/c

	Units	$		*Units*	$
Normal loss a/c		2,000			
Income statement	2,000	2,872	Process a/c	2,000	4,872
		4,872			4,872

Normal loss a/c

	$		$
Process a/c	6,000	Scrap proceeds	4,000
		Abnormal gain a/c	2,000
	6,000		6,000

Note that the scrap proceeds 'lost' because normal loss is less than expected is debited to the abnormal gain account (reducing the gain taken to the income statement) and credited to the normal loss account.

ACTIVITY 3

(a) (i) Cost per kg = \$122,500/7,000 = \$17.50

Cost apportioned to X = 3,000 × \$17.50 = \$52,500

Cost apportioned to Y = 4,000 × \$17.50 = \$70,000

Total costs \$122,500

(ii) Net realisable value = 3,000 × (\$150 – \$30) + 4,000 × \$50 = \$560,000

Cost per \$ of net realisable value = \$122,500/\$560,000 = \$0.21875

Cost apportioned to X = 360,000 × 0.21875= \$78,750

Cost apportioned to Y = 200,000 × 0.21875 = \$43,750

Total costs \$122,500

(b)

(i)

	X ($)	*Y* ($)
Sales	450,000	200,000
Less further processing cost	90,000	–
Net realisable value	360,000	200,000
Cost (from a))	52,500	70,000
Profit	307,500	130,000
Profit per unit	102.50	32.50

(ii)

	X ($)	Y ($)
Sales	450,000	200,000
Less further processing cost	90,000	–
Net realisable value	360,000	200,000
Cost (from a))	78,750	43,750
Profit	281,250	156,250
Profit per unit	93.75	39.06

EXAM-STYLE QUESTIONS

1 **B**

Total output 25,000 kg

Joint cost per kg $= \frac{\$100{,}000}{25{,}000\text{ kg}} = \$4$

Profit per unit of X = $10 – $4

= $6.

2 **C**

	Output	*Selling price*	*Sales value* $
X	5,000	$10	50,000
Y	10,000	$4	40,000
Z	10,000	$3	30,000
			120,000

Cost per \$ of sales $= \frac{\$100{,}000}{\$120{,}000} = \$0.83$

Profit of Y

	$
Sales	40,000
Cost	33,333
Profit	6,667

3 **D**

A is incorrect. The percentage profit margin is the same if the joint costs are apportioned on sales value.

B is incorrect. Total profits will be the same whatever method of apportionment is used.

4 **D**

Statement A is correct. Job costs are identified with a particular job, whereas process costs (of units produced and work-in-process) are averages, based on equivalent units of production.

Statement B is also correct. The direct cost of a job to date, excluding any direct expenses, can be ascertained from materials requisition notes and job tickets or time sheets.

Statement C is correct, because without data about units completed and units still in process, losses and equivalent units of production cannot be calculated.

Statement D is incorrect, because the cost of normal loss will usually be incorporated into job costs as well as into process costs. In process costing this is commonly done by giving normal loss no cost, leaving costs to be shared between output, closing WIP and abnormal loss/gain. In job costing it can be done by adjusting direct materials costs to allow for normal wastage, and direct labour costs for normal reworking of items or normal spoilage.

5 **B**

In process costing, abnormal gains and losses are valued at the same cost per unit as normal good production output.

6 **A**

	Kg
Material input	2,500
Normal loss @ 10%	(250)
Abnormal loss	(75)
Good production achieved	2,175

7 **D**

	Tonnes produced	Basis of valuation Selling prices per tonne	 Sales value
		$	$
W	700	40	28,000
X	600	90	54,000
Y	400	120	48,000
Z	100	200	20,000
	1,800		150,000

Total cost of production

	$
Material	75,000
Labour	24,000
Overhead (25% of labour)	6,000
	105,000

$$\text{Share of joint costs based on sales value} = \frac{\text{Joint costs}}{\text{Sales value}} \times 100 = \frac{105{,}000}{150{,}000} \times 100 = 70\%$$

Mineral	*Share of joint costs*	$
W	$28,000 × 70% =	19,600
X	$54,000 × 70% =	37,800
Y	$48,000 × 70% =	33,600
Z	$20,000 × 70% =	14,000

8 **D**

$$\text{Cost per tonne} = \frac{\text{Total joint cost}}{\text{Total output}} = \frac{105{,}000}{700 + 600 + 400 + 100} = \frac{105{,}000}{1{,}800}$$

= $58.33 per tonne

Hence value of closing inventory is:

			$
W	30 × $58.33	=	1,750
X	20 × $58.33	=	1,167
Y	80 × $58.33	=	4,667
Z	5 × $58.33	=	292
			7,876

Note: Inventory should be valued at the lower of cost and net realisable value. Using this method the 'cost' of W is $58.33, whereas the net realisable value (here the sale value) is $40. Clearly, inventory could not be valued at $58.33.

9 **C**

Total costs of direct materials, labour and overhead: $5,000 + $4,500 = $9,500.

Expected output = 95% of 2,000 = 1,900 kilograms

Cost per unit = $9,500/1,900 units = $5 per unit.

Value of output = 1,850 units × $5 = $9,250.

Alternatively:

Process 1 account

	Units	$		*Units*	$
Direct materials	2,000	5,000	Output to Process 2	1,850	9,250
Labour and overhead		4,500	Normal loss	100	0
			Abnormal loss	50	250
	2,000	9,500		2,000	9,500

10 **D**

Total costs of materials from Process 1, added materials, labour and overhead = $9,250 + $1,567 + $5,500 = $16,317.

Input from Process 1 = 1,850 kilograms

Normal loss (2%) = 37 kilograms

Actual loss = 1,850 – 1,840 = 10 kilograms

Therefore abnormal gain = 37 – 10 = 27 kilograms

Cost per unit = $16,317/(1,850 – 37) = $16,317/1,813 = $9 per kilogram.

Value of gain = 27 kgs x $9 = $243

Alternatively:

Process 2 account

	Units	$		*Units*	$
Transfer from Process 1	1,850	9,250	Finished output (× $9)	1,840	16,560
Added materials		1,567	Normal loss	37	0
Labour and overhead		5,500			
Abnormal gain (× $9)	27	243		–	
	1,877	16,560		1,877	16,650

CHAPTER 12

EXAM-STYLE QUESTIONS

1 **D**

The National Health Service is a non-profit making organisation.

2 **B**

Costs are recorded on a cost sheet.

PRACTICE QUESTION

(a) Room occupancy $= \frac{\text{Total number of rooms occupied}}{\text{Rooms available to be let}}$

$= \frac{200 + 30}{240 + 40} = 82.1\%$

Bed occupancy $= \dfrac{\text{Total number of beds occupied}}{\text{Total number of beds available}}$

$= \dfrac{6{,}450 \text{ guests} \times 2 \text{ days per guest}}{((240 \times 2) + (40 \times 1)) \times 30 \text{ days}}$

$= \dfrac{12{,}900}{15{,}600} = 82.7\%$

Average guest rate $= \dfrac{\text{Total revenue}}{\text{Number of guests}}$

$= \dfrac{\$774{,}000}{6{,}450} = \$120$

Revenue utilisation $= \dfrac{\text{Actual revenue}}{\text{Maximum revenue from available rooms}}$

$= \dfrac{\$774{,}000}{((240 \times \$110) + (40 \times \$70)) \times 30 \text{ days}}$

$= \dfrac{\$774{,}000}{876{,}000} = 88.4\%$

Cost of cleaning supplies per occupied room per day

$= \dfrac{\$5{,}000}{(200 + 30) \times 30 \text{ days}} = \$0.7$

Average cost per occupied bed per day

$= \dfrac{\text{Total cost}}{\text{Number of beds occupied}}$

$= \dfrac{\$(100{,}000 + 5{,}000 + 22{,}500)}{6{,}450 \times 2} = \$9.9$

(b) ***Note:*** You should try to consider all the separate activities that take place in a hotel and select one where they are carried out in a separately identifiable department or area.

- Cost centre: Kitchen or Restaurant
- Cost unit: Meals produced or Meals served

CHAPTER 13

ACTIVITY 1

$$\text{Break-even point in units} = \frac{\text{Fixed costs}}{\text{Contribution per unit}} = \frac{\$5{,}000}{\$20} = 250 \text{ units}$$

$$\text{Break-even point in \$} = \frac{\text{Fixed costs}}{C/S \text{ ratio}} = \frac{\$5{,}000}{20/30} = \$7{,}500$$

ACTIVITY 2

(a) Unit variable cost = \$24 - \$18 = \$6. Fixed costs = \$800,000.

$$\text{Break-even point in units} = \frac{\$800{,}000}{\$6 \text{ per unit}} = 133{,}333 \text{ units}$$

$$\text{Break-even point in \$} = \frac{\$800{,}000}{6/24} = \$3{,}200{,}000$$

(b)

Budgeted sales	140,000 units
Break-even sales	133,333 units
Margin of safety	6,667 units

Margin of safety as a percentage of budgeted sales = 100% × (6,667/140,000)
= 4.8%

ACTIVITY 3

	\$
Target profit	400,000
Fixed costs	
Production	350,000
Administration	110,000
Selling	240,000
Target contribution	1,100,000

Contribution per unit = \$25 – \$10 – \$4 = \$11

Target sales volume

$$= \frac{\text{Target contribution}}{\text{Contribution per unit}} = \$1{,}100{,}000/\$11 \text{ per unit}$$

= 100,000 units

ACTIVITY 4

	$	$
Sales price	11	12
Variable cost	8	8
Unit contribution	3	4
Expected sales demand	200,000	160,000
	$	$
Annual contribution	600,000	640,000
Annual fixed costs	550,000	550,000
Annual profit	50,000	90,000
Break-even point (units)	183,333	137,500
Margin of safety (units)	16,667	22,500
Margin of safety (% of budget)	8.3%	14.1%

Of the two sales prices under consideration for Product ZG, a price of $12 appears to be preferable.

On the basis of the estimates for variable costs, fixed costs and sales demand at each price, the annual profit would be $90,000 at a price of $12 and only $50,000 at a price of $11.

The higher price also appears to offer the lower risk with regard to sales demand falling short of the expected levels. The margin of safety would be about 14% at a price of $12, but only about 8% at a price of $11.

ACTIVITY 5

(a) Break-even point in units

$$\frac{\text{Fixed costs}}{\text{Contribution per unit}}$$

$$\frac{\$650{,}000}{\$35}$$

= 18,572 tonnes

Margin of safety = 50,000 – 18,572/50,000 × 100% = **62.86%.**

(b) Break-even point in sales value:

$$\frac{\text{Fixed costs}}{(\text{Contribution/Sales})}$$

$$= \frac{\$650{,}000}{(1{,}750{,}000/3{,}750{,}000)}$$

= $1,392,857

(c)

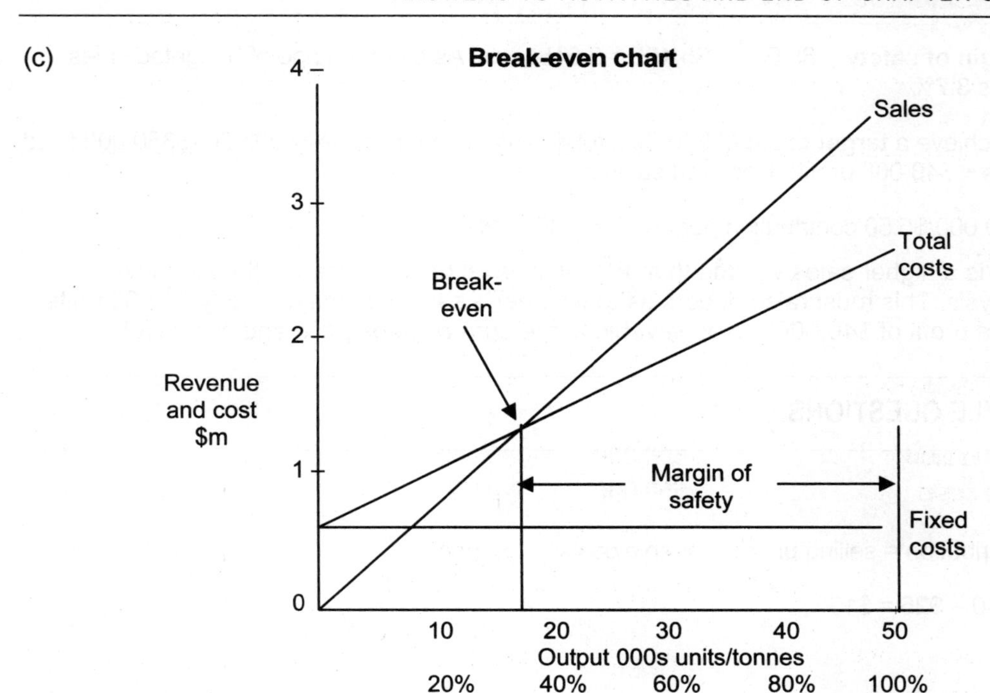

Break-even point = approx 18,500 tonnes.

Margin of safety = approx 31,500 tonnes (approx 63%).

ACTIVITY 6

(a) The first step is to calculate a variable cost per unit using the high-low method.

	$
Total costs of 70,000 units	675,000
Total costs of 55,000 units	607,500
Therefore variable costs of 15,000 units	67,500

Variable cost per unit = $67,500/15,000 = $4.50 per unit.

We can now calculate fixed costs, in either of the ways shown below.

	70,000 units	*55,000 units*
	$	$
Total costs	675,000	607,500
Variable costs at $4.50 per unit	315,000	247,500
Therefore fixed costs	360,000	360,000

Contribution per unit = Sales price – Variable cost = $10 – $4.50 = $5.50.

Break-even point = $360,000/$5.50 per unit = 65,455 units.

(b) **Margin of safety** = 68,000 – 65,455 = 2,545 units. As a percentage of budgeted sales, this is 3.7%.

(c) To achieve a **target profit** of $40,000, total contribution must be $400,000 ($360,000 fixed costs + $40,000 profit). Required sales =

$400,000/$5.50 contribution per unit = 72,727 units.

This is a higher sales volume than the 'high' level of costs used in the high-low analysis. This must raise doubts as to whether a sales volume of nearly 73,000 units and a profit of $40,000 are achievable at the current sales price and cost levels.

EXAM-STYLE QUESTIONS

1 **A**

Contribution = selling price – variable costs

= $40 – $25 = $15

2 **B**

Break-even point (BEP) = total fixed costs/contribution per pair

BEP = 100,000 + 40,000 +100,000/ 15

= 16,000

3 **C**

Margin of safety = Current level of sales – break-even sales =

25,000 – 16,000 = 9,000 pairs

The margin of safety can also be expressed as a percentage of the current level or budgeted level of sales.

4 **B**

$$\text{C/S ratio is } \frac{312{,}000 - 124{,}800}{312{,}000} = 0.6$$

$$\text{so sales revenue required is } \frac{\$130{,}000 + \$75{,}000}{0.6} = \$341{,}667$$

5 **A**

$$\text{Contribution per unit} = \$\left(\frac{312{,}000 - 124{,}800}{52{,}000}\right) = \$3.60$$

$$\text{so sales units required are } \frac{\$130{,}000 + \$82{,}000}{\$3.60} = 58{,}889$$

6 **C**

$$\text{BEP (units)} = \frac{130{,}000}{3.60} = 36{,}111$$

$$\text{Margin of safety} = \frac{52{,}000 - 36{,}111}{52{,}000} = 30.6\%.$$

CHAPTER 14

ACTIVITY 1

(a) Production is restricted as follows:

Machine hours	200/5	=	40 units of X; or
	200/2.5	=	80 units of Y
Materials	$500/$10	=	50 units of X; or
	$500/$5	=	100 units of Y

Therefore machine hours are the limiting factor since production of Products X and Y are most severely limited by machine hours.

(b) Benefit per machine hour:

Product X	$20/5 hours	=	$4/hour
Product Y	$15/2.5 hours	=	$6/hour

Product Y should be made because it has the highest contribution per unit of limiting factor (machine hours).

ACTIVITY 2

Product	*A*	*B*	*C*
Contribution per labour hour	$\frac{\$25}{5} = \$5.00$	$\frac{\$40}{6} = \$6.66$	$\frac{\$35}{8} = \$4.375$
Rank order	2nd	1st	3rd

Firstly make 200 units of Product B (maximum demand) and then with the remaining 300 hours make 60 units of Product A.

ACTIVITY 3

The original cost of the material is a sunk cost, and therefore not relevant. Essentially, Z Ltd has two choices: either to use the material for the new job, or to sell it at $3 per kg.

If the material is used in the new job, Z Ltd will lose out on $120 that could have been earned by selling it. This means that the opportunity cost of using the material for the new job is $120, and this is the relevant cost that should be included in the price.

EXAM-STYLE QUESTIONS

1 **C**

Fixed costs can be relevant costs, because some fixed costs can be saved or incurred as a result of a decision.

2 **D**

The question gives a basic definition of notional cost.

3 **A**

A sunk cost is a cost that has already been incurred or committed.

4 **D**

Products should be ranked in order of contribution per kilogram:

Product	*P*	*Q*	*R*
Contribution per kg of material	$\frac{\$10}{3\text{ kg}} = \$3.33$	$\frac{\$12}{4\text{ kg}} = \$3.00$	$\frac{\$20}{5\text{ kg}} = \$4.00$
Ranking	2nd	3rd	1st

5 **B**

Product R has the highest benefit from the use of the materials; its demand is limited to 300 units per month requiring 5 kg of material per unit, or 1,500 kg in total (300 × 5 kg). Since there is a total of 1,680 kg of material available and only 1,500 kg are used to produce Product R, there are 180 kg of material still available.

The next best product is Product P which has a maximum demand of 100 units, each of which requires 3 kg of material. The maximum quantity of Product P would require 300 kg (100 × 3 kg) but we only have 180 kg available so we can only produce:

$$\frac{180\text{ kg}}{3\text{ kg/unit}} = 60 \text{ units of Product P}$$

6 **B**

All of the available materials have now been allocated. The production plan that maximises profit is:

			Total contribution
			$
300 units of R	using	1,500 kg of material	6,000
60 units of P	using	180 kg of material	600
		1,680 kg	$6,600

7 **C**

Since the weekend working is caused if the work is undertaken the full cost is relevant:

		$
Standard work: 125 hours @ $4/hr =	500	
Weekend work: 125 hours @ $5/hr =	625	1,125

8 **A**

The weekend work results in 50 hours time off in lieu, this with the 75 other hours worked totals 125 hours which is less than the 200 hours of idle time which are already being paid for, thus there is no incremental cost.

CHAPTER 15

ACTIVITY 1

The $15,000 already spent on the feasibility study is not relevant, because it has already been spent. (It is a 'sunk cost'.) Depreciation and apportioned fixed overheads are not relevant. Depreciation is not a cash flow and apportioned fixed overheads represent costs that will be incurred anyway.

	$
Estimated profit	8,000
Add back depreciation	40,000
Add back apportioned fixed costs	25,000
Annual cash flows	73,000

The project's cash flows to be evaluated are

Year		$
Now (Year 0)	Purchase equipment	(160,000)
1 – 4	Cash flow from profits	73,000 each year

ACTIVITY 2

$$\text{Payback} = \frac{\$2{,}300{,}000}{\$600{,}000} = 3.8333 \text{ years}$$

0.8333 years = 10 months (0.8333×12)

Payback is therefore after 3 years 10 months.

It is assumed that the cash flows each year occur at an even rate throughout the year.

ACTIVITY 3

The payback period is calculated as follows.

Year	*Cash flow*	*Cumulative cash flow*
	$000	$000
0	(3,100)	(3,100)
1	1,000	(2,100)
2	900	(1,200)
3	800	(400)
4	500	100
5	500	600

Payback is between the end of Year 3 and the end of Year 4 – in other words during Year 4.

If we assume a constant rate of cash flow through the year, we could estimate that payback will be three years, plus (400/500) of Year 4, which is 3.8 years.

0.8 years = 10 months (0.8×12)

We could therefore estimate that payback would be after 3 years 10 months.

ACTIVITY 4

(a) $\$2,000 \times \frac{1}{1.08^4} = \$1,470$

(b) $\$5,000 \times \frac{1}{1.07^3} = \$4,081$

ACTIVITY 5

Year	*Cash flow*	*Discount factor*	*Present value*
	$	*at 6%*	$
0	(25,000)	1.000	(25,000)
1	6,000	0.943	5,658
2	10,000	0.890	8,900
3	8,000	0.840	6,720
4	7,000	0.792	5,544
			+ 1,822

+ $1,822 is in fact the net present value of the project.

ACTIVITY 6

DCF Schedule (NPV method)

Discount rate 12%

Year	*Outflow*	*Inflow*	*Discount factor at 12%*	*NPV*
	$	$		$
0	(35,000)		1.000	(35,000)
1		8,000	0.893	7,144
2		9,000	0.797	7,173
3		12,000	0.712	8,544
4		9,500	0.636	6,042
5		9,000	0.567	5,103
			NPV	(994)

Recommendation

At the cost of capital of 12%, the NPV is negative, showing that the investment would earn a return below 12% per annum. On financial grounds, the recommendation is that the project should not be undertaken.

ACTIVITY 7

Using the present value table for Dennis plc machine (as cash flows are different in each year) to find discount factors the calculation of the NPV is as follows:

Year	*Cash flow* $	*Discount factor*	*Present value* $
0	(1,500)	1	(1,500)
1	900	0.909	818
2	600	0.826	496
3	500	0.751	376
		Net Present Value	190

Using the annuity table for Thompson machine (as there is a constant annual cash flow each year) the annuity factor is 2.487 and the calculation of the NPV is as follows:

Year	*Cash flow* $	*Discount factor*	*Present value* $
0	(1,500)	1	(1,500)
1 – 3	700	2.487	1,741
		Net present value	241

The Thompson machine has the highest NPV and should be chosen.

ACTIVITY 8

Year	*Equipment*	*Cash flow from operations*	*Net cash flow*	*Discount factor at 7%*	*Present value*
	$	$	$		$
0	(60,000)		(60,000)	1.000	(60,000)
1 – 4		18,000	18,000	3.387	60,966
5	5,000	6,000	11,000	0.713	7,843
NPV					+ 8,809

The NPV is positive, therefore the investment is financially worthwhile at a cost of capital of 7%.

ACTIVITY 9

The maximum price the investment company should be prepared to pay is the present value of the future cash flows in perpetuity. The cost of capital is 8% so the present value of the cash flows is:

$25,000/0.08 = $312,500.

ACTIVITY 10

Year	Cash flow	Discount factor at 9%	PV at 9%	Discount factor at 12%	PV at 12%
	$		$		$
0	(100,000)	1.000	(100,000)	1.000	(100,000)
1 – 5	25,000	3.890	97,250	3.605	90,125
5	12,000	0.650	7,800	0.567	6,804
			+ 5,050		(3,071)

(a) The NPV at 9% is + $5,050.

(b) The NPV at 12% is – $3,071.

(c) Using interpolation, the approximate IRR is:

$$9\% + \left[\frac{5,050}{(5,050+3,071)} \times (12-9)\%\right]$$

= 9% + 1.86%

= 10.86%, say 10.9%.

EXAM-STYLE QUESTIONS

1 **C**

$$2 \text{ years} + \left[\frac{6,200}{(6,200+1,100)}\right] \times 12 \text{ months}$$

= 2 years 10 months.

2 **B**

$$\text{IRR} = 10\% + \left[\frac{17,000}{(17,000+53,000)} \times (14 - 10)\%\right]$$

= 10.97% = 11.0%

3 **A**

If the NPV is positive, the IRR must be higher than the cost of capital. Simple payback happens earlier than discounted payback, because with discounted payback the net cash flows are reduced to a present value.

4 **D**

The value of the investment after three years (principal plus interest) =

$\$15,000 \times (1.06)^3$

= $17,865.

The interest is therefore $17,865 – $15,000 = $2,865.

5 **B**

NPV = \$0

Let \$x be annual rent.

Annuity factor for year 5 at 17% is 3.199.

$\therefore$ \$x × 3.199 = 27,200

$\therefore$ \$x = 8,502

6 **C**

The IRR (Internal Rate of Return) is the percentage cost of capital that results in the NPV being zero. For projects with an initial outflow followed by a series of positive inflows the higher the cost of capital the lower the NPV becomes. If, in this scenario, the NPV is still positive after the cost of capital has moved from 12% to 18%, then the cost of capital which gives a zero NPV (i.e. the IRR) must be higher still than 18% p.a.

7 **D**

The IRR (Internal Rate of Return) is the percentage cost of capital that results in the NPV being zero. In this scenario, this occurs when the cost of capital is 22%.

8 **B**

Depreciation is not a cash flow so needs to be added back to profit to calculate cash flows.

Depreciation on straight line basis = (\$400,000 – \$50,000)/5 = \$70,000 per year

Year	*Profit* (\$)	*Cash flow* (\$)	*Cumulative cash flow* (\$)
0		(400,000)	(400,000)
1	175,000	245,000	(155,000)
2	225,000	295,000	140,000

Payback period = 1 + 155 / 295 years = 1.53 years to nearest 0.01 years

9 **C**

The present value of a \$1 perpetuity is 1/r.

The present value of the rental income is \$80,000/0.08 = \$1,000,000

The NPV of the investment is \$1,000,000 – \$850,000 = \$150,000

CHAPTER 16

ACTIVITY 1

The opening receivables (i.e. amounts outstanding at the end of the last period) can be assumed to be received in this period. But the closing receivables will still be outstanding at the end of the period and have not yet been converted into cash. It means that the operational cash inflow from sales will be:

= 240,000 + 18,000 – 28,800 = $229,200

ACTIVITY 2

If you have a lot of sales, you still may not have cash, since you will always have some outstanding accounts receivable to be collected. If you put that together with the purchase of inventory and equipment, payments to suppliers for items purchased prior to the actual payment and payments on debt, you will likely have less cash – or less access to it – than you think.

EXAM STYLE QUESTIONS

1 **D**

Supermarkets tend to keep inventory turnover low and the majority of receivables will be recovered within a couple of days. Their power gives them an extended level of credit from suppliers, so that overall their working capital cycle is often negative – that is, they often receive money in before they have to pay anything out.

The band's cycle should be no more than one week long. They will have little or no inventory or payables, and the fee should hopefully be received in one week's time. A college selling material will have to buy the material upfront, for delivery on day one of the course. This will build up inventories. The government might take some extended credit to pay invoices so that the total working cycle might be a few months long.

Ships can take months to build and during that period large inventories (in the form of work-in-progress can be built up). On top of that, buyers are often large powerful companies who can take months to pay invoices so that the overall cash operating cycle can run to many months for shipbuilders.

2 **C**

Options A and B would affect both cash and profits. Option D would affect cash only. Option C would affect profits only.

3 **D**

Options A and B would affect both cash and profits. Option D would affect cash only. Option C would affect profits only.

4 **A**

B, C and D are capital items. A would be classified as a revenue receipt – the value of the receipt is not relevant.

CHAPTER 17

ACTIVITY 1

(a) **Interest yield** $= \frac{4}{94.00} \times 100\% = 4.25\%$

(b) **Approximate redemption yield**

If an investor buys the stock now at $94.00 and holds it for three years until maturity, he will make a capital gain of 100 – 94 = 6 at redemption. In other words, there will be a capital gain of $6 for every $100 of stock, or for every $94 invested. This gives an average annual gain on redemption of $2 for each $94 invested, which is about 2% per annum.

The approximate redemption yield is therefore the interest yield of 4.25% plus 2%, which is about 6.25%.

ACTIVITY 2

We have $5 million to invest for 50 days. We want to invest at a fairly low risk.

There are two risks with investing in bills.

1 *Credit risk*. This is the risk of non-payment of the bill at maturity. This is non-existent for Treasury bills and very low for bank bills. We can invest in either of these types of bill, through our bank.

2 *Risk of falling market prices*. The market value of bills in the discount market will fall if interest rates go up in the next 50 days. This risk only exists if we intend to re-sell the bills before their maturity. To overcome this problem, we can ask our bank to purchase 'second-hand' bills in the discount market with a maturity of 50 days. In this way, the return on our investment will come from the payment of the bills at maturity, and we will not have to sell them in the discount market to cash in our investment.

ACTIVITY 3

A balloon loan and a bullet loan each involve a large final payment to repay a loan. The difference is the amount. A bullet is the full principal amount of the loan; no principal is paid off prior to the date of the bullet. By contrast, a balloon payment is normally less than the full loan amount and some of the loan principal is paid back prior to the date of the balloon payment.

ACTIVITY 4

Bank overdrafts offer flexibility when the amount of finance required is unknown. The cost of this flexibility, however, is higher interest rates than those charged on bank loans. Overdrafts should therefore be seen as a short term source of finance.

Bank loans offer a definite amount of finance but have no flexibility. They should be used when the amount of expenditure is certain and the requirement is likely to arise over the longer term.

In this scenario, the cost of the machine is known and the investment is for the long term, so a bank loan would appear to be more appropriate than a bank overdraft.

EXAM STYLE QUESTIONS

1 **A**

2 **C**

The production department would be responsible for utilising labour and the personnel department would have responsibility for recruiting and training them. The finance department would be responsible for paying them. Paying staff is not a responsibility for the treasury department.

3 **B**

Options B, C and D all refer to equity, but only option B involves making an investment.

4 **B**

5 **B**

The redemption yield is equal to the interest yield added to the redemption gain.

The interest yield on the stock is calculated as a % of market value as follows:

= 8/98 × 100 = 8.16%

If an investor buys the stock now at $98.00 and holds it until maturity, he/she will make a capital gain of 100 – 98 = $2 at redemption (the stock will repay $100 in one year's time for an investment of $98 now). This gives an average annual gain on redemption of $2 for each $98 invested, which is about 2% per annum.

The approximate redemption yield is therefore the interest yield of 8% plus 2%, which is about 10%.

6 **A**

Simple interest loans are those loans in which interest is paid on the unpaid loan balance. Thus, the borrower is required to pay interest only on the actual amount of money outstanding and only for the actual time the money is used – so as the balance goes down so does the interest payment.

With add-on interest loans the investor pays interest on the initial face value of the loan although it has use of only a part of the initial balance once principal payments begin. So payments will be much higher than on a simple loan.

Discount or front-end loans are loans in which the interest is calculated and then subtracted from the principal first. The effective interest rates on discount loans are usually much higher than the specified interest rates.

Bullet loans are those loans in which the borrower pays no principal until the amount is due. It means that interest is charged on the initial amount borrowed and never decreases.

CHAPTER 18

ACTIVITY 1

Workings: receipts from credit sales

		Cash receipts		
Sales month	*Credit sales*	*July*	*August*	*September*
	$	$	$	$
April	60,000	6,000	–	–
May	64,000	19,200	6,400	–
June	50,000	30,000	15,000	5,000
July	60,000		36,000	18,000
August	65,000	–		39,000
September	75,000	–	–	–
Total credit receipts		55,200	57,400	62,000

Total cash receipts	*July*	*August*	*September*
	$	$	$
Receipts from cash sales	4,500	4,500	5,000
Receipts from credit sales	55,200	57,400	62,000
Total receipts	59,700	61,900	67,000

ACTIVITY 2

	January	*February*	*March*
Sales quantity	400	450	420
Less: Opening inventory	(100)	(150)	(120)
Add: Closing inventory	150	120	180
Production in units = units purchased	450	420	480
Cost of purchases at $2 per unit	$900	$840	$960

Payment in March		$
For January purchases	(60% of $900)	540
For March purchases	(40% of $960)	384
Total payments for materials		924

ACTIVITY 3

(a) ***Tutorial note:*** Inventory is used up by material usage, and by closing inventory. This usage is made up partly from opening inventory. The balance must be made up from purchases. This situation is shown in the solution following.

	June	*July*	*August*
	$	$	$
Material usage	8,000	9,000	10,000
Closing inventory	3,500	6,000	4,000
	11,500	15,000	14,000
Less: Opening inventory	5,000	3,500	6,000
Purchases	6,500	11,500	8,000

(b) ***Tutorial note:*** The main points to watch out for are sales receipts and overheads. Tackle sales receipts by calculating separate figures for cash sales (10% of total sales, received in the month of sale) and credit sales (90% of **last month's** sales). For overheads, remember that depreciation is not a cash expense and must therefore be stripped out of the overheads cash cost.

Cash budgets, June – August

	June	*July*	*August*
	$	$	$
Receipts of cash			
Cash sales	4,500	5,000	6,000
Credit sales	29,500	40,500	45,000
	34,000	45,500	51,000
Cash payments			
Wages	12,000	13,000	14,500
Overheads	6,500	7,000	8,000
Direct materials	6,500	11,500	8,000
Taxation	–	25,000	–
	25,000	56,500	30,500
Surplus/(deficit) for month	9,000	(11,000)	20,500
Opening balance	11,750	20,750	9,750
Closing balance	20,750	9,750	30,250

ACTIVITY 4

Simple price index = $\frac{p_1}{p_0} \times 100$ where p_1 is the price in 20X1 and p_0 is the price in 20X0:

$= \frac{13.65}{12.50} \times 100$

$= 1.092 \times 100$

$= 109.20$

This means that the price has increased by 9.2% on its base year price of $12.50.

ACTIVITY 5

Let's start by preparing a table of all the information required to answer the question:

Item	p_0 *20X1*	p_1 *20X2*	*q*	*Quantity weight only* $W_A (= q)$	*Value weight* $W_B (= p_0 \times q)$
Product A	6.5	6.9	10	10	65
Product B	2.2	2.5	30	30	66
Σ				40	131

Item	$\frac{p_1}{p_0} \times 100$	$W_A\left(\frac{P_1}{P_0} \times 100\right)$	$W_B\left(\frac{P_1}{P_0} \times 100\right)$
Product A	106.2	1,062	6,903.0
Product B	113.6	3,408	7,497.6
Σ		4,470	14,400.6

(a) To calculate the index using quantity weights, we need to insert the data into the formula:

$$\frac{\Sigma\left[W_A \times \frac{P_1}{P_0} \times 100\right]}{\Sigma W_A} = \frac{4,470}{40} = 111.75$$

(b) To calculate the index using value weights, we need to insert the data into the formula:

$$\frac{\Sigma\left[W_B \times \frac{P_1}{P_0} \times 100\right]}{\Sigma W_B} = \frac{14,400.6}{131} = 109.93$$

EXAM STYLE QUESTIONS

1 **C**

Receipts:

Month	*Total*	*Jan*	*Feb*
Sales	$	$	$
Opening receivables	80,000	60,000	18,400
January	70,000	14,000	35,000
February	70,000		14,000
Total	450,000	74,000	67,400

2 **D**

From working in answer 1.

3 **B**

Payments to suppliers

Purchases are 75% of sales value.

Purchases in December and January, for sales in February and March, will be 75% of $70,000 = $52,500 each month.

Purchases are paid for one month in arrears. So the December and January purchases will be paid for in January and February.

4 **B**

Cash expenses are $8,500 each month less $500 depreciation = $8,000 each month.

These include rental costs of $2,000 each month, which are payable in June.

Cash expenditures are therefore $8,000 – $2,000 = $6,000 each month in January. The payment for the van loan is a normal cash expense that would be included as part of the distribution costs.

5 **C**

The monthly total fixed cost is $75,000 / 12 = $6,250

Of this, 10% ($625) is depreciation and won't affect the cash payment.

The remainder will be the monthly budgeted cash payment

=$6,250 – $625 = $5,625

6 **B**

	1	*2*
Sales (Units × $10)	15,000	17,500
Paid in month – 20% × 0.98	2,940	3,430
45% in the following month		6,750
25% in 3rd month		
Sales Receipts	2,940	10,180

7 **A**

Production

	1
	units
Required by sales	1,500
Opening inventory	–
	1,500
Closing inventory (20% × following month's sales)	350
Production	1,850

8 **A**

Month 2's purchases will be paid for in month 3.

Month 2's purchases = 1,800 units × $1.90 = $3,420

CHAPTER 19

ACTIVITY 1

Key advantages of computers:

- speed of processing and communication/transmission
- accuracy
- volume (processing and storage)
- cost-efficient compared with manual systems
- user-friendly presentation with many standard software packages
- accessibility, via the Internet/a business intranet, from any location
- flexibility of working (e.g. telecommuting).

Computers can provide information and recommend options to management, but they cannot exercise judgement nor can they take the responsibility for decisions.

ACTIVITY 2

=PV(0.08,4,A5,0)

EXAM-STYLE QUESTIONS

1 D

A line graph is best used when trying to show how two variables (such as production units and total variable costs) are related.

2 **C**

See section 5.1 of the text for a full explanation of each term.

3 **B**

The other functions will help the user manage large amounts of data, but they will still show some unwanted data. The filter function will only display the data that the user chooses to view.

INDEX

P

Q

R

S